茅盾全集

中国文论九集

黄山书社

一九六〇年摄于北京寓所

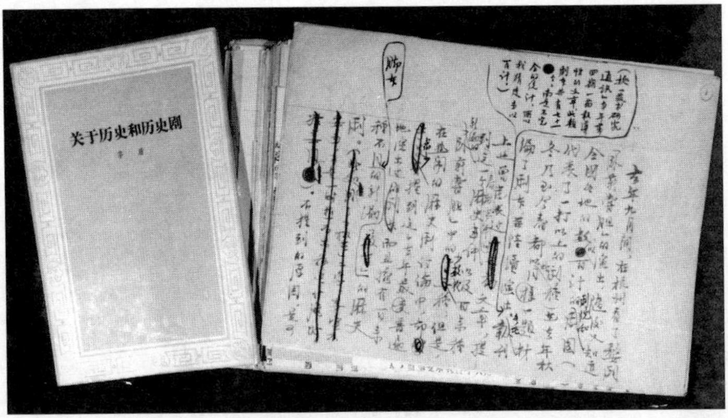

《关于历史和历史剧》手稿

一九六二年二月七日，与参加第二届亚非作家会议的中国作家代表团成员在香港山顶招待所合影

《鼓吹集》和《鼓吹续集》书影

本卷说明

本卷收作者于一九五八年至一九六二年间所作长篇论文、文艺短评、序跋、讲话等共三十一篇。其中大部分文章曾由作者分别编入《反映社会主义跃进的时代,推动社会主义时代的跃进!》(一九六〇年十月人民文学出版社)、《茅盾文集》第九、十两卷(一九六一年十月、十一月人民文学出版社)、《鼓吹续集》(一九六二年十月作家出版社)、《关于历史和历史剧》(一九六二年十一月作家出版社)、《茅盾评论文集》(一九七八年十一月人民文学出版社)和《茅盾文艺评论集》(一九八一年二月文化艺术出版社)等书。

篇目排列基本上按写作时间先后为序。所收作品均据上述结集编入本卷。

目录

《茅盾文集》第九卷后记 / 001
《茅盾文集》第十卷后记 / 005
关于阿Q这个典型的一点看法
——给一位论文作者的信 / 013
为实现文化艺术工作的更大更好的跃进而奋斗 / 015
在《鲁迅传》顾问团会议上的讲话 / 028
和《鲁迅传》创作组的谈话 / 031
谈“人情味”
——读《共产主义的人情味》偶感 / 034
不断革命，争取文化艺术工作的持续跃进
——在文教群英会开幕式上的讲话 / 036
关于童心论 / 049
《斯洛伐克文版〈林家铺子〉及其他短篇小说》序言 / 054
反映社会主义跃进的时代，推动社会主义时代的跃进！
——一九六〇年七月二十四日在中国文学艺术工作者第三次代表大会上的报告 / 057
在杭州大学一次座谈会上的讲话 / 132
一九六〇年短篇小说漫评 / 140
〔附〕《一九六〇年短篇小说漫评》按语

六〇年短篇小说读书笔记 / 204
六〇年少年儿童文学漫谈 / 235
六〇年儿童文学读书笔记 / 273
五个问题
——一九六一年八月三十日在一次座谈会上的讲话 / 321
联系实际，学习鲁迅
——在鲁迅先生诞生八十周年纪念大会上的报告 / 340
对《子夜》一些问题的解答 / 355
《力原》读后感 / 359
关于历史和历史剧
——从《卧薪尝胆》的许多不同剧本谈起 / 363
《关于历史和历史剧》的后记 / 530
关于历史剧的笔记 / 546
从历史到历史剧
——关于“卧薪尝胆”的杂记 / 553
读“卧薪尝胆”剧本的笔记 / 563
为周信芳演剧生活六十年纪念的题词 / 569
祝愿
——在全国话剧、歌剧、儿童剧创作座谈会上的讲话 / 571

学然后知不足 / 574
在大连创作座谈会上的讲话 / 578
读《老坚决外传》等三篇作品的笔记 / 588
我阅读的中外文学作品 / 594

《茅盾文集》第九卷后记*

这里所收的《兰州杂碎》以下十八篇，曾在一九四三年用《见闻杂记》的名儿出版单行本（桂林，文光书店发行）。在那个单行本上，有一篇后记，现在抄在这里：

“二十七年①十二月二十日，我从香港乘船到海防②，当时的计划是经由滇越铁路到昆明。从昆明飞兰州，再进新疆。

“离开香港的时候，办期刊的朋友们，都约我写点见闻杂记。我自思有生以来从没一口气跑得那么远，而且又是沿着大中国的边缘，从西南直到西北，虽然空中飞过，所

---

* 本篇最初印入一九六一年十月人民文学出版社版《茅盾文集》第九卷。

① 二十七年　指中华民国二十七年，即一九三八年。

② 海防　越南港口城市，西距河内约一百公里。

见亦惟云海茫茫，所闻亦惟机声嗡嗡，但是预计要经过昆明，成都，西安等，陌生客人什么都感到新鲜，大概总可以涂几笔的，——于是我就欣然的答应了。

“后来我就知道我的估计错误，陌生客人所感到新鲜的，大概只能起一二点‘噱头’的作用，更何况二十七年之尾，中国西南西北各大都市实足是‘战时如平时’，一个陌生客人除了不认识路，坐人力车多花几元钱，仓卒间似亦不会有什么新鲜印象。在昆明住了十多天，忙于应酬，平日的失眠症是不药而医了，可是了无兴感，堪付楮墨，事后追思，惟有朋友们给我的热烈真挚的友谊是永久不能忘记的，此外，一切都茫然了。今天仿佛还留有印象的，是昆明市内，金碧之色特多而已。成都是从空中过的，尚忆最初并不知道将过成都，偶见机内所装高度表的指针连续下降，急视窗外，则万家里巷，行人如蚁，始悟此为成都。西安则模模糊糊就过去了。兰州住的相当久，闲时忆及旧诺，就写了《海防风景》，尚拟续作，可又突然飞走。其后，新的工作杂沓而来，再没有提笔写旅途印象的时间与心情，而印象亦愈来愈模糊了。

“二十九年五月，从迪化出来，飞到兰州以后，决心走陆路，这才看到了大后方公路干线两旁城镇的大略的情况。那时觉得所见无一不新奇。这不是没有特别原因的：第一是在新疆住了一年多，第二是战争对于人民生活的影响，那时始急剧地表面化，而惊骇告语，皇皇然若不可终日者，则为生活费用之跳跃地上涨。我惯常是写小说的，并不研究经济，但小说亦无非写饮食男女等人生大欲，因此，物价的高涨，颓废淫靡之加甚，在我看来，就是旅途见闻杂记的材料。而美好的风景看过了，往往印象不深，这就是这里的十多篇并不写风景的原因，其不值‘高雅’人们的一顾，自不待言了。

“《兰州杂碎》以下十五篇，都写于三十年春间，这里所记的生活费用的高涨的情形，在当时不知苦恼了多少人，谁又没有明日如何得过的感想呢？然而在今天看来，那时的物价才不过涨上十多倍，又算得什么呢？那时的一块钱还能当作一毛钱用呢！那时谁又敢想象物价涨到今天的地步，还能生活过去？但今天不但还能生活过去，而某些人奢侈之风反更加甚；这算是可喜呢抑是可痛，只好请读者下一断语。

“生活的剧变已使此集十多篇所记的杂碎全成过眼云烟，但如果还值得印出来，无非因为这是一段生活的记录，虽属一鳞一爪，多少也可以看到二十九年冬至三十年春，大后方自南至北，从都市以至乡村，生活正在起着如何的变化而已。——三十一年十一月茅盾记于桂林。”

现在回想起来，当时所写，不仅此十多篇，还有二三篇被国民党检查官“斧削”太甚，失却本来面目，我就索性抽掉。那时候，国民党的书刊检查官有两套“本事”：一是涂去他认为不利于蒋党的字句（这主要是赞扬延安、赞扬八路军、新四军的），又一是把讽刺蒋党的字句改为颂扬蒋党。一篇文章被这样一改，便只有索性不发表这一个办法了。我自己抽掉的二三篇，原稿已失，而且也记不清它们的内容了。至于此处重印的十八篇，其中有几篇也受过“斧削”之刑，可是我既未存有原稿，只好就照这个样子再印了。①

一九五八年十一月十五日，茅盾记于北京。

---

① 这组散文共二十一篇，最初以《如是我见我闻》为题发表于一九四一年四月八日至五月十六日香港《华商报》副刊《灯塔》，现已收入《茅盾全集》第十二卷。

《茅盾文集》第十卷后记*

一九三五年尾，我曾经选印了我所写的散文和杂感，用《速写与随笔》的名儿出版。当时写了一篇《前言》，简略地述说了我在何时开始写杂文，以及我对于杂文的看法。现在把这篇《前言》抄在下面：

昔年在日本西京①，曾因《卖豆腐的哨子》、《红叶》、《樱花》等等，而写了几篇随笔。当时国内文坛尚无所谓"小品年"，而"性灵""个人笔调"之说，亦未有人大声疾呼。我是向来不大懂得"性灵"这个微妙的东西，而且素来喜欢发点议论，所以《卖豆腐的哨子》等篇虽然是偶

---

* 本篇最初印入一九六一年十一月人民文学出版社版《茅盾文集》第十卷。

① 日本西京　即京都，公元七九四——一八六九年为日本首都。

书所见，仍旧充溢着“俗”的议论。

后来有二年多，我没有什么随笔之类写出来。不写，因为有别的事情分去了我的功夫。

“一二八”以后，我常在《自由谈》[①] 上投稿。《自由谈》所需，正是五六百字的短文；然而《自由谈》到底是“软性读物”，不宜于说教式的短文。于是我所写的，便不得不是又像随笔又像杂感——乃至有时简直竟像评论。

同时《东方杂志》复刊后也因“文艺栏”地盘太窄之故，需要随笔一类的短文。我开始投的一篇，就是题为《我们这文坛》的，实在完完全全是议论。不过一个作家有时既不能不像一个手艺工人似的接受外边的“定货”，那他也就不能不照着“定单”去制造，这结果便是《冥屋》、《秋的公园》、《公墓》等等。

到一九三三年的七月，不知不觉已经积有四十多篇了；有一家书店要我给一本稿子，我就拿这些来充数，胡乱题了个《茅盾散文集》的名字。

在这《散文集》的《自序》中，我有这样一段话：

> 从来有“小题大做”之一说。现在我们也常常看见近乎“小题大做”的文章。不过我以为随笔之类光景是倒过来“大题小做”的。

---

① 《自由谈》《申报》的副刊之一，始于一九一一年八月二十四日，一九三二年十二月起，曾一度革新内容，较多采用鲁迅、茅盾等左翼作家的杂文。

在这时代，“大题目”多得很。也有些人常在那里“大题小做”，把天大的事说得稀松平常，叫大家放下一百廿四个心静静地去“等候五十年”。我的所谓“大题小做”不是这么一种作法。

我的意思是：大题不许大做，就只好小做做了。

而这“做”字就很难。太尖锐，当然通不过；太含浑，就未免无聊；太严肃，就要流于呆板；而太幽默呢，又恐怕读者以为当真是一桩笑话。

所以就我自己的经验而论，则随笔产生的过程是第一得题难，第二做得恰好难。虽然因为被“逼”着也写了这么几十篇，而每次都是一身大汗，其不足观，自不待言。

不过特殊的时代常常会产生特殊的文体。而且并不是大家都像我那样不济事的，真真出色的“大题小做”的随笔近来已经产生了不少。细心的读者自然会咀嚼，不必我在这里多说。

上面这一段我的话，是一九三三年七月写的；其时“小品年”[①] 尚无影踪；“性灵”之说[②]，市面上亦未见样品；我把随笔解释为“大题小做”的文章，初非为了论争，亦不过沿袭我往常之所信罢了。

等到既有了“小品年”，而且有了“性灵”，有了“个

---

① 小品年　指一九三四年。作者写于本年七月的《关于小品文》说：“今年文坛上小品文大为流行。小品文的刊物一时风起云涌，于是‘论战’就来了……”

② “性灵”之说　林语堂提倡的一种文学主张。他在《论文》一文中说：“文章者，个人性灵之表现。性灵之为物，惟我知之，生我之父母不知，同床之吾妻亦不知。然文学之生命实寄托于此。”

人笔调”之说，我还是因为“需要”而大胆写着随笔。其间我也曾尝试找找“性灵”这微妙的东西，不幸“性灵”始终不肯和我打交道；但我却也以为“个人笔调”是有的，而且大概不能不有的，只是此所谓“个人笔调”倒和“性灵”无关，而为各个人的环境教养所形成，所产生；我的随笔写来写去总不脱“俗”的议论的腔调，恐怕就是一例罢！

到了一九三四年十月，我所写的随笔居然又可以集成一册了；于是就以《话匣子》这名儿在“良友文学丛书”内占居了一册。

其实在《散文集》和《话匣子》里大部分的东西，虽然我称之为随笔，实非通常所谓随笔而是评论体的杂感。本年（一九三五）上半年，——或者竟是一九三四下半年，文坛上发生了“杂文问题”的时候，有好几位先生指出“杂文之产生与发展，是因为有特殊的社会需要”，这使我想起了我在《散文集》自序所说的“特殊的时代常常会产生特殊的文体”这句话，而且颇自喜没有说错。但是在《散文集》自序写下以后，我一天一天的自觉得“不济事”，我觉得我写的杂感太像硬梆梆的短评了。

从《太白》发刊以后，我就打算——借郁达夫先生的一句话，“利用他的所长而遗弃他的所短。”（见《中国新文学大系》《散文二集序》）我打算写写通常所谓随笔，以及那时很风行的速写。一年以来，不知不觉也写了不少，大都在《太白》和《申报月刊》上发表。

可是虽在“利用”我的“所长”，成绩还是不好。

现在因为开明书店拟刊印一种文学丛书，要我也凑一本。我把一九二八年到现在所写的随笔和杂感，再读一遍，从《散文集》里选了十来篇，又从《话匣子》里选了八九篇，再加上去年到现在的已经陆续发表过的，也有十多篇，略依年月先后，分为三部，取了个《速写与随笔》的书名。

这算是我所写的随笔（照这词的通常的意义）的选集——或第一次的整理。

一九三五年十二月二日茅盾记。

抗战期间，杂文一类的东西，我写得不多；八年之内，大约一共写了六、七十篇。先后以《见闻杂记》和《时间的纪录》二名印了两本集子。现在把《时间的纪录》的《后记》也抄在下面：

此集所收凡二十余篇，除《风景谈》而外，都是香港战后回到“大后方”的两年半内所写的。其中有杂文，有追悼怀念之文，也有仍然不免是“赋得××”的应时纪念文。杂文之类，也许还不止此集所收这一点，但既无底稿，一时也想不起来曾发表于何处，反正都不过是那么一回事，就此撩开完事。

这两年半的时期中，全世界发生了空前的大变动。纳粹德国崩溃了，从斯大林城开始反攻的苏维埃红军于两年之内愈战愈强终于胜利地占领了柏林；法西斯意大利也完蛋了，墨沙里尼受意大利人民的审判，明正典刑；被奴役的欧洲国家的人民翻了身了，到处叫出了解放的呼声。世界的民主潮流是这样的汹涌澎湃，然而看看我们自己这国家，却那么不争气。贪官污吏，多如夏日之蝇，文化掮客，帮闲篾片，嚣嚣然如秋夜之蚊，人民的呼声，闷在瓮底，微弱到不可得闻。在此时期，应当写的实在太多，而被准许写的又少得可怜，无可写而又不得不写，待要闭目歌颂罢，良心不许，搁笔装死罢，良心又不安；于是而凡能幸见于刊物者，大抵半通不通，似可懂又若不可懂；美国女作家赛珍珠最近有一封信述及美国读者对于中国现代文学之好尚，谓“杂文”之类，美国人最不感兴趣，因其似懂非懂。呜呼，岂但美国人，我们中国人亦只能从字缝中猜猜而已！中国的作者多少年来是不得不在夹缝中写字的，中国的读者多少年来是不得不从字缝中猜度的，外国人不会懂得我们的特别国情！

诸如此类的话，反正说不完，姑且打住。我写这后记，用意不在借此喊冤，我的用意只在申明这一些小文章本身倒真是这“大时代”的讽刺。沉默是伟大的讽刺，但“无物”也可以成为讽刺。这些小文章倘还有点意义的话，则最大的意义或亦即在于此。命名曰《时间的纪录》者，无非说，从一九四三——四五年，这震撼世界的人民的世纪中，古老中国的大后方，一个在“良心上有所不许”以及“良心上又有所不安”的作家所能纪录者，亦惟此而已。而抱有此感者，度亦不仅作者个人，千百同仁，心同此理。因此写了出来，以示同道，以求共鸣。

一九四五年，七月，中央社补发周炳琳
答词之日，记于唐家沱。茅盾。

现在就采用《速写与随笔》、《见闻杂记》、《时间的纪录》的材料，又加添了一些没有收在上述三个单行本内的东西，编成这个杂文、速写的结集。自然，所收不“全”；而不全之原因则在于：一，删掉了十来篇拙劣之作，二，没有特地花时间去搜集散见于刊物的小文章。但主要的东西，大概都收进来了。

各篇编排，尽量按照写作的先后，但又以类相从，分为若干辑。这有点像是体例不一贯，然而，也未始不可以算是“两条腿走路”罢。

《生活之一页》、《脱险杂记》、《归途杂拾》等三篇，本来不能称为“杂文”，而亦不像是“速写”，但它们既不能滥竽于小说之林，只好编在这里，作为第十二、十三、十四等三辑。

最为不伦不类的，恐怕是第十五辑。请容许我作一点说明：《你往哪里跑》的《楔子》，本来应当作为《第一阶段的故事》的附录，可是，编印《第一阶段的故事》的时候，偏偏找不到这个《楔子》，直到最近整理杂文旧稿（一些剪报），方始发见，弃之则那桩公案没有交代，不得已就收在这里了。至于《列那和吉地》一篇，也因其不入流，而自己对之又有偏爱，不忍割弃，故亦只好摆在这里。旧诗若干首，都没有发表过，而今附印于纸尾，不是自觉得还像诗，而是为的可志鸿爪云尔。

一九四七——四八年，我还写过两本关于苏联的见闻录，都共三十万字。这都是一九四七年春我访问苏联时的日记、游记和杂文，一本名为《苏联见闻录》，又一名为《杂谈苏联》。在当时情况下，这两本书起了一些宣传作用。可是，现在看来，这些见闻，早已过时了，因此，一概割弃，附此说明。

一九五八年十一月二十四日，于北京。

关于阿 Q 这个典型的一点看法*

——给一位论文作者的信

我个人对于您的论点，有一部分颇具同感（但我以为如果把阿 Q 叫做落后农民的典型，还不如叫做普通农民、一般农民的典型）；但是，您把精神胜利法作为这个典型的主要特征，我则以为不然。不可否认，鲁迅在描写阿 Q 的精神胜利法时，其讽刺的范围是十分广泛的，而且他是“联系那时的实际”，可以说是指着那时士大夫（所谓正人君子）的鼻子指斥的。然而，从阿 Q 这个典型看来，精神胜利法只是其一端——农民落后性；而在阿 Q 身上还有相

---

* 本篇最初发表于一九六一年《上海文学》第十期。文前所加编者按语说：“这是我们从一位论文作者处发见的、茅盾同志给他的《论阿 Q 的典型意义》一文提意见的信，写于一九五九年十一月十三日；经取得茅盾同志和论文作者的同意发表在这里（删去头尾）。”曾收入《鼓吹续集》、《茅盾评论文集》和《茅盾文艺评论集》。

反的东西，即要求革命的愿望，即在浑噩的外衣之下的乐观主义精神（不少人只看到他的浑噩的外衣，而忽略了他的乐观主义的内核），以及他的勤劳、朴质等等。如果只有精神胜利法这一特征，那么，阿Q就不是农民的典型而是那些所谓正人君子的典型了。

同时，我们也必须记得：阿Q作为农民（普通农民）典型，是有他的特定的时代性的，——他是辛亥革命前后的农民典型。阿Q的时代，马克思主义还没有来到中国，统治阶级的思想意识及其愚民政策对农民还有极大的影响，表现在阿Q身上的，就是它的精神胜利法等等。不能离开了时代背景谈典型性，对阿Q的典型性，亦应作如是观。

一九五九年十一月十三日

为实现文化艺术工作的更大更好的跃进而奋斗[*]

主席，各位代表：

我完全同意李富春、李先念两位副总理的两个报告。这两个报告是严密的科学分析和远大理想的结合，是全盘规划和重点安排的结合，它保证了总路线的坚决贯彻，也就保证了我国工农业生产的继续跃进！

六十年代的第一个春天，在我国社会主义建设的园地里，真是景色灿烂，气象万千，呈现一片兴旺发达的景象。我们文化战线的各个方面，正在两年来胜利跃进的基础上，

* 本篇原系作者于第二届全国人民代表大会第二次会议期间（一九六〇年三月三十日至四月十日），在四月四日大会上的发言；翌日《人民日报》发表时曾加了“大普及、大提高、大繁荣”和“新形势、新任务、新思想”两个小标题，以及另外一段话。署名沈雁冰。现据发言原稿编入。

更高地举起毛泽东思想的红旗，密锣紧鼓，加速步伐，为迎接这一新的年代的开始，为更好地发展和创造社会主义的文化艺术而奋勇前进。

自一九五八年以来，我国文化艺术工作，在毛泽东思想和党的社会主义建设总路线的光辉照耀下，在工农业生产大跃进的推动下，出现了大普及、大提高、大繁荣的局面。它标志着我国文化艺术正在经历一个极为深刻的社会主义的变革：一方面广大劳动人民开始掌握了文化，积极地参与了文化艺术的创造和建设；另一方面文化艺术工作者开始在全体规模上实行劳动化，密切地同工农兵群众相结合，从而极大地促进了社会主义文化艺术事业的发展和繁荣。

两年来，工农群众的文化艺术活动空前高涨。千百万劳动人民热烈地参加了各种文化艺术活动，并且运用文化艺术表现自己的冲天干劲和劳动热情，充满了建设社会主义、共产主义的坚强信心。他们创作的许多新民歌，格调清新，气势磅礴，可以毫无愧色地称为社会主义时代的新国风。专业文艺工作者和工农群众、干部结合起来编写的许多革命回忆录、工厂史、部队史、人民公社史，是激动人心的新颖生动、富有艺术性的传记文学，对广大群众起了很大的教育作用。

专业文艺工作者由于深入工农兵，参加劳动和普及文化工作，思想觉悟大大提高，并且获得了丰富的创作源泉。

因此，文学艺术创作不仅数量上大大增加，思想性和艺术性也有显著的提高。近几年来出版的长篇小说如《红旗谱》、《青春之歌》、《林海雪原》、《百炼成钢》、《山乡巨变》、《创业史》、《苦菜花》、《烈火金钢》、《三家巷》、《乘风破浪》、《草原烽火》等，都是比较成功的作品。长篇叙事诗的丰产，成为诗歌创作中一个特点。《杨高传》和《动荡的年代》（《复仇的火焰》第一部）等等长篇叙事诗以及其他抒情诗、政治诗的多种多样的风格，都标志着诗人们由于学习新民歌和吸收古典诗歌的优良传统，在创造新诗风的道路上迈进了一大步。近两年出产的电影故事片如《林则徐》、《青春之歌》、《风暴》、《万水千山》、《金玉姬》、《五朵金花》、《万紫千红总是春》等，新闻纪录片《英雄战胜北大荒》、《百万农奴站起来》等，科教片《中国猿人》、《改造自然》，美术片《一幅僮锦》、《美丽的小金鱼》等，都受到广大观众的好评。话剧在表现劳动人民革命斗争和现代生活方面，既能刚健地反映伟大时代的脉搏，又在民族风格的创造上获得新的成就，话剧的表演水平也有很大的提高。今年二月在部分省市话剧观摩会演中演出的《降龙伏虎》、《红旗谱》、《东进序曲》、《槐树庄》、《枯木逢春》等，在民族化、群众化的共同基础上都有各自的风格。新歌剧《柯山红日》、《洪湖赤卫队》、《春雷》、《两代人》等，标志着《白毛女》的优秀传统正在获得进一步的发展。音乐方面的《社会主义好》、《梁山伯与祝英台小提琴协奏曲》、《嘎达梅林》（交响诗）、《幸福大合唱》，舞剧《不朽的战士》、《宝莲灯》、《五朵红云》、《鱼美人》等，舞蹈《快乐的罗苏》、《丰收乐》、《花伞舞》等，都是比较成功的作品。在绘画、雕塑、曲艺、皮影、木偶、杂技等方面，也出现许多新的艺术花朵。我国传统的戏曲艺术有了新的发展，不但演出了许多优秀的经过革新的传统剧目，还演出了不少现代题材的剧目；一些比较古老的剧种，也尝试演出了现代题材的剧目，并且获得了初步的成功。总而言之，两年来的文艺创作，在实践民族化、群众化上面，显示了可贵的独创精神，并且取得了显著的成绩。

两年来，各种文化艺术事业有很大的发展。到一九五九年底，全国电影放映单位已达到一万四千五百个，比一九四九年增加了二十二倍；剧团增加到三千五百个，剧场增加到二千五百个；一九五九年全国专区级以上的报纸有四百五十六种，全年总印数四十八亿多份；杂志有八百五十九种，全年总印数五亿多册；出版图书四万二千多种，总印数二十亿多册；高等艺术院校增加到三十四所；国家举办的图书馆、博物馆、文化馆等，都比一九五七年有很大的增长。与此同时，各种文化艺术事业的质量普遍有了提高。在技术革新、技术革命方面，也获得了显著的成绩。

我国少数民族地区的文化艺术事业有了新的发展。内蒙、新疆、广西和宁夏四个自治区都建立了电影制片厂。民族出版社已建立了十几个，用各种少数民族文字出版的图书数量大大增加。少数民族的诗歌、音乐、舞蹈创作运动蓬勃发展，若干从来没有自己的戏剧的少数民族，也第一次建立了自己民族的戏剧。发掘和整理出来的少数民族的民间文学作品，日益丰富。两年来经过整理出版的少数民族的民间故事和叙事长诗（包括“史诗”性质的长诗），不下百部之多。去年被翻译为汉文发表的《格萨尔王传》，就是一部蒙藏两个民族所共有的伟大史诗。去年国庆献礼书籍中还有新编的若干少数民族的文学史，这是空前的盛事，这些文学史为将来的更完备的各族文学史奠定了基础。

随着文化艺术事业的飞跃发展，文化艺术队伍进一步提高和扩大了。在整风和反右派斗争胜利的基础上，文化艺术工作者热烈地响应党的号召，下乡下厂参加劳动锻炼，同工农群众相结合，思想觉悟有了很大的提高。新生力量到处崭露头角；创作、表演、学术研究，都有他们在活跃。北京大学中文系一九五五级学生用马克思主义的基本观点编写的《中国文学史》，以及大批年轻的艺术人才的迅速成长，就是明显的例子。我们的文化艺术队伍正在迅速壮大起来。

两年来文化艺术工作所取得的成绩是巨大的。这是各级文化艺术部门和全国各族文化艺术工作者贯彻执行党的总路线和党的文化艺术工作方针的结果，是党的正确领导和毛泽东文艺思想的伟大胜利。

目前，我们正面临着空前未有的大好形势。在党和毛主席的英明领导下，经过反右倾、鼓干劲的整风运动和增产节约运动，全国人民更加斗志昂扬、意气风发，掀起了社会主义建设继续大跃进的热潮。随着工农业生产的突飞猛进，技术革命和文化革命的群众运动已经猛烈展开，广大人民群众对文化艺术的要求更加高涨。为了适应这个新形势，我们一九六〇年的文化艺术工作，应该在党的总路线和毛泽东思想的光辉照耀下，在文化艺术为工农兵服务、为社会主义服务和“百花齐放、百家争鸣”“推陈出新”的方针指导下，实行“全面规划、积极发展、重点建设、提高质量”的工作方针，以便更好地实现文化艺术工作的继续跃进，更加有效地为社会主义建设服务。

在文化艺术队伍中继续深入地开展反右倾、鼓干劲，进行社会主义、共产主义教育的运动，是实现文化艺术工作继续跃进的首要条件。各地文化艺术部门和文化艺术工作者必须彻底克服一切右倾保守思想，坚决贯彻执行党的鼓足干劲、力争上游、多快好省地建设社会主义的总路线。那种认为文化艺术工作不能贯彻党的总路线，或者把“多、快”和“好、省”割裂开来和互相对立起来的看法，都是极端错误的。我们必须彻底反掉右倾思想和右倾情绪，鼓足更大干劲，充分发挥敢想、敢说、敢做的共产主义风格，并且掀起一个“学、比、赶、帮”的群众运动，来又多、又快、又好、又省地建设和发展社会主义的文化艺术事业。

在文化艺术领域内，我们必须继续展开同资产阶级思想和现代修正主义文艺思想的斗争。建国以来，在党的领导下，文化艺术战线上取得了一系列的反对资产阶级思想斗争的胜利，一次又一次地给了资产阶级思想以严重的打击，保证了党的文化艺术方针的贯彻执行，使社会主义文化艺术得以蓬勃发展。经过这些思想斗争，文化艺术工作者受到了深刻的教育，思想觉悟不断提高。现在，在文化艺术战线上，马克思列宁主义思想的领导地位基本上已经确立起来。但是我们必须看到，无产阶级同资产阶级之间的思想斗争是长期的，反复进行的，因此，我们必须提高警惕，继续展开同资产阶级思想和修正主义文艺思想的斗争。大家知道，现代修正主义思潮是当前国际工人阶级运动中的主要危险，而修正主义文艺思想是修正主义政治思想在文化艺术领域内的表现。修正主义者夸夸其谈资产阶级的虚伪的“人道主义”、“人类之爱”、“人性论”来反对阶级斗争，反对无产阶级的党性；以“写真实”为幌子，实质上是主张专写社会生活的“阴暗面”，以抹煞社会主义社会生活光明面是主流这一事实，来攻击社会主义制度，挑起人们对新社会的不满；提倡资产阶级的早已破产的滥调“创作自由”、“文艺自由”来反对党对文艺工作的领导和革命世界观对于文艺创作的指导作用等等；所有这些极端荒谬的主张，尽管有时披上伪装，有时吞吞吐吐，实质上都是要取消无产阶级文艺，使资产阶级文艺复辟；都是要文化艺术脱离无产阶级政党的领导，而为资产阶级效劳。

我们必须坚决反对这种修正主义文艺思想，彻底揭露和批判它的反社会主义的反动本质，更高地举起毛泽东思想的红旗，为进一步发展社会主义文化艺术扫清道路。

为了更好地实现文化艺术为工农兵服务、为社会主义服务，我们必须坚持贯彻党的“百花齐放、百家争鸣”的方针。大跃进以来文学艺术创作的大繁荣、大革新，就是几年来在这个方针指导下的群众实践的结果。我们执行这个方针，是为了更好地巩固和发展马克思主义思想，发展和繁荣社会主义文化艺术。我们必须坚持政治思想上的统一性同艺术风格、题材、形式的多样性相结合的原则，一方面要以毛主席在《关于正确处理人民内部矛盾的问题》中所提出的六条政治标准作为辨别是非的准则，坚决同违背这六条政治标准的倾向作斗争；另一方面要充分调动文化艺术工作者的积极性，鼓励各种不同的学术见解进行自由争论，提倡各种文艺样式和风格进行自由竞赛。对于我国优秀的民族文化遗产，我们必须有分析有区别地加以继承，并且应该努力推陈出新，突破旧传统，创造新传统。对于外国的优秀的进步的文化，我们应该继续认真地和有批判地吸收，并且要创造性地融化它，使之成为民族化、群众化的新鲜花朵。① 文学艺术创作应该努力反映现代生活

① 《人民日报》发表时，此处加了以下一段话：“我们必须对过去时代的文化采取批判的态度，破除对资产阶级文艺遗产的迷信。”

和斗争，创造新的英雄人物的形象，这对于教育人民有重要的作用，但同时也不能忽视历史题材和传统剧目，更不应该把它们同前者对立起来。我们必须根据人民群众的多种多样的需要来发展社会主义文化艺术。

要迅速地发展社会主义文化艺术，必须贯彻群众路线，大搞群众运动。大跃进以来的事实充分证明，贯彻群众路线，大搞群众运动，不但使文化艺术出现了飞跃的发展，在质量上也有了显著的提高。坚持文化艺术工作中的群众路线，就是一方面要善于结合群众的生产和各种运动，大力开展工农群众业余的文化艺术活动；另一方面要充分发挥专业文化艺术工作者的积极性和创造性，并且使他们面向群众，密切地同工农兵相结合。只有这样，我们才能充分发挥广大群众的智慧和创造力，和专业文化艺术工作者的专长，迅速地发展和繁荣社会主义文化艺术。

贯彻群众路线，建设社会主义文化，必须注意普及与提高、专业与业余的正确结合。它们是互相区别而又互相联系的，忽视任何一面或者把两者割裂开来，都不利于社会主义文化艺术的发展。要实现今后文化艺术工作进一步的普及和提高，我们一方面要大力开展群众文化工作，一方面要加强重点建设，提高文化艺术工作的质量。

大力开展群众文化工作，特别是农村文化工作，是当前文化工作的重要任务。为此，今年应该拍摄一部分在内容和形式上更加适合于在农村放映、为农民所喜爱的影片，并且较大量地发展农村电影放映队。为了适应技术革命和文化革命的需要，必须把科学教育电影工作放在十分重要的地位。要加速地发展科学教育电影事业，摄制更多更好的科学教育影片，使它成为向城乡广大群众推广科学技术新成就、普及科学技术知识和进行文化教育的强有力的工具。各地出版社要加强巩固扫盲读物和通俗的政治、科学、技术、文艺等读物的出版工作。各类艺术表演团体要坚持下乡演出，同时对农村业余艺术活动进行辅导。文化馆、群众艺术馆、图书馆、博物馆等文化事业单位，都应该以开展农村群众文化工作作为自己的重要任务。

要继续积极鼓励和发动群众业余文艺创作，帮助群众作者提高他们的思想水平和写作能力。各种群众业余文化艺术组织，可以因地制宜地决定他们的组织形式和活动方式，但必须遵守业余自愿的原则，防止向专业化发展和发生铺张浪费现象。

提高文化艺术工作的质量，是一个长期的艰巨的任务。目前，电影创作应该扩大题材范围，并在现有基础上进一步提高思想性和艺术、技术水平。各类艺术表演团体应该努力提高演出水平。要加强对剧目工作的领导，根据各种不同的情况努力创造现代剧目，同时继续发掘和整理传统剧目。对于传统剧目的上演，应该加以选择，并且要努力加以革新。

要继续大力提高出版物的质量，学术著作既要保证政治挂帅，又要保证一定的科学水平，要有计划、有选择、有批判地整理和出版我国古典著作和翻译出版外国古典著作，大力克服这一工作中的盲目性。必须加强对各种文化艺术事业中重点单位的领导，促使它们在各方面有更大的革新，迅速地提高工作质量，以带动全般文化艺术工作质量的提高。

加强文化艺术干部的培养和提高工作，是当前文化工作中的迫切任务。培养文化艺术干部，应该采取两条腿走路的方针，使长期培养和短期训练相结合、全日制学校和业余教育相结合。一方面要加强和适当发展各种文化艺术专业学校，大力提高教学质量和科学研究水平，更加有效地培养具有共产主义觉悟的、有较高文化知识水平的文化艺术干部。另一方面要采取在艺术院校内举办各种训练班、进修班，专业团体办学员班、师傅带徒弟和举办函授、夜校等方法，大力提高现有的文化艺术干部和培养大量的文化艺术方面的人才。我们要大大加强在职干部的培养和提高的工作。首先应该强调对马克思列宁主义和毛主席著作的学习，坚持下乡下厂实行劳动锻炼的制度；同时大力提高他们的文艺修养和工作水平。

为了胜利地实现上述任务，全体文化艺术工作者必须大大加强对毛泽东思想的学习。毛主席创造性地运用和发展了马克思列宁主义，领导中国人民取得了革命的建设的伟大胜利。在文学艺术方面，毛主席也发展了马克思主义的文艺理论，为社会主义文化艺术指出了正确的方向，开辟了无限广阔的发展道路。毛主席提出的文艺为工农兵服务的方向，在长期的实践中完全证明了它的正确性和强大的生命力。“百花齐放、百家争鸣”方针和革命现实主义与革命浪漫主义相结合的艺术方法，不仅完全符合我国社会主义文化艺术发展的客观规律，而且是马克思主义文化艺术理论在新的历史条件下的科学的发展。我们深深地体会到，贯彻执行党和毛主席的文艺方针，更高地举起毛泽东文艺思想的红旗，是促使文化艺术工作持续跃进、从胜利走向更大的胜利的最根本的保证。

毛泽东思想是战胜一切资产阶级思想的最犀利的武器。十年来我们在文化艺术战线上所取得的一系列的反对资产阶级思想斗争的胜利，就是发挥了毛泽东思想的巨大威力的结果。文化艺术工作是思想工作，对于文化艺术工作者来说，掌握和运用毛泽东思想这个强大武器，具有特别重要的意义。因此，我们文化艺术工作者必须认真地持久地反复地学习毛主席的著作，以毛泽东思想武装自己的头脑，彻底改造我们的世界观。改造文化艺术工作者的世界观，确立无产阶级的世界观，是贯彻执行党的文化艺术方针路线的关键问题。文化艺术工作者只有站在无产阶级的立场来观察问题、考虑问题，永远当革命的促进派和劳动人民的忠实儿女，才能在建设和创造社会主义文化艺术中作出贡献，否则必然会犯错误，甚至会被资产阶级思想俘虏，走上反人民、反社会主义的危险道路。

各位代表！我们的社会主义事业在党和毛主席的领导下，正在一日千里地飞跃前进。全国人民已经立下雄心壮志，要在今后十年内基本上实现我国工业、农业和科学文化的现代化，把我国建设成一个强大的社会主义国家。面临着这样伟大的时代，我们文化艺术工作者感到无限的幸福和骄傲，并且充满了胜利的信心。让我们更加坚决和更加全面地贯彻党的社会主义建设总路线，更高地举起毛泽东思想的红旗，树雄心，立大志，为实现文化艺术工作的更好更大的跃进，为攀登世界文化艺术的高峰而奋斗吧！

在《鲁迅传》顾问团会议上的讲话

一、关于结构问题：主要根据历史，有些地方允许虚构，如王金发应该要虚构。在历史基础上可以有虚构，但私人生活可以避开不写，（夏衍插话：对海婴可以写一些），这可以写，但份量不多。

照现在计划看，从辛亥革命前后写起，略去日本求学和生病到死，从效果看这也好，可以省一些，笔墨更加精简。我个人是倾向于分八段，照这计划的写法的。大事情以历史事件为背境（景），这样就非分两集不可，至于在何处分为宜，要看长短。

二、关于人物及其他问题

1. 有些人一定要用真名，主要是死者，还有如反面人物，胡适就用胡适，活着的人中，许大姐一定要出场，也没有办法用假名的。另外的人，与其用假名，还是不出场的为妙，可以在对话中间提一下就完。

2. 在左联成立前，和创造社太阳社笔战，可以侧面写，但冯乃超等的话可不必写。是否可以在这中间用画外音，如表现鲁迅在笔战的时候的思想，画外音出来："逼迫着看普列哈（汗）诺夫、马克思主义的文艺理论书，并且翻译出来"。并不一定要用一段话。

3. 杨杏佛、瞿秋白、陈延年可用真名。陈延年的照片是否找得到？我和陈延年在广州一段相当熟。有些人可不必出现了，如许寿裳，否则鲁迅熟朋友很多，片子噜苏了。

4. 从广州分段，从鲁迅的思想发展上看也较好一些。在 1927 年以前，鲁迅对北洋军阀已深恶痛绝，在政治上倾向于共产党，但思想上还不是马列主义者。大革命以前鲁迅说："从俄国文学中看到了有阶级的存在"，话是在后面说的，但思想在以前早就有了，从进化论到阶级论，思想上是过度（渡）的。五四时代和李大钊的关系，也有路子可找。

5. 这部影片要搞好，二个演员非常重要，一个是鲁迅，一个是瞿秋白，（许广平倒可以请许大姐自己演，她能演戏的，头发染黑一下。）要找一个见过鲁迅的演员不一定有了，鲁迅的声音笑貌，走路说话没有记录下来，不能见到了，但鲁迅是"文如其人"，只要多读他的文章，可以从中揣摩。建老比鲁迅先生小一号。

杨杏佛演说有时拳头一伸，台子一砸，很有煽动力，鲁迅先生就不是这样剑拔弩张。恽代英也是煽动家，又是另一个风格。

6. 表现鲁迅文章的影响问题，当时《阿 Q 正传》在晨报发表，有些人疑心要骂到他了，特别是假洋鬼子，这的确是事实。以后的杂文更厉害了，尤其在九・一八前后，骂蒋介石不抵抗，完全和历史背境（景）配合的。写柔石等牺牲时，可以围绕《为了忘却的记念》，特别是“惯于长夜过春时”一诗，演员可以吟出来，用低音，不用朗诵，最好用老式的念诗方法念。

7. 关于电报问题，（庆祝长征胜利贺电）恐怕原文也不长，好像经过史沫特莱转去的。（夏衍插话：请茅公再拟一个好了。）

1960 年 4 月 16 日

和《鲁迅传》创作组的谈话

（一）关于陈延年

在广州的时候，中山舰事件前，国民党召开第二次代表大会，陈延年和恽代英等都是代表，他们去开会，我当时在宣传部做秘书，开会时和陈常常见面。

陈延年同志的个子不高，讲话很沉着、很干脆，话不多讲。在广州是半公开身份，非常朴素，有时穿长衫，穿短的时候多。陈延年不像独秀，但还是有一点独秀的样子，陈延年比较有点书生气，头发分开的。

中山舰事件发生后，我乘船离开广州，在开船前和陈延年见过一次，陈延年要我带信给陈独秀，还记得的内容大概有两点：①陈延年谈了中山舰事件后对国民党的看法，当时陈延年的看法和陈独秀不同，陈独秀右倾，陈延年正确。到上海汇报后，彭述之表示广东的看法不好，彭以为蒋介石还没有那么坏，对蒋介石逼得太紧，会引起他的反感，说现在是资产阶级革命，让他们来领导好了，让蒋介石坐轿，我们来抬好了。陈独秀当时也同意彭述之的看法。事实证明，他们是右倾机会主义，错的，而陈延年是正确的。②是关于一个苏联派来的，在黄埔军校的总教官契商卡的问题，当时上海方面对他有反感。

以后，和陈延年就没有再见过面。

（二）关于瞿秋白

认识秋白是通过郑振铎介绍的，和他时常往来有二个时期：一是在上海大学，一是在27年大革命失败后。

他的个子高，头发梳分头，人的确很潇洒，但演瞿秋白不能专抓潇洒，他演说的时候煽动力很强。平时也很风趣，但这种风趣又和鲁迅不同，鲁迅是幽默，秋白是风趣。当郑振铎结婚时要用两颗图章，一时找不到人刻，时间又很急，大家知道秋白会刻图章的，于是就去找他帮忙，但他提出一张刻字的润格，并定出几天前定，几天后交的期限，使来人瞠目结舌，到第二天郑结婚的日子，秋白来了，带来很厚的一封，上写贺礼X X元，是很大的一笔数目，郑振铎说你太客气了，坚辞不肯收，推之再三，打开来一看，原来是刚刚刻好的二颗图章，数字正好是前一天订出润格上的数字，于是大家哄堂大笑。

瞿秋白常住在阴阳界，他对二房东说是教书的，又有杨之华夫妻二人一道，二房东也就很相信了。过去搞秘密工作，因二房东出事的很少，而被叛徒出卖的倒不少。

瞿秋白出外时一般乘黄包车，有时候坐出差汽车。后来搬到南市紫霞路，国民党是没有想到的，他们总以为一般都住在租界上的，所以有时候住在那种地方反而不会受到注意。

（三）关于鲁迅

鲁迅和一般朋友，尤其是青年人在一起时很幽默，很少听到他讲教训人的话。在讲话中时常带点讽刺，但刺人也不一定是恶意，不能把他看作冷酷无情。但他幽默也并不是每句话都是使人发笑的，他讲起话来慢吞吞，谈话不长，从来没有一谈半个钟头的。瞿秋白讲话时滔滔不绝，有时一个人常常说上半个钟头。

鲁迅不相信傅东华，对傅不满，有二件事很生气，一次是黑人作家休士来中国，一次是生活（书店）把《译文》停刊。

鲁迅笑的时候很天真，不冷笑，到真正生气时，才冷笑一下。

鲁迅很重感情，他和蔡元培、许寿裳、齐寿山都很好。许寿裳在北京时，鲁迅常常托许寿裳去北京图书馆查书的。

1960年4月18日

谈“人情味”*

——读《共产主义的人情味》偶感

所谓“人情味”，先要问，这是什么人眼中看来够人情、够味？千金小姐私订终身后花园，落难公子中状元，——这是一种人情味，帘卷西风，人比黄花瘦，——这又是一种人情味，闻大风而起舞，思猛士兮守四方，——这是一种人情味，“三十亩地一头牛，老婆孩子热炕头”，——这又是一种人情味。不同的阶级有不同的思想感情，因而一定会表现出不同的人情味，而且，时代精神也反映在同一阶级对于人情味的转移。

个人生活也会创造出个人的人情味。“为了个人幸福，个人欢乐，从而情长意深，缠绵悱恻的人情味，何其渺小、卑贱?!”这话有问题，它没有说清楚。

---

* 本篇笔记写于1960年4月。标题为编者所加。

《山乡巨变》描写了几对人的恋爱，《乘风破浪》也写了主人公（李少祥）的恋爱（而且都写得情长意深，缠绵悱恻的），甚至像《红日》那样战争主题的小说中间也有恋爱描写，至于写母子之爱、父子之爱的，更多了。这些具体的“人情味”的描写，不能牵强地说它们不是“个人幸福、个人悲欢”，但并不因此而有损于那些英雄人物的光辉的形象。可知并不是只有舍己为人等崇高行为这才可以作为人情味（作者说的“共产主义人情味”）来描写。凡是健康真挚的感情（虽然看来只是个人欢乐……），也可以描写。另外，我觉得现在有些人喜欢把“共产主义”这顶帽子到处乱戴，例如这里的“共产主义人情味”，这也不好。况且，“人情味”这词儿，细研究起来，本来也不能作为作品的一个组成部分。

不断革命，争取文化艺术工作的持续跃进*

——在文教群英会开幕式上的讲话

各位代表，各位同志：

我国文教战线上的第一次群英大会，是争取我国文化革命新的高潮的动员大会。我代表中华人民共和国文化部，向大会致以热烈的祝贺。

我们的文化艺术工作，是为无产阶级革命的事业服务的，是无产阶级领导全国人民战胜帝国主义和国内反动派，建设社会主义和共产主义的强有力的战斗武器。当前的根本任务，就是密切配合我国经济政治战线上的社会主义革命，以社会主义、共产主义的思想教育人民，肃清资产阶级的政治影响和思想影响，不断提高人民群众的政治思想

---

* 本篇系作者一九六〇年六月十日在全国教育和文化、卫生、体育、新闻方面社会主义建设先进单位和先进工作者代表大会开幕式上的讲话；同年六月十一日《人民日报》曾摘要发表，署名沈雁冰。现据讲话原稿编入。

觉悟和科学文化知识水平，鼓舞人民群众为实现社会主义、共产主义而斗争；并在实现这一任务的过程中，不断地发展和锻炼工人阶级的文化艺术队伍，不断地创造和发展社会主义、共产主义的新文化。中华人民共和国成立以来，我国的文化艺术工作，就在中国共产党和毛主席的领导下，沿着这一正确道路不断前进，并且取得了辉煌的成就。特别从一九五八年大跃进以来，我国的社会主义文化艺术，在党的社会主义建设总路线的光辉照耀下，在工农业生产大跃进和人民公社化运动的带动下，出现了百花盛开、万紫千红，大普及、大提高、大繁荣的新局面。一支无产阶级的文化艺术队伍正在迅速成长。党在文化艺术战线上的领导地位已经巩固地树立起来。我国文化艺术工作这种蓬蓬勃勃的新局面，毫无愧色地成为我国业已到来的文化革命高潮的一个重要部分。关于这一方面，过去我们已经讲得很多，我现在不预备多讲了。我今天的发言，想着重讲讲今后我国文化艺术工作的任务问题。

目前我国的形势，是不断革命、持续跃进的大好形势。适应这一形势的要求，我们必须根据毛主席的“文化革命是在观念形态上反映政治革命和经济革命，并为它们服务的”指示，充分发挥文化艺术的革命的配合作用和服务精神，协同党和无产阶级的其它兵种，扫清我国人民前进道路上的各种思想障碍，更加发扬我国人民群众的战斗意志，增强他们的战斗力量，以便在经济战线、政治战线、思想战线上的不断革命中，从胜利走向更大的胜利。

坚决反对帝国主义，彻底肃清帝国主义的思想影响，彻底粉碎帝国主义的走狗现代修正主义的无耻阴谋，是当前我国文化艺术界的首要战斗任务。美帝国主义是今天全世界人民最主要最凶恶的敌人。它现在仍然霸占着我国的一部分领土，不断地侵犯我国领空领海，严重地威胁我国的安全。以美国为首的帝国主义者，竭力传布他们的所谓“西方文化”，所谓“美国生活方式”，所谓“民主个人主义”，并且阴险地利用它们的奴仆现代修正主义者，宣扬所谓“积极共处”，散布资产阶级和平主义和资产阶级人道主义的幻想，企图麻痹世界人民对帝国主义的警惕，瓦解人民的斗争意志，便于他们达到随时发动侵略战争，永远霸占世界，消灭社会主义的目的。针对这种形势，我国全体文化艺术工作者，一定要和全国人民一起，最高度地发扬我国革命文化长期反对帝国主义的战斗传统，积极站到全世界人民反对帝国主义、首先是反对美帝国主义的战斗的第一线，最有效地运用各种文化艺术武器，鼓舞各国人民反对帝国主义的斗志，彻底揭露帝国主义和以铁托集团为代表的现代修正主义的滔天罪行和无耻阴谋，使他们在全世界人民面前完全孤立起来。同时，我们要热烈支持亚洲、非洲、拉丁美洲各国的民族民主运动，和资本主义各国人民的争取民主和社会主义的运动。只有这样，我们才能制止侵略战争，实现世界和平。所有我们的创作家、理论家和一切文化艺术工作者，都要在这一决定人类命运的伟大斗争中，发挥我们最高的积极性。

目前在全国范围内，正在轰轰烈烈地开展学习马克思列宁主义、学习毛主席著作的热潮。这是一个伟大的共产主义思想革命运动。毛泽东主席天才地把马克思列宁主义的普遍真理同中国革命和建设的具体实践结合起来，并且概括了中国革命和建设的丰富经验以及国际共产主义运动的丰富经验，创造性地发展了马克思列宁主义。毛泽东思想指引着中国人民在不断革命的行进中，不断地赢得辉煌的胜利。现在广大工农群众和干部，自觉地学习毛泽东思想，用它作为观察世界、改造世界的犀利武器。这对于我国的革命和建设事业，必将产生极其伟大深远的影响。它将成为推动我国政治战线和思想战线上的社会主义革命继续进行到底的最重要的动力，将极大地推动我国人民公社化运动的巩固发展，和技术革命、文化革命运动的继续深入开展，同时，也将极大地加强我国人民群众反对帝国主义和现代修正主义的战斗力。全国文化艺术界，必须最积极和最勇敢地投身到这个伟大的思想革命运动中去。我们要认真地学习毛主席的著作，并且密切结合实际，联系群众，努力提高自己的思想水平和工作质量。同时，要运用我们的一切文化工具，来为这个学习运动服务。我们必须加强《毛泽东选集》的出版和发行工作，加强宣传毛泽东思想和介绍毛主席著作的通俗读物的编辑出版工作，举办有关的展览、讲演，组织工农群众的学习会、心得座谈会、学习经验交流会等等，努力扩大毛泽东思想的阵地，缩小资产阶级思想的阵地，逐步完成在思想战线上“兴无灭资”的任务。

大家知道，农业是我国国民经济的基础。我们要促进国民经济的大跃进，首先要保证农业的大跃进。在人民公社化以后，我国农业已经是高度集体化的农业。要保证农业的继续跃进，首先要巩固发展农村人民公社，同时要逐步实现农业的机械化、水利化和电气化。党和国家号召各行各业都要大力支援农业，加强为农民服务，我们文化艺术部门也应该千方百计地为此而贡献自己的最大力量。列宁曾经说过，“城市工人帮助农村居民，……是城乡关系的一个基本政治问题，对于我们的整个革命有决定的意义。”我们全体文化艺术工作者，应该充分认识文化支援农业的重大政治意义。在我国，文化支援农业，不仅是要向农村普及文化知识，其实质是工人阶级派遣自己的文化艺术队伍，到农村中去加强社会主义思想阵地，加强无产阶级专政和巩固工农联盟，提高农民的共产主义觉悟，发展无产阶级的革命事业。这对于我们文化工作者，是一个极其崇高和光荣的任务。同时，文化支援农业，也是工人阶级借以锻炼、教育和壮大自己的文化队伍，发展社会主义、共产主义的文化事业的重大措施。因为，我们文化艺术工作者，要做一个像毛主席所说的革命的有出息的文化艺术工作者，就必须和工农群众相结合；我们要创造和发展社会主义、共产主义的新文化，也必须到工农群众中去汲取“唯一的最广大最丰富的源泉”。文化艺术部门支援农业，具体地说，就是要为巩固和发展农村人民公社服务，为实现农业现代化服务。这是一个长期的、艰巨的任务。我们要为此进行持久的努力，做好一系列深入而细致的工作。我们的专业文化艺术团体和专业文化艺术工作者，包括电影、出版、艺术、图书馆、博物馆、展览馆、群众文化辅导机构等等方面，都应该订出为农村服务的具体计划，坚决保证完成。同时，应该继续大力开展农村业余文化艺术活动，积极发展农民业余文艺创作，并且切实加强对它们的辅导工作。

今年以来，我国各地正在掀起一个大办城市人民公社的高潮。我们的文化艺术工作，应该密切配合这个运动，为发展和巩固城市人民公社、发展城市生产事业服务。我们的专业和业余文化艺术队伍，应该积极开展创作，迅速地反映这个伟大的革命运动。并且结合这个运动，大力开展多种多样的文化艺术活动，加强对城市居民的社会主义、共产主义思想教育。同时，要根据城市公社化后出现的新形势，进一步加强和发展城市文化工作，创造城市文化工作的一套新的组织形式和工作方法。首先要加强对城市居民的文化工作的全面安排。根据具体情况，创造厂矿、街道、机关、学校等机构的群众文化组织相互之间，以及在政府文化事业机构和工会文化事业机构之间的新的联系和协作方式。应以生产为中心，结合街道工业和街道集体福利事业的发展，及时加强和改进街道文化工作，创造街道文化活动的新的组织形式和活动方法。同时要及时总结各个城市举办公社文化工作的成功经验，大力推广。总之，文化艺术部门一方面要大力为城市公社化服务，另一方面又要随着城市人民公社的建立和发展，积极安排和发展城市群众文化工作，把它推进到一个新的发展阶段。

现在，十分令人欢欣鼓舞的是，我国的技术革新和技术革命，在很短的时间内，已经发展成为席卷全国广大城市和农村的伟大的全民的经济技术改造运动。这个运动，对于加速我国国民经济的技术改造，促进我国工农业生产的持续跃进，发展我国的科学技术，发扬人民群众的共产主义风格，有极端重大的意义。我们必须根据文化革命和技术革命互相配合、互相促进的精神，运用一切文化艺术工具，广泛和深入地宣传技术革新和技术革命运动的伟大意义，歌颂在技术革新和技术革命运动中涌现的先进人物、先进思想和先进事迹，及时地传播技术革新和技术革命的先进经验，使这个运动不断开放灿烂的花朵，结出丰硕的果实。在这一配合过程中，各地已经创造出一些新的文化活动的方式和方法，我们应该及时总结推广。

两年来，随着工农业生产的大跃进和人民公社化运动的健全开展，一个蓬蓬勃勃的文化革命的高潮已经来到。

这个运动的基本目的是，工农群众知识化，和知识分子劳动化。我们的一切文化教育工作，都要为了达到这个目的而奋斗。教育、文化、卫生、体育、新闻等项工作，都属于上层建筑的范畴。它们必须互相配合，协同动作，为不断促进社会生产力的发展，为建设社会主义和实现共产主义而努力。在这里，在文化革命的范围内，教育的普及和提高，对于高速度地发展我国社会生产力，极大地提高人民群众的思想觉悟，逐步过渡到共产主义，起着更加重要的作用。而卫生、体育工作，又直接关系到人民的健康和体质，起到移风易俗、改造国家的作用，对生产和国防影响极大。因此，我们的文化艺术工作，从上层建筑内部的工作关系来说，除了首先必须为政治服务以外，还应自觉地主动地配合教育、卫生、体育工作，并且要很好地为它们服务。文化艺术为教育、卫生、体育等工作服务，实质上就是为工农群众知识化服务，也就是为工农兵服务，为社会主义建设服务。在这个问题上，我们必须根据历史唯物主义的原理，正确地理解和处理上层建筑各部分的相互关系，分别主次重轻，坚持全局观点，反对本位主义和狭小圈子。我们的文化艺术工作，必须牢固地建立以政治为统帅的、以服务生产为中心的为社会主义建设全面服务的观点。只有这样，我们的文化工作才配得上称作革命的上层建筑的一部分，配得上称作整个革命机器的螺丝钉；也只有这样，文化艺术才能具有旺盛的生命力，结合着各项社会主义建设事业的发展，深入各个方面去生根发芽，开花结果。

为了更好地实现配合政治，配合生产，不断提高我国人民的社会主义、共产主义思想觉悟，促进我国社会生产力的发展的艰巨的任务，文化艺术工作本身必须实行不断革命。革命的文化艺术工作，是党和无产阶级的政治思想工作。无产阶级要创造社会主义、共产主义的新文化，来促进社会主义建设和共产主义的实现。这种文化必须以无产阶级世界观为基础，必须具有共产主义的思想。因此，要实行文化艺术工作的不断革命，首先要求文化艺术工作者在思想上进行不断的革命。我们每个文化艺术工作者，都必须十分认真地并且结合实际，学习马克思列宁主义，学习毛主席著作；必须坚持下厂下乡，实行劳动锻炼，参加实际工作和工农群众密切结合。同时还必须不断地批判和反对各色各样的资产阶级思想。我们这支文化艺术队伍，经过几年来的思想改造和历次政治运动，特别是经过一九五七年反对资产阶级右派的斗争，和一九五九年的反右倾的整风学习，基本上已经是一支以无产阶级知识分子为骨干的、为工农兵服务、为社会主义服务的强大队伍。但是在我们的队伍中，资产阶级个人主义、自由主义、本位主义以及“为文化而文化”、“为艺术而艺术”、不愿接受党的领导等等资产阶级思想，还在不小的程度上残存着。我们必须用毛主席所指示的天天扫地擦脸的精神，不断地和这些资产阶级思想进行严肃顽强的斗争。

我们的文化艺术工作，还应当在不断改造和提高思想的基础上，不断地进行艺术上和技术上的革新。我们所要创造和建设的是社会主义、共产主义的文化，是人类历史上最新最美的文化。它应该充分地反映社会主义、共产主义制度的优越性，反映劳动人民的伟大气魄和远大理想。我们必须勇敢地突破一切旧传统，同一切过时了的旧观念实行最坚决的决裂，而努力创造我们自己的社会主义、共产主义文化艺术的新传统。这就必须用不断革命的精神，破除迷信，解放思想，大胆革新，大胆创造。社会主义、共产主义的新文化，是真正为了人民属于人民的。一方面专业文化艺术工作者要深入人民群众，密切联系人民群众，从广大群众中汲取最丰富最新鲜的创作源泉。另一方面必须充分发动广大群众参与文化艺术的创造和建设，充分发挥他们的创造力和智慧。我国文化艺术的革新，决不能离开广大工农群众的生产实践和生活实践，决不能离开他们的文艺创造。我们要继续大力开展群众业余的文化艺术活动，并且把专家与群众、专业与业余、普及与提高更好地结合起来，这样来促进我国文化艺术的不断革新和创造。

此外，我们还必须批判地继承中外优秀的文化艺术遗产，作为创造新文化的借鉴。毛主席教导我们，“有这个借鉴和没有这个借鉴是不同的，这里有文野之分，粗细之分，高低之分，快慢之分。”但是，它们毕竟是“流”，而不是

“源”。我们决不能为这些东西所束缚。长期以来，在许多文艺工作者中间有一种迷信，认为西方资产阶级的文学艺术遗产是不能批判，也是不可能超过的。这种迷信，大大妨碍了文艺工作者的世界观的改造，妨碍了他们在文艺上革新和创造的勇气。我们必须以马克思列宁主义的革命态度来对待一切文化遗产，经过学习、批判、再学习、再批判的过程，取其精华，去其糟粕。在目前，尤其要注意以马克思列宁主义的历史主义观点，对资产阶级，特别是对西方十八、十九世纪资产阶级文学艺术遗产作出正确的估价，破除对它的迷信。这样做，不仅为创造我国社会主义、共产主义新文化所必需，更为当前彻底肃清资产阶级的政治影响和思想影响，不断提高我国人民的共产主义思想觉悟所必需。同时，也只有经过科学的估价和批判，才能正确地继承其中优秀的有益的东西。现代修正主义者对待十八、十九世纪资产阶级文化艺术采取了取其糟粕，去其精华的反马克思主义的方针，竭力宣扬它们的资产阶级个人主义和资产阶级人道主义，从思想上来毒害社会主义国家的劳动人民，妄图以此来达到使社会主义国家“和平演变”为资本主义国家的罪恶目的。对于这个帝国主义的走狗现代修正主义的阴险勾当，我们必须提高警惕，坚决彻底地予以粉碎。

大跃进以来，在党的正确领导下，我们在文化艺术的革新方面，已经作出了不少成绩。各类文学艺术创作，在实践革命浪漫主义和革命现实主义相结合的艺术方法，在实践文化艺术的群众化、民族化方面，都有了值得重视的新发展。我们应该继续沿着这个方向，把我国的文化艺术革新运动推向新的高峰。文化艺术的革新是无止境的，即使到了共产主义社会，文化艺术还是要随着生产力的发展而不断革新自己的面貌。我们应该继续坚持“百花齐放、百家争鸣”“推陈出新”的方针，彻底破除迷信，解放思想，进一步发扬敢想、敢说、敢干的共产主义风格，为不断创造和发展我国社会主义、共产主义的新文化而努力。

在大搞文化艺术革新运动的同时，我们要大力开展文化艺术部门的技术革新和技术革命运动。目前，这个运动已经在文化部门的各个方面、特别是出版、电影方面广泛开展起来。并且已经收到了一批丰硕的果实。这次文化部所筹办的小规模展览，虽然只表现了文化艺术部门技术革新极小一部分的成就，但是已经令人欢欣鼓舞。现在许多生产、技术部门和演出部门，已做到人人动手，全面开花。这是很好的现象。我们应该继续把技术革新和技术革命运动深入开展下去，并且使技术革命和思想革命、艺术革新更好地结合起来。

同志们，加强党的领导，是我国文化艺术工作不断取得胜利的根本保证。我们一切文化艺术工作，都必须在党的绝对领导之下进行。坚决服从党的领导，就会使我们的工作不断取得胜利；离开党的领导，必然要犯错误，使人民的事业受到损失。这是我们在革命文化艺术工作的长期实践中取得的一条最根本的经验。由无产阶级领导，由共产党领导，而不是由资产阶级领导，这是我们的文化艺术的根本特点。各级文化艺术部门和一切文化艺术工作者，都必须老老实实地接受当地党委的领导，听党的话，反对任何削弱党的领导的危险倾向。

同志们，摆在我们面前的任务是极其光荣和艰巨的。我们有充分的信心和决心来完成它们。让我们更高地举起毛泽东思想的红旗，更加紧密地团结在党的周围，树雄心，立大志，争上游，攀高峰，为把我国的文化革命推向更大的高潮，使我国的文化工作更好地为社会主义革命和社会主义建设服务，为在将来实现共产主义的伟大理想，而奋勇前进。

关于童心论*

童心论非陈伯吹所发明，始作俑者乃欧洲资产阶级儿童文学家。这一说法（童心论），有其合理的一面，即戒作者不应主观地以成人之思想情感来杜撰儿童的精神世界。但此一说法仍然有与资产阶级人性论相混淆的一面，即把“赤子之心”吹嘘得太过份了。六七岁的儿童未必有阶级意识，虽然他们已有分别善恶（好人、坏人）的强烈要求。他们懂得善与恶，但善恶非抽象的道德名词而有阶级内容，则须等再大几岁然后知之。现在，我倒担心，为了纠正童心论之片面错误，太不顾儿童心理，主观地灌输共产主义的抽象理论，把小朋友变成鹦鹉，说话像个小干部，一口

---

* 本篇写于 1961 年，刊于 1999 年《文艺理论与批评》第 1 期。标题为期刊编者所加。

干部话。

陈伯吹的理论错在他因袭了陈旧的资产阶级的唯心主义的儿童本位论，而见不到儿童当其呀呀学语时便已受社会环境的影响，而在学龄前后便有阶级意识（在阶级斗争尚存在的社会），自然，它的表现方式是和大人的不同的。而所谓浑浑噩噩的赤子之心，只在婴儿时期有之。

可是，过去的儿童本位论者在理论上尽管错误，但在艺术实践上却有正确的一面，这正确的一面就是他们认为不了解儿童心理的人，写不好儿童文学，他们反对儿童文学作家以成年人的主观主义去写填鸭式的儿童文学作品。

要不要对儿童（指幼儿园到小学毕业的儿童）进行阶级教育？这个问题是不用辩论的。历史各阶段的统治阶级早已这做了，我们的封建主在三千年前早已有一套完备的对儿童进行阶级教育的规章制度（礼记、内则），封建主、资产阶级早已行之，工人阶级为什么倒不做呢？但是，从四岁到十二岁的儿童（四岁以前为婴儿，十二岁到二十岁为少年——我打算这样划分，两个阶段各为七——八年），其智慧的发展非常快，可以说一年一个样子，故进行阶级教育的方法和方式亦应当按其年龄有差别。现在幼儿园也教唱“社会主义好”，实在和鹦鹉念心经无多差别。

所谓以孩子的眼睛看世界，在资产阶级的儿童文学作家没有无产阶级世界观的条件下，并不是一无是处的。举一篇大家熟悉的童话，例如《卖火柴的女孩》。这是几乎没有故事的一篇散文诗。这个冻死的小孩子并没受过乐观主义的教育，但是她在快要冻僵的时候作了美丽的梦。你说这是因为作家对于人类未来的生活有理想、有信念？也许是。但是，如果说他只是力求以孩子的眼睛看世界，大概也不错的。因为孩子是天生的乐观主义者，是天生的伟大的理想家（幻想家）。然而孩子的乐观主义，孩子的幻想或理想主义和我们的却不能混为一谈，如果混为一谈，这就把孩子写成早熟。我们现在的儿童文学尽写了些早熟的儿童。对于早熟的孩子，我是一则以喜，一则以惧的。早熟之可喜，不必多加解释，然而又可惧，就因为早熟未必有利于儿童身心的正常发展和多方面的发展。这也许只是杞人忧天而已，经不起科学的论证，可是，我们也不能不有拔苗助长的戒心，而力求从科学上证明其有利或不利。

用共产主义思想教育儿童，不能用填鸭的方法。儿童天生是爱劳动、爱服务的（富贵人家的儿童从小受了父母的影响，小小一点年纪就会颐指气使，那正是砍伐了赤子之心）。因势利导，提高儿童的这种天性，使之有目的性，这是儿童文学作家用共产主义思想教育儿童的方法。这是不是会变成填鸭式，那就要看作家是认真地对待这个庄严的课题呢，还是掉之以轻心了。填鸭式的进行共产主义思想教育，比较省力，然而其效果一定不会太好，因为，既是填鸭式，就不是启发，我觉得儿童文学的重要作用之一应是启发，如果是填鸭式，那就会损伤了儿童的想象力、推理力的发展。

儿童好奇心强，喜动，喜集体生活，可是幻想力并不很强。儿童会把布娃娃、小狗、小熊等玩具当作真的活东西和它们讲话或布置它们游戏，或者像××童话说的，叫兔子看守嫩芽，那不是幻想，而是儿童的主观主义——推己及人，平等主义（动物、玩具都有灵性，和自己一样）。脱离童年，渐渐进入少年之时，然后有幻想——像鸟那样生翅膀会飞（现在有了飞机，儿童们的幻想就不一样了），——总之，儿童是个天真的浑浑噩噩的浪漫主义者，儿童崇拜奇伟俊美、侠义，但是儿童也有兽性（不讲理，破坏性）的一面。

禽言兽语，不过是一种表现方式。通过这种表现方式，资产阶级的儿童文学作家曾经把他们的世界观，他们的生活方式，他们的所谓道德标准，向儿童进行教育工作。那么，我们为什么不也利用这种表现方式，向我们的儿童进行无产阶级世界观、社会主义的生活方式和道德标准的教育呢？文艺上的任何表现方式，可以为资产阶级服务，也可以为无产阶级服务；正如任何科学技术的发明可以为资产阶级服务，也可以为无产阶级服务。在科学技术方面，如果有人反对利用十九世纪以来曾为资产阶级所利用的各种发明、创造（其中有不少的确是资产阶级学者所创造发明，这是事实，不容抹煞），而主张一切由工人阶级从新做起，那会被认为是疯子，至少也是极端幼稚。那么，在文艺的表现方式这件事上为什么我们就持了相反的意见？如果对于文艺的其他表现方式，我们是主张继承和发展的，那么，儿童文学的表现方式为什么又独独是例外呢？当然，我们也不能不看到：前几年我们运用“禽言兽语”的表现方式所写的作品有很大一部分是拙劣的、简单的、陈陈相因的，但这个责任应由作者来负担，不能因噎废食，归咎于表现方式本身。

童心论、儿童本位论，这一整套的理论，的确是资产阶级提出来的；但是，这一整套的理论也不是全然荒谬的，有它合理的核心，不加剔择地、不加批判地全盘接受，我们会犯错误，然而，倒掉盆中的污水却连孩子也倒掉了，我们也要犯错误。六〇年我们讨论儿童文学理论的对立两方面，都有片面性和极端化的重大缺点。而且，正由于“百家争鸣”的方针贯彻得不够，讨论一起，陈伯吹成为鸣鼓而攻的对象，讨论一边倒，助长了批判陈伯吹的一些文章的片面性和极端化。在社会主义的文学中，少年儿童文学是很重要的一个部门，但实际上，这个很重要的部门却是文学大家庭中比较薄弱的一环，如果不能说它是最薄弱的一环。我们有责任加强它。我们必须头脑冷静地来深入研究、批判资产阶级那套理论，而不能以一笔勾销了事。

《斯洛伐克文版〈林家铺子〉及其他短篇小说》序言*

由于高利克①同志的努力，我的作品将再度和捷克斯洛伐克读者见面，这对于我是莫大的荣幸。

毫无疑问，这本短篇小说集的出版，标志着中捷文化交流的发展，而文化交流的发展又将促进中捷两国人民的兄弟般的友谊。

我对于捷克斯洛伐克文学有着深刻的爱好，怀着崇高

* 本篇系应原捷克斯洛伐克汉学家高利克之约而写，最初印入《〈林家铺子〉及其他短篇小说》译本（一九六一年在布拉迪斯拉瓦出版），题为《序言》。现题系编者所加。

① 高利克（Marian Galik 1933— ）斯洛伐克汉学家。一九五九至一九六〇年在北京留学期间，曾与茅盾有过交往。现任职于斯洛伐克科学院文学研究所。著有《中国现代文学批评的起源（1917—1930）》等。

的敬意。三十年前，我就借助于第三国文字的译本而读到了捷克文学的一鳞一爪，并且也努力介绍给自己的同胞；然而那时候由于各种条件的限制，我自己以及我的朋友们都没有可能把更多的优美的捷克斯洛伐克文学介绍给我国的读者。只在中华人民共和国成立以后，这才有可能大量地介绍，而且能从原文直接翻译。十年来，我们翻译了尊敬的故总统安东尼·萨波托斯基的著名的三部曲：《新战士站起来》，《动荡的 1905 年》和《红光照耀着克拉德诺》；我们也翻译了玛丽·玛耶洛娃的《共和国广场》，鲍日娜·聂姆曹娃的《外祖母》，雅罗斯拉夫·哈谢克的《好兵帅克》，卡莱尔·恰彼克的戏剧选集以及杨·达尔特，伏契克等等其他作家的作品。总而言之，十年来我们翻译的捷克斯洛伐克文学作品比过去二十、三十年所译的多了百倍，然而对于辉煌丰富的捷克斯洛伐克文学宝库而言，这还不过是苍海之一杓。但即使是这样，我们文学工作者从这些作品中学到了很多好东西，我们的广大读者通过这些作品更加亲切地了解到英勇的捷克斯洛伐克人民曾经怎样地坚强斗争而后取得解放的胜利，而且正在怎样地忘我劳动在建设着社会主义社会。中国人民把捷克斯洛伐克人民在建设社会主义社会时所取得的每一个胜利，看成自己的胜利；捷克斯洛伐克人民建设社会主义、保卫世界和平的辉煌成就鼓舞了中国人民。不用说，这也巩固并加强了中捷两国人民的兄弟般的友谊。

收在这部集子里的短篇小说，都是二十五年前的作品；那时候，正是中国人民在中国共产党领导下进行反帝、反封建、反官僚资本主义斗争的最艰苦的时期，我的拙笔既未能反映当时的伟大斗争的全貌，也未能反映这个时代的风云变幻、雷震霆击的雄伟气概，这些短篇只能算是大时代中的小插曲。由于这些短篇的背景都在所谓“江南鱼米之乡”，洋溢着地方色彩，会给翻译者带来困难。然而我相信高利克同志是能够胜任愉快的，因为他在中国的时期不但访问过这些短篇小说的背景的所在地，而且还住过一个时期。当然，今天江南的小镇和农村跟二十五年前相比，已经起了大大的变化，然而，风俗习惯，所变到底还不多，因而高利克同志的亲身访问对他的翻译工作将有所帮助。

我愿乘此机会，对于高利克同志在中捷文化交流工作中所作的贡献，表示崇高的敬意和由衷的感谢。

最后，我敬祝中捷文字之交将一天比一天亲密，中捷人民的兄弟友谊一天比一天发展！

祝捷克斯洛伐克的社会主义建设和社会主义文学艺术都将获得更多更辉煌的成功和繁荣。

茅　盾　一九六〇年七月八日于北京。

反映社会主义跃进的时代，推动社会主义时代的跃进！*

——一九六〇年七月二十四日在中国文学艺术工作者第三次代表大会上的报告

一　东风送暖百花开

这次中国作家协会理事会（扩大）会议①跟上一次的理事会会议，相隔四年。四年的时间，在我国五千年的历史上仅仅一瞬而已，然而这四年是“一天等于二十年”的四

* 本篇最初发表于一九六〇年八月八日出版的《人民文学》八月号，同年十月由人民文学出版社出版单行本。现据单行本编入。

① 指中国作家协会第三次理事会（扩大）会议，这个报告原是为这次会议准备的。——作者原注

年，我们的国家在经济、文教等战线上取得了一系列的伟大胜利；特别是鼓足干劲、力争上游、多快好省地建设社会主义的总路线公布以后，人人欢欣振奋，出现了史无前例的大跃进。

我们的辽阔的土地上到处高亢而愉快地奏着社会主义建设的交响乐，我们的六亿五千万人民正以生龙活虎的雄姿进行着拔山倒海的伟大事业，我们的社会风气、人与人的关系已经发生了深刻的变化，具备共产主义崇高品质的新人不是三三两两地出现，而是成批成群地涌现。总路线、大跃进、人民公社三面大红旗引导着我们从一个胜利走向另一个胜利。

作为时代风雨表的文艺，在反映这样光辉灿烂的现实的工作中有了些什么成就呢？作为灵魂工程师的文艺作家们在以共产主义思想教育人民的工作中，作出了什么贡献呢？

我们应该引以自豪的，是我们在共产党的领导和无微不至的关怀下，在毛泽东文艺思想的大红旗下，加上我们的自觉自愿的努力，这几年来，特别是最近两年中，趁着全国大跃进的大流，我们也有了跃进。

我们的产量增加了，四年间出版的创作（不包括在报章、杂志上发表而未印成单行本的作品）比过去的六年间的总数（从一九五〇到一九五六）增加了将近两倍。我们产品的质量也提高了。特别使人振奋的，是我们的队伍大大地扩大了，四年前有八个省市、自治区（或州）建立了作家协会，现在则共有二十五个省市、自治区（或州）有了分会（或分会筹备委员会）；我们的会员（包括总会的和分会的）从四年前的九百四十五人发展到现在的三千七百一十九人。但是，我们的会员的数目远不能反映我国的波澜壮阔的群众文艺运动的面貌。机关、学校、部队、工厂、矿山、农村、街道，凡是有群众的地方，就有业余的文艺工作者，他们的数目是无法统计的。他们是强大的文艺后备军。最近两三年内出版的优秀作品绝大多数的作者是业余作家和青年作家。

这是非常好的现象，这是健康的发展，这证明了党的文艺群众路线完全正确。

党的又一条英明正确的政策是专业作家下放参加劳动生产和斗争。这是改造作家世界观的最有效的方法，这也是丰富作家生活经验、激发作家的创作灵感的最可靠的方法；同时这也是锻炼写作技巧的有效的方法。最近几年来，作家们的思想和作品质量的显著提高，证明了党的这一个政策完全正确。

同时也必须郑重指出，这几年来我们所取得的成就不是在没有思想斗争的情况下取得的。不，一百个不！我们这些成就正是在马克思列宁主义、毛泽东文艺思想的指导下进行了全国范围的坚决的连续持久的反对资产阶级文艺思想、反对现代修正主义、批判创作上的不健康倾向等等一系列的思想斗争过程中取得的。事实摆得明明白白：每一次思想斗争，都使我们进一步明确了文艺上两条道路的界限，都使得文艺的工农兵方向更巩固更发展，都使得广大的文艺工作者看得更远更深，以充沛的热情写出更多更好的作品。

我们之所以取得巨大的成就，还在于我们坚决贯彻了毛主席提出的百花齐放、百家争鸣、推陈出新的政策。百花齐放、百家争鸣政策是为工农兵服务、为社会主义服务的；我们依靠这个政策，将使社会主义的百花开得更繁盛更鲜艳，将使服务于社会主义的各种文艺流派在竞赛中得到广泛的开展和提高。推陈出新是为了在马克思主义思想基础上批判地继承传统，进行革新。我们是不断革命论者，我们不仅要求放得多，而且要求越放越好；不仅要求展开辩论，而且认定展开争辩的目的是为了提高马克思列宁主义思想水平和文艺修养。事实也证明，党的这个政策完全正确。在鸣放中提高了大家的思想水平，在鸣放中推动了文学艺术的繁荣。

群众有两句话概括过去几年来文艺的成就："回忆革命史，歌颂大跃进。"这两句话很对。从上次会议到这次会议的四年中间，我们出版了革命历史题材的作品约计二百三十九部（这是不完全的统计）。此外，还有规模宏伟的《星火燎原》以及其他革命回忆录等等又是文艺又是历史的著作。

革命老干部所写的回忆录，据不完全统计，已出版者约计九十九部，其中如杨尚奎、邓洪、陈农菲等的著作，都是有历史价值与艺术价值的作品。

群众和专业作家共同协作，集体写成的许多工矿史、部队史、人民公社史，或者回忆革命斗争，或者从过去的革命斗争写到今天的大跃进，例如《红色的安源》、《北方的红星》、《武钢建设史话》、《绿树成荫》、《旭日东升》等，这些新型的传记文学和文学性的史书，都是大搞群众文艺运动的产物，这为群众的业余创作开辟了广阔的道路，培育了千千万万的文艺新生力量。

这里只谈创作，仍从“回忆革命史”谈起，可以用“百花齐放”这句话来形容革命历史题材作品的繁荣情况。现在，让我们举一些最著名的作品作为例子。李六如的《六十年的变迁》第一部写了辛亥革命前后，李劼人的《大波》写了辛亥革命的导火线——四川人民的护路斗争前后的革命运动，梁斌的《红旗谱》第一部写了大革命前后共产党领导下的农村阶级斗争和革命运动，欧阳山的《三家巷》（《一代风流》的第一部）描写了大革命前后当时革命根据地广州地区的阶级斗争和阶级分化。以京汉路二七大罢工为题材的有中国青年艺术剧院集体创作由金山执笔的剧本《红色风暴》；以一九二二年京绥铁路工人大罢工为题材的，有工人业余集体写作的话剧《火焰千里》；以八一南昌起义为题材的有刘云等的话剧《八一风暴》；反映一九二七年第一次国内革命战争失败后，闽西农民在党的领导下举行武装革命斗争，建立苏维埃政权的，有《星火燎原》（话剧，赵起扬、林戳、陈仲宣、陈少云集体创作）；以第一次国内革命战争和土地革命为题材的，有《红霞》、《洪湖赤卫队》（皆新歌剧）、《党的女儿》（电影文学剧本）；反映抗战前学生爱国运动的有杨沫的小说《青春之歌》；描写革命音乐家的，则有电影文学剧本《聂耳》。大致说来，从辛亥革命到抗日战争，这一历史时期的重大历史事件，在文学上大都得到了反映（再往上推，还有写鸦片战争的电影文学剧本《林则徐》）。至于把抗日战争和解放战争作为背景，而从阶级斗争在各个不同时期所表现的不同方式，来反映革命斗争的作品，那就更多了。举例而言，就有孙犁的《铁木前传》、冯德英的《苦菜花》、李英儒的《野火春风斗古城》，电影文学剧本《回民支队》以及孙峻青、茹志鹃等的一些短篇小说，李季、田间、郭小川的叙事长诗等等。

此一时期出版的革命战争题材的作品，十分丰富。首先要提到的，是规模空前的《星火燎原》第一集和第三集（共计百万余言）。这是按照时代编排的各种体裁的回忆录，这是翔实的解放军战斗的光荣史，这也是毛主席军事思想的实践史，这又是激动人心的传记文学。刘白羽、孙峻青、茹志鹃的短篇小说，都有特色。长篇小说如吴强的《红日》、曲波的《林海雪原》、杨朔的《洗兵马》、刘江的《太行风云》，诗歌如李季的《杨高传》、闻捷的《动荡的年代》，剧本如顾宝璋等的《东进序曲》等等，无论在塑造人物、描写战争、描写如鱼似水的军民关系等方面，都比以前的同类作品细致而深刻，尤其在刻划高级指挥官和政委的人物形象方面，都比过去的作品有显著的进步。此外，反映海防边防斗争生活较好的作品则有西虹的《碧海红心》、丁山等的《海边青松》、左齐的《李狄三》。

反映农村的巨大变革（从合作化到人民公社）的作品，在数量上还是比反映工业的多。这也是很自然的。这方面脍炙人口的作品就有赵树理的《三里湾》，柳青的《创业史》第一部，周立波的《山乡巨变》。胡可的《槐树庄》在五幕话剧中写了整整一个时代（从土改到人民公社）的农村中的巨变，虽有斑驳之处，实亦难能可贵。此外，马烽、王汶石、李准、刘澍德、刘勇、申跃中（后二人皆农民）等的短篇小说，鲁彦周的电影文学剧本《三八河边》，以及王老九等农民诗人的作品，都从各个角度以农业的社会主义改造为背景描写了广大农民的阶级觉悟的提高以及具有共产主义思想品质的农村先进人物的精神面貌。人民公社只有两年的历史，然而反映人民公社的短篇已经不胜枚举，其中优秀之作则有马烽的《太阳刚刚出山》，赵树理的《老定额》，沙汀的《欧么爸》，王汶石的《严重的时刻》，李准的《李双双小传》，刘澍德的《老牛筋》等等。李茂荣的

《人望幸福树望春》是农民写的第一部长篇小说，在这个意义上，是值得注意的。

这一时期的反映工业建设的作品，有了更大的成就。这不但表现在数量上，也表现在质量上；而特别令人鼓舞的，是大批的工人作家在最近两年内出现了。他们都是业余作家，他们的作品是和生活的脉搏紧密合拍的，他们笔下的人物从思想情感到声音笑貌，都表现了浓郁的工人阶级的气质。工人作家的人数还在不断地增加，小说、特写、诗歌、话剧、说唱文学等文艺部门，每个部门内都有工人们在活跃，他们的人数是无法统计的。在这里，只能举几个经常写作，而且已经成熟，为广大读者所欢迎的工人作家为例。在小说方面有胡万春、唐克新、费礼文、万国儒等，在诗歌方面有温承训、黄声孝、李学鳌等等。他们的题材范围很广泛，但以歌颂大跃进中的新人新事者为最多。此外，值得我们高兴的，我们看到了以鞍钢为题材的艾芜的《百炼成钢》、草明的《乘风破浪》、罗丹的《风雨的黎明》，这三部小说都出色地塑造了先进人物，也写了人民内部矛盾。《风雨的黎明》在结构、人物形象的塑造、文学语言这三方面，已经显示了独特的风格；美中不足在熔裁方面，浪墨赘词还未洗刷干净，然而文气浩荡，器宇轩昂，瑕不掩瑜。工业建设题材的中篇小说为大家称赏的，还有杜鹏程的《在和平的日子里》以及他的其它短篇小说。

反映大跃进、大闹技术革新、技术革命、描写敢想敢干的共产主义风格的作品，首先应当提到《红旗歌谣》，其次，就以短篇小说、特写、诗歌，为数最多（这里恕不列举）。电影和话剧也已产生了不少，举其最著名者，如电影文学剧本《老兵新传》、《万紫千红总是春》，话剧如王命夫的《敢想敢做的人》，刘川的《烈火红心》，段承滨等的《降龙伏虎》，栗粟等的《丹凤朝阳》，王炼的《枯木逢春》，陈恭敏、王炼的《共产主义凯歌》和总政文工团话剧团集体创作的《幸福桥》。要而言之，这一时期，从各个角度反映大跃进和技术革命的作品，各显神通，各有特色，但共同特点而且是最主要的特点则是塑造了当代工人阶级的英雄人物的形象。

反映少数民族在共产党领导下的革命斗争、解放后的幸福生活、建设社会主义的冲天干劲以及民族间的友爱团结的作品，近几年来在数量和质量上都有很大的成就。这些作品，大部分是少数民族的作家们写的（或用本民族的文字，或用汉文），少数是汉族作家写的。举例而言，有赛福鼎（维族）的歌剧《战斗的历程》、短篇小说《吐尔迪阿洪的喜悦》，祖农·哈迪尔（维族）的剧本《喜事》、短篇小说《锻炼》等，郝斯力汗（哈族）的短篇小说《起点》等，贾库林（哈族）的短篇小说《生活的历程》，以及新疆地区其他少数民族的青年作家的作品；还有蒙族作家乌兰巴干的《草原烽火》、玛拉沁夫的《春的喜歌》、朋斯克的《金色兴安岭》（以上皆小说），超克图纳仁的话剧《金鹰》，纳·赛音朝克图的抒情长诗《狂欢之歌》和巴·布林贝赫的抒情长诗《生命的礼花》；还有李乔（彝族）的长篇小说《欢笑的金沙江》，陆地（僮族）的长篇小说《美丽的南方》，康朗甩（傣族）的《傣家人之歌》，康朗英（傣族）的长诗《流沙河之歌》，拉珠·阿旺洛桑（藏族）的诗歌《金桥玉带》，由王玉胡、凌颂纯、权宽浮、范一平和尤素夫·赫捷耶夫（维族）等合作的电影文学剧本《绿洲凯歌》，以及延边朝鲜族的诗人金哲、小说家李根全、剧作家黄凤龙等的作品，真正是花团锦簇，盛况空前。至于汉族作家写的作品，著名的有《柯山红日》（新歌剧，陈其通）、《我们播种爱情》（长篇小说，徐怀中）、《五彩路》（中篇，胡奇）、《在昂美纳部落里》（长篇小说，郭国甫）、《寨上烽烟》（长篇小说，林予）、《摩雅傣》（电影文学剧本，公浦、季康）、《动荡的年代》（叙事长诗，闻捷）、《丽江行》和《佧佤人》（皆叙事长诗，田间）、《康巴人》（叙事长诗，张永枚）；此外，有些文艺刊物经常发表反映少数民族生活的诗歌、特写、短篇小说等等，这里就没法列举了。

除上述五大方面而外，历史剧如郭沫若的《蔡文姬》，田汉的《关汉卿》、《文成公主》，现代题材的喜剧如老舍的《全家福》，政治讽刺剧如陈白尘的《纸老虎现形记》，反映五反、描写资产阶级改造过程的周而复的《上海的早晨》（小说，已发表第一部），描写发展很快、建树很大的体育活动的电影文学剧本《女篮五号》，反映解放前后渔民生活和斗争的电影文学剧本《南海潮》，歌颂东南沿海对敌斗争的电影文学剧本《无名岛》。诗歌如萧三的《友谊之歌》、袁水拍的《歌颂和诅咒》，还有，以歌颂建国十年来的社会主义革命和社会主义建设为主题的各种体裁的诗歌和散文，联肩踵武，美不胜收；要而言之，这都是百花齐放、百家争鸣的产物，这都是大跃进的产物。

现在我们应当来谈谈文学门下的三个比较特殊的部门，这就是（一）散文、特写，（二）曲艺，（三）少年儿童文学。

散文、特写是走遍了天涯海角，也走遍了矿山、车间、水库、工地、鱼米之乡、经济作物的田野的，自然它也走遍了学校、机关、街头巷尾。散文特写反映现实之迅速，跟新闻报导差不多，而它的写作方式之灵活，不拘一格，随手拈来，都可称心，又加强了它的迅速反映现实的能力。几年来我们的散文特写越来越发挥了它的性能，成为文学中一支有力的“突击队”，它本身就是个百花齐放的局面。举例而言，有游记式的，如刘白羽的《从富拉尔基到齐齐哈尔》，魏钢焰的《宝地——宝人——宝事》；有用回忆录的形式专写一事的，如陈昌奉的《跟随毛主席长征》，朱家胜的《飘动的篝火》，吴强的《渡江第一船》；有叙事而又抒情的，如魏巍的《依依惜别的深情》，韩希梁的《阿妈妮，别撵火车》；有抒情而并写景的，如刘白羽的《日出》、碧野的《盐湖之夜》；而被用得最多的形式是报导式，例如巴金的《一场挽救生命的战斗》、靳以的《跟着老马转》、《老孟泰来到了上海》、魏金枝的《前线炮兵群像》、沙汀的《柳永慧》、哈华的《上海的卫星城市——闵行镇》、陆俊超的《劳动号油轮》等等。在这些报导式的特写中，往往很生动地描出了人物的形象，这是属于真人真事一类的。此外，杨朔、华山、郭风、何为等，都写了各种题材的散文和特写。散文、特写真是最机动的“突击队”，它出现在我们祖国的边疆，勾勒了边防战士的英姿，也描绘了边疆地区兄弟民族的鲜艳多彩的幸福生活；它也出现在崇山峻岭，和勘探队员一起，记录下他们发现地下宝藏时的欣喜欲狂；它也在水库工地和其他建筑工地，报导着大地河山的改换新装；它也出现在人民公社的工厂、食堂、托儿所，把它们的最新的发展，用充满诗意的笔调写下来；它和工厂、矿山的敢想敢干的工人们一同高唱着技术革命、文化革命的凯歌，它又钻进了各行各业的群英大会，给英雄们画一个肖像。如果没有了散文、特写，我们的文坛将大为减色，我们的群芳谱中就短少了整整一个族类的鲜花。

曲艺又是语言艺术，又是表演艺术。它有文学艺术的“尖兵”或“轻武器”的光荣的称号，它也是最便于迅速反映现实的，有时甚至比散文、特写还快；我们大概都亲身看到过，下午在车间里完成了一项技术革命，晚上就以快板的形式唱遍了全厂。曲艺本身也是个百花园，据现在的统计，可分十大类，二百多个曲种。无论在车间、在田野、在连队，人们天天接触曲艺，同时人们自己也天天在创作曲艺。人民大众欣赏各种各样的曲艺，既得到了共产主义的思想教育，也享受了欣赏艺术的乐趣。曲艺的题材范围之广阔差不多也是无边的。举例来说，有《迷路记》（湖北渔鼓，郭寿），《翻身记》（陕北说书，韩起祥），都反映两条道路的斗争；《龙王辞职》（西河大鼓，王书祥、孙起声、王林泉、王汇南）和《人造卫星大闹天宫》（车灯，曾右石）都充满着浪漫精神；《鱼鳞河》（快板，霏雪）和《三换春联》（快书，王澍、章明、赵兴堡）以不同的风格暴露了农村中想走资本主义道路的富裕中农分子，歌颂了社会主义道路；《飞油壶》（相声，王国祥）批评不守操作规程的人；《昨天》（相声，赵忠、常宝华、钟艺兵）巧妙、幽默地描写了新旧社会的对照；《夜逛千亩田》（西河大鼓，孙来奎）歌颂大跃进。曲艺的海，阔大无边，有不少的珍珠、玛瑙、珊瑚，有待我们继续发掘。

这几年来，少年儿童文学也有了发展。我们不仅有童话式的儿童文学，也创作了儿童诗、儿童戏剧（这里说的儿童指学龄前的幼儿和小学低年级生）。我们还有供给少年阅读观看的小说（包括科学小说）、诗歌、曲艺和戏剧。

少年儿童文学的对象大体包括幼儿园的幼儿，小学生和中学低年级生。这些小读者、听众或观众，都处在智力发展的各个不同的阶段，他们之间，年龄从最小到最大的，各人的兴趣、理解力有很大的差别。无视这样的差别是不对的，强调这样的差别而认为儿童文学（即以幼儿及小学低年级生为对象的文学）只要以发展儿童的想象力、满足儿童的好奇心为目的，而把爱国主义、社会主义的思想教育的任务划给少年文学，也是不对的。爱祖国、爱劳动、爱集体的社会主义思想教育应当在儿童文学中贯彻！如果不用公式化概念化的高头讲章的方式而通过生动鲜明的艺术形象来进行爱国主义、社会主义的思想教育，幼儿们能感兴趣、能接受。我们少年儿童文学中薄弱的一环，就在这里：为刚刚懂话的幼儿服务的文艺作品不多，远不能满足需要，而质量也还要提高。不过，话尽管这么说，我们的小听众还得感谢他们的作家叔叔和作家阿姨，因为比起上一辈来，他们毕竟幸福得多了。作为他们的精神粮食的，已经有不少优秀的童话、儿童诗、谜语和儿歌。还不算连环画和动画影片。适合于幼儿的谜语，是最近发展的新品种，其中编得好的，底面吻合自然，形象鲜艳，音调铿锵，既能发展幼儿的想象力、理解力，并且也培养他们的美感。

我们的小朋友不会忘记张天翼和阮章竞，他们俩一个赶着《大灰狼》，一个擎起《金色的海螺》；他们也忘不了《唐小西在下一次开船港》（严文井），他们的哥哥姊姊们还要对着《宝葫芦的秘密》（张天翼）出神，把《三边一少年》（李季）作为自己学习的榜样。他们也会从《篝火燃烧的时候》想起《幸福的时刻》（皆袁鹰写的诗），在小小的心灵里已经知道《把一切献给党》（吴运铎）。

我们的千万小读者、小听众、小观众将带着他们对于上面提到的几位叔叔的美好的回忆，将带着对于金近、柯岩、任德耀、任大霖、任大星诸位叔叔阿姨的美好的回忆，他们也将带着对于高士其以及其他的专写科学文艺的叔叔阿姨们的美妙的回忆，从儿童时代走进少年时代，从少年时代又走进青年时代。

叔叔们阿姨们呀，有千万的祖国的幼苗、我们的伟大事业的接班人拥护你们，你们是幸福的，值得自傲的。可是，千万别忘记，有越来越多的小手伸向你们，要求给予更多更新鲜的东西！

如上所述，我们的成就是巨大而显著的。从文学的各部门看来，可以说是全面跃进，如果称之为“花团锦簇”，并非夸大。但是，我们也不应当讳言，我们的工作还赶不上“一天等于二十年”的跃进的伟大现实，我们的工作中还有些空白点，还有些薄弱环节，我们没有理由自满。我们必须继续鼓足干劲、力争上游，在党的领导下，加紧学习毛泽东文艺思想，加紧批判现代修正主义和其他形形色色的资产阶级文艺思想，力求在今后的文艺花园中开出更多更鲜艳的香花，满足广大人民的需要。

二 民族形式和个人风格

由于坚决贯彻了百花齐放、百家争鸣、推陈出新的正确方针，我国的文学艺术出现了空前的繁荣。社会主义制度的优越性为我们文学工作者的个性的全面发展，开拓了广阔的前途，倾向一致，风格多样，是我们的主导精神。深入生活，批判地继承传统，批判地借鉴外国，三者结合，使得我们的作家已经在民族化、群众化的基础上创造个人风格，取得了越来越显著的成就。

我国的文学艺术，自古以来，就有自己的独特的民族形式。西汉以后，由于我国和邻邦、中亚各国、乃至远及东南欧一些国家的经济往来的频繁，就促进了我国同这些地区的文化交流；我们的先人吸收了他们的文学艺术的优秀部分，创造性地溶化在自己的文艺作品中，因而导致了我国文学艺术民族形式的不断更新和发展。这是历史事实。低估这些借鉴的作用，是违反历史主义的，但如果夸大这些作用，那就是用虚无主义的态度对待自己的民族文化遗产，就是对我国文学艺术的民族形式的发展作了非科学的解释。中国民族从来就是富于创造精神，同时又是从善如流、勇于吸收他人之长，使成为自己的血肉，以丰富自己的文化内容的。这就是两千多年来我们的优良传统，它不是把发展民族形式和借鉴并吸收外来影响对立起来，而是结合起来的。

但是“五四”以后，一部分资产阶级知识分子却数典忘祖，荒谬地主张“全盘欧化”，或者错误地认为外来的文艺形式不能在中国土壤上民族化，因此他们也不愿向民族化的方法钻研。有不少学习外来文艺形式的人对于我们固有的传统的民族、民间文艺是看不起的，他们根本不学习、不研究自己的传统的文学艺术。

中国共产党一向就和这些荒谬主张、错误倾向作斗争。毛主席早在一九三八年就明确指示：“洋八股必须废止，空洞抽象的调头必须少唱，教条主义必须休息，而代之以新鲜活泼的、为中国老百姓所喜闻乐见的中国作风和中国气派。”毛主席这段话并非专对文艺创作而发，但对文艺创作同样是最重要的指示。这是第一次对“五四”以后嚣张一时的文坛歪风给了个响亮的反击，对徬徨歧路的文艺工作者指引了康庄大道。

我们今天在文艺领域内所提倡的民族化和群众化，就是要努力做到毛主席在二十多年前所指出的“新鲜活泼的、为中国老百姓所喜闻乐见的中国作风和中国气派”。

民族化就是批判地继承旧传统和创造新传统的问题。群众化就是群众路线问题，亦即怎样地更好为工农兵服务的问题。这两个问题是互相联系的，不能分割。这两个问题是形式问题也是内容问题。把它们只看成形式问题，那就把它们降低到技巧的地位，抹煞了它们的思想内容；同时，内容有待于形式来表现。把它们看成和形式没有关系，也是不对的。

民族化、群众化和个人风格不是对立的。个人风格必须站在民族化、群众化的基础上。但民族化、群众化的作品不一定都有个人风格。离开了民族化、群众化的大路而追求所谓个人风格，猎奇矜异，自我陶醉，那就必然要走进形式主义的死胡同。

新文艺的民族化、群众化工作，在抗日战争时期的解放区和游击区就已经作出了初步的成就。新中国成立以后，更在全国范围内展开了这个运动；最近几年，尤其是在大跃进以来，成就更加显著。现在让我们从诗歌、小说、话剧、新歌剧这四个部门来看看发展的过程。

我们的新诗歌从“五四”算起，已有四十年的历史。所以称之为“新”，不仅在于思想内容方面，也在诗的语言方面。我们应当承认：从我国三千年的诗歌发展史看来，诗的语言并不是一成不变的。齐梁以前，诗的语言和散文接近，齐梁以至唐初，诗的语言和赋体接近，即多用偶句。唐诗为我国古典诗之高峰，继承而又有所发展，长诗体兼骈散，而白居易、元稹的会真诗，几乎全是偶句；律诗则除首尾四句外，中间四句是两组偶句。后来这就成了规律。但不论是散体或骈体的诗，总之都是文言（民间歌谣是例外）。“五四”的新诗运动却要用现代的口语来写诗，这在诗的语言上是一大革命。诗人们碰到了如何创造新诗的艺术形式的问题：——中国古典诗词中是不是还有些好的东西可以溶化它作为新诗的艺术形式的一部分呢？还是应当完全扔掉自己的这份老家当，而另找其他值得学习的东西（当时有些诗人就学欧洲的一些诗体）？当时的新诗人各写自己的一套，努力追求诗歌的新的形式；但是，新诗应当走民族化（批判地继承我国古典诗词和民歌的优秀传统而发展之）和群众化（提炼人民的语言、创造人民所喜闻乐见的形式）的道路，在当时诗人的思想上并不是明确的。当时大部分诗人甚至根本不考虑这两个原则性的问题，只有少数诗人（如萧三、蒲风、柯仲平），曾经有意识地致力于民族化、群众化的方向，并作出了初步的成就。

抗日战争时期，解放区和根据地的诗人遵奉毛主席《在延安文艺座谈会上的讲话》所指示的改造思想，向劳动人民学习、为工农兵服务的方针，写出了在内容和形式上都是新鲜活泼的诗歌。

一九四五年后，叙事长诗开始陆续出现。《王贵与李香香》（李季，一九四五年十二月）、《赶车传》第一部（田间，一九四六年）、《圈套》（阮章竞，一九四七年三月），这些叙事诗的共同特点是：有意识地学习民间歌谣的形式，音调铿锵，能唱；诗的语言是经过加工的劳动人民的语言，醇朴刚健，表现力强，形象性丰富。这些诗的语言的崭新的色彩，和诗的服务于工农兵的内容，是一致的。这是我国新诗歌在民族化群众化的光荣而艰巨的道路上第一批的收获。

一九四五——四七年接连出现了叙事长诗，并不是偶然的。只要一看这些叙事诗的内容，就知道那时候中国共产党领导农民进行土地改革所引起的伟大的社会变革正如暴风骤雨、惊雷骇电，内容之丰富，使得诗人们非用叙事长诗的形式便不足以反映天翻地覆的变革。但是，也正因为叙事长诗的形式是新东西，不可能一下子就掌握它的艺术表现方法，除王贵、李香香而外，人物性格还不怎样突出。

我国叙事长诗的传统，自《孔雀东南飞》、《木兰辞》、元白乐府，乃至赵令畤的商调蝶恋花鼓子词《会真记》、董解元的《西厢记》诸宫调，直到后来的数目极多的弹词、鼓词、子弟书，在艺术构思和表现手法上或彼或此确有若干可供我们新诗人学习之处，然而因为我们的叙事长诗的题材是全新的，诗的语言也是全新的，所以，这些传统给我们新诗人的帮助就不能太多。另一方面，外国的叙事长诗也仅仅可供我们借鉴而已。民族形式的叙事长诗的艺术规格，主要靠我们自己在批判地继承和借鉴的过程中自己来创造。

艺术创造，即使是属于形式方面的，也不是面壁苦吟所能奏效。艺术创造的泉源在人民生活中，在火热的斗争中。最近几年来，诗人们既深入了生活、投入了形形色色的阶级斗争，也参加了排山倒海、蓬蓬勃勃的生产斗争；新人新事，气象万千，诗人们身受体会，灵感沸涌，抒情小诗不足以尽情发挥，于是有数百行以至千行以上的抒情长诗，于是有史诗式的叙事长诗。后者，大跃进的两年中，就生产了百部之多。在这样的兴会淋漓的诗歌创作的热潮中，诗人们在革命现实主义和革命浪漫主义相结合的号召下，在清新刚健、大气磅礴的新民歌的启发下，同时也在群众性诗歌运动的潮流中受到鼓舞，人人取经，个个献宝，新诗歌的民族形式——新诗风的创造，就不能不跃进到新的阶段！过去两年内就“新诗歌的发展问题”展开的广泛讨论，正反映了丰富多彩的艺术实践所引起的理论问题其深度和广度远远超过了从前任何时期。

现在，对新诗歌发展问题讨论中所牵涉的一些具体问题，如格律诗、自由诗等等，还不宜匆促地作出结论。可是，总方向是明确的，这就是在学习民间歌谣、新民歌和批判地继承我国古典诗词、说唱文学的优秀传统的基础上，坚持百花齐放、百家争鸣的精神，创造社会主义、共产主义的新诗风。

诗人们在新诗歌民族形式的创造方面，比起十年前，已经迈进了一大步，这是首先应当肯定的。同时也不能不看到，正是在民族形式的创造方面，诗人们的个人风格也在发展和成熟。叙事长诗、抒情诗、政治诗、讽刺诗，都是如此。

阮章竞写成于一九四九年的《漳河水》，值得我们提起注意。和最近两年的至少一千多行的叙事长诗比起来，《漳河水》是短的；但是，它在章法上比起一九四五——四七的那几部作品，就更灵活、更多变化。（每章有四句的、两句的、三句的、十几句的、错综相间，押韵很整齐，基本上两句一韵，诗句字数基本上是七言。）它采用了漳河两岸的许多民间歌谣的曲调，它是能唱（不是朗诵）的。诗的语言，绚烂铿锵，由此可见作者提炼人民语言的工力。八百来行的诗写了四个人物，各有各的性格。作者用极洗练的手法写出旧社会妇女所遭遇的三种典型环境。《漳河水》的章法、句法、语言，都显示出诗人的独特的风格。这种风格，在他后来的作品中（例如《新塞外行》、《乌兰察布》等组诗），有了发展。这些组诗是抒情诗，想象奔放，诗句明丽，格调豪迈。如果说《漳河水》的语言几乎全是经过加工的人民语言，那末《新塞外行》等诗又表示诗人也在镕炼、利用古典诗词的句法和词汇，企图创造更富于形象美和音乐美的适合于表现我们这时代的丰富多彩生活的民族形式的新诗风。应当肯定，诗人在这上头已经取得了初步的然而是不小的成就。

在民族形式的新诗歌的创造上和阮章竞的努力方向大致相同（学习民间歌谣和新民歌、批判地继承古典诗词的优良传统），取得的成就也大致相同的，还有李季和田间（此专指叙事长诗而言）。

李季的《杨高传》三部曲（即《五月端阳》、《当红军的哥哥回来了》、《玉门儿女出征记》三部叙事长诗），从土地革命、解放战争写到社会主义的工业（石油）建设，规模宏伟，故事复杂，有各式各样的人物，这些都比《王贵与李香香》前进了一大步；而在艺术形式方面，也有新的发展。《王贵与李香香》是采用了“信天游”的曲调的，两句一组；《杨高传》却采用了我国传统的说唱文学的章法，四句一组，一、三句为七言，二、四句为十言，二、四句尾押韵。这样的章法和句法比“信天游”更能表现复杂的故事和人物，更能适应长诗结构所应有的开合和起伏。诗的语言，朴素而遒劲；不多用夸张的手法而形象鲜明、情绪强烈；不造生拗的句子以追求所谓节奏感而音调自然和谐：这都是李季的独特风格。

田间的《赶车传》已经发表了四部（全书共七部），作者意图在这部长诗里反映解放前后我国农村的翻天覆地的变革和新人的成长，直到人民公社的成立、巩固和发展。为了表现这样伟大壮丽的内容，诗人在努力采用不拘一格的艺术形式。章法就有好几种，有两句一组的“信天游”式，也有四句为一组，二三十句为一组的；诗句的构造基本上是六言和七言（字数多于六言七言的句子实在是六言七言句加衬字，所以也应当作六言七言看），押韵没有定规，有时隔句押韵，有时隔数句。可以看出，《赶车传》前四部主要是采用民间歌谣的表现方式（比兴和反复、重叠），而且形成了诗人的个人风格。这种风格，在作者的一些抒情诗中尤其显著。他善于用叠句和重唱表现心潮的起伏和情绪的回荡激昂。

叙事长诗的另一种形式可以闻捷的《动荡的年代》作为代表。这是《复仇的火焰》的第一部，描写新疆人民的解放，通篇用的是四句一组，二、四句押韵，和十分接近自由体的句法。它的特点是分开来逐句看，好像和散文没有多大差别，但是合四句为一组，却就诗味盎然，而且这些散文式的句子极为洗练，甚至比五言、六言、七言等民歌体的诗句更为洗练。章法很谨严，每章一、四句的字数比二、三句少些，句式是两头短、中间长，就这样在上下句大体上对称的词儿，协调了平仄。《动荡的年代》塑造了劳动人民的多种多样的形象，描写了他们的精神世界——阶级觉悟和政治水平的提高。这些人物活动在富有地方色彩的典型环境中，使人物性格与背景和谐配合。随着故事的发展，诗的意境有时像金鼓齐鸣，有时像繁弦急管，但整个说来，它的格调是高亢的，色彩是鲜艳的。

大跃进的最近两年来，已发表的叙事长诗约百部（不包括整理出版的少数民族的相传已久的叙事诗），正如百花斗艳，艺术形式的多种多样，使人眼花缭乱。但是，上述四类，可以说是基本形式。好像这是四种原色，错综调配，可以产生更多的颜色。但或纯或驳，就要看诗人们的功夫是怎样的了。总的方向和目标是一致的，这就是在学习民间歌谣、新民歌和吸收古典诗词、说唱文学的优秀传统的基础上创造民族形式的新诗风。学习民间歌谣，提炼人民语言，这是一九四二年延安文艺座谈会以后诗人们早就努力做的，已经积累了丰富的经验。吸收古典诗词、说唱文学的优秀传统，却是比较新的课题，而且也是更为复杂的工作。（毛主席在延安文艺座谈会讲话中已经提出继承传统的原则性的指示，但诗人们在艺术实践中解决这个问题，却比学习民间歌谣迟了一些。）近两年来，诗人们有意识地进攻这一关，也已取得了若干经验。学习不是学步，吸收亦不是生吞活剥，要点在于溶化和结合。有些叙事长诗还不能很好地溶化、结合起来，以至一篇之中，体裁斑驳，这种情形，不但存在于叙事长诗，也存在于抒情短章。我们相信，通过更多的艺术实践，这个问题一定会圆满地解决。

短小的抒情诗、政治诗和讽刺诗，近几年来产量之多，成就之大，也是空前的。新民歌对抒情诗的发展，给与了新的血液，这就不能不在诗人们固有的风格中加添了新的色彩。同时，我们也不能不看到这样的事实：在抒情诗、政治诗等方面，诗人们所惯用而且已经相当成熟的形式，其发展的前途还是宽广的。民歌体有其优点（这里是指民歌体的新诗，换言之，是论诗体，不是论作品），它在百花齐放的诗坛上应占相当高的位置，但不能因此排斥其他的体裁。李季的抒情诗大部分不是七言十言的短句，然而并不是念不上口的。阮章竞的抒情诗长句更多，可是正因为用了长句，这才能够表现豪放的气概和绚烂的色彩。闻捷的抒情诗用的体裁更多，他还用了所谓“楼梯式”，但他的民歌体的抒情短诗倒显得单薄，不及他的长诗（包括“楼梯式”的《祖国！光辉的十月!》）那样豪迈。郭小川的抒情诗也有同样的情况。诗人们应当大胆地试用各种形式，大胆地创造新形式。

两年来诗坛上的又一个新的发展，是抒情长诗。夹叙夹议的抒情长诗在我国文学史上比叙事诗更多，而且亦出现得早。《离骚》可以算是抒情长诗的祖宗，其后如《胡笳十八拍》、曹子建的《赠白马王彪》、阮嗣宗的《咏怀》、左太冲的《咏史》等等，都是我国早期的抒情长诗，而《咏怀》、《咏史》两种形式成为后来的抒情长诗最普遍的体制。今天我们的诗人显然把这个传统大大地发展了！在思想内容上，我们今天的抒情长诗比前人广博深远不知多少倍，而在诗的形式方面也大大突破了前人的规范。震雷疾电、云蒸霞蔚的现实，鼓舞着我们的诗人热情激发，诗兴洋溢。就这样，诗人的热情和作品的思想内容都要求有纵横恣肆的形式。这就说明了为什么贺敬之的《十年颂歌》、韩笑的《我歌唱祖国》、闻捷的《祖国！光辉的十月!》、郭小川的《把家乡建成天堂》、《人民万岁》等，都采用了所谓“楼梯式”。（上举贺、韩各诗都在千行左右。闻、郭各诗比较短，各二、三百行。）但同是“楼梯式”，又各有不同；不同之处，在于诗句的构造。可以看出有三种句法：一、基本上是散体的；二、基本上是骈体的（多用偶句）；三、骈散错综。属于第一类者，例如闻、郭；属于第三类者如韩；而贺敬之属于第二类。《十年颂歌》近九百行，是很整齐的“楼梯式”。三行或四、五行乃至更多行为一句；以句为单位来看，全诗十之八九为偶句，以行为单位来看，大部分也显然是有对仗的。押韵在句尾，常相隔数行。全诗上下句的行数和每行的字数，基本上也是各各对称，而且大体遵守了“前有繁音，后继切响”的原则。诗人又巧妙地采用了一些传诵已久的古典诗词的词汇，溶入语体的诗句中，增加了诗的语言的丰富多彩。总之，从艺术构思，诗的语言，行、句的对仗和平仄等等看来，不能不说《十年颂歌》对“楼梯式”这个新的诗体作了创造性的发展，达成了民族化的初步成就，而同时也标志着诗人的个人风格。

应当提到，蒙族诗人纳·赛音朝克图的《狂欢之歌》、巴·布林贝赫的《生命的礼花》，不但是好诗，而且在形式上也有值得我们学习之处。祖国大家庭中各兄弟民族文学的交流和互相学习，将是百花齐放的催化剂。

我们的诗坛上，老一辈的诗人如萧三、臧克家、冯至、袁水拍、严辰等等，他们都有自己的风格，而且都有了新的发展。比较年轻但极为活跃的青年诗人和近年出现的大批工农兵诗人，他们的成就有大有小，他们的风格或已成熟或正在形成。工农兵诗人如王老九（农民）、温承训、黄声孝（皆工人）、饶阶巴桑（战士）等，朴素刚健是其共同点，但艺术构思各自不同，故风格亦自有别。至如张永枚、未央等后起之秀，或以俊逸取胜，或以遒劲见长，然而，正像他们在诗体上正努力多种“试验田”一样，他们的个人风格也还时有变化（他们的抒情短章和叙事长诗在风格上常常不一样），而正因为在变化，他们的前途是无限宽广的。

十年来，尤其大跃进以来的诗歌，产量空前丰富，诗风有了新的发展，这篇报告不可能逐一列举；但是，队伍的扩大，新生力量的成长，加速了新诗歌民族化、群众化，也促进了风格的多种多样，却是可以断言的。而且，最近两年来的实践已经证明：在三面红旗的照耀之下，我们将继续出现诗歌创作的新高潮。

小说的民族形式近年来有了新的发展，有了显著的成就，这些发展和成就，和群众化的要求，有不可分割的关系。正像诗歌的民族化和群众化的关系一样，这里也有批判地继承旧传统和创造新传统的问题。小说家们的创作实践，特别是近年来发表的许多优秀的长篇小说、短篇小说、报告文学和特写，都有力地证明：如果把章回体，把有头有尾、有来有去、人人事事都要交代的表现手法，当作小说的民族形式的特征，这便是从表面看问题；如果把首尾不见、半腰说起的短篇小说、报告文学、特写的表现手法，认为广大人民所不能接受，这便不是从发展上看问题。民族化、群众化的特征，主要表现在作品的文学语言，表现在人物的声音笑貌。即使用了章回体，而如果充满了洋腔洋调，也不能算它是民族化、群众化了的。

从作家的艺术构思和文学语言看来，在作品中体现了民族化和群众化的作家却不一定已经创造了个人的独特风格。这在小说方面比诗歌尤其显著。

有很多作品，虽然缺少独特的风格，但在民族化、群众化方面都有成就，在思想性和艺术性上都值得赞扬。有不少青年作家写过一些闪烁着个人风格的作品，但还不能说他的风格已经稳定。有些老作家的个人风格还在发展中。形形色色，绝非一格。为了说明问题，让我们举几个例。

赵树理的个人风格早已为大家所熟知。如果把他的作品的片段混在别人作品之中，细心的读者可以辨别出来。凭什么去辨认呢？凭它的独特的文学语言。独特何在？在于明朗隽永而时有幽默感。把赵树理的风格看作只是幽默，未为确论。幽默只是形成赵作的风趣的一种手法，而不是它的艺术构思的骨架；就它的整个风格说，应当认为明朗隽永是主导的。同样地，如果把赵作的幽默因素仅仅归之于散在篇中的解颐妙语，亦未为确论。赵作的幽默感还在于概括人物的性格而给他一个形象鲜明的绰号。

老舍的风格也早已为大家所熟悉。他善于加工人民语言，有鲜明的北京地区的地方色彩；他的文学语言，形象生动，音调铿锵。幽默感是他的特色之一；幽默有各种色调，老舍的，似乎锋利多于蕴藉，有时近于辛辣。沙汀塑造人物和描绘景色，有地方色彩，时亦诙谐成趣，字斟句酌，谨严而含蓄，唯其含蓄，故多弦外之音，耐人寻味，但有时含蓄过甚，读者猝难理会，正所谓寸有所长，尺有所短。

从《红旗谱》看来，梁斌有浑厚之气而笔势健举，有浓郁的地方色彩而不求助于方言。一般说来，《红旗谱》的笔墨是简炼的，但为了创造气氛，在个别场合也放手渲染；渗透在残酷而复杂的阶级斗争场面中的，始终是革命乐观主义的高亢嘹亮的调子，这就使得全书有了浑厚而豪放的风格。

从《暴风骤雨》到《山乡巨变》，周立波的创作沿着两条线交错发展，一条是民族形式，一条是个人风格；确切地说，他在追求民族形式的时候逐步地建立起他的个人风格。他善于吸收旧传统的优点而不受它的拘束。这是一眼就可以看出来的。《山乡巨变》续篇可以作为例子说明他在民族形式和个人风格所取得的成就；他是越来越洗练了，而且，在紧锣密鼓之间，以轻松愉快的笔调写一二小事，亦颇幽默可喜。这部作品，结构整齐，层次分明，笔墨干净，勾勒人物，朴素遒劲，这些都是他的特点。作者好用方言，意在加浓地方色彩，但从《山乡巨变》正续篇看来，风土人情、自然环境的描写已经形成了足够的地方色彩，太多的方言反而成了累赘了。

张天翼早年作品即以风格特殊被称诵一时，近年来作者专心为少年儿童服务，《大灰狼》、《罗文应的故事》、《宝葫芦的秘密》等作品，题材各各不同，而都有作者风格的特点：结构于平淡中见曲折，文学语言朴素而天真之态可掬，艺术构思常出人意外，然而作者一贯以平易出之，不故作惊人之笔。

欧阳山的《三家巷》标志着作者在民族化和个人风格的道路上又迈进了一步。作者以大革命前后广州地区的历史事件为背景，通过三个家庭，描写了剧烈而复杂的阶级斗争，人物环境都有地方色彩，而文气亦跌宕多姿；美中不足是文学语言微嫌驳杂，尚未能首尾一致。

马烽、李准的风格有共同之处：洗练鲜明，平易流畅，有行云流水之势，无描头画角之态。然而各人又有其个人的特点，这在塑造人物典型的手法上可以看出来。马烽的长处在于用高度概括的手法，通过一系列的日常生活的描绘，在反映农村的阶级斗争和两条道路斗争的背景上，描写人物的阶级觉悟和思想水平逐步提高的过程。李准善于截取生活中富有典型意义的横断面，在矛盾的发展中描写人物的性格。

孙犁有他自己的一贯的风格。《风云初记》等作品，显示了他的发展的痕迹。他的散文富于抒情味，他的小说好像不讲究篇章结构，然而绝不枝蔓；他是用谈笑从容的态度来描摹风云变幻的，好处在于虽多风趣而不落轻佻。

杜鹏程的风格的发展，是值得注意的。只要把《在和平的日子里》同《保卫延安》作一比较，已经可以看出显著的不同，更不用说他的若干短篇小说了。他的作品中的人物好像是用巨斧砍削出来的，粗犷而雄壮；他把人物放在矛盾的尖端，构成了紧张热烈的气氛，笔力颇为挺拔。他的反映和平建设的作品（例如《在和平的日子里》），描写环境、塑造人物，都有独特之处，然而表现创造性和平劳动之诗意的快乐，尚嫌不够，这是美中不足。短篇如《延安人》、《夜走灵官峡》则比较豪迈而爽朗。年来作者长期深入生活，参加劳动和斗争，这将促使他的风格还要变化，而且更臻成熟。

此外，王汶石、茹志鹃、林斤澜、胡万春、万国儒等的作品，都有个人的特色；这些特色（例如王的峭拔，茹的俊逸），或将发展成为固定的风格，或者随着生活和文艺修养的进展而别有新的发展，这都很难预言。然而，可得而预言的，青年作家风格的形成，不会在一朝一夕之间；生活既在奔腾前进，和时代的脉搏紧密联系着的作家也就不会停留在既有的艺术风格，摆在他们面前的课题是善用其所长，同时开拓新的境界。

上面所举例子，挂一漏万，而且，用一二词句概括一位作家的风格，亦难周密。上所论列，仅述管见，未尽恰当，更不是遽作衡鉴。

话剧是外来的形式，新歌剧则是一九四二年延安文艺座谈会以后新创造的民族形式的剧种。新歌剧有唱，有念白，有做工和舞蹈，然而它和传统的戏曲究竟不同；新歌剧吸收传统戏曲的精华同时借鉴西洋，作为发展自己的营养，这是十多年来新歌剧发展过程的共同趋势。但是，这个新剧种最近几年来在百家争鸣的创造性活动中开始出现了百花齐放的盛况。话剧如何实现民族化、群众化，也有一个如何创造性地吸收戏曲传统的问题。十年来，在这一方面，种过不少“试验田”，现在，可以说已经摸索到规律，并且在民族化、群众化的总方向中也出现了多种多样的风格。

从新歌剧的音乐和唱词看来，我们的新歌剧现在有了好几种不同的风格。这些不同的风格，表现在：（一）是采取一种或多种地方戏的音乐又吸收比较接近的民歌曲调作为新歌剧音乐的基础呢，还是溶合一些彼此比较接近的戏曲和民歌而自翻新调？前者有成功的作品，从《小二黑结婚》到《春雷》、《洪湖赤卫队》，其特点是地方色彩鲜明浓郁；后者如《红霞》，因其比较成功地创造了符合于剧中人物性格的音乐形象，受到观众的欢迎。（二）主要采用一个地区的民歌曲调而又吸收西洋歌剧的某些程式，这一类的作品从《王贵与李香香》到《红鹰》，也都是有成就的。（三）最近的更大胆的尝试如《柯山红日》则结合了藏族民歌风格和汉族戏曲音乐而创造了能够配合内容（藏族地区的生活和风光）的音乐。（四）为了配合内容，主要以维吾尔音乐为依据，《两代人》为我国少数民族创造民族形式的歌剧作了先驱。

从表演技术和舞台造型看来，也由于如何运用我国戏曲的传统程式（哪一些该采用，哪一些不必采用，该采用的如何灵活运用），以及如何借鉴西洋歌剧，而形成了新歌剧的多样的风格。十年来，我们从不敢完全突破西洋歌剧的格式（舞台造型大体上采取西洋歌剧的格式，表演技术则谨慎地吸收了传统戏曲的某些身段、做工），到大胆突破，这一过程中，常常有点举棋不定。大跃进后破除迷信，就出现了像《柯山红日》那样在舞台造型方面和表演技术方面都尽量吸收我国戏曲传统的作品。为了让新歌剧这一剧种开放更多的丰姿不同的花朵，就要贯彻百家争鸣，在民族化、群众化的总方向下，大家发挥敢想敢做的精神。《柯山红日》是一条路，然而几年前的《草原之歌》和最近的《两代人》，也都是值得探索的道路。从这些路上，将产生更多的、成熟的风格。

从新歌剧的文学语言看来，还需要继续付出更大的努力。剧中人物的唱词和道白缺乏个性，（《柯山红日》采用生旦净丑的人物类型方法，在唱词和道白上有了类型性，这是可喜的。）而语言的音乐美也没有很好地发挥。

话剧的民族化也有向我国戏曲艺术传统学习的一面，

和深入生活、向群众学习的一面。前者主要和表演技术有关，后者主要和剧本的艺术构思和文学语言有关。我们曾用锣鼓加强节奏、采用京戏的身段等手法（如《虎符》的早年演出），以期创造话剧的民族风格。这样的手法，用于历史剧，有一定的效果，然而不能单靠这一个手法来实现民族化。话剧的民族化应当还要有更深刻的内容和更富于创造性的形式。我们的戏曲传统不光是表演技术上的一套程式，这一套程式可以借鉴，然而如何运用入化，使能与剧情溶合，使民族风格的话剧仍然是话剧，这是问题的一个环节。我们的戏曲传统值得学习的，还有它的表现生活、塑造人物的艺术技巧，剧本语言的抑扬铿锵；然而这些都不应当生吞活剥，仅求表面的形似，这是问题的又一环节。十年来的努力，特别是大跃进两年中话剧的新成就，都标志着已经找到了解开这两个环节的正确途径。

话剧民族化、群众化的另一面，就是深入生活，向群众学习。经验证明，深入生活，向群众学习，就为剧本的艺术构思的民族化，为人物的思想感情表达方式以及台词的群众化，为反映时代精神和渲染地方色彩，打下了基础，同时也对戏曲传统的运用入化，开了无限的窍门。

今天，不但历史剧的民族风格有了新的面貌，例如《蔡文姬》、《关汉卿》；革命历史和现代题材的话剧，在民族风格的创造上也能出色地溶化传统、结合生活，发展出多种多样的风格。例如《红旗谱》和《东进序曲》同为革命历史题材，然而有不同的风格；《降龙伏虎》、《枯木逢春》和《丹凤朝阳》同为现代生活题材，然而有不同的风格，又各有浓郁的地方色彩。在民族化、群众化的共同方向下，通过百家争鸣，将使话剧的个别风格更加鲜明而确定，这已经是无疑的了。

一时代有一时代的文风，然而同一时代的作家在共同的文风之中又有各自不同的风格。有健康的文风，具备着准确性、鲜明性和生动性；又有不健康的文风，那就是浮华、堆砌、装腔作势、故弄玄虚。任何作家的文学语言必须具备准确性、鲜明性和生动性，这是起码的条件；然而并不因此就产生相同的风格。这已是很明显的事实。

对于作家的风格的形成起作用的，常常是这样的两个方面：一、这一时代的社会风气（尤其是作家自己的生活方式）和文艺风尚；二、作家的世界观和这些社会风气、文艺风尚有没有矛盾。活力充沛、目光向前的社会风气会产生相应的活泼乐观的文艺风尚，生活在这样环境中的作家有的跟着时代浪潮高歌前进，成为“弄潮儿”，有的却落后了，甚至反动，顽固地保持着只有他自己和同调者们欣赏的晦涩、颓废的风格。而在相反的社会风气和文艺风尚的环境中，有的作家随波逐流，煽扬颓风，而另有些作家（也许是少数）却能抗拒逆流，创造出健康清新的风格。“标新立异”有进步的，也有反动的，就看它是处在什么环境中，“标”的是什么“新”，“立”的是什么“异”。在我们这里，凡是违反我们的时代精神所“标”的“新”，所“立”的“异”，人民一定会唾弃它。

因此，我们的和时代一同前进的作家，尽管各有各的风格，然而在他的个人风格上，一定有时代精神的烙印。什么是我们的时代精神？这就是斗志昂扬、意气风发，多快好省地建设社会主义的和平劳动的快乐的创造性精神；这就是高瞻远瞩、向着共产主义的明天大步迈进的革命乐观主义和革命英雄主义的浪漫精神；这就是渗透在我们生活各方面的千千万万先进工作者的敢想敢说敢做，个人利益服从集体利益，和一切不合理的事物作不调和斗争的共产主义的崇高品质。这样的时代精神，反映在我们的文艺作品中，就是时代风格，一切的个人风格中都不能不渗透着这光芒四射的时代风格。

我们的生活既有挥斥风雷的一面，也有云蒸霞蔚的一面，既有拔山倒海的一面，也有错彩镂金的一面，这就要求我们的作家不能光靠一副笔墨，这就使我们不能不深刻地感觉到，如果要百分之百准确地、鲜明地、生动地反映我们这光辉灿烂的现实，就不能不有几副笔墨。我们不能光会吹笛子，不会打鼓。就拿吹笛子来说吧，我们不能光会清扬宛转的柔调，却不会激越高亢的急拍。我们要有几副笔墨。我们要掌握高度的技巧，既能以金钲羯鼓写风云变色的壮丽，也能用锦瑟银筝传花前月下的清雅；揭露敌人，须针针见血，歌颂英雄，应字字珠玑；文气既要能像横槊据鞍，千人辟易，也要能像岁时伏腊，欢腾田野；既要能横眉怒目写斗争的艰苦，也要能眉开眼笑写胜利的快乐；既要善于塑造人物，也要善于渲染气氛；既要能写江山之多娇，也要能写厂矿的雄伟。

我们的杰出的前辈先生是有几副笔墨的。他们做得到的事，我们当然也能做到，而且做得更好。因为主客观条件完全不同了，我们的社会制度的优越性、党和毛主席对文艺工作的英明正确的领导和深切的关心，以及劳动锻炼的制度、群众路线的方法，都决定性地保证了作家们才能的全面发展。

但是，有了最好的条件不等于万事俱备，还须有主观的努力，方能完成使命。这就是努力学习毛泽东文艺思想，继续坚持劳动锻炼，批判地继承前人遗产，批判地吸收世界各国进步文学的精华，从创作实践中发扬革命现实主义与革命浪漫主义相结合的广博精深的性能。

三　革命现实主义和革命浪漫主义的结合

自从毛主席提出革命现实主义和革命浪漫主义相结合的口号，给了我们很大的启示和鼓舞，使我们无限振奋。全国的文艺工作者曾经展开了长时期的热烈的讨论。大家一致认为这个口号科学地概括了全部文学艺术历史的经验，同时又针对着当前时代的特点和需要，使我们的文学艺术更适合于表现并更有力地推动社会主义的跃进的时代。

毛主席的诗词是革命现实主义和革命浪漫主义相结合的崇高的典范。我们从毛主席的诗词，体会到革命现实主义和革命浪漫主义的结合，其基本条件是马克思列宁主义世界观、远大的理想、丰富的斗争经验和不断革命的精神、坚强的无产阶级战士的崇高品德。我们从毛主席的诗词学习到革命现实主义和革命浪漫主义相结合的各种各样的艺术方法和表现手法。

既是革命现实主义而又闪耀着革命浪漫主义光芒的作品，在早些时期已经出现。我国的新歌剧的光荣的先驱者《白毛女》就是其中的翘楚。《白毛女》的革命浪漫主义精神的实质，不在于它的传奇式的故事和传奇式的背景，而在于它的强烈的革命乐观主义，在于它的“旧社会使人变鬼，新社会使鬼变人”的主题思想。《白毛女》的产生，也不是偶然的，这是延安文艺座谈会以后，具有无产阶级世界观、以毛泽东文艺思想武装起来的作家们投入火热的斗争中和英勇地战斗着的人民长期生活在一起的结果。在中国共产党领导下的中国人民经过了三十年的艰苦战斗而后取得最后的胜利。三十年的时间不算短，斗争的残酷和艰苦是史无前例、世无前例的，然而，埋葬了倒下的同志，踏着他们的血迹再向前进的千万英勇的共产党员和党所领导的广大人民群众始终是斗志昂扬、意气风发，在最黑暗的日子里，他们心头的光明照彻前途，在战斗的间隙他们的歌声欢腾四野。生活和工作在这样的英勇乐观、信仰坚定的战士的行列中的作家们，会在作品中出现革命浪漫主义精神，正是理有必然。

如果说，这个口号提出以前，出现在作品中的革命现实主义和革命浪漫主义相结合的火苗，在作家本人还不是自觉的、有意识的，那么，在这个口号提出以后，生活和工作在地动山摇、风云变色、奇迹接连出现、传奇似的神话似的两年大跃进中的作家们，对于革命现实主义和革命浪漫主义相结合这个创作原则，就不是仅仅从理性上认识它，而且在雄伟绚烂的现实本身领受了感性认识。大跃进以来两年中的文艺界的空前丰收，证明了这个口号的深刻的启发性和强大的鼓舞力。而且，理所当然，从两年来的作品中，也可以看出更多的可喜的实践。

我国文学是有浪漫主义的传统的。但是，表现在我国古典文学中的浪漫主义，和欧洲十九世纪的浪漫主义并不相同。我国并不像欧洲十九世纪初叶那样有过一个风靡一时、压倒一切的浪漫主义运动，但是，从古到今，浪漫主义或有强烈浪漫主义倾向的作品却代代有之。我国的浪漫主义文学也有积极的和消极的，然而和欧洲的这两派的浪漫主义并不是一回事。

欧洲的浪漫主义文学发生于资产阶级登上政治舞台的时期，反映了上升期的资产阶级的反封建、反神权的思想意识；在这一点上，积极浪漫主义更为鲜明，因而它也反映了当时人民的要求，它在当时起了进步作用。但是积极浪漫主义者受了当时空想社会主义思想的影响，通过他们理想中的个人英雄主义的人物，热情地表达了对于绝对自由的“乌托邦”的向往，消极浪漫主义者却美化了中世纪的田园生活（其实在当时这已是历史陈迹），通过他们理想中的超尘绝俗的隐士式的人物，给自己和他们的同调者建立逃避现实的怡然自得的“世外桃源”。积极的一派究竟还是引导人们向前看，激发人们的斗志的，而消极的一派则相反，是引人向后看，麻痹人们的斗志的。应当说明，这里一段话，只是一般地论述欧洲浪漫主义的两个流派的基本情况，至于个别的伟大的积极浪漫派作家其情况就比较复杂了。他们的作品，有时包含着强烈的现实主义因素，在一定程度上反映了现实的本质，他们作品中的理想主义虽则还不能一定符合于社会发展的规律，然而毕竟反映了广大人民的美好愿望，描绘了理想社会的壮丽图景，在当时鼓舞了人民的斗志，在今天也还使读者精神焕发。可是他们在塑造理想人物这一点上却大多带着主观唯心主义的色彩，而且理想化越强的人物，作家的主观成分也越多。积极浪漫派此种塑造理想人物的方法，和我们所主张的在现实基础上综合概括而提高一步的人物理想化的方法，显然不是一回事。

我国的浪漫主义文学产生于长期的封建社会的各个时

代（封建皇朝政治上相当稳定、商业手工业有了发展的时代，或者，封建皇朝表面上强盛而统治阶级内部矛盾和阶级斗争都已越来越剧烈的交接时代）。我国浪漫主义的积极的流派和欧洲的积极浪漫主义精神相通之处，在于粪土权门，歌颂叛逆，鞭挞庸俗，追求理想；但是我们的积极的流派更多地反映了劳动人民的反抗和对未来的理想，它们的作者大多数是民间的无名作家。我国浪漫主义的消极的流派倒和他们的欧洲的同道者差不多，作者大都出身于名门贵阀，不过他们本人已不是名利场中的幸运儿，因此好像有几根傲骨。但是我国历史上的积极浪漫主义文学和欧洲的积极浪漫主义文学由于历史条件不同，是有本质上的差异的。其一，个人英雄主义的“救世主”式的理想人物，在我国的积极浪漫主义文学中是没有地位的。（我不认为像《野叟曝言》那样的作品是浪漫主义的，它是站在封建统治阶级立场、拥护封建制度的极端幻想的小说。）我们的优秀的积极浪漫主义作品也塑造了理想化的英雄人物，例如穆桂英，她是现实中不曾有过的理想人物，但她又是综合历史上真实的女英雄的品质而加以理想化的。我们的古典作家还用幻想的手法（假借神女、仙姑、各种精怪），塑造了无数的智勇双全、柔情侠骨的女性，敢于冲破封建的藩篱（制度上的和思想意识上的），给被损害、被贱视的善良人们带来了幸福。在妇女受双重压迫的封建社会中，我们的文学却充满了这样理想化的女性人物，这一现象本身是鼓舞人的，是浪漫主义的。但是，不论男或女，理想化的人物在我们的浪漫主义作品中都和资产阶级个人主义没有缘分。其二，我们的优秀的积极浪漫主义作品并不热心于描绘“乌托邦”，然而却强调人定胜天的积极思想，这是我们的出自民间的无名作家或者与人民共呼吸的作家之手的浪漫主义文学中最鲜明的理想主义。（人定胜天，在这里，是和宿命论完全对立的；宣扬宿命论的作品，在我国古典文学中确实不少，甚至有些大作家亦往往流露出“天也夫，命也乎”的悲观、消极情绪，但这些宣传宿命论或者带着浓厚的宿命论思想的作品，正是我国古典文学中的封建糟粕，此不具论。）人定胜天的思想及其浪漫蒂克的表现手法，在我国文学史上，由来已久。它的始祖是我国神话中的补天、射日、移山的故事。正因为神话产生于原始社会，所以人定胜天的思想所反映的只是人和自然的斗争以及人改造自然的雄心壮志。在有了阶级的封建社会中，人定胜天的思想就反映在阶级斗争中，成为我国积极浪漫主义文学的最普遍的主题。这种反映，不是通过单纯的直接的方式而是通过曲折的幻想的方式。例如《窦娥冤》使用关键性的“六月飞雪、三年亢旱”的幻想，表现了被压迫者的反抗不屈及其最后胜利。《三勘蝴蝶梦》先用幻想式的梦见蝴蝶给包龙图一个启示，然后从被冤屈的母子三人的自我牺牲精神的表现，使包龙图洞察其中冤屈，传奇式地浪漫蒂克地（虽然觉得有点不合乎我们常常强调的所谓事物的逻辑）来了个大快人心的结局。《还魂记》和川剧《焚香记》从不同角度描写了恋爱的真挚与虚伪，及其应得的报偿。《还魂记》描写了真挚的爱情不但视礼教如敝屣，还能生死人、肉白骨；充沛的生命力（在《还魂记》中以爱情为代表）能够扭转阴阳。《焚香记》写王魁负义以后，桂英阳告既不得直，于是诉之于神，神亦冥顽不灵，于是桂英打烂神像，自为厉鬼，活捉了王魁。《焚香记》的复仇的怒火是这样的强烈，它给人的感染不是悲哀绝望而是振奋痛快。这些幻想的艺术构思都为了表现一个主题：人定胜天。我们不会因为它们的怪诞不经而发生不真实的感觉，恰恰相反，我们理智上虽然明知是幻想，感情上却完全接受它。我们读后十分激动，精神昂扬。人定胜天是一个伟大的理想，但同时又是伟大的现实，它不同于“乌托邦”的空想。不过，在封建社会中，我们的先人只能通过幻想的方式在文学中歌颂它、宣扬它。

我国古典文学中的现实主义也不完全相同于欧洲的十九世纪后期的批判现实主义。个人主义在我们的现实主义作品中常常是被批判的对象。我们所歌颂的是重然诺、轻生死、慷慨捐躯、从容就义的为真理、为正义、为总体利益而牺牲个人的英雄。这些人物，有的是为了反抗封建压迫，为了见义勇为（路见不平，拔刀相助）而轻生死、重然诺（例如《水浒》所描写的梁山泊的好汉们）；但另外有些人物之所以重然诺、轻生死，却是为了维护当时的封建社会的道德标准（例如有些孝子、义仆、乃至忠臣义士，是在统治阶级的内部矛盾中牺牲个人生命的）。前者的行动是和人民利益一致的，后者的行动却只能和一姓一族至多一集团的利益相一致。因此，我们既要把前者和后者区别开来，也要把后者的重然诺、轻生死等等品质，和他们的为何重然诺、轻生死，即他们根据了他们当时的什么道德观念而如此这般行动起来的具体的道德标准区别开来。我们之所以被他们的行为所感动，并非为了他们所守护的道德标准（这些道德标准在今天看来，或者是反动的，或者是一文不值），而在于这样的鼓励作用：他们为了那样狭隘的片面性的，即当时社会生产关系所反映的人与人之间的行为准则，尚能为此而牺牲个人，那么，我们今天为了共产主义的崇高理想和共产主义的道德，就应当更勇敢、更富于自我牺牲精神。我们还要看到，这些人物都不沾个人主义思想的污点，反之，他们斗争的对象正是各式各样自私自利的个人主义者。

我们的现实主义文学又常常在悲哀故事的结尾加一个乐观的花圈，《孔雀东南飞》是这样的，《梁山伯与祝英台》也是这样（还有无数类似的故事）。看来好像是现实主义和浪漫主义相结合了，然而不然，这样的寄托希望于未来的结尾不过是象征的手法，它本身并不代表什么理想。由于时代的限制，我们的前辈先生即使是思想很进步的，即使在他们的作品中闪烁着对于人类未来生活的崇高美妙的理想主义（这是我国古来优秀的现实主义文学和欧洲的所谓古典现实主义文学相同的一面），也仍然不可能具有和现代人一样的马克思列宁主义世界观，理想与现实的矛盾当时不但无法解决，还不知道通过什么道路去解决，因而不可能在一篇作品中有像现代革命作品中那样的现实主义和浪漫主义的结合。可能的倒是同一作家有时写一些属于现实主义范畴的作品，而另一时期则写一些属于浪漫主义范畴的作品，更多的是现实主义的作品中运用了一些浪漫蒂克表现手法。自然，也还有少数伟大的作家在他们的作品中结合了浪漫主义和现实主义两种因素的。为了说明问题，试举例如下：

我国历史上的伟大作家颇有一些思想上的矛盾。例如李白，他的作品有属于积极浪漫主义的，但也有属于消极浪漫主义的；甚至在同一篇作品中既有积极的一面也有消极的一面。表现在李白作品中的这些思想上的矛盾，其根源在于他对社会现实的态度是不一致的，他的立场是摇摆不定的。但从创作方法上看来，李白基本上还是前后一贯的，他是浪漫主义者。至于关汉卿，他写了属于浪漫主义范畴的剧本（如《窦娥冤》等），也写了属于现实主义范畴的剧本（如《救风尘》等）。但是，关汉卿笔下的人物还是理想化的多，例如谭记儿、赵盼儿等等。关汉卿的创作方法的分歧，其原因在于他既要反映现实，又要表现理想，可是，由于世界观的限制，关汉卿没有可能在思想上解决这个理想与现实的矛盾，但他的思想上的进步因素使他不满足于仅仅描写现实生活，他热烈地要写理想。这就形成了他的创作方法的分歧。现存的关汉卿的作品只占他全部作品的四分之一强，而且这仅存的十几部作品也还不能确定它们的写作年代。但是，可以设想，他的现实主义作品属于前期，他的创作道路是从现实主义走向浪漫主义。

吴敬梓和曹雪芹另是一种情况。《儒林外史》在揭露那些形形色色的伪儒生的时候，吴敬梓的思想方法是符合于唯物主义的反映论的。但是，吴敬梓的世界观决定他不能深刻地挖掘社会现实的本质，他不能从现实中发现社会发展的规律，因而，当他企图解决自己的理想问题的时候，他就跑进主观唯心主义的圈子，歌颂其空想的人物——纯儒。他把解决社会矛盾的希望寄托在这些所谓“纯儒”的身上，却不知道这些“纯儒”正是矛盾的制造者，正是封建压迫的化身，而且只有打倒“纯儒”之后，社会矛盾方可解决。《红楼梦》在揭露矛盾、抨击封建宗法制度等方面，都比《儒林外史》深刻得多，落拓不羁的名士派头的杜少卿远不及要求个性解放的贾宝玉，然而，曹雪芹也在这个问题上走入歧路。由于他的思想上的局限性，《红楼梦》的结局表现了消极的因素（前八十回中已经处处透露了这一点了）。

第三种情况可举《史记》和《水浒》为例。《史记》是一部具有极高艺术性的历史，司马迁对统治阶级采取了批判的态度，他不以成败论人，对项羽充满了同情；他歌颂“游侠”，以浪漫主义的精神描绘了他们的不怕权贵、敢作敢为的风貌；他充分肯定“刺客”的舍身取义的高贵品质。如果说，《史记》一书兼有批判现实主义和积极浪漫主义的特点，恐怕不算过分。《水浒》所表现的社会理想，是根源于农民意识的平均主义，这是它的时代局限性，然而瑕不掩瑜，《水浒》的反抗精神、革命乐观主义和理想化的英雄人物却永远激动人心。这部根据民间传说加工写定的巨著，由于插手者不止一人，显然混杂着不少的封建糟粕。但是，其人其事，彪炳千古，五百年之久，它成为劳动人民反抗、起义的最有鼓舞力量的典范。所以然之故，在于书中的英雄人物的塑造既以阶级分析为依据而又有理想化。革命立场最坚定、始终如一、表里一致的人物，都是出身于劳动阶层的，这是人物描写的现实基础；另一方面，路见不平、拔刀相助，不同于揭竿而起的群众运动，却写得那样惊天动地、气象万千，这是浪漫主义，这是人物的理想化。因此，《水浒》也是结合了浪漫主义和现实主义的。此外，我国古典文学中还有不少作品既对于现实有深刻的分析和尖锐的批判，而又闪烁着对于未来的美好生活、合理社会的理想主义的光芒；如果我们不太严格，这样的作品也可以算是属于现实主义和浪漫主义相结合的范畴，然而，也不能不指出，这些结合（指《史记》等作品的现实主义和浪漫主义的结合）和我们今天提出的革命现实主义和革命浪漫主义的结合还是有本质上的不同。

上面那些论点，意在说明：一、我国文学的现实主义和浪漫主义传统中有哪些精华，我们应当怎样批判地继承并发展旧传统；二、我国的现实主义和浪漫主义一向是在我国的土壤和空气中产生的带着民族特点的文学流派，欧洲的对于现实主义和浪漫主义的概念和解释可以拿来作参考，但不能生搬硬套；三、以科学的革命理想指导现实斗争，又从现实斗争中发展革命理想，这样的革命现实主义与革命浪漫主义的结合（不仅是现实主义和浪漫主义的结合），只有在作家具有无产阶级世界观而且以历史唯物主义和辩证唯物主义武装了自己的头脑以后才有真正的可能。

而且正因为以历史唯物主义和辩证唯物主义作为指导思想的现实主义同浪漫主义和历史上的现实主义同浪漫主义有本质的区别，为了正名，故称之曰：革命的现实主义和革命的浪漫主义。

同时，我们也必须强调指出，革命现实主义和革命浪漫主义相结合这个口号又是针对着我们当前时代的特点和需要而提出来的。什么是我国当前时代的特点？只要看一看十年来我们国家的大事记就会完全明白。这十年来，我们在共产党和毛主席的正确英明领导之下，经过了国民经济的社会主义改造和规模巨大的社会主义建设，经过了农业合作化的高潮和私营工商业的社会主义改造，经过了三反、五反、整风、反右等等深入激烈的两条道路的斗争；

文艺界本身也经过了批判《武训传》以后的一系列的思想斗争；就这样一个革命接着一个革命，一个胜利接着一个胜利，当一九五八年党提出了鼓足干劲、力争上游、多快好省地建设社会主义的总路线的时候，宛如仙杖一指，顿时整个国家动起来了，顿时各个战线上捷报频传，出现了一九五八、一九五九年连续大跃进的奇迹。我们的先人曾经幻想着“化鹤归来，山川依旧，城郭俱非”，可是这两年中间，我们的山川也不是依旧了。不光是山川换了新装，特别是我国六亿五千万人民的精神面貌，人与人的关系，也焕然一新了。我们只要想一想：有多少昨天还是半文盲的工人农民，今天已经著书立说？有多少土专家难倒了洋博士？有多少现代的无名诸葛亮创造了多少现代的木牛流马？有多少黄继光、向秀丽、刘文学式的先进人物以身作则地对广大人民进行着共产主义思想和道德品质的教育？有多少叩人心弦的新鲜事物发生在车间、矿山、农村、部队、机关、学校、街道、家庭，表现了新的生产关系怎样地在移风易俗，怎样地改变了旧的人与人的关系，产生了新的共产主义风格的人与人的关系？而且，水到渠成，出现了今年的文化革命和技术革命的高潮。这一高潮，正以迅猛的步伐席卷全国，将在短时间内根本改变我国一穷二白的面貌。所有这一切，就是我们的当前时代的特点。生活本身既是瑰丽雄伟的革命浪漫主义的生活，我们文学工作者如果没有崇高的革命理想，没有炽热的政治热情和不断革命论的观点，即没有革命浪漫主义精神，如何能够尽到反映现实的职责？这是一面。另一面，我们也必须充分认识到，总路线的胜利，大跃进的奇迹，人民公社的发展，都不是风平浪静地得来的，都是经过斗争的。我们是战斗着前进的。这里，有两条道路的斗争，有两条路线的斗争，有先进与落后的斗争，有群众路线与官僚主义、命令主义的斗争，等等，这是我们的翻天覆地的社会变革的复杂错综的一面。这也是我们时代的特点。我们文学工作者如果不能掌握辩证唯物主义，没有革命现实主义的方法，如何能够正确地认识并分析这样的现实？因此，事实很清楚，革命现实主义和革命浪漫主义相结合的口号，不是从我们的主观要求出发，而是客观现实向我们提出的要求。大家都知道，上层建筑有巩固、加强并发展基础的作用和任务，在我们今天的社会中，作为上层建筑的文学艺术在思想战线上，一方面要负起肃清资产阶级政治影响和思想影响、肃清现代修正主义思想的战斗任务，另一方面要以歌颂先进的新人新事、以崇高的共产主义思想和共产主义道德教育广大人民，来推动时代的车轮转得更快；也就是说，我们文学艺术工作者不能满足于仅仅反映生活，而不更进一步推动生活。唯有掌握这个新的创作原则，这才有可能使我们不但能够充分地表现我们这社会主义跃进的时代，而且能够有力地推动我们这社会主义时代的跃进。这就是时代的要求。我们文艺工作者如果要做促进派，就必须通过文学艺术，在意识形态方面为共产主义社会开路喝道，为多快好省地完成社会主义建设时期党交给我们的各项任务而力争上游。

现在，让我们来研究几个问题。

革命文学的发展有其历史的渊源。高尔基的早期作品是在十九世纪俄罗斯现实主义的基础上，吸收了积极浪漫主义的因素，这在某种意义上丰富了现实主义，然而还没有形成新的艺术方法。直到《母亲》出世，我们才看到一种新的艺术方法。这种新的艺术方法后来为苏联作家所继续发展，这就是社会主义现实主义。对社会主义现实主义的一些权威性的阐明中，都强调地指出革命浪漫主义是社会主义现实主义的组成部分。在这个创作原则指导下，苏联文学取得辉煌的成就。时代向前迈进着，我们吸取世界无产阶级文学战斗经验和继承我国文学的历史传统，根据大跃进时代的要求，提出革命现实主义和革命浪漫主义相结合的口号，就像前面说过的是为了更适合于表现并有力地推动社会主义的跃进的时代。

历史上的现实主义和浪漫主义就其创作方法而言，确是不同的。但如上所述，我们不是执著于历史上的浪漫主义和现实主义的范畴，来理解今天的革命现实主义和革命浪漫主义以及它们的相结合，而同时我们也不割断历史，不抛弃历史上此两大流派的在今天还是有用的部分，我们要批判地继承它们的传统从而发扬之，——站在共产主义世界观的高度、以历史主义的观点方法来批判地继承，以不断革命论的精神来发扬它们。旧浪漫主义无视人民创造历史的真理，歌颂了个人英雄主义。革命浪漫主义则以马克思列宁主义对社会发展的科学预见性为基础，充分发挥主观能动性，豪迈地高瞻远瞩地描绘共产主义的壮丽的远景，歌颂我们这一代的创造历史、改造自然的群众的英雄。旧浪漫主义的在今天还有用的部分，例如藐视一切困难、大胆地幻想、热情磅礴、高视阔步、向前看的精神，我们要吸收它，而且以共产主义的风格提高它。旧现实主义（包括批判现实主义）不是从无产阶级的立场观点批判资本主义社会的现实，它是站在资产阶级的立场上，一方面批判资本主义社会的现实，一方面却无视甚至于歪曲无产阶级负起历史使命为改变这些现实而作的斗争。我们肯定历史上的浪漫主义和现实主义在当时的历史条件下（反对封建主义和反对神权思想）所提倡的个性解放所起过的积极作用，但是我们必须严正地指出旧浪漫主义和现实主义所宣扬的个性解放永远不曾、也不能培养社会主义的个性。我们必须以历史唯物主义和辩证唯物主义的观点和方法批判旧时代的浪漫主义和现实主义，取其精华、舍其糟粕；我们在马克思列宁主义世界观的思想指导之下，结合了科学分析的求实精神和不断革命论的雄心壮志，站在共产主义的高度，既反映今天的现实，又要用无限的热情、豪迈乐观的调子，淋漓饱满的笔墨，来歌颂一切产自今天现实基础上的萌芽状态的明天，即一切生气蓬勃的新事物。我们还是反映论者，但不是消极的被动的反映，而是意气风发地以共产主义思想把现实中的萌芽时期的明天照得更亮、更突出，就是要给现实以积极的影响，推动今天更快地过渡到明天。这就是革命现实主义和革命浪漫主义的结合！这也就解答了为什么历史上的大作家不可能做到的事，我们能做到，因为我们一旦改造为马克思列宁主义者、具备无产阶级世界观以后，我们就完全有可能站得高、看得远、钻得深，在共产主义崇高理想的指导之下，以不断革命的精神使我们的作品既能充分地反映现实又能照耀前途、推动现实的发展。我们今天的现实就是洋溢着史无前例的浪漫主义精神即共产主义的崇高理想同革命乐观主义与革命英雄主义的大无畏精神相结合的现实！

根据上述的那些论点，我们对于革命现实主义和革命浪漫主义相结合这个创作方法的意义，有几点是可以明确起来的：一、不能从形式上理解这个创作方法。运用了科学幻想小说的方式描绘未来的共产主义的人间乐园，那就只能归到科学幻想小说的范畴（这种幻想自然要有科学基础），不能称之为结合。二、必须区别方法和风格。浪漫蒂克的表现手法可以使作品具有浪漫蒂克的风格，但不因此就认为能够体现了这个创作方法，因为这个创作方法是比浪漫蒂克风格更高的境界，特别是在思想性上要高得多。三、脱离故事和人物性格的发展，而只是生硬地粘贴上去的豪言壮语、对未来的美好生活的梦想，或者让人物在对话中空泛地表白自己对于共产主义的信念和对于共产主义社会的渴望等等作法，也不能看作体现了革命现实主义和革命浪漫主义的结合。自然，这个创作方法并不排斥浪漫蒂克的表现手法（不但不排斥，还是需要的），并不一概反对人物口中有豪言壮语等等，然而，如果仅仅追求这一些，那就会把它庸俗化了。革命现实主义和革命浪漫主义的结合，首先表现在作品的思想内容。作家站得高、看得远，科学分析、远大理想，革命乐观主义精神，三者结合这才有可能准确、鲜明、生动地而又比现实提高一步地表现了我们这一代的生龙活虎的人物，移山填海的干劲，补天射日的气魄。有了这样的思想内容，就必须有与之相适应的艺术形式。如果借用成语，那么，勉强可以用“器宇轩昂，金声玉振”八字来形容它。作品的思想内容既要是超越前代的，它的艺术形式也必然是吸收了前代之精华而又发挥了自己的创造性的。

现在，让我们从作家的艺术实践中看看初步的成就。在这里，可以有两种态度。一是制定规格，绳墨森严；二是从现状出发，实事求是。前者意在防止尺度宽大无边而把这个创作方法庸俗化，动机是好的，然而否定太多，不利于新生事物的发展；我以为我们应当采取后一种态度，鼓励一切新发的蓓蕾，宣扬任何初步的收获。

我以为最近两年来，在各种不同程度上体现了革命现实主义和革命浪漫主义相结合的作品还是相当多的，绝非“凤毛麟角”。收在《红旗歌谣》中的民歌，绝大部分可以称之为有了革命现实主义和革命浪漫主义的结合，而且一小部分是结合得很好的。这已是大家公认的事实，我在这里不再举例了。让我们看看其他体裁和题材的作品吧。

革命历史题材和现代题材的作品或多或少地表现了这种创作方法的精神的，举例而言，就有小说《红旗谱》，话剧《降龙伏虎》、《星火燎原》，新歌剧《洪湖赤卫队》，阮章竞、贺敬之的诗歌，刘白羽的短篇小说。这些作品，或者突出了艰苦复杂斗争中的革命乐观主义，格调爽朗，或者反映了大跃进中的新人新事，气势磅礴，虽深浅未必尽同，但精神是一致的。我以为短短几年之内就有这样的成就是值得庆贺的。

我们还有若干杰出的作品，从它们的艺术构思方面看来，属于革命现实主义的范畴，但又都塑造了风貌堂堂的共产主义品质的理想人物。说这些人物是理想的，并不是说现实生活中还没有这样的活人，而是说这些人物比现实的活人要提高一步，是把许多活人的共产主义品质概括而集中于一个人物身上，所以他是现实的又是理想的。这样的人物塑造的方法是体现了革命现实主义和革命浪漫主义相结合的精神的。这样的作品，在小说中最多，例如《创业史》、《百炼成钢》以及马烽、李准、孙峻青、王汶石等等的一些短篇小说。

上举诸例，意在说明趋势，并不全面。然而椎轮为大辂之始，无论就整个文坛说，就个别作家说，前途是无限广阔而灿烂的。

四　创作上的几个问题

这几年来，我们有过多次的在全国范围进行的关于创作上一些主要问题的大辩论。近数月来，我们进行了批判现代修正主义文艺思想的大辩论，也是从理论联系实际，接触到创作上几个主要问题。周扬同志已经在他的报告中批判了现代修正主义文艺思想的主要论点，为了避免重复，我这里只想对于修正主义者最喜欢吹嘘的什么“写真实”，从创作上的四个问题指出他们的挂羊头卖狗肉的伎俩。这四个问题就是：（一）如何塑造英雄人物？（二）如何反映人民内部矛盾？（三）应当选择怎样的题材？（四）要不要“人情味”？要怎样的“人情味”？修正主义者在这四个问题上贩卖他们的荒谬的“狗肉”的时候，常常挂着“写真实”的“羊头”。好像他们真正是主张写真实，反对粉饰现实的捏造的作品，而批判他们的我们却就是不喜欢真实，喜欢捏造。事实却正相反，我们一向主张文艺要反映生活的本质的真实，我们一向反对粉饰现实的虚伪的作品，但是，我们所说的生活的本质和修正主义者所吹嘘的“真实”，不是一回事。自古以来，人们常因自己服务的对象不同或所站的立场不同，而对于真实的看法亦各各不同。正因为如此，口头上自称是马克思信徒的现代修正主义者在“真实”的问题上露了馅儿！我们不多讲空话，还是联系实际，回到那四个创作上的问题吧。

如何塑造英雄人物？本来这不是一个太复杂的理论问题，修正主义者却把这个问题弄得很神秘（在艺术实践上，真能塑造人物可不简单，这是另一回事）。和文学的历史一样古老，塑造英雄人物即作者所肯定而加以歌颂的正面人物，有两大流派：一是客观地概括的方法，二是主观地理想化的方法。两者都有它的片面性，我们主张舍弃两者之短而取其长，即在概括现实的基础上加以提高，就是既概括现实的活人的性格，又依现实发展的必然性而强调现实的活人性格中一些在明天的社会中将更为普遍的萌芽。这就是我们对于人物理想化的意见。我们认为这样做，并不损伤人物的真实性，而正是按照艺术的特殊规律使人物的教育意义提得更高。这样的人物有的是一出场就已经性格完美，光彩照人，例如《红日》中的沈振新和梁波，《创业史》中的梁生宝，《百炼成钢》中的秦德贵，《老兵新传》中的老战，以及胡万春笔下的步高师傅、全根师傅，孙峻青笔下的老水牛爷爷、老交通。认真说，我们倒觉得上面提到的这些英雄人物还可以再多些理想化，革命现实主义和革命浪漫主义相结合的创作原则要求这样做。但是修正主义者硬说没有品质上的缺陷的英雄人物是不存在的（请注意，他们不是说性格上的缺点而是说品质上的缺陷），硬说必须在英雄人物鼻子上抹点白粉，否则就不真实。这真是立场不同对真实的看法也就不同了！修正主义者所欣赏的人物是思想矛盾、精神分裂、感情脆弱、立场摇摆的人物，他们所欣赏的“英雄”是个人主义的“英雄”。这样的人，不能说我们社会中已经绝迹，但他们正是批判的对象，在作品中应是反面人物。修正主义者认为大写特写这些否定人物，并加以歌颂，这才是写了真实，我们则认为，这些否定人物作为反面教员也可以写，但应当采取批判的严正态度，不能抱欣赏的态度，更不能喧宾夺主，让这些否定人物充满在我们的作品中。因为在今天我们的社会中，这些否定人物不是多数而是极少数，如果让他们充塞在我们的作品内，这便是歪曲了现实。

另外有一些英雄人物是经过一个发展的过程的：从幼稚到成熟，从缺点甚多到没有缺点，从不觉悟到觉悟，例如《红日》中的团长刘胜、班长秦守本，《草原烽火》中的巴吐吉拉嘎热，《动荡的年代》中的巴哈尔（这个人物在《动荡的年代》中还没有走完他的发展过程，可是这部叙事长诗既未结束，巴哈尔终于会走完他的发展过程），我们认为这是符合于实际情况的。我们认为写英雄人物的缺点正是为了写他的发展过程，人物的教育意义正在这里。但是修正主义者却主张那些人物应该带着缺点到棺材里去，不喜欢他们在党的教育和同志们的帮助下克服一个又一个的缺点而最后成为完人。他们诬蔑说，这是公式主义；但是，现实恰恰是这样发展的。修正主义者不喜欢现实按照现实自己的规律去发展，只喜欢现实按照修正主义的“规律”去发展，而把所有不合于他们的主观要求的，统统加以诬蔑；他们对文艺创作高喊的所谓“写真实”，对塑造英雄人物提出的什么真实问题，其实质就是这样的。

最近几年来，我们的作品中出现了越来越多的包括了各行各业的英雄人物的光辉形象，作家们塑造人物的本领比一九五六年前大有提高，特别是塑造工农兵人物的本领比以前高得多了。最近一些优秀作品中的工农兵人物，从他们的意识情感到声音笑貌，已经完全不是工农兵服装的小资产阶级知识分子，而是真正的工农兵了。塑造人物形象的手法，或粗线勾勒，或精雕细琢；表现人物的性格，或画龙点睛，或移步换形；总之，手法变化多端，形成各种不同的风格。所以能有这样的成就，主要原因在于作家们的深入生活，投入斗争，劳动锻炼，和群众相结合。这样，一方面改造了世界观，另一方面吸收了丰富的创作泉源。铁一般的事实驳斥了修正主义者所说的什么改造思想将窒息创作灵感，将使作品千篇一律的谬论。

在塑造英雄人物的问题上，还有一些糊涂的议论，这就是所谓“小人物”或“多余人”主角论。什么叫小人物或多余人？这是从欧洲搬来的文学术语。所谓“小人物”和我们今天说的“普通劳动者”意义完全不同。在欧洲文学中，“小人物”是和古典文学传统的主角（历史人物，传奇人物，个人英雄主义的豪杰，玩世不恭的没落贵族等）大人物相对称的；至于“多余人”，一般可以说“无足轻重”的人。要而言之，“小人物”或“多余人”，都是不大光彩的人儿；他们有时是丑角，有时是胆小鬼，有时是使人对之啼笑皆非的糊涂虫，有时是使人哀其不幸、怒其不争的可怜虫，而更多的则是饱食终日、无所用心，既自叹生活空虚又无志振奋的潦倒人。在旧社会中，有这一类人。“五四”时期的文学作品中也出现过这样的人物，然而即使在那时，“小人物”或“多余人”的描写也并未成为文坛上的一种风气，自然更说不上成为一个流派。在今天，现实本身就已经把这些“小人物”或“多余人”大部分带进历史的洪流，绝小部分自暴自弃者将跌进历史的垃圾箱。我们并不反对把这些“小人物”或“多余人”的变化和改造，作为社会风气大革新的一端，在文学上适当地反映，然而，如果认为这应当大写特写而且造成一个流派，那就是错误的主张，和文艺为工农兵服务的方针是背道而驰的。这种错误的主张，在我们这里虽然没有很大影响，可是，有意无意实践了这种主张的作品却屡有发现，而修正主义者却借此大肆宣扬，提倡写“小人物”来反对创造英雄人物，这就成为一种反动倾向。我们在这里要善于区别，对修正主义者作为一种理论来宣传的“小人物”论，必须彻底驳斥，而对于那些在迷路上的同志，我们应当批评他们，帮助他们改正。

英雄人物不是在一帆风顺的环境中成长起来的。没有经过种种严重的考验，怎显得是英雄人物？作家把他的英雄人物放在错综复杂而又尖锐的矛盾的环境中，描写他经过怎样的波折方始解决了这些矛盾，描写他也走过弯路，描写他善于吸收群众意见，善于总结经验教训，“吃一堑，长一智”，这样的英雄人物才是现实的活人物。因此，塑造英雄人物的问题就同反映人民内部矛盾的问题有不可分割的关系。修正主义者对反映人民内部矛盾问题，像对塑造英雄人物问题一样，也是在“写真实”的草标下贩卖“暴露社会阴暗面”的私货。我们并不否认我们社会上还有缺点和落后事物，也不认为这些缺点和落后事物，可以任其自然，而不去消灭它，包括用讽刺文艺的烈火去烧它。但是，我们同现代修正主义者的分歧在于：我们认为在资本主义社会，阴暗面正是资本主义制度的产物，而在我们新社会，阴暗面是旧社会遗留下来的包袱。为了消除这个包袱，我们采取各种措施。文艺界担负的是改造人，改变旧风气、创造新风气这些思想斗争的任务。可是修正主义者却把反映人民内部矛盾和暴露社会阴暗面等同起来。正因为这种混淆的思想根源是敌视社会主义的资产阶级世界观，修正主义者硬说我们的矛盾主要是“群众个人利益和国家集体利益之间的矛盾，领导干部官僚主义作风和群众利益的矛盾，工作人员的命令主义和群众生产积极性、劳动创造性的矛盾”，一句话，他们把无产阶级同资产阶级的斗争、社会主义道路同资本主义道路的斗争是今天我国内部的主要矛盾这个根本问题避而不谈，反倒杜撰什么阶级斗争熄灭论，不顾事实，硬说主要的内部矛盾是“领导与被领导之间的矛盾”，并且煽动作家要像批判现实主义者暴露资本主义社会那样来写今天的暴露文学，诬蔑不合他们的脾胃的作品是不真实的、粉饰现实的，这口吻，实在同资本主义国家报刊上诬蔑我们的言论差不多了。

但是，以毛泽东思想武装了自己的我们的作家和文艺批评家不但从理论上暴露了修正主义者谬论的思想本质，而且还用艺术实践来反驳了这些谬论。我们举眼前的例子吧，《创业史》和《乘风破浪》都写了内部矛盾，但前者的内部矛盾主要是贫农与一部分富裕中农在合作化道路上的矛盾，后者的内部矛盾是“多快好省”和“少慢差费”两条路线的斗争，而且这两部作品所写的这些斗争还发生在上级与下级、领导与群众之间，却不如修正主义者所大声宣扬的那样，上级与下级、领导与群众之间的矛盾其性质不过是由于领导上的命令主义或官僚主义作风。《创业史》和《乘风破浪》反映的矛盾还有先进与落后，个人主义与集体利益的矛盾等等，也还写了敌我矛盾；然而两位作家写了一大套矛盾并不为了暴露什么阴暗面，相反，倒是为了反映我国社会主义革命和社会主义建设的伟大现实的光明面，为了表现先进人物怎样在这些矛盾的斗争中受到锻炼，落后人物怎样改变面貌，保守右倾思想怎样被斗争的烈火烧掉；这才是通过艺术形式反映出来的生活的真实，即帮助人们认识了现实，也给人们以共产主义的思想教育。修正主义者的反映内部矛盾即为了暴露阴暗面的谬论，就这样地也被艺术的实践所驳倒。我们的优秀作品，几乎没有一部不是或多或少地反映了内部矛盾的，除上举两书，还有小说《在和平的日子里》、剧本《敢想敢做的人》等等，都是比较突出的。为了“暴露”而写内部矛盾的作品，只居极少数，在最近的批判修正主义的运动中，它们的思想本质已经被揭发得清清楚楚。

毋庸讳言，有些反映内部矛盾的作品还存在着简单化的缺点，另一些作品则在提出矛盾、解决矛盾以后，不恰当地给读者（观众）以从此太平无事、不会再有矛盾的错觉，缺乏不断革命论的观点；然而，我们相信，学习毛泽东文艺思想和批判修正主义将提高我们的马克思列宁主义水平，而深入生活、加紧劳动锻炼将使我们更能正确地认识、分析现实，更能正确地反映人民内部矛盾，上述的那些缺点都可以逐步地完全克服。

修正主义者对于作品题材的谬论，首先是攻击工农兵方向，接着就叫卖他们自己的货色。他们抹煞事实，信口胡说：反映阶级斗争与社会运动的作品千篇一律，枯燥无味；作品好不好，与题材无关；对于一般读者（这是对于一般读者最大的诬蔑——笔者），身边琐事比各种斗争和各种运动更觉得亲切有味云云。他们又鼓吹题材无所谓主要与次要之分，这一议论的实质和早已臭透的胡风分子①的“到处有生活”的谬论不过是“五十步与百步”。以上这些荒谬的议论，已经见过多次，虽然每次的装扮不尽相同，但目标只是一个：反对工农兵方向。修正主义者在这里也用“写真实”作为盾牌，自拉自唱道：“小题材的作品有生活气息，感情真挚”，弦外之音自然是说大题材的作品不真实了。这种诡辩，用的也是混水摸鱼的方法，不经一驳，然而也能迷惑头脑糊涂的人，特别因为它还乱扯上百花齐放、百家争鸣，听起来就好像也还“持之有故”。然而事实是最雄辩的，我们来看事实吧。

以阶级斗争和社会运动为题材的作品，确实有少数是写得有些干巴巴的，而早期的工业建设题材的作品也的确有一部分是“见物不见人”，被讥为“生产小说”。然而，如果个别地研究这些作品的写作过程，就知道不是题材害

① 胡风（1902—1985） 湖北蕲春人。现代作家。一九五五年曾被错定为“反革命”，一批与胡风联系较密切的作家也被定为“胡风分子”。一九八〇年九月，中共中央予以平反；一九八八年六月再次复查，进一步平反，并对一九八〇年发布的有关为胡风平反文件作了重要补正。

了作者，而是作者辜负了题材。作者对于题材的内容并无感性知识（谈不上熟悉不熟悉，根本问题是作者没有这种生活），但凭热情，加以想象，自然会有骨无肉。在解放初期，有些作家对于社会主义社会的生活一时还不熟悉，这种情况的产生，是可以理解的。后来，我们响应党的号召，深入群众，投入斗争，情况就开始好转。最近几年，作家下放、劳动锻炼，成为制度，情况就大大改变。公式化、概念化的缺点基本上已经克服，产生了大批优秀的作品。这些经验，大家记忆犹新，然而竟还有人翻隔年的皇历，不顾事实，信口雌黄，这就不是见闻不广的问题而是思想上对工农兵方向有抵触的问题。

十年来，我们进行了翻天覆地的社会主义革命和社会主义建设，这是我们时代的现实。社会主义革命和社会主义建设的每一阶段都有尖锐复杂的阶级斗争，这些斗争，集中表现在几次伟大的运动中。我们的文艺既要反映时代，怎么能够回避这些伟大的运动？当然不能！这就注定了一切重大社会事件必须在文艺作品的题材中占最优先的地位。用一句家喻户晓的话，就是歌颂总路线、大跃进和人民公社三面红旗。我想现在还应当多快好省地用各种文艺样式来反映文化革命和技术革命的高潮。没有三面红旗，文化革命和技术革命的高潮也许不会到的这样快，这样深入广泛，这样声势浩大。一个作家如果希望自己的作品不为一小撮的人所欣赏而要为广大人民所喜爱，怎么能够对于那些关系六亿五千万人民的幸福生活的重大事件闭目无睹？当然不能！由此可知，题材有主要与次要之分，并不是由谁的主观愿望来决定的，而是由客观现实来决定的，也是广大人民对我们提出的要求！如果再就文艺的思想教育作用来看，谁也不能否认，反映社会重大事件（即社会主义革命和社会主义建设的具体内容）的作品的思想教育作用比所谓次要题材的，要大得多也深刻得多。

自然，我们也不应当从形式上看问题，以为只有群众性的斗争和运动才算是主要题材。有些作品，虽然并没有写到群众性的斗争和运动的场面，然而确是在反映社会主义革命和社会主义建设的伟大变革的精神的基础上，从日常生活中清滤出那些有分量的素质，以巧妙的艺术构思，精确地反映了时代精神，例如大家都熟悉的马烽的《三年早知道》，艾芜的短篇集《夜归》，沙汀、王汶石等等的一些短篇小说，孙友田的《煤海短歌》和《矿山锣鼓》以及其他诗人们的作品，电影文学剧本《五朵金花》（季康、公浦）。这些作品的思想教育作用并不小于描写群众性的斗争和运动的作品。对这样的作品，我们也给予很高的评价。然而在这里，我们和题材无主次论者并无共同之处，因为题材无主次论者是把那些缺少社会意义的题材和具有重大或较大社会意义的题材放在同等地位的，而我们则强调这两者的本质上的不同。

这样看来，主要题材和次要题材的区别，在于题材的有没有社会意义，能不能反映时代精神，而不在于题材的内容是社会的重大事件呢或者是日常生活。然而同时也必须注意到，如果把能够反映时代精神、富有社会意义的一系列的题材排起队来，站排头的仍然不能不是社会重大事件。在这里，把话说明白，并非贬低那些能够反映时代精神的日常生活的题材，而为的是不让修正主义者断章取义，钻空子。没有社会意义，不能反映时代精神的日常生活，我们称之为身边琐事；正是这些身边琐事，修正主义者对它特别有兴趣，而且极力要抬高它的地位。我们坚决反对的，也正是这种阉割文艺的思想性和战斗作用的企图。

同时，我们也反对粗暴地对待题材问题。我们并不排斥那些于政治无害、于生活有益的作品。花丛粉蝶，可以悦目，可以解劳，这就叫做于生活有益，于政治无害。我们也不反对它在文艺的百花园中占一席地。这是符合百花齐放、百家争鸣的精神的。但是，如果有人要大擂大吹，夸大美化这些“小摆设”的作用，给它披上神秘的外衣（例如说这些小东西的“思想性”奥妙得很，是“一粒米放大千世界”云云），并且要把它作为一个“方向”来提倡，那么，我们不得不严肃地对他说：朋友，这可不行；因为你的说法，是神秘主义，你的做法和时代精神不合拍，你的“方向”是和工农兵方向背道而驰的！

现在颇有些人以为清风明月，花草鸟兽等题材无所谓思想性，我看未必然。这些属于自然界景色的题材有没有思想性，要看作者如何处理。蝶戏花丛，翩翩多姿，固然可以悦目忘劳，但何如鹰击长空，不但悦目忘劳，还令人心胸开阔，精神振发？斜阳、古道、寒鸦，使人有穷途衰飒之感，而旭日、洪波、海燕，却引起我们的昂扬慷慨的情绪。这些不是思想性么？作家为什么对此一自然景色有偏爱，而对彼一自然景色无动于衷？还不是和他的思想意识有关系？归根到底，以“小摆设”或自然景色作为自己的“专业”的艺术家们也不能不有进步的世界观。没有进步的世界观，“小摆设”和自然景色的圈子里也会出乱子的。

曾经有一个时期，所谓“人情味”者，引起了某些人过分的兴趣和注意。这个词儿，经常在有些评论文中出现，好像一部作品的大成功、小成功或失败，都和有没有这个“人情味”有关系，好像一个人物是不是概念化就靠这“人情味”的有无多少来决定。然而，这个所谓“人情味”究竟指怎样的情感，且让我们看看曾经有过怎样的说法。

严肃的争论中夹几句笑话，战斗不忘恋爱，这是对于人情味的最肤浅的看法。生活中本来不是一味面红耳赤的争论而也有说说笑笑，战斗的间隙也会谈谈恋爱，生活中有的事情，作品中当然可以写，问题在于恰到好处，不落低级趣味，不歪曲英雄人物的形象。在这里，只是一个掌握分寸的问题，还不牵涉到原则性。另外有些说法可就不同了。这就是强调什么“精神奴役的创伤”，这就是津津有味地玩赏战士身上的脓疮，这就是别有用心地硬说英雄人物在从容就义的刹那间必有留恋生命的软弱的表现，在大义灭亲时必有徘徊不决的矛盾心理，而且为了“人道”放走了阶级敌人等等。修正主义者就喜欢如此这般的“人情味”，我们则反对这样的“人情味”。我们认为这些都是资产阶级、小资产阶级的“人情味”，不是无产阶级的人情味，特别例如英雄人物就义时软弱的表现等等，是不能容许的对于英雄人物的歪曲，根本不是人情味的问题。

修正主义者还把人情味和他们的“人性论”联系在一起。在他们看来，“帘卷西风，人比黄花瘦”，“剪不断，理还乱……别是一般滋味在心头”，这些顾影自怜的心情，缠绵悱恻的离愁，也是地老天荒（超时代）人人所共有（超阶级）的；他们十分欣赏这些“人情味”。然而，这些只是个人主义者的没落的情绪，建设社会主义的英勇的人民既不会有这些情绪，也不会欣赏这样的“人情味”。

我们并不反对文艺作品要有人情味，我们反对的，是修正主义者所宣扬的人情味；我们也不赞成“为了人情味而人情味”的画蛇添足的作法。我们认为人情味是从属于思想情感的，不同阶级的人既有不同的思想感情，就有对于不同的人情味的喜爱或厌恶、共鸣或抵触。如以作品中的人物而论，凡是有血有肉的人物都洋溢着人情味，但不是修正主义者所说的没有阶级性和时代性的人情味。只有这样的人物才是真实的活人的典型，而修正主义者所宣扬的具有超阶级超时代的人情味的人物，在现实生活中是不存在的。我们的优秀的文艺作品都是充满了劳动人民的人情味的，到处可见，不胜例举；至于写亲子之爱、写阶级兄弟的友谊、写男女的爱情等等，带着鲜明的阶级性和时代精神的篇章，在我们的优秀的作品中就更多了。这都是劳动人民所喜爱的人情味，也就无怪南斯拉夫修正主义者和外国资产阶级报刊不喜欢甚至诅咒这些作品了。

五　作好准备，迎接新的战斗

六十年代将是人类史上空前伟大的时代。以美国为首的帝国主义集团在这十年内是流年不利的。它的渴血的狰狞面目将一天一天被暴露得更彻底，全世界人民将越来越清楚地认识到美帝国主义是最凶恶然而也是一天天烂下去的人类公敌。六十年代的第一个年头刚过了一半，然而，争取民族独立、民主、自由的反帝反殖民主义反法西斯统治的怒火已经打倒了美帝扶植的傀儡李承晚、曼德列斯、岸信介；英勇的日本人民正在再接再厉地进行着粉碎日美军事同盟，争取民族独立、民主、中立的反美爱国的正义斗争；非洲和拉丁美洲人民的革命斗争的火焰越来越旺，所有依靠“美援”来维持其统治地位的独裁者都显得朝不保夕，各种各样的两面派都越发难混日子。倒行逆施的美帝国主义及其仆从们真已到了日暮途穷的地步了。

然而决不能幻想帝国主义会自动退出历史舞台。我们也必须认识明白：只有加强以苏联为首的社会主义阵营的力量和团结，提高社会主义阵营各国人民对帝国主义和战争贩子的敌忾，极大努力地展开反帝国主义的统一战线，反对全世界人民最凶恶的敌人美帝国主义，支援殖民地国家的反帝斗争，这才能够最后粉碎国际侵略集团的发动战争的阴谋，这才能够彻底消灭战争的根源——帝国主义，这才有持久和平之可言。

我们文学艺术工作者必须在战争与和平问题上站稳立场，运用文艺这个武器彻底暴露资产阶级和平主义的为虎作伥的本质；我们坚决反对帝国主义和殖民主义者的侵略战争，坚决支持一切反帝反殖民主义反法西斯统治的正义战争。我们要通过文艺，对广大人民进行肃清资产阶级和平主义的思想教育，彻底暴露美帝国主义的戴和平的假面具加紧备战的鬼把戏，彻底揭露帝国主义的驯顺工具现代修正主义者的企图麻痹人民斗志的"和平演变""阶级调和"等等谬论的帮凶嘴脸。我们过去在这方面作了一些努力，今后应当进一步努力，扩大题材，扩大品种。对于国际事务的更关心，应当是我们今后的任务之一。

就我们国内而言，六十年代也将是空前的伟大的年代。

总路线、大跃进、人民公社三面红旗创造了层出不穷的奇迹。今年出现的文化革命、技术革命的高潮，将在不很长的时期内完全改变我国的一穷二白的面貌，成为具有现代化工业、现代化农业和现代化科学文化的社会主义强国。六十年代将是我国完成社会主义建设并为过渡到共产主义创造条件的具有决定意义的十年。城市大办人民公社，街道大办居民福利事业，知识分子下乡下厂劳动锻炼、改造思想，工农群众提高文化、学习哲学、攻科学关，所有这一切出现在我们社会中的新鲜事物都是共产主义的萌芽，在党的领导和鼓励扶植之下，都将以不可阻挡的气概向前猛迅发展。目前在我国，一支无产阶级知识分子的队伍已经形成并且正在扩大。资产阶级知识分子经过不断的思想改造，也已有很大进步。全国范围内，正在风起云涌地开展学习毛主席著作的热潮。这是一个伟大的共产主义思想革命运动。党中央指示我们：在共产主义社会建成以前，文化革命的主要内容是社会主义和资本主义之间在意识形态方面谁胜谁负的斗争。十年以来，经过不断的斗争，无产阶级意识形态在我国已经占统治地位，劳动人民中间成群成批地涌现出具有共产主义思想和风格的先进人物。但是，资产阶级的政治影响和思想影响还要长期存在，还必须经过长时期的艰巨的斗争，才能在全体人民心中彻底扫除资产阶级意识形态的残余，极大地提高全体人民的共产主义思想觉悟和道德品质。在这一场意识形态的斗争中，我们文艺工作者就应当站在斗争的最前列。我们的任务是光荣的，同时也是艰巨的；我们要完成这个任务，就必须认真地加紧学习马克思列宁主义和毛主席的著作，彻底批判现代修正主义，深入生活、加紧劳动锻炼，改造思想，使自己成为真正具有无产阶级世界观的知识分子。我们必须通过批判地继承前人遗产的方法来提高自己的文艺修养，必须通过密切联系人民、汲取人民的智慧、学习人民的艺术宝藏，来创造性地发展自己的艺术表现力。

我们应当有充分的信心，完成党和人民交给我们的光荣任务，使我们的工作既能充分地反映社会主义跃进的时代，又能推动社会主义时代的跃进！我们能做前人所不能做的事情，因为我们具有一切有利的条件。其中最重要的一条是党的领导和党对文艺事业的无微不至的关怀。我们要坚持正确的对社会主义文艺的蓬勃发展有极大鼓舞力的百花齐放、百家争鸣、推陈出新的文艺方针，要加强文艺界的团结，要充分开展批评与自我批评，以提高我们的政治思想水平和艺术水平。

我们要发扬共产主义的敢想、敢说、敢作的风格：破除迷信，大胆创造，为超越过去一切时代的文艺高峰而努力。现在还有不少人认为，在思想上我们可以而且已经超越前人，但在艺术的技巧上我们不能不拜倒在他们脚下，这种看法是错误的。前人的艺术表现的技巧并不是高不可攀，更不是不能超越的，问题只在我们不把前人当作偶像，同时也不深闭固拒，而是批判地吸收一切对我们有用的东西，然后大胆地创造出符合于我们的时代精神的崭新的艺术表现的技巧。我们的工人兄弟们说得好：“要攻技术关，先破思想关。”我们应当学习工人兄弟们的这个先进经验。

我们必须继续学习世界各国的进步文学和革命文学的优良传统，特别是苏联和其他社会主义国家的社会主义现实主义文学的先进经验。十月革命以后的苏联文学开辟了世界文学的新纪元，四十多年来的苏联文学，它的多种多样的风格和丰富的创作经验，对社会主义、共产主义文学的发展已经作出而且将要作出更大的贡献。

我们必须加强以苏联为首的社会主义阵营各国的作家们的友谊和团结，同时我们也必须同世界各国的站在反帝反殖民主义战线上的一切进步作家们加强友谊和团结。

同志们！在共产党领导之下，我国六亿五千万人民正在步步实现先人的美妙的梦想——征服自然，建设共产主义的人间乐园；作为灵魂工程师的我们应当信心百倍地大踏步向前，更多更好地创造出无愧于我们这时代的作品，对世界的社会主义、共产主义文学宝库作出我们的一份贡献。

在杭州大学一次座谈会上的讲话*

问： 在历史题材创作和文艺批评工作中，如何贯彻“两结合”的精神？《蔡文姬》、《关汉卿》、《林则徐》是不是“两结合”的作品？革命现实主义与革命浪漫主义相结合的艺术方法，同社会主义现实主义的艺术方法关系如何？

答： 历史题材的作品，如《关汉卿》、《蔡文姬》、《林则徐》等，都是现代人写的。它们是否可以体现“两结合”的精神？我在写文代会报告①初稿时，曾把它们归为“两结

* 本篇最初发表于一九八六年十二月《杭州大学学报》，原题为《记茅盾在我校一次座谈会上的讲话》，文前冠有“编者按”说，一九六〇年十月，茅盾在浙江视察文化工作时，曾应邀于十月二十五日与杭州大学中文系部分师生见面，并回答他们所提问题。此记录稿系丁茂远整理，未经作者审阅。现题为编者所拟。

① 指全国第三次文代大会上作者所作题为《反映社会主义跃进的时代，推动社会主义时代的跃进!》的报告。

合”的作品。其理由在于：我觉得田汉与郭沫若的创作一向有着浓厚的浪漫主义气息。郭老早期的诗歌是浪漫主义的，田汉的剧作也有较多浪漫主义的成分，不过这一些并非我们所说的革命浪漫主义，还是属于十九世纪的浪漫主义。它与欧洲的又有不同。《女神》同湖畔诗人的作品并不相同，而与英国积极浪漫主义诗人拜伦、雪莱大体上相近。《蔡文姬》、《关汉卿》有革命浪漫主义成分，也可以说初步体现了“两结合”的精神。

话剧《关汉卿》，一方面没有违背历史真实，完全按照当时的历史情况，而不是用现代人的眼光；另一方面又把关汉卿理想化，把他身上所有的积极精神更集中了；我看两者处理得是好的。如果不是机械理解的话，可以说基本上体现了“两结合”的精神。

《蔡文姬》首先是为曹操翻案。如果我们不是从正统观念来看，那末大家都可以收拾汉室的江山。郭老比一般历史学家更进了一步。许多同志有不同的看法，认为郭老把曹操美化了，难道打黄巾也有积极意义吗？郭老想替曹操翻案，确实理想化了一点，但从作者整个创作意图来看，并没有什么偏颇的地方，实际曹操在历史上起过一定的作用。同时还应指出，郭老写《蔡文姬》，还把自己的感情放在这个历史人物身上，反映了郭老抗战初期激于爱国热情只身回国把妻子儿女留在日本的心情。剧本从替曹操翻案来看，尺度放宽一点，也可以说是革命浪漫主义的。

谈到革命现实主义和革命浪漫主义相结合的问题，我的尺度是比较紧一点，现在报告放宽了一些。因为各省代表提出来，我与周扬的报告口径不一，因而服从大家意见放宽了一些。我起初举到《蔡文姬》、《关汉卿》，后来大家讨论，认为例子还是少提点为好。

影片《林则徐》假如说有革命浪漫主义成分的话，那是剧本把这一时期人民反帝爱国斗争的力量强调突出了一些，因此我认为它更主要的还是革命现实主义的作品。我在报告中提到它，并列为优秀影片之一。当然，也可以反问，突出人民革命精神，不也就是革命浪漫主义的表现么！两方面都可以谈，如果我们不想牵强附会的话，还是不叫它为两个主义结合的作品。从理论上讲，写历史题材是否可以产生“两结合”的作品呢？我们写历史人物，可以力争在不违背历史真实的前提下，让笔下人物既有高尚的品格，又有远大的理想，从而深深吸引着广大的读者。当然这些历史人物总会受到时代的限制，不可能具有共产主义的远大理想。只要达到上述要求，我以为也就体现了“两结合”的精神。

文艺批评方面，苏联在提出社会主义现实主义时指出，它既是创作方法，又是文艺批评的原则。实际上讲得也很含混。我们认为，文艺批评也应该根据“两结合”的精神来研究分析作品，否则是不行的。也许有人会问，如果这样，文艺批评本身也要表现出革命浪漫主义精神吗？看来也可以这样说。一个批评家，应当具有马克思主义的世界观，写文章要淋漓尽致，不仅逻辑上严密，而且文字上要美。

“两结合”与社会主义现实主义的关系，我在报告里没有直接回答，只是笼统地提到，苏联对社会主义现实主义一些权威性的阐释中，都强调指出革命浪漫主义是社会主义现实主义的组成部分。在这个创作原则指导下，苏联文学取得了很大的成就。时代在不断向前迈进，我们吸取世界无产阶级文学战斗经验和继承我国文学的历史传统，根据大跃进时代的要求，提出革命现实主义和革命浪漫主义相结合的口号。现在我想进一步谈点个人的看法。苏联作家对我们的口号很敏感。我们从一九五八年下半年谈诗开始，发表了好多文章，苏联都没有发表。去年五月，苏联作家协会召开第三次代表大会，请了许多国家来宾，中国也派出了代表团。我们在祝辞里，准备先谈社会主义现实主义，然后再谈我们的主张。后来考虑这样不好，变成利用人家的讲坛宣传我们的主张。我们到了以后，各国代表都很关心，纷纷向我们要发言稿。苏联作家怕提到这个问题。去年有个电影工作会议，中国代表谈到这一问题。正好当时有个南斯拉夫作家说社会主义现实主义是强加于别国的创作方法。苏联作家很敏感，误认为我们从创作上攻击社会主义现实主义创作方法。苏联作协第三次代表大会开完以后，苏尔科夫不做会长，担任党组第一书记。请费定当会长，借以表示大团结，因为费定是无党派人士。当时，苏尔科夫约我去谈一次，交换交换意见。他开门见山地谈到这一问题。我们说，这是根据我们国家的情况和文学发展的经验提出的。他又问“两结合”同社会主义现实主义的关系如何？如果说作为发展是否我们落后了？我们说，这是大家鸣放嘛！他又问，你们领导意见如何？后来我们从日丹诺夫、高尔基、法捷耶夫的看法谈起，他们才很满意。

我和周扬的报告都考虑要不要提社会主义现实主义的问题？要不要与“两结合”加以比较？开始打算不谈。我认为不大妥当。后来还是提了，也称赞社会主义现实主义，但是不作比较。我们认为，苏联目前文学的现状，与过去权威人士阐明的观点是有点走样的。他们所恭维的《一个人的遭遇》，实际上只有现实主义，并没有革命浪漫主义的精神。苏联现在有些作品浪漫主义是很强的，另外有些现实主义也很浓，但是像高尔基《母亲》那样相结合的作品却很少。社会主义现实主义的定义，开始提出用社会主义思想教育人民，后来有人指出这是作家的责任，而不是创作方法问题。最近分析社会主义现实主义的文章不多，他们强调继承过去的传统，并形成多种艺术风格，这个话看来有一定的道理。不过，我们谈我们的，避免引起纠纷。

问：传统剧目经过整理改编之后，是否可以成为社会主义先进文化的一部分？对《生死牌》、《父子恨》等剧目应如何评价？

答：传统剧目是否可以成为社会主义先进文化的一部分？我以为《生死牌》、《父子恨》这些作品，不可能表现社会主义理想，但它们如果只要还有一点积极作用的话，仍可以作为社会主义文学的一部分。当然，《父子恨》是不是？我也很怀疑。如果观众修养较高，也许可以得到一些教益。我们的兴趣应该是宽广的，有些古代作品没有什么积极因素，问题在于我们如何对待，只要我们不是盲目崇拜，而是批判吸收，即使一点点养料，也是可以吸取的。假如有一点积极作用，虽然是间接的，可以帮助我们认识历史，丰富我们的知识范围，政治上也没有什么毒素，我看可以作为社会主义文化的一部分，否则我们为什么还演它呢！当然，改编得好不好是另一个问题。

问：对十九世纪资产阶级文学，我们应该继承些什么？如何欣赏巴尔扎克的作品？

答：对十九世纪批判现实主义文学继承些什么？这是目前学术界正在争论的问题。高尔基认为主要是技巧。我看要具体分析，也可能有点教育作用。他们也批判资本主义制度，但在思想方面都是有局限性的。一方面反对封建主义，一方面提倡个性自由，提倡资产阶级生活方式，既有积极的因素，又有消极的东西。它可以帮助我们认识过去，提高我们观察现实生活的能力。巴尔扎克的作品，在当时起过进步作用。他站在保皇党人的立场反对资产阶级拜金主义，有其进步作用，还在无形中赞美了共和国的英雄们。我个人并不十分钦佩巴尔扎克，而更喜欢托尔斯泰。中国古典文学我很崇拜，庄子、司马迁、辛稼轩我都喜欢，李商隐我也喜欢。

问：民族化、群众化包括哪些内容？两者关系如何？

答：我们今天在文艺领域内所提倡的民族化和群众化，就是要努力做到毛主席在二十多年前所指出的“新鲜活泼的、为中国老百姓所喜闻乐见的中国作风和中国气派”。民族化、群众化两者是有关系的，作品不能达到群众化，民族化也是有问题的，不过要根据不同的时代来理解。鲁迅的作品，民族化毫无疑问，他的读者对象是青年知识分子，工农大众欣赏有一定困难。因为鲁迅笔锋凝炼，需要有相当文化修养的人才能理解。他的后期杂文与前期有所不同，广大知识分子是能看懂的。现在《鲁迅全集》都加了注解，如果不熟悉当时的社会情况还是难于理解的，通过注解，广大读者就可以接受了，因此也可以说是群众化的。

问：中国现代文学的性质？思想性与艺术性的关系如何？

答：中国现代文学从整体来说属于新民主主义文学。一九四二年前后，各抗日根据地和解放区的文学，表现了新的题材、新的人物，不仅限于新民主主义的范围。殷夫、蒋光慈的作品，既属于新民主主义的文化，又有社会主义的成分。蒋光慈的作品艺术上还有些粗糙，基本上应属于新民主主义的范围。

思想性和艺术性的关系。一部作品思想性好，艺术性差，感染人的力量总差一点。苏小小墓上有副对联很好："湖山此地曾埋玉，花月其人可铸金。"思想性艺术性都不错。而旁边武松墓上的对联，思想性很差，这是应该否定的，但文字上倒也很巧妙。

一九六〇年短篇小说漫评[*]

文学作品的主要任务是塑造典型人物。时代的风貌，阶级斗争之时代的特征，人物的思想变化，等等，都必须通过人物的活动，然后才能获得艺术的形象。

作家的责任就在于创造艺术的形象。所谓创造不是“无中生有”，而是通过作家的独有一套的取材、布局、炼字炼句等等方法，使其艺术形象不落旧套，不拘一格。从这里，也就可以看到作家的个人风格。

从这里，也就可以说明，为甚么同样的题材在不同的作家们的笔下会出现各式各样的艺术形象。

评价一时代一社会的文学，我们首先看它的思想性，

---

* 本篇最初发表于一九六一年《文艺报》第四、五、六期。曾收入《鼓吹续集》、《茅盾评论文集》和《茅盾文艺评论集》。现据《茅盾评论文集》并参照《文艺报》初刊文字校勘后编入本卷。

其次看它的艺术性。思想性的准则，在于它在当时当地起了进步作用还是反动作用，在于它给读者以怎样的精神鼓舞，怎样的理想。艺术性的准则，在于它的品种、流派、风格是既多且新呢，还是寥寥无几而又陈陈相因？在于它用怎样的活泼新颖的艺术形象以表达它的思想内容？

在评价某一文学部门（例如短篇小说）在某一时期（譬如说一九六〇年）的总的情况时，也可以适用上述的标准。或者，一个作家自己计算一年工作总账的时候，也可以大体应用上述的标准。

一

现在有一个相当普遍的看法：一九六〇年的短篇小说，在数量上稍逊于往年，而在质量上却有所提高。

我也有此同感。这篇漫评的目的就是想从自己的有限的阅读范围内举一些实例，来说明“质量上有所提高”这句话应当如何具体地了解。自然，这是个人意见，并不代表任何组织或机构，如有不同意见，我是极愿领教的。

虽然说一九六〇年的短篇小说数量不算太多，可也在千万字以上（指发表在中央刊物和地方刊物的），我所读的，至多占总数的百分之五、六而已。以这样有限的知识，企图作全面的评价，岂不荒唐？但是，鼓励我者说：可是你所读的都是一九六〇年中最优秀或比较优秀的作品，因此，还是可以根据这有限的范围作比较全面的评价。

那么，就姑妄为之罢。

怎样写呢？却颇费斟酌。提出几个问题而举例以实之，这是一种方式。例如，怎样为政治服务、怎样写真人真事、怎样反映人民内部矛盾等等现在大家讨论得很热烈的许多问题，都可以在一九六〇年的短篇小说中找到一些能够说明问题的例子。

又一个方式是挑选几篇最能说明上述那些问题的短篇小说，逐篇作分析而论证之。

这两种方式各有利弊。第一方式利在概括性强，然而，没有读过那些例子的读者将会感到茫无头绪，至少是理解不深。第二方式可以补救第一方式的缺点，然而病在零碎，而且文章便会太长，惹起读者讨厌。

因此，我试用第三个方式，即现在此文所用的方式。但画蛇既毕，仍添一足，亦因有所偏爱，故情不自禁耳。

二

新人新事，仍是一九六〇年短篇小说的最普遍的主题。新人新事，也可以有多种多样的写法。直接（而且有模特儿）写群众运动中出现的新人新事（这等于真人真事），这是一种写法；以群众运动为背景写新人新事，这是又一种；最后，还有第三种，即在日常生活中写新人新事。我从五、六十篇比较优秀的短篇小说中择其尤佳者试按题材分类，则属于工人生活者八篇，属于农村生活（包括歌颂人民公社的）者九篇，其它六篇（这里的“其它”项下，包括勘探人员、医务工作者、列车乘务员、航运工作者等等，没有知识分子也没有财贸工作者）。这三类的作品几乎全是表扬新人新事的，而且，一大半属于上述的表现方法的第一、二两类，而从日常生活中表现新人新事的，只居少数。

如果不按题材分类，而从描写人物的方法来划分，也可以分为三类：第一类是这样的：故事发展过程的时间较长，一、二年，至少几个月，主人公在这期间要遇到一连串的斗争（阶级斗争或生产斗争，或两者交错），通过这些斗争，主人公的性格在发展；最后，“五关”过完，作品结束，主人公的完整形象也就塑造成功了。第二类则相反，故事发生在极短时间内（一、二天或几个小时之内），主人公或者要过“五关”，或者只过一、二“关”，也是快到故事结束时塑造完成了主人公的完整形象。至于第三类，作者并没安排下什么险峻的“关卡”给主人公以考验，而只是在日常工作中描绘了主人公的高贵品质。

上述的分类，自然不是绝对的，只是大体上如此而已。可以归在同一类的作品也各有特点，形成了不同的风格。我们说一九六〇年的短篇小说质量有所提高，便是根据这样的百花齐放的情况来衡量的。

现在，我打算分析几篇作品（尽量取其可以属于同一类型的)，作为例证。我选择了下列的三篇：一、《飞跃》，杜鹏程(《人民文学》一九六〇年四月号)；二、《李双双小传》，李准(同上，三月号)；三、《民兵营长》，张勤(同上，十月号)。这三篇作品，基本上属于上述分类的第一类，可是三位作家的表现手法各有特点。

《飞跃》初稿曾登载于一九六〇年一月号的《延河》，一九六〇年四月号《人民文学》发表的，是修改稿，我现在根据修改稿来说点感想罢。《飞跃》写了三个人：许栓，莲娃(许的年青女儿)，刘书记，但重点在许栓。这三个人物，形象都很鲜明，都有个性。全篇一万多字，描写了解放前后许家三代的“命运”。它简要地描写了解放前许栓和他的父亲敢和“命运”抗争的坚强性格，以及他们的毅力、智慧和乐观主义。在解放前，许家父子为了要掌握自己的命运，就不但要进行生产斗争(向沙漠夺取耕地)，而且也必须进行阶级斗争，但作者为了全篇结构上的平衡，就只好把阶级斗争一笔略过。故事的重心在解放后，许栓和莲娃都为征服沙漠而艰苦地战斗，并且深信沙漠是可以征服的。但是也碰到了阻力。作品的第三节题为“会议”的，就写了保守思想(以技术人员为代表，这个技术人员只在此处昙花一现，而且作者也没有给他安上个姓名。)和先进思想(以许栓和莲娃为代表)的斗争。作品的第四节“夜战”又夹写了地富分子的破坏活动(一个插曲)。至于自然界的阻力，作者只写了“渗漏”，但这是不成问题的问题，在会议上，许栓一句话就解决了。那么，征服沙漠还有其他困难没有？不会没有。可是作者用了叙述夹议的笔法简单痛快地给解决了。作者提到“许栓领了几十名‘土专家’非常活跃，他们研究出许多治沙的办法，在科学上都是重大的新贡献”，可是没有再多的说明；作者反复描写、而且用了抒情的笔调渲染的，还是鼓足干劲，艰苦斗争。作品最后的“展望”，表示了许栓、莲娃对于美好的未来（完成征服沙漠）抱有怎样强烈的信念和决心。

以上是《飞跃》的故事梗概。从这梗概中，可以看出，作者虽然也给主人公布了几道“关卡”，然而作者并不企图在“闯关”中塑造人物形象而宁愿用其他方法。什么方法？就是用细节描写来突出人物的独特的风度（例如描写许栓的从不离身的铁锹、炒面袋、小旱烟锅、羊皮小烟荷包，以及他那挖烟荷包的习惯），用抒情笔调来渲染气氛，使人物身上有一圈霞光。〔例如“会议”上众人议论纷纷不得开交，许栓站起来发言时会场气氛的描写；例如夸莲娃如何干练（《人民文学》四月号十二页第一排最后一小段）。〕我们应当肯定，作者的这种塑造人物形象的方法使得这篇作品局面恢宏，笔触遒劲。然而，深度不够。试以主角许栓的形象为例，作者告诉我们：解放后、大跃进前，这几年间，许栓不但又像年青时代那样壮健，手脚灵活，而且眼睛一天比一天黑亮，可还是“用镢头也撬不开他的嘴”，然而大跃进以后，许栓出奇地变了，变得怎样？这在“夜战”

一节内有一段描写："老许指挥公社社员们做工，不呐喊也不乱跑，要发布什么命令或者发生了紧急情况，他便用旱烟锅敲着铁锨，……顺着声音，抬头一看，只见老许提着铁锨，直挺挺地站在沙丘上，坚定、简明而又头头是道地吩咐事情；蓝天衬托着他宽阔、壮实的身姿，显得十分英武。他的形样，他的口才，都给大家带来一种惊异的感觉。"（《人民文学》四月号，十二——十三页）读了这一小段，谁能说这个人物形象不是俨然巍然的呢？然而，总好像还缺乏一点什么。读完全篇，依然有不足之感。掩卷思之，忽然想起来了，缺乏的是立体感。我们看到的许栓、莲娃，还有刘书记（作者写刘书记出场那一段文字是有声有色的），都有逼人的光彩，然而也都是平面的。

从整篇看来，作者下笔时，似乎有意追求革命现实主义和革命浪漫主义的结合。全篇的布局，从大处落墨；塑造人物形象，注重于气氛的渲染，不吝惜夸张的笔墨；三个人物的出场都是给布置了浪漫蒂克的场合，用了夸张的抒情的笔法。所有这一切，都有吸引力。这是一种风格。不过就事论事，这一篇虽有风骨崚嶒的气概而仍嫌粗疏。虽然在铁锨、炒面袋、烟荷包等细节上着力刻划许栓，而无补于人物形象之平面。所以然之故，我以为在于结构庞大而内部缺少回廊曲院；这表现在人物描写多用浓重的平面渲染而很少在行动中刻划人物的性格。

三

《李双双小传》约一万四千字，写了两个人物，李双双和她的丈夫喜旺，当然双双是重点。故事的背景是一九五八年的大跃进及其后的人民公社运动，但作者并不正面描写大跃进和公社运动，而是以李双双写大字报建议办食堂作为故事的细节，并从此展开，直到响应技术革命，大搞炊具机械化。故事所占的时间，前后约两年，正是农村中发生了惊天动地的公社运动、新人新事风起云涌的时代。这篇作品的特点就在于通过李双双和喜旺这样一对青年农民夫妇相互关系的变化描写了大跃进的一角，歌颂了三面红旗。也可以说，这篇作品是在三面红旗的辉煌背景前，以个别反映整体的原则，表现了公社运动前后人与人关系的变化，——自然也包括人的变化。

作者一开始就从李双双这个姓名的来历，以富于风趣的笔调点出了李双双夫妇间的关系：新旧社会内双双在家庭中地位的变化。作品第一节第一段，作者有意识地摹仿《阿Q正传》的开篇第一段，然而摹仿得相当巧妙，可以称为“脱胎”而不是学步。接着就单刀直入地从李双双贴的大字报转入故事的前半截（办食堂，出劳动力支援水库）。可是作者笔锋一转，按下办食堂的事，却来了两大节的回叙，通过日常生活描写了李双双和喜旺的性格。这两节

（约共三千字）和下一节（第四节，只有千把字），仅占整个篇幅的三分之一强，但是起的作用却不小；这四千来字，笔墨简练而又精神饱满地表现了解放后李双双在家庭中和在社会上地位的变化（这是千百万妇女们相同的），并从此变化中刻划了双双的形象和性格（在这里却有李双双的个人遭遇），而且，同时也刻划了喜旺的形象和性格。我以为这两个人物的描写到此已达高峰，两个活人，已经赫然站在读者面前，此后关于他们的描画只是补充润色而已，在本质上已不再增加什么。虽则两人的性格都还有一些发展，特别是喜旺。第五、六两节（约共四千字），正面写食堂，而又有层次；前者写喜旺（他被举为炊事员）的得意，后者写他犯了错误；但前后两节都是进一步描写喜旺的性格：不太能干可又带几分流气，劳动好但又喜欢表功，怕事可又经不起人家三顶高帽子又会上当。七、八两节（约共四千多字）写李双双调到食堂（替换她的丈夫），就有一番新的作为：在大扫除中发现了富裕中农私藏的一部水车，从这水车又生发了炊具机械化运动，最后，以双双被选为全县的特等劳模，到北京出席群英会结束。七、八两节虽然写得灵活，没有平铺直叙的毛病，可是，从描写人物的角度来看，这两节不起多大作用。正因为如此，这篇小说的后小半部略显松弛，不及前大半部那样层层转进，峰峦重迭。

显而易见，《李双双小传》塑造人物形象的方法和《飞跃》有所不同。李双双的聪明、漂亮、斗争性强、立场坚定，都是通过一系列斗争（她同丈夫的斗争同富裕中农的斗争）的细节描写来表现的，而且还用喜旺这个性格不同的人物作为衬托和对照。作者没有使用抒情的笔调为人物作赞辞，只是通过艺术形象让读者自己作出必然的结论。作者写李双双虽然精明，深知喜旺之为人，却也有上当的时候；作者又写喜旺虽然思想落后，却也跟着时代而变化，并且他的小聪明终于用到正路上。所有这一切细节描写，都增强了李双双和喜旺这两个人物的立体感，他们比作者过去所创造的人物更加鲜明而有个性。但是很可惜，作者没有把这篇小说的第三个人物写好。这就是每逢故事发展的关键性场面必然出现的老支书。这位老年持重的支部书记的性格有一般化的毛病，小说中安排这样一个人物好像只是为了故事发展的方便，也为了不能不写党的领导。支书或党委写不好（所谓写不好，主要是把应当是各有个性的支书或党委写成一般化），是相当普遍的现象，其原因之一恐怕是作家们下笔时不免矜持太过，而又一原因大概是作家们总以为不能不把支书或党委放在解决问题的关口，因而支书或党委出场时，除了讲一番道理或打通思想或作决定，此外就没有行动了。

《飞跃》和《李双双小传》各有不同的风格。而这不同的风格又和题材之不同有密切的关系。《飞跃》凝重而朴实，正和平沙万里、苍苍莽莽的背景相和谐，《李双双小传》玲珑明媚，正符合于公社化时期活跃愉快的农村风光。如果后者能在适当场合多渲染气氛，更好地渲染气氛，同时删改或压缩一些平板的叙述和交代（例如第六节的开头一小段，第八节的开头五小段），那么，这篇作品的抒情味将更见浓郁。

四

现在，我们要看看《民兵营长》了。（作者张勤。对于我，这是一个陌生名字，我只读了他的一、二篇作品。）这是四千来字的一个短篇，论长短，它只有《飞跃》的一半，《李双双小传》的零数，可是它在土改、初级社、高级社、公社这样宽阔的背景前描绘出一个英雄人物的成长过程。这是用的“第一人称”的写法，构思新颖，结构紧凑，而且在四千字的短小篇幅中做到波澜起伏，疏密相间。开篇写“我”回家，在民兵营长（张民生）的卧室等着他回来。作者先写这卧室的陈设，寥寥数语就把这个民兵营长的精神世界先点一笔。然后来了一段回忆，把土改当年的张民生（十四岁）如何斗争地主、守护粮仓、抓住放火的地主的英勇行为，有声有色地描绘了一番（这一段回忆约五百来字）。但是，当我们被这位小英雄的光辉形象深深吸引住的时候，作者的笔锋突然一转，我们眼前出现了民兵营长张民生了。这样，就让我们把眼前这个张民生和十年前的张民生作了个比较。眼前这个张民生“威风凛凛，不减当年”，然而政治上思想上已经成熟了，虽则性格依然，而风度不同。这是通过张民生和“我”谈工作的简单而颇能显示思想水平、政治水平的几句对话来表达出来的。作者在这里还“好整以暇”地描写了窗外的愈来愈急的风雨、为后文的大雷雨作伏笔。谈话之时，张民生觉察到“我”的声音不正常，用手到“我”额上一摸，就叫起来：“看，像块烙铁，手都挨不上。”于是张民生立刻冒雨出去，为“我”取药。在这里，来了“我”的第二个回忆。这一段回忆，一小半的目的是交代“我”和张民生的关系，但大部分仍是刻划张民生的形象。这是四年前的张民生，那时正由初级社转高级社，富农乘黑夜打算杀死社内唯一的好牛，可是时时警惕着的张民生却及时抓住了凶手，救出了牛(这一段回忆也不过八、九百字)。作者在回忆末尾这样写道：“想起这件事，我的眼睛擦得更亮了。在我的记忆里，他是个多么剽悍刚毅的铁汉子！可是，现在却变得完全是另外一个人了。像个格外细心的女护士，又像一个特别用功的小学生。”这是作者通过“我”的嘴巴，正面点出了张民生的性格的又一面。然而仅仅这样两句而已。下面紧接着就写张民生在大风雨中取药回来，给“我”吃了，时已半夜，他又冒着风雨出去看看近在河边的鱼塘会不会出问题，因为鱼塘里有六百多万尾鱼苗，是全社的大家务，“只要哪个黑心鬼在堤上挖个小口，鱼苗就会跑得干干净净！”

于是作者的笔锋就转到现场了。作者用了如火如荼的笔调写了猛迅的大雷雨，用了交替的笔法，先写“我”听见忽然传来一阵急促的锣声，锣声起处，营长在大声呼喊，“全体民兵集合!”次写“我”在这样战斗的气氛中再也呆不住了，扶病而起，跑到堤上，却又劈面被张民生拖回屋里；“我”看见张民生乒乒乓乓拆下了房门，扛起来往外跑；“我”又听见暴风雨送来张民生大声指挥民兵们堵住口子，再把鱼塘的堤岸加高一尺的战斗号召。终于当“我”一阵晕眩后醒来时，张民生被许多人推拥着回来了，只见他全身湿透，站在那里，脚下积水成洼。这给读者暗示，他身临前线，不但和暴风雨战斗，他还泅水堵住鱼塘的口子，因为人们乱烘烘叫着“快倒水让他漱漱口！快到卫生院去请……”然而张民生笑着说“没事”，简直用命令赶人们回去睡觉。小说的结尾用四百来字，写第二天风雨停止，“我”和张民生在鱼塘边散步，点出昨夜的战绩和雨后天晴的风光；这一小段的文字清丽夭矫，极富于抒情味。“他（张民生）那豪迈响亮的笑声，把刚浮上水面的小鱼，又惊得沉下去了。雨过天晴，早晨的空气是那样的清新，在一轮红日的照映下，他那双手叉腰的影子显得是那样高大。”这里又写景又写人，人景溶在一块。

把《民兵营长》《飞跃》《李双双小传》作一比较的研究，大概不是浪费笔墨罢？首先，这三篇的人物描写方法有其相同之处而又有不同。相同之处在于它们都是企图在阶级斗争和生产斗争的过程中塑造英雄人物的形象，在于它们都把大跃进、人民公社的伟大运动只作为故事的背景而并不正面写这些运动；相同之处还在于它们都写了主人公的过去和现在，即写了主人公性格的发展过程。然而不同之处，又很显然。《飞跃》之所以不同于《李双双小传》，上文已经说过，此处不再重复。《民兵营长》的独特之处，在于它用回忆的方法两次把过去的张民生和现在的张民生对照地描写，而这两次又不重复，都是对于张民生性格发展的一层深一层的刻划。而且，第一个回忆只写了张民生，第二个回忆却把“我”作陪衬再写了张民生；这样，章法就有变化。

就结构而言，《民兵营长》比《飞跃》和《李双双小传》都更紧凑而浑成。这篇四千来字的作品，写人、写事、写景都极为简练，然而又施展自如，毫无局促匆忙的感觉。上文说过，《飞跃》善写气氛，但和《民兵营长》相比，前者尚可见斧凿之痕，而后者则谈笑挥洒，举重若轻。《李双双小传》的最大吸引力在于对话的波俏，如闻其声，如见其人。《民兵营长》在这一点上，稍逊一筹，然而它的自然景物的描写却难能可贵。例如写暴风雨，就层次井然，下笔颇有分寸。它写风雨初起，只是“风从窗外吹进来，桌上有几张纸飘落到地上，我的帐子角也被掀了起来。外面的雨沥沥拉拉地一直没有停过，沟坑里响起了哗哗的流水声。”及至后来，可就“田垅里，像个大墨水缸。地坪边上的南瓜藤架被风雨压倒了。老秧田里的水，从高垅塄上倾泻下来，像一块小瀑布。突然噼拍一声，屋侧那棵老枫树被电破开了。我摸摸自己身上，衣服十分潮湿，原来雨柱一直是横飘过来的。”它写暴风雨后的早晨，也是远近分明；太阳未出之前，“天空中，弥漫着一层乳白色的云雾。远处的山脊，丘陵都看不见了。……禾苗已经抽穗了，叶子格外清秀，不时有一滴滴水珠滚落下来。”它又写鱼塘中的小鱼，“我刚踏上池堤，无形中好像谁撒了一把沙土，水面漾起了细浪，发出沙沙的声响，一层一层波纹荡了开去，好久才消逝。”这样的状物写景的手法，在我们的短篇小说中，也是不可多得的。

最后，请允许我再谈谈这三篇的风格。在我看来，《民兵营长》亦自有其风格，尽管《飞跃》和《李双双小传》的风格是那样鲜明，一望可见。《民兵营长》有时细针密缕，有时大刀阔斧，五分之四是疾风迅雷，五分之一（结尾）却是晓雾涟漪，好像并无定型，亦就难以称之为何种风格。自然，所谓风格，亦自多种多样，有的可以从全篇的韵味着眼，用苍劲、典雅、俊逸等等形容词概括其基本特点，有的则可以从布局、谋篇、炼字、炼句着眼，而或为谨严，或为逸宕，或为奇诡，等等不一。《民兵营长》似可归于后一类。这篇作品的美中不足之处是人物的对话缺乏鲜明的个性。在这一点上，《李双双小传》比《飞跃》和《民兵营长》都强。

五

《飞跃》等三篇都是企图从人物性格发展的角度来塑造人物形象的，因而它们都写到了人物的过去和现在。它们又都以大跃进、人民公社作为背景，反映了比较复杂的斗争。现在，我想谈谈另外的三篇。这就是《新任队长彦三》，王汶石（《人民文学》一九六〇年七月号），《在时代的洪流中》，胡万春（同上，十一月号），《乡下奇人》，欧阳山（同上，十二月号）。说来很有趣，虽然这三篇和《飞跃》等三篇的题材极为接近（在"时代的洪流"前表现了技术革命运动，人民公社运动等等），虽然这三篇也都安排下一些关卡给主人公以考验（这也是和《飞跃》等三篇的作法大体上相似的），可是，两者之间，仍有不同之处，对照看来，十分鲜明。第一，《飞跃》等三篇除主人公外，上场的有名有姓的配角为数不多，《飞跃》仅四人，《民兵营长》更少，仅二人，《李双双小传》多些，也不过五、六人；然而《新任队长彦三》则除主人公外，有名有姓的配角就有十名之多，《在时代的洪流中》有六名，《乡下奇人》也有六名。第二，《飞跃》等三篇都是从主人公的过去扯到现在，上下一、二十年，可是《新任队长彦三》的故事发生在两三天内，《在时代的洪流中》不过一周，《乡下奇人》最长，也不过首尾跨两年。

为了节省篇幅，我不打算再用分析《飞跃》等三篇那样的方法来介绍《新任队长彦三》等三篇。我只想漫谈一番。仍然先谈人物形象的塑造。我的偏见，以为彦三（《新任队长彦三》的主角）、庞黑三（《在时代的洪流中》的主角）、赵奇（《乡下奇人》的主角），这三个英雄人物虽然都有个性，而且形象鲜明，但是彦三最有吸引力。所以然之故，大概在于作者有意识地运用我国传奇文学的手法（这里说的“传奇文学”，不是指唐、宋的传奇而是后来戏曲和小说等传奇式的作品），把彦三塑造成传奇式的人物。这篇小说的结构（一共三节，第一节展开矛盾，第二节高潮，第三节矛盾解决），对白（当然只是部分的）以及仅仅作为“过场”使用的几个无名配角（例如第二节三个老汉中的两个，第三节的三个落后中贫农），都叫我们想起了我们的传统戏剧。特别看到“使得?”彦三问。“使得!”众人说。“可去?”“可去!”（见第一节的末尾，又第三节后半接连三次用了和这同样的句法）这些对白的时候，觉得作者是有意识地在学习传统、创造新的民族形式这个课题上进行着新的试验。但是，有意识的学习，尚不止于此。小说的第三段写彦三的独子纲娃被歹人所暗算，读者一方面已经猜到（根据这以前作品中的几处暗示）这歹人是谁，但同时仍然迫切地要看到如何破案，在这里，故事的发展很富于戏剧性，而作者处理的手法也叫人想起了我国传统戏剧在这类故事中所惯用的方法。正因为作品的第二、三节在结构、塑造人物形象和对白这三方面富有吸收民族传统形式的显著特点，相形之下，便觉得第一节（除了末尾）不够简练，并且在形式上不协调。

《新任队长彦三》是以整社为题材的少数优秀作品之一，但是，像彦三这样的新人物还是过去的反映农村生活的作品中所常常遇见的。这也正像《在时代的洪流中》的庞黑三一样，我们不但在作者的其他作品中会遇到，也能在其他作家的反映生产大跃进、反映技术革命运动的作品中遇到。我这样说，丝毫也没有贬低这两篇作品或这两个英雄人物形象的意思；只要是英雄人物就有教育意义，因而风貌相同的英雄人物原亦不嫌其多。但是，我们总希望我们作品的新人物的风貌能够日新月异。在这一点上，《乡下奇人》部分地满足了我们的要求。这篇小说反映整社工作的更深入的阶段。在赵奇这个人物的身上，体现了鼓足干劲和实事求是相结合的思想作风，而通过徐清（赵奇的对立面），作者相当尖锐地批判了浮夸作风和命令主义。塑造赵奇这样一个英雄人物的形象可以用浓重的色彩（彦三和庞黑三，还有许栓和李双双，在不同程度上都是这样塑造的），也可以白描。赵奇这个人物形象就是白描的。白描难工，因而我们对于赵奇这形象不能不说已经难能可贵了。不光是人物形象，《乡下奇人》整篇都用的是白描的手法。作者在五千字的篇幅内表现两种思想方法和工作方法的斗争，然而作者不用人家惯用的写大字报、开斗争会等表现方法，也省略了生产过程的细节描写。在刻划徐清的浮夸作风时，不但写他追求不切实际的包产指标，还写他的所谓参加劳动（他坚持要给三个小组帮助插秧三天），实在也是虚应故事；他插秧的那块田，“秧苗高高低低，歪歪倒倒，有疏有密，有大棵，有小棵。”（见《人民文学》一九六〇年十二月号第九页开头的几行）寥寥数十字，真是入木三分。在结构方面，《乡下奇人》似乎缺乏戏剧性，这是它的白描手法的局限性的一面，人物对话未见特点（这是和那些特以人物对话富有个性见称的作品如《李双双小传》、《新任队长彦三》等比较而言），然而，这是因为作者只好使作品的人物说国语（或普通话）之故。如果赵奇他们都说广东土白，那就会完全改观；可是不懂粤语的读者一定辨不出其中的韵味（即使加了许多注解），所以作者只好让他们说“蓝青官话”。那么，就让赵奇他们都说李双双、彦三那样的话行不行呢？我以为如果这样一办，读起来一定很别扭（因为背景在华南而人物语言却是华北的），反倒损害了作品的真实感。

反映技术革命运动的作品，过去一年中发表了不少。《在时代的洪流中》从技术革命运动中表现了保守派和进步派的斗争，通篇布局，煞费苦心（有会议的场面，有现场操作的场面，也有深夜静思苦索的场面，交错相间），人物性格亦力求多样（例如，进步派中的“小捣蛋”在初次试验时说怪话，显得他不及阿梅他们觉悟高，但是他又不同于根本对技术革命抱怀疑态度的周阿大等等)；而且，作者大概为了避免落套，故意在这样规模不小的反映技术革命的群众运动的作品中（拥有一万多工人的钢铁厂的一个重要车间的一个工段由手工操作改变为机械化、半自动化，而为了进行这次技术革命，先在厂党委的会议上展开了激烈的讨论，后来又在党委领导下开了车间的党总支委员会、全体党员大会和这个工段的全体群众大会，这些都表示这一技术革命多么受到重视，而且这个工段的技术落后已成为全厂生产跃进的巨大的绊脚石)，不让一个技术人员或工程师露面。这就发生了疑问：好像这样一个万人大厂内的技术人员或工程师全部都置身于这样一个工段的技术革命运动之外；或者，好像党委也没有想到这样的技术革命应当调动一切力量，因而也没有动员技术人员和工程师（假定他们全部对这一工段的技术革命不感兴趣）来参加这个工作（党委书记魏刚在这一运动中亲自抓得很紧，最后他搬了铺盖卷儿下车间，亲上前线，然而在他的思索和行动中却不见半个技术人员或工程师的影子)。作者强调了技术革命的群众运动的一面到了过分的地步，因而这篇作品就有片面性，就会使读者发出了上述的疑问，就在一定程度上损害了作品的真实性。作者在小说的第五节（工段的全体工人大会上）提到庞黑三的父亲当年被外国人讥笑，这就点出了外国钢铁厂的金属制品车间的制钢绳工段早就机械化、半自动化了，的确不是新鲜玩意，不是保密的尖端技术，那么，这个万人钢厂如果还有工程师的话，应当懂得或至少看见过这个工段如何机械化，特别是在一九六〇年的万人大厂中应当有这样见多识广的工程师和技术人员，因此，作品的完全不提到他们，就更加显得不可理解了。我们可以理解的，是作者这样安排的动机：如果把工程师和技术人员写成保守派，一筹莫展未免落套，如果把工程师和技术人员先保守后通思想帮助工人们完成了这项革新，看来也是公式化，而且不能突出技术革命的群众运动的伟大意义，因此，作者拣定了如上所述的安排。作者的动机无可厚非，但客观效果则不尽符合作者的动机；因为这样一来，反倒把技术革命的群众运动的意义表现得片面和狭隘了。

六

《耕云记》，李准（《人民文学》一九六〇年九月号），《静静的产院里》，茹志鹃（同上，六月号）这两篇发表后，曾经获得普遍的好评。有些评论家认为这两篇的水平都超过了两位作者过去的作品。的确，这两篇都有新的东西；这些新的东西，在两位作者的过去作品中如果不是完全没有，至少也不是很显明而突出的。《耕云记》把第三人称的写法（这是作者的叙述和描写部分）和第一人称的写法（这是作品主角的自述部分）结合得相当巧妙，而且着意地描写了环境、渲染了气氛，其效果遂使读者如身入其境，经历了主角的奋斗过程，挫折时和她一同担忧，胜利时和她一同高兴。这篇作品不太长，一万二千字左右，可是，在人民公社胜利迈进的灿烂背景前，作者从公社建立自己的气象站、培养自己的气象员这一个角度，反映了一系列人们（从县级干部直到群众）对新事物的不同的态度，表现了敢想、敢说、敢干的革命作风对保守思想、一般化工作方法展开的斗争。这篇作品还令人信服地写到了土洋结合、群众路线的方针永远会带来工作上的胜利。正确的主题思想，现实性强而又波澜迭起的故事，鲜艳灵活的笔墨，三者齐全，构成了人物形象的多姿多彩。如果说《李双双小传》还有些多余的句子，那末，《耕云记》就锤炼得相当精醇了；如果说《李双双小传》描写环境和气氛还不够，那末，《耕云记》已经没有这个缺陷了。不过，萧淑英（主角）和关书记这样的领导人和青年干部，我们不是在《耕云记》中第一次遇到，在作者过去的好作品中也是常常遇到的。

《静静的产院里》也是在人民公社胜利迈进的灿烂背景前，从它建立自己的产院这一角度上，描写了我们这个伟大时代的猛迅前进的步伐对于人们的思想意识所起的各种反应。作者并没描写人们之间的保守思想和进步思想的斗争，作者却细致地刻划了这两种思想在一个人头脑里的矛盾和斗争。描写个人的思想矛盾，所谓心理分析，在批判现实主义的文学中，本来是一个老题目；然而，正因为《静静的产院里》的作者对待这个老题目的立场和观点跟批判现实主义者完全不同，因而她处理这个题目的手法也完全是新的。批判现实主义文学作品的主人公的思想矛盾其根源在于个人与集体的矛盾，或者，在若干程度上又是愿望（还不是理想）与现实的矛盾，可是在《静静的产院里》，主角谭婶婶却没有发生诸如此类的矛盾；谭婶婶，这个曾经同落后思想作过艰苦的斗争，而现在已成为胜利者、安详地守在胜利的岗位上，——静静的产院里的主人，她的确没有任何个人与集体、愿望（或理想）与现实的矛盾。她的确做了不少工作，学会了不少新鲜事情，因而现在她想起杜书记从前对她说的“做工作是干革命，赶紧学会，赶紧学懂”那些话，已经心安理得了。可是，当公社培养的第一批产科医生站上岗位，一个生命力十分旺盛的女孩子像“拍的一声扭亮了电灯”一样照在谭婶婶眼前的时候，静静的产院起了震动，而谭婶婶的心海也翻滚起波涛来了。她喜欢这个年青的女孩子，但又觉得“有些不大入味”。她总觉得和从前老法接生比，现在这个产院已经够好了，不能要求太高，不能同县里的医院比；她总觉得这个新来的女孩子要求太高，她没有想到可办而不办就是保守落后思想。作者通过一连串的小动作细致地描写了谭婶婶的思想上的始而波动、继而扰乱、终于矛盾的过程；作者并没借荷妹（那个激起这场思想矛盾的新来者）的嘴巴来打通谭婶婶的思想，而是通过谭婶婶自己所看见的一个对比（当初反对谭婶婶的落后分子今天却成为养鸡场的积极分子），渐渐地可是尖锐地认识到自己的思想落在现实的后面了。前进者不再前进，就会落后，跟不上形势的发展，就一定要落后。谭婶婶的思想矛盾终于得到解决。当她为习惯力量所驱使，冒着大风跑出去打电话请医生来解决一个其实并不太复杂的难产手术的时候，她却猛然省悟，“公社培养的第一批产科医生已经站到岗位上了”，不应当再有依赖之心。于是，她毅然回到产院，而且，当荷妹戴好橡皮手套，准备给产妇动手术的时候，谭婶婶却怯生生地但又那样勇敢地对荷妹说：“荷妹，让我来学学罢！”

跟作者过去的作品一样，《静静的产院里》在塑造人物形象、渲染气氛、尤其是夹叙夹议式的心理描写等方面，都保有作者的特殊的风格。开头写产院的肃静，后来又写它的热闹，着墨不多，可是宛然如画。描写谭婶婶的心情变化，也有层次，而且由浅入深，从涟漪微漾到波涛澎湃。除了这些，谭婶婶这个人物在作者的画廊里是一个新的。《静静的产院里》的思想性似乎比作者过去的作品高出一筹。为甚么说它思想性比较高呢？因为它的主题思想是有普遍性的一个问题，而且也是具有永久性的一个问题，到了共产主义社会，这个问题还是存在。谭婶婶这样的好人，我们到处可以碰到，谭婶婶性格之所以不陷于一般化，亦即说，它之所以不同于一般的革命热情衰退的干部，在于她把革命阶段论看得太死，因而缺乏不断革命的精神（自然，她还不知道有这两个理论，甚至还不曾听到过这两个术语，如果作者在她猛然省悟之后用她的嘴巴搬弄这两个术语，来一套自我批评，或者由荷妹搬弄这两个术语，来一番打通思想的工作，那么，这两个人物都会僵硬，失掉活生生的光彩了）。谭婶婶这个人物之所以具有普遍的教育意义，就因为从她身上，每个读者可以引起许多联想，而不会一览无余，没有回味。荷妹这个人物也不同于我们在文艺作品中常见的干劲十足的促进派；她有冲天干劲，但同时她又是实事求是的，她也重视条件，可是她又能一眼发见潜在的可能的有利条件并立即运用它。荷妹身上这一切的好品质，作者都用细节描写来表现，并无一句抽象的赞辞。妙处在于作者写谭婶婶用爱怜的口吻数说荷妹不知甘苦、不晓得老一辈人的生活怎样艰苦、身在福中不知福、一味的好了还要好的时候，荷妹并不用口舌来和她争论，而只是用行动来启发她；也妙在荷妹这样作，好像是不自觉的，并不经过“深思熟虑”，只是行所当然而已。从这些方面，我以为作者在创造人物的关键性问题上，理解到当作家观察、分析了现实生活，然后概括提炼，通过绵密的构思过程而推敲故事的蓝图的同时，人物形象即已逐渐结胎成形。有些作品的人物虽然也是活生生地鲜明夺目，但是总觉他们是端坐在莲花座上的菩萨，总觉得他们和环境不能吻合无间，其原因恐怕就在于作者或者先有人物形象

（即使是面目还有些模糊）而后生发故事，或者是作者先有故事而后配备人物。自然，无论是先有人物而后生发故事，或者是先有故事而后配备人物，在作家方面并不是自己意识到的，更不是有意为之（如果有意为之，那末，结果将更糟）。也是在这一点上，我们可以充分理解到文艺创作过程的复杂性，也可以充分理解到在创作过程中（包括构思过程）形象思维和逻辑思维既不能截然区分为两橛，然而又毕竟不能否认两者的相互关系的微妙和曲折。

七

搭起巨大的背景，支使众多的人物，通过保守派与革命派的思想斗争，洋洋万余言，像《在时代的洪流中》那样反映技术革命运动的，是一种作法；另外一种作法正相反，然而其教育意义、其反映时代精神的深度，较之前者，却未必逊色。因此，我打算就《欢乐的离别》（万国儒，《人民文学》一九六〇年三月号）和《第一课》（唐克新，《人民文学》一九六〇年四月号）谈谈我的感想。

《欢乐的离别》仅二千来字，通过新旧对比，表现了技术革命的群众运动只有在新社会中才有可能。这一点是很重要的。在资本主义社会里，每一项技术革新都给资本家带来了更多的利润，然而带给人们的，只有失业的威胁。另一方面，在资本主义社会里，资本家只要还能从加强工人们的劳动强度获得高利润，他就不管工人们的死活，他就不肯投资进行技术革新。《欢乐的离别》塑造了一个令人肃然起敬、可亲可爱的老工人老冯头的形象，其特色即在于老冯头深刻理解到技术革新在新旧社会中不同的意义，而这种理解又是他从旧社会的痛苦经验得来的。因此，“他报捷跟别人不一样，不是按着报捷牌子念，而是粗声粗气地喊：‘书记你听着！’下面就比比划划说事了。报捷都是喜事，不是发明创造就是提高生产，经他一说，往往说得人掉眼泪。”为什么会掉眼泪？作者用老冯头之所以要发愤制成自动装罐机作了说明。这一段故事，不过四、五百字，可真叫人感动得先掉眼泪然后又兴奋地大笑。

《欢乐的离别》用的是第一人称的写法。在二千多字的篇幅内，从现在联系过去，用两个故事（一即上面说过的制成自动装罐机，一为老冯头和他的相依为命数十年的大铁锤告别），把老冯头的精神世界描写得多么丰满而深刻。如果把老冯头和庞黑三相比，我们还觉得老冯头不但有高贵的品质，而且还有豪迈的风度。这就可见《欢乐的离别》篇幅虽短，概括性却极高，而且文字简练，富有风趣，自首至尾，一气呵成，有浓郁的抒情诗的味儿。

《第一课》也是抒情诗似的短篇小说，约三千来字。这里的主人公却不是老英雄而是少年英雄。我们的文学作品里出现过多多少少的少年英雄，然而《第一课》的小吴却以新面目出现，分外可爱。在小吴身上，结合着敢想敢干的革命气魄和实事求是的科学精神。“革掉它一道工序”，这是不简单的。从小吴最初有此一念，到最后决定“明天就动手”，中间有反复思考的过程，作者却巧妙地避开正面的描写，而从小吴被聘为职工红专大学的业余教师准备上第一课开始，既回叙了小吴的身世（绰号“小加油”的小吴怎样在新社会中成长为六级技工），又用党委书记作报告这个插曲，从小吴的回忆，点出了这个厂的纺织两部的大跃进怎样为中间的准备间筒子车的落后情况所拖累，使得整个布厂都跃不上去，而归结到小吴的大胆设想：“革掉它一道工序。”然后又回到小吴上课，直截了当地从党委书记（他是听课的学生）的一问，落到本题——小吴下决心动手这项技术革新。作者写小吴最初对“革掉它一道工序”并没有多大信心，这是合情合理的；同时，这也是认真地对待技术革命的态度。《第一课》通篇不曾正面写技术革新，它只写了党委书记的报告，写了职工红专大学的第一堂课，而且两者都用特写镜头的手法，不作全面平涂，可是，在这样洗炼的笔墨中已经描绘了主人公的形象（外貌和精神世界），已经渲染了技术革命的群众运动的气氛，已经写到了党委书记如何亲自抓技术革命中的重要环节，亦即写了党的领导。而所有这一切，作者都出之于轻松的笔触、明朗的调子。小吴没有拍胸脯豪言壮语一番，党委书记也没有搬弄什么口号，然而，他们俩的在战略上藐视敌人、在战术上重视敌人的毛泽东思想方法，却给人以深刻的印象。

从这一点看来，我们说《第一课》在人物描写上有新东西，大概不算过分的赞扬罢。

《欢乐的离别》和《第一课》都是两三千字的短篇，可是从它们所反映的背景之广度和深度，从它们所表现的时代精神之浓厚和强烈，从它们所描写的人物外形和精神世界之生动而深刻，——从所有这一切，都说明一个问题：如果你能找出典型的人和事，化之以高度的概括，运之以洗炼的笔墨，那么，二千来字所能达到的境界不会比万言长篇少些，有时反更多些。

八

在大运动、大斗争的场面（通常所谓典型环境）中描写人物的典型性格，要使其有声有色，似乎不太困难，而在日常生活中提炼具有典型意义的事件刻划人物的典型性格，却就比较困难些。此中甘苦，作家们都有各自的体会，这里不多噜苏。六〇年的短篇小说，在这方面的成就，是相当突出的。而且这一类的作品，其取材的角度，又各自不同，真有百花齐放的盛况。

为了篇幅的关系，这里只想举出四篇略述浅见。这四篇是《套不住的手》（赵树理，《人民文学》一九六〇年十一月号），《欢乐的除夕》（敖德斯尔，同上，十一月号），《姑娘的心事》（草明，同上，二月号），《一点红在高空中》（胡万春，同上，三月号）。我选这四篇，因为它们从日常生活中取材的角度各不相同，从而它们的风格也各有不同。

《套不住的手》是五千来字的短篇，几乎没有一般小说所谓故事，全篇的结构（同时也是重心）建立在主人公（七十六岁的陈秉正）的两次戴手套而又两次丢手套这样近于插曲的基础上。陈秉正是个老技术，在整个山区被评为特等模范，“教人做活，不但要求规格，而且首先要教架式”；“当一九五六年高级化的那一会，有些素不参加农业生产的妇女和青年学生被动员参加了农业生产，做的活很不合规格，主任陈满红（陈秉正的儿子）提议组织一个教练组，”陈秉正被聘为教师。一九五八年公社化后，成立敬老院，七十六岁的陈秉正却不肯进敬老院，仍旧当他的教练组长。作者这样用千把字（全篇字数的五分之一）交代了陈秉正的来龙去脉，又描写了他怎样教技术、讲究架式，我们以为教练组该是故事的中心，或者说，故事发生的舞台了，谁知不然，作者笔锋一转，描写陈秉正的一双手了。这双手“跟铁耙一样，什么棘针蒺藜都刺不破它”，这双手与众不同，“手掌好像四方的，指头粗而短，而且每一根指头都展不直，里外都是茧皮，圆圆的指头肚儿都像半个蚕茧上安了个指甲，整个看来，真像用树枝做成的山耙子。”接着就来了关于这双手的手套的两个插曲。一九五九年冬天，陈秉正的儿孙们为了保护老人那双劳苦功高的手，给他买了一双毛线手套，可是老人试了试，就交给儿媳妇给他保管，直到有一天，儿子劝老人去逛街，看看物资交流会，老人才把那手套戴上，逛了半条街，为了买桑杈，把手套脱下，一把一把地挑选，可是买了五把桑杈回家，半路上才发现手套丢了一只，又回到街上，幸而售货员早已给他收好，就还了他。这一次，他戴着手套只有半天。隔了好久，老人被选为本年的劳动模范，到县里出席劳模大会，这自然又该是他戴一次手套的时候。会议一共开三天半，最后的半天，老人看见新修的招待所院里两截剩余的木料碍着路，就动手去搬；他脱下手套，和一些青年人搬走木料，又大扫除一下，事后又发现手套没有了，想来是混在几十筐的垃圾里了。找了一回找不到，老人说，“不要找它了吧！手套给我没有多大用处。”但是招待所的工作人员后来还是找了出来，洗净烘干，还了他。第二天回家，他把手套还给儿媳妇道：“这副手套还给你们吧！我这双手是戴不住手套的”，这是第二个插曲。小说题名为《套不住的手》，于是得了解答。

这篇小说的取材，是别开生面的。通过一双与众不同的手，戴不住手套的手，描写了主人公的勤劳朴质的高贵品质。而且也描写了主人公的精神世界。这是在作品的前半，作者借一个新参加劳动的中学生对老人这双手表示惊叹的机会，让老人一本正经地教训那个中学生道：“是叫你们学成我这手，不是叫你们长成我这手。不是开山，我这手也长不成这样；不过上辈人把山都开了，以后又要机械化了，你们的手用不着再长成这样了！”

正像作者的其他作品一样，《套不住的手》有鲜明的个人风格。尽管写的是正面人物，然而涉笔成趣的地方，例如写老人挑选桑杈那一段，在别人作品中未必是这样着墨的。正因为风格的鲜明，所以没有故事的五千言作品也能引人入胜，不觉枯燥。也许有人觉得这篇作品的有些部分，还可以压缩些，还可以简练些，例如开头一大段交代教练组的如何成立，后边的关于招待所的描写，关于老人领头、青年人响应的清理招待所院子的一段叙述；这个意见值得考虑。但是，可以精简的字句恐怕不能太多，如果太多了，就会影响到整篇的风格，因为整篇是娓娓而谈，谈到哪里就是哪里，布局虽然不拘规格，好在行文从容自如，因而不觉得有拖沓之感。

《欢乐的除夕》通过一个母亲盼望见一见没有过门的儿媳妇这样简单的故事，描写了大跃进中的草原风光，水渠工地上欢腾活跃的民工，社会主义竞赛和共产主义协作的结合，同时也就塑造了一老一少两个光辉的妇女形象：老母亲和她的未过门的儿媳妇。如果你还没有读过这篇作品，单看我在这里的简要介绍，也许你会猜想这是万把字的小说；不然，怎么能装下那样多的内容呢？可是，这篇作品实在只有四千字左右。它的布局方法倒也不是“只此一家”的（下面我们要讲到的《一点红在高空中》，就布局而言，和《欢乐的除夕》可以说十分相似），但是作者不仅理解到怎样创造气氛这才能使人物形象鲜明而突出，而且又善于创造气氛，不仅能找到典型的事物，而且还善于剪裁它们，并把它们安排在最能发生效果的地位。作品写了三个人物，两个是实写的——老母亲和她的未过门的儿媳，一个是虚写的——老母亲的儿子。作者用回叙的笔法（只用四百来字），一方面细致地描写了锡林浩特的年青姑娘们曾经怎样百般地对老母亲献殷勤以期赢得哈达巴图（老母亲的儿子）的恋爱，这样先抬高了哈达巴图的形象；另一方面又引起我们的想象，我们也和老母亲一样热切地要看一看那个终于赢得哈达巴图的幸福人民公社副社长、出名的女将张瑛又是怎样的思想进步、人材出众。故事从除夕的前一天，老母亲穿上节日的衣服，搭便车到儿子所在的工地开始。绚烂活跃的草原新气象和老母亲的忍俊不住的满心喜欢，写景又写人，互相衬托，先就吸引了读者的目光。然后，轻轻点出老母亲的真正目的不是去看望工地上的儿子，而是要顺路相一相渴望已久、未过门的儿媳妇。但是一到工地，老母亲却又没有多余心情想她的儿媳妇了。她全身全心沉浸在工地的热火朝天的战斗中了。当天晚上，她躺在大帐篷的一角，听着党支部开会讨论如何解决炸药问题的时候（原来这个工地上的炸药用完了，单靠机器和民工们的干劲，每天的进程不大），听到热闹处，她忍不住插嘴道："你们不会想办法去借么？到幸福人民公社，从张瑛那儿借点来。”可是支部的小伙子们都不同意，因为他们正在和幸福社张瑛争夺竞赛红旗，怎能用她的炸药，而且人家也未必肯借。老母亲认为人家一定肯借，而且，都是为了社会主义建设，借人家的也不算丢脸。支书说老母亲的话很对，“友谊竞赛和共产主义协作没有矛盾。但是，幸福社的炸药也不多，我们还是把困难留给自己，以战斗的精神战胜困难。”什么叫战斗的精神呢？就是苦干、实干以外，还得巧干；他们发动群众智慧，挖掘机械潜力，发明创造。第二天是除夕，民工们都出勤去了，老母亲到食堂帮忙。晚上，大帐篷里挂上两盏大保险灯，民工们喝酒，唱歌，跳舞度除夕，直到半夜。人散以后，老母亲却不睡，她给民工们准备明天一早吃的饺子，此时帐外风雪怒吼，忽然汽车的喇叭声呜呜地冲着风吼，自远而近，到帐篷外戛然停止。老母亲刚探头出去看，司机早已跳下车，直进帐篷来了。这是个十七、八岁俊俏的小伙子。经过一番问答，老母亲知道来人是幸福公社给送炸药来的，来人也知道老母亲是谁；可是老母亲向来人打听张瑛的时候，来人却笑着说：“张瑛是个傻姑娘”，又说自己便是张瑛的哥哥。老母亲信以为真，便当亲戚看待，一定要他睡在自己的铺上。他刚躺下便呼呼睡着了。第二天早上，哈达巴图认出这个俊俏的司机就是张瑛，老母亲扑过去抱着她狂吻起来。

张瑛在作品中出现，就只这么一瞬。可是，作者在她出场以前，做了许多渲染烘托的工作，因而这个人物在读者心中印象已经很深，然后作者用了浪漫蒂克的写法使张瑛出场（她男装，在大风雪夜里亲自开了汽车送炸药给竞赛的对方），故虽只短暂几分钟，几句笑语，却已写出了她的可爱的外形和崇高的精神世界。这时候，读者有八分猜到这个所谓哥哥，实在就是张瑛，因为作者写这个青年司机的声音笑貌，相当妩媚，早已给读者一个暗示了。整篇作品的色调是鲜艳的，气魄是雄伟的，说它是革命现实主义和革命浪漫主义相结合的创作方法的初步成就，大概不算是过分罢？

天下事往往无独有偶，即在六〇年，另有一个短篇小说和《欢乐的除夕》在取材、布局、人物描写等等方面，都很近似；这篇小说便是《一点红在高空中》。

试先言其相同之处：首先，两者都以建筑工地为背景；其次，两者都以探亲为线索（前者为婆婆要看一下未过门的儿媳妇，后者是母亲探视一别两年的女儿），描绘了一串的雄伟热闹的工地连环画；又次，两者都在主人公（而且都是大姑娘）出场以前，用渲染、衬托的笔法把主人公写得呼之欲出；又次，两者主要写了三个人，但又都有一个人物是虚写的；在《欢乐的除夕》，虚写者是哈达巴图，而在《一点红在高空中》，虚写者是那个始终在幕后的老父亲；最后，两者都是在现场的行动中夹写回叙，都是写人时夹写环境，使得章法多变，笔势夭矫。

以上所举的相同点，可以说都是属于艺术构思方面的，而由于艺术构思方面的这许多相同点，又造成了这两篇小说在风格上的相似，这便是都表现了革命现实主义和革命浪漫主义相结合的特色，——也许两位作者落笔时并没有意识地追求这个“两结合”，可是正因为不是有意为之，故而效果反倒好些。

至于不同之点，则在主题；《欢乐的除夕》写一个具有共产主义思想品质的女青年，《一点红在高空中》写同样的一个女青年，可是这个女青年却有一个思想改造的过程，它指出，即使是工人的女儿，如果不参加劳动，也就会沾上资产阶级的思想意识，而且弱不禁风（小说通过阿珍娘的回忆，写两年前还是中学生的阿珍如何不喜欢劳动，不会劳动，如何弱不禁风，而后在阿珍娘看见今天的阿珍时，这样赞美道：“娘仔细地看着自己的女儿，从头打量到脚，女儿的胸脯挺得高高的，是那么丰满，那么壮实，真是个了不起的大姑娘。”这几句，脱落描头画角的俗套，多么生动而新颖，而且确是从母亲眼中看出来的大姑娘）。

为了免得读者讨厌，我不再用讲解《欢乐的除夕》的方法来讲解《一点红在高空中》了；我只想提出两点来说说，这就是后者写党委比前者写支书更不落套，这就是后者写环境比前者更为细致。《欢乐的除夕》写支书原则性强，政策把握稳，但仍是通过会议场面来表现的；《一点红在高空中》却从另外几个角度来写工地党委书记，既从正面写了以普通劳动者姿态出现的党委书记，又借小许的嘴巴写了党委书记对于主角阿珍也就是对于工人们怎样进行思想教育工作，因而这个党委书记的形象既可亲又可敬，风格甚高。至于环境描写细腻之处，在于全篇既有鸟瞰式的全景描写，又有特写式的近景描写，在于既有粗线条的勾勒，又有细针密缕的工笔。《欢乐的除夕》结束时余音悠然，《一点红在高空中》结束时有这么一段："上午八点钟光景，小许帮阿珍娘拎着手提篮，陪着阿珍娘走出建筑工地。走到半路上，阿珍娘站住了，又回头看看。小许用手指点着远处高炉上空，欣喜地说道：'老妈妈！看见么？一点红！'（笔者——'一点红'是阿珍的绰号）阿珍娘看见了，在碧蓝碧蓝的晴空下，在黑色的热风炉、高炉丛中，一个小小的穿红色衣服的女孩子，在高空中，向着这边在挥手，她好像在说：'亲爱的妈妈！再见吧！你女儿生在这么个伟大的时代，是最大的幸福，请妈妈放心吧！'……这时，红光普照大地，因为在黑色的山峦似的高炉、热风炉的后面，早晨八、九点钟的太阳升起来了，金光灿灿，整个大地以及错综复杂的建筑物，都染上了红光，'一点红'已经消失在一片红光中了，一切是那么美丽，那么令人振奋……阿珍娘禁不住强烈的激动，心胸里直像有一股热流在奔腾，她的眼睛湿了……"这是抒情诗，也是风景画（我以为小说到此可以结束，下边的一小段交代，反而显得蛇足）。

现在，我想谈谈《姑娘的心事》。这是在大跃进的背景前，就平凡工作的角度，写从事平凡工作的（非技术性工作的）一个年青姑娘的思想变化的过程。这个姑娘十七还不到，十六颇有余，是她母亲的幺女，因而在家庭中略为宠惯，好胜心颇为强烈。她叫石玉芝，父亲是机修厂的老钳工，哥哥石玉璞是轧钢管车间的工人；爷儿俩都是在鞍钢厂的技术联合大表演中露了一手的。可是玉芝在厂内的工作只是看管自行车（工人们自备的，上下班用的交通工具），既无所谓技术，因而亦谈不上表演。平时就对这项工作学不到技术心怀不满的这位好胜姑娘，自然在轰轰烈烈的联合大表演中更感到受了委屈。故事自此开始，全篇结构谨严，可分三段：

从“吃晚饭的时候，父亲和哥哥越是讲的有味道，石玉芝就越不高兴”开始（笔者按，父亲和哥哥讲的是技术联合大表演，石玉芝之所以不高兴正因为自己无可表演），到“玉芝觉得自己在家庭里虽已胜利，但烦恼没有解决，不高兴的扭头就走，找隔壁的小姊妹去了。”这是第一段（约共千把字）。这一段，从家庭的晚饭桌上的闲谈轻轻引入正题，点出了石玉芝有个思想问题——不安心于看管自行车的工作，认为这项工作没有意思；同时也初步刻划了这个姑娘的性格的两面：好胜心强，这是积极的一面；一向娇养惯了，在家庭中谁都让她三分，故而她的思想不易打通，这是消极的一面。正因为有这消极的一面，所以石玉芝的思想问题不能用口头说教的方法来解决，同时也正因为还有积极的一面，所以石玉芝的思想问题有可能由她自己在事实的教训中自己解决。

第二段就描写了她如何自己解决她的思想问题。这一段，从“第二天，石玉芝有意提早上班……”直到“一上班，她便给自己贴了张大字报……我给你们擦车”，其中又可分为三个小段。第一小段写石玉芝在平炉车间看热闹，险一些被装料车碰着，被人讪笑一句“那丫头表演得不错”，还是颇有反感；第二小段写她看见贴补前墙的炼钢工人的工作精神，她思想上通了；第三小段写她思想既通，就发挥积极性，她不再被动地、不用脑筋地人家来存车就给牌子、对号给车，而是利用空闲时间擦干净那些脏车，给车打气，多方设法为车主积极服务。这第二段虽仅一千七百多字，然而写来曲折动人，气氛热烈。

第三段从“这几天，石玉芝又忙擦车，又忙给车打气，真是又累又快活，每天天黑才回家”直到结尾。这一段不过四百多字，背景又回到家庭，仍是吃晚饭一家团聚的时候。在这里，父亲和哥哥都不谈联合大表演了，却和母亲一鼻孔出气，担心玉芝在背着他们搞恋爱。这一段涉笔成趣，目的在于（一）表现玉芝的好胜脾气（她始终把自己这几天在厂里的“表演”瞒过父母和哥哥，有意等待自己做出更大的成绩来，让他们吃一惊），（二）使全篇有一个喜剧式的结尾——工会主席正在这时走了进来，向妈妈报喜，妈妈吃了一惊，急急问明，原来不是玉芝搞恋爱的喜事，而是表扬玉芝在本分工作岗位上“大表演”一番的喜事。妈妈喜的快掉眼泪了，连忙安慰玉芝道：“差点冤了你啦，玉芝！”

同《套不住的手》等三篇相比，《姑娘的心事》篇幅最短，一共只有三千来字，可是，它写了一个思想变化的过程，说明了在大跃进的热潮中，人人都能跃进。至于结构之谨严，笔墨之洗炼，比那三篇还略胜一筹。

九

从艺术的构思看来，短篇小说之所以为短篇小说而不是压缩了的中篇小说，应当有其特殊的条件。字数的限制(例如说万字左右)，不能算是决定性的条件。在我看来，所谓截取生活片断，从小见大、举一隅而三反，这个说法，还是不能抹杀的。如果着眼在这里，那么，在取材、布局、描写人物、安排环境等等方面，短篇小说便自有其不同于中篇之处。如果强调这一点，不算是树立清规戒律，那么，我以为《你追我赶》（沙汀，《人民文学》一九六〇年十月号）是一篇严守绳墨、无懈可击，而又不落纤巧的佳作。

先看《你追我赶》写了多少人物?

有姓有名的人物一共是九个，其中有公社党委第一书记和党委书记各一人，三个管理区的党支部书记共三人，管理区的副主任一人，管理区的一个生产队的干部（包括队长）三人。

其次，再看《你追我赶》写了怎样的故事?

它写了赤山公社的每月一次的月终竞赛评比，该公社的石门管理区把已经保持了三个月之久的“卫星”牌子输给向来落后的顺河管理区，故事时间共占二十四小时。

且慢，让我们先猜一猜：这样的故事（开会），又有这样多的人物，事情都发生在二十四小时之内，而作品首尾不过万把字，作者如何安排呢?看起来，除了写一场热闹、紧张的评比会，大概更无别法了。然而不然！作者并没从正面写评比会的争论场面，作者只是借这“月终竞赛评比”作为线索，展示了九个人物的性格风度和内心世界。全篇没有一个人作了演说，甚至没有一个人物每次的说话超过三个短句。然而前后相映，使得人物的形象跃然纸上。这是作者塑造人物手法的高明之处，也是作品之所以引人入胜之故。

关键性在于作者绝对不让作品中的人物有一言半语是多余的。每个人物说一句话（十来字，短短的一句话），就能鲜明地表现了人物的个性，人物的思想水平，人物对于当前事件的态度，而且还表现了人物的风度。例如赤山公社党委第一书记易秉光，在作品中出场只一次，只说了三句话（共五十来字），可是他的形象活现在我们眼前。又如顺河管理区副主任柯凤山，在作品中出场三次，每次只说一句话，可是每次都给读者指出柯凤山的思想水平只在粪起云（石门区第一生产队的队长）和邓大娘（石门区的妇女队长）的伯仲之间，而且每次都加浓渲染了柯风山的并不怎么高超的风度。所以然之故，即在作者善于选择关键性的场合使人物说这么一句半句关键性的话。九个人物之中，有党委第一书记和党委书记，又有管理区的支部书记，这些上下级领导人的思想水平的高低，作者也只是用人物的一言半语来表现，而不用连篇累牍的看似有力、实则无味的议论。支书和负责干部的思想水平也是开口便见分晓，例如石门区的支书龙唯灵和生产队长龚起云，顺河区的支书张炎和副主任柯风山。

作者用了较多的笔墨描写了小说的主角龙唯灵。出场之前，作者借干部们猜度龙唯灵为什么来迟的场合，先把龙唯灵的认真不苟的工作态度点了一下，同时，作者也借此布置三个干部先出场赢得时间先描了下这三个干部的面貌（外形的和内心的）。随后，龙唯灵出场了，作者先写他的远远而来的外形："一个身材高大的人，头戴斗笠，裤管挽在大腿弯上，正沿着一条小路攀登上来。"这是从坝儿边上伸长脖子向着坎下的山谷望去所见的龙唯灵。这确是从上往下望，故只见斗笠，只见大腿，而斗笠和挽起裤管的大腿，又照顾到篇首那一句"密密麻麻的雨点，落得更起劲了"。可是作者在百忙中还要腾出一手写这个主角的革命家世："在过去的革命年代里，龙唯灵的父亲曾经作过村苏维埃主席，后来全家都被反动派杀害了！只有龙唯灵一个人逃脱了性命。因为正当群众纷纷到他家里报信的时候，反动派已经涌到了大门外；于是一个年青农妇，眼疾手快地从一只箩筐里刁起了还是奶娃的龙唯灵，塞在背篼里面，装着扯猪草从后门溜走了。这个机智勇敢的妇女，就是那个拦腰扎根蓝布帕子的邓大娘。”只是这么几句，点出了龙唯灵的革命家世，也点出了邓大娘的身世，她和龙唯灵的不寻常的关系（龙是邓的养子），留下很多余地给读者自去揣想。笔墨何等洗炼，文气又何等跌宕多姿！往后，直到全篇结束，作者总是抓住机会，描画出龙唯灵在不同场合的精神饱满的气概、深湛的修养、正确的认识和“赢得起也要输得起”的领导干部的风度。这个主角的形象就这样一点一点鲜明而深刻起来，正像一个人自远而近直到站在你面前一样。

这样的塑造人物形象的手法是值得赞美的，不是其它的优秀作品中所能常常遇到的。

再看全篇的结构。《你追我赶》共万把字，故事只是评比会，如果处理得不好，就会呆板，或者会繁琐。然而作者从容挥洒，全篇故事的发展层次分明，前后呼应，波澜迭起；写人写事写景都有鸟瞰式的全景，也有特写镜头，—— 一句话，就是通篇结构既严整而又灵活。全篇大体上可分六段。第一段开头便是环境描写：“四面的山头完全笼在雾罩当中。密密麻麻的雨点，落得更起劲了。”这是早晨，还不到八点。然后简洁地交代了石门管理区的干部们正集中在食堂等待出发——到公社管理委员会去参加每月一次的月终竞赛评比。该去的人们都已到齐了，只缺一个，这就是支书龙唯灵。趁此机会，作者先把三个干部（而尤其是其中的两个）介绍给读者，用简单扼要的外形细描加上他们的闲谈（每个人物只说一句话），就把这三个人物的性格和思想亮了出来。接着是龙支书出场。在初步描写了这位支书的外形、插叙了龙支书的革命家世以后，就落到“卫星”会不会被人家夺去的问题。在这里，作者初步写了邓大娘和龚起云的自满情绪，初步写了龙支书的并不那么盲目乐观，可是也表现了他的“你追我赶”的干劲和信心。

第二段写龙支书领着他的队伍出发，直到土喇叭响了，协作竞赛分区的小会就要开始为止。这一段，先从石门区的队伍的行程，写四面山头的雾罩正在逐渐散开，露出了数不尽的整齐的梯田，然后又写赤山（公社管理委员会所在地）脚下一片房屋，——社办事业企业单位，如银行、医院、百货店、工厂和加工厂。这就举重若轻地把赤山公社的兴旺气象作一个鸟瞰。当石门队走进公社管理委员会的第二层院坝时（因为房子是靠山建立，共三层，有梯坎），站在礼堂阶沿的顺河区副主任柯凤山却用一半说笑一半暗示的一句话欢迎龙唯灵道：“嗨！老龙，今天准备交‘卫星’啊，……”这就引起了石门方面的邓大娘和龚起云的尖锐的反应，他们俩都确信卫星跑不了，而且即使跑了，工作一向很差的顺河区也得不了。可是笔锋一转，作者搁过顺河区，却用比较多的笔墨写又一个比较落后的得过“牛车”牌子的塞椏管理区，写这个管理区的支书和龙唯灵的谈话，暗示这个落后区不但最近节节上升，已经成为“火车”，而且还有问鼎“卫星”之势；这一段夹叙夹议的文字，生动地表现了赤山公社各管理区的“你追我赶”的热烈情况。而同时，也暗示了连续三个月保持“卫星”的石门区这次也许要垮。

第三段写赤山公社四个协作区分片开会，第一协作区（包括石门、圆坝、兴山三个管理区）开会的结果，圆坝和兴山表示石门应当保持卫星，参加这个分区会议的党委书记王兴贵却意味深长地说：“要是只有我们三个管理区倒不错哇。……”这引起了石门区干部的强烈反应，他们不信会垮下去，但也有点不安了。龙唯灵批评他们不够沉着，此时突然又出现了顺河区的柯凤山，他又暗示说：“卫星也该搬家了！”因为顺河区曾经被批评为“打瞌睡”，所以石门区的干部对柯凤山盛气相向说：“无论如何总不会交给你！”第四段，急转直下，“卫星”开了冷门，竟是“打瞌睡”的顺河区得了。第五段，先写王兴贵勉励龙唯灵不要泄气，要“爬起来又干嘛！”而龙唯灵和顺河支部书记张炎握手道贺时也说：“麻烦你们保存几天。”可是正式宣布以后，会上少数人有意见，于是党委第一书记宣布复查，并组织了复查小组，其中包括评比垮了的三个管理区的负责人，龙唯灵为组长。最后，第六段，石门区队伍回家去，一路上依旧敲锣打鼓，有不少人还把希望寄托在复查。他们等了小半天和一夜（这里，突出地写了邓大娘的不安心情：她竟反常地对于检查自己管区为什么还有零星的空田、空土，也心不在焉），直到第二天清早，才见龙唯灵满面红光，敞开棉衣，“生龙活虎地在坝子上出现了”。他回答那些拥过来询问他为什么直到今天才回来的干部们道：“我要跟那个‘小鬼’（按即张炎的绰号——笔者）扯问题呀!”“小春苗价的确不错，可惜底肥少了，我向他们建议……”龙唯灵笑着说，像一个得胜回来的将军。但这，不是因为复查结果顺河输了，而是他查得顺河的工作实在好，并且他和张炎扯了问题又作了建议。而当干部们表示泄气，说“这个卫星，顺河拿稳了”时，龙又大笑说：“没有那么便当！下个月就要它送转来！……”

我说明这篇小说的结构也许太噜苏了，可是，我之所以噜苏，因为有不少读者对于作者的结构严整，行文细密，洗炼而含蓄的风格颇不习惯（或者说，粗粗一看，觉得沉闷，看不出其中好处），所以趁此机会，品头评脚一番。如果耐咀嚼的文章应当被重视，那么，《你追我赶》应当算得是此中翘楚。最后，我还要郑重指出，这篇小说的环境描写十分出色，它不是为描写环境而描写，它的环境描写（无论野外的，或是室内的）处处与故事的发展扣得很紧，它使我们有身入其境之感，它对渲染气氛起了重要的作用。

从《你追我赶》，便想到了萧木的《战斗的里程》（《人民文学》一九六〇年四月号）[①]。题材不同，可是艺术构思颇为相似，《战斗的里程》也是从生活一片段，刻划了人物的共产主义思想品质。特别是描写人物的方法，这两篇可谓不谋而合。《你追我赶》的有名有姓的人物有九个之多，《战斗的里程》却只有三个；这倒并不是《战斗的里程》的篇幅不容许比三个再多（它只有六千来字），而是主题决定它只要三个就够了。这三个就是有二十多年经验的老司机胡大海，他的司炉周虎根，以及临时来“添乘”的全铁路局有名的先进司机刘百能。

胡大海的机班是全段最落后的一个机班，虽然胡大海本人有经验。胡大海机班之所以落后，也有其客观的原因，就是这台机车是老爷机车。这篇作品的故事，却描写了主观努力如何克服困难、弥补了客观条件的不利情况，使落后机班成为先进机班。刘百能在故事中的作用是以行动来教育——不，应当说是启发胡大海，不怕客观条件不好，只怕主观努力不够。

这篇不满四千字的小说，无论从结构、从人物描写、从环境描写来看，都是无懈可击的。胡大海是个二十多年工龄、富有经验的老司机，是个魁梧的黑大汉（作者描写

① 本文收入《茅盾评论文集》和《茅盾文艺评论集》时，曾删去评论萧木小说的五段文字，现据《文艺报》初刊本补入。

胡大海的外形时只强调他跨一步，司炉小周得跑三步，而在刘百能出场时却这样写："车底下钻出了一个和胡大海几乎一模一样的、魁梧的黑大汉"，文笔简洁，而又把两人作一对比，给读者的印象就更深刻)。但是胡大海一向以为自己摊上一台老爷机车，有劲没处使，颇以此自欺自慰，因而知道刘百能要来"添乘"，颇有反感。可是，事实的教育，终于使胡大海口服心服，"用钦佩而又带点儿审视的眼光，看了看和自己年岁相仿、外形也差不多的百能大车，发现自己确实比他少了一些东西。"刘百能又用怎样的事实来教育胡大海呢？作者用了一连串的细节描写：（一）胡大海和小周边走边谈，刚到了他们的那台老爷机车前面的时候，却发现有人在车底下用小榔头检查机件，而这人正是刘百能。（二）刘百能又告诉胡大海，"今天还有七级大风，可能还是八级"。这是刘百能预先去看了气象预报才知道的。仔细检查机件，事先了解天气情况以及路上可能遇到的意外，这样的工作作风，都是跟了胡大海很久的小周认为是新鲜事儿的。（三）还有一件事使小周感到新鲜，那就是刘百能看见胡大海有心事（当他听到刘百能说路上会遇上七级乃至八级的大风，不免一惊，因为这趟车拉着五千三百吨，老爷车如此重载又碰上七、八级大风，在胡大海还是第一次)，就诚恳地 说："从现在起，我们是同一条船的人了，来，我们坐下来商量一下。"（四）开车后，胡大海忘记执行"呼唤答应"制度，刘百能代他喊"注意：开汽啦!”此时胡大海还有点反感，以为刘百能所谓来“添乘”，不过来出出风头，不负责任。（五）刘百能估计前面有千分之七的上坡道，而此时可能正遇八级大风，所以事先抱来了几块大煤以备到时把汽烧足，“高速闯坡”。果然，列车穿过一个小站时接到路签，调度局通知他们将有八级大风，要求他们按计划在五十分钟内到达中间站，这时刘百能又分析了路上的情况，提出办法；小周瞪着眼睛听着，简直像在听一场激烈战斗的部署，胡大海心里也着实佩服刘百能的分析，同意他提出的办法。这时胡大海已经不但口服，心里也有点服了。（六）刘百能叫小周休息一下，他代烧几下。他的烧煤技术使小周看呆了，并且刘百能似乎有意把各种烧法的要领明显地做出来让小周学习。刘百能头上的圆滚滚的汗珠，真正感动了胡大海，这才真正相信刘百能是来帮助（甚至不声不响地做起胡大海的助手来），而不是出出风头，摆摆架子。（七）在八级大风中，列车闯上坡顶时，忽然轮子空转必须“撒砂”的时候，刘百能却预先知道这台机车的撒砂器有毛病，要用时只得由人去敲管子，让砂子下去，于是他喊了声“撒砂”，人却像一支箭似的射出司机棚，走到一尺来宽的趟脚板上，去敲撒砂器的管子。这是里程的最后一关，也是胡大海心悦诚服地甘拜下风、提高认识的最后一步。胡大海不仅钦佩刘百能的遇到困难就上前的崇高品质，还钦佩刘百能第一次到这台老爷机车来“添乘”，却已经摸熟了这台机车的每一个毛病，能及时应付得很好。作者通过上述的七项细节描写，而不是通过说教，把一个共产主义风格的英雄刘百能刻画得栩栩如生，同时也写出了胡大海接受教育，思想上提高一步。这样的塑造英雄人物形象的手法，和《你追我赶》对照着看，就让我们分明看到这两位作家的艺术构思的相同之点。小周在这篇小说中是次要的角色，但是作者也在描写刘百能和胡大海的同时，描写了小周，用墨不多，却把小周这个小伙子的精神面貌（虚心，负责，随时留心学习技术等等）写得鲜明而深刻。

除了写人，在写物、写景方面，这篇小说也是很出色的。例如写机车，先写静止时的群像："台台机车都像是等待出征的战士，精神抖擞，热气腾腾。"次写胡大海开大了汽门时，"火车头像一匹着了鞭的骏马，撒开四蹄，泼剌剌地向前奔腾起来。"又次写开足汽门时，"汽笛发出了一阵吼声，震得两旁的山峰也似乎摇晃起来。"最后写列车闯大风："这时间，列车已进入了青山坳。迎面刮来的卷地狂风，跟长跑而来的火车头展开了搏斗，一阵风灌进了山谷，发出了阵阵雷鸣，像是在一旁助威。天上的浮云更是急速地游动着，好似在那里调兵遣将，偶尔也带来几点稀疏的但是足有半两重的大雨点，噼噼拍拍的打在司机棚顶上。"这一段文字可以说是掷地作金石声的。

由于行文应当服从故事的发展，这篇小说的调子是一泻千里，先慢后急。但是作者还能腾出一手写点生活上的细节，使得文势抑扬顿挫。他写列车正要闯坡，遇到弯道时，小周听出胡大海声音沙哑，连忙倒了杯凉开水送去，胡大海喝了一口，却推开杯子，努一努嘴巴叫小周给刘百能喝；在列车成功 地闯过坡顶，大家松一口气时，小周又用水管冲洗两条毛巾，让两个师傅舒舒服服地擦把汗。作者又在列车遇到大风之前，写刘百能从煤水车上抱了大煤块下来后，两手一叉腰，兴奋地说："好家伙！——虎根你猜，咱们拉的这一车都是些什么货?"于是一问一答，点出这一车装的全是大机器，是上海机器厂支援包钢的。这些忙中偷闲的笔墨，不但使得通篇文气有抑扬顿挫，尤其重要的是创造了气氛，表现了大跃进的全盘规划的雄伟气概，表现了这个机车上三个人的同志般的亲密关系，也表现了这"战斗的里程"是又紧张又愉快的！

写到这里，我想我已经噜苏得够了，但是，我还想提到作者的另一个短篇《长江的主人》（《人民文学》一九六〇年十一月号），这是写航运工作者的，这也是写一个生活片段，也写了两个先进人物，孟师傅和汤船长。前者用的是正面的笔法，实写；后者用侧面的笔法，虚写。这篇作品比《战斗的里程》长些，结构上有松懈处，也有些不必要的叙述和议论，但是两个人物都写得很好。请读者自去欣赏，我这里不噜苏多讲了。

十

本文开头，我说过这样一句：“但画蛇既毕，仍添一足，亦因有所偏爱，故情不自禁耳。”这为我所偏爱的一足，就是下面要讲的《红玉》。说来惭愧，我还没读到《红玉》的作者的其它作品，真是孤陋寡闻，现在只能就事论事罢。

《红玉》（冯还求，《人民文学》一九六〇年二月号），原载《峨眉》一九五九年十二月号，好像不应该算在一九六〇年帐上；但是我以为不必这样呆板办事，因为我读了这篇小说，觉得有话可说。

首先，从取材上看来，这篇小说有其特点。

它并不正面描写大跃进中的工业和农业，也不描写人民公社，可是实际上它既描写了大跃进中的工业和农业，也描写了人民公社；它并不把它的主角（新人新事中的新人）放在机器旁边或者水库工地上“苦战”几昼夜以表现其共产主义思想品质，可是它却通过日常生活，用轻灵而富有风趣的笔墨描绘了一个觉悟很高、具有共产主义思想品质的青年妇女。这个新人物的形象，如此光彩照人，如此富有立体感，然而作者只是通过家常对话，通过一些小动作，就把她塑造成了。这是把人物描写和素材的抉择，结合得很出色的。

这个人物名为红玉。她的丈夫名为春生。她本来是城里姑娘，她的丈夫是钢铁厂的工人，可是她的公婆却是农民；为了响应党的号召——职工家属支援农业生产，红玉回到她在农村的家已有一年，这一次，因为知道春生病了，特地从乡下回城里探视。故事即从这里开始。

全篇是一气呵成的，但也可以分为五段。

第一段写红玉从火车下来（那是黄昏时分），背起挂包，直奔工厂区，可巧碰到工厂的一辆卡车，司机小刘向来认识，她就搭上这辆便车，到了宿舍。这是几乎没有故事的一段，但是作者用了高明的细节描写，不枝不蔓地先把红玉的容貌和性格作了初步的介绍。作者写红玉出场后的第一句话就是带有个性的（当红玉贪看这变化了的市区，因而险些为卡车所撞，卡车司机小刘猛的把车煞住，伸出头来，没好气地嚷道：“喂，那位乡下姑娘，耳朵不顶事么？站在大马路上看呆了！”她连忙闪开，红着脸回过头来道：“对不起，”可是话刚出口，她高兴地笑了，叫道：“是你呀，小刘！早晓得是你，我就偏不让，看你把大嫂怎么着。”那司机听到声音很熟，再拿眼睛一细瞄，也不禁高兴地叫起来：“这不是春生嫂红玉么？哎呀呀，瞧你变得多快呀！下乡一年多，你就变成一个乡下姑娘了！……”）在这里，作者借二人的对话，点出了红玉和她丈夫的名字，也点出了红玉本来是城里姑娘，下乡已一年等等。这是很灵活的写法。在这里，红玉开口第一句话便使读者如闻其声，这句有个性的话和开篇（即相隔小半页，约二百字的篇幅距离）介绍的红玉的服装、面貌、举止（约共百来字）联系起来，读者就如见其人了。在这里，作者安排得相当巧妙：先写黄昏时分从火车下来的一个年青妇女的服装、容貌、举止；次写她大步走，“就像这儿一切她都熟悉”，可是熟悉而又不熟悉了，城市变样了，于是她慢步呆看路旁那些高耸的楼房，于是卡车来了她也听不到，然后是听到司机喊她的话，然后认出司机。一共约五百来字，可是没有半句平铺直叙，步步引人入胜，既写了人，也写了环境，也写了暮色苍黄——这不是正面写，而是从小刘最初没有认出红玉这一细节作了侧面的渲染。此后，顺势展开，借红玉和小刘在车上的对话以及红玉的一路所见，淋漓饱满地描写了一年之间这个工业城市的大变化；也借红玉的口，表明了一年之内农村也有大变化。并且，还从小刘口中说出春生的病早已痊愈，目前正忙于生产，“你这阵回来可不是时候”，引起了红玉的思想波动，使她有了新的打算。第一段到此结束。

从全篇各段的任务看来，第一段的任务是交代情况，给读者一种背景资料。此段共约二千字，妙处在于几乎没有平铺直叙，文势极为夭矫，而且还从交代情况中有声有色地描写了红玉的性格。

第二段写红玉在宿舍（自己的新家，五层楼房的一个套间），等着春生不见来，思潮起伏，终于打定了新的主意。这一段约二千五百字。前半写红玉先到这个大楼的宿舍管理员宋二伯娘家里，从红玉和宋二伯娘的谈话中又给读者看到了城市变化的一面——工人生活水平的提高，从红玉的口中又使读者知道红玉在乡村的生活情况。后半比前半短些（不到一千字），可是并不因其短些而就薄弱些。相反，后半段虽然只写到红玉在自己房里（那是在宿舍大楼的第五层）推窗遥望工厂区的夜景，以及红玉的思潮起伏，可是笔势层层展开，步步逼进（红玉从工厂冒起来的一片通天的红光，联想到“是一炉铁水流出来了！”又猜想“也许这就是春生他们新修的那座炉子哩”！不禁高兴得心跳；然后红玉开灯打量房内的布置，出她的意料，房内一切都收拾得有条有理；可是她又觉得少了什么东西。少了什么呢？仔细一想，她忍不住悄悄地笑了，原来那些锅碗瓢盆之类都不见了。在这里，看得出作者的剪裁手腕，他在上文已经说过宋二伯娘家就有厨房，有厕所，这里不必再加一句“另有厨房”，读者已能意会。红玉是闲不住的，她把桌子、柜子等拂拭一下，扫了地，又打了一盆热水等春生回来洗脸，又找出春生的衬衫补好，可是春生还不见来，于是她又到窗口张望。这时候，工厂区的灯火更加明亮，机器曲声音更加响亮，她仿佛看见了春生正紧张热烈地在高炉边战斗）。最后，就点出了红玉的思想波动得到解决，她打定了新主意而且立刻要行动了。这一结，和第一段的结尾遥遥相对，但不是并行的，而是深一层的。这第二段的后半段不过千把字，可是，红玉的思想活动（这是和她在房内的忽而倚窗遥望，忽而收拾小东西等等动作，扣得很紧的），却像万顷洪波，汹涌澎湃，而写来极有层次，没有杂乱的感觉。写工厂夜景不过数十字，可是，因为这数十字的写景不是为写景而写景，而是和红玉的思想起伏紧紧合拍，所以这数十字便格外有声有色、意味深长。

第三段也不过千余字，写红玉打定主意后，刚巧小刘又来了；小刘知道春生尚未回家，就要去找（当然小刘早已把红玉回来的消息告诉春生），但是红玉不让找，却要搭小刘的便车到车站，说是取行李；其实这是托词，她知道八点钟后还有一班火车开往她的来处，她决定乘这班车回乡下。春生既然无病，而且又那样忙，而她自己在乡下也正忙于水库建设工程，这便是她决定当天回去的原因。她买好了车票，然后对小刘说明。小刘一定要留住她，可是她坚决而且轻盈地脱身而去。

这一段，在全篇的故事发展中，居于高峰地位，然而，从红玉在此数小时内的思想活动而言（也就是说，从刻划红玉的精神世界看来），第二段乃是全篇的最高峰。

最后，第四段，是尾声性质，带便描写一番那个还没登场的人物——春生。原来春生炼好一炉铁又和车间的技术员把新高炉发生的问题解决以后，松一口气，这才想起红玉还在家里等着，就赶回去。可是进门一看，不见红玉，却看见桌子上摆着一本新的日记本（这是红玉送给他的礼物），本子里夹着个字条，正是红玉匆匆忙忙地留给他的；他看了字条，知道红玉为什么来了又去，便奔向车站。刚好赶上，他看见满面笑容的红玉正在车厢口挥手对小刘告别。列车已经开动。红玉却也看见了春生，她探头在车窗外，望着春生叫道："我回水库工地去了，……我们都很好，你放心吧……"列车愈驶愈快，红玉愈去愈远，但春生却感到她同自己比从前靠得更近了。

这篇小说写的是三、四个小时内发生的一件事情，登场人物只有四个，事情又极平凡，然而它的背景却异常广阔深远；通过它，我们看见一九五九年大跃进中城乡面目的迅速改变，也看到人的精神世界的迅速改变（这是从红玉身上反映出来的）；虽然只写了平凡的事情，但是全面大跃进的热烈蓬勃的气氛贯串全篇，扑面而来。在这一点上，我们不妨说，它和《姑娘的心事》《一点红在高空》等等，具有同样高度的艺术的概括。

自然，也不能说这篇小说完全无可指摘。例如第二段的前半还可以精简，第四段最后写春生感到红玉业已去远而心却越发靠近，本可就此结束，下面的数十字未免蛇足。文字方面，也还有一二翻译腔，例如"她脸上闪出喜悦的光辉，然而那光辉又时不时被一阵焦急所代替"，——这和全篇的波俏挺拔的文字很不调和。然而这一切小毛病只是白璧微瑕而已。

十一

上面提到的十几个短篇小说，大部分是早已有口皆碑的，有一、二篇看法极为分歧，还有二、三篇好像还没有引起普遍注意，只是我在这里为它们鼓吹，——也许我的偏爱不足为训。

这十几篇是六〇年短篇小说的尖儿，并不是六〇年优秀的短篇小说的全部。可以称为优秀的作品，其数量远不止此，因此，这篇漫评，并不全面，只是举例而已；但也可以看出六〇年短篇小说创作的一些新面目。

这些新面目，我可以概括为这样五条：（一）更深一层地描写英雄人物的精神世界；（二）更熟练而且巧妙地通过人物的行动而不是依靠人物的嘴巴或者甚至作者的说教，以分析并刻划英雄人物的精神世界；（三）更多地取材于日常生活而以大运动大斗争作为背景；（四）更加注意到气氛的描写而且若干作品写气氛写得很好，超出了过去的水平；（五）更多的新体裁，这反映了作家们力求突破已有风格的水平而更提高一步，或者力求创造新的风格，换言之，即不但不同的作家们在努力于百花齐放，同一的作家亦在努力于多放几种花（要求自己能掌握一种以上的风格）。

自然，这不是说，上面提到的十七篇作品，每篇都具备这五条；十七篇作品中有些只具备这五条的一半，有些则具备了一半以上。然而，十七篇作为一个整体看来，就完全具备着上述的五条，而这五条也能够代表六〇年短篇小说的作家们的普遍趋势，不过各人的成效有大有小罢了。

我们欢呼这些新的成就。我们盼望这些新的成就在个别作家笔下将能巩固并继续发展，在整个文坛上将由比较少数而变成多数乃至大多数。

为了有利于有助于巩固和提高，我也打算简略地谈谈若干相当普遍的缺点：

第一，有不少的作品，在描写英雄人物的共产主义思想品质的场合，还有点千篇一律，或者说，跳不出既成的框框。此所谓千篇一律或既成的框框，不是指共产主义思想品质表现在对党、对人民、对人、对己的一些原则（这些原则当然是普遍性的，即应是“千篇一律”而不能有例外的），而是指，当作家通过什么情节（人物的行动）来表现这些原则时，常常显得简单、生硬，花样不多，以至有千篇一律的毛病。这就使得英雄人物失去应有的光彩，在最拙笨的情况下，还使得作品中的英雄人物显得简单化甚至乔张做作，恕我直言，这就使得英雄人物不真实了。

第二，人物描写方面薄弱的一环，仍是党委书记、支部书记和负责领导者（例如厂长、社长）的形象不够多姿多彩，而有点公式化。比较常见的写法是把党委书记、支部书记等等放在关键性的场合出现（例如作出决定、打通思想的场合）；这样的写法，有其戏剧性的效果，但是同时，也常常损害了这些人物形象本来应有的多姿多彩。

第三，就作品的体裁而言，六〇年的短篇小说的体裁较之过去是更为多种多样的了，然而，讽刺短篇和幽默短篇还是较少。这里，牵涉到一个大家讨论得相当热烈的问题：反映人民内部矛盾用讽刺或幽默的笔法是否恰当？然而，如果承认讽刺或幽默的作品有其特殊的启发性和深刻性，那么，问题就不在恰当与否，而在熟练地掌握这种体裁、有分寸地运用这个武器，并不是那么容易的。讽刺作品和幽默作品是文学艺术大家庭中的一支，这是不会有人反对的；可是，也不能否认社会上有一种看法不利于讽刺作品和幽默作品的产生和发育。这种看法大体是这样的：揭露旧社会的黑暗需要辛辣的讽刺，躲开反动统治阶级的剪刀需要含泪的微笑（幽默），然而在人民当家的时代，就用不到这一套了；既然可以进行正面教育，何必旁敲侧击？既然可以面命耳提，何必指桑骂槐？这种看法，其根源在于不曾明辨文学艺术和其他对人民进行思想教育的工具，其各自的特征确有不同。文学艺术要对人民进行思想教育，但又是要通过反映现实的艺术形象来进行思想教育，这是文学艺术的特殊性。而且既然要借助于艺术形象，那就不能光是思想内容正确，还必须富有艺术的感染力。换言之，文学艺术而作“当头棒喝”，还必须是艺术性的当头棒喝。在这里，所谓艺术性的当头棒喝既不能以艺术的糖衣来装饰棒喝，更不能借口艺术性而减轻棒喝的力量。不，恰恰相反，艺术性的当头棒喝，应当是最有持久力，最有深入性的当头棒喝；譬如醇酒，上口不吓人，然而后劲极大。而讽刺作品和幽默作品又是文艺体裁中间的特殊品种，能发生独特的奇异功效。更不用说，在满足人民对艺术欣赏的多方面的要求上，它们也是不可缺少的。

第四，作品的文学语言大有进步，优秀作品的文学语言都能保持准确性、鲜明性和生动性。但是，偶尔的败笔，虽优秀作品亦尚有之，姑举一例：《姑娘的心事》的文学语言是很漂亮的，但其中有一句“那几个车子被擦亮了的主人”，读之不禁失笑。当然，意义是不会不明白的，不过，这个作为全句的主词的子句，实在别扭，它在整篇作品中很不入调。语汇是文学语言的基础，语汇贫乏仍然是一个普遍存在的问题；有人指出，现在的一般作品描写大姑娘们的眼睛，只有“黑”、“大”、“亮”三个字，更无新颖的语汇。其实不光是描写眼睛的语汇不够多，描写青年们欢乐活泼的语汇也同样不多。至于党委书记、支部书记等等代表党的人物，他们的语汇就被固定在有限范围内，更觉贫乏；我们常常看到党委书记甲和党委书记乙所用的语汇几乎只是一套——不论在任何场合，都是那一套。有些作品写了不少人物，这些人物的语言，都有个性，惟独党委书记或支部书记的语言没有个性，此中原因之一，就是党委书记等等人物的语言不但有公式化的毛病，而它的语汇亦为某种无形的戒律所束缚，只在一定的圈子里讨生活。

上面所讲的四种缺点，并不是六〇年发现的新问题，而是老问题；正确地说，六〇年的优秀作品对这几个老问题已经作出了初步的解答（第三条当作别论，六〇年还不曾认真提出把它放在工作日程上）。我们当然深信，随着我们的事业的发展，这几个老问题将要逐渐变成文艺创作中的局部现象而不像今天似的成为普遍现象。但是，我们也不可以把事情看得太容易。提高文艺作品的质量，是一个复杂的问题，一个作家明明看清了自己的缺陷而几经努力仍然不能立刻提高，这样的事，古今中外，常常有之。因此，我们一定要有信心，但同时也不可急躁。评论界一方面对读者负责，一方面也对作家们负责，在如何提高创作质量的问题中，评论界自己也有提高质量的问题。百家争鸣是评论界提高质量的途径，我这篇漫评只为争鸣提供一些材料而已。

一九六一年五月十一日

【附】《一九六〇年短篇小说漫评》按语*

《一九六〇年短篇小说漫评》一文发表以后，中国青年出版社拟将此文和文中提到的短篇小说合印一册，俾便读者观览。时间过得很快，转眼间便过了五个多月。五个多月内，我国社会面

* 本篇最初印入一九六一年十一月中国青年出版社出版的《一九六〇年短篇小说欣赏》。

貌又有了新的发展。在当时还是反映崭新事物的作品，不免又落在形势发展的后面。这是前进中必然的现象，这也是作家们回顾自己的旧作总觉得还可以修改的原因。而发见旧作有需要修改的地方，也正表现了作家们在思想上、认识上、乃至表现技巧上的进一步提高；这是应当庆贺的。收进这个选辑本的若干短篇小说都经原作者作了或多或少的修改。有些是就文字上作了修改，例如《你追我赶》、《欢乐的除夕》、《一点红在高空中》；有些是在故事情节上作了修改，例如《李双双小传》、《新任队长彦三》、《在时代的洪流中》——这就把原来的主题思想更进一步加以澄清和发展。中国青年出版社编辑部让我读到这些作品的修改稿，并问我：是不是打算把《漫评》的个别章句也作相应的修改？我本来极愿意也把《漫评》修改修改，然而，因为正在写一篇比较长的论文，思想有所偏注，倘要修改《漫评》，则此论文势必要搁置一二星期，但时间又不许可（因为在我的工作日程表上要凭空抽出一二星期对付意外事件，委实有不少困难，而且要连累到人家的出版计划）；倘若让我写完了那篇长的论文，再来修改《漫评》，那又耽误了中国青年出版社的出书计划（换言之，这个选辑本就没有在今年出版的希望了）。再三考虑，只好不修改，而在这里加个附记，表示我的歉意。还有一个自解嘲的理由，即：我相信我们的读者在读了这些经过修改的作品以后，会自己作出结论：为什么某些作品必须有故事情节上的修改，为什么另一些作品只作文字上的修改。当然，他们也能自己做出结论：这些修改都在不同程度上提高了作品的思想水平和艺术质量。由于某些作品在故事情节上作了修改，不可避免地和《漫评》的相应的评述发生了已经不对的地方；在这样情况下，我盼望读者在《漫评》的这些已经不对的地方赏以红勒帛，并自己作出判断。

一九六一年十月四日　记于北京

六〇年短篇小说读书笔记*

(一)

题材较为多样，作家取材的角度亦比过去为多。在普通日常生活的背景前描写新人形象，挖掘相当深，——这是去年的新的成就。但是，人物描写方面，党委书记、支部书记、厂长等等领导人的形象仍为千篇一律者较多，而别开生面者少。又所创造的妇女形象较多且较胜于男子。

讽刺短篇少，幽默的更少。以讽刺幽默的笔法来写一些我们社会上的人民内部矛盾，可能比用严肃的教训的笔法，表现得更深刻，而给人的启发也更大；面命耳提当然

* 本篇写于1961年。标题为编者所加。

起教育作用，但旁敲侧击，轻轻一点，启发人们的思考，自寻答案，也许入心更深，作用更落实。社会上人们的觉悟程度、认识程度各各不同，有的需要面命耳提、反覆作填鸭式的告诫，而有的则只要眉目示意，片言点题，便能举一反三；前者有其必要，而后者亦属重要，因为由后者之道，将可以锻炼人们的研究问题、认识现实的能力，譬之醇酒，上口未必吓人，然而后劲甚大。讽刺作品之少与评论界之严格要求，甚至吹毛求疵，好扣帽子，增加作家顾虑有关。

短篇结构，大有进步，人物塑造的规律亦把握得更多，但描写环境的本领还差些；有些环境的描写还像镜框子，为写环境而写环境，不是为了烘托人物的情绪而写环境；有些环境描写着墨虽多而条理紊乱，给人印象不深。《红楼梦》写林黛玉初进荣国府，……诸如此类的环境描写方法，我们也在《欢乐的除夕》、《一点红在高空中》看到了，但在别的短篇中还少见。至于写气氛，近来已大有进步，但是战斗的气氛（例如苦战几昼夜）写得多，也大都能写好，而欢乐的气氛，就写得比较少，也比较公式化（例如强调姑娘们、小伙子的逗趣，强调姑娘们的两根辮子一甩等等），至于写清雅幽闲的气氛就不多见（以我的浅陋，尚未见之），好像作家们都怕写，因为据说清雅幽闲乃资产阶级情调。这正是很大的误解，也是对于劳动人民极大的侮辱——何以言之？因为这是把劳动人民歪曲为除了流汗苦干只解跳跳蹦蹦傻笑也。

词汇仍嫌贫乏。人民口头活的词汇，仍嫌没有新的发掘和新的加工；尤其是大多数作品中描写党委书记或支部书记时，词汇只有一套，——好像作家们有些默契，不用这一套词汇来写党委书记或支部书记便会被批评为歪曲了党委书记等等的形象。有人说，一些作品中写大姑娘的眼睛只能用“黑”、“大”、“亮晶晶”等词汇，更无新词，此则固然矣，但词汇贫乏的现象，已极普遍，不仅在人物描写。贫乏之根源，一方面在于作家观察不锐敏，体会不深刻，提炼加工的本领还未到家，而又一方面亦在社会上评论界有一股不正确的风尚，把有些词汇都贬为不健康，为陈腐，为有资产阶级、小资产阶级臭味，这样，把路子弄狭了，又阻碍作家思想解放、大胆创造。而由于对正面人物要求更严（动辄加以歪曲的批评），故描写正面人物的词汇更少，这也是反面人物一般都更有形象性的原因之一。我不是苛责了评论家，不过提醒大家，同时也警惕自己，评论文章对于读者、作者影响既如此之大，我们落笔便要格外谨慎，不可乱扣帽子，亦不可以代表什么组织的面目出现；但亦不宜观风望气，不敢提出不同意见。活跃评论界的空气，有待于我们共同努力。

（二）

《李双双小传》——李准，《人民文学》1960 年 3 月号。

这篇相当好。然而，这是压缩了的中篇，而不是通过生活片段来反映全体（本质）的，如唐克新、肖木、草明的作品。当然，《小传》也写得好，可是余味不深，没有《第一课》那样耐人寻味；人物描写不如《战斗的里程》，李双双不免有些描头画角。

第一段从双双的大字报引起本题。这一段可以说有点摹仿《阿 Q 正传》的开头一章，但文笔的幽默、辛辣都远不如。而且也感到文气匆促。

第二段回叙双双曾经怎样斗争这才从丈夫手下解放出来。这一段算不算够“人情味”？我看是算得了的。但是修正主义者一定要把人物性格写得迷离恍惚，阴阳面，才算有了“人情味”，或者一段肉麻的庸俗的人事关系（父子、兄弟等五伦之间），也算“人情味”。此段回叙，文字简洁，而李双双和喜旺二人的性格，已颇突出。

第一二段概括了封建思想（夫权）在贫雇农身上如何根深蒂厚，又点出，像喜旺这样封建思想浓厚但又不大能干的农民，有一个漂亮伶俐、勤快的老婆时，一则以喜，一则以惧的矛盾心理。

第三段还是回叙——李双双怎样和桂英（邻居）商量着办食堂（那是在双双和喜旺打架之后），点明大字报的来源。但是这一段夹在二、四段之间，使结构松弛，在结构上有毛病。其实可以删去，而在下一段内，用喜旺回忆或其他方法点一二句就行了。此段回叙如果删去，关于桂英，可以在适当地位点出。

作者此篇写气氛不够。能画人物，但不能写背景、写气氛。这是说故事的调子的落后的一面。

第四段写食堂办起来了，公选炊事员。此段极为轻松波俏，故虽叙选举事，却不枯燥。最幽默的是把喜旺选上了炊事员，而且大家都为他的做菜手段吹嘘。（喜旺老把老婆叫“俺做饭的”，故而选他当炊事员有幽默感。喜旺以前曾在镇上饭馆里工作，能烧菜。）双双——办食堂的建议人，却不在食堂工作——这样安排，很好。

第五段写喜旺在食堂的第一天工作，以及开过饭回家和双双的絮语。此段后半写得好，夫妇喁喁私语，然而写了二人的性格，着重写了双双的能干、可爱。这些“人情味”很关重要，正是借此刻画了新人物的品质。

第六段写喜旺上了富农的当，又写双双上了喜旺的当，代他求换工作，经支书说破后，双双自告奋勇代了喜旺的工作。此段写来曲折有致，写双双、喜旺个性极好。仅有一二败笔，乃是想不冷落支书之故。但为了不冷落支书而写支书，因而无戏，支书就没有写好。

第七、八两段太噜苏，没有前面的紧凑，笔调也不那么有风趣了。第七段写挖老鼠洞挖出富农孙有私藏的水车，以及孙有找喜旺说情，被喜旺拒绝，双双到老支书处告发。大体上紧凑，而且也在故事发展中写了人物性格的发展（喜旺也知政治挂帅了，但只知拒绝孙有，而不愿告发孙有），仅一二处叙述稍嫌平板。至于第八段，则叙述李双双他们搞食堂炊具机械化（水车利用上了，专门担水的老杨就支援猪场去了），自己制造了切菜机、淘米机，然而因为利用红薯事，和富农之子金樵（食堂司务长）斗争起来；又叙喜旺帮她做好了跃进面（红薯粉和面粉混合的面条），大家吃了赞不绝口。最后写喜旺发明吹唢呐唤猪出来吃食。而以广播"李双双担任公社党委委员，被选为全县的特等劳动模范，出席北京群英大会"告结束。此段文字不简练。

此篇写双双、喜旺的性格都很突出，但写老支书却写失败了。老支书在此，只是点缀，因为他置身于故事之外，故他的性格没有写出来；这个支书，是公式化概念化的。

这篇小说后来差劲。七八两章有似蛇足。写李双双也是前半好，有声有色，这是因为在斗争中写她的性格发展。有些对白很好，生动泼辣，但有些对白有点公式化。喜旺也写得不坏——此人性格有发展，前后也还统一。老支书写得很糟，公式化，没个性。如果和草明的《姑娘的心事》作个比较（两篇都是女主角），则《姑娘的心事》在结构上胜过《小传》，而在对白上不如《小传》。然而，写《小传》容易，写《心事》难；因为《小传》有大事情，有夫妇间的斗争，又有对富农的斗争，而《心事》则没有这些情节。

《姑娘的心事》——草明，《人民文学》1960 年二月号。

此篇写一个好胜的姑娘（十七还不到，十六颇有余）石玉芝。她的父亲是机修厂的老钳工，她的哥哥石玉璞是轧钢管车间的工人，都在鞍钢厂的技术联合大表演中露了一手的。可是玉芝是看管自行车的，无可表演，她为此很难过，埋怨人家不让自己学技术。（不过有此一点点意识而已，作品中并没强调，只在第一段用侧面烘托法点了一下。）石玉芝的形象，生动、突出，虽然并无特点。

结构谨严。全篇分三段。第一段从家庭的晚饭桌上轻轻引入正题，点出了玉芝所以烦恼之故，——大家都有机会表演而自己却没有；看管自行车这个工作没有意思。这是个思想问题。作者在第一段用“轧管工人觉得自己是个青年团员，应该纠正妹妹的不正确态度……”等十来句轻轻提起，却又立即放下，而在第二段（全篇中最长的一段）用石玉芝在平炉车间所见的热闹气氛——事实的教育，解决了她的思想问题，不落陈套（既不用哥哥，也不用领导上的“摆道理”来打通玉芝的思想）。

第二段又分三小段，第一小段写她在装料车被人讥笑，还有反感；第二小段写她看见贴补前墙的炼钢工人的工作精神，她思想上通了；第三小段写她不觉得看管自行车这工作没意义，就发挥积极性，自动擦那些脏车。这第二大段写得曲折（虽然只是平凡的小事）动人，而且气氛也热烈。

第三段的背景又回到家庭，仍是吃晚饭的时候。在这里，因父、母、哥哥都以为玉芝在搞恋爱，不枝不蔓地涉笔成趣，一以表现玉芝的好胜脾气（始终把自己的表演瞒过父亲和哥哥，有意等自己将来做出更大的成绩时，好让他俩吃一惊），一以使全篇有一个喜剧的结尾。

石玉芝的思想问题，似乎解决得太快了罢？她只到平炉车间一次。而且，难道她以前就没有到过平炉车间么？作者还有伏笔，是于第一段后半“父亲偏过脸去对女儿说：‘赶大后天星期天，我领你去见见老郑大伯，你好生向他学学’。”这就说明石玉芝的品质本来就好，思想问题容易解决。

教育意义在于：通过侧面写工人阶级的干劲，工作无论大小，都能“表演”一番。

人物——除玉芝外，母亲写得不坏，父亲、哥哥只带一笔。

文学语言：大部分都活泼流利。只有一、二小毛病，例如第二段“那几个车子被擦亮了的主人”一句，读之发笑。

草明的短篇，——她的处女作及其后几篇，即初期作品，似乎有独特风格，倒是最近的作品显不出来，虽然在结构上谨严了，在文学语言更大众化了。不独短篇，其长篇亦然。

《种子》——唐克新，《人民文学》1960年3月号。

此篇和《姑娘的心事》一样，都不愿意通过轰轰烈烈的运动，苦战几昼夜的方式，——这样的背景前，塑造共产主义风格的人物，而是通过平凡的、日常的生活来表现人物的。

如果把此篇当作反映技术革新的作品看，那就有许多问题费解。此是富有抒情味的短篇，焦点在于女主角的品质。

写王小妹（五十来岁老工人）的高贵品质，共产主义风格。这个人物的形象很鲜明，也很可敬可亲。文章也写得层次分明，不枝不蔓。

此篇结构层次也颇分明而细致。开头是引子，旋即急转直下进本题“王小妹”；于是用了一个短短的回叙，刻画了王小妹的形象，然后①谈话，②“一道做一天看看”，③访问她家，——一步一步地填描王小妹的精神生活（至此为止，都为后来的结论创造气氛），最后，点题结束。

《一点红在高空中》——胡万春，《人民文学》1960年

3 月号。

此篇通过母亲探望女儿，写女儿的变化——思想上的，生理上的。一件平常事，然而写得又流利、又含蓄。特别是全篇的气氛，写出了我们这时代的大跃进气氛。

尽管阿珍是工人的女儿，但因为不劳动，就滋长了资产阶级思想意识，轻视劳动。篇中用回叙的方式从小许口中把阿珍的改造过程简单地说了出来。阿珍的父亲是虚写的，然而形象也很鲜明，因为写他细节很典型。

这可以算是富有浪漫主义精神的罢?

此篇和《姑娘的心事》属于同一类型——即通过日常生活写新人的面貌。和《李双双》也是同一类型——即写一个人的变化。但李双双经过的斗争是对封建思想（外部的），而《一点红》则是对她自己的缺点。

《欢乐的离别》——万国儒，《人民文学》1960 年 3 月号。

此篇写机械化运动，用轻松的笔调，有他的风格。此篇特点，在于通过新旧对比，写了技术革新的伟大意义以及这样的运动只有在新社会中方有可能。老师傅的形象很突出。语言有风趣。

此篇如与《姑娘的心事》比较，和《一点红在高空中》比较，则此篇的抒情味更浓，一气呵成，艺术上相当完整。

《老铁师傅》——徐绍武，《人民文学》1960 年 3 月号。

此篇也是从琐屑小事来刻画一个老工人的思想品质的。老铁的形象还写得突出而鲜明，语言无特色。全篇平平，虽然上半篇比较好些。

《新上任的司机》——杨柏林，《人民文学》1960 年 2 月号。

此篇平平。病在只是平铺直叙，文字不够精练。而且思想性不高，作为报纸上的报导尚还去得，但不是好的短篇小说。据本刊编后记，作者是工人。

《飞跃》——杜鹏程，《人民文学》1960 年 4 月号。

此篇写了三个人，许栓、莲娃（其女）、刘书记，但作者重点在许栓，雄心壮志，——征服沙漠。题材是浪漫蒂克的，也可以说是“两结合”的方向。作者似乎有意在找非常的环境（沙漠），非常的人（雕像似的沉甸甸的人），但作者的笔力不够。作者有意识使用遒劲粗壮的笔触，他写景，写人物外形，写气 氛，都用了夸张的手法，而且在字句上追求有声有色。这些，都使得此篇气魄宏大，情绪饱满。但遒劲则遒劲矣，惜徒有剑拔弩张之势，而缺少沉着威毅的气魄。作者在故事某些场合以抒情的调子写许栓指挥工程的风度，写得成功。然而，看完了全篇外，许栓留给我们的印象，不能再多再深。为什么？这是因为作者不从具体活动中写许栓之故。篇中写许栓，用了不少烘云托月的手法，但是“许栓领了几十名‘土专家’，研究出许多治沙的办法，在科学上都是重大的贡献”，却只一笔带过，并无具体的描写。因此，许栓这人物形象大则大矣，却不是立体的，并且其所以大之故，却很模糊。人物形象之所以如此，和作品主题的不明确有关系。征服沙漠的雄心壮志不能作为一个主题，因而便发生：实际斗争知识和书本知识，依靠党的领导和依靠群众的智慧……等等，都可以作主题，可是此篇却不明确何者是主题，因为都只写了一点（抽象的抒情式的），都没有写透。

此篇写右倾保守思想与力争上游、敢想敢干的进步思想的斗争，不免落套，把知识分子作为右倾保守思想的代表。莲娃他们藐视科学知识，也不对。

最后的展望，作者企图以抒情的气氛来“展望”未来，然而着墨虽多，却空泛无力，色彩也不绚烂，其故也在于前面没有具体的描写。对许栓的铁锹、炒面口袋、小旱烟锅，烟荷包等细节写得多，但是对故事的大关节目却缺少具体描写，只有抒情式的赞美歌似的叙述。

《红玉》——冯还求，《人民文学》1960 年 2 月号。

此篇虽然不够简练，但写红玉颇形象化。红玉一开口，就表现了个性，如闻其声。由一件小事——下乡的家属又回城里来探望，写一九五八年大跃进时代城乡的变化，笔致颇为波俏，结构亦还自然。气氛热烈，情绪饱满。不像《新上任的司机》文气平板，自然，思想性也不高。

《第一课》——唐克新，《人民文学》1960 年 4 月号。

此篇好。可以算是“两结合”，——当然，开头只能是这样的作品，即方向对，而内容还单薄，形式还不突出。此篇优点在于题材本身就是浪漫蒂克的。

和作者其他的短篇相似，这篇也是用轻松的笔调写一个严肃的主题，没有说教式的冗长对白，但是写出了党的领导，工人知识分子的成长。（主题是敢想敢做，进行技术革命，但是没有从正面写。）

杜作《飞跃》，架子大而内容单薄。虽有风骨峻嶒之气概而实见斧凿之痕。唐作《第一课》胜杜作多我。

《战斗的里程》——肖木，《人民文学》1960 年 4 期。

这是从一个事件（平常事件，超长超重列车在八级风中完成任务），描写了先进人物的工作作风，精神面貌，没有说教的话，只是从具体细节中描写了刘百能在行车前如何细心检查机车，了解这机车的特点、毛病，以及途中将遇八级大风，而在行车时他又如何预先布置部署，亲自动手。就凭着这些工作精神和作风，使得本来不服气的胡大海，终于佩服了他：“他用佩服的眼光……发现自己确实比他少了一些东西。”

文字洗练，——掷地作金石声。三个人物，形象突出，性格鲜明。只用一句、两句（骨节眼上的，例如“来，我们坐下来商量一下”，小周觉得这又是新鲜的。页 24 二排中段），就把刘百能的工作作风刻画出来。全篇首尾一致用这个笔法刻画了刘百能。

写气氛很成功。从简短的一两句（如“台台机车都像是等待出征的战士，精神抖擞，热气腾腾”——妙在最后八个字），倒一小段（如写刘百能加煤），都是有声有色！

《阿兰山探宝记》——程起骏，《人民文学》1960 年 5 月号。

此篇没有把人物写好，只是表面地描写了李龙（队长）、何政委、小吕的勇敢、沉着，而没有更深地刻画他们的精神世界；结构上有松散、拖沓之病。描写自然环境和惊险场面也有些陈腔滥调。

《静静的产院里》——茹志鹃，《人民文学》1960 年 6 月号。

写前进者不再前进，就会落伍。不断革命论的真理在这篇的女主角身上表现出来。人物——谭婶婶写得好，荷妹也写得有声有色。结构——夹叙夹议，很自然；几段小回忆，都和故事发展（特别是主角的内心世界的波涛起伏）

有机地联系着。对白很少公式化的。

和作者以前的作品比较——描写人物的内心世界，此篇较多，又写得细腻自然，但有不够简练处。抒情诗似的，作者固有的风格，但是，在思想性、人物性格描写等方面，都比她过去的好。

描写谭婶婶的心理很细腻，本来一个进步的人，现在赶不上时代的步伐；这是“父与子”矛盾的新状态。

《文化的主人》——刘勇，《人民文学》1960年6月号。

这不是小说。而且，通篇几乎全是报告腔，演讲调。没有故事，也没有人物描写。

《新任队长彦三》——王汶石，《人民文学》1960年7月号。

彦三、彦子玉等人物描写得鲜明，作者似乎有意突破自己既成的风格，用了京剧中对白的方式来加重气氛。第一节结束时用了一次，第三节后半连用三次，——这不能不说是作者有意安排。

作者的文字向来是棚棚响的（练字练句脱胎于民间文学），但此篇第一节有些句子却不是那样了，和第二、三节不同，因此，开头读时觉得不够洗练，觉得句子弱。

第二、三节，都从行动中表现人物，第一节却用了不少介绍人物的思想性格的句子，因而觉得第一节比较弱——虽然第一节不长，是三节中最短的。

总的看来，作者此篇比他过去的有如下不同之点：①人家说他过去的作品虽写了新人（有声有色的新人），但把农村中的矛盾简单化了，此篇纠正了简单化的缺点。②有意写一个刚从阶级斗争中冒出来的领导人物，比过去的只是描写先进人物更有意义，——即思想性深些。

《耕云记》——李准，《人民文学》1960年9月号。

人物只写了两个：第一人称的“我”——萧淑英和关书记，章法也不坏。此篇还反映了干部中间的思想斗争——许部长为代表的保守思想、官僚主义作风和关书记为代表的促进派、敢想敢干的作风。关书记坚持土洋结合、群众路线，而许部长（还有县气象局的科长）则以上级命令为盾牌，安于一般的布置工作，反对灵活性。

也写了萧淑英和哥哥（铜锤）之间的思想斗争。铜锤的保守，和许部长的又自不同。富农分子的保守思想，爱说风凉话。

这是个新题材，这样的题材一般会写得枯燥乏味，但作者却用第一人称的方法写得有声有色。比起《李双双》来，此篇在结构、练字练句和描写气氛方面都有进步。此篇的人物性格描写却不及《李双双小传》。

《乐红菊》——艾明之，《人民文学》1960 年 9 月号。

一个有意义的故事，然而不是一篇有特点的短篇作品；思想性不深刻，艺术性不高。在十年前，这篇作品算是好的，在今天，就算不得什么了。

《“咕哝爷”》——刘勇，《人民文学》1960 年 9 月号。

写人物还好，结构还紧凑，可是有些地方为了“情节紧张”，有卖弄处。（例如刘二爷不让砍树的时候。）

《你追我赶》——沙汀，《人民文学》1960 年 10 月号。

这是没有什么行动场面的短篇，写的是评比会，是干部们的思想活动，然而却写得一点也不枯燥，章法谨严，故事步步展开，同时很鲜明地写了邓大娘、龚起云、龙唯灵的形象，而且，柯凤山、张福泰、张炎、王兴喜、易秉光等人物，虽然着墨不多，但亦各有风度。人物的声音笑貌，不同的口吻，都写得很细致。人物的对白，短小而富情趣，并且一句话中表现了性格和当时的心情。一个开会场面最易落套，但此篇却不然。

不过万余字，写了那么多的人物，而且也描写了环境。反过来说，并无行动场面而只是“评比会”，却用万把字来写，而又并没用大篇的演说来充数，这就显得构思的巧妙和艺术手段的纯熟。

先写山区雨景，然后闲闲叙述：

一、赤山公社石门管理区第一生产队干部集中在食堂，要到公社参加每月一次的月终竞赛评比，但支书（龙唯灵）尚未见来，大家等得心焦。从众人猜度支书来迟的原因，点出支书对工作之认真。在等待时，先写了白守成、邓大娘(秀兰)、龚起云三个干部的闲谈，可是这一人一句三句话加上对人物形象的简洁的勾勒就把这三个人的性格亮了出来。

接着就是龙支书出场，——那是先写远远地爬登上来的人物外形（而且是从上往下看所见的一个人的外形，所以不写面部只写身材高大，头戴斗笠，裤管挽在大腿上），可是此时笔锋一转，插进百来字一小段回叙支书的革命世家，以及支书之所以成为邓大娘的养子的原因。这看似闲笔，其实却渲染了支书和邓大娘，尤其着重渲染邓大娘(写现在是五十带点的邓大娘在二十年前已是多么眼明手快)，而且，这一小段回叙使文气开宕。

下面写支书衣服湿透（因为天在下雨），邓大娘找衣要他换，可是屋里的炊事员——四十多岁的妇女，已经用她丈夫的新棉衣逼着支书穿了。(用眼前小事写出支书的干劲和干部们对支书的拥爱。)

二、写环境、梯田，写支书（二十七、八）扛着“卫星”牌子雄赳赳走在前面，写支书边走边和干部们谈着下一段的工作计划，只用“满口兵家术语……”又画出了支书的性格。写路上，写得热闹，山脚下一片房子，然后写他们到了公社管理委员会，登上梯坎，立刻引起了一片热烈的招呼声。先出柯凤山，从柯、龙的一问一答，又从邓、龚的帮腔，极力渲染气氛（卫星牌子落谁家），又暗示龙的虽谦而有把握，龚、邓的自满，话中是三人性格。然后写礼堂，十多个大塘，人已满了（百来字写礼堂），确是个闹哄哄的礼堂。然后出塞椏支部书记张福本，写张的外形，写张与龙的对答，中间又夹进邓、龚二人的有个性的插话。此处进一步交代事实（石门的调配劳力办法曾经由各管区干部来学过），而在张谈学习体会时只用两个“你这话对”，就把张的性格、思想水平都写出来了。

三、主席台的土喇叭通知各协作区分别开会。石门、圆坝、兴山——第一协作竞赛区开会结果，圆坝、兴山表示石门该保持“卫星”，党委书记王兴贵却轻轻暗示，别的管理区未必同意。龙唯灵说：“要是评比垮了，我双手把卫星送出去。”他不是很自信，有思想准备。可是当他回到自己的队伍时，人人争问，邓大娘和龚起云都认为没有问题，谁能夺了卫星去？（在这里又描写了两人的性格）。龙唯灵要他们注意：“如果出鬼，就会出在骄傲自满上面。”听了那口风，于是大家都有点担心了。龙唯灵还能沉住气。此时又插进了柯凤山一句冷话（与前第二段柯的一句话呼应），写得前后呼应，错综热闹，柯的性格也是从这一言半语中表现。

四、评比开始，夹叙夹议描写了评比的一般情况，渐渐引到石门。先写一二三个协作竞赛区的汇报不使石门人担心，而第四个（即支书是张福泰的那个）汇报时，石门有些担心，可是汇报完了，龚起云先松口气："没问题了。"龙唯灵心中也以为"卫星"十之八九可保持。（这里再点张福泰，和前第二段呼应。）这里，用了先扬后抑的笔法，引起读者急要看下去。然后开了冷门，曾被讥为"打瞌睡"的顺河管理区竟来个大翻身。这里，可见作者前面两次伏笔（柯风山），和借龚起云的打趣（我只求永远不打瞌睡），都起了作用。

五、写党委会，简洁，不正面写，只用王兴贵的一言半语，就说明石门的卫星早就跑到顺河去了。（上段末尾写石门的干部还以为有望，还痴心妄想党委评比结果，石门仍可保留卫星。）写龙唯灵与顺河支书张炎的对答，龙说"麻烦你们保存几天"，表示虽败不泄气，张炎却答道："咋个才几天，起码半年。"这里描写了张炎的形象。

正式公开评比结果时的热闹气氛。两派——少数人对于顺河得卫星有意见，——故事进一步展开。石门干部不服，龙唯灵对他们做工作："赢得起也要输得起。"这里，深一层写了龙唯灵。第一书记易秉志说，既然大家不服，就去覆查。柯风山反对，唯恐卫星掉了。张炎欢迎，他有信心。

六、覆查组包括降级的三个管理区的负责人，其中之一是龙唯灵。石门干部对于夺回卫星的情绪不对头：只要顺河区有手掌大一块空田、空土，卫星便该仍归石门。邓大娘是此种情绪的代表。写邓和龚缠着龙，要他仔细查。但此时笔锋一转，又不正面写如何覆查，而写石门干部照旧敲锣打鼓回去。天还下小雨，时已半下午，到家后，石门干部遵奉支书龙唯灵 的嘱咐找原因——为何还有零零星星的空田空土？但一贯对这些事积极的邓大娘今天却心不在焉，惦念着覆查的结果，甚至自言自语，“咋还不回来呢?”又用手肘碰龚起云悄悄说：“你出去看看喳!”（这里写石门干部和社员盼结果的焦灼心情，用墨少而气氛极浓。）可是直到次日早晨，“龙唯灵满面红光，敞开棉衣，生龙活虎地在坝上出现了”。（此是故作捡挐，反映下文。）干部们都问他覆查结果，但他只说向人家建议云云，又是邓大娘着急开口问覆查结果，龙对以不要不服气。龚起云失望，有松劲口气，但龙唯灵说：下个月就要他送转来。

此篇人物描写之特点：用勾勒外形来表现人物的性格、风度，也用对话来表现人物的性格、风度，特别是思想水平。特点在于对话都很短，一句两句，而效果胜于长篇大论。

此篇没有故事，而且作者意不在写故事。斗争只是通过评比会，描写干部们的思想动态——对于社会主义竞赛的正确认识，对于共产主义协作的理解，一言之，各人的思想水平。可是他又不用干部们在会议发议论的方式，而是用他们对卫星的得失的反应，片言只语，就点出了此人的思想水平、修养、认识程度和性格。例如柯风山的两次开口，都画出了此人的思想水平、风度，修养不及张炎。邓大娘是能干人，劲头大（作者先写她青年时眼明手快救了奶娃龙唯灵），但是对于卫星这个问题上，她的思想水平、修养、风度远不及龙唯灵，更不用说别的干部。作者刻画几个支书（龙、张炎、张福泰），一个书记王兴贵。第一书记易秉志之所以高出一头，不用教训人的方法等等。作者不正面写评比会，只是大处落墨，渲染评比会的气氛。结构前呼后应，波澜起伏。环境描写，处处与故事发展扣得很紧。笔墨之洗练，到了不能增损一字一句的程度。这是本文比其他各篇都强的地方。

《鸭寮纪事》——陈残云，《人民文学》1960 年 10 月号。

笔墨恬淡，娓娓可听，尚不至于枯燥。

《民兵营长》——张勤，《人民文学》1960 年 10 月号。

四千字的短篇。结构：疏密合度，两段回忆夹在中间不觉累赘，并且，还用这两段回忆使此篇的三分之二不被对话拖得枯燥无味。人物描写：两段回忆写出了十四、五岁和二十来岁的张民生，这两个时期的张民生是有发展的；第一段回忆后紧接着就写眼前的更加成熟的张民生，风度不同，性格依然（此处文气由紧张转为轻松），但接着又是第二段回忆，又是紧锣密鼓，然后转入正面描写，——现在的张民生，用一段和风雨斗争的事实（“我”参加了的）半虚（“我”听见的）的描写再度刻画了张民生的形象。文学语言鲜明、生动。“金石之声，风云之气”，——风格。写景只数小段，然而该有声势时便有声势，该明媚时便明媚。写风雨，虽只几句，却有声势，而且确是山乡的风雨。雨后景色，写得细致，多么妩媚。写景又写人，人景溶合。

此下……都是有声有色的回叙，把一个十五、六岁的少年英雄描画得满身光芒。

此下写现在的张民生，笔墨换了样；张民生的形象由活跃而变为凝重。

写张民生斗争阶级敌人时何等威武无情，写他招呼阶级兄弟时又何等细腻体贴。

这一段写得好。寥寥片言，无限情趣。这是人情味。

《套不住的手》——赵树理，《人民文学》1960年11月号。

从一双手套写一个老农民的勤劳，娓娓可诵，稍嫌不够洗练，而且，不够风趣。此篇没有作者惯常所有的风格。作者的特有风格在描写反面人物或“多余人”时，特别显明，此篇全是些正面人物，作者似有英雄无用武之地的样子。文学语言方面也没有特色，但最大的缺点是思想性不高，没有回味。

《在时代的洪流中》——胡万春，《人民文学》1960年11月号。

此写新人新事，基本上应当肯定。故事发展，全篇结构，人物，语言（词汇），我们都很面熟，有亲切之感；但是，回味一想，可又看不出这篇作品有什么吸引人的新东西。

问题很简单，但作品故意让工人搞发明，多碰钉子，没有技术人员帮忙，好像偌大一个厂，既无技术人员，也无工程师。

三天解决问题，写得神秘。前面说过，美国早就机械化，那么，这个钢厂的工程师、技术人员难道一无所知？

《长江的主人》——肖木，《人民文学》1960年11月号。

写一片段，可是在这片段中写了两个先进人物——孟师傅、汤船长，而汤比孟又高一筹。中间一大段回叙并不显得掉不转。写孟是用正面的笔法，实写，而写汤则是用侧面的笔法，虚写。

写景，时有可取之处，但是，也有落套之处。写日出还算形象化，但气魄不够，而且只是写日出，没有寓意的耐人寻味的词汇，用“巨龙”来形容也落套。

此段议论好像颇有哲学意味，但其实是硬凑进去的说教，既不自然也显得肉麻。

《欢乐的除夕》——敖德斯尔,《人民文学》1960 年 11 月号。

此篇除了一些小段不够简洁,整篇是有风趣的,这是别有风味地描写了新人新事,有地方色彩。人物描写方面,新娘勾勒出个可爱的有个性的轮廓。也写了大跃进的欢腾气氛,虽然文字不够简练。

婆婆在除夕前夜到工地(水渠工地)探望儿子,并希望在次日看看未来的儿媳——这是有名的女将,幸福人民公社的副社长张瑛,儿子是乌兰图克人民公社的一面红旗。老太婆乘便车去,一路看见草原风光(写得生气蓬勃、鲜艳夺目),工地的雄伟景象:推土机、炸开冻土的爆炸声、工地人们的热烈气氛。从老婆婆所见所闻,简略叙述了这个工地的炸药用完了,不得不用人工挖土。夜间,大帐篷里开了党支部会,研究办法,发明创造、研究试验,好主意提了不少,但关键性问题还是炸药。老婆婆睡不着,愈听愈兴奋,就插嘴道:你们不会想办法去借么?到幸福人民公社,从张瑛那儿借点来。可是年轻人不同意:因为他们正在和幸福公社张瑛争夺竞赛红旗,如何用它的炸药?而且,人家也不会借。老婆婆认为人家必借,而且,都是为社会主义建设,借了也不丢脸。支书支持:“友谊竞赛和共产主义协作没有矛盾,但是,幸福社炸药也不多,我们还是把困难留给自己,以战斗的精神战胜困难。”第二天,除夕,民工们都出勤去了。老婆婆到食堂帮忙。除夕晚上,大帐篷里挂上两盏大保险灯，民工们喝马奶酒，开收音机，唱歌；他们给老婆婆敬酒，一个调皮的小伙子对老婆婆说：先给你透个信，你的儿媳妇长的吓人，像庙里的四大天王一样。老婆婆不信，但越发想早点见见。后半夜，大家都睡了，外边风雪怒吼，老婆婆还在火炉旁添煤，忽然外边汽车喇叭叫，老婆婆出去一看，汽车司机已下车，进帐篷来。这是个年青漂亮小伙子。皮帽子上满是白雪。二人问答之下，老婆婆知来人是送炸药来的，来人也知老婆婆是谁。但老婆婆却信了来人的自白，以为真是张瑛的哥哥，越发对他亲热，煮热饺子，要他睡在自己铺上。来客也不再客气，衣帽都不脱，倒在铺上就睡着了。次日，天明，老婆婆方知所谓张瑛的哥哥就是张瑛本人。她抱住她的头，狂吻起来。

地方色彩。人物（张瑛）的描写方法是：前半篇渲染，使读者也渴望快点看见，后半篇故作迷离，使读者猜那个漂亮的司机到底是谁，——写她上场时一段极有声有色，最后才点出，这就是张瑛。只写了张瑛除夕深夜冒风雪送炸药来，不多加一语，而张瑛的共产主义风格跃跃纸上。写她和老婆婆的对答（外形瓜子脸，好看的白牙齿），不肯自己马上通名，留心笔记老婆婆说的这个工地上几天来所创造的挖土掏坑的技术和方法，—— 一个俊俏、聪明、活泼、事事留心学习的大姑娘如在眼前。

《太阳刚刚出山》——马烽

内容：一九五七年冬，某村打成九眼井，水源都很旺，但订购的十五部锅驼机只得了四部，县里的生产资料公司仓库尚存锅驼机三部是留给东照村的（和某村相距七里），而东照村已打五眼井都不出水。某村的合作社（高级社）主任高老大的二弟是县委第一书记，那时正和区委书记李书记到各村视察，到东照村时正值他们刚打好一眼井仍不见水。东照村副主任老田满面愁容。老大一去，就把老二等人引到自己村里去看已打的井。老二见已打的九眼井都在村北，便问原因。原来是这地方地下水源多，别处都没有。老二又问引水到村南，水不会渗完么？这才知道他们还发明了用三合土筑成的不渗水的渠道。老二一听很高兴，说这是件大好事，解决渠道渗水问题。老大趁势说已成九井尚无锅驼机，请拨库存三部（即给东照村的），老二考虑一下就答应了，还加上本来要给西照村的二部，可是，要这两村的井架子都集中在某村北，三村合打五十眼井，成立井水灌溉站。这一下，老大思想不通了，他有本位主义。后来，回家去的路上，老二说服了老大，连夜开会，商议三村合作打井。（原来老二在老大思想不通，伴他回家时已派人通知东、西照村及某村干部并和大家讲明道理。）老大此时情绪极高，由打井事想到一系列需要三村分工协作的事（开办砖瓦厂和石灰厂，都为筑引水渠用），人力财力得总调配。又因为井打多了，锅驼机不够，老二出主意收回他们三村的九部锅驼机，把县上库存的一百瓩发电机给他们，于是又要办发电厂了，又要三村总调配，——老大提议三村合成一社，大家都说他“想的周到，能看出下一步棋来”。即夜，老二就在社里写什么，又打电话到区汇报，得到了全县可以采取这个办法的至少有六个地方的估计。老大这夜也没睡，领东、西照村的人察看了打井的地点。就这样，人民公社的第一炮打开了。

人物：老大（我），贫雇农出身，翻身后曾积钱拟买进一些地，但他之所以如此做，不为自己（他老俩无子女），而是为了老二。可是老二打通了他的思想，他不买地了，他把买地的粮借给那个卖主（刘成贵），还有别人，接着就组织起五户人家成立了农业社，他又把好不容易积钱买的棺材卖掉（此事他的老伴极不同意），给社买了牲口。后来这社经过许多困难，这才站住、发展，可是再“大”“公”一步，他又闹起本位主义来了。但他还是被老二说服了（一席话说服了）。这个人物的性格是思想一通以后拼命干。

老二：部队上转业回来，作风朴实，眼光远大，办事细致、踏实，有决断，坚持原则（他两次说服老大，他仔细了解某村的地下水位置，仔细询问不渗水渠道的作法，要多少原料、成本等等），而当他看准了时，极有决断（东、西照村停止打井，在某村村北打井五十，三村合用等等）。着墨不多，活画出一个忠于共产主义事业，刻苦朴素，工作细致，有办法，目光远大，照顾全局，办事果断、迅速的县级干部，毛主席的好学生。老二在说了老大自私后，老大更气走了，老二却在此时布置了：一、派人到东、西照村去联系。二、在夜校召集社干部叫李书记和他们谈话，同时他自己跟踪老大，以便再说服他，而且，按他的布置看，如果老大再坚持，老二就要用群众的集体力量打通他的思想。老大诿称群众怕不愿意，老二却知道群众不像老大所估计那样。——看他办事何等周密利落。这个人物的性格就是通过这些事情来写的。

在这里，可以看出，老大和老二的性格描写方法是不同的，写老大是通过回叙，用心理描写方法，而写老二则用行动，解决问题的干脆利落，等等，写出他的性格。

这兄弟俩，性格上有相同处，即忠于党，说干就干，但哥哥有点思想保守（本位主义），这在弟弟方面是沉着。

通过打井反映了公社化是生产力发展后上层组织必须跟着改变的道理（规律），而也是广大农民的要求。这个组织形式，反过来又推动生产力更向前发展。

这篇小说反映了最初一批大社（雏形的公社）如何产生，基层党领导如何领导农民走这正确的路，——因而这是农民的自发行动（要求）和党的领导结合着的。马烽的风格在此篇很鲜明。以流利平易而富于风趣的笔墨，拣出日常生活（打井在农村还不是家常便饭）中意义深刻能够说明重大变革（社会发展）的事情，既写了事，又写了人（他经常一篇作品中只有一二个主要人物），艺术形式非常完整。至于作品的教育意义自不必说，是很大的，说明“一大二公”的好处。

《乡下奇人》——欧阳山，《人民文学》1960年11期。

这篇东西，虽然像是根据政策写的，然而作者写了赵奇、王水养、徐清这三个人物，还算形象鲜明。但是，作者批评的锋芒，还只能止于徐清那样的小干部，对于马书记（县委书记罢）的官僚主义也无一字触及，同时，却写了（虽然只是几笔）个“戏不够，神仙凑”的地委书记。

这不是短篇小说的体裁，倒像是缩短了的中篇。

《检验工叶英》——南丁。《人民文学》1959年9月号。

老技工升为段长后，不懂怎样做领导工作，因此，他这工段，废品特别多。老赵（段长）不自己检讨其缺点，却怪检验工“好挑剔”，其他工人（以一个老工人和一个青年工人为例）也都对检验工有不正确的看法，因此，使得一个女检验工常常哭，换了个新的来。这是个青年团员，老工人的女儿，也是老赵看她大起来的（老赵和叶英的父亲是老朋友）。叶展开了斗争，认真检验，又引起了工人和她的对立。她自己检查自己的缺点是没有帮助工人们找出少出废品的原因，而仅仅尽职于检验。如何帮助呢？她想出来了。但是，她没有先和段长商量，取得他的同意而就自己去做。于是一开始就碰了老工人的一个钉子。段长也说她多管事。她大为懊恼，诉之于支书。支书于是找老赵谈（不是开会批评），把老赵思想打通了。老赵认识了自己是骄傲自满（过去的光荣做了包袱）。老赵首先支持叶的方法，于是全段的空气一变，废品减少了。

人物描写：老赵、叶英，较好。余皆平平。结构拖沓。冗词赘语相当多。整节可删减压缩的亦不少。文字有毛病——而且因袭多，独创性少。

就全篇而论，最大毛病是紧要关头——例如支书如何说服老赵，老赵如何认识错误，——写得简单，公式化，不能使人信服。

写车间气氛没有写好，只是用这样的句子："车间嘈杂的机器声飞了进来"。

六〇年少年儿童文学漫谈*

一九六〇年是少年儿童文学理论斗争最热烈的一年，然而，恕我直言，也是少年儿童文学创作歉收的一年。

理论的争辩，破立如何？“全”、“片”得失如何？这一场几乎延长到一年之久的争论对于创作的影响如何？这一些问题，都是我们十分关心的。我读了大部的争辩论文，又读了几乎全部的去年出版的少年儿童文学作品和读物（所以又有“读物”这一类，因为少年儿童出版社出版的书籍，有几套是标明“××读物”或“××文艺读物”的，也就是说，后者是文艺性质的，而前者不是），颇有所感；三月间写《一九六〇年短篇小说漫评》时，曾经打算捎带

* 本篇最初发表于一九六一年《上海文学》第八期。曾收入《鼓吹续集》,《茅盾评论文集》和《茅盾文艺评论集》。现据《茅盾评论文集》并参照初刊文字校勘后编入本卷。

着也谈谈少年儿童文学创作，后因“漫评”太长，如再节外生枝，哓哓不休，更将惹起读者的厌烦，于是一刀砍断。但此题似亦值得注意（我没有对普天下的为父母者作过调查工作，但作为一个老祖父，我面对着孙儿女们向我索讨精神食粮的压力，实在穷于应付；我拣遍了我所有的“珍藏”的少年儿童文学作品，实在选不出多少种刚刚适合于像他们这样六、七、八、九岁的小儿女的胃口的东西）。因而不揣浅陋，信口雌黄，权代小儿女辈作迫切之呼吁。同时，也还却一笔拖欠已久的文债。

一

本文开头，我就说六〇年又是少年儿童文学创作歉收的一年；说起来，这话好像是浇冷水，然而事实既已如此，我以为不应当浮夸虚报，以鸵鸟自居。让我们先来看一点数目字罢。

这些数目字可分两大类。第一大类是单行本，第二大类是全国的大型、小型文学刊物上发表过的少年儿童文学作品的数目字。先谈第一大类。

我向文化部出版局借阅了六〇年全年和六一年五月以前出版的少年儿童文学作品和读物（北京和上海的两个少年儿童出版社出版的），按书籍的内容，权且分类如下：

（一）在真人真事的基础上，歌颂我们这时代的少年们的英雄品质的，共九册。计开：

A.《红色少年》第八、九两集，共收短篇（报导和特写性质的）十三篇（其中，《毛主席的好孩子》与单行本的《毛主席的好孩子刘文学》重出，作者亦同为李致等三人，惟较单行本简略而已。又第九集的《列宁的故事》一篇，不是今天少年们的真人真事，应作例外。又，《红旗飘飘巴山上》是一组儿歌，共六首，今亦作一题计算）。此十三篇中，除一篇例外，大部分是记述我国各个革命时期的少年先锋队和儿童团的英勇事迹，小部分写建国后社会主义建设各个时期中少年儿童的支援农业、工业等等动人事迹。

B.《星星火炬丛书》四册：《党抚育我们成长》，《红领巾和红旗手》，《和祖国一起跃进》，《生活在友谊的集体里》。此四册共三十四题，但《毛主席的好孩子刘文学》又重出，故实为三十三题。这三十三篇的题材和主人公却全是建国以后的了，它们记述了红领巾们在生产战线上和文教战线上的各种活动，而《和祖国一起跃进》共八题则专记红领巾们在大跃进中如何办小工厂、小农场、气象站、邮电站，支援人民公社等等活动，故书名总称《和祖国一起跃进》。

C.《星星火炬》，这是从《星星火炬丛书》精选出来的二十四篇，记述了解放后十年间少先队的成长和发展以及少先队员们的丰富多采的生活。这都是报导性的短篇。

D. 传记式作品两册，《毛主席的好孩子刘文学》和

《英雄安业民》（皆已先在刊物上发表过）。

以上属于第一类之第一目者，共书九册。

（二）也是以真人真事为基础，但主角不是少年而是青年（也有中年和老年），他们的先进业绩给少年儿童提供了学习的榜样，共七册。计开：

A.《大跃进的尖兵》，小题为《先进生产者的故事》（特写集），共七篇。《总路线的红旗手》（特写集），共十八篇。《从红领巾到红旗手》，小题《群英会人物特写》，共七篇。《当代英雄》，小题《群英会人物特写集》，共七篇。以上四册，共三十九题，写了三十九个全国闻名的先进工作者，其范围包括工、农，文化、教育等方面。这些特写几乎全部是在报刊上发表过的。

B.《红色的文教战士》，小题《先进工作者的故事》，共七篇。《英雄创奇迹》，共十三篇，记技术革命、技术革新运动中产生的新人新事，大部分以真人真事为基础。《人间七仙女》，共五篇，记妇女的先进工作者，都是在人民公社化以后产生的，都是以真人真事为基础的。以上三册，共二十五篇，也是曾经发表于报刊的特写。

以上属于第一类之第二目者，共书七册，都凡六十四篇。

（三）革命历史题材的作品，此则大都以少年或青年为主角，虽然也有真人真事作为基础，可是经过集中、概括，并且还有“发展”——即作者的想象。这一类书共九册，计开：

A.《平原歼敌记》，符成珍，十万言之小说。据作者的“后记”，此书为回忆录性质，但不是真人真事（作者本人于十三岁参加革命）。全书共二十章，写活跃于华北平原的抗日游击队。

B.《少年铁血队》，原东北抗日联军少年铁血队指导员王传盛、队员徐光口述，《新少年报》文艺组整理。二——三万字的中篇小说。此亦为回忆录，但基本上是真人真事。

C.《东平湖的鸟声》，雁翼，叙事长诗。这也是写抗日战争时期游击队小队员的英勇活动的。

D.《不灭的灯》，洪汛涛。共收散文十篇（共约三万字），以浪漫蒂克的笔调歌颂了国内革命战争年代苏区少年们的英勇坚决的斗争。

E.《雨过天晴》，陈四火。共收故事三篇（全书三万余字），写解放前福建人民的对敌斗争，这些斗争中也有少年参加。

F.《把秧歌舞扭到上海去》，苏苏。这是八万言的小说。写小巧子和她的父母在解放前的上海做地下工作的革命英雄主义和革命乐观主义的精神和行动。此书写于解放前，曾在解放区出版，受到小读者们热烈的欢迎云云。

G.《踏破万重山》，广西军区政治部编，共收二十六篇短故事（约共十万字），都是剿匪（蒋帮溃败时有计划地留在山区和边沿地区的反动武装和特务等等）斗争的记实。

H.《革命红旗满山岗》，革命儿歌，八十二首。这是第二次国内革命战争时期流传于苏区和游击区的歌谣的集子，内容歌颂党、毛主席、红军，有若干首是暴露蒋帮和白军的罪恶的。

I.《红旗飞满天》，革命儿歌选，八十四首。内容与前书同，惟范围更广泛，反映了历次的国内革命战争，也反映了抗日战争。有少数几首与前书重出。

以上属于第一类第三目者共九册，计长篇小说二，短篇小说集三，中篇小说一，叙事长诗一，革命歌谣集二。

（四）以少先队的活动以及少先队员如何支援工业、农业乃至边防为题材的作品，共十二册，计开：

A.《我们并肩前进》，崔雁荡，十万言的小说。《微山湖上》，丘勋，十万言的小说（此书于六一年二月初版，但作者自注五九年七月改写于济南，所以我们也把它算在六〇年账上）。《不相识的同桌》，六个短篇小说。《小歌手的烦恼》，黄世衡，七个小故事，二万言。以上四册都是记述少先队员的集体活动和个别少先队员的学习、社会活动等等。

B.《山村里的新事情》，金近，十一万字的小说。《猪舍一少年》，殷志扬，六万字的小说。以上二书都是描写少年们支援农业的（前者写十一个少年种试验田，后者写一个初中毕业生当饲养员）。

C.《小拖拉机手》，五个短篇，约二万余字，都是写少年、儿童们如何热爱人民公社，并为公社服务。《隔河的朋友》，任东流，约四万字的四个短篇，写城市的少年为公社服务。以上二书都是以人民公社为中心的。

D.《海防少年》，胡奇，九万余字的小说。这是写一九五八年秋，福建前线我军炮击金门、马祖时少先队员们积极、勇敢的支前活动。

E.《英雄小八路》，陈耘，话剧（八场），写一九五八年我海防炮兵大显神威、严惩蒋匪军时，五个少年坚决留在阵地上，为解放军洗补衣服、送茶送水、捉特务等英雄故事。

F.《一九〇中队》，蒋文焕、姚时晓，话剧（六场），写杭州的少先队员把马尾松子寄给海防前线的解放军战士，后来，在解放一江山岛战斗中，某部萧排长把这些凝结着自己鲜血的种子播种在刚刚解放的一九〇高地上，这种英雄事迹大大教育了少先队，他们的中队因而命名为一九〇中队。

G.《农家孩子的歌》，王牧、张诚，三十多首儿歌，反映了农业生产、水利、交通、炼钢、文化生活等等方面的新成就，以及农村少年儿童的幸福生活、思想、感情和志气。

以上第一类第四目共十二册，计长篇小说四，短篇小说集五，中篇小说一，话剧二，儿歌集一。

（五）供给少年（青年）读者以祖国的历史、地理、工农业社会主义建设的一般知识以及各行各业的基本知识的书籍，共七册，计开：

A.《我爱祖国小丛书》共三册，一为《通向幸福的金桥》，一为《冰川雪峰上的战斗》。前者是游记体，介绍了乌库公路、青藏公路、海南中线公路的新建设，共三题；后者记述高山冰雪利用研究队如何向冰川雪海进军，初步摸清了高山冰川的分布、特性、类型等问题，亦共三个短篇。又一为《北京的新建筑》，描写了大跃进中的新建筑。

B.《我们怎样工作丛书》共二册，一为《采购员》，一为《我们在轮船上工作》；这两册书都是介绍某种职业的情况、业务知识，以及从业人员的忠诚尽职。前者用第一人称，有小故事作为贯串全书的线索；后者则就轮船上各职位（领航员、报务员等等）的工作性质，以说故事的方法逐一作了简略的说明。

C.《沙漠里找宝》，刘雷，叙述改造沙漠的尖兵如何勤劳而又愉快地工作，在祖国的沙漠地区发现了不少宝藏。《田野讲的故事》（按此为六一年四月初版），杨谋，写解放后人民在党的领导下向大自然斗争，利用高山冰雪，征服沙漠，南水北调，利用地下水，变盐碱为沃土等等雄伟的规划和灿烂的成就，共九题。按此二书和上述《我爱祖国》小丛书实为同一性质，因出版社并非一家，故不入该项丛书。

D.《万紫千红塔里木》，林海清，游记体，记开发塔里木的英勇故事。此书为六一年四月初版，但作者脱稿于六〇年三月。全书三万余字。

E.《在云南的森林中》，伍廷根，用工作日记体裁描写了云南省傣族自治州西双版纳的高山密林中的各种动物，笔墨相当生动。

F.《漫游乌苏里江》，丁继松，这是用游记体描写了乌苏里江沿岸的建设以及住在那边的少数民族的生活。颇能引起小读者的兴趣。

以上第一类第五目，共九册，计游记体三，叙述体用第一人称者三，第三人称者三。

（六）关于少数民族的少年生活的，共五册；这一类的书都有惊险场面，鼓励少年读者要勇敢机智。

A.《林中篝火》，段斌、昂旺·斯丹珍（藏族），曾用《猎人的孩子》为题，连载于一九五九——六〇年的《少年文艺》杂志。这是写藏族的少年的。

B.《小钢苏和》，敖德斯尔（蒙族）。钢苏和是一个七岁的蒙族孩子，诚实而勇敢，此书写他在大风暴时救了邻家老婆婆的一群羊。中篇小说。

C.《鄂伦春猎人》，朝襄，中篇小说。此书借猎人的生活描写了鄂伦春人在解放前的悲惨生活与解放后的自由幸福生活作对比。

D.《夜哨》，长煊，此为五个短篇，介绍云南边疆少数民族和边防军战士的生活的剪影。

E.《边疆早春》，刘绮，此为七个短篇，叙述了傣族、哈尼族和彝族的儿童生活。

F.《苦聪人有了太阳》，黄昌禄。苦聪人是云南省边境少数民族之一，此书写解放后，党和人民政府派干部进山，帮助苦聪人改善生活。

以上第一类第六目，共六册，计中篇四，短篇二，介绍了六、七个少数民族。

（七）杂类，共二十六册，计开：

A. 民间故事和传说：《懒猴是怎样来的》，凉山彝族童话选。《刘尕》，根据义和团传说，主人公是一个少年（此为中篇小说）。

B. 歌颂人民公社的：《果园的春天》，共收短篇九个，大多数以少年儿童为主角。《王家平的歌声》，描写上海近郊人民公社的新面貌。

C. 关于转业军人垦荒的：《钢姑娘》，共三个短篇，但有连续性。《钢姑娘》是其中一篇。

D. 《老红军的本色》，共二篇，题名为《老红军的本色》者写甘祖昌将军回江西老家后，积极投入劳动生产，建设美好的家乡；题名为《北大荒的老红军》者记余友清副师长响应党的号召，到北大荒垦荒。这两篇都是真人真事、能感动人的记叙体文学。《解放军叔叔和北大荒爷爷》，共二题，又一为童话《蜜蜂山》。

E.《母子闹革命》，施小妹，这是回忆录，施是退休工人，此书记她早年参加革命斗争到底和她的儿子为革命而贡献了生命等等动人的故事。

F.《我守卫在桃花河畔》，黎汝清，长篇小说，描写新战士逐步成长的过程，故事性强，富有教育意义而文字亦不枯燥。

G.《我在农村落户》，王培珍，真人真事的日记体。此为王培珍自述其在高中毕业后响应党的号召，参加农业生产，帮助农民学文化，并努力钻研农业科学技术等等动人的事迹。

H.《黄浦江边的儿歌》，《天上太阳红东东》（新儿歌选），前者反映上海地区各方面的新气象和人们的新精神面貌，其中《给他一个大拳头》等四首，揭露美帝国主义的罪恶。后者是范围更广泛的新儿歌选，共计七类，大部分反映三面红旗的胜利，一小部分关于国际重大事件（如苏联卫星上了天）。

I. 关于工人的发明创造和技术革命运动的：《工农科学家的道路》，共六篇，介绍了六位工农出身的科学家，包括光学仪器、机车、橡胶、电机、电工器材、医疗等六个方面。《成功在三七一次》，此与前书第一篇故事相同，作者亦为费礼文，但加上合作者马信德。《一串亮晶晶的珍珠》，介绍技术革新、技术革命运动中一些小故事，共二十题。

J. 科学幻想小说，《古峡迷雾》，童恩正，这是从一把新出土的青铜剑幻想公元前第四世纪巴族的一段历史，也描写了解放前美帝国主义的所谓科学家如何盗窃中国古代文物。

K.《列车开往北京》，话剧，描写中苏儿童友谊。

L.《鲁班的传说》。《积极开展少年科技活动，做探索自然秘密的尖兵》，共小故事三个。

M.《运动场上的小健将》，真人真事，短篇故事八篇。

N.《辛弃疾》，传记小说（在我国古代许多的科学家、文学家、爱国名将之中，忽然用传记小说体裁介绍此公，颇觉突兀，虽然我是十分喜爱此公的文学作品的）。

O.《小仆人》，叶君健，共收五个短篇小说，其中反映社会主义国家少年儿童的幸福生活和光明未来的二篇，写资本主义制度下少年儿童们的厄运者一篇，写殖民地少年儿童的非人生活者二篇。

P.《太阳拜节》，贺宜，诗集，其中有赞美中苏、中保儿童友谊的诗，有暴露帝国主义罪行的诗；各诗写作时间，有早在一九五八年的。

Q.《洵河红莲》，长正，中篇小说，写一个人民教师自幼年至长大的过程，最后，为了救人而贡献了自己的生命。

R.《少年诗歌》，这都是少年们的作品，共六十八首，其中歌颂党和毛主席的，十首；歌颂三面红旗的，十首；其余各首歌咏水库、水电站、公路、拖拉机、丰收、养猪、学文化、民兵、炼钢、绿化、除四害等等，包罗万象。

S.《红花开得万万年》，传统儿歌选。

以上第一类第七目共二十六册，计长篇小说一，中篇小说四（其中包括传记体），短篇小说集六，特写集（包括真人真事）七，回忆录和日记各一，诗歌集五，话剧一。

（八）学（龄）前儿童读物，学前儿童文艺读物，低年级儿童读物，低年级儿童文艺读物：这一类的书籍共计四十三册。但是这个数目字未必准确。这个数目字只能代表我所借到的和读过的此类书籍。事实上，六〇年全年和六一年五月以前两个少年儿童出版社所编印的，大概不止此数，何况还有若干省、市的人民出版社和美术出版社，甚至电影出版社也编印这样性质的读物，这个数目字我就无法统计了。这里还要说明，此类书籍，有标明为“学前儿童读物”或“学前儿童文艺读物”的，有标明为“低年级儿童读物”或“低年级儿童文艺读物”的，也有不标明的，但在内容和形式（半图半文）上实属一类；而且加了“文艺”两字的读物与没有“文艺”两字的，也看不出有多大差别。现在姑就这四十三册作个分类的统计，大致如下：

A.《朱德同志的故事》，《英雄黄继光》（皆标明为学前儿童读物），《少年英雄龙卓钦》（没有标明是学前或低年级的）——这是以真人真事教育儿童的，共三册。

B.《一件花棉袄》，《儿童列车》，《小医生》，《两个幼儿园》，《小松鼠吱吱》，《榕良和鸬鹚》，《小碗》，《太阳爬上窗》，《小丹珠的红领巾》，《洛娃和牛角号》（以上二册都以藏族儿童新生活为题材）——这是主要以儿童作为故事的中心的，共十册。

C.《大树上飘红旗》，《三张标语》，《红军帽》，《秘密快报》——革命历史题材，共四册。

D.《雨婆婆请假》，《三个运动员》（小马，小熊，小猪赛跑），《小桃仁》，《小苹果树请医生》，《花袄娃娃》，《小燕子为什么哭》，《小姑娘学飞》，《躲躲雨避避风》，《一棵大白菜》，《布娃娃过桥》——这都是所谓童话的作品，共十册，看题目就知道大都是拟人化的。这些小册子有的标明为“文艺读物”，有的只标明为“读物”，其实标明为“读物”的《三个运动员》，《小苹果树请医生》等童话，我看它们的文艺性并不比标明为“文艺读物”的《敬老院里外婆多》，《房子是谁造的》，《小燕子为什么哭》等等低了多少。如果再看“学前”和“低年级”的区分，那标准也很难准确；我就看不出标明为“学前读物”的《三个运动员》比起标明为“低年级文艺读物”的《小燕子为什么哭》在内容和形式上有多少距离。

E. 其它，共十六册：《大家一齐欢乐》（这是十六幅画，第一幅为毛主席像，余为汉族及十四个主要兄弟民族的“行乐图”，每画注明是某族，别无文字说明），《房子是谁造的》（看题可以猜知内容，但形式却是诗歌体），《敬老院里外婆多》（新儿歌，赞美人民公社的十二首儿歌，不但赞美敬老院，还赞美小高炉，铁牛，两人抬的一穗麦子，顶破天的甘蔗，大如斗的鸡蛋，等等），《革新花开遍上海》

（歌颂技术革新），《小鸡生大鸡》（赞美“蚂蚁啃骨头”的小机床加工大部件的方法），《江底的战斗》（赞美潜水员的勇敢机智），《为了六十一个阶级弟兄》，《心儿向着共产党》（儿歌集，内容为歌颂农业、工业、交通运输的大跃进），《五封信》（歌颂日本、南朝鲜、土耳其、古巴、刚果人民的反美斗争的五组诗），《9 和 0》，《1 到 0》（这两册都是教认数字的，但分属于“读物”和“文艺读物”两个部分），《鲁班学艺》，《有趣的动物》，《幸福的孩子们》（新儿歌），《黄浦江边的大事情》（技术革新），《壁画里的故事》等等。这里举到的书，全是半图半文，内容相若，但有标明为“学前读物”或“学前文艺读物”的，有不标明的；也有标明为“低年级读物”或“低年级文艺读物”的。“低年级”和“学前”，“读物”和“文艺”的界线很难明确划分。

（九）《农村幼儿园丛书》（半图半文），共十六册。这一类书籍标明专用于农村幼儿园，然而它的内容同上开第八目的学前儿童读物没有多大的差别。今亦试作分类统计如下：

A. 以真人真事对儿童进行教育的——《空军英雄杜凤瑞小时候的故事》，共一册。

B. 以儿童作为故事的中心进行教育的——《自己的事自己做》，《不说谎》，《听医生的话》，《小明爱清洁》，共四册。

C. 赞美人民公社的——《人人都说公社好》,《小鲤鱼跳龙门》(此为赞美公社所修的水库,用拟人体童话,相当有趣),共二册。

D. 其它——《小小交通警》,《工人叔叔造大船》,《海军叔叔捉敌舰》,《快快乐乐过节日》(诗歌,介绍一年之内我国及国际的重要节日,如春节、五一、六一、七一、八一、十一等等),《1 到 0》(教认数字),《五颜六色的花公鸡》(此无故事,这是用歌诀的方式教幼儿用蜡笔照书上的蓝本画红汽球、方手巾、花公鸡,然后剪贴),《小苹果树请医生》(介绍啄木鸟除害虫),《司马光和文彦博》(讲破缸救儿、灌树穴取球两个小故事),《车站上的小阿姨》(写列车服务员),共九册。

(十)《农村低年级儿童读物丛书》(半图半文),共二十册。这是标明为专用于“农村”,又专用于“低年级”的,可是从内容上看,和上开第八第九两目的书籍,没有多大差别。也试作分类统计如下:

A. 歌颂毛主席、歌颂祖国新面貌、介绍北京十大建筑、纪念列宁各一册,共四册。

B. 以儿童作为故事中心进行教育的——《什么好,什么不好》(教小朋友爱劳动、爱集体、爱整洁、有礼貌、学习好、爱护公物等),《你的姿势好不好》(教儿童端正其读书、写字、立、坐、卧的姿势),《红五分》,《两个书包》,《好孩子》(有图无字之小连环画,表现儿童日常生活),共五册。

C. 歌颂人民公社——《人民公社多么好》,《公社机器多》,《搬进了公社新楼房》,共三册。

D. 其它——《神笔》,《骄傲的小燕子》(以上皆童话),《小平参加少先队》,《卫星号和少先号》,《我要读书》(高玉宝童年故事),《苗族小号手》,《用木材做的》,《猜猜看》(猜谜,谜面为儿歌体,颇有生动多采者),共八册。

以上标明为专用于农村的两套丛书,看来编辑时并无整个计划,而是临时急就,抓到什么就编进去,凑成了十六和二十的比较整齐的数目。标明为"低年级"使用的《什么好,什么不好》,《你的姿势好不好》两书,其实也可用于幼儿园,而标明为幼儿园使用的《工人叔叔造大船》等册子也可用于低年级,两者界限颇难划分妥当。

(十一)《少年农业知识丛书》,共二十册。这一套丛书相当全面地介绍了农业生产的基本知识(也包括养猪、羊、鸡、兔、鱼等)。大部分都是用浅明的文字介绍技术知识,有小部分用故事体。

(十二)关于增加少年科技知识的书籍,计丛书一套,丛刊一套,单行本五,共十二册。计开:

A.《少年科技活动丛书》,共三册(木制电动玩具、天文望远镜、矿石收音机)。

B. 《我们爱科学》,一至四集,此为丛刊,每集有小品、小故事、话剧、相声等，内容介绍科学知识或少年儿童的科技活动。

C.《碳的一家》，科学小品文十二篇，系统地介绍碳和含碳物的种类以及如何利用。《万能的电》，和上书性质相同。《在城市中》，介绍城市建筑、交通、照明设备、通讯设备等知识。《十万个为什么?》已出二册。这二册中的“题目”和解答，程度深浅相差甚巨，而且文字（因出许多人之手）的生动性和形象性也各篇不同。这样的书，性质是专供少年、青年（高中学生）用的百科辞典，资产阶级的出版家编过很多，当然渗透了资产阶级的世界观，可是编辑的技巧、文字之生动富于兴趣、插图之多种多样，仍然是值得我们学习的。

二

读者看了上面那些枯燥的材料，大概有点不耐烦了。不过，还是请耐心些。我也曾经用了很大的耐心和很多的时间，这才把上面讲到的那些书看完，并且还耐心地作了提要。为什么呢？因为如果不这样，就看不出问题来。

问题之一：六〇年全年和六一年五月以前我国两个少年儿童出版社编印的书籍（包括第八目的半图半文的小册子）中，以真人真事为基础的（包括群英会特写），占极大多数。而且，除了革命题材的少数几册，其余的几乎全是描写（当然也就是鼓励）少年儿童们怎样支援工业、农业（而以支援农业为描写的重点），参加各种具有思想教育作用的活动。当然，这样的主题是重要的，应当大写特写的，然而，这些富有共产主义思想教育作用的作品，对于低年级儿童实在高深了一点，他们消化不了。因此，适合于低年级儿童的精神食粮（文学作品和科学基本知识的读物），实在太少。上文提到的标明是“低年级儿童读物”的，品种太少，这且不说，而内容也生硬粗糙，解答问题简单化，故事千篇一律，所谓低年级儿童者，对这套小册子不感兴趣，看了就丢，自然说不上对他们有所启发，对他们的日在发展的推理、想象、审美等等精神活动有所帮助了。

至于学龄前的儿童，那就更可怜了。除了标明为“学前”的小册子而外，少年儿童出版社还印了一套以图为主、文字为辅的小册子（豆腐干大小的），其目的是让儿童看画，阿姨们根据图画下边的一句或两句的说明文字讲解给儿童们听。这一套袖珍连环画大概是以学龄前儿童作为对象了，可是，恕我直言，这套袖珍连环画的内容也还十分单薄（例如《乌鸦喝水》这一册包含《乌鸦喝水》、《斑马进了动物园》、《猴子和篮子》三个小故事，每个故事很简单，不能满足小读者——他们看了一遍不想再看第二遍），而且，这些袖珍本也还在向它们的大哥哥们看齐，于是就有了说教气味极为浓重的《少先号柴油机》，《我跟爸爸当红军》之类的册子（以上诸册子其出版年份远者为五八年，近者为六〇年)。人民美术出版社也编印了同样格式的小册子，总名为“小小连环画”，其内容和少年儿童出版社编印者大致相同。大概为了配合政治任务，我所见到的五九年出版的“小小连环画”其最突出的主题是支援农业和歌颂人民公社。我以为这些内容好则好，可惜五、六岁的儿童消化不了。消化不了的东西，教过就忘，看过不留印象，这岂非也是一种浪费么？既浪费了儿童们的时间，也浪费了阿姨们的时间。

恕我说句不大敬的话：我们的少年儿童文学的内容好像在比赛“提高”。学龄前儿童读物和低年级儿童读物一般高，而低年级儿童读物又和少年读物一般高（除了书本子厚薄不同)。这就迫使五、六岁的儿童不得不向八、九岁乃至十一、二岁的大哥、大姐们看齐，这在“一年等于二十年”的今天也许是“理所必然”，但是儿童的身心发育毕竟还跳不出自然规律，这样的“拔苗助长”，后果未必良好。

总而言之，我们的少年儿童文学中非常缺乏所谓“童话”这一个部门，而且，进行社会主义、共产主义思想教育的童话究竟应当采用什么题材（去年是题材之路愈来愈窄)，应当保持怎样的风格，这些问题在去年的论争中都还没有解决。——这是问题之一。

问题之二：看了上面的资料，最初的印象是五花八门，而且思想性（政治性）都很强，但仔细一分析，可又觉得，表面上五花八门，实质上大同小异；看起来政治挂帅，思想性强，实际上却是说教过多，文采不足，是“填鸭”式的灌输，而不是循循善诱、举一反三的启发。我这样说，该得个“否定成绩”的批评，但是如果不这样说，难道就不是浮夸自满么？让我们平心静气研究一下材料罢。

为什么说是表面上五花八门，实质上大同小异？看了本文第一节所介绍的情况，就会有此印象，但如果你也像我一样读过了这里讲到的那些书，那么，印象就更深。大同小异在何处？在于故事的形式，在于题材的方面，在于书中人物的面貌，也在于使用文字的技巧。

说得具体些罢，那么，第一类第一目和第二目的十六册书，其大同小异的程度比别的更深。但此两目所收各册，也不能一概而论。依我看来，此一目中属于回忆录性质的若干短篇，可称佳品。而采访了先进工作者（群英会）的一些特写，则逊色多多。两部传记（刘文学和安业民）都是有骨无肉。第三目中，《平原歼敌记》和《少年铁血队》最为出色，一半因为故事本身富于吸引力，一半也因为是回忆录性质自然而然有了概括、集中、提炼等艺术加工。第四目各册，我说句大不敬的话，虽然它们肥瘦不同，但它们都是孪生兄弟；书中那些男女主人公虽然既勇敢而又懂事，使人钦佩，然而太像个小干部了，总使人感到不自然；有时作者在这些小干部脸上故意搽点“天真”、“稚气”的脂粉，其效果反而更糟。第五目各书是介绍知识的，但其中的材料大部分不是小读者经常习见的事物（例如《我爱祖国小丛书》两册，以及《沙漠里找宝》和《田野讲的故事》等），也许作者（尤其是出版社的编辑部）所欣赏的，正是这些材料中的革命浪漫主义的精神，意在鼓励小读者们翘首天外，发展其高远丰富的想象，如果是这样，则恕我直言，作品的文字却不足以荷负这使命的什一，意图虽佳，效果并不相应。第六、七两目共三十多册，仅《小钢苏和》、《刘尕》、《我守卫在桃花河畔》、《懒猴是怎样来的》、《小仆人》等数种在故事和人物这两方面不落窠臼，不概念化，而文字也还流利生动，至少没有说教味和报告腔。

总而言之，题材的路太窄，故事公式化和人物概念化的毛病相当严重，而文字又不够鲜明、生动，——这是问题之二。

问题之三：少年儿童文学作品的文字是否应当有它的特殊性？我看应当有，而且必须有。是怎样的特殊性呢？依我看来，语法（造句）要单纯而又不呆板，语汇要丰富多采而又不堆砌，句调要铿锵悦耳而又不故意追求节奏。少年儿童文学作品要求尽可能少用抽象的词句，尽可能多用形象化的词句。但是这些形象化的词句又必须适合读者对象（不同年龄的少年和儿童）的理解力和欣赏力。毋庸讳言，上面所提到的那些作品，从文字上看来，一般都没有什么特殊性。在这一点上，我们不能不说去年的产品不及前数年的，这也许是反“童心论”的副作用。最糟糕的是小主人公（其年龄从五、六岁到十七、八岁）的面目是一般化的，都像个小干部，而作为年龄大小的标帜的，不是别的而是政治上成熟程度的高低。这样一来，“童心论”固无遗臭，然而从作家主观的哈哈镜上反映出来的小主人公们的形象不免令人啼笑皆非。

少年、儿童文学作品的文字应不应当有其特点（即这些作品的文学语言和一般文学作品的文学语言应当不同呢还是可以相同），这个问题，据说和少年、儿童的特点有关系。那末，怎样理解少年、儿童的特点呢？据说有人把少年、儿童的特点仅仅理解为年龄特征。当然，年龄特征不失为一个论点，可是，应不应当进一步追问：所谓年龄特征，究竟意味着少年只是缩小了的成年人，而儿童又是缩小了的少年呢？还是儿童的想象、情感和趣味与少年确有不同，而少年的想象、情感和趣味又与成人确有不同？从作品来看，似乎确有很多人是把一些由于种种原因而突出地早熟了的少年、儿童认作普遍现象，从而“找到事实根据”，以为儿童只是缩小了的少年，而少年也只是缩小了的成年人。因为“缩小论”势必引导到这样的结论：少年、儿童文学不需要不同于一般文学作品的文学语言，只要在故事结构和人物描写比一般文学作品简单些，在文字上浅近些就可以了。而去年的最大多数的少年、儿童文学作品恰好（如果不算挖苦）是故事结构和人物描写颇为简单，文字颇为浅近而已。人物性格之简单化特别惊人，极大多数的小主人公没有个性，只有“年龄”性（即小主人公们彼此之间不同的特征，不在性格，而在年龄，大哥哥不同于小弟弟之处在于大哥哥政治觉悟更高，说话更像一个小干部，如此而已）。我不知道社会主义少年儿童文学是否应该如此，无奈社会主义社会的小读者们并不以此为满足，这此作品，他们读过或听过一遍以后就要求另给新的，却很少回过头去再咀嚼一遍。事实既已如此，我们不能不研究少年儿童文学的特点何在？——这是问题之三。

也许有人提出质问：你根据两个少年儿童出版社的几十部书就信口雌黄，怎能叫人信服？问得对。我们总得看看两个出版社以外的各种刊物上的表现。这就是本文开头所说的第二大类的数目字。现在就再谈谈这第二类的资料。

十分惭愧，我仅仅弄到了二十九种文艺杂志（包括中央级、大区级、省级、市级，乃至县办、厂办的文艺杂志），并仔细阅读了它们的六〇年六月号。这些文艺杂志平时都不登或者极少登少年儿童文学作品，但在六月号都有少年儿童文学特辑或至少刊登一、二篇儿童文学作品（《人民文学》五、六两号都有）。我不知道六〇年全国定期出版的各级文艺刊物究竟有多少，我问过应当掌握这个数字、拥有这份资料的单位，可是它给我的只此二十九种。那就在这二十九种刊物来找材料罢。仍请让我先来个简单的分类统计：

一、小说、童话等，共计五十六篇，计开：

A. 以少先队员的活动（如支援农业、支援水库工地、搞科学试验、养兔、养鸡，乃至协助边防军进行宣传工作、捉特务等等）为题材的，共三十六篇，都是短篇小说或特写的形式，作品中主人公的年龄最小十一、二岁，最大十七、八岁，而以十三、四岁者为最多。

B. 以第二次国内革命战争、抗日战争、解放战争时期苏区、白区、根据地、游击区的少先队活动和红军小鬼的故事作为题材的，共计九篇，其中若干篇是回忆录，属于真人真事性质。

C. 童话（动物植物拟人化的短篇小说）共计四篇：《小铁脑壳遇险记》（《人民文学》二月号），《梅花小鹿银点点》（《红旗手》六月号），《美丽的花朵》（《奔流》六月号），《在森林中》（《芜湖文艺》六月号）。

二、歌剧：《青蛙骑手》，老舍，《人民文学》六月号，这是根据藏族民间故事改写的。

三、杂类六篇，其中有小烈士传记（《共产主义的幼苗——龙卓钦》，原载《热风》六月号），有教育对象实非儿童而为教育儿童的教师或儿童的长辈者二篇（小说），游记一篇，主人公并非少年儿童而为成人或老年人者二篇。

四、上述二十九种刊物中有二十七种登载了以少年儿童为对象的诗歌共二百二十一首，其中标明为儿歌或新儿歌者，一百十九首，以“红领巾之歌”或“给孩子们的诗”

为栏名者，七十首，小叙事诗二首；可知这些诗的百分之九十强是以儿童为对象的。二百二十一首诗，如按题材分类，大体是这样：

A. 歌颂人民公社者，三十六首；

B. 支援农业者（从养鸡、养兔、积肥直到搞小小的试验田），六十六首；

C. 支援工业（包括社办工业）者，十首；

D. 歌颂技术革命、技术革新者，七首；

E. 其它（大部分为反映少年儿童的生活和学习，小部分为反映农村新气象的），一百零一首。

但是E项的一百零一首诗，其中有一半是以抒情诗的形式歌咏了儿童们对支援农业的志愿和热心，例如歌咏他们在作游戏时就摹仿大人在田间的劳动，借儿童的嘴巴说将来立誓做饲养员、拖拉机手等等，因此，如果把这一部分的诗歌（鼓励儿童们支援农业的），和B项的诗歌（少年儿童用实际行动支援农业的），合起来计算，那么，在二百二十一首诗中，足有半数以上是为农业生产服务的。何况歌颂人民公社的三十六首，实质上也是支援农业的，这样算来，那就有百分之七十左右是和支援农业有关的。

除了综合性的文学杂志，我们还有专门为少年、儿童服务的定期刊物：《儿童时代》和《少年文艺》。前者是综合性刊物，就六〇年的各期看来，它配合运动和中心任务，相当卖力。后者则是以少年作为对象的文艺刊物，六〇年出版了七期。现在试就此七期的内容，分类统计如下：

（一）小说十九篇（有连载的中篇），计开：

A. 支援社会主义建设的（农业、水库工地、林业），共六篇，其中农业的占四篇，这些小说的主人公全是少先队员。

B. 反映技术革命者，二篇。这里作品的主人公就不是红领巾而是青年或成年人了。

C. 传记小说二篇（安业民和龙卓钦的传记）。

D. 其它九篇（包括历史故事、少数民族的少年生活、地下少先队的活动、猎人生活、养猪等）。

（二）童话二篇。《五个女儿》，赵燕翼；《鹁鸪》，李国楠（借鹁鸪讽刺只顾目前、得过且过的懒汉）。此二篇皆见该刊六〇年二月号。

（三）科学小品及其它意在增加少年儿童的科学知识和社会知识的小品文，共十二篇（该刊三月号有“科学文艺专辑”共收七篇，其中有科学幻想小说一篇《五万年以前的客人》，童恩正作；关于养兔、养鸭的，各一篇）。

（四）报导和特写，共十八篇。计开：

A. 关于少先队活动者，二篇；

B. 关于中苏人民友谊者，二篇；

C. 纪念列宁，二篇；

D. 先进生产者的故事，四篇；

E. 对于特殊事件的报导，二篇（一为攀登珠穆朗玛峰，一为上海华山路的新面目——服务行业中的技术革新）；

F. 歌颂城市人民公社者五篇；

G. 一般地歌颂祖国的社会主义建设者一篇。

（五）其它，共七篇（包括小品文、杂文、相声等）。

（六）诗歌，共计三十一首，计开：

A. 叙事诗三篇：《东平湖的鸟声》，已见单行本；《模范队员龙卓钦》，此与传记小说龙卓钦同一题材；《马灯》，此为革命历史题材；

B. 歌颂党、领袖、总路线、三面红旗等（其中有标明为儿歌的），共十四篇；

C. “幸福花”儿歌五首；

D. 关于中苏儿童友谊和纪念列宁的，各一首；

E. 其它，七首（其中三首为关于国际时事的宣传诗和讽刺诗）。

（七）剧本三个：《少年英雄刘文学》，《艾克旅行记》（讽刺艾森豪威尔访问远东时出的丑相），《假日里》（少年队生活）。

（八）“金色的小草地”专栏，共十一篇；这是专为业余写作者设立之专栏，投稿者大多为中学生，题材多种多样，涉及到学习、支援农业、工业等等。

现在我们不妨下这样一个结论：二十九种各级文学杂志所刊登的少年儿童文学作品和六〇年的《少年文艺》各

期的内容，正同两个出版社所印的单行本一样，最为普遍的题材仍是少先队员支援农业和先进工作者（群英会上人物）的故事，其次是革命历史题材。谁也不会否认这两种题材的重要性，而且我认为如果要对少年儿童进行革命英雄主义和革命乐观主义的教育，进行社会主义、共产主义的思想教育，那就只有通过上述两类的题材，而且十分自然，人物一定是少先队员，活动一定是集体，活动场所一定是在田野、校园和建筑工地。但即使我们肯定了这些方面，上文说过的存在于当前的少年儿童文学中的三个问题却依然存在。应当说，阅读了二十九种文学杂志六月号的儿童文学专辑以后，更加感到这三个问题必须严肃对待，细致地求得解决。

题材的一边倒现象，带来了表面上五花八门、实质上大同小异的后果，这是不利于少年儿童的品性和才能的全面发展的。但是问题还有另一面，这就是凡属于此类题材的作品即使主人公只有八、九岁至多十二、三岁，其思想、感情、动作宛然是个小干部。二十九种文学杂志的六月号特辑和六〇年的《少年文艺》共刊登了小说七十二篇，绝大部分可以用下列的五句话来概括：政治挂了帅，艺术脱了班；故事公式化，人物概念化，文字干巴巴。只有少数几篇，小主人公还像个小孩，而文字亦有风趣。例如《小树苗》（鲁庸，《文学青年》六〇年六月号），同样用了支援农业的主题，然而故事不落窠臼，小主人公在思想、情感、动作上确是个小孩子，通篇的文学语言是加工的儿童语言。又如《挖花生》（李如澍，《赣江》六〇年六月号），写了父母子女四个人物，批判了自私自利的落后思想和行动，四个人物都有性格（子如其父、女如其母），故事不落套，文字亦生动峭拔；然而作为儿童文学来看，还缺少特点，作为普通的短篇小说来看，这却是一篇优秀的。

六〇年最倒楣的，是童话。我们提到过六篇童话，都是发表在定期刊物上的；《少年文艺》二月号一口气登了两篇，可是后来却一篇也没有了。这说明了自此以后，童话有点抬不起头来。六篇童话之中，用了动植物拟人化的，居其五篇，可是，这五篇都不能算是成功之作。故事的情节陈旧（例如幼小的动物不听话，乱跑乱闯，结果吃了苦头），文字亦无特色。如果从“理论”上来攻击动植物拟人化的评论家实不足畏，那么，动植物拟人化作品本身的站不住，却实在可忧。另一篇童话《五个女儿》却是难得的佳作。主题倒并不新鲜，五个女儿遭到后父的歧视、以至谋害，然而因祸得福。特点在于故事的结构和文字的生动、鲜艳、音调铿锵。通篇应用重叠的句法或前后一样的重叠句子，有些句子像诗句一般押了韵。所有这一切的表现方法使得这篇作品别具风格。我不知道这篇作品是否以民间故事作为蓝本而加了工的，如果是这样，作者的技巧也是值得赞扬的。

至于数量很多的诗歌，大部分都很“面熟”；为什么这样“面熟”？仔细认认，原来它们大都“脱胎”于五八、五九年盛极一时的新民歌；意境犹是也，甚至一些豪言壮语亦犹是也，不过换了小主人公而已。少数较佳之作，多为儿歌体，例如《新媳妇》（《火箭》六月号），《蘑姑姑》（《长春》六月号），《小吹鼓手》（《北京文艺》六月号），《小乐队》（《奔流》六月号），《小河水》（《安徽文学》六月号），等等。这是随手举的例子，事实上不止此数首。有一点值得注意：凡是清新可读的，都是抒情式歌咏农村日常生活的小诗，而大主题的，如歌颂三面红旗、水利网、电气化之类的作品，大都缺乏新的意境，也缺乏新的语汇。最糟糕的诗歌是各种标语口号的剪接。

三

正如有些评论家所说，我们今天的少年儿童文学的时代特征是“紧紧扣住了时代的脉搏，不管写的是革命斗争还是生产建设，它们都是把儿童放在火热的现实生活中间，与斗争和建设事业紧紧相连，因此作品的思想内容和所表现的生活幅度就更加深刻和广阔”（引见六〇年五月号《人民文学》，许以《推荐〈月光下〉和〈草原的儿子〉》一文）。这个意见，可以代表绝大多数少年儿童文学工作者（作家和评论家）的意见。我高举双手拥护这个意见。我庆祝我们的少年儿童文学工作者能够担负起这样光荣的任务。

但是，殷切的盼望，往往继之以求全的责备。如果严格的要求可以推动工作的改进，那么，我打算提这么一点小小意见：许以那段话的上半截，我认为是事实，但“因此”以下的半截，我却以为不完全符合事实。直截地说，我以为我们去年的少年儿童文学确实“紧紧扣住了时代的脉搏，……把儿童放在火热的现实生活中间，与斗争和建设事业紧紧相连”，但是却并未“因此”而使作品的“思想内容和所表现的生活幅度就更加深刻和广阔”。就拿许以这篇评论所推荐的《月光下》和《草原的儿子》而言（按此两篇都是转载的，前者原刊于《长江文艺》五九年六月号，后者原刊于《少年文艺》五九年四月号），火热则诚火热矣，思想内容却未必深刻，而生活幅度广阔到如何程度，我也怀疑。这里无暇分析这两篇作品，请读者找这两篇来仔细读一遍，严肃地想一想罢。也许我要求高一点，但这个高一点的要求，我以为是必要的。因为，一看到六〇年生产的少年儿童文学作品在题材、形式、思想内容、艺术水平诸方面，都还与《月光下》等两篇伯仲之间，而且题材一边倒的倾向又如此其显著，我就觉得提出高一点的要求是必要的。

据说少年儿童们最喜欢革命历史题材的作品，例如《平原歼敌记》；我也颇有同感。我读过了百多篇以少年儿童为对象的长短小说，窃以为优秀的革命历史题材的作品至少有两个特点：一，故事性强，情节曲折复杂；二，人物性格鲜明而突出，有智有勇，而又不是缩小了的干部，确是少年。相形之下，那些以社会主义建设为题材，把少年儿童放在火热的生产斗争中的作品大多数却是故事公式化、情节简单化、人物“干部化”而加上概念化。如果容许我作个譬喻，那么，前者好比广东的丁香辣椒，莫看它小，可实在辣，后者好比灯笼辣椒，尽管是庞然大物，却平淡而无烈性。

如果再容许我作个譬喻，那么，我以为少年儿童确实也应当吃点辣的，不应当多吃甜的，然而老给辣椒吃，——他们一到阅览室，除了辣椒（包括丁香辣椒和灯笼辣椒），竟无选择之余地，那也未必合于卫生之道罢？显然，身心正在发展的少年儿童需要各种各样的营养，而辣椒虽富于维生素某某，总不能代表（或包办代替）了少年儿童发育期所必需的其它各种营养。

这个问题，牵连到六〇年所进行的少年儿童文学理论的争论。这一场大辩论（几乎所有的中央级和省级的文学刊物都加入了），有人称之为少年儿童文学的两条道路的斗争。因此，值得我们——不，应当说，有必要在这里回顾一下。

争论是从陈伯吹的“童心论”[①] 或“儿童本位论”引起来的。

陈伯吹那套理论，并非新东西，这是资产阶级儿童文学理论家鼓吹了差不多一个世纪的老调。我们都知道，资产阶级文艺理论家的拿手好戏，一向是挑起了“客观的”“超然于政治”的幌子，而柜中贩卖的，却是资产阶级的世界观，却是资本主义制度是永恒的、个人主义是神圣的等等反动思想，完全为资产阶级政治服务。在儿童文学理论上，他们的花招更巧妙、更能迷人。这花招是怎样的呢？这就是从儿童心理学搬过一些资本来，宣传儿童文学作品要服从于儿童本位、儿童情趣、儿童观点等等。事实上，隐藏在这俨然“客观”的花招之后的，还是资产阶级那批私货。特别能使人眼光缭乱的，还有这样一些情况：资产阶级的少年儿童文学作品中还夹杂着大批以民间传说和民间故事、寓言等等为基础而改写的作品，这些作品有一部分还保留着原作所有的人民性（即不为资产阶级政治服务的），而思想进步的儿童文学大师如安徒生还在他的创作中表现了批判资产阶级社会现实的精神；这些情况都掩蔽了资产阶级儿童文学理论的为资产阶级政治服务的本质。陈

① 陈伯吹的“童心论” 一九五九年，陈伯吹出版《儿童文学简论》，主张“儿童文学主要写儿童”，强调作家“以儿童的心灵去体会，就必然会写出儿童所看得懂、喜欢看的作品”。在当时，被认为是资产阶级理论而遭到批判。

伯吹的错误，就在于没有分析这些复杂的情况，只按照表面价值接受了“儿童本位”、“儿童情趣”等等理论，认为资产阶级少年儿童文学中那些到今天还有积极意义的东西就是在“儿童本位”、“儿童情趣”等等理论指导之下产生的，因而误以为这些论点有科学根据，可以原封不动搬到我们这里来，因而造成了他的自相矛盾：一方面他也承认我们的少年儿童文学要为无产阶级政治服务——这个抽象的宗旨，另一方面他又用“儿童本位”、“儿童情趣”的论点来否定少年儿童文学作家在创作实践或在创作的具体问题（例如关于题材）上真正为无产阶级政治服务。结果，不可避免地他成为资产阶级儿童文艺理论的俘虏。

那么，资产阶级儿童文艺理论中那些借自儿童心理学的论点，是不是完全胡说八道呢？这也要分析对待。首先，如果从有关儿童心理的论点得出儿童是超阶级的论断，这显然是荒谬的。在阶级社会内，儿童自懂事的时候起（甚至在牙牙学语的时候起），便逐渐有了阶级意识，而且，还不断地从他们所接触的事物中受到阶级教育（包括本阶级和敌对阶级的），直到由于自己的阶级出身和社会地位而确定了他们的阶级立场，那时他们已进入少年时代。但是，从四岁到十四岁这十年中，即由童年而进入少年时代这十年中，小朋友们的理解、联想、推论、判断的能力，是年复一年都不相同的，而且同年龄的儿童或少年也不具有完全相同的理解、联想、推论、判断的能力。这种由于年龄关系而产生的智力上的差别，是自然的法则；为儿童或少年服务的作家们如果无视这种自然法则，主观地硬要把八岁儿童才能理解、消化的东西塞给五、六岁的儿童，那就不仅事倍功半而已，而且不利儿童智力的健全发展。资产阶级的儿童文学理论家弄得很神秘的什么儿童本位、儿童情趣等等说法，其科学的依据只此一端。但是，儿童智力发展的阶段论是一回事，儿童之超阶级论却又是一回事。资产阶级儿童文学家挂起“儿童超阶级”的羊头，卖他们的“资产阶级的阶级教育”的狗肉，可是他们却很懂得，不能无视儿童智力发展的不同阶段而机械地无差别地对于不同年龄的儿童、少年一律喂以同样的读物。我们要反对资产阶级儿童文学理论家的虚伪的（因为他们自己也根本不相信）儿童超阶级论，可是我们也应当吸收他们的工作经验，——按照儿童、少年的智力发展的不同阶段该喂奶的时候就喂奶，该搭点细粮时就搭点细粮，而不能不管三七二十一，一开头就硬塞高粱饼子。十分遗憾，我不得不直言无讳，照去年的少年儿童文学的创作和评论的实际表现看来，我们的办法真有点像一句欧洲的俗谚：泼掉盆中的脏水却连孩子都扔了。

要描写儿童，发誓说你将以你的笔为儿童服务，自然不能不了解儿童，自然不能以你的主观去画你所自以为是儿童的儿童，这与儿童超阶级论是两回事；然而，了解儿童可不是一件轻而易举的事情。儿童心理学那一大套材料有参考的价值，然而在创作实践时未必完全顶事。必须同儿童作朋友，观察他们，然后能了解他们的心理活动的特点。了解儿童、少年心理活动的特点，这句话，同资产阶级儿童文学理论家所啧啧称道的“作家必须自己也变成孩子”，也完全是两回事。“作家必须自己也变成孩子”这句话不但意义模糊，而且从这句话引伸出来的终点将必然是“为儿童而儿童”，即所谓“儿童立场”，肯定儿童立场即是否定阶级立场，因为没有抽象的儿童，因而这句话是荒谬的；肯定“儿童立场”，那就是实质上放弃了儿童文学要为无产阶级政治服务的任务。但是，了解不同年龄的儿童、少年的心理活动的特点，却是必要的；而所以要了解他们的特点，就为的是要找出最适合于不同年龄儿童、少年的不同的表现方式。在这里，题材不成问题，主要是看你用的是怎样的表现方式。你心目中的小读者是学龄前儿童呢，还是低年级儿童，还是十三、四岁的少年，你就得考虑，怎样的表现方式最有效、最有吸引力；同时，而且当然，你就得在你的作品中尽量使用你的小读者们会感到亲切、生动、富于形象性的语言，而努力避免那些干巴巴的、有点像某些报告中所用的语言。

为了培养共产主义的接班人，我们的少年儿童文学工作者的任务是光荣的，同时也是艰巨的；然而，对少年儿童进行社会主义、共产主义思想教育的文学作品的现状，实在不能满足少年儿童们的要求。不揣浅陋，漫谈鄙见，目的只是代小朋友们提出呼吁，求之迫不觉其言之切，诚惶诚恐，如此而已。

六月二十三日，北京

六〇年儿童文学读书笔记*

（一）

歌颂英雄人物的真人真事的作品。此类作品的共同点是思想性强，艺术味淡，故事大同小异，人物性格彼此一模一样。文字之公式化、说教面目，较其他题材作品尤其严重。这些作品对于少年儿童进行之教育是填鸭式的，不是从艺术形象上感染小读者而是用老师板起的面孔教训小读者。

《毛主席的好孩子刘文学》——李致、蓝星、黄韶（一

* 本篇写于 1961 年。标题为编者所加。

九六〇年三月初版)。

用刘文学作为题材写作的小说、诗歌、剧本多得很;这一本三万五千字的传记体的书,可以作为此类代表(优点、缺点,它都可以代表)。此书叙述平平,因为刘文学的事迹也不是富于浪漫色彩的,并且,他的最后牺牲(为地主所掐死)一场也见得刘的不够机智,只是一味硬干,枉自送了一命。

《红色少年》第九集,六〇年五月出版。

此集共收十题,其中《红旗飘飘巴山上》是一组儿歌,共六首。《列宁的故事》——管桦,据外国材料改写的。《红色少年儿童英勇斗争故事》——张爱萍,写第二次国内革命战争时期的少年先锋队和共产主义儿童团的革命斗争。共小故事六篇,笔墨相当生动。《欢乐的歌声》——姜田夫,回忆录,作者是胶东抗日根据地儿童团特等模范小先生。本文回忆儿童团当年在艰苦环境中刻苦学习生活的一部分。此篇笔墨也颇生动。另外六篇都是小故事,有的写抗日时期东北抗联的小侦察员《永远怀念的人》——穆静。有的写奋勇救人而自己牺牲的十三岁小学生吕锡三《永不落的小红星》——田涛。有的写《少年射击手》——王松、叔井。有的写农业生产上的小英雄《油菜王》——叔井。有的写工业战线上的青年先进工作者李丽珍《时代的花朵》——孙志波整理。有的写畜牧园艺场内的青年先进工作者张洪道《凤凰山上落凤凰》——张世铎。这些故事，有的生动，有的公式化、枯燥。

《共产主义的幼苗——龙卓钦》——共青团建瓯县委会，中共小桥公社委员会，建瓯县文教局。看来这是真人真事，而且是三个机关的集体创作，曾刊《建瓯人民报》，《热风》转载（六〇年六月号），作了小小删节。这是叙述龙卓钦的一生的，——小学内学习好，和坏蛋斗争，而在他将从小学毕业那年，被他的仇家（他的房东，即他斗争的坏蛋）在山中杀死了。破案后，公审房东，小学开追悼大会。此文并不高明，非常公式化。龙卓钦这个人物形象也是公式化的。性格，是作者所提倡的那种小干部式的儿童的性格，所以是公式化的。文内强调龙学习向秀丽，故龙和向秀丽一样，是个向秀丽式的人物。

革命历史题材的小说（长及短的），——此不同于其他的作品之处，在于这不是真人真事。

《平原歼敌记》——符成珍。小说约十万字，六〇年二月出版。据作者的《后记》，此书是回忆录性质，但不是真人真事。作者本身是十三岁参加革命，从小未念过一天书。全书共二十章，写活跃在华北平原上的抗日游击队，在党的领导下，紧紧依靠群众，经常运用地道战、地雷战、潜水战和打入敌人内部等方法，巧妙地袭击鬼子、惩办汉奸、打击了敌人，壮大了自己的力量。此书文字流利，叙述简洁，描写有旧小说的风格，故事人物有勇有智，对提高小读者的分析事物能力和应急机智是有帮助的，盖不仅进行了革命教育而已。此书主角们是青年。

《踏破万重山》——广西军区政治部编。共收二十六篇小故事，都是剿匪斗争的纪实。广西解放后，蒋匪帮有计划地留下的反动武装、伪行政人员就隐蔽在边沿地区和山区，组织特务，收集散兵，勾结地方反动势力，胁迫群众，组织暴动，企图死灰复燃。这二十六篇故事就是消灭这批匪帮的斗争实录。有惊险场面，文字也还流利，但生动、形象不够，叙述而已，艺术水平较低。六〇年六月初版，十万字。

《雨过天晴》——陈四火。共收短故事三篇，写解放前福建人民对敌斗争。这些故事中也有少年的活动。文字流利，故事性强，文采不足。六〇年二月初版，三万余字。

《少年铁血队》，原东北抗日联军少年铁血队指导员王传盛、队员徐光口述，《新少年报》文艺组整理。这是基本上真人真事的回忆录性质的小说，2－3 万字，共十三章，述少年儿童的抗日游击队伍——“少年铁血队”的成长和对敌斗争。这个队是杨靖宇将军组织成立于一九三八年。

这个队的成员不但有勇，也有谋。书中还描写了杨靖宇将军的形象。此书与《平原歼敌记》所不同者，此为以少年儿童为书中主要人物。六〇年三月初版。

（二）

以儿童团、少先队生活及儿童团员如何协助八路军、新四军打击敌人和少先队员如何支援农业、工业乃至国防为题材的小说。

《我们并肩前进》——崔雁荡，六〇年五月初版，约十万字。共十七章，写少先队员的生活。主角罗英，聪明、勇敢，但有不少缺点。少先队员和辅导员用种种方法帮助他（通过种植向日葵、制作滑翔机模型、比赛小足球、搞小动物园等等活动），使他开始关心集体，热爱学习，逐步克服缺点，最后参加了少先队。小说表现了少先队的丰富多彩的生活。文字尚为流利而已。

《微山湖上》——邱勋，九万五千字，六一年二月初版。小说，共三十段，写三个小朋友跟爷爷到微山湖上放牛，于是写了风景，写了劳动。在两个大人——老爷爷和老游击队员的关心教育之下，三个小孩在劳动中锻炼得更好了，成为三个优秀的少先队员。作者想用小品文的样式，把故事写得如流水汤汤，有诗意。可是这个企图并没完全实现。

《海防少年》——胡音，九万三千字，小说，六〇年十一月初版。一九五八年秋，福建前线我军炮击金门的时候，少先队员在力所能及的范围内积极勇敢地展开了支前活动。全书故事不多，写得噜苏。

《山村里的新事情》——金近，小说，十一万字，六〇年五月初版。孩子们种试验田（番薯），在大人的帮助、指导下，超产原订一万斤的指标，获得县的奖状小红旗。反映了人民公社的优越性，表现了孩子们新的道德品质的成长。无大特色，还是一般的农业生产的小说，仅仅大人换小孩而已。

《小拖拉机手》。五个短篇小说，都是写孩子们热爱人民公社。如何爱护公社的拖拉机、公社的砖瓦厂的砖坯，如何打猎，为公社弄点财富，如何守卫公社的梨园，如何组织演出队，到工地上慰问演出。这些小说，表现了孩子们新品质的成长，而且反映了人民公社的新面貌。只有一点，艺术性不高。六〇年六月初版，二万二千余字。

《小歌手的烦恼》——黄世衡，二万字，七个短故事。

写孩子们在学习、劳动、待人、对集体的关系等方面有些缺点，在老师和小朋友们教育和帮助下都克服了。故事平凡，笔墨平凡。

《海上三少年》——胡奇，《延河》六〇年六月号，约二千余字的小说。内容是三个少先队员在海边帮助民兵抢捞被大雨冲下海的木料在海上历险的故事。此篇文字尚流利，然而内容是一般的——少先队员冒险的故事。这些少先队员全是小老头。

《挖花生》——李如澍，《赣江》六〇年六月号。

这是生产劳动和批判自私自利结合，写小孩与写大人相结合的短篇小说，约三千字。故事如此：年仔和秋女（十一岁、九岁）在地里挖花生（那是大人们已经挖过的地方，孩子们再来掏些遗漏的，可以归自己），年仔挖的地方，花生很多很好，秋女在另一处挖，简直所得甚少，而且都是瘪的或半截的。年仔叫秋女也到自己这里来挖，秋女也挖得很多。年仔想：为何此次此地这样多，于是记起今天早上母亲叫他俩出来挖花生时，曾悄悄地叮嘱年仔要到黄家墩坟山脚下、塘塍边，第二畦地，对准一棵大松树。年仔当时就说何必跑得那么远。母亲就用手指戳着他的小脑袋说：那边可以多挖。现在果然多挖了，年仔恍然大悟。可是年仔还没想到这是母亲故意暗地留下，叫年仔他们来捡这便宜的。他们挖了一斗多花生，年仔认为这是应当归还给社里的，他和秋女商量，秋女也认为应当归社里，于是他们就跳跳蹦蹦到小队把花生给了四爷。四爷听了原委后就知道这是怎么回事了，称赞年仔和秋女，拿一些番薯片给他们作为劳动报酬。他们回家，见母亲说了经过，母亲先打了年仔一巴掌，又想打秋女，秋女早跑了。母亲转身又想打年仔，却被不声不响坐在角落里抽烟的丈夫拦住了。丈夫脸色很可怕，没说话，可是看得出他是赞成孩子的，并且决心要和她斗一下（虽然一向是怕老婆的）。母亲生气地收拾东西，又骂四爷，最后就出去，要讨回那些花生。她向四爷要花生，被狠狠地批评了一顿，但她抵死推赖，还说两个孩子半天劳动，总得有报酬。四爷看在孩子面上，给了她一升花生。她回家后就炒熟了，推给年仔、秋女吃，但二人都不吃。母亲自己坐在门角落里吃，见他们都不吃，又叫他们吃，可是他们（连父亲）都不吃。父亲伸手摸摸秋女，又摸摸年仔。母亲感到孤独，思索起来了。后来忍不住哭了。

作为短篇小说，这是一篇佳作。写了四个人，父母子女，都写了性格，子如其父，女如其母，（写秋女接受四爷的番薯时说的话和动作，写她不像哥哥似的站着挨打而是跑了等等，都有其母的泼辣味儿。）一家四个人，母亲是一向大权独揽的，也是落后的，但在这晚上，她打败了。写人物之妙处在于写人物的极能表现性格的小动作，特别是写年仔的母亲和父亲时，年仔和秋女就没有他们的父母那样写得好。

《小朋友的礼物》——易长利，《鞍山文艺》六〇年六月号。这属于宣传爱工人叔叔一类的。中秋节的白天，小学生们商量怎样处理中队长拿来的一筐葡萄。先是说大家分了吃，有人说应当晚上吃，又有人说自己吃了没意思，应当送礼。于是有人说送老师，有人说应当送给最辛苦、对国家贡献最大的人，于是提出了清道夫、商店营业员、医生、解放军叔叔、工人叔叔，最后提炼钢叔叔，一致同意。

这是配合宣传的，很少艺术价值。

《好发问的孩子》——王荆岩，同上。六岁的小红爱问为什么。她生日那天，她的三叔买了“抖嗡子”给她，她问为什么会叫，三叔忙，没工夫解释，叫她去问妈妈，可是妈妈也没给解释，她就把“抖嗡子”打碎，不见什么，哭了。于是又给她买个小汽车，她又问为什么会走，又叫她问妈，妈又忙，也没回答，于是她又把汽车拆开。三叔至是自怨不曾耐心对她解释。此文平平。而且是对大人进行教育，不是对小孩。

《秘密情报员》——罗丹，同上。这是抗战时期敌占区地下政权的小情报员的活动的片段。此文写锁锁和贞姑的行动（如入无人之境）以及敌人自以为神星镇是“确保区”因而麻痹大意的情况，显得夸张，变成无巧不成书。文字也不适宜于少年儿童们阅读。

《菊香的故事》——杨少凯，同上。这是小学生支援农业的故事。此文和同类文一样，无非写孩子的积极性，宣传味多，很少艺术味道。

《钢姑娘》——萍青，三个短篇，约三万字，六〇年二月初版。转业军人在北大荒垦荒中的故事。艺术性不高，就题材言，也算代表一个方面。

《果园的春天》，九个短篇小说，从各方面反映了人民公社的优越性。大多数都不是以少年儿童为主角的。这些作品只可说是故事简单，文字浅易，适合于文化较低的读者的读物。例如通俗的科学读物。艺术性不高。六〇年二月初版，共三万字。

《大平小队》——邱远，《江城文艺》六〇年五月号。这是写小学生支援农业的。此文与其同类者水平相似。这些作品都是应景的，对于发展儿童的想像、审美力（欣赏力）、丰富知识都谈不到。

《半截手榴弹》——张学进，《芜湖文艺》六〇年六月号。这是述抗战时期新四军的一个小鬼（警卫员，十四岁），奉命把文件送到敌占区的我方情报组，在回程中，如何用计以半截爆炸过的手榴弹唬住三个敌人，并夺了他们的武器，俘虏了他们。这一篇短小精悍正和那个小鬼一样，是此类作品中比较好的。

《小先生》——《奔流》六〇年六月号。写小学生明明教他的嫂嫂认字。起初，嫂嫂因工作忙，无暇学习，教了就忘。明明请教学校老师，老师劝他到幼儿园去看看。明明看见小朋友在看图识字，恍然大悟，便弄了许多红绿纸片，在嫂嫂每天接触的东西如“锅”、“水桶”等等，都写了字贴上。这样“看物认字”，嫂嫂进步很快。主要情节如此，写明明也还不坏。

但同类作品多了，便见得单调。《小服务员》（亦是《奔流》六月号）即与《小先生》差不多，可是写得差，看不下去，沉闷。

《红旗手》一九六〇年六月号有个儿童文学特辑，刊登小说四篇，童话《梅花小鹿银点点》一篇。小说并无特色，童话亦然。值得注意的，小说都讲生产，童话则是小鹿不听妈妈的话，贪玩，到了太远的小河边，遇见老灰狼，勇敢战斗，幸而脱险。题材陈旧，思想内容亦老一套。

《我和妹妹》——夏枢章（工人），《群众文艺》六〇年六月号。写少先队员生活。此篇尚写得活泼。

《小华的老师》——宜昌，同上。其实不能算是儿童作品，因为只是一个老教师由于发见自己的孩子的老师是他从前的学生，于是回忆起今天这个小学教师（女）的过去。

《黄河摆渡口》，同上。写一个孩子把摆渡票让给更需要当夜过河的一个工厂的工作人员，那是最后一次渡船，而那个工作人员因为发见了锰矿石，非争取时间，当夜过河不可。写得还紧凑，但工业方面的生产事太多，七、八岁儿童恐不能理解。

《小红》——牧野，《海鸥》六〇年六月号。这是一篇小说，写一个十六、七岁的姑娘小红立志要当饲养员（猪倌），精心护理一头快生仔却得了急性丹毒病的大母猪，并使母仔平安。这才使老饲养员佩服说：你是个好饲养员。这篇主角是十六、七岁的姑娘，已是青年。通篇无儿童文学的特点。

《儿童团》——秋枫，《海鸥》六〇年六月号。这是一九四二年秋天的故事。写儿童团员小勇机警，有急智，觉悟高，有武艺（飞刀）。一次，与二楞放哨，捉住了特务。

又一次小勇又救了被捕的武工队长高平。此稿写得有声有色。小勇有点个性。因其是武侠小说的派头，容易吸引读者，可备一格。

《夜班勤务》——胡奇，《人民文学》六〇年五月号。此写海防前线的少先队员在“夜班勤务”中的勇敢事迹。“夜班勤务”者利用风筝对敌宣传，风筝没有到达目的地，半路被礁石绊住了，于是小阿三（男孩）就泅水去救风筝。此篇，政治挂了帅，艺术却脱了班，文字干巴巴，人物概念化，故事公式化。

《月光下》——张有德，同上。少先队种试验田，指标是亩产千斤，县委极力支持他们，在别人搞不到化肥时，给了他们化肥。这篇作品除一个主角是十一、二岁的孩子，此外，都是大人的事情。然而同期的《人民文学》一篇评论却大捧此作是“反映大跃进中少年生活的优秀作品”，“紧紧扣住了时代的脉搏，不管写的是革命斗争还是生产建设，他们都是把儿童放在火热的现实生活中间，与斗争和建设事业紧紧相连，因此，作品的思想内容和所表现的生活幅度，就更加深刻和广阔。”其实，此篇与《夜班勤务》一样水平。有浮夸处，而且，写得也不动人，文字枯燥，人物是公式化的。这篇如何称之为儿童文学？除了主人公是个十一二岁的少年，全篇哪些地方有与一般作品不同之处？

儿童文学的特点何在？少年或儿童作为作品中的人物，是否即算儿童文学？儿童文学的文学语言是否应当和一般文学作品的语言有区别？张天翼从前的作品和现在的作品在语言上是和一般作品有所不同的。

《草原的儿子》——孟左恭，《人民文学》一九六〇年五月号。此篇和《月光下》一样，只是写一个少年英雄，除此而外，别无少年儿童文学的特点。不过，这一篇比《月光下》生动些，——这和题材有关（这里写的是阶级斗争），也和作者的笔墨有关。然而，尚可精简，使其更紧凑。

《地下小学》——杏绵，《火花》六〇年六、七月号。第六号所登两节，一为《一捆柴》，一为《厚成爷》。写我军撤出转移后，伪军占了的地方，一群儿童团抵制伪政府的新民小学，开学那天，儿童们都跑到山上，伪校长抓人，只抓到一、二年级的十来个以及一些学龄前的儿童。上山的儿童认为自己得胜了，很高兴，又利用在山上的时间，每人打柴二捆，一捆给抗属，一捆给自己家里。儿童团的一员（书中的我）回家后，厚成爷来了。他教育“我”，说儿童团的工作方法不看条件，不灵活，他说伪组织抓家属你们怎办？他又说新民小学的课本有和抗战课本一样的，如算术，有不一样的，如语文，你们白天在新民小学学算术，晚上就来个地下小学，学语文。谁教？厚成爷说，他可以教（其实他不识字）。第七号的三节，未阅，但由此可以类推全书的面目。

此在同类书中也许还是较好的。就上述两节而论，文字流利，公式化较少，故事也还动人。教育意义寓于人物行动中，不是演讲式的老僧说法。但是这也只能给小学高年级到中学（初中）学生读。小学高年级学生对于此节厚成爷讲的道理还未必一定理解。

《捉鱼》——《安徽文学》六〇年六月号。这是写抗战时期在敌占区的小游击队员的英勇斗争。小游击队员“丫头”奉命到敌占的顺安镇侦察敌情。他和邻居小孩小狗子趁敌人放干湖水捉鱼的时候，把一个抢他们鱼的鬼子活埋在泥塘里，后来又用手榴弹炸死了十几个来捉鱼的鬼子。题名《捉鱼》写的也是捉鱼，但交代了丫头来侦察敌情，实未写到如何侦察，侦察到了些什么。此文为此一类作品中的平平无甚特色者。文字通顺，但不生动，没有风趣。

《王兰花和她的同学们》——吴惜奇，《歙县文艺》六〇年六月号。此文也是反映小学生学习的，文字平平，公式化、概念化，人物尤其公式化。

《心灯和心星》——陈杏良，《西湖》六〇年六月号。心灯、心星的父亲是电厂工人，奉命支援衢州，两个孩子觉得新鲜，高兴得很，但妈妈有点不大乐意，因为衢州没有杭州生活舒服。父亲说服了她。心灯和心星到幼儿园和小朋友、阿姨告了别，又收拾自己的东西——画册、玩具等等。当他们坐上火车时，只有奶奶不大高兴。此文在题材上还不同流俗，然而并无特色。这些作品都没有儿童文学的特色，名为儿童文学实在只是用儿童作为文中主角的记叙文而已。

《一级苗》——宋一平，《海燕》六〇年六月号。此文亦是平平。主题是爱护公共财产，文字没有儿童文学的味儿。

《小红军》——张正元、杨明道，《山花》六〇年六月号。这是和一般的小红军故事没有多大区别的。但同类的题材不一定都写小红军的杀敌勇敢，还写些别的。此文却只写战斗中小红军的不怕死。文字不够简洁，人物形象也未见怎样出色。

《武胜的春天和孩子》——榴红，《四川文学》六〇年六月号。这是一篇散文，写了武胜的春天的美丽。不是写闲花野草或苍松翠柏把武胜装扮得多么美丽，而是写“吊岩豌豆花”、胡豆、蔬菜、油菜、萝卜的黄花、淡紫花、绿叶构成的地毡，把武胜的春天打扮得极美丽。孩子——先出现一个十三四岁放学回家顺路捡草的学生（“放学回家一把草”——支援农业），他已捡了五十来斤，然后又写少年割草队，——这也是用小姑娘唱的一首歌引起来的，歌词为：

二月惊蛰草发芽，
三月清明好砍青，
放学回家一背草，
一背青草一背金。

这是美丽的散文，应视为儿童文学中的一个品种，至今尚不多见。虽然此文尚不够洗练，但不失为大辂之椎轮。

《小阿姨的童话》——杨祥麟，《四川文学》六〇年六月号，万多字。这不是给儿童们看的，这是给儿童们的保育员、老师们看的。小阿姨孙巧云一捆柴办起托儿所，后来托儿所办得像样了，却逢大跃进、人民公社。看到女社员都有夜勤，孩子放在家中没人管，孙便向大队长提出办全托。大队长却不置可否。孙负气了，自己出夜勤，白天瞌睡，没有照管好孩子，几乎出了事。大队长和社长批评了孙，又说全托即可实行，于是孙认错，托儿所搬了家，办全托。这里，孙好几次向大队长要求办全托，而大队长不置可否——简单是不理，后来又说大队长早已向社管委提出，社管委当时立即同意，积极准备，那末，大队长何以不告诉孙？这是不合情理地在布置矛盾，意在让孙巧云的“精神世界”多一次曲折，——其实不应如此。

《春夜》——孟左恭，《山东文学》六〇年六月号。这是属于支援农业，歌颂少先队的积极性的类型的。此文平平，并无特色。看来好像是反对孩子们去耙地，文书严格执行政策，但实际上是鼓励孩子们去做重劳动。因为文章的语气是赞扬的。

《铅笔头的故事》——黄谋运，《四川文学》六〇年六月号。小学生费经林向来爱睡，功课不好，一晚回来，忽然不睡，奶奶发见他手捧一个铅笔头在玩，就生气抢来扔了。经林大吵，讲出了这个铅笔头的来历。这铅笔头是红军的一个小鬼尹如生的，尹参加红军一心想报仇，只愿学打枪、刺杀，不愿学文化，认为文化无用。教导员打通了他的思想，并奖他一支铅笔（这在当时是珍品）。他与同伴小罗伙用此铅笔，只剩铅笔头时又用子弹壳作了笔帽。一次，尹如生出发侦探敌情，把铅笔头交给小罗，他虽然英勇地完成任务，但受了重伤，光荣牺牲了。小学生费经林白天和同学们慰问荣军时，一个老战士讲了这故事，并把铅笔头送给了费经林。后来他和奶奶找到了扔掉的铅笔头，经林从此发誓要好好学习，不再贪睡。此文题材属于“红军小鬼的英勇事迹”一类，但铅笔头的故事很有意思，也不妨说是“两结合”罢。文字生动、鲜明、有力，没有干巴巴的干部腔。

《红孩子采煤井》——丁乙，《文学青年》六〇年六月号。此篇上半（约占全篇四分之三）写一群小学五年生（都是煤矿职工的孩子）在寒假时响应“开小煤窑”的号召，到井上要求工作，因年龄小，被拒绝了。于是他们去找退休老矿工李老爹，在李的带领下，第一天就刨出了煤，这就是“红孩子采煤井”。下半写一年后，暑假，三个孩子再到这煤井要求参加劳动，那知光景大变，他们的井已经实现机械化、自动化，他们无事可做，于是只好回去。在路上，他们议论：“今后生产就得发展科学技术，咱们可得好好学习啦。”按此篇比其他同类的不同，在于写了变化，写了远景。

《小马林和飞毛腿》——张琦，《长春》六〇年六月号。小马林和飞毛腿都是少先队员。前者有一手好手艺，经常背着一个工具箱，叮叮当当，敲敲钉钉，为邻人服务，为公社服务。（好像他从不读书，而且终日不声不响，少年老成。）后者则也有一手，上树，蹿树，在防护林里作游戏

——打鬼子。后者想拉前者加入他的一伙，但终不能如愿。一天，小马林邀飞毛腿去捉鱼（给社员们吃一顿鱼），在捉鱼时，飞发见小马林爬树本领非常好，还会修树。此篇强调爱劳动，但把小马林写成少年老成，全无孩子气。并且把他写成只是劳动，却不追求知识，全篇中没有见他看书，也没写他对于知识发生兴趣。文字也平平。

《时刻准备着》——曲瑞瑜，《长春》六〇年六月号。十二岁的小明，跟爸爸上水库。他打听到有个“十二少年队”，很有名，便要去找他们，但是因为这队在和“二十四少年队”竞赛，拒绝了小明的义务劳动。小明看到工地上没有一人闲着，便拿了水壶和茶叶，摆一茶摊，为“十二少年队”服务。小明后来对爸爸说：“再过两年，让我也来罢？”爸爸告诉他：再过五年，用不到体力劳动了。一二个月后，工地上进行技术革命，就减少了体力劳动，用不到那么多的人了。小明：“等我长大修水库的时候，就自动化了？”爸爸：“再想想看……”小明：“那……用原子能？”“当然，当然！你是共产主义接班人！”

此文和同一类的作品（描写孩子们爱劳动，并且支援农业）比起来，可谓独创一格；因为它不勉强使十二岁的小明在水库工地劳动，而是借他的眼中写十二少年队、二十四少年队，并且在末后写出技术革命的远景，不以强度劳动作为惟一目标来“歌颂”。文字简洁生动，然而写工地景色不够绚烂。

《小八路》——张元福，《新港》六〇年六月号。这和一般的小八路故事一样，写抗战时游击区的小八路。主人公是个卫生员，在一次作战时，他只顾杀敌人，忘了照顾伤员，连长批评他，指导员教育他。以后他专心作救护工作了，并在一战斗中保护伤员机智地脱险。这篇只是叙述，写得不好。是这一类的作品中的不好的一篇。

《水底的火焰》——任大霖，《新港》六〇年六月号。此文述少先队员五、六人作科学试验，——收集河内的沼气。此篇平铺直叙，惟一曲折是因守秘密而惹起四太婆疑心他们在玩，故骂他们，以及试验时的一场虚惊。问他们为什么要保密？答曰："我们没有把握，怕搞不好，被人讲笑话！"这是十足的小干部心理和口吻。没有文学味道。

《丹丹和田田》——蝉哂，《星火》，六〇年六月号。除夕前，丹丹（满九岁，新的红领巾获得者）瞒着大人们和田田在竹林里捡猪粪，私下积起肥来。这个秘密，被爸爸发见了，而且听得丹丹和田田在夸说用了她们的肥，保证每亩打粮一千斤，多打粮，好买拖拉机，她俩长大了就当拖拉机手等等。（这是去年儿童文学中比较普遍的写法，大概是企图"两结合"罢。）于是爸爸眼前浮现了两个女拖拉机手，而且觉得自己不是在竹林里而是置身于一望无际的金黄的稻海中了。

此文无甚新颖，从题材，结构，人物等等看来，都是老一套，和写搞科学试验的少先队员（《水底的火焰》——《新港》）那一篇无大差别。不过，文字也还流畅。思想性不高，是这一类的大缺点。

《我的苦闷与喜悦》——熊烈，《星火》六〇年六月号。这是很短的篇，而且不像故事，但可借此说明填鸭式的说教不是好办法。少先队员们到图书馆借书看，常常你抢我夺，新书不多几天就弄坏了。“我”——图书馆员一双手补不过来，甚为苦闷。后来想得一法，请辅导员动员少先队员们来一天义务劳动——补书。果然，他们把书补得很好，十分高兴。通过这样的实践，小朋友们以后都有秩序地拿书，不再你抢我夺，小心地翻看书页了。

此文向儿童文学工作者提了个有意思的问题：怎样以共产主义思想教育儿童才是最好的方法？填鸭式的说教呢？还是通过事实来启发他们？

《接班人》——张九经，《长江文艺》六〇年六月号。写十三、四岁的朝萌子（红领巾）和他的一伙，在假期中要求参加东西湖农场的排灌工程的体力劳动的故事。按在同类的作品中，此篇算是比较好的，因为又让娃娃参加重劳动，却又煞费苦心想出措施，使不“冒险”，又指出娃娃参加劳动的宣传上的作用。但此文究竟是写娃娃呢，还是写支书和党委书记？看来这些娃娃只会一味好胜、蛮干，又不守纪律，不值得学习。在构思上，此篇和其同类的一样，有一套公式：娃娃热心，得到允可，后来挫折，再进一步，又挫折，再进一步，高潮，共产主义社会远景的几句话作结束。

《五封信的来历》——燕波，《北大荒》六〇年六月号。这是“支援农业、表扬先进”类型的以少年（十六岁）为主角的小说，书信自述体（第一人称）。小平支援边疆，到了国营垦区，因其年龄小，只派他暂时自学，等机会上学校，可是他自己主动帮助做卫生工作，——以上第一封信内容。后来，他成为“见习职工”，照管他的老伯伯教他帮忙放猪，——以上第二信。然后他又当了“小教员”，包教老伯伯——以上第三信。正式派了工作，帮助珍姐姐养兔子，——以上第四封。最后，被送进中专技校学电工科，——以上第五封。

五封信都是写小平的，第一人称，即小平写的信，叙自己的事。小平、老伯伯，都写得生动。但不知何故，作者又假设这五封信是由一个比小平大些的青年饲养员（养猪），先进工作者，交给向他采访的一个记者的（这是全篇的开头，以后即是五封信，最后有一个小尾巴——结束语)，这样的布局，有没有必要？是否想用小平来影射那个先进工作者养猪饲养员？本篇叙述生动，文学语言不是干部开会时用的语言。这是好的地方。但是，算它是少年儿童文学有点勉强。事实上，这样的作品（以十七、八岁的青年作为主人公）就算是少年儿童文学，在今天是十分通行的。此篇比同类的作品差胜之处即在文学语言适合少年，而不是干巴巴的干部腔。

《小邮递员》——亚曾，《北大荒》六〇年六月号。这是小小说，约八、九百字，写一个十四五岁的小通讯员小李。写小李的外形倒很生动，但是这是没有故事的小小说。

《猛张飞养猪》——王劼亮，《少年文艺》六〇年一月号。此非以少年为主角，亦不是写少年生活，而是像题目所表明那样，只是一篇全心全意为公社服务的“猛张飞”养好了猪的故事。故事内容一般化，苦干、实干，没有新知识（例如关于养猪的方法）。作为反映农村生活、先进人物的短篇小说来看，则文艺性又太不够。

《运动健将的诞生》——任大星，《少年文艺》六〇年一月号。十二岁的小姑娘进了体育学院，通过勤学苦练，终于考上了“运动健将”的标准。结构、人物描写，都相当公式化：丁小辛有潜力，能很快掌握技术，可是有点骄，不肯下苦功，经过同学的帮助（讲大道理、示范），她改变思想、作风，终于练成功了。此篇读之无味，不及《塞外新景》，甚至不及《猛张飞养猪》。

《为大跃进建立小功劳》——启新，《少年文艺》六〇年二月号。农业中学的学生在老师的指导下帮助公社化验土壤。他们建立了简陋的化验室，他们去采集土壤标本，他们在试验中克服了缺点，最后成功。这是一篇在人物、故事方面都是公式化，而且枯燥无味的东西，并且，也不能增加少年们的知识，因为根本没有介绍科学知识。

《白手起家》——王振东、未名，《少年文艺》六〇年二月号。这是杨行人民公社的几个青年办化工厂（专制农药敌百虫）的故事。述他们怎样用土办法、代用品，大家出主意，又得到公社社员的支援，终于把厂办起来。几个月后，工厂发展到数百人，不过仍然是土设备。此与《为大跃进建立小功劳》水平相仿。

《假日里》——何求，《少年文艺》六〇年二月号。这是个独幕剧，述少先队员若干人先已商量好要到城里过春节，后来因为公社要他们演戏，于是发生争吵，最后又团结一致为公社演了戏。——此独幕剧比《白手起家》等小说更公式化，更差。

《组织起来就是好》——盛全梁，《少年文艺》六〇年五月号。这是歌颂城市人民公社的优越性的。全篇是十足的新闻报导，到处可以刊用，因而，它是一点少年儿童文艺的特点也没有的。

《支援》——陈雄华、崔维琪，《少年文艺》六〇年五月号。里弄服务站的白铁匠（一个妇女）为支援工业生产，在一夜之间，赶做了三只胶水箱。此亦为报导，艺术性极差，和前篇伯仲之间。

《顺风耳》——顾克，《少年文艺》六〇年五月号。讲居民食堂，菜烧得好，人人喜欢，原因是炊事员全心全意服务，把人们的胃口记牢摸熟。此篇和前两篇一样公式化。

《春光，我歌颂你》——魏金枝，《少年文艺》六〇年五月号。歌颂人民公社，并不深刻，是一篇八股式的散文。

《三轮车工人——人民科学家》——李宗宁，《少年文艺》六〇年六月号。三轮车工人老师傅在解放后学文化，进初级技中，又进交通大学，最后进科学院，七、八年时间，从文盲成为专家。这是典型的公式化而又浮夸的作品，说不上什么艺术性，连一篇好报导也说不上。

《七天革命》——施雁冰，《少年文艺》六〇年四月号。一个小工厂本来用手工轧钢，现在闹技术革命，工人们想穷办法，土法设备，完成自动化。这是标准的公式化的作品。

《真假老伯伯》——李梦城，《少年文艺》六〇年四月号。这是叙述包装机械化的，跟《七天革命》同类作品。没有技术，没有设备，单凭干劲，把土机器制成了。

《秘密快报》——高沙，华三川画。这是半文半彩色图，注明是“低年级儿童文艺读物”。六〇年二月初版。地下少先队的故事：上海解放前夕，地下少先队的宣传活动——油印快报《上海快解放了》，散发快报。人物，“我”与陈小芬，“我”是男孩，比陈小芬（女孩）大些，但是不及小芬机警，还自大。在油印快报时路遇抄把子时，路遇特务时，小芬都给“我”解救了困难。最后，“我”自惭不如。文字不够生动，没有儿童文学应有的文学语言的特色。这是单行本。

《刘呆》——张士杰，《少年文艺》六〇年一月号。义和团的传说。也许因为是传说，读起来比《秘密快报》一类的地下少先队故事有趣些；正像带有点儿传奇性的根据地或苏区的儿童故事也常常有趣些。

《小仆人》——叶君健，共收五篇，反映外国少年儿童的生活。《小画家》和《未来的建筑师》写社会主义国家的儿童；《天堂外边的事情》写资本主义制度下孩子们的厄运；《小厮辛格》和《小仆人》则写殖民地儿童的非人生活。文字流利，有故事性，能使小读者开眼界，知道社会主义的好处。六〇年三月初版。

《壁画里的故事》，半文半彩色画，新式连环画。六一年五月初版。这书名为“故事”，可实在是没有故事的，夹叙夹议的讲到治水、利用风的散文。也许作者企图把它写得富于抒情味，用了不少夸张的词句。例如开头引了“天上没有玉皇”的民歌，我问过几个小学一二年级的优秀生，他们都不懂这首民歌的意义；解释给他们听，也还是似懂非懂，倒提了一串傻问题，弄得我穷于应付，而他们说越讲越糊涂了。此仅举该书的第一段而言，全书每段几乎都有同样的问题，此书加注拼音字母，对象显然是小学低年级，但这是闭门造车。而且此书讲黄风那一段，也有不合科学的地方。

（三）

以少数民族少年生活为题材的小说。

《林中篝火》（此写藏族少年）——段斌、昂旺·斯丹珍（藏族），曾用《猎人的孩子》为题名，在一九五九——六〇年的《少年文艺》连载，于六〇年一月出版单行本，改题今名。书中人物，主角小猎人大概是写得最生动的。但是这本书的主题不明确：告诫孩子不可偷用公家的东西，但如果偷用的火药是私人的，可不可以呢？瞒着大人出去打猎，冒无谓之险，增加了大人的负担（五、六人找了他们一夜），其动机是要用自己的劳动所得来赔偿公家的损失——这算是应当肯定的，还是应当批评，书中的口气是肯定的。因此，读后就有这样的对于那些孩子的看法：偷公物不好，但补过之道是可以允许，而且孩子们的勇敢值得赞美。有一篇评论大赞此书，题名为《略谈儿童文学的时代特征》，揄扬过度。

《小钢苏和》——敖德斯尔（蒙古族），斯琴高娃译汉，一九六〇年十月初版。

钢苏和是个七岁的蒙古孩子，诚实，勇敢（虽然有点淘气）。他有一件宝贝——少先队的红领巾。他没到入队年龄，怎能有红领巾？这有一个故事的：春季有一天，钢苏和父亲到县里开会去了，大风沙忽然遮天卷地而来，母亲反扣上蒙古包的门，急忙出去和许多人把放牧在外的羊群都圈好。回来一看，不见了自家的蒙古包，原来被大风刮倒了，也不见了儿子的影踪。原来大风暴来时，钢苏和惊醒，从帐篷缝里看见邻家一个老太婆的羊群散了，而且自己心爱的小白羔也跟着走了，于是他从刮倒的蒙古包的缝隙中钻出来，追上了羊群和小白羔。但此时天已黑了。他叫妈妈不应，又想起父亲常说一个好牧人不能丢掉羊，他就不回家了，把羊群赶到一个沙窝子里，又给小白羔找奶（羊群中的大母羊），守着羊群过到半夜，听得狼叫声，他在羊群四周做了些假人；快天亮时，一只狼走近羊群，他先是害怕，后来鼓起勇气，学大人的吆喝声大叫一下，把狼吓住，又大胆赶出去把狼撵走。天亮后他抱着小羊羔睡着了。他的母亲和别人找了一夜，也在天亮后找到了他。回到家，恰好父亲和旗委书记来了，书记是转业军人，一听小钢苏和的故事，就去拿了一个红领巾送给他，说这红领巾原是一个朝鲜孩子的，那孩子为了给中国志愿军送开水被美国飞机炸死，而这朝鲜孩子以前被一个志愿军从弹雨下救出，志愿军自己却死了。所以红领巾上有英勇的志愿军战士的血，也有这个朝鲜的小英雄的血。

此文描写生动，故事曲折（叙述怎样找到小钢苏和，先看到了小白羔，而在看见小白羔前，又先看到那大群的羊），文字流利——洗练。不仅小钢苏和写得可爱而且活生生，其他几个大人，如好阿爸，老俄吉、小钢苏和的母亲都写得好。在同类的作品中（以小孩的勇敢、机智、爱护公共财产为题材的），这是没有公式化、概念化毛病，而且既不枯燥，也不以造作的惊险场面吸引读者，而是很自然朴素的。环境描写也颇多可取处。结构严密而干净利落。

这比《林中篝火》还好些。《林中篝火》有些惊险场面安排得很生硬，使人有矫揉造作之感。

《夜哨》——兵煊，六〇年四月初版，五个短篇，边疆战士和边疆人民的生活（云南边疆）。故事无特点，生活描写也粗浅，看来作者对于云南边疆少数民族生活并无真正丰富经验。文字也平常。

《鄂伦春猎人》——朝襄，中篇小说，六〇年六月初版。此写东北的鄂伦春族的过去（悲惨生活）和解放后的幸福生活，和未来的更美丽的远景。这是通过一个猎人的一家祖孙三辈的遭遇来表现的。共三部分，廿二节。中间谈打猎以及各种野兽的生活习惯，都相当详细，但有些部分如有故作惊险之状的毛病。文字稍嫌芜杂。

（四）

丰富少年读者的一般科学知识的作品。

《我们的捕鼠队》——朱燕云，《少年文艺》六〇年一月号。简单地谈到田鼠和沟鼠的生活习惯，以及训练小猎犬捕鼠的方法等。文艺性不高，但尚有味。

《小鸡远征记》——刘有鸿、未名，《少年文艺》六〇年一月号。为了使得小鸡多吃活食（小虫之类），三个饲养员（少年）想把小鸡放牧到田里；经过失败又试验，慢慢地使得小鸡（几百只）能听哨子音上船下船，到田里，集合等等。此篇有两个小孩作为故事的主角，有一个简单的故事，并且还树立对立面，还提到领导的鼓励和支持等等。换言之，此篇比上篇长些，故事性多些，然而公式化的程度也多些。文艺性不高，但总算不枯燥，因为没有长篇议论。

《森林中》——梁泊，《少年文艺》六〇年一月号。这篇共分《口哨》、《山狸》、《土豹子》三段，都是讲猎人的故事，同时谈到马鹿（《口哨》篇内）、山狸、土豹子等野兽的性情和生活习惯。此篇写得引人入胜。

《塞外新景》——肖方，《少年文艺》六〇年一月号。此为游记式的小品文，计分《嘉峪关下》、《石油新城》、《汉代名泉》、《沙丘音乐》、《盐的世界》五段，有的写得活泼生动，有的差些，但一般说来，都能引起少年们对祖国的悠久历史和地大物博的自豪感，同时也对社会主义建设的前景有美好的想像。这些小品如果写得好，不但能对少年进行爱国主义和社会主义的教育，也能丰富他们的史、地知识，发展他们想像和审美观念。

《通向幸福的金桥》（我爱祖国小丛书），内收三篇：《雪路云程》、《金桥花开》、《奔向天涯》，介绍了乌库公路、青藏公路、海南中线公路的新建设（不光是讲到这三条公路本身，还讲到沿线的风景、古迹、新建设、人民生活等等）。这是游记体，可以增加读者的知识（地理的、历史的、社会主义建设的），文字浅易，可惜还不够多样化（例如应当雄伟时不能雄伟，一味只是“朴素”而已）。六〇年六月初版，一万七千字。

《冰川雪峰上的战斗》，同上丛书之一。共三题：《高山冰雪队》、《初探天山冰雪》、《在镜铁山上》，叙述“冰雪队”（科学院主办的高山冰雪利用研究队）一百多名队员向祁连山的冰川雪海进军，初步摸清了高山冰川的分布、特性、类型和储水量。题目很好，可惜文章不好：一为太抽象，缺乏形象化（第二篇好些），二为文字不够多样化（与前册同）。六〇年六月出版。

《五万年以前的客人》——童恩正，《少年文艺》六〇年三月号。这是科学幻想小说，和作者另一单行本的小说《古峡迷雾》体裁相似。此篇从我国史书所载的“天乙星”的出现，顺治二年（一六四五年）五月，有巨星自东陨落于粤，红光烛地，声如雷鸣，此后这颗天乙星也就不见了。——这样一点根据，幻想这是火星上发来的卫星，五万年前就已绕地而行，而在一六四五年由于碰到了特大的流星雨，脱离轨道，坠落地球的大气层烧毁，从而又虚构一个故事：一九六×年，广东伐木工地，少先队员郭小林在一个沼泽地区拾到一个“石块”（比木头还轻），送科学院化验，知为一种合金。李明哲老教授带二助手找到小林，同至该沼泽勘察，初步构成了上述的假想云云。按作者的科学幻想小说，都和考古学有点关系，即不是幻想未来如何，而是幻想过去有些什么东西应如何解释。此虽为一格，然而读后总有点索然兴尽，《古峡迷雾》较此篇尤为索然。文字尚可，惟稍嫌做作。

《无中生有》——迟叔昌，《少年文艺》六〇年六月号。这是相声，乱扯一顿科学常识，使人要睡。

《秀娟姑娘》——任大霖，《少年文艺》六〇年四月号。十四岁的高小毕业生参加农业生产，肯学，肯干，又会想办法。写一些小故事，写得还生动。不过，用猪血浸了破草鞋引蚂蝗，虽比孩子用腿钓好些，究不现实。

《电波世界旅行》——石焚，《少年文艺》六〇年三月号。这是科学小品，就收音机、电视机、雷达、无线电操纵、高频感应发热等等，解释了电波的作用。虽是小品，但解释尚能深入浅出。

《鹿的故事》——刘思平，《少年文艺》六〇年三月号。科学小品，讲鹿的生活习惯，如何捉鹿、养鹿，如何取茸，以及鹿茸的药品价值等等。但只说鹿茸是贵重药材，却没有讲它主治何病等等。

《十个人一颗心》——谢刚，《少年文艺》六〇年三月号。这是一篇报导，记万丰玻璃厂（设备简陋，但能制精巧玻璃）的十个工人在赤手空拳（既无专业知识，也没有设备）的情况下，以苦干精神制出了人造宝石（经过一百几十次的失败）。此篇是十分公式化的。小朋友听了，不感兴趣，而且会觉得他们太笨：为什么不学会了再造，却要那样苦干？因为人造宝石其实并非尖端技术也。

《小树苗》——鲁庸，《文学青年》六〇年六月号。此篇写六岁的小文文（他的哥哥是青年苗圃队的队长），收藏各种树核，学种树。后来赵书记允许他有一块地，种树苗。于是他从“他哥哥的割不掉的尾巴”变成正式的小工人了。写儿童的心理极细致而有风趣。例如他开始把核种下时，扒出来看有没有出芽，他问妈妈：小树苗不怕黑天么？小树苗要睡觉么？他喂了两只小白兔，他还教小白兔给他看守树苗，却不知道小白兔把树苗上的嫩叶全啃光了。后来，他又学大人“嫁接”，想把辣椒秧往小槐树枝上接。此篇用了儿童语言写，小文文的形象极可爱，然而，还是个六、七岁的小孩。在写儿童热爱农业生产的一类作品，此篇在题材上是独特的，风格也有特点。

《红领巾养兔场》——林宜，《上海文学》六〇年六月号。小学高年级生养兔，成了小专家。最初，他们的兔子生了小兔，却被老鼠咬死了，于是他们盖了兔房。后来，发现母兔生了小兔，把一只小兔咬死了，他们仔细研究，认为是母兔口渴之故，于是为临产母兔准备了盐水。小兔奶不够，搬到另一母兔那里，又被咬死。孩子们请教兽医站的老顾，知道是母兔怕新来的小兔害自己的小兔，所以咬死它。孩子们于是在小兔刚生下就给调整，把生多的搬到生少的母兔那里，果然不咬了。他们还发明了给小兔人工授乳的方法。此篇写得也还引人入胜。不过，小人物没有写好，只是说故事。

《黄浦江边的大事情》，半彩色图半文，加拼音字母。六一年五月初版。这是讲技术革命的，可实在说，低年级儿童不会懂，也不感兴趣。这是讲装卸工作的技术革命，小朋友们如果去现场看一次，那还好，否则，他们不会懂。

《养兔小姑娘》——张世成，《四川文学》六〇年六月号。这也是写小学生养兔子的故事，这里讲到如何养兔，如何给病母兔（奶痛）动手术。如果把书中的孩子换成大人，故事不动，照样可以成立。书中的孩子们说话、行事都是小干部的模样；为了某种效果或目的，我们有时要把一个孩子写得老气横秋，像个小干部，当然同时要让读者不忘记他仍然是个小孩。可是此文一群孩子，其他同类的作品亦然，却叫人忘了他们是小孩，或者看不出一点小孩味道来。全文不简练，罗列现象，毫无剪裁，有自然主义倾向。

《工农科学家的道路》，共收六篇，介绍了六位工人、学徒出身的科学家，是报告文学的性质。全书十万字，六一年四月初版。这些文章的写作，可能还要早些，但作者当初未必专为少年儿童写作，文章讲生产过程比较多，高小和初中学生未必能懂，亦未必能发生兴趣。

（五）

童话。包括奇幻故事，用神仙、禽兽或超人的东西作为书中主要线索的极富于幻想的故事。其文学语言是天真的、活泼的、常常利用有意的重叠句法或前后一样的重覆句法来加强作品的诗一般的、儿童口语的气氛。

《五个女儿》——赵燕翼，《少年文艺》六〇年二月号。晚爹遗弃五个拖油瓶女儿的故事。但是五个女儿在野熊山用计烧死了野熊精，因祸得福，后来迎归那时已经饥饿的亲娘和晚爹。此篇最大优点在于文字语言是合乎童话的，文字生动、鲜艳，音调铿锵，有些句子全是押韵的。五个女儿名为顶针儿、手镯儿、戒指儿、耳坠儿、荷包儿。

《鹌鸪》——李国楠，《少年文艺》六〇年二月号。深秋夜晚，一只鹌鸪冻的不能睡，心里说，明天一定要作个窝，好过冬。第二天太阳出来暖和了，鹌鸪懒洋洋地说要吃过早饭再动工，吃过早饭又不动工，却在自问："建筑什么形式好呢?"它批评燕子的窠，批评百灵鸟、黄莺的窝，批评还是挂牌子的建筑师喜鹊的窠，批评啄木鸟、小鹏鹛、小翠鸟的窠，最后批评秧鸡真是懒汉，连窝也没有。它说它要建筑一个如何好看，用什么材料的窝，可是幻想了好多时候，太阳下山了，它只好再挨冻一夜，说明天再动工罢。这是带点讽刺意味的小品，还好。但文学语言远不及《五个女儿》好。

《在森林中》——姜义田，《芜湖文艺》六〇年六月号。山林老人对一棵大槐树说，你已经长大了，快去参加祖国建设。槐树别了山中的树朋友。几天后，小河流水载着一片木叶给山中朋友，这是槐树来的信，说它已成道木（枕木），担任了光荣的交通运输任务。于是述它与火车头的问答，火车头告诉它许多事，例如长江大桥，……信念完，树们都愿赶快参加祖国建设。山林老人走来，要他们多多锻炼，长得坚强，以便参加建设。此文意思好，文章不好。

《雨婆婆请假》，“学前儿童读物”之一，上海六〇年初版。雨下多了，向日葵不耐烦，他们到雨婆婆家里去，要求雨婆婆请假。山上住着个胡子伯伯，告诉向日葵，雨婆婆落下来是太阳公公帮的忙。向日葵们爬上高山，见到了太阳公公。听了向日葵的话，太阳公公果然请了假。可是太阳不见了，天黑沉沉，一连好几天没有太阳也没有雨，花草都要干死了。向日葵又去求太阳公公出来帮雨婆婆忙。果然，太阳出来，雨又下了，万物苏生了。可是后来，太阳公公老出来，雨婆婆却不来，草木干枯。向日葵又要去找雨婆婆，却又遇到胡子伯伯，胡子伯伯说，不用去找了，现在有人工降雨了。胡子伯伯带向日葵飞到一个地方，看见了人工降雨（水管和飞机）。——这把降雨不降雨的物理现象作了简单因而也是歪曲的说明，又把人工造雨也简单化而且夸大了。

《小铁脑壳遇险记》——路展，《人民文学》六〇年二月号。五千四百余字。小铁脑壳是个黑色的蚂蚁，他出世时，蚂蚁阿姨夸奖他将来会是个大英雄，他就要显一显本领，一头撞在柱子上，房顶塌下了一大片，他却没有受伤。小铁长大后做工勤，打仗勇敢，大家都夸他，他骄傲得变成“昏脑壳”了。一天早晨，小铁独自出去，遇到一只奇怪的“蜜蜂”——蜂蝇，受了骗，跟着蜂蝇到树林里，要独自做一番英雄事业。在树林中，蜂蝇骗小铁与“吊死鬼”（尺蠖）打了一仗，结果小铁后腿受伤。蜂蝇又骗他去吃红蚂蚁饲养的蚜虫的“乳水”。小铁发现是红蚁的蚜虫，便想走开，蜂蝇又讥笑他是胆小鬼，挑拨他去抢。小铁为了证明不是胆小鬼，又到树下向红蚁诉说，自己饿了，想喝点乳水。不料蜂蝇乘此机会，叼了几只蚜虫就跑了。小红蚁就骂小铁使鬼，叫伙伴抢“乳牛”。小铁大怒，打伤了红蚁，爬上树顶，吃起“乳水”来。但是不久，大队的红蚁来了，把他包围住，眼看无路可逃。这时蜂蝇又飞来，非但不救他，反而取笑他，并表白自己不是蜜蜂。小铁怒甚，冲过去一口咬住蝇脚，蜂蝇急飞，把小铁带上了天去。蜂蝇在空中想把小铁甩掉，又掠水而过把小铁浸在水里，但小铁死咬住不放。后来有一群蜻蜓飞来包围了蜂蝇，大叫捉坏蛋，蜂蝇吓昏了，一头碰在蜘网上，就此粘住，小铁跌到地上，昏迷过去了。小铁醒来时，看见许多小昆虫围着他，称他是和大蝎子作战受伤的英雄。他远远看见自己的伙伴们正拖着大蝎子凯旋回洞，他这才想起，人家勇敢作战时，他却和蜂蝇在树林里鬼混，他觉得无脸回家。他的阿姨批评他：只有胆小鬼才不敢承认错误。从此小铁明白一个道理：只有大家团结在一起，才能做出最伟大的事业；如果离开集体，想自己出风头，当英雄，结果却只能做个废物和傻瓜。此文文字尚生动、活泼，写景亦鲜艳，小蚂蚁阿姨的话也没有干部气。

（六）

儿　歌

《北大荒》六〇年六月号。诗两首：《小华今年两周岁》——陆伟然。借小华与人民公社同生，赞美人民公社，标语口号化。《公共汽车第一次从这儿越过》——前人。写一个红领巾正背着书包前去上学，看见公共汽车来了，就学着交通警察指挥车辆的动作。这倒是“写实”，城中孩子见小汽车来，常作此状；但是这诗意义不高。

《西湖》六〇年六月号，《献给儿童节》十三首，其中：《拣粪》——芳岭，《红花》——前人，此二首自称为“儿歌”，盖其句调为旧儿歌之句调。《船儿摇》——前人，此用旧儿歌头二句，“船儿摇，……摇到外婆桥”，下面即赞人民公社，有浮夸描写（丰收，炼钢）。

《人民文学》六〇年六月号，《快乐的生活》二题——金近，①请小鹅吃菜，②修个小水库（言小孩在校园里挖个三尺三寸深的水库），按此两诗，意境肤浅，文字平凡。

《安徽文学》六〇年六月号，《给孩子们的诗》共十首，其中《小河水》——王满夷一首尚好，从小河水说到灌田，交通（运粮），发电，磨粉，标语口号比较少。《拾穗》——前人一首写红领巾拾穗，此诗虽有红领巾，然而不能算是儿童文学。此集各诗，标语口号味道少些，然而这些诗严格说来，都不是儿童文学。

《山花》六〇年六月号，儿歌十一首，各首都无特色。其中《牧鹅》、《教妈妈》、《小柳树》皆张诚所作，此人投各刊物的诗不少，内容大抵相同，水平都不高。

《海燕》六〇年六月号，儿歌七首，其中《八个火车拉不动》——蒋焕，言六一节儿童到北京，对毛主席说："咱们都是好儿童……快乐多，福份重，八个火车拉不动，"真是胡扯。

《鞍山文艺》六〇年六月号，《红领巾之歌》共十一首，如《拾榆钱》、《少年桥》、《织网》、《植树》、《喂猪羔》等，以上各首千篇一律，互相模仿、抄袭之作。

《新港》六〇年六月号，《儿歌一束》。大凡所谓"儿歌"，都不是幼儿能懂的事，幼儿学舌唱唱，不会懂得意义。例如《大船坝》——张岐，何能算作儿歌；《小小文化兵》——牧二，尤其非儿童所懂；《二月里》——肖玲，“二月里，桃花飘，东风吹得河山笑”，——此处末句其实儿童未解其意。看来，此等所谓儿歌，只是民歌，有时点缀一二儿童作为诗中材料，如《扫盲红旗手》——王友杰，赞红领巾是扫盲红旗手，其实红领巾自己未必全然不盲。浮夸。

《天山》六〇年六月号，儿歌一束。其中《出门千里仗一篙》——张诚，赞美水利工程，此诗开首说，锣鼓响，红旗飘，万丈高山断了腰，山断了，河通了，清水哗哗流出来了，……但结句为“出门千里仗一篙”，则仍是原始的工具，与开首数句的气势不适应。

《海鸥》六〇年六月号，《小闺女》——张诚，此为儿歌，亦无新意，乃从旧儿歌套出者也。《公社大水库》——阳泽斗，夸张写水库之大使雁迷路。《萤火虫》——张连志，儿歌，此亦为从旧儿歌套出来的。

《长江文艺》六〇年六月号，儿歌六首，标语口号为这些诗的共同缺点，而且抄袭、套用亦甚多。

《文学青年》六〇年六月号，《写给孩子们的诗》八首，这些诗除第一首《公鸡你莫啼》稍有诗的趣味外，其余则皆标语口号而已。

《奔流》六〇年六月号，《新儿歌》十一首。大部分标语口号，《毛主席下乡来视察》公式化，而且小家气，写毛主席下乡只是帮着劳动而已。《小乐队》较可，段三句，一二句三字，第三句七字，形式还好，然而也是套用旧形式。

《北京文艺》六〇年六月号，儿歌十四首。其中，《买火箭》，此诗形式还有特色；《唱支丰收歌》，抄袭之作，不论在体裁上，在意境上；《小鼓手》，此诗尚有点味道；《数一数二》，歌颂技术革命运动，还是老一套几天不睡；《红领巾水渠响水了》，此诗比较好，但后二句弱。

《星火》六〇年六月号，儿歌四首，皆人云亦云，转辗抄袭之作，标语口号化。

《长春》六〇年六月号，《公社儿歌》十四首。《小栓儿》、《妞妞》体裁较为特殊，但此为旧体，非新创也；《林林》叙积肥，抄袭之痕显然，如“一船河泥一船金”之句；《镳铲把》，用旧歌体裁（句法）装新内容，此为三人迭唱，而后合唱，歌颂机械化，歌颂水利建设，但头一段妈妈唱的六句恐是旧词，后来的几段，都不押韵；《蘑姑姑》，此篇尚好。

《安庆文艺》六〇年六月号，儿歌共十九首。大部分是标语口号化的，仅《爸爸骂我多嘴娃》好些（洪森），全文如下：

突击队，成立啦！爹爹吵着要参加。
书记问他多少岁？我说俺爹六十八。
爹爹向我瞪着眼，骂我是个多嘴娃。

此诗尚概括，有形象性，然而此非儿歌也。

《火箭》六〇年六月号，儿歌或诗七首。其中《新媳妇》如下："花喜鹊，叫喳喳，新娶媳妇来到啦。没擦油，没戴花，身穿一套蓝布褂。没坐轿，没骑马，担着小挑走来啦。挑的啥？是花褂？可是喜糖喜酒挑来啦？新媳妇，笑开花，肩上挑子忙放下。前头是：《毛泽东选集》《农业机械化》……后头是，新制成的农药硫酸钾。"按此为儿歌，前面新颖可喜，但《毛泽东选集》云云恐怕非儿童所能深切体会，非鹦鹉学舌，则以为此乃大人之连环图画而已。《新媳妇》一首从旧儿歌改换句子而来。其他各首均标语口号化。

"学前儿童文艺丛书"之一《敬老院里外婆多》，六〇年出版。这是儿歌集，每歌配一画，共十二首，除《敬老院里外婆多》，尚有《小高炉》、《铁牛》、《小麦王》、《百里挑》（“一穗麦子两人抬，一颗花生榨篓油，一个蚕茧织匹绸，种的甘蔗顶破天，下的鸡蛋大如斗……记者叔叔你不信？请来公社走一走。”无聊的夸张。）、《聚宝盆》（歌颂拾粪用之粪筐），只举此数首，可以想见。

《芜湖文艺》六〇年六月号，刊诗五首，目如下：《小月亮》外四首，《小宣传员》、《牧歌》、《歌唱人民公社》、《颂三面红旗》。一看题目，可以猜到内容，其《小月亮》词如下：“小月亮，挂天边；弯弯好似一把镰，我跳上天拿下来，好割公社丰产田。”意境并不高，一把镰还要到天上去拿，那不是夸张得没有道理——夸张到反面去了。总观此处的几首诗，百分之九十九点九的标语口号。其不能启发儿童的想像，培养他们的审美观念，自不必说，连填一点知识的任务也完成不了。

《赣江》六〇年六月号，儿歌十首，其中《爹爹讲》如下：“春风吹来暖洋洋，爹爹精神格外爽，晚上同睡一铺床，爹爹给我讲了事一桩。从前奶奶睡这床，破烂被子破烂床，春天睡来臭虫咬，冬天睡来冰冰凉。今天我们睡这床，绸子被面油漆床，幸福日子哪里来，共产党的恩情永不忘。”这首儿歌浅薄，尚不必论，问题在于“绸子被面油漆床”是不是全中国有一半的家庭都齐备了？如果不然，此歌唱给刚刚没有“绸子被面油漆床”的儿童听了，岂非效果适得其反么？按：儿歌的百分之九十九是有关农业生产的标语口号，不是诗歌。

（七）

评　论

《坚持儿童文学的共产主义方向》——左林，《人民文学》1960年五月号。

儿童文学的任务（身心正常的发展）——㊀教育，包括阶级教育和丰富其知识的教育，这可以说是“德育”。㊁发展儿童的智慧，包括想象力、理解力、欣赏力等等，这可以说是“智育”。但此篇论文，只强调前者。

任何政治性强的作品如果写得枯燥，就不会引起儿童的兴趣，并不能对儿童智慧（想象、审美观念、推理、逻辑思维等等）的发展起作用。

儿童文学应当有它自己独特的表现形式，——尤其是给学龄前或低年级的小读者的作品。用孩子的嘴巴说话，未可厚非，如果这句话的意义是说少年儿童文学应有其特殊的文学语言风度。要求写儿童文学者，应当“通过儿童的眼睛来看，儿童的耳朵来听”云云，当然是糊涂的说法，因为这两句话本身就不科学。严格说来，这是不可能的，古人说“犹有童心”，并非此意。

“少年儿童和成人有着相同的一面，这就是他们生活在阶级社会里，必然都受着阶级观点的影响，打上阶级的烙印；如果说有所不同的话，只是烙印的深浅不同而已。”这段话太笼统，因为“儿童”的年龄界限，本文从未作一明确的界说。如果说，从三岁到七岁都算“儿童”，（三岁以下的作幼儿），那末，这个年龄的儿童，其意识形态变化极大——从超阶级到知有善恶，知有贫富。“连六七岁的孩子都知道美帝国主义者是大坏蛋”，但能说此话的小孩，并未知其意义，譬如鹦鹉学舌而已。

五个问题*

——一九六一年八月三十日在一次座谈会上的讲话

今天我能够到这里，与文艺界各方面的同志见面，并且让我讲讲话，我感到很高兴，也很荣幸。不过，我也表示很遗憾。我的普通话讲得很不好，南腔北调，大家可能听不懂。同时，旅途匆匆，没有充分时间准备，漫谈而已，仅供同志们参考。

一　怎样进一步贯彻“百花齐放、百家争鸣”的方针

这是大家关心的问题，也是我们经常讨论的中心。事实上也已经证明，党提出了这个方针以后，文艺工作得到了很大的启示与成就。把这几年来的经验加以总结，进一

* 本篇原系作者在天津文艺界召开的座谈会上的讲话。最初发表于一九六一年《河北文艺》十月号，曾收入《茅盾文艺评论集》。

步贯彻“百花齐放、百家争鸣”的方针，肯定地可以预言，我们的文艺工作一定会得到更大的成就。

关于这个问题的一些原则方面的话，大家已讲得很多，我不再重复。这里只想说说，要贯彻“百花齐放、百家争鸣”的方针，我们应该作些什么样的努力。我想这个努力应该是三方一面的：

一方面是领导上的。这方面的努力很重要。社会主义国家的文艺是在党的领导下进行的，这与资本主义国家的文艺是不同的，在我们国家，任何方针的贯彻，都要有党的领导。

第二方面是，作家、艺术家的努力。

第三方面是，读者观众对我们的鼓舞。今天这会上，包括我在内，是作者，又是读者又是观众；一个作家，在剧场中，他就是观众，而一个演员，歌唱家，在他或她读一本小说或诗等等时，他或她就是读者，当他或她表演时，他或她都是艺术家（艺术创造者）。所以我们都有双重身分。不过我们通常所说的读者和观众，却是只有一重身分的读者和观众。他们虽然自己不从事于某项文艺活动，但他们的意见和鼓励是很重要的。当然也需要评论界（包括领导）对广大读者和观众作正确的介绍，帮助他们正确地理解“百花齐放、百家争鸣”的方针，帮助他们正确地分析、理解一个文艺作品，不断地提高他们的欣赏能力。如果没有这方面的努力，我以为好像缺少了什么似的。

据我的理解，要进一步贯彻“百花齐放、百家争鸣”的方针，就需要这三方面的共同努力、共同配合。上举第一、第三方面，今天不准备多讲，今天只打算讲讲作家艺术家应该怎样去努力这方面的问题。

我想第一条，要加强努力学习马克思列宁主义、毛泽东思想，包括党的方针政策。学习马克思列宁主义等等，不是死记词句，而是要能真正掌握运用于实际工作（就作家而言，就是要求能够以马克思列宁主义武装自己头脑，使得自己能够正确地、锐敏地分析现实，透过表象看到本质）。学习党的方针政策，也不是背诵条文而已，而是要真正理解它的精神实质，在对待具体事件时看得准、看得远、看得深。这一条（学习马克思列宁主义等等），无论到什么时候，都是必要的，应该放在第一位；十年、二十年，甚至在更长时期内，都应该放在第一位。

第二条，要扩大我们的生活经验，深入现实。对于搞创作的作家和表演艺术家说来，熟悉生活是头等重要的事。现在大家都在向这个方向走，党的一系列的措施，也帮助我们在这方面得到了一些成果。本来对工业生产、农业生产，对工人、农民的生活不了解的，现在了解了一点，本来不熟悉的，现在变得熟悉了。近年来的文艺工作的成果就证明了这一点。不过，我们的时代变化得很快，一天等于二十年，所以我们又老是觉得碰到新东西、新人物，感到不够熟悉了。自觉到“熟悉”没有尽头，是一件大好事，这就证明自己天天在进步，没有停滞。熟悉生活的过程，一方面当然要深入一点、一个部门，但另一方面，又要不断地扩大生活面，在一点一部门之外，能看到全局，至少是同一行当的上下关系，和旁支关系。这在过去是做不到的。现在呢，党的很多措施给我们提供了多方面的条件，而在我们这方面，就需要我们主观的努力。我以为熟悉生活，是认识生活的先决条件。从认识生活再进一步，就是能从生活中看出问题（新事物的萌芽，新与旧的斗争，等等），然后再进一步是摸索到生活（社会现实）发展的规律，这时然后有可能真正在自己的意识中涌现出海阔天空的境界和在自己眼前闪烁着具有共产主义道德品质的人物形象。可是，要这样地熟悉生活，就应当把深入一点和目光贯注全面，即把博览和专一结合起来，统一起来。否则，株守一隅，尽管你对于某一车间熟悉透了，然而对于这个车间以外的世界却茫然无知，那就避不了仍然是“井底之蛙”。要熟悉一个车间比熟悉一个行当容易些，熟悉一个行当比要熟悉和这一行当联带的种种要容易些；然而我们必须像上楼梯一样，一级一级上去，非到顶点不可，不能满足于半途。所以，熟悉生活是终身的事，“做到老，学到老”。何况生活还在很快很复杂地变化。

第三条，要努力提高文化修养和文艺修养。昨天我去参观了新港，时间只半天，但得到了很多知识。虽然你并不打算以新港的建设为题材来创作，但我以为有这种知识比没有为好。像新港这样一个在我们国家的社会主义建设中的大工程，我们应该对它有所了解。当然不能像专家一样的了解，但新港这样的一个海港，是怎样建设的，需要什么样的条件，我们应该知道。这种知识应该包括在文化修养里面。所以走马观花，也是扩大生活经验和文化修养的办法之一。中国有句俗话说，天文地理，无所不通，九流三教，无所不晓。这是很形象的说法，它告诉我们要有丰富的生活经验和广博的文化知识。首先，要有基本的科学知识。我们虽然是搞文艺工作的，但如果没有一点科学常识，下工厂去你就会像“刘姥姥进了大观园”那样了。现代科学分科极细，我们要注意的，只是几种基本科学，例如数学、物理、化学、地质、生物。但要通晓这几种科学也不容易，我们只要求对于这几门科学有点基本知识，却并不十分困难，只要我们有信心、有毅力，每天以一定时间坚持不舍地去学习，定能掌握这些基本知识。其次，作为一个文艺家，对于我们国家的历史，要有充分的知识。对于历史上的一些人物，他们做过什么，历史是怎样发展的，我们要有基本的认识。中国有句老话说，一部二十四史，从何谈起。中国的历史几千年，极为丰富，在全世界是少有的。我们虽然不是历史专家，但也要有基本的历史知识。中国历史的文字记载足有三千多年，绵延不绝，这在全世界是第一的。这值得我们骄傲！我们的祖先在经济发展、征服自然、阶级斗争、文学艺术、科学技术等方面，为我们留下了丰富的经验和大量的资料，对此种种，我们要有最基本的知识。

文化修养方面，还应该包括祖国的地理知识。我们的国家是幅图广大的，雄踞亚东，并有寒带、温带、亚热带的气候，地上地下资源都很丰富。过去的统治阶级，对这些丰富的资源，不但不开发，反而不断地破坏。拿西北来说，黄土高原，没有什么大森林，西安附近，就是这样。可是从唐朝人的记载和诗文看来，西安在唐代的气候景物，颇有江南风光。只是以后经过战争破坏，森林被砍伐，树木少了，气候也改变了。这种知识，也应该包括在文化修养以内，特别因为这种知识可以增强我们的爱祖国的热情，尤其在今昔对比中，增强我们对于社会主义事业、对于共产党的无限忠诚。

文化修养方面，还要包括一些外国的历史知识。首先要懂得社会主义兄弟国家的历史（过去和现在），其次要知道资本主义国家的，民族独立国家的，以至还受着殖民主义压迫的国家的历史文化、生活情况、过去和现在的基本情况。

这样说起来，文化修养的范围是极大的，但不要害怕，这并不是个无底洞。我们不是想做历史、地理或其他方面的专家，只想得到一些基本的知识。因此只要有计划、有步骤地去学习，大家还很年轻，记忆力又强，花上三年五年的时间，经常地读点书，就能得到这方面的基本知识。

现在读书条件也好了。从前要找点书看，实在困难，往往求之不得其门，专家还保守秘密呢。现在我们出版了很多关于各种科学基本知识的书籍。我们的图书馆网也还算普遍，找书容易。过去要找一本中国文学史，是很困难的。我年轻读书的时候，中国人写的中国文学史这样的书，是没有的，倒是一个叫贾尔斯①的英国人编了一本给外国人看的中国文学史，这本书不但观点错误（当时我还看不出来），材料也并不丰富（这是当时我已经看出来的），因而对于那时的我们，实在也没有多大用处。现在不同了，我们编了三、四部中国文学史，例如北京大学编的和复旦大学编的。找一部文学史来读一遍，对于中国文学的发展过程，产生过哪些伟大作家，等等，至少可以有一个大概轮廓。又如中国音乐史、戏曲史，过去也没有专著，想得点这些方面的知识，要到二十四史以及其它笔记和少数专著中间去找，真如沙里淘金、大海捞针，花的力气多，得的东西少。现在也正着手编写比较完善的中国音乐史、戏曲史等等。总之，文化修养是多方面的，因此，提高文化修养，就需要博览，需要多游历，多参观，需要“每事问”，这是做到老、学到老的事情。只要养成求知识、见事就问的习惯那就好了。

---

① 贾尔斯（H. Giles） 英国汉学研究家，著有《中国文学史》（1901年伦敦出版）、《中国文学珠玑》（1883 年伦敦出版）等。

文艺的修养也是做到老学到老的事。为了提高文艺修养，要找些古今中外的文学名著来读，这要花很多的时间。每一部门的文艺专门家除了学本身的专业外，还应当懂得姊妹艺术的门径。作家也要看演出，欣赏音乐、绘画、雕刻，这些并不需要花很多时间。看作品却要花更多的时间，一部长篇小说总得读几天，有时一遍不够，还得读第二遍第三遍，慢慢地咀嚼出滋味来。但是作为一个欣赏者，看画展、听音乐，看一场演出，花不了多少时间，一、二个钟头或一个晚上就行了。因为我们不是作为专家去欣赏，只是为了得到普遍的文艺修养。作家们大概经常看戏，看歌舞表演，看电影；大概比较不经常地去听音乐演奏，看美术展览会等等。我们一定要把不经常的，变成经常。因为就提高文艺修养来说，这些（欣赏音乐、美术）都是必要的。

取得了丰富的知识，提高了文化修养、文艺修养，就能帮助我们提高创作水平或演出质量。当然这种帮助不是马上就能见效的，不可能指望今天看了某些演出或展览，明天就能一下子提高了一步。这是不可能的。拿一句中国的老话来说，那是潜移默化，慢慢地吸收，慢慢地消化，也只能慢慢地见效的。

有了这样丰富的文化修养和文艺修养，然后才能使“鸣”和“放”不再是空空洞洞的“鸣”和形式主义的“放”了。有了这样丰富的修养，才能创造出新的风格、提出新的见解。但是对于提高文化修养文艺修养这件事，光是领导上提倡指示、安排措施，而我们自己不作极大努力，认真下苦功夫，还是不能放出香喷喷的百花来，鸣出有独特见解、科学上站得住脚的理论来的。不过大家也不要望洋兴叹，以为范围大得无边。如果能够有计划有步骤地去学，五年不成，期以十年，就可获得基本知识，或者可以说丰富的常识。此后，则是日积月累，学到老的问题。我们最大的有利条件是党十分关心文艺工作者的学习问题，各级领导将采取措施，保证学习的时间。

第一个问题就讲到这里。都是老生常谈。不过想借此强调提高文化修养和文艺修养的重要性和经常性，提起同志们的注意。

二　关于"革命现实主义和革命浪漫主义相结合"的问题

这个问题包括许多方面，牵涉到创作上的许多问题。有些问题比较专门，有些方面也比较冷门。今天不可能、亦没有必要全面地系统地谈这些方面和这些问题。今天我只讲些比较地是大家都感兴趣的问题，也就是说，过去两、三年来，争论、争鸣比较多的问题。首先一个问题是，我国古典文学中有没有现实主义和浪漫主义相结合的作品。当然过去不可能有这方面的理论，也不能有这个口号，这是毛主席提出来的。但是，“两结合”的作品在中国古典文学史上到底有没有？这就有各种不同的看法，有过“争鸣”，我也参加过。自然，过去没有冠以“革命的”三个字的浪漫主义和现实主义，当然更不会有“革命的浪漫主义与革命的现实主义”相结合的作品了（因为革命的浪漫主义和革命的现实主义相结合，只有掌握了历史唯物主义和辩证唯物主义的作家才有此可能），但是，过去是否有现实主义和浪漫主义相结合的作品呢？像有些人所说过去伟大作家都是“两结合”的，那末就要得到这样的一个结论：既然过去的伟大的作家的不朽作品都体现了“两结合”，那末历史上单一浪漫主义或者单一现实主义的作家，只能是第二流作家，其作品也只能是第二流的作品，换言之，就是说，中国古典文学中没有浪漫主义和现实主义作为一个流派确立而发展起来。但是，事实是否如此呢？我的固陋的见解，认为中国历史上极少浪漫主义与现实主义相结合的作品，而李白、杜甫这样的大作家只能说前者属于浪漫主义，而后者属于现实主义。也许最后证明我是不对的。但是现在，我还是这样的认为：历史上的伟大作家的全部著作中确有基本上是浪漫主义但也有现实主义，或者基本上是现实主义但也有浪漫主义这样的情况存在，可是，一部作品中“两结合”的情况，是不存在的。有人以为现实主义的作品中表现了对未来的希望（理想），就算是“两结合”，那是根本不了解，除了所谓“爬行的现实主义”，古典现实主义（乃至批判的现实主义作品）都不能不有作家的倾向性，即作家对未来的期望，亦即理想。如果这就算“两结合”，那就把“两结合”庸俗化了。

其次，我们中国的浪漫主义有没有什么特点？这也是要研究的问题。中国本来没有浪漫主义这个名词，它是从西欧借来的。而它又和现实主义这个名词不一样，从十八世纪以来，它们的含义在西欧常有变化。因此不能拿西欧的定义来硬套中国的作品。应该具体地看看中国文学作品中浪漫主义的特点何在？弄清楚这些问题，对向遗产学习有好处。如果说，在中国古代作品中，现实主义和浪漫主义同时存在的话，但它与我们现在所说的“革命的”“两结合”的方法根本是两回事，不能混淆起来。我们现在的“两结合”的创作方法，是以马克思列宁主义世界观为基础的，这在古代是根本谈不到的。我们现在的“两结合”，是在远大理想和科学精神相结合的基础上的“两结合”。不可能想象，古代作家能够站得这样高看得这样远。他们只能从空想的世外桃源的社会理想出发，那是经不起科学考验的。但在当时，还是起了进步的作用，因此我们还是欣赏这些作品。

我们不要把“两结合”的创作方法作肤浅的了解，把它庸俗化。只有从正确的理解出发，才能对我们的创作实践有好处，才能提醒我们注意到提高马克思列宁主义水平，提高文化、文艺修养，以及不断地扩大深入生活的重要性。

当然不是说，在没有丰富的知识以前，就写不出“两结合”的作品来。提高也是逐渐地慢慢地达到的。评论家对“两结合”的尺度可以放宽些，只要闪烁着“两结合”的光芒的作品，就应该大力肯定。过一个时候，一般作品的水平都提高了，然后再提高尺度。这样才有利于我们的事业。

三　历史题材问题

对于这个问题大家写过许多文章，想来同志们大都看过，今天我只讲我对于历史真实和艺术真实的看法。我以为历史真实与艺术真实应当是没有矛盾的。如果我们能够按照历史唯物主义的观点正确处理历史题材，那末，反映了历史的真实的作品，也就会有艺术的真实。

历史真实与古为今用也是没有矛盾的。可以说，自有历史题材的文学作品以来，没有不是打算古为今用的，不过，要看作者的“为用”的目的何在？为进步力量服务呢，还是为反动势力服务？为人民服务呢，还是为个人服务？明代的阮大铖写过《春灯谜》和《燕子笺》，颇有文采，这两部传奇（南曲），就是用历史题材，为他自己辩护的。这也算得是古为今用罢？阮大铖是魏忠贤的干儿子，后来又和马士英狼狈为奸，是个十足的坏蛋，可是不知他的底细的人，单读《春灯谜》和《燕子笺》，就会上当。此外，古来的文人，借历史人物为自己发牢骚，报私怨（即以历史人物影射他的仇人从而丑诋之）的，还多得很，这也算得是古为今用的罢？自然，也有为了伸张正义而古为今用的，也有为口诛笔伐奸佞而借古喻今的，但是，我以为这些方法，我们今天都不需要了。在旧社会，在反动统治下，我们曾不得不借古喻今以避开检查官的压迫。郭老[①]在抗战期间写《屈原》以古喻今，讽刺蒋介石的假抗战，真反共。不这样，戏演不出来。今天就不需要。至于借历史上的好人好事来比喻今天，则不但无此必要而且会弄出错误来，因为社会主义制度是历史上所没有的，马克思列宁主义思想也是从前所没有的，古人无论怎样思想进步，总还没有马克思列宁主义思想，古代所谓尧舜盛世，总还不是社会主义，因此，以古喻今，根本就不需要而且也是不合理的。

在今天，我们只要反映了历史真实，就是古为今用。用历史唯物主义反映了历史真实，就是对人民进行了正确的历史教育和爱国主义思想教育，这就是古为今用。

四　继承与革新的问题

过去十来年，这方面有很大的成就。当然不能满足，还要继续努力。

在继承与革新问题上，毛主席讲过，要取其精华，去

---

① 郭老　即郭沫若。

其糟粕，对精华，要继承，发扬光大；对糟粕，要加以批判；这是大家都明白的。

继承与革新是个反复的过程、辩证联系的过程，一面革新、一面继承，不能孤立起来进行。

根据“百花齐放”的方针，一个传统戏即使并无积极意义，但是艺术上可取，只要它对今天无毒、没有抵触，也就可以演出。在革新过程中，如果改编得还不尽善尽美，只有大体上可取，也可和原来的脚本同时演出。修改一个传统剧目，不可能一下子改得尽善尽美。专讲革新而忽略了向传统学习，这对继承和革新两方面说都是不利的。

在继承中有“百家争鸣”的问题。对一个传统剧目，一部古典作品，究竟应当如何评价，大家可以争鸣。经过争论，就会有比较全面、恰当的认识与评价。如李白，一方面要大力肯定，但另一方面，也要有人写文章，讨论其作品的局限性，说明他的很少数的作品为什么是不健康的，带有颓废与虚无主义的倾向。古代的大作家，几乎都是进步性与局限性同时存在，这些都要通过争鸣，让各方面的人发表意见，才能取得一个比较全面的评价和认识，才能更好地继承。

在革新中有“百花齐放”的问题。同一个传统剧目，按照推陈出新的精神，把不适合现实的东西，加以或多或少的修改。这种修改就可以百花齐放。如《陈三两》这个戏，陈三两最后如何处理她的弟弟，有个剧本写陈三两大义灭亲，另一个剧本写陈三两最后还是念香火不可断绝而饶恕了她的弟弟。我看可以百花齐放。因为这两种处理都说得过去，不能给前者扣一顶反历史主义的帽子，也不能给后者扣一顶维护封建伦理观念的帽子。在封建社会里，大义灭亲，有的是站在统治阶级立场上，有的是站在坚持正义立场上，陈三两如果大义灭亲，则属于后者，但如果陈三两退让一步，照顾封建伦理也不能说她就此不算是好人了。在这些地方，我们不要把对今人的要求去要求于古人。传统剧目中写有两个老婆的很多，这是历史事实，不要硬改成一个老婆。不改两个老婆是承认历史上有这些封建办法，不等于鼓吹讨两个老婆，今天的观众大概不会因为看了两个老婆的戏，就想讨两个老婆。

五　怎样理解文艺创作的特殊规律

文艺创作有其特殊规律，不承认它是不对的，但片面强调了也不对。

让我们先讲点闲文罢。最近十年来，科学技术的发展是空前的，十年以前，人类到宇宙间航行这件事，总觉得是遥远的将来的事情。雷达在第二次世界大战初期还是新东西，而现在已很普遍了，普通的客轮上也装上雷达。拿苏联来说，科学技术的发达，跟十年前相比，真是一日千里。可是在文学上，就相形见绌。十年前，公认萧洛霍夫是最为卓越的，十年后的今天，苏联的作家队伍大得多了，但是超过萧洛霍夫的，苏联人自己也说不多，或者还没有。

我国产生《诗经》的时代，欧洲产生《伊里亚特》、《奥得赛》的时代，生产工具是那么落后，今天是原子时代了，但是我们对《诗经》等等的评价依然是很高的，我们还是欣赏它们、学习它们。由此可见，文学的发展有它自己的规律。科学是要找到大自然的规律从而征服大自然，文学艺术是要在认识社会发展的规律的基础上从而反映社会现实，而且要形象地反映。科学可以在前人成就的基础上进一步开始新的研究，而文艺创作却不同，除了技巧方面可以在前人的成果上开始新的探索，主题思想就要靠作家对于现实的认识；可以说，作家的每一部作品，都是对于现实的新认识的产物。如果作家对于天天在变化中的现实，没有新认识，那末，他就表现出停滞，不能在自己固有的水平上再前进一步。大自然也在变化，但这变化是非常缓慢的，而社会的变化却是非常迅速的。这种种客观的条件，就决定了文艺创作有其特殊规律。

一个作家首先是取得广泛的社会生活经验，在参加生产斗争和阶级斗争的过程中，开始对现实有深刻的比较全面的认识，从而产生主题思想和人物形象。这种形象不是取某一个活人作为模特儿，而是概括许多活人创造出来的，因而更有普遍性，更具感染力。所谓文艺创作的规律，不外如此。如果反之，别人出题目，作家照题创作，这就是违反文艺创作规律。因为这是把创作过程颠倒过来了，作家不是从生活经验中产生主题与人物，而是得了题目以后再去生活中找人物，那就难怪他笔下的人物会变成概念化了。因此，我们说，违反创作规律，出题限时交卷是不对的。

但是，就作家来说，强调创作规律到过分的程度，也是不对的。何谓强调过分？这就是说，只能他自己爱写什么才写什么，而不接受“社会的定货”。什么叫“社会定货”？就是人民要求用什么作品来满足他们的要求——思想教育和欣赏娱乐的要求。“社会定货”也提出了题材的范围，这和“出题”不同；“社会定货”反映了广大人民的要求，所以它和“瞎指挥”是完全不同的。“瞎指挥”是主观主义的表现。文艺家如果借口创作规律而拒绝考虑这种“社会定货”，那他就会脱离群众，就会把自己囚禁于自己的小天地中而不能和时代精神同一步伐。同样情况，领导上也可以向文艺作家提出要求，或者说，提醒文艺作家应当去注意某种的社会现象；这和“出题”不同，这也是反映了人民的要求；因为领导上看问题比较全面，对人民的要求比较敏锐。因此，各级领导要充分认识文艺创作的特殊规律，但作家艺术家也不能以此为盾牌而搞创作上的自由主义。领导出题目、群众出生活、作家出笔的创作方法是不行的，要反对。但根据人民的要求提醒作家注意什么，这是绝对需要的。不然，它还领导什么呢？

这里牵涉到配合中心任务的问题。不能要求每一个作家、每一部作品都能配合中心任务，但是这种配合在具体情况下还是需要的。例如剧团不能不为配合某一运动、某一中心任务而演出，剧作家因此也有责任为此写剧本（当然不是每一个剧作家都得写，而是说，有条件这样突击一下的剧作家）。不研究一个作家在创作方面的具体情况（例如他熟悉什么，擅长写什么），而只是主观地要求作家配合某一中心任务，这是不对的。但作家应该意识到有配合中心任务的责任。作家要考虑自己的条件，如果条件适宜，作家要乐于配合中心任务。但是，为了配合中心任务而粗制滥造，也要防止。事实上，有些质量不高的作品，并不都是因为配合了中心任务的缘故。要求一个不熟悉农村的作家硬写农村，这是强人以所难。但要求一个熟悉农村的作家去配合大办农业的中心任务，还是可以的，也是需要的，作家应该接受。

以上五个问题，讲得很粗浅，不深入，也许有错误，请同志们指教。总起来说，我对文艺的前途是很乐观的，这不是盲目的乐观。因为我们总结了过去的经验，而最近，各有关部门召开的一系列会议，采取措施，进一步贯彻“百花齐放、百家争鸣”的方针，对文艺的发展，给予了极大的刺激和有利的条件。

过去的一切成就，都因为有党的领导。以后要取得更大的成就，就更需要在党的领导下，把敢想敢干与求实精神结合起来。我们的成就会不断取得的，但不要急躁；与其粗制滥造，不如控制一下数量。我们只要进一步贯彻“百花齐放、百家争鸣”的方针，文艺工作的更大发展，是完全可以实现的。

联系实际，学习鲁迅*

——在鲁迅先生诞生八十周年纪念大会上的报告

今天，我们隆重纪念鲁迅诞生八十周年。八十年，在人类历史上，不过是短暂的一瞬；但是，在中国，却发生了一个翻天覆地的大变化。

帝国主义、封建主义、官僚资本主义——中国人民的三大敌人，曾经像三座大山一样，沉重地压在半封建半殖民地旧中国的人民的头上，现在，这三座大山已经在中国共产党领导之下，被中国人民胜利地推倒了！鲁迅，中国人民的伟大战士和伟大作家，唤醒中国人民反抗、推倒这三座大山的先驱者之一，他的毕生精力都是贡献给这个伟大而崇高的事业的。在他的八十诞辰的时候，我们能够在

* 本篇最初发表于一九六一年《文艺报》第九期。曾收入《鼓吹续集》、《茅盾评论文集》和《茅盾文艺评论集》。现据《茅盾评论文集》并参照初刊文字校勘编入。

永远扫除了帝国主义、封建主义、官僚资本主义的自由、民主的祖国，在全国人民意气风发，干劲冲天，建设着社会主义的时期，来举行纪念，是应该引以为自豪的，而且，也可告慰鲁迅于地下。

一八八一年上距鸦片战争四十年，上距太平天国的失败仅十五年。这时期，由于镇压太平天国的军事胜利，对外屈服而对内凶横的清皇朝的政权，获得暂时的稳定，自诩为“中兴”。这以后的十年间，一度为西方帝国主义国家的船坚炮利所震慑的清朝统治集团把“兴办洋务”视为自己的续命汤，陆续举办了一些兵工厂、水师学堂，派遣留学生学习海军和航海，开办一些电报局，筑了几条短程铁路，也开办了若干民用厂矿。这样就展开了中国历史上官僚资本主义的第一页。这十年间，帝国主义对中国的经济侵略和文化侵略也陆续在加紧和扩大。尤其是帝国主义的文化侵略，以教会为据点，以传教士为先遣队，从沿江沿海地区深入到内地，办报，办学校，办出版社，对广大中国人民进行奴化教育。对于帝国主义的日益加紧的经济侵略和文化侵略，清朝统治集团不但未加抵抗，反而开门揖盗，助纣为虐。

然而，“兴办洋务”既不能增加清皇朝对外抵抗的力量，也不能改进中国人民的穷困落后状态；以官僚集团为主体所兴办的“洋务”反而便利了帝国主义的资本输出，增加了人民的负担。帝国主义的加紧和扩大的经济侵略和文化侵略当然也进一步激起了中国广大人民的反帝斗争。太平天国失败以后，捻军以及西北、西南地区少数民族的武装起义，都给予清皇朝以沉重的打击，而反帝国主义、反清、反封建的人民运动——教案、农民起义，也此落彼起，连年不断，遍及全国各省。就这样，清朝统治集团所自吹自擂的“中兴大业”，转眼间已成一场春梦。

这些历史背景，对于童年时代的鲁迅，不能不给与深远的影响。

此后，正当鲁迅的少年、青年时期，历史大事件接连而来：一八九四年中日战争，一八九八年戊戌政变，一九〇〇年义和团的反帝武装斗争。这几桩历史大事件都促使更多的爱国志士投身于民族、民主革命的运动，青年的鲁迅也参加了这个伟大的救中国的事业。但是，那时候的鲁迅，已经看到文化革命、思想教育的极大重要性，因而他那时候的活动主要在于开展一个新的文化、文艺的运动；他在《摩罗诗力说》中介绍并鼓吹了爱国的反封建的浪漫主义的欧洲大诗人和他们的思想，在《域外小说集》中又介绍了十九世纪欧洲的批判现实主义文学。无容讳言，鲁迅在当时也像同时代的许多民族、民主革命运动的先驱者一样，把救中国的希望寄托于欧洲式的资产阶级的所谓民主主义的政治制度。然而，辛亥革命以后中国政治的演变，换言之，辛亥革命的未能完成反帝、反封建的历史任务，使鲁迅认识到“此路”不通，因而他曾经十分苦闷。

伟大的十月革命的炮声给中国带来了马克思列宁主义，我们的不少的民族、民主主义革命的先驱者从此看到了救中国的康庄大道，鲁迅是其中的一人。然而，从革命民主主义走向马克思主义的道路并不是一夜之间可以完成的，而且也必须经过艰辛的战斗的考验。一九一九年以后十年间鲁迅的革命活动和文学活动即是明显的证明。研究这一时期的鲁迅思想发展的过程，对于我们会有深刻的思想教育作用。但是，由于时间的限制，这个报告不可能谈到鲁迅的从革命民主主义走向马克思主义，从进化论走向阶级论的思想发展过程。（附带说一说，今年十月恰又逢到鲁迅逝世二十五周年，五年前，在纪念鲁迅逝世二十周年的大会上，我曾经作了题为《鲁迅——从革命民主主义到共产主义》的报告，今天我对于鲁迅思想发展的见解还跟那时一样，因而也觉得没有再炒冷饭之必要。）在这里，我只打算谈一谈对于我们当前的文学、艺术工作者的创作活动和提高修养具有实际意义的三个问题。这就是：（一）鲁迅作品如何服务于整个革命事业？（二）鲁迅作品的民族形式与个人风格。（三）鲁迅的“博”与“专”。

鲁迅的文学活动开始于本世纪初期（约在一九〇三年前后），而他的革命爱国主义思想的形成却要更早一些；他的《自题小像》诗（作于一九〇一年）就表示了把生命献给祖国的决心。但是，作为文学家、思想家和革命家的鲁迅，他的革命活动和文学活动，却是从一九一九年“五四”新文化运动时期正式开始的。在“五四”前夕，他写了有名的短篇小说《狂人日记》（一九一八年），这是中国革命文学的第一燕，也是鲁迅的革命文学的第一朵花。后来他在《〈呐喊〉自序》（一九二二年）中说：“从此以后，便一发而不可收。”这当然不是偶然的事情。鲁迅在《〈自选集〉自序》（一九三二年）中，曾经这样写道：

> 我做小说，是开手于一九一八年，《新青年》上提倡“文学革命”的时候的，这一种运动，现在固然已经成为文学史上的陈迹了，但在那时，却无疑地是一个革命的运动。

鲁迅毫不隐蔽他的作品的政治倾向性，和为当时的政治服务的目的性，在这篇“自序”中，他又写道：

> 我的作品在《新青年》上，步调是和大家大概一致的，所以我想，这些确可以算作那时的“革命文学”。
>
> …………
>
> 这些也可以说，是“遵命文学”。不过我所遵奉的，是那时革命的前驱者的命令，也是我自己所愿意遵奉的命令，决不是皇上的圣旨，也不是金元和真的指挥刀。

鲁迅在这里所说的“遵命文学”，就是遵革命之命的文学，也就是反映了人民斗争和时代精神的文学。文学是革命斗争的武器之一，鲁迅最善于灵活地运用这个武器从多方面来为革命的政治服务。和《狂人日记》同时，鲁迅开始了杂文的写作。他创造性地发展了这个文艺武器。从当时发表在《新青年》的随感录，直到他停止呼吸的前夕，他从各个角度，运用各种题材，或冷嘲热骂，或大声疾呼，或巧妙比喻，深刻地揭露了那时候的以各式各样嘴脸出现的封建妖孽和洋场恶少（买办意识）。这些杂文，以生动的极富于形象性的笔墨，表达了鞭辟入里而又耐人咀嚼的思想内容，给当时的反动思想以致命的打击，给当时的追求真理的广大青年以莫大的鼓舞和启发。

在一九二五年，鲁迅曾经庄严地热情地宣布：

> 我们目下的当务之急，是：一要生存，二要温饱，三要发展。苟有阻碍这前途者，无论是古是今，是人是鬼，是《三坟》《五典》，百宋千元，天球河图，金人玉佛，祖传丸散，秘制膏丹，全都踏倒他。
>
> ——《忽然想到》

坚决反对任何阻碍我们进步和发展的事物，就是鲁迅的革命精神的中心一环，而也是贯串鲁迅的文学活动的一根红线。

鲁迅的一生和他的文学活动，都跟当时的民族、民主革命运动，当时的阶级斗争，紧密地联系着；他的全部作品反映了一九一九——一九三六年中国革命运动的壮阔波澜，然而，同时也反映了作为当时革命运动重要一翼的文化、思想战线上的时而正面交锋时而迂回突袭的长期而艰巨曲折的斗争。斗争的锋芒所指，常因时因地而不同。鲁迅是最善于辩证地看问题的。他曾经尖锐地指出：

> 革命文学者若不想以他的文学，助革命更加深化，展开，却借革命来推销他自己的“文学”，则革命高扬的时候，他正是狮子身中的害虫，……
>
> ——《〈伪自由书〉后记》

他反对“为艺术而艺术”，指出这不过是地主资产阶级的“消闲”文学的别号；但他也反对不讲求技巧的“标语口号式”的作品。“标语口号式”的“革命文学”是缺乏感染力的，是对于文艺为政治服务的简单化、庸俗化的理解和作法，实际上达不到文艺为政治服务的目的。他曾经强调指出：

> 我以为根本问题是在作者可是一个“革命人”，倘是的，则无论写的是什么事件，用的是什么材料，即都是“革命文学”。从喷泉里出来的都是水，从血管里出来的都是血。“赋得革命，五言八韵”，是只能骗骗盲试官的。
>
> ——《革命文学》

鲁迅很重视文学艺术的特征，以及把文艺作为手段为政治服务的特性，并严格地把文艺和其他的革命宣传工具区别开来。在《文艺与革命》（一九二八年）中，他写道：

> 我以为一切文艺固是宣传，而一切宣传却并非全是文艺，这正如一切花皆有色（我将白也算作色），而凡颜色未必都是花一样。革命之所以于口号，标语，布告，电报，教科书……之外，要用文艺者，就因为它是文艺。

鲁迅这些对于文艺和政治的关系、文艺如何服务于政治的见解，在今天，对于我们也还有深刻的启发作用，而他的作品，则提供了文艺如何服务于革命的政治的典范。他的题材范围非常广阔，他的表现方式是多种多样的。他的小说数量不多，然而展示了当时社会各阶级各阶层形形色色的人物，刻划了这些人物的精神面貌，他的深刻的思想是和他所塑造的生动的形象密切结合的。他的杂文的天地则更为广阔，古今中外，宇宙之博大，蝇蚋之微小，兼包并蓄，然而或直接或间接，都为革命服务，都为文化革命之扩大与深入累积了资源，都给年青的革命的一代提供了丰富的营养。

鲁迅在谈到他自己的创作时，曾经说到某些外国古典作家对于他的影响；这种影响在他早期的短篇小说里，依稀可见。但《狂人日记》不但寄托更为深远，而风度、气派，依然源出本土，非同移植。他说自己开始创作之际，“所仰仗的，全在先前看过的百来篇外国作品。”此则不但是自谦之辞，同时也是坦白地告诉我们：取人之长，以丰富自己的血肉，不但可能，而且是必要的。至于继承和发展本国的优秀传统，鲁迅曾屡次强调，而他的作品便是他身体力行的证据。鲁迅在继承和发展旧传统方面，目光四射，取精用宏，不限于我国古典文学，亦且旁涉其他姊妹艺术，例如在《我怎么做起小说来》（一九三三年）中，他说过这样的话：

> 中国旧戏上，没有背景，新年卖给孩子看的花纸上，只有主要的几个人（但现在的花纸却多有背景了），我深信对于我的目的，这方法是适宜的。

他的著名的《拿来主义》形象地说明了他对于古今中外文学艺术优秀遗产所抱的态度。他说：

> 我们要运用脑髓，放出眼光，自己来拿！
>
> …………
>
> 没有拿来的，人不能自成为新人，没有拿来的，文艺不能自

成为新文艺。

他反对保守，反对故步自封。他提倡有分析有批判地创造性地继承古今中外一切文学艺术的优秀传统，其目的则是为了推陈出新。他说：

> 这些采取，并非断片的古董的杂陈，必须溶化于新作品中，那是不必赘说的事，恰如吃用牛羊，弃去蹄毛，留其精粹，以滋养及发达新的生体，决不因此就会“类乎”牛羊的。
>
> ——《论“旧形式的采用”》

正因为他重视“拿来主义”，他把大半精力付给了翻译和介绍外国的进步文学艺术。而且，在国民党反动统治的白色恐怖之下，翻译和传播革命文艺理论和苏联的社会主义现实主义文学的工作，有它极其巨大的政治意义。他曾把这种工作比喻为希腊神话中的普罗美修士从天上窃火给人间，是“偷运军火给起义的奴隶”。整理我国古代文化遗产的工作，也几乎和他的创作活动相始终。今年即将开始出版的《鲁迅辑录古籍丛编》三大卷，便是其中的一部分。（他所搜集的古代艺术遗产，如石刻画像等，今后也将系统地进行整理和出版。）

“拿来主义”对于鲁迅作品的独特风格的形成，无疑地是起了重要作用的。即以驱使笔墨的技法而言，鲁迅的文学语言同我国古典文学（文言的和白话的）作品有其一脉相通之处，然而又是完全新的文学语言。在这些新的因素中，（例如句法和章法），依稀可见外来的影响，然而又确是中国气派，确是民族形式——当然，这在我国民族形式的历史上展开了新的一页。无论是他的小说、杂文、题词、乃至书信，一眼看去，便有他的个人风格迎面扑来。这种风格，可以意会，难以言传，如果要勉强作概括的说明，我打算用这样一句话，洗炼，峭拔而又幽默。

但是，统一的独特的风格只是鲁迅作品的一面。在另一方面，鲁迅作品的艺术意境却又是多种多样的。举例而言：金刚努目的《狂人日记》不同于谈言微中的《端午节》，含泪微笑的《在酒楼上》亦有别于沉痛控诉的《祝福》。《风波》借大时代中农村日常生活的片段，指出了教育农民问题之极端重要，在幽默的笔墨后面跳跃着作者的深思忧虑和热烈期待。《涓生的手记》[①] 则如万丈深渊，表面澄静、寂寞，百无聊赖，但透过此表面，则龙蛇变幻，跃然可见；这是通过一对青年男女概括了当时的不满于现状、正待洒开大步、别寻出路，而又思想上矛盾重重的广大知识青年的精神状态的。

《故事新编》为运用历史故事和古代传说，（这本是我国文学的老传统），开辟新的天地，创造新的表现方法。这

① 《涓生的手记》　即《伤逝》。“涓生的手记”是这篇小说的副标题。

八篇小说各有其运用史实，借古讽今的特点，但仍有共同之处，即：取舍史实，服从于主题，而新添枝叶，绝非无的放矢。《奔月》一篇，平空添了乌鸦，固有所讽；《采薇》却巧妙地化陈腐为神奇，（鹿授乳、叔齐有杀鹿之心、妇人讥夷齐，均见注《列士传》，《古史考》，《金楼子》等书，阿金姐这名字是鲁迅给取的），旧说已足运用，故毋须再骋幻想。至于艺术境界，八篇亦各不同；例如《补天》诡奇，《奔月》雄浑，《铸剑》悲壮，而《采薇》诙谐。

大致说来，鲁迅在他的杂文中，运用了另一种艺术表现方法。这种表现方法，服从于杂文的政治任务，达到了内容与形式的统一。鲁迅称杂文为“匕首”或“投枪”，脱手一掷，能致敌人于死命。他卓越地完成了自己所规定的任务！然而“匕首”或“投枪”，倘就其作用而言，固然可以概括鲁迅的绝大部分的杂文；但鲁迅杂文的艺术手法，仍然是回黄转绿，掩映多姿。他的六百余篇、一百万字的杂文，包罗万有，除了匕首、投枪，也还有发聋振聩的木铎，有悠然发人深思的静夜钟声，也有繁弦急管的纵情欢唱。我们说鲁迅的杂文是迅速反映现实的战斗性极强的一种文艺形式，此所谓战斗性，固然指对敌人的斗争，同时也指对自己阵营内的错误倾向的斗争，对迷路的朋友们的不妥协的坚持原则性的忠告，以及对中间分子的摇摆不定的针砭。在对敌斗争时，鲁迅用的是匕首和投枪，但在对内、对友、对中间分子时，鲁迅有时用醒木，有时也用戒尺，有时则敲起警钟；故就鲁迅的杂文而言，片面性和简单化的说法是不符合于实际的。

鲁迅的生活经验是极其广泛而丰富的，这在他的作品（包括杂文）中可以看到。自然，由于客观条件的限制，他不可能像我们今天那样接近工人群众，和工人生活在一起，可是，这并不意味着，他不了解工人阶级，并不意味着，他的思想感情和工人阶级没有共同之处；不，事实不是如此。所以然之故，在于鲁迅对当时中国广大的劳动人民（农民、手工业工人等等）的生活、思想、情感是十分熟悉的，而尤其重要的一点是鲁迅在他的思想发展的过程、从战斗的经验中，认识了人类（包括中国人民）的前途依靠着工人阶级及其先锋队——共产党，而且正像他在一九〇一年《自题小像》说的“我以我血荐轩辕”，他在一九二七年以后直至呼吸停止的一瞬前，他坚决不移地认清了为共产主义而斗争也就是为祖国的解放而斗争，他无时无地不为中国工人阶级事业的胜利而奋斗。在三十年代，鲁迅所走的道路，不仅在半殖民地的中国具有典型的意义，对其它殖民地、半殖民地的知识分子说来，也具有典型的意义；而且在六十年代，这也依然具有典型的意义：真诚地谋求祖国人民获得真正解放的殖民地半殖民地的知识分子必将走着像鲁迅那样走过的道路。

除了广泛的生活经验，鲁迅的学问也是极其渊博的，这表现在他的学术性著作中，也表现在他的杂文中。我在前面提到过，《故事新编》中的《采薇》无一事无出处；从这样一篇小说就可以窥见鲁迅的博览。而他的全部杂文，则展示了他对于历史（中国和外国的）、科学（特别是生物学）、古今中外的文学艺术的广博的知识和深刻的理解。正因为具有这样广博深厚的基础，所以鲁迅的杂文在思想性和艺术性的高度上可以说是前无古人的。“博”与“专”，在鲁迅作品中的辩证的统一，对于我们也是学习的典范。

同志们，朋友们！鲁迅诞生已有八十周年了，他离开我们也快到二十五周年了。在纪念他的八十诞辰的时候，我们的文学艺术工作在中国共产党和毛主席的亲切关怀和英明领导之下，已经获得了巨大的成果。

我们已经基本上肃清了为帝国主义、封建主义和官僚资本主义服务的反人民反革命的文艺。这一切反动的文艺，是鲁迅所痛恨并终生与之搏斗的！

我们已经在全国范围内发展了为工农兵服务、为社会主义服务的人民的革命的新文艺。在党的阳光照耀之下，在群众的土壤之中，新的作家和新的作品像雨后春笋一样，不断地涌现出来，形成了万紫千红、百花争艳的局面，而不是鲁迅当年曾经慨叹过的“寂寞新文苑”了。这一切，也正是鲁迅所梦寐以求并终生为之奋斗的！

在党中央和毛主席的英明领导之下，十二年来，我们已经遵循着发展社会主义文学艺术的正确道路积累了丰富的经验，去年第三次全国文学艺术工作者代表大会上，已经作出了科学的概括和总结。

然而我们决不应满足于已经取得的成就。我们的文学艺术工作还赶不上我国社会主义革命和社会主义建设的飞跃发展的形势。我们积累了丰富的经验，同时也还存在着不少问题；上面提到的贯串在鲁迅的全部文学活动中的三个方面，也正是我们今天的文学艺术工作者亟待解决的三个问题。让我们以更认真地更深入地学习鲁迅，来纪念鲁迅；让我们进一步贯彻党的百花齐放、百家争鸣的方针，以促进社会主义文学艺术事业更快的发展和更大的繁荣。在共产党和毛主席的英明正确领导之下，在全国人民的期待鼓励之下，我们有信心在思想性和艺术性方面提高我们作品的质量，完成党和人民付托给我们的任务。

对《子夜》一些问题的解答*

问：（304 页）吴荪甫说："一见涨风就抛出，也一直支持到月底，就是我们胜了。"空头必须在交割期前补进，才能获利，此所谓一直支持到月底，不断抛出，究竟于何时及何种情况下补进始能获利？又，补进时即买回，是否有卖方？此卖方为何人？还是不一定有卖方，只须向交易所委托经纪人补入即可。倘如此，既无具体卖方，则交割期结算时由差额所获得之暴利，究竟由何人承担？交易所当然不能拿出这笔钱来，那么，钱从何来？

答：此问题从第 303 页本段开头读下来，就可以明白。

---

* 本篇约写于 1961 年，是茅盾解答读者向锦江提出的《子夜》中关于股票交易的一些问题。

这个做法是“赌场里翻筋斗的做法”，资力最厚者，最后可以不败。下面杜竹斋一句话点明了；而且，吴荪甫他们认为时局不妙，公债至月底一定要跌，下文吴荪甫：“没有危险！……这是出奇制胜!”一段话，又作了注解。因为吴荪甫集团与赵伯韬集团在公债市场上斗法，双方都是投机的大户，他们谁有决心拿出大钱来压一下，（吴以五十万抛出，乃指保证金，至于公债票面或市场价格，当在二千万左右）或提一下，（假如赵在吴抛出时也收进，就是提住票价使其不跌）谁就取得主动。可以影响散户、小户，结果散户、小户上当，而此两大头都不会吃亏、308 页吴荪甫又算了一笔账，贯串上下文看，就可以明白这段文章。

问：（329 页）赵伯韬说：“……我猜想来下月期货他一定很抛出了些。”吴荪甫这时是做多头，是不断买进的，是否本月买进与下月期货抛出同时进行？

答：是的，同时做。本月先做“空头”，后又做“多头”，即上文第一问题的把戏，吴荪甫的目的在于勉强求得平衡，月底交割时即使不像他所期望地“大跌”，也可以少亏些。但是，他从当时战事情况上主观地认定下月十号左右津浦线大战，蒋军要失败，那时公债就一定要跌，所以他抛售下月期货，——这也要保证金，所以吴现款不够，而赵也看准了吴的这个弱点。

从前，中国的公债涨跌都和政局的起伏有关；吴、赵都是和政党有关，赵为蒋派，吴为汪、阎、冯派。他们因此，在公债市场上的做法和一般小户、散户不同，也就是，不能以资本主义公债市场的规律来解释他们的行动。《子夜》凡写公债市场时都联系到那时的战事。

问：（363 页）吴荪甫说："运动经纪人提早两天办交割。"交割期牵涉了"多""空"两方利益，吴荪甫的投机竞争的敌对方，如何能同意交易所提前两天交割？

又，"空头明天不能再拼下去"，是不是指他们在交割前要补进？

答：当然，赵也可以运动经纪人，但此处只是吴的主观企图。

"空头"不能再拚下去，就是因为交割提前。这里又和他们对战事的消息，（且不问这些内幕消息有多大可靠性），对消息的依赖都有关系。

问：（573 页）吴荪甫在电话中听到涨上又跌的消息，此时他仍破釜沉舟地做空头，何以听到价格已跌而说"哎哎，可惜！"

答：明白了前面说过的吴荪甫他们的做法，就知道这句话的意义了。“可惜”者，可惜上回他们买进不多也。上面说他由空头转做多头嘛？

问：（82 页）“瀎浴主义”据说是一种有计划的破产。在破产前更多举债，从而在破产后因不负清偿责任而获实际利益，犹如自己洗净脱身，而把烂污留给别人。不知这样解释对否？

答：是这样解释。还有，负债的妓女（长三）择有钱者嫁之，使代偿清债务，过了一年半载，又下堂求去——这也叫“瀎浴”。

（以上页码，据五十年代人民文学出版社《子夜》版本。）

《力原》读后感*

这是一篇风格清新、体裁别致的短篇小说。开头一小段议论式的冒头以及末后一小段抒情式的结尾，前后相映，风趣盎然。

文字朴素而又富于形象性，对话有个性。

结构如行云流水，层次分明，先后呼应；具见匠心，而又不露斧凿的痕迹。

村支部书记吕清玉的形象蔼然可亲而又使人肃然起敬。这个具有共产主义思想品质的平凡而又不寻常的人物，通过作者的巧妙安排和深入浅出的刻划，就像一个活人似的

* 本篇最初发表于一九六一年十二月号《新港》，题为《力原》；后收入《鼓吹续集》时改为现题。《力原》，李满天作，载一九六一年《河北文学》第十二期。

自远而近，每近一步，就让我们看得更清楚更深入，直到最后站在我们面前，平凡而又崇高，朴质而又深湛。

作者并没把他的人物放在剧烈的斗争中。以剧烈的斗争作为背景，比较容易刻划一个人物。作者把他的人物放在日常生活中。以日常生活作为背景来刻划一个人物是比较难以着手的，然而作者做得很出色。

首先，“吕清玉的腿”这一小段点出吕清玉的经历（曾为民兵游击组的成员以及受伤的原因），和他当了支书以后的朴素的工作作风，他和群众的紧密联系。

可是“分歧的看法”却又用夹叙夹议的手法写出群众对吕清玉的看法，——这是侧面烘托吕清玉的面貌。

接着，“一个怪人”、“又一个怪人”两小段，用两个小故事、两个陪衬人物，更形象地渲染了（也是从侧面）吕清玉的性格。

但是，直到此时，吕清玉本人还未露面。人物上场之前，用各种方法创造气氛，烘托这个人物，是我国古典文学作品惯用的方法，作者运用了这个方法却显得很新鲜，原因在于“一个怪人”和“又一个怪人”这两小段内的人（会计和老位）和事（研究土壤和老位家盘炕）在小说中不是仅仅为了烘托未上场的主角、为主角的上场创造气氛，而且还是小说的重要关目；这两个人和两件事，直贯篇终，先后呼应。

“怪人不怪”这一段是正面写吕清玉的。这是通过对

“又一个怪人”的老位的描写来深一层刻划吕清玉的精神世界的。会才也起了烘托作用；但是这个人物写得一般化。“对待文件”是前一段“怪人不怪”的继续，着重写吕清玉的认真踏实的工作作风。这一小段笔势略嫌平些。

可是“私人事情”这一小段却波澜陡起。到“一场争论”，达到高峰。“一场争论”和“又一场争论”写两件事，这两件事都成为吕清玉和小吕的思想分歧的具体表现；而这种思想分歧的根源在于思想方法的不同，小吕的思想方法是多少脱离实际的、片面的。把小吕作为吕清玉的对立面来描写，也正是从侧面烘托了吕清玉的性格。但是，作者在“一场争吵”和“又一场争吵”之间插进了“小吕的看法”一小段，大概意在使文势有顿挫，同时点出小吕对他的叔父（吕清玉）是“也算了解，也不了解”。这和最后一小段又作了呼应。不过，我感到意义深长的，是“小吕的看法”这一小段里，借小吕的嘴巴讲了吕清玉从前的两个小故事（一个是工作上的，一个是私人生活的）；这两个小故事，补足了吕清玉性格发展的过程。

《力原》写了整风整社后农村的新气象，这新气象通过一个从群众中间冒出来的久经锻炼的，工作踏实、作风细致的支部书记的日常工作（两件典型性的小事——关心社员福利和经过仔细调查研究订下了增产计划），而得到形象的表现。它只写了三个人物，一主（吕清玉）两宾（老位和小吕），可是，三个人物性格不同，思想水平不同；写这三个人物，可以说不支不蔓，恰到好处。

如果说《力原》还有可议之处，那只能说，作者有时还舍不得剪掉一些不必要的枝叶。例如“分歧的看法”和“对待文件”两小段里还有些这样的枝叶。全稿中还时时有些句子不够精炼。但这些小毛病远不能掩盖这篇作品的清新之气和严整的结构所给予我们的美感。

至于思想教育意义，我在上面已经说过，不大粗心的读者都能看得明白，这里也不多说了。

十月二十八日

关于历史和历史剧*

——从《卧薪尝胆》的许多不同剧本谈起

去年九月间，在杭州看了婺剧《卧薪尝胆》的演出，随后又知道全国各地的数以百计的剧院和剧团（代表了一打以上的剧种）在去年秋冬乃至今春都以此同一题材编了剧本，并陆续演出（据文化部《艺术研究通讯》本年第四期一篇报导性的文章，此类剧本共有七十一个，尚是不完全的统计，所以我猜度当以百计）。各地报刊上也曾发表过文章，提到春秋末年的这一个历史事件以及百来种新编的《卧薪尝胆》中的少数几种；但是，在热闹的历史剧讨论中，却很少提到这个去年最普遍地演出过而且拥有百来种不同脚本的新编的历史剧。不提到的原因，是可以理解的：

* 本篇最初发表于一九六一年《文学评论》第五、六期，一九六二年经作者修订后由作家出版社出版单行本。后曾收入《茅盾评论文集》和《茅盾文艺评论集》。现据《茅盾文艺评论集》并参照初刊文字校勘编入。

第一，这百来个剧本虽然在舞台上演出了，但极大多数却没有在报刊上发表；第二，历史剧讨论中反复诘难的是几个原则性问题，例如历史真实与艺术真实等等，有时引例，也很少提到《卧薪尝胆》。而对于如何评价历史人物问题也只在原则上发议论，即使有时联系到实际，大都集中在一二翻案人物，似乎无暇旁顾。

由于“好奇”，我曾经设法搜集各地各剧种的新编《卧薪尝胆》脚本，到去年年底，共得五十来种。冬夜抽暇读之，饶有兴趣，然而，问题亦渐渐来了。于是我又到故纸堆中，检核史料。二千四百多年前吴越战争的史料，本来不多，专书专篇寥寥可数，至多一星期可以看完；如果还想省事，翻翻《东周列国志》的有关吴越战争那几回，则半天就看完了。（《东周列国志》艺术价值不高，远不如《三国志演义》，但在追求“无一事无来历”这一点上，它是几乎可以比肩《三国志演义》的。所以，编写《卧薪尝胆》的剧本，如想省力，则单单阅读了《东周列国志》也可以对付了。）但是，史料虽少，问题却不会少。这和根据这些史料新编的百来个剧本的情况，恰好相反；新编剧本虽有那么多，可是问题却只有这么几个。这篇漫话式的文章，也打算谈谈我对这一特定时期的历史事件的看法，和根据历史怎样写文学作品的问题。

这样，就势所必然，先要谈谈史料问题。

一　怎样甄别史料？

所谓史料，即有人称之为“历史生活”的一切文字记录或口头传说。文字记录有官方的，也有私人的；口头传说则全是民间的。考古发掘所得，属于文字记录之类。新出土的材料可以审核或补充从古相传的文字记载，可以订正文字记载的错误；然而也不能认为出土的古器物上的图画或文字的史料性是绝对可靠的。制作器物的是私人（而且属于统治阶级的占绝对多数），他的主观意图不能不在器物的文字中乃至图画上反映出来。至于墓碑、私家传记等等，其可靠性是相对的，有时竟很不可靠，这就要对个别具体事物作严格的鉴定，不可一概而论了。

民间的口头传说常常保存了一些极有价值的史料，此在近百年的“历史生活”尤其如此。但在二千四百年前的吴越历史生活中，我们今天已经无法直接采录这一部分史料。我们今天在民间所能听到的吴越传说，几乎完全根源于文字记载（即有关吴越两国历史的史籍），而地方志所载则又抄袭了这些史籍和东汉以后一部分的地理志。很难说这些民间传说是由于有了文字记载而流传至今或者它们本来面目就是如此的。

我实在浅陋，想不出今天我们来研究吴越当时的“历史生活”除了勘核前人的文字记载，还有什么其它办法。

那么，只好暂时埋头于故纸堆中做些功夫了。

任何史料在传写过程中，不可避免地会由于传写者的主观意图而有所窜改、损失，或增加。这也就是说，一定会打上阶级的烙印。过去的史书的编写者既然是为统治阶级服务的，当然代表了统治阶级的历史观。这是众所周知，无烦絮陈的了。不过，对于记载吴越历史的几本古书，却要个别加以分析，不可一概而论。今所传最古老的记录了吴越事件的史书，一是《左传》，一是《国语》。《左传》因《春秋》而作，这在当时实在不是官书而是私家著述。但这部私家著述，其观点虽然站在统治阶级的立场，其搜辑史料的态度却不能不说是相当客观的。至于《国语》，究竟出自何人之手，至今还是个悬案。班固在《司马迁列传》曾说："孔子因鲁史而作春秋，而左丘明论辑其本事，是以为之传，又纂异同为国语。"颇有独立见解的会稽人、学者王充亦持同样见解。于是东汉人称《国语》为《春秋外传》。班固的意见大概来源于司马迁的"左丘失明，厥有国语"这句话。但是《左传》和《国语》文章风格不同，似非出于一人之手；而且《国语》各篇的文章风格亦不尽同，似乎《国语》此书亦非出于一人之手。从班固所称"纂异同为《国语》"看来，我们不妨设想《国语》的来源是当时各国的官家记录，而经过左丘明其人（或者不是他）整理过的。但今所传《国语》还经过刘向的整理。刘向生于

《国语》第一编纂者之后约五百年，他和他的儿子都曾在当时的皇家藏书馆（天禄阁）做过整理古籍的工作，经过刘向整理的书，他都写个报告给皇帝（例如《战国策》、《晏子春秋》等等），可是现在找不到他整理《国语》后写的报告，不过给《国语》作注解的韦昭（三国时吴人）则说刘向“于汉成世，始更考校，是正疑缪”，我们就姑且相信韦昭的话罢。同时，也不妨设想，第一次编写《国语》的作者除了采取当时各国的官家记载，也采取当时的民间口头传说，因为它和《左传》比较起来，不但有“异”，而且也多了一些有价值的材料。至于刘向整理古书的态度，如果照他整理《晏子春秋》的方针和方法看来，还是相当谨慎从事的，对原书不随便改窜，也不随便删汰。

这样说来，我们不能不把《国语》当作比较可靠的史料；因而《国语》的《吴语》、《越语》也就不能不是二千四百余年以后的我们研究吴越关系、评价吴越人物的比较可信的根据。

另外一种比较可靠的史料当然就是《左传》。这是一部体例谨严，记事简明扼要而又生动多姿的编年史，它的原始材料主要是鲁国的官书，大概也采用其他国家的官家记录。此书相传是左丘明的著作，大概和《国语》的编写者是同时代人。只在清朝末年，有人说《左传》是刘向的儿子刘歆所伪造，但这样的“怀疑精神”有其主观目的，即为经今文家张目而推翻经古文家学说。

如上所引述，班固认为“孔子因鲁史而作《春秋》，而左丘明论辑其本事，是以为之传”：可见《左传》的观点和立场就是遵照《春秋》的观点和立场的。《春秋》是孔子用以表示其政治立场和历史观点的书。当然，孔子不会离开当时的封建领主的立场而站到奴隶那边去。但是，孔子生当社会剧烈变动的春秋时代的后期。当时，奴隶经济虽仍占主要地位，而生产比较发达的国家如鲁国则已有了封建地主经济制度的萌芽。而世袭的奴隶贵族（各国诸侯）的政权正在经济上和政治上受到封建地主贵族（诸侯的卿、大夫和卿、大夫的家臣）的越来越大的威胁。这是统治阶级内部的矛盾。这一个内部矛盾有利于奴隶对奴隶主的反抗，当时奴隶的大批逃亡之所以可能，就因为有收容他们的地方；这个“逋逃薮”就是封建地主贵族的领地。孔子的政治思想和历史观点反映了这个时代的矛盾。他一方面主张尊王室（维护最大的奴隶主的名义上的权威），另一方面却又赞许封建地主的把奴隶变为半农奴或依附农民的可以提高生产的做法，并且为这些做法“创造”了理论；他一方面极力要保持西周以来的封建等级制度，另一方面却又贬责那些阻碍封建地主经济发展的暴君，因此，他的《春秋》既笔伐那些乱臣贼子，又以“×人杀×”或“×人立×”等等书法表示对于新兴的封建地主贵族集团的赞许。按照孔子（儒家）的用语，“人”指自由农民和手工业者，其政治上的代表是当时的代表新的经济势力的封建地主贵族；而“民”则指奴隶。《左传》既依《春秋》而论辑其本事，所以它的记载也代表了当时的前进的政治、经济力量（封建地主贵族阶层）的利益，因而采辑史料，还是比较客观，可以说反映了当时的历史生活，特别是在更无较好较可靠的史料的今天情况下，我们还不能撇开《左传》。因而，我以为《左传》一书也不能不是今天研究吴、越关系，评价吴、越人物的比较可信的根据。

《左传》和《国语》所记吴、越两国的关系以及夫差、勾践，吴、越两方文臣武将的言行，互有详略。我们是不是可以说：《左传》和《国语》互相补充，正好构成比较近于完整的吴、越关系的全貌呢？

我想一定有人说：不能。为什么？因为还有司马迁的《史记》。司马迁离吴、越时代约四百多年，离《左传》、《国语》的作者大约也有三百多年。班固说司马迁作《史记》，据《左氏》、《国语》，采《世本》、《国策》。然而《史记》所载先秦史事有详于《左传》、《国语》者，这就只能有两种解释：一是司马迁读过的先秦典籍（包括“档案”性质的各国国史）比《左传》等书的作者所见者为多；二是司马迁又广泛地搜集了民间口头传说。这两个解释都有点事实基础。其一，司马氏世世代代做史官，司马迁的祖先在周宣王以后曾由周而至晋、奔秦、入魏，他的父亲是汉朝的史官，博极群书，他家学渊源，并且由于职位关系，能够看到许多秘籍和“档案”。其二，他二十岁以后就自北而南，足迹遍及那时的天下。可以设想，他不光是游山玩水，他还搜集了许多民间口头传说。但是司马迁对于任何史料（不论是文字记载或口头传说），并不抱盲从态度，并不是无所抉择的。即以《史记》所载吴、越关系及两国君臣的言行而论，有见于《左传》、《国语》而《史记》反而没有的，也有《左传》、《国语》所没有而《史记》则有之的。《史记》所不载者，如吴夫差与晋侯会于黄池正因争先相持不下时忽得谍报越勾践乘虚侵入吴国，夫差镇静地采取了措施，保全了面子；对此，《国语》加以详细的描写，而《史记》则一笔带过。司马迁很推重《国语》，不能说他不熟悉《国语》，因而可知这里的一笔带过，是他故意弃而不取的。司马迁自己特别提到“二十而南游江淮，上会稽，探禹穴”，可以设想他曾经采集了那些地方的民间口头传说，包括吴、越两国关系的民间传说，这些就是《左传》、《国语》所没有的资料。班固一方面批评司马迁运用史料“甚多疏略，或有抵梧”，又说他论学术，论人论事，“是非颇缪于圣人”，然而另一方面，班固又说“自刘向、扬雄博极群书，皆称迁有良史之材，服其善序事理，辨而不华，质而不俚，其文直，其事核，不虚美，不隐恶，故谓之实录。”（按扬雄《法言·重黎篇》比较《周官》、《左传》、《史记》三书，称《史记》为“实录”，乃与称《周官》之“立事”，称《左传》之“品藻”比类而言。）如果“实录”也者，可以今语“客观态度”（班固所谓“其事核，不虚美，不隐恶”者是也）释之，我以为《史记》确不失为“实录”，而亦因此，故论人论事，“是非颇缪于圣人”。班固所不喜的“是非颇缪于圣人”，在我们看来，正是《史记》的优点。《史记》论事有独立思考精神，记载抱客观态度；就此而言，已不能说它完全为统治阶级服务。当然，我们也不能有过高的要求，一定要从这部二千年前的历史著作中找历史唯物主义，而在找不到时，就骂它一钱不值。

这样看来，《史记》里头有关吴、越两国的专篇《吴太伯世家》、《越王勾践世家》、《伍子胥列传》，以及《货殖列传》有关范蠡、计然的部分，《仲尼弟子列传》有关子贡的部分，也是我们研究吴、越关系以及对两国君臣的评价不可或缺而且比较可信的材料。

《左传》等三书都是历史书籍，但除此而外，先秦诸子的著作中也还有不少关于吴、越的故事，以及他们（诸子）对于吴、越君臣的评价。对此，我在下面将用专章讨论。现在先谈谈东汉人编写的两部专门记载吴、越关系的历史，这就是《吴越春秋》和《越绝书》。

先谈《吴越春秋》。这是东汉赵晔所作。赵是越（会稽、山阴）人，《后汉书·儒林传》有赵传，说他治韩诗二十余年，著作有《吴越春秋》、《诗细》、《历神渊》；蔡邕很钦佩《诗细》，认为胜于《论衡》（王充著，王又是一个会稽人）。（嘉兴沈涛著《铜熨斗斋随笔》卷四《诗细历神渊》条，有如下记载：儒林赵晔传著《诗细历神渊》，此与杜抚之《诗题约义通》皆五字书名也。《隋书·经籍志》，梁有《诗神泉》一卷，汉有道征士赵晔撰，即此书。改渊为泉，避唐讳耳。或疑《诗细》为一书，《历神渊》为一书；非。传又云"蔡邕至会稽，读《诗细》而叹息"，细下疑脱历字。）《隋书·经籍志》著录《吴越春秋》十二卷，今本（据元大德刊本）只有十卷；《文选注》，《水经注》、《太平御览》等书引《吴越春秋》，今本无之，也许就出在逸去的两卷中（从这些逸文看来，逸去的两卷都没有太大的史料价值）。此书虽说是吴、越两国的历史，但重点仍在吴夫差的灭亡与越勾践的复仇称霸。又此书内容基本上和《左传》、《国语》、《史记》相同，但亦有《左传》等三书所无而《吴越春秋》独有的；这些独有的材料就是关于占卜术数的部分（占卜之词非三代卜筮之法，术数则盛于两汉，非先秦所有，因而其史料价值甚属可疑），以及类似小说家言的越女试剑、老人化猿、公孙圣的被杀及显灵等故事——这些故事也许是从会稽地区的民间传说演化而来。赵晔后于司马迁百余年。《后汉书·儒林传》赵传极简略，不但未载赵之生卒年月，整篇连任何一个年号都没有，但从"少尝为县吏，奉檄迎督邮，晔耻于厮役，遂弃车马去，到犍为、资中，诣杜抚受韩诗”等记载，可以假定他生于公元二十年左右；因为同书《杜抚传》说杜抚在接受骠骑将军东平王刘苍的辟召以前，已经有“弟子千余人”，赵诣杜受韩诗当在此时，而东平王辟杜抚约在永平初（即公元六〇年顷）。如果赵诣杜受业在公元五〇年左右，而此时赵年在二十至三十之间，则赵之生年当在公元二十年左右，上距司马迁之死约为一百二十年。赵晔所见的有关春秋时代吴、越两国的文字资料不会多于司马迁，但他既为越人，则他所知道的会稽地区民间传说也许比司马迁为多，这可以解释《吴越春秋》所载的近似小说家言的故事为什么不见于《史记》。但是，研究了这些故事以后，我们也可以设想：司马迁当时大概也曾知道有这些民间传说，但因其或者没有多大意义或者荒诞不经，故弃而不取。还可有第三种假说：民间口头传说在十口相传的悠久过程中，会损失一些，也会增添一些，新增添的部分往往会带上时代的烙印；此所以《吴越春秋》所记伍尚、文种占卜之词有螣蛇、青龙、玄武、天关等先秦所无的术语。这是假定赵晔的记载都有所本，并非他向壁虚造；但即使都有所本，其史料价值却很小，因为这些都不是吴、越当时的意识形态。元徐天祐因赵晔“去古未甚远”，又“越人宜知越”（四部丛刊影印明刊《吴越春秋》所载徐天祐为元大德刊本所写的序文），认为《吴越春秋》“视他书所记二国事为详”，颇为赞赏，实亦皮相之论也。

司马迁有良史之材，但“采经摭传，分散数家之事甚多疏略，或有抵梧”；然而司马迁叙述一个大事件，却总是首尾贯串，条理分明。《吴越春秋》范围限于两国，又有《左传》、《国语》、《史记》可供借鉴，按理说，《吴越春秋》对于吴越大事件的叙述，应当胜于前三书。然而不然。《吴越春秋》的“疏略”、“抵梧”之处不但甚多，〔例如《阖闾内传》末尾以“南伐于越”结束，而不记槜李之战、阖闾受伤而死等等；又如伯州犁（伯嚭之祖父）和郤宛本非一人，《左传》记载十分明白，而《吴越春秋》则谓“伯州犁，楚之令尹，号曰郤宛”，既然把二人误为一人，又给伯州犁加了“令尹”的官衔；又如《阖闾内传》谓“是时大夫子期虽与昭王俱亡，阴与吴师为市，欲出昭王，王闻之，得免，即割子期心，以与隋君盟而去”云云，与《左传》定公四年所记相反，好像赵晔曲解了《左传》那句“割子期心”[①] 而又以意编造之。〕而且它记述大事件常常线索不清，来龙去脉不明，例如吴夫差征伐齐国这件大事是争霸中原的重要步骤，而同时又是吴国终于失败的重要因素；这件大事的发生和发展过程都反映了吴国国内实权集团的内部矛盾以及夫差如何最后作出决定，对于我们在今天正确评价夫差、伍子胥、伯嚭这三个人物有重要意义。

---

① 《左传》定公四年载：“王割子期之心，以与隋人盟。”杜预注：“当心前割取血以盟，示其至心。”

但是《吴越春秋》记载这样一件大事，却砍头、挖肚、去尾，极尽支离破碎之能事。“征鲁百牢”是吴夫差争霸中原的整个计划的第一步（此事发生于吴夫差八年，鲁哀公七年，公元前四八八年），表明吴国的争霸中原派（伯嚭为首）怎样地军事、外交双管齐下，对鲁国施加压力，企图扫清伐齐的道路。然而鲁国表面上屈服了，内心却不服输。于是同年秋，当小小的邾国为鲁国所破的时候（邾与鲁为邻国，击柝相闻，吴远在二千里外，非三个月的时间吴兵不能到达），吴国借“仗义”救邾的名义，决定对鲁用兵（吴国动员伐鲁已在下一年——即夫 差九年的春季）。可是，吴兵虽然深入鲁境，终于因为军事上没有绝对把握，只好见机行事，保全面子，同鲁国订了和约。这次和约，吴国并未取得实惠。同年（夫差九年，鲁哀公八年）夏，齐、鲁发生了纠纷，齐兵入鲁，同时约吴国夹攻鲁国。吴夫差认为这是好机会，可以达到完全掌握鲁国的目的，自然又要动员。不料齐、鲁很快就议和了，齐国派人告诉吴国：“请不要出兵了。”夫差很不高兴，带点威胁意味对齐国使臣说：“去年是贵国请我发兵，而今又是贵国说不需要了，真教我为难。日后我当面来领教罢！”这事发生于夫差十年春。吴国从上年伐鲁取得教训，知道劳师远征，后方交通最为重要，因而在当年（夫差十年）秋就开凿运河，沟通江（长江）、淮（淮河），以利军事物资的运输。此即所谓邗沟，吴在此筑城为据点。［查《吴越春秋》不载此事，而于艾陵战役之后，黄池之会以前，记夫差十四年复伐齐，“阙为阑沟于商、鲁之间，北属蕲（据《国语》当作沂），西属济。”——此承《国语》，《左传》和《史记》均不载有此事。但全祖望引厚斋先生语，谓夫差十四年所开的运河为自淮入汴之道，与“城邗”时所开掘者是两回事，——见《经史答问》。此说可以参考。〕同年冬，吴国要挟鲁国共同伐齐。这次，鲁国不敢不答应了（虽然它刚同齐国签订了和约），同时，伐齐的主要军事负担当然由吴国承当，鲁国也乐得坐山观虎斗。夫差十一年春，吴陈兵于齐国南部边境，却派舟师自海道进攻齐腹地，一战不利，吴国也就收兵。次年五月，吴国（会同鲁国）大举伐齐，这次主要从陆路进攻，在艾陵会战，吴国的右军打败了齐国的上军，齐国的中军也打败了吴国的上军，然而吴夫差亲自指挥的中军却决定了战局，大败齐师，打死了齐国的中军指挥官国书，并俘虏了齐国高级将领公孙夏等四人。艾陵战役为吴国争霸中原奠定了始基，然而也成为吴国盛极而衰的起点。大举伐齐以前，吴国内部两派的意见（以伯嚭与伍子胥为代表）是不同的，发生了激烈的争论。然而促成夫差下决心大举伐齐的诸因素之一，还有勾践的麻痹夫差的策略（他派了少数兵粮助吴，又亲自到吴国都城见夫差，表示愿随军出征），以及子贡的外交手腕。这些事情，见于《左传》和《史记》，这里不必详细讲了。综观事件的发展过程（从“征鲁百牢”到艾陵会战），吴国内部争霸中原一派的策划还是相当围密和谨慎的，夫差也不是一个漫无主见、糊涂荒谬的人。当然，争霸中原这件事，本身招致了不幸的后果，但在当时，哪一个强国之主不想做此一番“大事”？似乎也不能苛责于夫差（吴国在败楚、覆越以后，已经是当时四强之一）。当然，我不是说夫差势非争霸中原不可，因而他的行动可以原谅；我只是说，从这件事的发展过程看来，可以证明夫差不是像后人所写的那样鲁莽糊涂罢了（从梁辰鱼的《浣纱记》直到今天的若干《卧薪尝胆》剧本中的夫差）。我以为我们应当还夫差一个本来面目，不必把他丑化；因为，还他个本来面目，就有教育意义，用不到再丑化他。

以上论吴、齐艾陵之役，不过借以说明《吴越春秋》的作者缺乏“史眼”；而且，这种缺乏“史眼”的毛病，又足以说明赵晔这部书与其作为历史看待，还不如作为小说家言看待。当然，作为小说家的赵晔（这是借用《汉书·艺文志》所谓“小说家”，不是我们今天说的小说家；据《汉书·艺文志》，则刘歆所谓小说家言者，相当于今天我们称之为民间文学的一类，记录此类材料的人和书籍，被称为小说家），在采用民间传说之时，也并未严为抉择，因而它们不能反映春秋末年吴、越社会的意识形态，却糅杂着很多两汉术数家的意识形态；这也就是说，《吴越春秋》的内容，除已见于《左传》、《国语》、《吕氏春秋》、《韩非子》、《史记》等等者而外，大部分没有史料价值。

现在再谈《越绝书》。这部书，隋唐志皆云子贡所作，宋人《崇文总目》承袭其说，明人（如杨慎）已疑之，清人始证其妄。查此书开头《外传本事》第一，设为问答之词曰："《越绝》谁所作？吴越贤者所作也。当此之时，见夫子删书作《春秋》，定王制，贤者嗟叹，决意览史记成就其书。……或经或传，或内或外，何谓？曰：经者论其事，传者道其意，外者非一人所作，颇相复载，或非其事，引类以托意。"这些话都隐隐约约说此书是战国时人所作。可是此书末尾的《叙外传说》则又以隐语指明作者为会稽袁康，校定者为同郡吴平，而且书中《吴地传》又称：勾践徙琅琊，到建武二十八年，凡五百六十七年。建武为后汉光武帝刘秀年号，然则此书作者袁康为后汉初年人，比《吴越春秋》的作者赵晔大约早生十来年，由此类推，此书或亦成于《吴越春秋》之前。但是，书中这些话虽然提供了作者、校订者、成书年月的线索，我们却未便遽认为完全可靠。安知不是作者故弄玄虚？东汉的会稽人不少知名之士。王充可算得博极群书了罢，《论衡·按书》篇中提到会稽的两个人，称之为"文雅之英雄"，这两个人一个名为吴君高，据王充说，曾著《越纽录》，一个名为周长生，据说曾著《洞历》。然而没有袁康（或疑吴君高即吴平，而《越纽录》即《越绝书》，在未得确证以前，只能视作悬案）。又据《崇文总目》称，《越绝书》旧有内记八、外传十七，今文题阙舛，才二十篇，可知此书在北宋初年已佚五篇，清人钱培名辑其逸文，但皆无关宏旨者。总而言之，《越绝书》来历不明，但决非战国时代的作品，大概出于东汉人之手。

再看《越绝书》的内容。可以说，它同《吴越春秋》百分之九十九相同。例一：《吴越春秋·夫差内传》记子贡游说吴、越后，“吴王果兴九郡之兵，将与齐战，道出胥门，因过姑胥之台，忽昼假寐于姑胥之台而得梦”云云，此与《越绝书·吴王占梦》第六所记，只有文字上的小差别。究竟谁抄谁，我们自然无法断定，但是，值得注意的，占梦一事，仅见于此两书，如果两书不是互袭而有所本，则当是民间传说，而这样的迷信色彩十分浓厚的民间传说显然没有多大价值（民间传说并不是都有意义的，我们也要善于甄别）。例二：《夫差内传》记夫差占梦而杀公孙圣后，伍子胥苦谏，“夫差坐于殿上，独见四人向庭相背而倚，王怪而视之。群臣问曰：王何所见？王曰：吾见四人相背而倚，闻人言则四分走矣。子胥曰：如王言，将失众矣。吴王怒曰：子言不祥。子胥曰：非惟不祥，王亦亡矣。后五日，吴王复坐殿上，望见两人相对，北向人杀南向人。王问群臣见乎？曰：无所见。……子胥曰：臣闻四人走，叛也；北向杀南向，臣杀君也。王不应”云云。此一事，《越绝书》无之。此一事与占梦皆不见它书，而且后者基本上又与前者相似，《吴越春秋》兼收并蓄，而《越绝书》则存其一。例三：仍是《夫差内传》，记子胥死后，夫差将伐齐，太子友以螳螂、秋蝉、黄雀作喻谏之，吴王勿听。此一事《越绝书》亦无之。例四：《越绝书》外传范伯第八载子贡游说齐、吴、越、晋四国事，内容与《吴越春秋·夫差内传》第五所记相同，甚至文字上颇少差异；但《吴越春秋》作"子路辞出，孔子止之；子张、子石请行，孔子弗许；子贡辞出，孔子遣之。"而《越绝书》则作"颜渊辞出，孔子止之；子路辞出，孔子止之；子贡辞出，孔子遣之。"据《史记·仲尼弟子列传》："子路请出，孔子止之。子张、子石请行，孔子弗许。子贡请行，孔子许之。"在这里，《吴越春秋》与《史记》同。但子石少孔子五十三岁，当时仅十三、四岁，似不可能请命游说齐、吴。《越绝书》记子贡游说夫差一段较《吴越春秋》为详。但我们可以设想：《吴越春秋》与《越绝书》记此一事都是以《史记》为蓝本而"加"了"工"的。例五：《吴越春秋·勾践阴谋外传》"佯请粜谷"一事，实本于《吕氏春秋》。《长攻篇》云："越国大饥，王恐，召范蠡而谋。范蠡曰：'王何患焉。今之饥，此越之福而吴之祸也。夫吴国甚富，而财有余，其王年少，智寡才轻，好须臾之名，不思后患，王若重币卑辞，以请籴于吴，则食可得也。食得，其卒越必有吴，而王何患焉。'越王曰：'善。'乃使人请食于吴。"吴夫差将与之，伍子胥以为不可。伍子胥讲了一大篇吴、越不并立的道理，劝夫差乘越之饥而发兵攻之。"夫差曰：'不然。吾闻之：义兵不攻服，仁者食饥饿。今服而攻之，非义兵也；饥而不食，非仁体也。不仁不义，虽得十越，吾不为也。’遂与之食。不出三年而吴亦饥，使人请食于越，越王弗与，乃攻之，夫差为禽。”可是《吴越春秋》则把“佯请粜谷”作为整套阴谋中的一个环节。《吕氏春秋》说越国大饥，勾践同范蠡商量对策；《吴越春秋》则说勾践问计于文种，于是文种献计，佯称饥荒，请食于吴，夫差欲许之，伍子胥以为不可，伯嚭以为可，二人发生了争论，最后，夫差还是“与越粟万石”。到这里为止，《吴越春秋》所记事实，基本上与《吕氏春秋》相同，虽然请谷的原因和动机不同。可是这下面，《吴越春秋》却作二年之后，“越王粟稔，拣择精粟，而蒸还于吴。复还斗斛之数，亦使大夫种归之吴王。”吴王得越粟，不知是蒸过的，惊其精硕，发给吴国人民以为种子，但蒸过的种子如何能生长呢，因此，造成了吴国的大饥，于是勾践就欲乘机攻吴，但文种以为时机尚未成熟，吴国仅仅小受损失，元气并未大伤。

《吕氏春秋·长攻篇》的主题是：为了取得胜利，可以不择手段。它引证了越勾践贷粟，楚文王以诈术灭息、蔡，晋国赵襄子用诈术杀代君并取其地，这样三个故事，来说明“此三君者（指勾践、楚文王、赵襄子）其有所自而得之，不备遵理，然而后世称之，有功故也。”但接着却又说，“有功于此，而无其失，虽王可也”，对于“三君”还是有批评的；这和同篇开头说的“故人主有大功，不闻不肖，亡国之主不闻贤”，语气联贯，同样地指出了战国时代的功利主义怎样地不顾是非曲直而惟以成功者为贵。请籴一事，《左传》、《国语》都不载。〔按《吴语》载：黄池之会，越袭吴得胜，“吴王夫差还自黄池，息民不戒（戒备）。越大夫种乃倡谋曰，吾谓吴王将遂涉吾地，今罢师而不戒，以忘我，我不可以怠也。日臣尝卜于天。今吴民既罢，而大荒荐饥，市无赤米……”这里提到了吴国大饥，但亦无越国大饥贷粟于吴的记载。《吴语》此段又说文种分析了敌情以后，建议可以兴兵攻吴，但这时申包胥到了越国，越王以问申包胥，申包胥谓伐吴时机尚未成熟云云。〕我个人的看法，以为《吕氏春秋》的记载大概不是凭空捏造的。可是赵晔采用了《长攻篇》这个故事的主要内容而把它的偶然性（越因饥而请籴，其后又因吴饥而拒粜，且乘势伐之），改写为一个故意布置的阴谋，而且，为欲达到政治目的，越国君臣竟不恤谋害了千千万万的吴国人民，毋乃太不人道？赵晔打算加强越国君臣的运用权谋的手段，但结果却显得他们阴险奸诈而吴王夫差反倒显得忠厚仁慈。《越绝书》亦载此事（见《请籴内传》第六），显然这也是从《吕氏春秋》那个故事“演变”来的，而且和《吴越春秋》同样以“请籴”作为试探吴国对越国有无戒备之心的方法，但是《越绝书》也只说到伍子胥和伯嚭争吵一番之后吴夫差还是贷给越国粮食为止，而没有越国用蒸熟的粟还贷因而造成吴国大饥荒的一段尾巴。《史记·越王勾践世家》也记载有请籴之事，但只在艾陵会战、吴国胜齐之后，接着写道："越大夫种曰：'臣观吴王，政骄矣。请试尝之贷粟，以卜其事。'请贷。吴王欲与，子胥谏勿与。王遂与之，越乃私喜。子胥言曰：'王不听谏，后三年，吴其墟乎？'"司马迁这几句叙述，大概也是《吴越春秋·勾践阴谋外传》与《越绝书·请籴内传》的依据。司马迁当然熟悉《吕氏春秋》，然而他不采用《吕氏春秋》的"越国大饥"的说法而采用以贷粟试探吴国对越有无戒备之心的说法，大概也是有所根据的，不过我还没有找到它的娘家罢了。

《越绝书》所独有的材料，多属五行术数的迷信之谈，在这一点上，它追随着《吴越春秋》而踵事增华，对于我们了解当时的吴、越历史，毫无裨益。

以上泛论《国语》等五部书的史料价值（有关吴、越部分的）。我以为我们不能从表面看问题，简单地认为《国语》、《左传》、《史记》是为统治阶级服务从而抹杀其史料的客观价值，也不能皮相地肯定《吴越春秋》、《越绝书》乃越人谈越事，被视为野史，而遂强调它们的可靠性。在我看来，今天我们要探索吴越当时的历史真实，与其重视后二书，毋宁重视前三书。

下面我打算就先秦、两汉若干"一家言"中探讨他们对于吴越关系的记载、看法以及对于吴越两国君臣的评价。

二 先秦诸子、两汉学者对于吴越关系的记载和看法

要谈吴、越关系，首先碰到的一个问题是：吴、越战争是否民族战争？而要回答这个问题，首先要研究吴、越是不是两个民族。对于这一点，先秦、两汉的书籍都没有提出肯定的论据，可是，我们从它们那里倒看到了不少否定的论据。

有人从越人“断发文身”的风俗上断定吴、越是不同的民族，我以为未必妥当。越人“断发文身”，见于记载，但吴人亦何尝不是“断发文身”的呢？《史记·吴太伯世家》明明说：“于是太伯、仲雍二人乃奔荆蛮，文身断发，亦不可用，以避季历。”又说“太伯之奔荆蛮，自号句吴。”司马贞《索隐》驳裴骃《集解》引宋忠以“句吴为太伯始所居地名”之非，而为之说曰：“荆者楚之旧号，以州而言之曰荆。蛮者闽也，南夷之名，蛮亦称越。此言‘自号句吴’，‘吴’名起于太伯，明以前未有‘吴’号。地在楚、越之界，故称荆蛮。”司马贞又引颜师古注《汉书》：“以吴言句者，夷语之发声，犹言‘于越’耳。”

又，《左传》哀公十一年，艾陵会战之前夕，齐国的高级将领互相激励，“陈僖子谓其弟书（子占）：‘尔死，我必得志。’宗子阳（楼，时将齐下军）与闾丘明相厉（劝励杀

敌）也，桑掩胥御国子（国书，时将齐中军），公孙夏曰：‘二子必死。’（劝勉之。）将战，公孙夏命其徒歌《虞殡》（送葬歌，示必死之心），陈子行命其徒具含玉（亦示必死之决心）。公孙挥命其徒曰：‘人寻约。吴发短。’（八尺为寻，约，绳也；言每人带八尺的绳子以便贯系所斩的敌人的首级，因为吴人发短。）东郭书曰：‘三战必死，于此三矣。’使问（遗）弦多（人名）以琴，曰：‘我不复见子矣。’陈书曰：‘此行也，吾闻鼓而已，不闻金也。’（言有进无退）。”这一段细节描写，真是十分悲壮，如闻其声。同时也提供了一个证据：吴人是短发的。又：《左传》哀公七年，吴征鲁百牢时，太宰嚭召季康子。季康子使子贡辞。子贡对伯嚭说的一番话里就有“太伯端委以治周礼，仲雍嗣之，断发文身，裸以为饰，岂礼也哉，有由然也。”这也证明断发文身本为吴俗。

从上引材料，我们知道：一、吴越都有“断发文身”之俗；二、“越”这个名称本来是部落（或民族）的称呼，指今江苏、浙江以及福建这一广大地区的居民而言，其中还分了若干小部落，故有“百越”之称；“越”又是地区的称呼，如《文选》三越注，吴越、南越、闽越，均指地区。但“吴”却是太伯立国以后的称号，“吴”的统治区域约当今江苏省及浙西沿太湖的一带，而槜李（今嘉兴）则为吴、越交界之区。在槜李战役以前，槜李属于越国。〔勾践败阖闾于槜李这一战役，实在只是边界冲突的性质，战役规模并不太大，观《左传》、《史记》所记可知，但因阖闾在这一战中为越大夫灵姑浮戈伤将指（足大指）而且后来就死了，所以槜李之役成为吴、越交战史中著名的一役。〕

由此又可知，三、吴、越人民原属一家，但吴、越的统治者却都是外来的。吴的统治者姬姓，乃太伯、仲雍之后，在武王灭殷以前已经自建了吴国。这是没有什么争论的了。但越国的存在，也许比吴国还早些。《史记》说夏少康封其庶子于会稽，是即越国。这就是说：越国的存在，早于吴国将近一千年。但韦昭注《吴语》又谓“勾践，祝融之后，允常之子，芈姓也”，又云“《世本》亦云：越，芈姓也”。而《史记·楚世家》却又说：“熊渠立其少子执疵为越章王”，有人把这一说和《墨子·非攻下》的“越王繄亏，出自有遽，始邦于越”联系起来，以为越实楚之同族的旁证。（按“有遽”无可考证，孙诒让疑“出自有遽”或当云“出自熊渠”，孙说是引证了韦昭注、大戴礼记帝系篇、及孔广森的解释，而后作此疑似之论的。）究竟勾践的祖先是谁，众说纷纭，我们今天还不能下断语，但他是外来的，正同吴的统治者一样是外来的，则大概无可置疑。

我们再从语言上看看吴、越人民是不是一族。如果我们承认扬雄《方言》有其历史的和科学的价值，那么，《方言》给我们的启示是：吴、越方言属于同一系统，即今日我们所谓“吴语”系统。扬雄常把“吴越”并提，有时还把“吴、扬、江、淮”并提，又把“扬越”并提。这就是说，这些地区的方言属于同一语系。但是，《说苑·善说篇》记载了一首“越人的楫歌”，这首歌除有我们能懂的通用汉语的译文而外，又附有我们所不懂的以通用汉语注音的原歌词。这首歌既被称为越人楫歌，而原歌词又与吴语很不相同，这岂不是越人与吴人的语言不相同么？然而这个问题不难解决。上文我提到，春秋战国时代所谓“越”的范围，南至今天的福建，号称百越；扬雄《方言》有“瓯越”一词正指今天浙江南部的温州、金华、衢州一带地区，这一带的方言与“吴越”不同，扬雄已作区别，然则《说苑》所记录的“越”人之歌，当即“瓯越”之“越”而非“吴越”之“越”。后于扬雄约二百年的许慎作《说文》，记载各地方言，书“吴人谓×曰×”者凡三见，而知“×，秦谓之×，楚谓之×，吴谓之×”的比类记录，亦数数见，可是却没有“越谓之×”，这也足以说明两汉时代，吴、越方言自属一系。语言的变化，不是几百年内可能发生的（今天温州、金华、衢州等地的方言还和吴语差别甚大），扬雄去春秋末年不过五百余年，许叔重去春秋末年亦不过七百多年，不能设想春秋末年吴越的语言不同于扬、许之时，故曰，从语言上看，吴、越人民原属一家，虽然他们的统治者非出一族，而且都是外来的。

再看吴越两国历来的关系如何？

司马迁说吴自寿梦以后，越自允常以后始有史可考。

他这态度是很慎重的，我们姑且也这样认为罢。但直到阖闾时代，先秦史籍记载两国关系的，还是很少。《左传》襄公二十九年，记“吴人伐越，获俘焉，以为阍，使守舟；余祭观舟，阍以刀弑之。”吴王余祭是阖闾的二叔父。这也许是史有明文的最早一次的吴越战争。这说明了这两个邻国历来就互相攻打，而至余祭之时，占上风的大概是吴国。但《左传》昭公三十二年（即吴阖闾五年）又说“吴伐越，始用师于越也”。则是说此次战事，规模比从前的为大，故书“始用师”。此次伐越，因为越没有派兵助吴伐楚，《吴越春秋》记此事多了越王允常对吴的一番话：“吴不信前日之盟，弃贡赐之国，而灭其交亲。”这是请求吴国罢兵，然而阖闾不听，遂破槜李。从这一事件，又可以知道在允常时代，越对吴的关系是属国对上国的关系。允常即勾践之父。[春秋时代，大国攻打小国，有在战胜后并吞其地的，也有在战胜后允许战败国求和订盟，降之为属国地位的。属国对上国须有定量的贡献，包括派兵从征；据《左传》哀公十三年记载，鲁国的子服景伯对吴国使者说：“鲁赋于吴八百乘，若为子男，则将半邾以属于吴（邾本来贡赋六百乘，半邾则是三百乘），而如邾（即以六百乘）以事晋。”可见贡赋之数还要看爵位的高下而定多少。大概这是一般的规定，有薄于此者，也有苛于此者。] 后来相隔五年，越国乘吴国对楚国用兵的机会，偷袭吴境，《左传》定公五年所记“越入吴，吴在楚也”即是。又九年（鲁定公十四年），吴伐越（报五年越入吴），这时越王为勾践，两军会战于槜李，阖闾受伤，不久就死了。这一次战争，越国虽占上风，然而并没有重创吴军，不过摆脱了属国地位而已，所以三年之后，吴夫差就报槜李之仇，从太湖进军，大败越兵，勾践以甲士五千人撤进会稽山，而令大夫文种向吴求和，夫差许之，于是越国又降而为吴之属国，勾践且入臣于吴，三年乃归。此后，就是勾践卧薪尝胆，十年生聚、十年教训，终于灭吴的时代。但勾践灭吴之后，并不能完全据有吴地，《史记》谓“越灭吴而不能正江淮，楚乃东侵，广地于泗上”（江淮即扬州地，本属吴）。《韩非子·说林下》有更详细的记载：“越已胜吴，又索卒于荆而攻晋。左史倚相谓荆王曰：‘夫越破吴，豪士死，锐卒尽，大甲伤。今又索卒以攻晋，示我不病也，不如起师与分吴。’荆王曰：‘善。’因起师而从（蹑）越。越王怒，将击之。大夫种曰：‘不可。我豪士尽，大甲伤，我与战必不克，不如赂之。’乃割露山之阴五百里以赂之。”这一件事，说明越胜吴后，实力也大受损伤。

不但此也，从整个吴越关系看来，越国的国力（军事力量在内）始终弱于吴国，越国的两次军事胜利都是带有侥幸性的。这两次，第一次为阖闾受伤致死的槜李之战。《左传》定公十四年，记此次战役经过如下：“吴伐越，越子勾践御之，陈于槜李。勾践患吴之整也，使死士再禽焉

（使敢死之士往，辄为吴所禽），不动（吴军阵容不乱）。使罪人三行，属剑于颈，而辞曰：‘二君有治（战事），臣奸旗鼓（犯军令），不敏于君之行前，不敢逃刑，敢归死。’遂自刭也。师（吴军）属之目，越子因而伐之，大败之。”这种自刎于阵前的非常的心理攻势，把吴军暂时骇呆了，在这刹那间，越军乘势进攻，而且阖闾伤了将指（足大指），于是吴军直退了七里，阖闾因伤而死。（《史记》的记载，即据《左传》而文字较略，当以《左传》为准。）正因为这一战役，越国是侥幸得胜，而吴国军力、国力都未受重大损失，所以三年之后，吴夫差兴师报仇，能把越国打得大败，只余甲士五千人保于会稽。第二次为夫差十四年夫差带领大兵北上与晋争霸（即黄池之会），只留太子友和王子地、王孙弥庸率领少数老弱军队留守后方，勾践乘虚以数倍之众、水陆两路攻之，《左传》记载此一役，吴军内部主守（坚守以待夫差回师来援）主战，意见不一，而弥庸轻视敌人，不听太子友坚守之计，冒昧出战，兵败，太子遂被俘。但是越军虽然俘了太子，烧了姑苏台，徙其大舟（王舟），可是不能征服吴国，直到四年之后才于笠泽之战大败吴军，又五年而灭吴国。吴太子友被俘的这次战役，如吴军坚守待援，胜败正未可知也，所以我说它也带有侥幸性。

《墨子·非攻中》说：“古者吴阖闾教［士］七年，奉甲执兵，奔三百里而舍焉，次注林（淮汭），出于冥隘（冥阨）之径，战于柏举，中楚国而朝宋与鲁。及至夫差之身，北面而攻齐，舍于汶上，战于艾陵，大败齐人而葆（保）之大（泰）山，东而攻越，济三江五湖，而葆之会稽。九夷之国，莫不宾服。于是退不能赏孤，施舍（布恩德）群氓，自恃其力，伐其功，誉其智，怠于教，遂筑姑苏之台，七年不成。及若此，则吴有离罢（疲）之心。越王勾践视吴上下不相得，收其众以复其仇，入北郭，徙大内（舟），围王宫而吴国以亡。”

这里引用的墨子的一段话，在历史事实方面，和《左传》、《国语》有出入，我们应从《左传》、《国语》；因为墨子不是历史家，他对史实未必查考核实。但是，值得注意的，墨子在《非攻篇》引用这段吴国覆亡的历史以为时主的鉴戒，而推原夫差取亡之道在于“退不能赏孤，施舍群氓，自恃其力，伐其功，誉其智，怠于教，……”却没有说到越国方面有什么国富兵强在实力上压倒吴国的事实。墨子生于夫差已亡、越国正为当时四强之一的时候，墨子书中屡言越为四强之一，如《节葬下》即称“天下失义、诸侯力征，南有楚、越之王，而北有齐、晋之君”，而《非攻篇》亦不止一次以楚、越、齐、晋并称，但在全面地论述吴国覆灭的原因时，他郑重指出的却是夫差被胜利冲昏了头脑，不恤民力，又内部有矛盾，对越国麻痹大意，为越所乘，而没有具体指出越国在“十年生聚、十年教训”期间经济上有胜过吴国之处；换言之，打败仗时的越国比起吴国来是个弱国，但打胜仗、乃至灭吴的越国虽然军事上比吴强，经济上却不见得比吴国先进。而越国之所以能够军事上比吴国强，先秦典籍中也提供了一些线索，这且留在后边再讲。现在再引《韩非子·喻老》的两段话以证墨氏的看法：

“越王入宦于吴，而观之（怂恿之）伐齐以弊吴。吴兵既胜齐人于艾陵，张之于江、济，强之于黄池，故可制于五湖。故曰：将欲翕之，必固张之，将要弱之，必固强之。”

“勾践入宦于吴，身执干戈，为吴王洗马（洗古通先，洗马者，马前引导之人，贱役也；《越语》，勾践身为夫差前马，正是此义）。故能杀夫差于姑苏……故曰：守柔曰强。”

韩非子也和墨子一样，认为吴国最后失败的原因在于政治，但韩非子特别指出，越国最后取胜之道在于政治上策略的正确。而策略的正确之处在于麻痹敌人，造成敌人的错觉，利用并加深敌人的内部矛盾。勾践此种政治上的策略和他作战时的战术（例如槜李之战，俘太子友之战），有其一脉相通之处。这是他能以弱小的国家（不发达的经济、处于劣势的军事力量）覆灭强吴的基本原因。

墨家和法家论吴越盛衰变化的原因既如上述，儒家（孟子、荀子）同样地也只提到政治原因，而并无一言及经济。孟子称勾践为能以小事大（吴），故许其为“智”（见

《梁惠王下》)。荀子以勾践之称霸与齐桓、晋文、楚庄、吴阖闾相比，说他们“德虽未至也，义虽未济也，然而天下之理略奏矣（奏读为凑，谓天下之理略聚于此也），刑赏已诺信乎天下矣，臣下晓然皆知其可要（约）也；政令已陈，虽睹利败，不欺其民；约结已定，虽睹利败，不欺其与；如是则兵劲城固，敌国畏之，国一綦明，与国信之，虽在僻陋之国，威动天下，五伯是也。非本政教也，非致隆高也，非綦文理也，非服人之心也，乡（向）方略，审劳佚，谨蓄积，修战备，齺然（上下相向之貌）上下相信，而天下莫之敢当。”（见《王霸篇》）荀子在这里，对齐桓、晋文、楚庄、吴阖闾、越勾践都是褒中带贬，说他们非能真服人心，而只是策略应用得当而已。这和韩非子的见解相差不远。

荀子在《宥坐篇》又讲了这样一段故事：“孔子南适楚，阨于陈、蔡之间，七日不火食，藜羹不糂（糁），弟子皆有饥色。子路进，问之曰：‘由闻之，为善者天报之以福，为不善者天报之以祸，今夫子累德、积义、怀美，行之日久矣，奚居之隐（穷困）也？’……”于是孔子举比干剖心以证知者之不必用，关龙逢见刑以证忠者之不必用，伍子胥被杀以证谏者之不必用，接着又提出“君子博学深谋、修身端行、以俟其时”的方针，而举“晋公子重耳霸心生于曹，越王勾践霸心生于会稽，齐桓公小白霸心生于莒”为例，以证明“居不隐（穷困）者思不远，身不佚

（奔窜）者志不广”的道理。《宥坐篇》的那些小故事，其真实性是值得怀疑的，而且未必全出荀子之手，其中有门弟子的追记；可是这里论勾践霸心生于会稽，正提供了线索，说明会稽之耻以前的勾践不是个能成大事的人。这和《国语》所载勾践在战败之前不能听信范蠡、文种，直到栖于会稽方始悔悟，是相同的。

战国后期的纵横家游说列国的君主，也常常称引吴越兴衰的故事。此见于《战国策》者，计《韩策》一则，《燕策》二则，《秦策》三则，《魏策》一则，大抵与墨子、韩非子论调相近。惟《韩策》的《或谓韩王曰》一段，看法稍有不同。（此所谓“或”，未详何人。查《孔丛子》载：韩与魏有隙，子顺谓韩王曰云云，与此段文字上半大致相同，但下半则截然不同。据《孔丛子》则子顺主张韩弃旧嫌而与魏和好；而《韩策》此段则以尊秦为宗旨，故此“或”人疑非子顺也。）这一段文字是这样的：“或谓韩王曰：‘昔先王之攻，有为名者，有为实者；为名者攻其心（原注，使之心服而已），为实者攻其形（原注，形在外者，谓地与民也）。昔者吴与越战，越人大败，保于会稽之上，吴人入越而抚之。越王使大夫种行成于吴，谓男为臣，女为妾，身执禽，而随诸御；吴人果听其辞，与成而不盟。此攻其心者也。其后，越与吴战，吴人大败，亦谓男为臣，女为妾，反以越事吴之礼事越，越人不听也，遂残吴国而擒夫差。此攻其形者也。’……” 这段资料如果可信，那么，夫差对越国的政策不能说是不合理的（夫差用的是攻心之策），而后果之所以相反，原因在于夫差太主观，太老实了，看错了人。“与成而不盟”，就是说，吴兵撤出越境，连议和条约也不订，足见信越之深。这一个意见，和墨子、荀子、韩非子的意见正相反，墨子等都认为夫差失败之原因在于不听伍子胥的话（正确的政策）而偏信伯嚭（不正确的政策）。

其次，《秦策》有一段话也比较特殊。这是秦昭王欲再次攻赵，武安君白起以为不可，他对应侯说：“今秦破赵军于长平，不遂以时乘其振惧而灭之，畏而释之（按，当时不主张灭赵而与媾和者乃是应侯范雎；后来昭王又攻赵不利，昭王欲命白起带兵，白起称病不受命，于是范雎奉昭王之命，促白起遵命，但白起仍不应命，对范说了这番话）。使得耕稼以益蓄积，长孤养幼以益其众，缮治甲兵以益其强，增城浚池以益其固；主折节以下臣，臣推体以下死士，至于平原之属皆令妻妾补缝于行伍之间；臣人一心，上下同力，犹勾践困于会稽之时也。”这里的一段话，虽然指战败后的赵国而言，但以越勾践相比，应当算是关于越国如何“十年生聚、十年教训”，勾践君臣如何卧薪尝胆、发愤图强的最早的资料。（据刘向叙《战国策》称：“中书余卷，错杂相揉，又有国别者八，篇少不足。臣向因国别者略以时次之，分别以序者以相补，除重复得三十三篇。”

又称中书本号,“或曰国策,或曰国事,或曰短长,或曰事语,或曰长书,或曰修书”云云。可知《战国策》是经过刘向整理的,而原始资料则是战国时代各国的记载,有点“实录”性质。)又《秦策》蔡泽说范雎,也有“大夫种为越王垦草剏邑,辟地殖谷,率四方之士,专上下之功”等语,这是讲到发展生产了。但除了这些片言只句,现存先秦书籍中更无充分的资料。西汉书籍如集体写作的《淮南子》,西汉学者如扬雄的《法言》,政论家如桓宽的《盐铁论》,东汉学者如王充(也是一个会稽人)的《论衡》,都曾论及吴、越的兴衰,然而都没有提到像白起所说的那些比较具体的事情。因而我怀疑《吴越春秋》关于这方面的许多记载,实本于《秦策》白起这篇话而加以演绎的。但《秦策》这段话尚未有“卧薪尝胆”之说,先秦诸子及西汉初年各家书中亦未见。《史记》始称“越王勾践反国,乃苦身焦思,置胆于坐,坐卧即仰胆,饮食亦尝胆也,曰‘汝忘会稽之耻耶?’身自耕作,夫人自织;食不加肉,衣不重采;折节下贤人,厚遇宾客;振贫吊死,与百姓同其劳。”(见《越王勾践世家》)

综合上面所征引的材料(特别是出于先秦诸子的),我以为:

一、吴、越人民原是一族,而两国的统治者则非一姓而且都是外来的。

二、因此,吴越战争不是民族战争,而是春秋时代每年甚至每月都有的由于封建领主的扩张主义引起的战争。

三、在这里，可以用孟子的“春秋无义战，彼善于此，则有之矣”的说法，来看勾践的复仇战争。在吴越关系的第一阶段（即檇李战役之前），越为吴的属国，故檇李战役在越国不但是自卫战争而且也可以说是志在摆脱臣属地位的战争，可以说它符合于越人的利益。〔据《左传》定公五年，有“越入吴，吴在楚也”的记载。这是说，当吴阖闾用兵楚国，为子胥复仇之时，越曾乘虚侵入吴国。但这是扰乱性质，越未能据吴地。但可以想象，在这以后，越对吴大概不修职贡了，所以在九年后（定公十四年夏），阖闾有檇李之役，意在征服越国。〕吴越关系的第二阶段是夫差复仇，越国战败，越国处于比前更屈辱的臣属地位。而吴越关系的第三阶段（越勾践报会稽之耻的一系列战役），则前半为“彼善于此”的复仇战争（目的在于摆脱对吴的臣属地位，故亦符合越人的利益），后半（即目的为了灭亡吴国而由勾践发动的两次战争）却是扩张主义的战争，亦即并不符合越人利益并且对吴人说来是掠夺性的侵略性的战争。

四、因此，我以为现在极大多数的以吴、越战争为题材的剧本（所有剧本的故事都从栖于会稽始，以灭吴擒夫差终），没有把吴、越战争的前期与后期的性质区别开来，而一概称之为符合越人的利益，是不妥当的。

五、从经济发展方面看，吴国始终比越国先进。越勾践复国之后，发愤图强，用于军事和外交方面的力量比用于开发经济的力量为多，而且，以当时生产工具之落后，似乎不可能在十年之内就把越国的落后经济赶上乃至超过向来就是先进的吴国。《秦策》蔡泽所说“大夫种为越王垦草剏邑，辟地殖谷”，即使不是策士的夸张之言，也不能证明越国的经济发展超过了吴国，而只能证明在会稽战败后，由于文种等的努力，越国经济较前有了发展。先秦诸子视勾践为春秋时代一霸主，与稍前的齐桓并称，然而他们称道齐桓公时都举出齐国经济发展的事实，而且说齐桓的九合诸侯、一匡天下是齐国经济发展的结果。（所谓管仲治齐，“连五家之兵，设轻重鱼盐之利”，五家之兵，详于《国语·齐语》，轻重鱼盐见《管子》，又见《史记·管晏列传》，《平准书》；但《史记》未言文种、范蠡治越如何如何发展经济，《货殖列传》及《越王勾践世家》载范蠡为陶朱公等等事迹，只是范蠡个人贸迁致富而已。）可是他们称道越勾践之所以胜吴，却着重提到勾践的外交（包括对吴）如何灵活，以及勾践如何“教士”（军事训练）；他们说“越王好勇”，却没有说越王奖励生产。勾践部下的决策人为范蠡、文种（先秦诸子一致这样说），勾践之所以能复仇，全靠他两人的计谋；然而从先秦诸子，直到两汉的有关吴、越的记载，都没有突出地讲过这两个人物的经济政策。《汉书·艺文志》著录兵书共五十三家，其中权谋家著录《范蠡二篇》，《大夫种三篇》，班固为之解释曰：“权谋者以正守国，以奇用兵，先计而后战，兼形势，包阴阳，用技巧者也。”范蠡等书今已不存，但照班固对“权谋家”的说明看来，《范蠡二篇》和《大夫种三篇》的内容大概不会像今所传《管子》那样有经济政策的部分。（兵书五十三家中尚有《伍子胥十篇》列为技巧家，班固说“技巧者习手足、便器械、积机关，以立攻守之胜者也”；据此可知伍子胥非谋国之士，也不是战略家，只是一员练兵的战将而已，自然不及文、范多矣。按《汉书·艺文志》又有《伍子胥八篇》与《吕氏春秋》、《淮南子》同著录于杂家，此八篇亦早已不传，但杂家既“兼儒墨、合名法”，而《吕览》、《淮南》又非出于一手，可以想见此所谓《伍子胥八篇》者，大概是战国时人托名伍子胥的伪作。）

六、基于上述的看法，我以为我们现在仅凭“垦草刱邑、辟地殖谷”的空洞语句就强调越国如何发展经济，甚至有大炼钢铁的描写，是不合于历史事实的。当时吴、越都以有名匠能铸利剑著称，但此非谓吴、越冶炼事业已能生产足够数量的铁以铸造生产工具。《史记·货殖列传》称“邯郸郭纵以铁冶成业，与王者埒富”，然而未举越国；而且郭氏生当战国，至若春秋末年，则铁尚未普遍用于制造生产工具，吴、越亦然。（虽然《国语·齐语》已经有“美金以铸剑戟，试诸狗马；恶金以铸钼夷斤斸，试诸壤土”之说，但春秋时代各国经济发展颇不平衡，未便据《齐语》片言即认为铁制农具当时已很普遍。）

三 先秦诸子、两汉学者对于吴夫差越勾践的评价

先秦诸子对越勾践的评价都好，对吴夫差的评价都不好，特别是对立甚为尖锐的儒、墨、法三家都一致再三称许越勾践。杂家如《吕氏春秋》因为不是“一家言”而是兼儒墨、综名法的集体写作，所以在肯定越勾践这个共同基础上还有点小分歧（下面还要谈到）。

先秦诸子肯定越勾践，首先是在政治上肯定他，否定吴夫差亦然。我们不妨看看他们从怎样的角度评价越勾践与吴夫差：

《墨子·亲士》举齐桓公、晋文公与越勾践同类相比，谓“越王勾践遇吴王之丑（耻）而尚摄（尚同上，摄与慑通）中国之贤君”，称三人皆能“达名成功于天下”，由于能任用贤臣。（按《亲士篇》列为第一，毕沅以为此篇无“子墨子曰”云云，确认为墨翟之言。孙诒让驳之，以为《亲士篇》所论“大柢《尚贤篇》之余义，亦似不当列为第一篇；后人因其持论尚正，与儒言相近，遂举以冠首耳。以马总《意林》所引校之，则唐以前本，已如是矣。”据此，则《亲士篇》似出墨家弟子之手，但无论如何，对越勾践的评价，在《墨子》全书中，是一致的。）

《墨子·所染》又说：“吴阖闾染于伍员、文义、越勾

践染于范蠡、大夫种。此五君者（按，五君者，合齐桓、晋文、楚庄而为五也，此处引文从略），所染当，故霸诸侯，功名传于后世。”同书同篇：“吴夫差染于王孙雒、太宰嚭，……此六君者（按，六君者尚有范吉射、中行寅、知伯瑶、中山尚、宋康，此处不具引），所染不当，故国家残亡，身为刑戮，宗庙破灭，绝无后类。”（按《吕氏春秋·当染篇》，有大略相同之议论。惟“文义”作“文之仪”，“王孙雒”作“王孙雄”。此不具引。《所染篇》出墨门弟子之手。）

《荀子·王霸篇》：“德虽未至也，义虽未济也，然而天下之理略奏矣，……故齐桓、晋文、楚庄、吴阖闾、越勾践，是皆僻陋之国也，威动天下，强殆中国，无它故焉，略信也。”（本文前章，已引用《王霸篇》此节全文，故此处从略。值得注意的是，荀子此处所举与越勾践相比类的国君，与墨子完全相同。）

《荀子·议兵篇》：“齐桓、晋文、楚庄、吴阖闾、越勾践，是皆和齐之兵也，可谓入其域矣，然而未有本统也，故可以霸而不可以王，是强弱之效也。”按荀子在这里提出了军队的政治教育问题，并举世所谓善用兵者如齐之田单、楚之庄蹻、燕之缪虮为例，说他们是“未及和齐”，只能“掎契司诈，权谋倾覆，未免盗兵”，又举齐桓、晋文、楚庄、吴阖闾、越勾践为例，说“是皆和齐之兵也，可谓入其域矣（入礼义教化之域），然而未有本统也（谓前行素修若汤武），故可以霸而不可以王，是强弱之效也（谓霸者代存代亡）。”看来荀子认为勾践能“和齐人心”，然所用方法却不是正途——王道。可是，荀子却还未曾直斥勾践教士也用了权术故亦未免“盗兵”。

《孟子·梁惠王下》：“惟仁者为能以大事小，是故汤事葛，文王事混夷。惟智者为能以小事大，故大王事獯鬻，勾践事吴。以大事小者，乐天者也，以小事大者，畏天者也；乐天者保天下，畏天者保其国。”

《韩非子·备内》：“故桃左（梼兀）春秋曰：人主之疾死者不能处半；人生弗知，则乱多资。故曰：利君死者众，则人主危。故王良爱马，越勾践爱人，为战与驰。医善吮人之伤，含人之血，非骨肉之亲也，利所加也。”

《韩非子·饰邪》：“越王勾践恃大朋之龟，与吴战而不胜，身入于吴宫；反国弃龟，明法亲民以报吴，则夫差为擒。”按《韩非子》提到勾践之事甚多，然除此两条外，讲的都是勾践练兵的方法。此处第一条明言勾践之“爱人”乃以权术笼络人民，使为己效死；第二条“明法亲民”的“亲民”，也是这个意思。至于韩非所举勾践练兵的方法大都是权术笼络的方法，详下。

《吕氏春秋·尊师》：“越王勾践师范蠡、大夫种。”（按此处举了能尊师的十圣人、六贤者；勾践与阖闾、楚庄、秦穆、晋文、齐桓，同厕于六贤者之列。但同书《简选篇》论古者用兵而王者汤、武，用兵而霸者，齐桓、晋文、吴阖闾，而无勾践，亦无秦穆、楚庄。《吕氏春秋》前后自相抵梧者，不止此一例，《顺民篇》举勾践则又与汤、文王并列。此因书出众人之手，故观点不能一致。）

《吕氏春秋·顺民》："越王苦会稽之耻，欲深得民心，以致必死于吴。身不安枕席，口不甘厚味，目不视靡曼，耳不听钟鼓；三年苦身劳力，焦唇干肺；内亲群臣，下养百姓，以来其心。有甘脆不足分，不敢食；有酒流之江，与民同之；身亲耕而食，妻亲织而衣；味禁珍，衣禁袭，色禁二；时出行路，从车载食，以视孤寡老弱之渍病、困穷颜色愁悴不赡者，必身自食之。于是属诸大夫而告之，曰：'愿一与吴徼天〔下〕之衷（善），今（令）吴越之国，相与俱残，士大夫履肝肺、同日而死，孤与吴王接颈交臂而偾（僵），此孤之大愿也；若此而不可得也，内量吾国，不足以伤吴，外事〔之〕诸侯，不能害之，则孤将弃国家、释群臣、服剑臂刃、变容貌、易姓名、执箕帚而臣事之，以与吴王争一旦之死。孤虽知要领不属，首足异处，四枝布裂，为天下戮，孤之志必将出焉。'于是异日果与吴战于五湖，吴师大败，遂大围王宫，城门不守，禽夫差，戮吴相。残吴二年而霸。此先顺民心也。"

《吕氏春秋·长攻》："越国大饥，王恐，召范蠡而谋。范蠡曰：'王何患焉。今之饥，此越之福而吴之祸也。夫吴国甚富，而财有余，其王年少，智寡才经，好须臾之名，不思后患，王若重币卑辞，以请籴于吴，则食可得也。食得，其卒越必有吴，而王何患焉。’越王曰‘善’。乃使人请食于吴。吴王将与之，伍子胥进谏曰：‘不可与也。夫吴之与越，接土邻境，道易人通，仇雠敌战之国也，非吴丧越，越必丧吴，……今将输之粟，与之食，是长吾雠而养吾仇也；财匮而民怨，悔无及也；不若勿与而攻之，固其数（术）也，此昔吾先王之所以霸。且夫饥代事也，犹渊之与阪，谁国无有?’吴王曰：‘不然。吾闻之：义兵不攻服，仁者食饥饿。今服而攻之，非义兵也；饥而不食，非仁体也。不仁不义，虽得十越，吾不为也。’遂与之食。不出三年而吴亦饥，使人请食于越，越王弗与，乃攻之，夫差为禽。”这里的一事，与《顺民篇》所描写的勾践，完全是两个人；《吕氏春秋》自相矛盾，大率如此，然亦反映了战国的策士们之论一事也，常因时因地因人而不同。

以上除《吕氏春秋》，都是先秦诸子中具有代表性的各派人物，他们对于勾践的看法，大体上就是这样：嘉其能任用贤臣、复仇称霸。正如司马迁在《太史公自序》中所称：“勾践困彼，乃用种蠡，嘉勾践夷蛮，能修其德，灭强吴以尊周室。”司马迁在这里说勾践“尊周室”，未免溢美，在这里，他采用了左丘明的“史笔”，先秦诸子还不如司马迁那样“宽大”呢。

先秦诸子评价吴夫差时，有把他作为勾践的对立面的，例如上引《墨子》的《所染篇》。也有不把夫差作为勾践的对立面相提并论，而把伍子胥之不被信任作为夫差灭亡的原因，此在实质上和《所染篇》论点相同。例如《荀子·臣道篇》："故谏争辅拂之人，社稷之臣也，国君之宝也，明君所尊厚也，而闇（主惑）君以为己贼也；故明君之所赏，闇君之所罚也，闇君之所赏，明君之所杀也。……比干子胥，可谓争矣。……传曰，从道不从君，此之谓也。"在这里，荀子以"从道不从君"许伍子胥，而把夫差贬为闇君。然而《臣道篇》又说，"有大忠者，有次忠者，有下忠者，……以是谏非而怒之，下忠也。若子胥之于夫差，可谓下忠矣"。在这里，荀子对于子胥的"臣道"还是列在第三等，换言之，他认为子胥虽忠，然而识见不远，非社稷之臣。同书《君子篇》说"吴有伍子胥而不能用，国至于亡，倍道失贤也"。又《成相篇》谓"世之祸，恶贤士，子胥见杀百里徙"。《大略篇》论"君子能为可贵，不能使人必贵己，能为可用，不能使人必用己"，也举子胥和比干，说"比干子胥忠而君不用"。《宥坐篇》却以孔子阨于陈蔡之间答子路问，举子胥被杀来说明"知者"未必见用，"谏者"未必见用，而归结于"君子博学深谋不遇时者多矣"。荀子书中常常提到夫差、子胥，他对子胥的评价，只是"下忠"，而他数夫差之罪也不过不用子胥而已。但是，责夫差不听子胥的忠谏，而以一"闇"字作结论，未免把问题简单化了。

《韩非子·难三》："夫差智太宰嚭而愚子胥，故灭于越。”又《难四》：“吴王诛子胥而越勾践成霸。”这和荀子所见略同。

就吴、越相争而言，夫差不听伍子胥之言先灭越国而后北向与齐、晋争霸，也许可以说是大大失算，但这是“事后诸葛亮”；在当时，灭越绝后顾之忧，与存越示诸侯（小国）以信义，两者得失，固未易一言而定。关键问题在于吴夫差该不该争霸中原？夫差如要争霸中原则灭越虽能绝后顾之忧，但将使鲁、卫、宋等小国疑惧，对于他的孤立齐国的外交政策是不利的。按《左传》记吴索鲁百牢事，鲁虽勉强应命而心不服，鲁君臣背后有吴不足畏之言。又《左传》哀公十二年（艾陵会战，齐师败绩的下一年）五月，鲁会吴于橐皋而不许盟；吴请卫来会，卫初惧不敢来，后乃来会于郧，这是同年秋季的事；与卫同来会吴的，还有鲁国、宋国，但鲁、卫、宋三国窃盟而卒辞吴盟。这就是说，吴打算与鲁、卫、宋三个小国结盟以孤立齐国，鲁、卫、宋惧吴之强，不敢不来会，但三国都怕承担义务，也不敢得罪齐国，所以都设法推托，不与吴盟，但他们三国反倒借此机会私下订结了互助对吴的盟约。当时吴国大概不知道三国私盟之事，但是对于鲁、卫、宋等小国的事齐乎抑事吴乎的观望态度，应是早已了然的，所以伯嚭的存越以示信义而使小国安心的政策，不但不是完全没有理由而且在当时看来是相当明智的。《左传》哀公十二年又记吴、鲁、宋、卫四国会于郧以后，吴国派兵围住卫侯所住的宾馆，不许自由出入。子服景伯叫子贡带了礼品去见太宰嚭为卫侯说情。伯嚭对子贡说：“寡君（谓夫差）愿事卫君，卫君之来也缓，寡君惧，故将止之。”子贡对曰：“卫君之来，必谋于其众。其众或欲或否，是以缓来。其欲来者，子之党也，其不欲来者，子之雠也。若执卫君，是堕党而崇雠也；夫堕子者，得其志矣。且合诸侯而执卫君，谁敢不惧？堕党崇雠而惧诸侯，或者难以霸乎？”太宰嚭认为子贡说得有理，就释放了卫侯。这个插曲，也足以说明吴国当时的处境利于存越而取信于小国，然后能北向争霸。

先秦诸子也有看透了此点的，如《墨子·非攻中》（本文第二章已引用）、《韩非子·喻老》以及《战国策·韩策》《或谓韩王》章的“攻心、攻形”的说法（本文第二章皆已引用），都不把伯嚭见用、伍员见疑作为吴夫差覆亡的决定性因素。而《吕氏春秋·适威》，记魏武侯与李克论吴之所以亡，李克对曰：“骤（屡）战而骤胜，……骤战则民罢，骤胜则主骄；以骄主使罢民，然而国不亡者，天下少矣。”这也是颇为中肯之言。《适威篇》是讨论如何使用民力的，李克的话，也只是就事而论，并没有更进一步讨论吴夫差如何而能既争霸于中原而又不会及身覆亡的方法。

关键问题在于吴夫差如要争霸中原就应当从发展经济（吴国的经济在那时比齐、鲁、晋等国落后）充实国力入手，而不应该从事于军事冒险。如果不发展经济充实国力而亟亟从事于军事冒险，则虽先灭越，吴国最后仍然会失败——不亡于越，将亡于楚，正如后来越虽并吞吴国，仍然为楚所灭一样。这一点，无论伍子胥或伯嚭，都没有看到；但范蠡、文种却是看到了的，故有灭吴七策（或九策）如《史记》及《吴越春秋》所记。《墨子·非攻中》的论点和《所染篇》的论点并不一致，正因《墨子》一书杂有墨门弟子们的手笔，故不免驳杂。至于荀子等把越勾践抬高到齐桓、晋文之列，如就任贤而能专这一件事看来，还说得过去，但若论容人之量，则勾践远不如齐桓、晋文。可是先秦诸子对于勾践之“不可与共安乐”很少提到，这是因为诸子取史事以证其学说中之某一论点，常常就事论事，不是对某一古人作全面的考察和评价。

西汉人著作提到吴越事件较多的是《淮南子》，然而《淮南子》的记载基本上袭取先秦诸子的资料。例如《道应训》说：“越王勾践与吴战而不胜，困于会稽，忿心张胆，气如涌泉，选练甲卒，赴火若灭，然而请身为臣，妻为妾，亲执戈为吴兵先马走，果禽之（吴王也）于干遂。故老子曰‘柔之胜刚也，弱之胜强也’。天下莫不知，而莫之能行，越王亲之，故霸中国。”此与《韩非子·喻老》引用勾践忍辱复仇以说明老子的“将要弱之，必固强之”，和“守柔曰强”的论点，宗旨相同，不过换了个说法。《人间训》又称：“昔越王勾践卑下吴王夫差，请身为臣，妻为妾，奉四时之祭祀，而入春秋之职贡，委社稷、效民力，隐居为蔽，而战为锋行，礼甚卑，辞甚服，其离叛之心远矣，然而甲卒三千人，以禽夫差于姑胥。”这一段话里的“甲卒三千人，以禽夫差于姑胥”，与史实不合，姑置不论，但此段用意仍与上段仿佛，意在说明“柔胜于刚”。

桓宽《盐铁论·非鞅第七》：“伍员相阖闾以霸。夫差不道，流而杀之。……人臣尽节以徇名，遭世主之不用。大夫种辅翼越王，为之深谋，卒擒强吴，据有东夷，终赐属镂而死。骄主背恩德，听流说，不计其功故也，岂身之罪哉。”这里已把越勾践、吴夫差放在同一水平上，也就是说，夫差和勾践同样是胜而骄、骄而背恩德的人。（按《盐铁论》此章借大夫与文学的辩论，说明重工商与重农两派经济思想之斗争。大夫引夫差勾践、伍子胥文种事，不过是说明重工商的功利主义者之必遭祸患乃因国君忘恩，非其身之罪，与经济思想之辩论实已没有关系。）

同是会稽人、生于东汉初年的王充，比他稍后的赵晔对越勾践有比较深刻的看法。《论衡·定贤》：“勾践欲雪会稽之耻，拊循其民，吊死问病而民喜；二者（按《论衡》此段文章以田成子与勾践并论，故云二者）皆自有所欲为于它而伪诱属其民，诚心不加而民亦悦。”此与《荀子·王霸》、《韩非子·备内》（二者皆已引用在前）的持论，十分相近，但《论衡》尤为明快。王充又说：“伍员、帛喜（伯嚭）俱事夫差，帛喜尊重，伍员诛死，此异操而同主也。”（《论衡·逢遇》）又说：“世谓子胥伏剑，屈原自沉，子兰、宰嚭诬谗，吴、楚之君冤杀之也。偶二子命当绝，子兰，宰嚭适为谗，而怀王、夫差适信谗也。”（《论衡·偶会》）这里的命定论思想，当然不足为训，但是，从反面可以看出，两汉人已经不像战国时代的学者和策士们那样把夫差作为一个昏庸残暴杀身亡国的典型人物来看待了。平心而论，杀身亡国是事实，昏庸残暴则不是事实。试举史实以证之：

一、槜李战败，阖闾因伤而死，夫差新立，颇亦发愤图强，使人立寝门，在夫差出入时必呼曰：夫差，尔忘杀父之仇乎？以自警惕。这个方法，勾践自吴返国后也曾效法过。（见《国语·吴语》，《史记》因之。）

二、黄池之会，吴与晋争为盟主，相持不下，而夫差得谍报，勾践引兵袭吴都，太子友战败被俘。夫差立即杀谍报者七人，封锁了这个于己不利的消息，“昏，乃戒令秣马食士；夜中，乃令服兵擐甲，系马舌，出火灶，陈士卒百人以为彻行，百行。行头皆官帅攤（拖）铎拱（执）稽，建肥胡（幡），奉文犀之渠（楯）。十行一嬖大夫，建旌提鼓，挟经秉枹；十旌一将军，载常建鼓，挟经秉枹。为万人以为方阵，皆白旗素甲、白羽之矰，望之如荼。王亲秉钺，载白旗以中阵而立。左军亦如之，皆赤常、赤旗、丹甲，朱羽之矰，望之如火。右军亦如之，皆玄常、玄旗、黑甲、乌羽之矰，望之如墨。为带甲三万以势攻。鸡鸣乃定。既阵，去晋军一里，昧明，王乃秉枹亲就，鸣钟鼓，丁宁錞于，振铎。勇怯尽应，三军皆哗扣以振旅，其声动天地。晋军大骇不出，周军饬垒，乃令董褐（晋大夫）请事。（中略董褐之言与夫差恫吓之词。）董褐将还，王（夫差）称（呼）左畸（左部）曰：摄！少司马兹与王士五人坐于王前，乃皆进自刭（刭）于客前，以酬客”（以上皆引《国语·吴语》，司马迁据《吴语》而大加删节，《左传》记夫差杀谍报七人，而无夫差整饬军容、对晋加压力这番措施。）这样的应变之才，似非昏庸者所能。

三、《晏子春秋内篇·问下第四》的第十、第十一两章载晏子使吴，公事既毕，夫差对晏子说，“愿有私问焉”。晏子辞谢，夫差固请，晏子乃避席对曰：“敬受命矣。”吴王曰：“国如何则可处，如何则可去也?”晏子对曰：“婴闻之，亲疏得处其伦，大臣得尽其忠，民无怨治，国无虐刑，则可处矣；是以君子怀不逆之君，居治国之位。亲疏不得居其伦，大臣不得尽其忠，民多怨治，国有虐刑，则可去矣；是以君子不怀暴君之禄，不处乱国之位。”（以上第十章）夫差又问：“长保威强勿失之道若何?”晏子对曰：“先民而后身，先施而后诛；强不暴弱，贵不凌贱，富不傲贫；百姓并进，有司不侵，民和政平；不以威强退人之君，不以众强兼人之地；其用法为时禁暴，故世不逆其志；其用兵为众屏患，故民不疾其劳。此长保威强勿失之道也，失此者危矣。”吴王忿然作色不说。晏子曰：“寡君之事毕矣，婴无斧锧之罪，请辞而行。”遂不复见。又《内篇·杂下第六》的第八章载：晏子使吴（当与上所称使吴为同一事），吴王夫差因为久闻晏子是“辩于辞，习于礼”的，“命傧者曰：‘客见则称天子请见。’明日，晏子有事（请觐见吴夫差），行人曰：‘天子请见。’晏子蹴然。行人又曰：‘天子请见。’晏子蹴然。又曰：‘天子请见。’晏子蹴然者三，曰：‘臣受命敝邑之君，将使于吴王之所，以不敏而迷惑，入于天子之朝，敢问吴王恶乎存?’然后吴王曰：‘夫差请见。’见之以诸侯之礼。”

《晏子春秋》这部书托名晏婴，大约是战国后期的作品。据刘向叙录，原来的篇章错乱重复，刘向整理成今所传本，分内外两篇，内篇六，均合经术，外篇二，一为“重而异者”，凡二十七章，一为“不合经术者”，凡十八章；刘向以为外篇之“重而异者”还是可靠的资料，“不合经术者，似非晏子言，疑后世辩士所为，故亦不敢失，复以为一篇”，并认为内篇最重要。自然，我们不会赞同刘向的“合于经术”之说，但从刘向校书的慎重态度上，不能不信《晏子春秋》的史料价值。姑且不管此书究为晏子著作或杂以后人著作，或全属战国末年（即刘向所谓“后世”者）策士所作，《晏子春秋》所描写的吴夫差也不是昏庸之流，亦未见残暴。

四、《左传》哀公二十年记载：是年十一月，越围吴。(这是黄池之会、越袭吴后的第一次战事，是越国侵入吴国。按夫差自黄池返国，“息民不戒”，但越国有灭吴的计划，七年后大兴师徒，与吴战于笠泽，吴兵大败，于是越兵围吴，两年乃克之。）晋国的赵襄子因为黄池之会与吴有约，祸福同之（黄池会上，是襄子的父亲简子在晋国执政，此时，简子新死），拟践约派兵救吴，然而事实上又不可能（晋、吴相距数千里），因此发愁。家臣楚隆献计道："若使吴王知之，若何？"赵孟曰："可乎？"隆曰："请尝（试）之。"乃往。先造于越军曰："吴犯间上国多矣，闻君亲讨焉，诸夏之人，莫不欣喜，唯恐君志之不从，请入视之。"许之。告于吴王曰："寡君之老无恤，使陪臣隆，敢展谢其不共。黄池之役，君之先臣志父，得承齐盟，曰：好恶同之。今君在难，无恤不敢惮劳，非晋国之所能及也。使陪臣敢展布之。"王拜稽首曰："寡人不佞，不能事越，以为大夫忧。拜命之辱。"与之一箪珠，使问（遗）赵孟。曰："勾践将生忧寡人，寡人死之不得矣。"王曰："溺人必笑。吾将有问也：史黯（晋人，曾云，不及四十年，吴当亡）何以得为君子？"对曰："黯也进不见恶，退无谤言。"王曰："宜哉！"这一个小插曲，把夫差当时的处境与心情描写得十分生动；从这时的夫差的言行看来，他不是个昏庸的人。

五、夫差被围一年后，请与越议和，勾践不许。《左传》、《国语》都记此事。《左传》哀公二十二年："冬十一月，丁卯，越灭吴，请使吴王居甬东（越地），辞曰：'孤老矣，焉能事君？'乃缢。"《国语·越语》："夫差行成曰：

‘寡人之师徒不足以辱君矣，请以金玉子女赂君之辱。’勾践对曰：‘昔天以越予吴而吴不受命，今天以吴予越，越可以无听天之命而听君之令乎？吾请达（迁）王甬句东，吾与君为二君乎？’夫差对曰：‘寡人礼先壹饭矣。君若不忘周室而为弊邑宸宇，亦寡人之愿也；君若曰：吾将残女社稷，灭女宗庙，寡人请死。余何面目以视于天下乎？’”《史记》无夫差请和事，只说“越败吴，越王勾践欲迁吴王夫差于甬东，予百家居之。吴王曰：‘孤老矣，不能事君王也。吾悔不用子胥之言，自令陷此！’遂自刭死。”

从这一段小插曲看来，夫差比较后代的一些亡国之君（荒淫昏庸的和昏庸而不荒淫的）似乎强得多了。

说越国“十年生聚，十年教训”就可以灭吴：这原是伍子胥谏夫差不听后的愤慨之言。越国君臣有没有订下这样的两个十年计划，史无明文。但越勾践从返国到最后灭吴，确实花了将近二十年的时间（公元前四九二年返国，公元前四七三年夫差自杀，吴亡）。只是“十年生聚，十年教训”的具体内容如何呢？《左传》、《国语》、《战国策》都没有谈到。先秦诸子也没有。直到《史记》的《货殖列传》记载计然事迹然后有一鳞半爪的附带说明。《越绝书》抓住此点，大做文章，《计倪内经》第五可以说是专为“十年生聚”作注解的。然而细按《计倪内经》，则仍是空空洞洞一番老生常谈，即此可以证明《计倪内经》是凭空虚造，并没有什么原始材料作为依据，该篇载计倪在对策时还说了这样的话：“臣闻君自耕，夫人自织，此竭于庸力而不断时与智也。时断则循，智断则备，知此二者，形于体，万物之情，短长逆顺，可观而已。”这几句话，似通不通，我实在不得其解，《越绝书》这样的文句很多，弥见其作伪之迹。但据此可以推想：勾践自耕、夫人自织的传说，在东汉时代大概还在会稽民间流行。可是正像计倪所说，这不是发展生产的有效措施，这只是一种鼓励而已。西汉人的著作中也看不到“十年生聚”的具体材料。

“十年生聚”也还可以有另一解释。《国语·越语》上：勾践返国后，颁布了一套法令以奖励生育：“命壮者无取老妇，令老者无取壮妻；女子十七不嫁，其父母有罪，男子二十不取，其父母有罪；将免（分娩）者以告，公令医守之，生丈夫二壶酒、一犬，生女子二壶酒一豚；生三人，公与之母（乳母）；生二人，公与之饩。……”这些奖励生育（提倡早婚也包括在内）、积蓄人力的办法，自先秦以来，就被认为是“十年生聚”的注解；事实上，所谓“十年生聚”，其主要点亦不过如此而已。

但是，关于“十年教训”，先秦诸子就有不少的记载。现在先引证如下：

《墨子·兼爱中》第十五：“昔越王勾践好士之勇，教驯（训）其臣，和合之（毕沅以为此三字当作“私令人”，连下读）焚舟失火（据诸家考证，“舟”即《越绝书》越地传所谓“教舟师之地”的舟室，《御览》宫室部引墨子作“自焚其室”，盖因不知有“舟室”，故改“舟”为“其”；故此句应是“私令人焚其舟室”也），试其士曰：‘越国之宝尽在此’。越王亲自鼓其士而进之。士闻鼓音，破碎乱行（此言行列遂乱，争先救火），蹈火而死者，左右百人有余。越王击金而退之。”（同书兼爱下第十六，亦记此事，文字少有异同。）

《韩非子·内储说上》，七术，经三（赏誉），经三之“说”：“越王问于大夫种曰：‘吾欲伐吴，可乎？’对曰：‘可矣。吾赏厚而信，罚严而必。君欲知之，何不试焚宫室？’于是遂焚宫室，人莫救之。乃下令曰：‘人之救火者死，比死敌之赏；救火而不死者，比胜敌之赏；不救火者，比降北之罪。’人之涂其体，被濡衣而走火者，左三千人，右三千人。此知必胜之势也。”又曰：“越王虑（谋）伐吴，欲人之轻死也，出见怒鼃，乃为之式。从者：‘奚敬于此？’王曰：‘为其有气故也。’明年之请以头献王者岁十余人。由此观之，誉之足以杀人矣。”

经三之“说”又举异闻曰：“越王勾践见怒鼃而式之。御者曰：‘何为式？’王曰：‘鼃有气如此，可无为式乎？’士人闻之曰：‘鼃有气，王犹为式，况士人之有勇者乎？’是岁人有自刭死，以其头献者。”又云：“越王将复吴而试其教。燔台而鼓之，使民赴火者，赏在火也。临江而鼓之，使人赴水者，赏在水也。临战而使人绝头刳腹而无顾心者，赏在兵也。又况据法而进贤，其助甚此矣。”

按《韩非子·内储说上》，所谓七术，一曰众端参观，二曰必罚明威，三曰信赏尽能，四曰一听责下，五曰疑诏诡使，六曰挟知而问，七曰倒言反事。第三的“赏誉”经文为“赏誉薄而谩（欺诳）者，下不用；赏誉厚而信者，下轻死。”这是概括地说明第三术“赏誉”的原则，然后举历史事实为例证，这就是“说”。同一历史事实而有异闻者，用“一曰”作区别而同记于篇中。关于勾践式怒鼃和试士能否卖命的故事，都记了异闻，可以想见韩非子是认真看待这些小故事的。

试士入水火的故事又见于《吕氏春秋·用民》：“民之用也有故。得其故，民无所不用。用民有纪有纲。壹引其纪，万目皆起；一引其纲，万目皆张。为民纪纲者何也？欲也恶也。何欲何恶？欲荣利，恶辱害。辱害所以为罚充也，荣利所以为赏实也。赏罚皆有充实，则民无不用矣。阖闾试其民于五湖，剑皆加于肩，地流血几不可止。勾践试其民于寝宫，民争入水火，死者千余矣，遽击金而却之。”

关于式怒蛙，又见《尹文子·大道上》：“越王勾践谋报吴，欲人之勇，路逢怒蛙而轼之。比及数年，民无长幼，临敌虽汤火不避。”（按《尹文子》，《汉书·艺文志》列为名家，刘向《说苑》记尹文与齐宣王问答，而《吕氏春秋》又载尹文与湣王问答，大概是宣王时人，至湣王时犹在。

唐人引《尹文子》，多今本所无，《太平御览》、《群书治要》并多引此书。此处式怒蛙一条亦引见《北堂书钞》，文字略有异同。）

以上先秦诸子所记勾践教士的方法，汉人书中亦尝见之。如《淮南子·主术训》："越王好勇而民皆处危争死"。王充《论衡·率性》："且阖闾尝试其士于五湖之侧，皆加刃于肩，血流至地；勾践亦试其士于寝宫之庭，赴火死者，不可胜数。"（此与《吕氏春秋》文字小有异同。）

《淮南子·人间训》："越王勾践一决狱不辜，援龙渊（疑即龙泉，剑名）而切其股，血流至足，以自罚也。而战必死。"此亦说明勾践教士的主要一条是信赏必罚，然而和前记其它诸条不同，此则谓勾践自己亦守法甚严，故能成为风尚，激厉士气。

除上引而外，《越绝书》尚有以下两条，也都是关于激厉士气的：一、"鸡山豕山者，勾践以畜鸡豕，将伐吴以食士也。"二、"独妇山者，勾践将伐吴，徙寡妇致独山上，以为死士示，得专一也。后说之者，盖勾践所以游军士也。"按《太平御览》四七引《吴越春秋》曰："独女山者，诸寡妇女淫佚犯过，皆输此山上。越王将伐吴，其士有忧思者，令游此山，以喜其意。"查今本《吴越春秋》无此条，而《越绝书》独妇山一条的"后说之者"云云，显然和《吴越春秋》此条佚文的意义相同但隐约其词。《越绝书》作者大概觉得勾践此项激厉士气的方法

（如《吴越春秋》佚文所云），不太光彩，所以用“后说之者”含糊带过，而别为之释曰：“以为死士示，得专一也。”可是这句话也很费解（此类似可解似不可解的句子，《越绝书》很多），好像是说：把寡妇妥为安置，就是给敢死队（死士）看，你们专心杀敌罢，你们的家眷也将得到很好的安置。这一些（鸡山、豕山、独妇山）不经之谈，也许流行于民间，但司马迁所不采。《国语》载勾践将伐吴，大军至于御儿（槜李），下令曰，独子从军者免军役；明日又下令，昆弟四、五人都在军中者，应以一人归家；又明日令于军中曰，有眩瞀之疾者免军役；又明日又令于军中，筋力不足以胜甲兵、志行不足以听命者免军役（按《吴越春秋》全抄《国语》此段，而文字略有删节和更改，此处不具引）。这是属于制度的，与先秦诸子所说的属于权术的那些做法，不能混为一谈。吴国阖闾用孙武练兵，以宫女作试验，严明纪律，数年之后，吴军威大振，《吕氏春秋·用民》及《论衡·率性》所谓“阖闾尝试其士于五湖之侧，皆加刃于肩，血流至地”，就是当时吴军士气的说明。先秦诸子许阖闾为一霸，与齐桓、晋文等并称。由此可知勾践“教士”之法（如就号令严明这方面而言），吴国实先行之，而且也是卓著成效的。夫差报槜李之仇，一战而胜，使勾践仅能以甲士五千人栖于会稽，一面作困兽犹斗的姿态，一面乞和；其后，夫差千里远征，艾陵之战，给齐师以重创。由此可见，吴人非不能战。问题在于如何用之，用于什么目的？同是不义之战，但在“彼善于此”的场合，却是能够取胜的。勾践的复仇之战在越人看来，是应该打、值得打的；但是，截江而与楚人争泗上之地，在越人看来就是不应该与不值得。勾践灭吴之后不能与楚争，其原因不仅在“豪士死，锐卒尽，大甲伤”也。

总而言之，如果我们认为先秦诸子（还有少数两汉人的著作）都是没有可能反映当时的现实（因为他们中间没有一个是像我们今天所说的唯物主义者，当然也没有我们今天所要求的唯物历史观），那就无话可说，那就是不要历史了；如果不能这样“左”，还承认它们不仅反映了当时社会各阶层的意识形态，也反映了历史现实的大部分，那末，我们在论吴、越关系和对夫差、勾践的评价上，先秦诸子的著作还是重要的参考材料，——至少，我以为，比《吴越春秋》等东汉人的著作重要些。

以上，述先秦诸子及两汉学者对于吴夫差、越勾践的评价。特别可以引起我们注意的，是他们都没有说勾践如何行“仁政”，如何发展生产，而只是说他在权谋上比夫差高明而已。

四　先秦诸子、两汉学者对吴、越两方的文臣武将的评价

也算巧合罢，当时吴越两国的决策人物都是楚人。所

不同者：为吴夫差决策的伍子胥和伯嚭都属于楚国统治集团中有地位的家族的一员，在楚国因受排挤，亡命到吴国；为越勾践决策的范蠡和文种却是或在楚国不得志（范蠡）或只作个小官（文种），自愿到越国来的。〔伍子胥的来历，大家都知道。至于伯嚭，他的祖先原为晋人，后仕于楚。据《左传》昭公二十七年，楚令尹子常听信费无极的谗言，杀左尹郤宛及其族党；又定公四年，楚杀郤宛，伯氏之族（郤党）亡命在外，伯州犁之孙嚭为吴太宰。故曰：伍子胥和伯嚭都是楚国有势力的家族，不见容于本国而亡命至吴国的。据《史记·越王勾践世家》张守节《正义》引《会稽典录》云：范蠡本楚、宛、三户人，佯狂倜傥负俗。文种为宛令，遣吏谒奉，吏谓范乃狂人。种笑曰："吾闻士有贤俊之姿，必有佯狂之讥……"驾车而往。《正义》又引《吴越春秋》："大夫种，姓文、名种、字子禽；荆平王时，为宛令，之三户之里，范蠡从犬窦，蹲而吠之。从吏恐文种惭，令人引衣而障之。文种曰：'无障也。吾闻犬之所吠者人，今吾到此，有圣人之气，行而求之，来至于此。且人身而犬吠者，谓我是人也。'乃下车拜，蠡不为礼。"查今本《吴越春秋》无此段记载。据此，则文种在楚曾为小官，而范蠡则不得志。〕

从《国语·越语》看来，范蠡是勾践入臣于吴及其后复仇灭吴的主要决策人。《越语》载勾践问计于范蠡共五次，第一次在返国后第一年，第二次在返国后第四年，第三次在返国后第五年，第四次在返国后第六年，第五次在返国后第七年；在第五次，范蠡认为伐吴时机成熟。但是照《吴越春秋》看来则主要决策人是文种。勾践返国后在重大问题上多取决于文种。《史记》使范蠡、文种平分秋色，但灭吴后勾践赐文种剑曰："子教寡人伐吴七术，寡人用其三而败吴。其四在子，子为我从先王试之。"于是文种即自杀。照此看来，似乎主要决策又出于文种。按《吴越春秋》亦谓文种献破吴九术；人同是一人，而术有七、九之别。但是司马迁在《货殖列传》中称计然（《吴越春秋》作计倪，《越绝书》同）亦曾为勾践决策。（裴骃《集解》谓计然尝南游于越，范蠡师事之。）《史记》载："越王勾践困于会稽之上，乃用范蠡计然。（中略'计然曰'一小段关于发展生产的议论。）修之十年，国富，厚赂战士，士赴矢石，如渴得饮，遂报强吴，观兵中国，称号五霸。范蠡既雪会稽之耻，乃喟然而叹曰：'计然之策七，越用其五而得意，既已施于国，吾欲用之家。'乃乘扁舟浮于江湖。"那么，七策的"版权"又属于计然了。《越绝书》本《货殖列传》计然曰数语而敷衍成为《计倪内经》，内容芜杂，可是也把他作为勾践身边的重要决策人。

《吴越春秋·勾践阴谋外传》称：越王返国五年，未闻敢死之友。或谓诸大夫爱其身、惜其躯者。乃登渐台，望观其群臣有忧色与否？相国范蠡、大夫种、句（皋）如之属，俨然列坐，虽怀忧患，不形颜色。越王即鸣锺惊檄而召群臣，与之盟曰：“寡人获辱受耻，上愧周王，下惭晋楚，幸蒙诸大夫之策，得返国修政，富民养士，而五年未闻敢死之士，雪仇之臣，奈何而有功乎?”群臣默然莫对。……计倪年少官卑，列坐于后，乃举手而趋，蹈席而前进曰：“谬哉君王之言也。非大夫易见而难使，君王之不能使也。”越王曰：“何谓?”计倪曰：“夫官位财币金赏者，君之所轻也；操锋履刃、艾命投死者，士之所重也。今王易（吝）财之所轻而责士之所重，何其殆哉!”于是越王默然不悦，面有愧色，即释群臣进计倪而问曰：“孤之所得士心者何等?”计倪对曰：“夫君人尊其仁义者治之门也，士民者君之根也。开门固根，莫如正身。正身之道，谨左右；左右者，君之所以盛衰者也。愿王明选左右，得贤而已。”……王曰：“吾以谋士效实，人尽其智，而士有未尽进辞，有益寡人也。”计倪曰：“范蠡明而知内，文种远以见外，愿王请大夫种与深议，则霸王之术在矣。”于是越王请大夫种与议国事，大夫种献破吴九术。

这一段材料，称计倪“年少官卑”，与《史记·集解》称“范蠡师事之”完全相反。按《越绝书·外传计倪第十一》也说“计倪年少官卑，其居在后”，他与勾践问答之辞，大致与《吴越春秋》同而芜杂过之，但无计倪请专任文种之说。是则《越绝书》外传之计倪与同书《计倪内经》之计倪又自相矛盾。正如《吴越春秋·勾践阴谋外传》称“计倪年少官卑”，而《勾践入臣外传》则又说计倪时（即勾践入臣于吴之时）已为太史，此亦自相矛盾。又《吴越春秋·勾践阴谋外传》说勾践返国五年尚未专任文种，直到计倪推荐，方问文种何策破吴，这也与先秦诸书所载矛盾，而且也不合情理。

以上各端，都证明了《吴越春秋》、《越绝书》两书所载有关文种、范蠡的事情，前后自相矛盾，不合情理，故不能视为可信的资料。

据《国语》、《左传》及先秦诸子，则勾践手下的决策人乃是范蠡、文种，而无计倪（或计然）。但是，在栖于会稽以前，勾践尚未认识范蠡、文种是真有本领的人，还不大听他们的话，直到困于会稽，始悔而召文种问如何应付当前的危机（见《国语·越语》越王勾践栖于会稽章，《史记》也有同样的记载），专任种、蠡，自此始。所以司马迁说："勾践困彼，乃用种、蠡。"但是，文种、范蠡二人谁的作用更大？"史有阙文"，这笔账就难以算了。

有人把范蠡作为"军师"样的人物，专管治兵，而把文种作为"相国"（《吴越春秋·勾践阴谋外传》已直称范蠡为相国，其实，"相国"的官职，当时还没有），专管内政（包括经济），也办外交（对付吴国的需索）。这样地让两人分工，其根据大概是《史记》："欲使范蠡治国政，蠡对曰：'兵甲之事，种不如蠡；镇抚国家，亲附百姓，蠡不如种'，于是举国政属大夫种，而使范蠡与大夫柘稽行成为质于吴。二岁而吴归蠡。"（按《史记》此处既言越王勾践返国后与范蠡谋治国，而又言“使范蠡与大夫柘稽行成为质于吴”，事实颠倒，显有错简。）然观《汉书·艺文志》著录《范蠡二篇，大夫种三篇》，同称为权谋家（详见上章），则范蠡、文种二人所学与所用大致相同，而计然（计倪）则是专于经济方面的。

据此而论，我们不妨作初步的论断：勾践手下的主要决策人是范蠡、文种，都是楚人；在经济方面给勾践出主意的，是计然（计倪），他的先辈却是晋国的亡公子（此据《史记·集解》），计然曾游于越。

此外，辅佐越勾践的，还有逢同。（按《韩非子·说疑》与《史记》皆作“逢同”，而《吴越春秋》作“扶同”。）

《韩非子·说疑》：“若夫后稷、皋陶、伊尹、周公旦、太公望、管仲、隰朋、百里奚、蹇叔、舅犯、赵衰、范蠡、大夫种、逢同、华登，此十五人者为其臣也，皆夙兴夜寐，卑身贱体，竦心白意，明刑辟，治官职以事其君，进善言、通道法而不敢矜其善，有成功立事而不敢伐其劳。……此谓霸王之佐也。”这是把逢同看得极高的。但《左传》绝少记载逢同的事迹，《国语》亦然。

据《吴越春秋·勾践入臣外传第七》：越王勾践五年五月与大夫种、范蠡入臣于吴，群臣皆送至浙江之上，……大夫种前为祝，……越王曰：“孤承前王余德，守国于边，幸蒙诸大夫之谋，遂保前王丘墓。今遭辱耻，为天下笑，将孤之罪耶，诸大夫之责也？吾不知其咎，愿二、三子论其意。”大夫扶同曰：“何言之鄙也！……昔汤系于夏台，伊尹不离其侧，文王囚于石室，太公不弃其国；兴衰在天，存亡系于人。”

又同书《勾践归国外传第九》记载：越王返国后，九年正月，召五大夫而告之曰：“昔者越国遁弃宗庙、身为穷虏，耻闻天下，辱流诸侯。今寡人念吴，犹躄者不忘走，盲者不忘视。孤未知策谋，惟大夫诲之。”扶同曰：“昔者亡国流民，天下莫不闻知，今欲有计，不宜前露其辞；臣闻猛兽将击，必饵毛帖伏，鸷鸟将搏，必卑飞戢翼，圣人将动，必顺辞和众。圣人之谋，不可见其象，不可知其情，临事而伐，故前无剽过之兵，后无伏袭之患。今大王临敌破吴，宜损少辞，无令泄也。臣闻吴王兵强于齐晋而怨结于楚，大王宜亲于齐，深结于晋，阴固于楚，而厚事于吴。夫吴之志猛骄而自矜，必轻诸侯而凌邻国，三国决权，还为敌国，必角势交争；越承其弊，因而伐之，可克也。虽五帝之兵，无以过此。”（以上逢同一段话亦见《史记》，但作“勾践自会稽归七年，拊循其士民，欲用以报吴。大夫逢同谏曰”云云，而无召五大夫询问之事。）

又同书《伐吴外传》：越王请八大夫问战。扶同曰：“广恩知分则可战。广恩以博施，知分而不外。”越王曰：“神哉！”

据以上所引，似乎扶同（逢同）在越国地位很高，越王召集群臣商量大计，总是他第一个发言。《伐吴外传》又载勾践灭吴后，范蠡扁舟入五湖，自是计倪佯狂，大夫曳庸、扶同、皋如之徒，日益疏远，不亲于朝。扶同的事迹，交代直到最后。然而统观前后，《吴越春秋》记载逢同只有三次答问，别无其他事迹，大概是赵晔从《韩非子》和《史记》那段话得了“启发”，凭空捏造，给他一个很高的地位。当时越国大概有这么一个老臣，但作用不大，韩非子的话可能有夸张。

又据《越绝书·请籴内传》：勾践灭吴，夫差自杀后，勾践杀太宰嚭、逢同与其妻子。这是吴国也有个逢同。《请籴内传》又载：这个逢同曾经帮同太宰嚭谮杀伍子胥。而《越绝书》在另一处（《德序外传》）说：吴王将杀子胥，使冯同征（侦）之云云，疑此一冯同即伯嚭的朋友逢同，可是前者说逢同为伯嚭定计谮子胥，后者又说吴王将杀子胥而使冯同侦之，前后矛盾。这也是作伪者常有的漏洞。

苦成：据《国语·吴语》，越王召五大夫而问伐吴之事，“苦成对曰：‘审罚则可以战乎？’王曰：‘猛。’”这一点线索，在《吴越春秋》就“发展”成为《勾践入臣外传》、《归国外传》、《伐吴外传》的关于苦成的三段话。

《勾践入臣外传》说勾践将去国，入臣于吴，情绪低沉，于是送行的越国大臣都用话来勉励宽慰他。大夫苦成这样说：“不如君王之言。天有历数，德有薄厚，黄帝不让，尧传天子，三王、臣弑其君，五霸、子弑其父。德有广狭，气有高下。今之世，犹人之市，置货以设诈，抱谋以待敌。不幸陷厄，求伸而已。大王不览于斯，而怀喜怒。”《伐吴外传》载苦成对答勾践的咨询，全抄《国语》而文字上小有改动。《归国外传》说越王勾践九年正月，召五大夫问计，在范蠡发言后，苦成曰：“夫水能浮草木亦能沉之，地能生万物亦能杀之，江海能下溪谷亦能朝之，圣人能从众亦能使之。今吴承阖闾之军制、子胥之典教，政平未亏，战胜未败。大夫嚭者，狂佞之人，达于策虑，轻于朝事；子胥力于战伐，死于谏议。二人权必有坏败。愿王虚心自匿，无示谋计，则吴可灭矣。”

“苦成”究竟是姓是名？考《国语·周语》（下三）：“柯陵之会，单襄公见晋厉公视远步高；晋卿锜（郤锜）见单子，其语犯；郤犨见，其语迂。”韦昭注曰：“郤犨、晋卿，郤锜之族父，步扬之子，苦成叔也。”又《国语·鲁语》：“子叔声伯如晋谢季文子，郤犨欲与之邑，弗受也。归。鲍国谓之曰：‘子何辞苦成叔之邑？欲信让邪，抑知其不可乎？’对曰：‘吾闻之，不厚其栋，不能任重；重莫如国，栋莫如德。夫苦成叔家欲任两国而无大德，其不存也，亡无日矣。’”（按，此事亦见《左传》成公十六年。）《左传》成公十七年，记厉公使嬖臣胥童等杀三郤，“壬午，胥童、夷羊五帅甲八百，将攻郤氏。长鱼矫请无用众。公使清沸魋助之。抽戈结衽，而伪讼者。三郤将谋于榭。矫以戈杀驹伯（郤锜）、苦成叔（郤犨）于其位。温季（郤至）

曰：‘逃威也。’遂趋。矫及诸其车，以戈杀之。”（按《国语·晋语》亦记此事，有小不同，兹从略。）又《国语·晋语》十二记载：赵文子冠，以次拜见栾武子、中行宣子、范文子、郤驹伯（锜）、韩献子、知武子、苦成叔子（郤犨）、温季子（郤至）。最后，赵文子见张老，并且把自己拜会栾武子等人的时候他们对他说的话都告诉了张老。张老批评三郤说的话是“亡人之言也，何称述焉!”此外，《国语·晋语》记及三郤事，多有称郤犨为苦成叔者。

按《潜夫论》（东汉·王符）第三十五《志氏姓》云：“晋之公族郤氏，又班为吕。郤芮又从邑氏为冀。后有吕（郤）锜，号驹伯。郤犨食采于苦，号苦成叔。郤至食采于温，号温季。各以为氏。郤氏之班有州氏、祁氏。……凡郤氏之班，有冀氏、吕氏、苦成氏、温氏、伯氏。”此以“苦成”为氏。但郤犨之称苦成，疑亦似郤至之称温季，郤锜之称驹伯，非必如王符所谓以采邑得氏也。按《左传》隐公八年：“无骇卒，羽父请谥与族。公问族于众仲。众仲对曰：‘天子建德，因生以赐姓，胙之土而命之氏；诸侯以字为谥，因以为族；官有世功，则有官族。邑亦如之。’公命以字为展氏。”因为诸侯之臣可以其祖父之字为氏，无骇是公子展之孙，所以隐公就命为“展”氏。照这样看来，郤犨的后代可以称“苦成”氏。因而不妨推想：越国的苦成，也许是晋公族郤犨之孙，避难逃到越国的。至于这个苦成所司何职，《吴越春秋·入臣外传》：“越王曰：‘吾将逝矣，愿（闻）诸君之风。’……大夫苦成曰：‘发君之令，明君之德，穷与俱厄，进与俱霸；统烦理乱，使民知分：臣之事也。’”这段话，好像是从《国语》那句“审罚则可以战”引申出来的。

曳庸（《国语》作舌庸，《吴越春秋》作曳庸，他书或作洩、渫、泄，《左传》作“后”，乃“舌”字之讹：《国语·吴语》）：“于是越王勾践乃命范蠡、舌庸率师沿海泝淮以绝吴路，败王子友于姑熊夷……”按《国语》此处谓越兵“沿海泝淮以绝吴路”，未免夸张；《左传》哀公十三年载“越子伐吴，为二隧（道）；畴无余、讴阳自南方，先及郊……”《史记》则谓越王“乃发习流二千人，教士四万人，君子六千人，诸御千人伐吴。”《左传》、《史记》都没有提到曳庸。

又《国语·吴语》：越王勾践召五大夫询以可否伐吴。“舌庸对曰：‘审赏则可以战乎？’王曰：‘圣。’”此数语，在《吴越春秋·伐吴外传》则为：“冬十月，越王乃请八大夫问战。（按此称八大夫，实际上发言者只有七人，余一人亦未提到名氏。疑八字有误。）曳庸曰：‘审赏则可战也。审其赏，明其信，无功不及，有功必加，则士卒不怠。’”又《勾践入臣外传》：勾践临别询群臣以职守时，大夫曳庸曰：“奉令受使，结和诸侯；通命达旨，赂往遗来；解忧释患，使无所疑；出不忘命，入不被尤：臣之事也。”这与同传诸大夫的对答一样，恐是赵晔的“创作”；据《国语》，则舌庸所掌，非行人之职。

皋如（《国语》作皋如，《吴越春秋》作句如）：据《国语》，越王召五大夫问可否伐吴时，皋如对曰："审声则可以战乎？"王曰："可矣。"《吴越春秋》亦将此二语演绎为"审声则可战；审于声以别清浊，清浊者谓吾国君名闻于周室，令诸侯不怨于外"。按《国语》原句"审声则可战"，本来意义含混，《吴越春秋》却把它解释为判断越国在当时列国中的声望如何。皋如这番话说在大夫皓（或皓进）之后，大夫皓是主张立即攻吴的。《吴越春秋·勾践入臣外传》说皋如的职守是："修德行惠，抚惠百姓；身临忧劳，动辄躬亲；吊死问疾，救活民命；蓄陈储新，食不二味；国富民实，为君养器。"

皓（或浩，或皓进）：查《国语》无大夫浩（或皓进）其人，《越绝书》亦无之。《吴越春秋》则两见。据《勾践入臣外传》：勾践将去国人吴，询诸大夫时，在曳庸发言之后，大夫皓进曰："一心齐志，上与等之；下不违令，动从君命；修德履义，守信温故；临非决疑，君误臣谏；直心不挠，举过列平；不阿亲戚，不私于外；推身致君，终始一分：臣之事也。"又据《勾践归国外传》：大夫浩曰："今吴君骄臣奢，民饱军勇，外有侵境之敌，内有争臣之震，其可攻也。"此处的大夫浩与上文之大夫皓进如为一人，则上文"大夫皓进曰"之"进"字应作动词。又此处"君骄臣奢"之下接"民饱军勇"，而最后结以"其可攻也"，于逻辑不合。疑“饱”字、“勇”字有误。（以上引文皆据四部丛刊景印明弘治邝璠刻本。）

诸稽郢（柘郢）：《国语·吴语》第十九：“吴王夫差起师伐越，越王勾践起师逆之江，大夫种乃献谋曰……‘王不如设戎约辞行成，以喜其民，以广侈吴王之心’……越王许诺，乃命诸稽郢行成于吴……”此处虽未明言越国战败，越王栖于会稽然后请成，但通观此章叙述事实，可信此所谓“乃命诸稽郢行成于吴”，即在栖于会稽之时。然而《国语·越语》上第二十，却又称：“越王勾践栖于会稽之上，乃号令于三军曰：‘凡我父兄昆弟及国子姓，有能助寡人谋而退吴者，吾与之共知越国之政。’大夫种进对曰：‘……今君王既栖于会稽之上，然后乃求谋臣，无乃后乎?’勾践曰：‘苟得闻子大夫之言，何后之有?’执其手而与之谋，遂使之行成于吴。”同一书自相矛盾。又考《史记》，诸稽郢作“柘稽”，而把勾践派遣柘稽一事放在吴王已许越成之后；据《史记》则栖于会稽时派出求和的使者是文种，而在夫差许和之后，派往吴国为质的却是范蠡和柘稽。《史记》称，勾践听从范蠡的话，“于是举国政属大夫种，而使范蠡与大夫柘稽行成为质于吴。二岁而吴归蠡。”不言归柘稽。《史记》也常常前后矛盾。《吴越春秋·勾践入臣外传》在大夫皓发言之后，大夫诸稽郢说：“望敌设阵，飞矢扬兵；履腹涉尸，血流滂滂；贪进不退，二师相当；破敌攻众，威凌百邦：臣之事也。”这是把他作为一员武将的。

以上越国的文臣武将有名可考者共九人，除大夫皓仅见于《吴越春秋》，又范蠡、文种、计然三人事迹较多，余五人或见于先秦古籍，或见于《史记》，但事迹均甚少。我们姑且相信他们都是实有其人罢！《吴越春秋》所记他们的对答之词，我看都是赵晔在做文章，未可据以为证。但《左传》、《国语》乃至《史记》也都没有记载他们在复仇灭吴问题有什么意见分歧，换言之，即在现今我们所掌握的可以认为可信（在没有更可信的史料被发现以前）的资料中，还不能断定：由于越国的阶级、阶层的存在，必然会有内部矛盾，——而且像有些人们所想象，一定有投降派，有右倾保守分子等等。至于文字史料所没有的东西，我们能不能凭推论而作艺术上的“虚构”，或者，文字史料未明显突出的东西我们能不能（该不该）加以夸张而突出之，——这是值得讨论的问题，但这是另外一个问题，我希望留在下面再谈。这里，只是就史料论史，凡是找不出证据的东西，我们最好暂时不作大胆的猜想。（据《左传》，越国的武将尚有：在槜李之战、戈伤吴王阖闾将指的灵姑浮；在越勾践乘吴夫差带精兵北上与齐晋等国会于黄池而发兵偷袭吴国时南路的带兵官畴无余、讴阳，——二人在此战役中被吴军所俘。此三人均仅一见，再无下文。其实，扶同、曳庸等，也不是同样仅仅一见即无下文么？不知赵晔根据什么——也许有民间传说在内——偏偏挑中了扶同、曳庸、诸稽郢等人大做文章。）

《韩非子·说疑篇》曾经列举古来亡国之佞臣十二人，其中有“越种干、吴王孙頟”。我还查不出此所谓“种干”者为何等样的人，但可以想象：他既和王孙頟（按即王孙頟或作王孙骆）同列，大概也是勾践时代的人。但韩非子说此十二人者，“思小利而忘法义，进则蔽贤良以阴闇其主，退则挠乱百官而为祸难”，并且说“有臣如此者，皆身死国亡，为天下笑”。照此看来，又不像是勾践时代的人。可能这个“越”字不是国名，但从此处所举十二人皆冠以国名而言，“越”又不能不是国名。凡此种种，只好存疑。

至于吴夫差的文臣武将，见于前人著作者，实在不少；例如见于《左传》者，就有叔孙辄、公山不狃（皆鲁臣，逃亡到吴国，后来又被夫差派遣领兵伐鲁，——事见定公十二年与哀公八年），徐承（夫差第一次攻齐时率领吴国水师者，事见哀公十年），胥门巢、王子姑曹、展如（艾陵会战时，胥门巢将吴上军，王子姑曹将下军，展如将右军，事见哀公十一年），王子地、王孙弥庸（夫差北上会诸侯于黄池时与太子友留守之将，事见哀公十三年），申叔仪（大夫，乞粮于鲁大夫公孙有山者，“呼庚癸”已成典故，事见哀公十三年），洩庸（吴国也有洩庸，见哀公二年传）；见于《国语》者有勇毅（韦昭注，吴大夫，黄池会后奉夫差之命与王孙骆帅徒师先返），王孙苟（黄池会后奉夫差命告劳于周），华登（越王栖于会稽时，大夫种献谋，谓“申胥、华登简服吴国之甲兵，而未尝有所挫也。”韦昭注谓华登、宋司马华费遂之子，华氏作乱而败，华登奔吴为大夫)。但就对越国的关系而言，《左传》等书提到的，不过伍子胥、太宰嚭、王孙雒等数人。我们且先看看先秦诸子(还有两汉学者）对他们的评价如何。

先说伍子胥。据《左传》哀公元年载：“吴之入楚也，使召陈怀公。怀公朝国人而问焉，曰：‘欲与楚者右，欲与吴者左。’陈人从田，无田从党。逢滑当公而进，曰：‘臣闻国之兴也以福，其亡也以祸。今吴未有福，楚未有祸，楚未可弃，吴未可从。而晋，盟主也，若以晋辞吴若何?’公曰：‘国胜君亡，非祸而何?’对曰：‘国之有是多矣，何必不复？小国犹复，况大国乎？臣闻国之兴也，视民如伤，是其福也；其亡也，以民为土芥，是其祸也。楚虽无德，亦不艾杀其民；吴日敝于兵，暴骨如莽，而未见德焉，天其或者正训楚也，祸之适吴，其何日之有?’陈侯从之。”这一段记载，说明了吴用伍子胥而大胜楚国的时候，一个小国（陈）的一个有远见的大夫对于伍子胥将为吴福抑将为吴祸的看法。那时候，吴兵入郢，楚王狼狈避难，伍子胥的威望正达顶点，然而逢滑却有相反的看法，不能不说是难能可贵的。

但是，后来，越既沼吴，先秦诸子对伍子胥的评价却一直很高。从《墨子》到《吕氏春秋》，包括儒、墨、法、道各派，都异口同声赞许伍子胥的“忠于其君”，并为他的冤死大抱不平。《墨子·所染篇》把伍子胥和管仲、鲍叔、舅犯、孙叔敖等人并称。(《吕氏春秋》的《当染》与《尊师》亦持同样论调。)《韩非子·难三》说:“夫差智太宰嚭而愚子胥,故灭于越”,《难四》又说:“吴王诛子胥而越勾践成霸”。这是把伍子胥的作用夸大过当,韩非子有借他人酒杯浇自己块垒的用意。至于战国的游说之士一股劲儿称赞子胥忠于其君,当然也有其个人目的,例如《战国策·秦策》张仪又恶陈轸于秦王章,陈轸自辩,引史事,“子胥忠乎其君,天下欲以为臣。”同策,范睢至秦初说秦王,也把伍子胥宣传一番以抬高自己:“伍子胥橐载而出昭关,夜行而昼伏,至于菱夫,无以饵其口,坐行蒲服,乞食于吴市,卒兴吴国,阖闾为霸。使臣(按范睢自称)得进谋如伍子胥,加之以幽囚不复见,是臣说之行也,臣何忧乎?”

庄子的虚无主义思想使他不会像墨子和韩非子那样评价伍子胥,然而庄子也不能不许伍子胥为忠。《庄子·外物篇》说:“人主莫不欲其臣之忠,而忠未必信;故伍员流于江。”《盗跖篇》一则曰:“世之所谓忠臣者莫若王子比干、伍子胥,子胥沉江,比干剖心”;再则曰:“比干剖心,子胥抉眼,忠之祸也。”

《荀子》一书也经常提到伍子胥。例如:《君子篇》称“吴有伍子胥而不能用,国至于亡”;《成相篇》称“世之祸,恶贤士,子胥见杀百里徙”;《大略篇》称“比干、子胥忠而君不用”;《宥坐篇》又称“女以忠者为必用邪,关龙逢不见刑乎?女以谏者为必用邪,吴子胥不磔姑苏东门外乎?”这都是一方面把吴国之灭亡归因于伍子胥之不见信用，而另一方面却以伍子胥作为忠臣的典范，再三地强调地怜悯子胥忠而见杀。但是《臣道篇》既说“比干、子胥，可谓争矣”，却又批评“子胥之于夫差，可谓下忠矣”。荀子分析了臣道，认为应当“从道不从君”，故许子胥得臣道，但又解释忠有几等，而称“以是谏非而怒之”者为“下忠”。

孟子说得更干脆：“君之视臣如手足，则臣视君如腹心；君之视臣如犬马，则臣视君如国人；君之视臣如土芥，则臣视君如寇仇。”（见《离娄下》）“齐宣王问卿。孟子曰：‘王何卿之问也?’王曰：‘卿不同乎?’曰：‘不同。有贵戚之卿，有异姓之卿。’王曰：‘请问贵戚之卿。’曰：‘君有大过则谏。反复之而不听，则易位。’王勃然变乎色。曰：‘王勿异也。王问臣，臣不敢不以正对。’王色定，然后请问异姓之卿。曰：‘君有过则谏；反复之而不听，则去。’”（见《万章下》）孟子这段话可与荀子的论点互相补充。伍子胥之于吴夫差，只能说是“异姓之卿”，反复进谏而不听，可以去矣；然而伍子胥不去，终于见杀。所以先秦诸子或则寄以全部的同情，或者怜悯他的遭遇而惋惜他的不智——不能去。

西汉儒者如扬雄，也承袭了孟、荀的见解。《法言·重黎》第十：“或问子胥、种、蠡孰贤?曰：胥也，俾吴作乱，破楚入郢，鞭尸藉馆，（按：鞭尸事不见于《左传》、

《国语》，首见于《史记》，但扬雄亦既言之，可见此说流传颇广，《吕氏春秋·首时》篇谓鞭荆王之坟三百，《史记·楚世家》及《季布传》均云鞭墓，独《伍子胥列传》与《吴世家》谓是鞭尸，史公亦常自相矛盾如此。）皆不由德；谋越谏齐不式（用），不能去，卒眼之。种、蠡不强谏而山栖，俾其君诎社稷之灵而童仆，又终弊吴，贤皆不足邵（美）也。至蠡策种而遁，肥（善）矣哉！”（扬雄作《法言》，硬学《论语》的笔调，看这一段文字，实在可笑。）

司马迁为伍子胥立专传（但是他没有为管仲立专传）。也有点借他人酒杯浇自己块垒的意味；可是《伍子胥列传》也只叙述伍子胥怎样替公子光（即后来的吴王阖闾）谋杀王僚、夺取王位，以及报私仇伐楚（然而最后还是败走）等等，——这是伍子胥被阖闾信任时期所做下的“大事”，后来，就是屡谏夫差不听，终于被赐死的悲剧下场。《伍子胥列传》中看不到伍子胥有怎样的富国强兵的谋略。司马迁评价伍子胥的话也相当有分寸，他慨叹“怨毒之于人，甚矣哉”，只赞许伍子胥能“弃小义雪大耻，名垂于后世”；把这些评语和《管晏列传》的“太史公曰，……管仲世所谓贤臣”云云相比较，可见司马迁眼中的伍子胥并不是可与管仲并列的有本领的人。

把伍子胥描写成一个生有远见、死有余威的英雄人物，始于《吴越春秋》。其实这也不是什么独特的见解，《韩非子》早已说过“吴王诛子胥而越勾践成霸”，不过赵晔又采取了一些民间传说，渲染得有声有色而已。可是同属越人而且时代相近的王充就曾表示怀疑；《论衡·书虚篇》载“传书曰：‘吴王夫差杀伍子胥，煮之于镬，乃以鸱夷橐投之于江；子胥恚恨，驱水为涛，以溺杀人。今时会稽丹徒大江，钱塘浙江，皆立子胥之庙，盖欲慰其恨心，止其猛涛也。’夫言吴王杀子胥，投之于江，实也；言其恨恚驱水为涛者，虚也。屈原怀恨，自投湘江，湘江不为涛；申徒狄蹈河而死，河水不为涛。……人若恨恚也，仇雠未死，子孙遗在可也；今吴国已灭，夫差无类，吴为会稽，立置太守，子胥之神，复何怨苦？为涛不止，欲何索求？……怨恚吴王，发怒越江，违失道理，无神之验也。”另一个越人谢承却说得更妙：“吴郡王閎渡钱塘江，遭风，船欲覆；閎拔剑斫水骂伍子胥，水息得济。”（见《艺文类聚》卷八江水条引谢承《后汉书》，据影宋本。）王充驳斥了那些传说之无稽，同时讥讽伍子胥只是一味愤愤作涛，不辨敌我，贻祸平民；谢承却用另一传说描写伍子胥还是欺软怕硬的。如果照迷信的说法，伍子胥死而有知，其憎恨的对象应当是吴王夫差，而不是越国的人民，为甚么要兴风作浪，使越国人民世世代代受害呢？此种迷信的传说显然同人民的愿望相违背，此种迷信的传说显然不是人民的创作。然而仍然流传于民间，这就因为当时人民不觉悟，政治水平低，受了蒙蔽罢了。照这样看来，《吴越春秋》收罗了大量的这些所谓民间传说，正表明了赵晔的立场、观点不但比他的前辈同乡王充差得多，也比他的后辈同乡谢承差得多。

先秦诸子在赞扬伍子胥的时候，一定把伯嚭作为对立面，而且把吴国灭亡的责任放在伯嚭身上。《墨子·所染》把太宰嚭、王孙雒和另外十个陷其君于死亡的历史人物列为一类。《韩非子·难三》说“夫差智太宰嚭而愚子胥，故灭于越”。这些论断，我想不但夫差不服，伯嚭也不服。夫差和伯嚭当然都犯了极大的错误，而伯嚭还有贪小便宜的大缺点，但是，他们与伍子胥的分歧（灭越或存越）都不是吴国覆亡的根本原因。《左传》、《国语》、《史记》乃至先秦诸子都没有记载伍子胥曾经从当时的列国形势、吴国本身的有利条件与不利条件等等出发，分析吴国不可北向与齐、晋争霸，而只是眼光浅短地说勾践有复仇之志，不先灭越，吴必覆亡，这当然不能对抗伯嚭的“存越以收诸侯之心”的主张，当然不能说服吴夫差。存越与灭越各有利弊，而在当时吴夫差的争霸中原（矛头先对着齐国）的方针指导之下，存越以争取一些小国的归附，实为得计；这一点，我在本文第三章已经从历史事实加以论证，这里不再多说了。假定吴先灭越（在当时吴的兵力是可以一举而灭越的），而后北向争霸，从当时吴国的实力（经济的与军事的）以及战线之长、后勤工作十分困难等等条件看来，最后还是要失败；那时收渔翁之利者虽不是世仇的越，但将是世仇的楚国。越勾践灭吴以后，称为当时四强之一

(墨翟正碰着这个时代，所以他的书屡以齐、晋、荆、越并称)，但当越国最强盛时已不得不把旧属于吴国的江淮之地让给楚国，其后不数世，还不是连越国本部也被楚国并吞了。先秦诸子虽然以伍子胥比管仲，但伍子胥何能望管仲于万一？伍子胥对于发展吴国的经济力量、提高吴国人民的生活有何计划？没有。伍子胥只是一心要借吴国的兵力为自己报私仇，不惜因此残害吴、楚两国的人民！攻楚虽胜，伍子胥的私仇是报了，可是吴国亦受很大损失，以致攻城虽克却不能据而有之。(这不是说，我赞成春秋时代各国间的攻城掠地之战，这里，我只是说，在当时的吴国统治集团看来，攻打楚国直至于郢，只是为伍子胥报私仇而已，吴阖闾并没得到实惠。)伍子胥对于攻楚是竭力主张的，但在胜楚报私仇以后，他好像什么都不感兴趣了；他既没有为吴国的长治久安制定什么百年大计，也没有为吴国的争取与国、扩大影响，出过什么主意。这样的一个伍子胥在夫差看来，岂不是只忠于他自己而不忠于我夫差么？所以，夫差之疏子胥而亲伯嚭，是理所当然的。因为伯嚭给夫差出了许多主意，都是迎合了夫差的北向争霸的野心的。这些主意，在当时的条件下，不能不说是言之成理、持之有故的；但因大前提（争霸中原）错了，所以这些主意也都变成“失算”了；可是，在政治上与伯嚭完全对立的伍子胥也没有指出大前提（北向争霸）的错误，更没有向夫差建议：如果欲北向争霸中原，必须首先创造一些什么条件，而欲创造这些条件，应当采取什么措施。管仲辅佐桓公，就有一整套富国强兵的办法，伍子胥在吴国独揽大权，前后二十年（从阖闾即位到夫差战败越国，勾践入臣），可就是没有作出管仲在齐国所做的百分之一的贡献。这样一个伍子胥，似乎不能使吴夫差十分看重，又安能言听计从呢？

或许有人要说：看来吴夫差是个刚愎自用的人，伍子胥即使有百年大计，夫差也不能用。

夫差究竟是怎样的人，如就先秦诸子的议论看来，好像是个愚而自用的人（但先秦诸子只攻击他任用伯嚭这一点，并没举出其它具体的暴戾昏庸的事实）；但是，也有历史事实可以证明他不是愚而自用的人。《晏子春秋·内篇问下第四》的第十、十一两章（均已引见本文第三章，此处从略），又《内篇杂下第六》的第八章记载三个小故事（亦已引见本文第三章，此处从略），都对夫差有贬词，然而从这三个小故事中看不出夫差是愚而自用的人。《晏子春秋·外篇》中《重而异者第七》的第十七章载："晏子使吴。吴王曰：'寡人得寄僻陋蛮夷之乡，希见教君子之行，请私而无为罪。'晏子蹴然辟位。吴王曰：'吾闻齐君，盖贼以僈、野以暴，吾子容焉，何甚也？'晏子遵循而对曰：'臣闻之，微事不通、粗事不能者必劳，大事不得、小事不为者必贫，大者不能致人、小者不能至人之门者必困。此臣之所以仕也。如臣者，岂能以道食人者哉。'晏子出。王笑曰：'嗟乎！今日吾讥晏子，犹倮（裸体）而訾（咎）高撅（揭衣）者也。'”这里最后的吴王曰云云，表见夫差颇有自知之明，未见其愚而自用。而且，这一个小故事和同书《内篇问下第四》的第十章的小故事，也都暗示着夫差对晏婴的顾盼招徕之意，这也说明了夫差时时打算把有本领的人收罗在自己身边。再把夫差在黄池之会的从容应付、度过危机的事实合起来看，夫差还不失为精明能干的人，因而他之任用伯嚭，和其他昏庸之主的偏信佞臣，不可一概而论。伯嚭也不是易牙、竖貂一类，虽然他的贪污大概是真的。

伯嚭的下落：《史记》、《吴越春秋》、《越绝书》都说夫差自杀后，勾践杀伯嚭；《韩非子·内储说下六微》中关于经二《利异》的说明有这样一段：“越王攻吴王，吴王谢而告服，越王欲许之。范蠡、大夫种曰：‘不可。昔天以越与吴，吴不受；今天反夫差，亦天祸也，以吴予越，再拜受之。不可许也。’太宰嚭遗大夫种书曰：‘狡兔尽则良犬烹，敌国灭则谋臣亡；大夫何不释吴而患越乎？’大夫种受书读之，太息而叹曰：‘杀之，越与吴同命。’”这里没有明言伯嚭的下落。《左传》哀公二十四年记“公如越，得太子适郢（与勾践的太子适郢相得），将妻公而多与之地。公孙有山使告于季孙。季孙惧，使因太宰嚭而纳赂焉，乃止。”照这段记载看来，则灭吴之后，伯嚭又在越国做官了；但《左传》错简讹夺亦多有之，他书既都说勾践杀伯嚭，《左传》孤证，未可遽信。

和伯嚭同被墨子认为祸首的，还有王孙雒（见上引《墨子·所染》，又见《吕氏春秋·当染》，但《吕氏春秋》作王孙雄）。这个人，不见于《左传》。《国语》两次提到他（也作王孙雄）。第一次是在黄池会上，吴晋争先未决之时，得报越已袭吴，并俘太子友，夫差集群臣商量“无会而归，与会而先晋，孰利?”的时候，王孙雄主张必须会盟，而且不能对晋让步，并且提出了一些具体措施（见《吴语》）。第二次在笠泽战役，吴军大败之后，夫差使王孙雄行成于越，与范蠡反复责难（见《越语》下）。《史记·越王勾践世家》也载此事，作公孙雄，盖袭《国语》，仅文字小有不同。从《国语》的记载看来，王孙雒并不是怎样奸佞之人，而且与太宰嚭也并无密切关系。《吴越春秋》也提到王孙雒（作王孙骆）在黄池会上的作用，显然是抄袭《国语》而删节甚多；又说黄池会后，夫差命王孙骆告劳于周，此与《国语》不合；《国语》记黄池会后，王孙骆与勇毅率领徒师先返，而奉命告劳于周的，则是王孙苟。《吴越春秋·夫差内传》又载：夫差既杀子胥，王孙骆闻之不朝，“王召而问曰：‘子何非寡人而不朝乎?’骆曰：‘臣恐耳。’曰：‘子以我杀子胥为重乎?’骆曰：‘大王气高，子胥位下，王诛之，臣命何异于子胥，臣是以恐也。’王曰：‘非听宰嚭以杀子胥，胥图寡人也。’骆曰：‘臣闻人君者必有敢谏之臣，在上位者必有敢言之交；夫子胥，先王之老臣也，不忠不信，不得为前王臣。’吴王中心悷然，悔杀子胥。岂非宰嚭之谗子胥？而欲杀之。骆曰：‘不可。王若杀嚭，此为二子胥也。’于是不诛。”这一段故事，倒说明王孙雒不是个坏人（按《越绝书·请籴内传》也载此事，仅文字小有不同。此处不再抄引）。总而言之，《墨子》与《吕氏春秋》虽然都把王孙雒和伯嚭并举，认为是吴国之所以灭亡的祸首，然而王孙雒的事迹无可详考。

除了伍子胥、伯嚭、王孙雒三人，吴夫差手下的文臣武将，据《左传》、《国语》所记载，还有叔孙辄、公山不狃、徐承、王子地、王孙弥庸、王孙苟、华登（均已见本章前段，此从略）等人，但在吴、越交涉中不居重要地位，这里也就不多说了。

最后，我打算谈一谈西施。

把西施作为吴、越关系中一个起作用的人物，始于东汉人的著作。《吴越春秋·勾践阴谋外传》记越勾践因计倪之推荐而召大夫种问国家大事，文种进破吴九术，其四即为“遗美女以惑其心而乱其谋”。《史记·越世家》不载此事，但称越既灭吴，范蠡去越，遗书讽文种速退，种称病不朝，“人或谗种且作乱，越王乃赐种剑曰：‘子教寡人伐吴七术，寡人用其三而败吴。其四在子，子为我从先王试之。’种遂自杀。”又《货殖列传》谓“范蠡既雪会稽之耻，乃喟然而叹曰：‘计然之策七，越用其五而得意；既已施于国，吾欲用之家。'乃乘扁舟浮于江湖，变名易姓，适齐为鸱夷子皮，之陶为朱公，……十九年之中，三致千金。"照《史记》的记载，有七术之说而无具体内容。《史记·正义》引《越绝书》作九术，并列举九术之要领，其四曰"遗之好美，以荧其志"（按今本《越绝书》作"遗之好美，以为劳其志"，据四部丛刊景印明刊双柏堂本）。此与《吴越春秋》所谓"遗美女以惑其心而乱其谋"，显然有所不同。"好美"涵义广泛，而"美女"则具体。《吴越春秋·勾践阴谋外传》又说："得苎萝山鬻薪之女曰西施、郑旦，饰以罗縠，教以容步，习于土城，临于都巷，三年学服而献于吴。"而《越绝书·内经九术篇》亦谓"越乃饰美女西施、郑旦，使大夫种献之于吴王……"又《外传记地传》亦称"美人宫……今北坛利里丘土城，勾践所习教美女西施、郑旦宫台也。女出于苎萝山，欲献于吴，自谓东垂僻陋，恐女朴鄙，故近大道居。"（按《艺文类聚》八引《越绝书》，《太平御览》四七引孔晔《会稽志》，均作"勾践索美女以献吴王，得诸暨、罗山卖薪女西施、郑旦，先教习于土城山。山边有石，云是西施浣纱石"。既与《吴越春秋》文字小异，与《越绝书》今本所载亦不同。）这些东汉人的著作是把美人计主角西施说得来历分明的最早的资料。

但是，西施这个名字，却屡见于先秦诸子。《管子·小称》："毛嫱、西施，天下之美人也，盛怨气于面，不能以为可好。"这是最早提到西施这个人，而且称她为美人。管仲生在越灭吴前二百多年，他如何能说到二百年后的西施呢？所以，这只能有两种解释：一、此为另一西施；二、《管子》一书，杂后人伪作，《小称》是伪作之一。（司马迁说："余读管氏《牧民》、《山高》、《乘马》、《轻重》、《九府》，详哉其言之也。"刘向叙录《管子》，谓《九府》书，民间无有，《山高》一名《形势》。意谓《牧民》等篇，凡司马迁及见者，乃出管仲之手，余皆不可靠也。）毛嫱、西施并举，又见于《慎子》。按《艺文类聚》十八引《慎子》："毛嫱、西施，天下之至姣也，衣以皮褐倛，则见者走，易以玄緆，则行者皆止。"（查《太平御览》三八一引《慎子》，文字小有出入，"褐"下无"倛"字，"走"上有"皆"字，"緆"作"锡"，余尽同。）《庄子》也两次提到西施之美。《齐物论》："物固有所然，物固有所可；无物不然，无物不可。故为是举莛与楹，厉与西施。"（厉，病癞也，言其丑，与西施之美对比。）司马彪注：西施即夏姬。按《左传》，申公巫臣窃夏姬奔晋，在成公二年，而勾践用美人计（如果有此一事）则在百年后，可知夏姬如果名"西施"，则越女之名"西施"正因其为百年来大家艳称之美妇人故也。《庄子·天运》又说："故西施病心而矉其里，其里之丑人见而美之，归而捧心而矉其里。其里之富人见之，坚闭门而不出，贫人见之，挈妻子而去之走。"按《太平御览》三八一引《庄子》："西施、毛嫱，人之所美也，鱼见之深入，鸟见之高飞。"今本《庄子·齐物论》作"毛嫱、丽姬，人之所美也，鱼见之深入，鸟见之高飞，麋鹿见之决骤”。《艺文类聚》十八引此，“丽姬”作“骊姬”，“深入”作“深潜”。疑《太平御览》因下文引《慎子》以“毛嫱、西施”并称，故在《庄子》引文中误改“丽姬”为“西施”，当依《艺文类聚》。然而，无论《慎子》或《庄子》都没有把西施和吴国或越国联系起来。

《战国策·齐策》：“世无毛嫱、西施，王宫已充矣。”旧注云：毛嫱，越王嬖妾；西施，吴王姬。这就把毛嫱、西施越说越有来历了。但仍然迷离恍惚，不辨真假。不过，还没有“发展”到美人计。

对吴、越关系极感兴趣的墨子，也提到西施，《亲士》篇在泛论“太盛难守”时，举例说：“是故比干之殪，其抗也；孟贲之杀，其勇也；西施之沉，其美也；吴起之裂，其事也。”这就大有文章可做了。西施何以被沉？据明杨慎《丹铅总录》，说他曾见《修文殿御览》引《吴越春秋》逸文，“吴亡后，越浮西施于江，令随鸱夷以终”。杨说如可信，那末，这里有值得注意之点三：一、把西施同越国联系起来的文字记载，最早见于《墨子》。二、暗示西施果然有灭亡国家的魅力，故越王在既已灭吴之后不敢留西施惹祸，浮之于江，让她和装她的革囊（鸱夷）同其命运。三、“鸱夷”这词儿，若照《墨子·亲士》原文“沉”字看来，应作革囊解；但是，如果照所谓《吴越春秋》逸文看来，也可以把“鸱夷”当作范蠡去越后的外号（按《史记·货殖列传》谓范蠡变名易姓，适齐为鸱夷子皮，《索隐》引韩子云鸱夷子皮事田成子，以为即范蠡），“令随鸱夷以终”，也就是后来的范蠡挟西施泛五湖去越的传说的来源。

单举西施之美，还有《孟子·离娄下》：“西子蒙不洁，则人皆掩鼻而过之。”

贾谊《新书·劝学篇》：“夫以西施之美而蒙不洁，则过之者莫不睨而掩鼻。”而《淮南子·修务训》亦云：“今夫毛嫱、西施，天下之美人，若使之衔腐鼠、蒙猬皮、衣豹裘、带死蛇，则布衣韦带之人过者，莫不左右睥睨而掩鼻。”此皆本孟子，仅极言西施之美而已。

又陆贾《新语》：“故良马非独骐骥，利剑非唯干将，美女非独西施，忠臣非独吕望。”此亦只举西施是美妇人的典型例子。

总而言之，上引《墨子》、《庄子》、《孟子》（皆战国时著作）、《新书》、《新语》（西汉初年著作）等有关西施的资料，都没有联系到她和吴、越兴亡的关系。《墨子·亲士》的一条资料，就文字看来，也没有包含西施与吴、越的关系；但“沉”字确实惹起猜测，为什么西施被沉呢？杨慎之说如可信，“沉”字有了着落了，但来源仍是《吴越春秋》。因此，美人计以及执行美人计的西施（还有郑旦），恐怕都是赵晔的“创造”，至多有一点当时的民间传说的根据而已。自此而后，西施这个人名，就和吴夫差、越勾践联系起来。明朝梁辰鱼的《浣纱记》，更大胆地把西施的作用“发展”到像一个女间谍，可是梁辰鱼还不知道给西施一个搞情报工作的任务，而仅仅叫她以美色迷人，这样的设想也还幼稚而俗套。就传说的文艺性而言，确是越来越丰富了，但就其历史性而言，却是越来越减少了。

五　从历史到历史剧：我国的悠久传统和丰富经验

历史题材的剧本，在我国古典戏曲中占有很大的比重。元、明、清三代的杂剧和传奇其可称为历史剧者，居过半强（如果把同一题材而不同体裁的作品各占一数计，百分比还要高些）。这里，也还没有把现在的四百多种地方戏（京戏也在内）的传统剧目中的历史剧算进去。

如果我们把元杂剧算作第一代，把元杂剧中根据某一历史事件写成的剧本算作此一历史事件的历史剧的第一代，那么，明朝人取同一历史事件编写的剧本便可以称为此一历史事件的历史剧的第二代，清朝人依同样方式编写的杂剧或传奇，便可以称为第三代，而现有地方戏中从元、明、清杂剧、传奇改编的历史剧（传统剧目）便是第四代了。就数量而言，这确是一代大似一代；就质量而言，却不那么简单，有第二代胜过第一代的，也有不及的，有第三、四代以次跨灶的，也有每下愈况的。故评比六百年来的历史剧，要就具体作品实事求是，不可一概而论。还得补一句，这里只说到解放前，解放以后依传统剧目改编的暂时不说。

这些历史剧的题材范围之广泛，也是惊人的。它几乎包括我国每一历史时期的重大事件；它表扬了可歌可泣的忠贞侠义的行为，也描画了贤士独行、文人逸事和勇敢而智慧的女性。

既然有那么多的作者和作品，采用了那么广泛的题材，塑造出那么多的各式各样的人物，当然，在取舍或捏合史实，塑造历史人物的形象，历史真实与艺术虚构如何协调等等方面，都积累了极其丰富的经验。总结这些经验，是一件大工程，我期待着专家们的研究成果。在这里，我不揣浅陋，亦不敢大做，只打算解剖几只麻雀，说一说我的不成熟的见解。

例一：元·宫天挺（大用）的《死生交范张鸡黍》杂剧。

这是根据《后汉书·独行传》范式（巨卿）和张劭（元伯）的故事，歌颂了生死不渝的深厚友谊的。何谓“死生交”？据《独行传》范式传：张劭患病，同郡郅君章、殷子征不分昼夜看护他。张临死时叹息：“恨不见吾死友。”子征说：“吾与君章，尽心于子，是非死友？复欲谁求？”元伯说：“若二子者，吾生友耳；山阳范巨卿，所谓死友也。”“死生交”的意义如此。这个杂剧在描写范、张二人友谊的细节方面，完全依据《范式传》。此外，就不那么严格。孔嵩（仲山，也是范的朋友）为新野县街卒，被范式认出，这件事，据《范式传》是这样的：元伯既死数年之后，范式为荆州刺史，到新野县视察，发觉县里派来的“导骑”却是故人孔仲山，因把臂叹息；范欲为孔免去街卒的贱役，并为推荐于上司，孔不肯，满期后，始应征召。可是剧本却把认出孔嵩这件事写在范式离开元伯坟墓的时候，而且又捏造出一个王韬（仲略），他把孔嵩托他代上的万言长策窃为己有，冒得官爵，孔嵩却因此而潦倒，佣为街卒。剧本又写第五伦访求贤士而得范式。第五伦是东汉初年名臣，是一个真实的历史人物。但《后汉书·第五伦传》未言他和范式有关系。又《范式传》没有讲到范、张二人相约不仕，而剧本却强调了范、张二人因豺狼当道，故隐居山林；剧本又借偷窃朋友的文章而得官的王韬作为范、张、孔的对立面，辛辣地讽刺了那些无才无行的官吏。这些历史上的范、张故事所没有的情节和思想，正是剧作家宫天挺的借古讽今。钟嗣成在《录鬼簿》中对宫天挺评价很高，说他“豁然胸次扫尘埃，久矣声名播钓台。先生志在乾坤外，敢嫌天地窄？更词章压倒元、白，凭心地，据手策，无比英才。”宫天挺做过学官和钓台书院山长，为权豪所中伤，事获辩明，亦不见用。可以想见，《范张鸡黍》中那些愤慨的言论是有为而发的。

《范张鸡黍》杂剧除了捏造一个王韬，其余都是真人，除了第五伦举荐范式是虚构，其余都是真事（孔仲山为新野县街卒等事，也是真有的，但和本无其人的王韬无关）。可是，整个剧本的气氛却和历史上所记载的东汉初年不相协调。宫天挺为了要突出范、张二人的高超，便强调了豺狼当道，并且捏造一个冒得官爵的王韬来做实证。但平心而论，东汉初年的世道还不是这样糟的，范、张二人亦并没隐居。

例二：元·秦简夫的《赵礼让肥》杂剧。

这是根据《后汉书·赵孝传》。剧中赵孝、赵礼两弟兄，邓禹和马武，都是历史上的真人。故事也谨守《赵孝传》的范围，所不同者，《赵孝传》只说赵孝求代弟死，未言赵母亦求代子死，而剧本则说母子三人都愿牺牲自己，保全别人。又剧本把捉住赵礼的饿贼作为东汉的开国大将马武，但《赵孝传》和《马武传》都没有这样的记载，《邓禹传》中亦无一语及赵孝、赵礼。新莽末年，马武曾为盗贼，也可能是个“饿贼”，剧作者因此捏合，以期增加戏剧效果（新莽末年天下大饥，人相食的记载，在史书中是很多的）。赵氏兄弟这个故事，本身就有教育意义，把饿贼附会为马武，实在不必要。秦简夫大概觉得这样一个义贼总得是个有些来历的不凡之辈，因而就硬凑上一个马武；这是封建社会道德观念的表现：凡是盗贼都不好，好盗贼将来必是辅佐真命天子得天下的。

例三：元·纪君祥的《赵氏孤儿》杂剧，明·徐元的《八义记》传奇。

这是大家熟悉的历史故事。但剧本对历史事实作了较多而且比较重要的改动。本来，赵氏孤儿这桩公案，历史上有两种不同的说法。《左传》、《国语》记载，大致相同，都说是庄姬（赵朔之妻）谮杀赵同、赵括，庄姬子（即赵武，所谓赵氏孤儿）从母畜于公宫；后来韩厥对景公说，“成季（赵衰）之勋，宣孟（赵盾）之忠，而无后，为善者惧矣。”乃立武而返其田。并无屠岸贾其人。《史记·晋世家》的记载，也尚与《左传》、《国语》相合。可是在《史记·赵世家》中，忽然跑出来了一个屠岸贾，专作坏事，庄姬却是个贤妇人。〔据《左传》成公八年，则赵朔死后，庄姬私通赵婴（赵婴是赵盾之弟，即赵朔之叔父），于是赵同、赵括放逐赵婴于齐，庄姬因此怀恨，在景公面前诬告赵同、赵括蓄谋叛逆，景公遂杀赵同、赵括，并将赵氏土地给了祁奚。〕而赵氏孤儿也不能托庇于晋侯宫内。于是程婴、公孙杵臼做了一番慷慨仗义、感动人心的救护忠良后代的事业。

纪君祥在《赵氏孤儿》杂剧中，基本故事采用《史记·赵世家》的记载，但是又有重大的改动：一、《赵世家》说赵氏族灭在景公时，而剧本说是灵公。二、《赵世家》说屠岸贾要挟诸将共灭赵氏的时候，韩厥反对，并私告赵朔使逃亡，赵朔不肯，请韩厥存赵祀，而自己自杀，十五年后，韩厥因景公生病占卜，乘势请立赵孤；而剧本则说奉命守卫宫门的韩厥放走了赵氏孤儿即自杀，而把扶助赵孤报仇的功劳归之于魏绛，剧本第五折魏绛上场时自称“晋国上卿”，此皆与史实不符。三、《赵世家》说程婴与赵孤同匿山中十五年，而剧本说程婴得屠岸贾信任，在屠岸府中执事，既以赵孤为己子，且使屠岸贾认赵孤为义子。四、《赵世家》说重立赵孤，多亏韩厥（此与《左传》相同），剧本既已使韩厥自杀，于是就使赵孤自己报仇。（程婴与赵孤同居屠岸贾府中，借此掩护，把赵孤教成文武双全，然后把以往一段血债告知赵孤，使赵孤自己报仇。）五、《赵世家》说公孙杵臼与程婴都是赵氏门客，而剧本则谓公孙杵臼曾在晋灵公时为大夫与赵盾乃一殿之臣，程婴是个草泽医生，向在赵朔府上走动，二人都非赵家门客。（据《赵世家》记载，“赵朔客曰公孙杵臼，杵臼谓朔友人程婴曰胡不死”云云，则公孙杵臼是门客而程婴是友人，剧本谓都是友人，大概是从此推演。）此外，《赵世家》说屠岸贾搜宫，赵朔夫人置儿袴中，祝曰：“赵氏灭乎，若号，即不灭，若无声。”及索，儿竟无声。但剧本则作程婴以医生身分进宫为夫人诊病，把孤儿放在药箱里带出宫外。这样的改动历史的细节还很多，而且还有自相矛盾的。〔例如第四折屠岸贾口中还说“早晚定计，弑了灵公，夺了晋国”，程勃（即赵孤化名）唱《醉春风》曲文，也有“我则待扶持明主晋灵公”之句，可是第五折魏绛上场就说“方今悼公在位”，这一跳就跳过了晋成公、景公、厉公三代的时间。〕因其关系不大，不一一列举了。

这里，就提出了问题：纪君祥为什么要这样改动历史？如果《赵氏孤儿》的主题是忠良必有后，如果纪君祥所赞扬的是仗义救孤的公孙杵臼和程婴的高贵品格，那么，就照《史记·赵世家》的记载演为剧本，岂不也同样可以达到目的？为什么一定要显然违背史实把景公时代的事情算在灵公账上？为什么要把韩厥写成只是不肯服从屠岸贾的命令、径自放走赵孤而自杀的烈士，却不是最后再立赵祀的主要人物？为什么不说程婴在山中把赵孤抚养成人而要说在屠岸贾府中？这些问题，除了最后一个，都不能以谋求戏剧效果来解释。纪君祥所以要作如此这般的改动，应当有其对历史事实的观点上的原因。

原来《赵世家》的这段记载，本身就有许多漏洞；用儒家的伦、礼观点来看这段记载，这些漏洞严重到说不通的地步。第一，灭赵氏之族，在景公时，但照历史记载看来，景公不是灵公那样的暴虐失政，为什么他会把灵公的佞臣屠岸贾留用为司寇而且很信任他。（据《赵世家》，晋襄公卒，太子夷皋年少，赵盾为国多难，欲立襄公弟雍，雍时在秦，使使迎之；太子母日夜啼泣，顿首谓赵盾曰：“先君何罪，释其嫡子而求君？”赵盾患之，恐其宗与大夫袭诛之，乃遂立太子，是为灵公。后来灵公长大，暴虐无道，赵盾屡谏，灵公患之，与屠岸贾谋杀赵盾，未遂，赵盾将亡命，未出国境而赵穿杀灵公于桃园，赵穿，盾之从父昆弟子也。赵盾回朝，立襄公弟黑臀，是为成公。成公立七年而卒。景公是成公的儿子。赵盾死时，成公尚在。）第二，景公之父成公是由赵盾拥立的（黑臀在周，赵盾迎归），景公何怨于赵氏而听信屠岸贾竟灭赵氏之族？第三，灵公为赵穿所杀，成公乃赵盾所迎立，此时赵家大权在握，为什么不把逢迎灵公、谋害赵盾的屠岸贾一并杀死，却让他在七年以后又兴风作浪呢？第四，赵朔之妻乃成公之女，景公之姊，既在公宫生子，如无景公默许，屠岸贾何敢搜宫索孤？第五，晋国诸卿其时除韩厥外，尚有栾武子、知庄子、范文子，共主国政，何以对屠岸贾之专横熟视无睹而只有韩献子（厥）为赵氏辩护？第六，杀赵同、赵括，在景公在位之十七年（公元前五八三年），越二年，景公病死（秦医缓为景公诊病，《左传》成公十年有详细的记载）。而《赵世家》则谓："程婴卒与（赵孤）俱匿山中。居十五年，晋景公疾，卜之，大业之后不遂者为祟。景公问韩厥，厥知赵孤在，……具以实告，于是景公乃与韩厥谋立赵孤儿。"这里的"居十五年"如作"十五年以后"解，显然不合，但如解作"景公在位之十五年"，则亦不合，景公是在位十九年而死的。第七，《赵世家》说孤儿（赵武）是遗腹子，则赵武当生于周简王三年（即晋景公在位之十七年，公元前五八三年），但《国语·晋语》十二谓赵文子（武）

冠，往见栾武子、中行宣子、范文子、韩献子及三郤，最后见张老，把栾武子等各人的话（对赵武说的）告诉了张老，张老说三郤的话不对头，不久将必有祸。《左传》成公十七年记载晋厉公杀三郤（成公十七年即周简王十二年，亦即晋厉公之七年，公元前五七四年），是则赵武冠礼必在晋厉公七年之前，但如依《赵世家》所说赵武生于晋景公十七年（公元前五八三年），则此时赵武尚未及冠。但如依《左传》所记“武从姬氏畜于公宫”，没有断言是遗腹子生于晋侯之宫而可能是十来岁的孩子随同母亲畜于宫中，到三郤被杀之前年恰好是二十岁光景。总之，从各方面推敲，如依《左传》则问题不多，如依《赵世家》则矛盾重重。以上这些问题，早就引起汉朝以后的一些史学家的怀疑（例如刘知几），认为司马迁在《赵世家》的记载是靠不住的。纪君祥在写作《赵氏孤儿》杂剧时，心中大概也存在着这些疑问。于是他利用“历史剧究非历史书”这个方便，毅然修改了历史。他把景公时代发生的事情算在灵公时代，解决了上述的第一、二、三等三个不可解；而且把韩厥也自杀了；就这样，他把他所欲赞扬的仗义存孤又终于立孤的一番大事都让两个不在其位的人担当去了。纪君祥从他的历史观点（他的对于历史发展的规律的认识，只能是唯心主义的），来看赵氏族灭、屠岸贾专权、搜宫索孤等“史迹”，认为这些事情发生在尚称贤明的景公时代是不可思议的，于是张冠李戴，叫那个恶名远扬的灵公顶了缸（也顾不得灵公和赵家磨擦的结果仍是自己被杀于桃园），以求得剧本本身逻辑上的统一。从显然颠倒史实这一点看来，这个作法是不可取的。但是我们也不应当苛求于纪君祥。他生于元朝，杂剧在当时正在黄金时代，“借古喻今”或“借古讽今”，任意修改历史，成为当时用历史题材写杂剧的几乎公认的准则；当时的剧作家只能从封建的道德标准或者至多以抽象的善必胜恶，所谓天网恢恢、疏而不漏的观点来赞扬一些历史人物或笔伐一些历史人物，以便达到劝善惩恶的教育作用。而且，从《赵氏孤儿》中，我们还看到了一点浪漫主义（如果允许用这个术语的最广泛的含义）；它写满朝文武都不敢仗义执言，只有两个不在其位的人挺身救孤。它突出了一个草泽医生和一个退隐的老人，形象性地表现了他们的侠义和智慧，它蔑视春秋时代的所谓“君子”，而抬高了“小人”（在儒家的用语，“君子”即奴隶主贵族，而“小人”则是手工业者、农奴、自由农民等等）。特别富于浪漫主义味道的，是它使得屠岸贾（恶势力的代表）的掘墓人（赵孤和其保护者程婴）即在屠岸贾的势力之下得到掩护而且壮大起来。正因为《赵氏孤儿》杂剧有这些优点，虽然它没有揭露这一历史事件的矛盾的本质，在今天我们依然对它作较高的评价。

这一历史事件的矛盾的本质到底是怎样的？请试述我的浅见。春秋时代是奴隶经济向封建地主经济转变的时代，因而也就是奴隶主贵族阶级和新兴地主阶级的矛盾日益尖锐的时代。这两个阶级同属于统治阶级，可是前者是正在没落的阶级，后者是新兴的阶级；在两者斗争剧烈时，第三者的也就是居于被统治地位的“小人”是站在新兴地主阶级这一边的，因为新兴地主阶级在当时是进步的阶级，他们对“小人”是比较“仁慈”的，而这些“仁慈”的措施，有利于生产力的发展。

以上所述，是春秋各国一般的现象（当然还有程度上的差别），可是晋国又有它的特殊情况。据《左传》宣公二年记载：晋自丽姬之乱，发誓无畜群公子，自是晋无公族；这就是说，奴隶主贵族阶级的权势受到很大的限制。赵氏两代（赵衰、赵盾）执政，势力超出其他封建地主集团（如栾氏、知氏、范氏）之上，这又引起了封建地主阶级内部的矛盾，因而出现了奴隶主贵族集团和封建地主阶级中间不那么得势的集团联合进攻赵氏的形势。晋襄公死后，赵盾欲立那时还在秦国的公子雍（襄公之弟），而又怕拥护夷皋（襄公的儿子）的奴隶主贵族集团和大夫们（对赵氏有矛盾的封建地主集团）搞一个武装反抗，因而不得不立夷皋（即灵公），——这一事件就透露了当时三角斗争的剧烈。这一个三角斗争，在灵公即位以后日趋尖锐与复杂。《左传》记载灵公与屠岸贾三次谋杀赵盾，而大夫们均作壁上观，都说明了当时的情况；也就是说，当时晋国的同赵氏有矛盾的封建地主集团和以灵公为代表的企图恢复权力的奴隶主贵族集团，暂时结合成为“统一战线”向赵氏进攻。赵氏在当时是比较进步的封建地主集团，史书屡言赵盾“仁慈”，用今天我们的话来说，即他对于奴隶和农奴奉行改良主义的政策。史书说他三次“脱险”多仗“小人”之力，这都不是偶然的。这一斗争，以灵公被杀、赵盾迎立襄公的另一兄弟黑臀（时在周），而告一段落。成公（黑臀）之时，赵盾仍专晋政，而且采取措施，巩固并扩大封建地主的势力。《左传》宣公二年记载：“初，丽姬之乱，诅无畜群公子，自是晋无公族，及成公即位，乃宦（仕）卿之嫡而为之田，以为公族。又宦其余子，亦为余子；其庶子为公行。晋于是有公族，余子，公行。赵盾请以括（赵盾的异母弟）为公族，……使屏季（即赵括）以其故族为公族大夫。”这就是说，新制度的受益者还是赵氏，这就不能不加剧了赵氏与其敌人（奴隶主贵族及对赵氏不满的封建地主集团）的矛盾；到景公时（赵盾已死），就爆发了消灭赵氏的事件。照《左传》的记载，这是在赵氏本族发生内部矛盾（赵朔之寡妻与赵婴私通，赵同、赵括放逐了赵婴），势力削弱的时候（据《左传》成公五年记载，赵同、赵括放逐赵婴时，赵婴说：“我在，所以栾氏不敢动手；我放逐了，你们可就危险了。我的事只是私生活不好，你们装作不知道，又有什么害处呢?”据此可知赵婴的被放逐，削弱了赵氏的力量），代表奴隶主贵族的晋景公在栾氏、郤氏（也是封建地主阶级的有势力者）的协助之下（据《左传》，庄姬诬告赵同、赵括时说：“原、屏将为乱，栾、郤为征。”而上文赵婴也提到栾氏，故知族灭赵氏之时，栾氏、郤氏是同谋的），然后达到目的。如据《史记·赵世家》，则是屠岸贾（在灵公时本已密谋暗杀赵盾）以“诛逆”为借口（指赵穿杀灵公，赵盾未出国境，晋太史董狐书“赵盾弑其君”以示于朝的旧事），欲为灵公报仇，在景公默许、诸将（当时是栾、郤诸辈）协助的情况下族灭了赵氏并夺其田的。（据《赵世家》，当时只有韩厥不同意，可是他无能阻止，只好私下给赵朔通个信，教他逃亡。）无论是《左传》的说法，或是《史记·赵世家》的说法，事件的本质是同样清楚的：这是景公（奴隶主贵族阶级的代表）与仇视赵氏（栾、郤等）的封建地主为一方，赵氏为另一方的阶级斗争和统治集团内部矛盾交错在一处的一场恶斗，照当时的惯例，这场恶斗必以一方的族灭为结束。后来，韩厥助赵氏翻案，也把屠岸贾族灭。（在屠岸贾之前，晋国有个屠岸夷，而在屠岸贾之后，未再见屠岸之姓，想来是杀屠岸贾全族的时候的确都杀光了。）

这样看来，无道的灵公（照《左传》的记载，这是个典型的以杀人为儿戏的奴隶主）固然曾经几次要谋杀赵盾，“有道”的景公也不是不想搞掉那个专政两代的赵氏的。这是两个敌对阶级和集团的恶斗，灵公、景公、庄姬、屠岸贾等等，不过是扮演了他们自己集团的某个脚色而已（我们还可以猜想，当时教唆庄姬诬告赵氏的，还有栾、郤及其一伙）。纪君祥如果能够看到这一点，他就不会改动历史、把景公时代发生的事情倒退到灵公时代，也不会让韩厥自杀于宫门之外了。

但是纪君祥只在他的杂剧的“楔子”内，用屠岸贾独白的形式，把他和灵公同谋屡次谋杀赵盾的事叙述一遍，并没形象地描写谋杀事件的布置及其未能达到目的的缘故。这恐怕是由于杂剧体制以四折为准（可是《赵氏孤儿》杂剧已有五折），而纪君祥所要用力刻画的是公孙杵臼和程婴的侠义性格，没有多余的篇幅再写谋杀赵盾的事情。这样一来，鉏麑、提弥明、灵辄这三位侠义之士，就没有得到应有的表彰。这三位，都是舍身取义的；没有这三位的舍身取义，赵盾早就被谋杀掉了。大概是看到这一美中不足，明朝的徐元写了一部《八义记》传奇，把鉏麑等三人的事迹形象化起来，并且又“创造”了一个侠义之人周坚，凑成八义。所谓八义，即鉏麑、提弥明、灵辄（以上三人皆见《左传》宣公二年）、公孙杵臼、程婴、代赵孤被杀的婴儿（以上皆见《史记·赵世家》，但《赵世家》说那个替死的婴儿是他人之子，而《赵氏孤儿》则说是程婴之子，《八义记》因之）、韩厥，加上周坚。在《八义记》中，这个周坚是代替赵朔自刎的，因而后来赵氏不但报了大仇，而且还是夫妻（赵朔与公主）团圆。徐元用了《八义记》的一半篇幅描写纪君祥在“楔子”里只用一番独白来轻轻带过的事情，同时又捏造出一个流浪汉周坚如何因欠酒钱而被追索，又如何因赵朔代还酒钱而成为赵氏门客，最后在屠岸贾派人逼赵朔自杀时（这是《赵氏孤儿》中有的）代替了赵朔，因为周坚和赵朔面貌相似。徐元为什么要平空捏造个周坚？也许是为了使得赵朔夫妻能够最后团圆，而最后团圆是传奇的公式。可是这一个周坚的形象并不像个侠义之人，故事也颇落俗套。我以为不但周坚这个人物没有写好，鉏麑等三人也没有写好。这不是厚古薄近，咬定明不如元，实在情形是这样，两书俱在，可以比较。但是，徐元所以要详细描写灵公的无道（奢侈残暴，都根据《左传》的记载）以及灵公虽恨赵盾却无权去之，只好使阴谋，用刺客甚至用狼犬等等暗算赵盾，大概不是为了敷衍篇幅（传奇的体裁，一般要三十至四十折），而是感到这桩公案背后的矛盾既复杂而又深刻，鉏麑等人的侠义行为都和一般的感恩图报不同，所以他要详细描写，以求全面地表现这桩公案的前因后果。但是，徐元和纪君祥一样，不敢提到赵穿杀晋灵公，而族灭赵氏的却是景公。纪君祥把扶助赵孤报仇的功劳给了魏绛，而且明说是悼公时代（按悼公即位于公元前五七三年，上距景公族灭赵氏仅十年耳），这就是说，纪君祥避开了既族灭赵氏而又怕鬼报仇乃复立赵武的晋景公整整一代，又避开了那个和灵公同样无道的厉公（景公的儿子）一代，干脆把恢复赵祀的美名归之于悼公（他是襄公之孙，名周），据史书，悼公是个贤明之主。纪君祥觉得这样更妥当些，然而徐元却以为反正改动了历史，不必绕这么大的圈子，干脆把赵朔复活，赵氏父子自己报仇，而又依照《左传》，说事情发生在景公时代。纪君祥和徐元之所以不提赵穿杀灵公，大概要给赵氏“洗刷”弑君之“罪”，使他们的剧本不背于封建的君臣大义，不过，他俩都对赵氏和义士们表示十分的同情和钦佩，而且徐元作的更干脆，——让赵氏父子自己动手报仇。

《元刊杂剧三十种》（有景印本，在《古本戏曲丛刊》第四集）也收有《赵氏孤儿》，无作者姓名，全剧只有曲文，无宾白，亦不分折。这个无名氏的《赵氏孤儿》的曲文和今天通行的臧晋叔收在《元曲选》的纪君祥《赵氏孤儿》的曲文相校勘，相同者十之五、六，但纪作有第五折而彼剧无之。最大的不同是无名氏的《赵氏孤儿》说赵孤在屠岸贾府内长大、认屠岸贾为父，一心想帮助屠岸贾夺取晋国江山，直到程婴对赵孤说明家仇，这个赵孤然后以讨贼（屠岸贾）的名义杀了屠岸贾。我现在还没有查出这篇无名氏的《赵氏孤儿》和纪君祥的《赵氏孤儿》关系如何，但看这个元刊本全删宾白，又把屠岸贾讹作“屠岸古”，程婴讹作“陈英”，想来是伶人所用的脚本，或者是根据纪君祥本而妄加删改。这又说明，在封建时代，以这种富有“犯上”性质的历史题材编写或演出剧本，顾虑很多，再加上作者思想上的局限性，因而常常在历史真实性这个问题上进退失据。不过，就纪君祥的剧本而言，虽然在改动历史方面有许多不妥之处，但在塑造程婴、杵臼的形象方面还是成功的。

例四：明·张凤翼的《窃符记》传奇。

《窃符记》是根据《史记·魏公子列传》又从《史记·廉颇蔺相如列传》中取赵括事合编而成，主要故事都遵照历史事实，但亦有与史实不符者：一、长平之战，白起的裨将是王龁，剧本却改为王翦和蒙骜；二、围邯郸的秦将，先是王陵，后为王龁，白起始终未与其役，而剧本则谓白起率王翦与蒙骜围邯郸；三、信陵君窃符、夺晋鄙军、解邯郸围，事在魏安釐王二十年，信陵君自此即留居赵国，直至十年后，秦将蒙骜攻魏，魏安釐王召信陵君归国抗秦兵，信陵君乃率五国兵救魏，败秦军于河外，蒙骜退走，而剧本则谓邯郸解围之时，白起分兵（蒙骜为将）袭魏，于是信陵君回师救魏，这是把魏安釐王三十年发生的事情提前到安釐王二十年，并且略过了信陵君居赵十年之久这样一件事。

张凤翼既根据《魏公子列传》编写了《窃符记》的基本故事，为什么又要改动历史呢？猜想起来，原因在于张凤翼把赵括的故事也撮合进去，而长平之战杀赵括、坑赵降卒四十万的，正是白起，为了求得剧情的连贯，所以就说白起于长平大胜之后即围攻邯郸。事实上，长平战后，秦许韩、赵割地求和，翌年九月始又使王陵攻邯郸，又明年使王龁代王陵，邯郸被围八、九个月而不能拔；二次攻赵围邯郸时，白起即称病，秦王两次促白起带兵攻赵，白起都不受命，于是秦王废白起，旋即赐死。那么为什么又把明明和两次战役（长平之战与邯郸解围之役）都没有关系的蒙骜硬拉去做白起的裨将呢？猜想起来，原因在于张凤翼既把魏安釐王三十年发生的蒙骜攻魏一事硬提前十年，并说是秦解邯郸围后分兵袭魏，为了剧情连贯起见，所以就把蒙骜拉去围攻邯郸了。只有王龁、王陵二人为什么被唤成王翦（其时王翦尚未知名），却想不出道理来。

尽管《窃符记》有这些不符合历史的地方，可是我们还可以说：这些改动无关重要，因为这些人名的更动并不牵连到《窃符记》的主题。什么是《窃符记》的主题呢？主题是：救赵即所以存魏，然而眼光短浅的魏安釐王却看不到这一点，于是信陵君用侯嬴之计，行权而夺晋鄙军，终于解了邯郸之围，挫折了秦国的气焰。应当说，在这件故事中，真正的主角应该是侯嬴与如姬；张凤翼确实也抱着这样的看法，侯嬴和如姬在《窃符记》中的地位是十分突出的。

但是，张凤翼在改动历史而外，还对故事加了工。其一：他捏造一个仇仁，作为如姬所欲得而甘心的仇人（如姬的父亲是被他打死的），并且又把这个仇仁和赵括联系起来，说如姬以魏王宠姬的身份而求报父仇不得，就因为这个仇人逃在赵括军中而赵括又那样的无赖，说："如欲仇仁，拿如姬来换。"其二：作者把侯嬴神秘化，说他早已算定，自己当于某月某日尸解成仙，故与信陵君约定："请数公子行日，以至晋鄙军之日，北向自刭，以送公子。”这实在是把一个抗暴秦、定计解赵围、而又以一死明志的侯嬴降低了不知多少格。张凤翼难道以为这样一来，这个侯嬴还是历史上的侯嬴么？他应当知道，这个侯嬴已经面目俱非了！现在我们要问：张凤翼既已欣赏了这一件激动人心、充满矛盾而终于在妥协或战斗的问题上得到合理解决的战国故事，为什么他又凭空在这个故事身上强加一个定命论（连晋鄙的死也是天数使然）的俗套呢？我以为这个原因可以在张凤翼的世界观去寻找。充满在《窃符记》中的定命论的色彩，正反映了作者的思想矛盾。他一方面为司马迁所塑造的侯嬴、如姬、信陵君等光彩照人的形象所吸引，发生了把他们搬上舞台的强烈愿望，但是另一方面，封建的道德观念又在警告他：信陵君矫传君命、擅杀大将，侯嬴阴谋乱法、私养死士，如姬交结外臣、干预军国大事，这些都是不可为训、应当口诛笔伐的！思想交战的结果，他的世界观中的消极部分发生作用：给整个故事穿上了定命论的神袍。如果说《赵氏孤儿》是用颠倒历史来解决作者的思想矛盾的，那么，《窃符记》是在定命论的骨架上神化了人物来解决作者的思想矛盾的。从这一点看来，后者逊于前者。不过平心而论，《窃符记》的客观效果，还是不算太坏的。在旧社会，一般观众对定命论早已司空见惯，认为这是“戏不够、神仙凑”，故而并不因此相信真是命中注定；而且《窃符记》作者在剧本的主要场面用的还是现实主义的手法，是这些场面激动了观众而不是显然涂抹上去的定命论。至于剧中描写赵括，用了漫画手法丑化他，这是很不应该的；赵括的缺点很大，他是教条主义者，又骄傲自大，但还是一个正派人，不能把他变成反派。这和《赵氏孤儿》中写赵武，同样是古典剧本中常见的毛病。赵武是一个有名的历史人物，《国语》、《左传》、《史记》都生动地描画了这个人物的形象，但是《赵氏孤儿》第五折所写的赵武完全不是那回事，——虽然赵武在剧中不是主要人物，但也不能距离历史上的赵武太远啊！

例五：明·叶宪祖的《易水寒》杂剧，明·王恒的《合璧记》传奇，明·吴玉虹的《如是观》传奇，明·汤子垂的《小英雄》传奇。

《易水寒》杂剧演荆轲刺秦王（嬴政）事，以《史记》的记载为主，稍采《燕丹子》。可是，故事的结局却改了。《史记·刺客列传》说燕太子丹初见荆轲时，把自己的企图告诉荆轲："诚得劫秦王，使悉反诸侯侵地，若曹沫之与齐桓公，则大善矣。则不可，因而刺杀之。彼秦大将擅兵于外，而内有乱，则君臣相疑。以其间，诸侯得合纵，其破秦必矣。此丹之上愿，而不知所委命，唯荆卿留意焉。"又说荆轲刺秦王事不就而身负八创，倚柱而笑，箕踞以骂曰："事所以不成者，以欲生劫之，必得约契，以报太子也。"剧本把"生劫秦王使悉反诸侯侵地"的意图变作事实，而荆轲在秦王下令尽返诸侯侵地后，出了秦宫，为仙人王子晋点化，就成仙去了。这样一改动，其目的在于使观众痛快一下，使全剧的阴郁悲壮气氛在结尾处突然一变而为明朗欢畅。如果有死心眼的观众问道："这不是改写了整部历史么？到底还有没有秦朝呢?"另一位观众就可以这样回答："只是叫你痛快一下，历史并没改写。叶宪祖不是说荆轲劫秦王如愿以后就由王子晋带领上天成仙了么？荆轲既已成仙，自然不再管尘世闲事，而多诈的秦王既已过关，自然就食言而肥了。"在我们看来，这种改写的方法和乐观主义并无共同之处。

同《易水寒》仿佛的，还有明·王恒的《合璧记》。这也是基本上根据历史，而把故事结局改写，使观众痛快一下。《明史·解缙传》说解缙下狱后，于永乐十三年被灌醉、埋积雪中死，并且抄了他的家，妻子被流放辽东，直到正统元年这才发还家产，任命解缙的儿子祯亮为中书舍人。但是剧本却使解缙遇赦，仍为学士，来一个大团圆的结局。

给故事扎上一个光明的尾巴（这一类的戏曲为数颇多)，表示了作者对于戏中主人公的同情，正如有些戏曲不顾时代错误，硬要叫剧中的反派人物当场受到惩罚，表示了作者的义愤。更进一步的作法，就是虚构故事，大翻历史公案，例如明末吴玉虹（或作清·张大复）的《如是观》和明·汤子垂的《小英雄》。前者说岳飞不肯奉诏班师，大破金兵，迎还徽、钦二帝，揭露了秦桧私通金国的阴谋，秦桧夫妇明正典刑；后者说岳飞被害后，飞子岳雷、岳电和牛皋隐居山中，后来金兵南侵，宋高宗访求岳飞后代及牛皋以御金兵，岳雷、岳电和牛皋诣阙辨明岳飞冤狱，高宗杀秦桧夫妇，岳雷等打退了金兵。这两部后出的传奇，都是不满于《精忠记》（明人作，传为姚静山）和《精忠旗》（此为明·李梅实原作、冯梦龙改定）之忠实于历史和传说，觉得只写秦桧在阴间受审（元·孔文卿的《地藏王证东窗事犯》即专写这个传说的，《精忠记》和《精忠旗》也写到秦桧夫妇在阴间受审），不够痛快，故此虚构了大快人心的故事，其重点所在，不仅岳飞的冤狱得以昭雪，而且反击了外族的侵略。这也是“古为今用”的一种形式，但不能算是历史剧，因为剧中虽然也有历史上的真人真事，但主要故事却是作者认为“应作如是观”而凭空构撰的。

例六：元·马致远的《汉宫秋》杂剧，明·无名氏的《和戎记》传奇。

《汉宫秋》与《和戎记》，虽然根据历史上的真人（王昭君）真事（昭君嫁给呼韩邪单于），但是，为了“借古讽今”，却故意改变了历史事件的本质，把王昭君的自愿和亲改为被迫，甚至说呼韩邪得毛延寿献的昭君画像，按图索人，汉元帝不得不迁嫁昭君，昭君在途中投水而死。然而从历史上的王昭君改变到戏曲中的王昭君，并非旦夕之功，亦非始自马致远。这是一个漫长的过程。大致魏晋之间，民间已有不少关于王昭君的传说，稍后，如《西京杂记》之所记，已经添上画工要求贿赂的情节。晋·石崇的《王明君辞》，已经给她带上哀怨的声调。然而"父子见陵辱，对之惭且惊；杀身良不易，默默以苟生"等句，依然根据史实。唐、宋人咏明妃事，在感情上就比《王明君辞》更进一解，但亦不见投水自尽之说。因而《汉宫秋》所演故事，如果有民间传说的根据，那么，可以推想，这是王昭君的民间传说的进一步发展，而民间传说的此种发展又反映了当时在外族侵凌之下的人民的情绪。《和戎记》沿袭《汉宫秋》而又凭空捏造出一个王昭君的妹子王秀真代姊续汉宫的恩宠，这却是十分庸俗的笔法。后来地方戏曲的许多《昭君出塞》，大致和《汉宫秋》定的调子不相上下。把王昭君的自愿和亲改变为被迫，并借题发挥，痛骂文臣武将不能保家卫国，这在当时也是"古为今用"。自然，这样的"古为今用"，是反历史主义的。

例七：明·无名氏的《鸣凤记》和清·孔尚任的《桃花扇》。

《鸣凤记》的作者是谁，现在还不能下断语。从前有说是王世贞所作，这正像把《金瓶梅》说成是他的作品一样，事出有因，查无实据。为什么会发生这种把美名强加于王世贞的传说呢？大概因为第一，王世贞是明朝后七子的领袖人物，在当时威信颇高，容易使人把不署名的惊人之作猜度是他的手笔；而第二，这两部书都辛辣地揭露了严嵩父子的罪恶，而王世贞的父亲王忬是被严嵩害死的。（据说，《金瓶梅》中的西门庆即影射严世蕃，因为时人称世蕃为东楼；又说，王世贞欲报父仇，故特写此性生活极多的小说以投严世蕃之所好，又知世蕃阅书时好以手指拈唾液翻书页，故把稿本纸先用毒药浸过，期望能毒死世蕃。）至于把《鸣凤记》归在王世贞名下，除上述两个理由而外，还有一个理由，便是王世贞和杨继盛有交情，对杨继盛因劾严嵩父子而弃市，极为不平，而在《鸣凤记》中，杨继盛却是一个主角。〔据《明史》二八七，《王世贞传》载："杨继盛下吏时，进汤药；其妻讼夫冤，为代草；既死，覆棺殓之。嵩（严嵩）大恨。"王忬的被嵩构陷，与此有关。〕

但据焦循《剧说》，则谓《鸣凤记》乃王世贞门人所作，仅法场一出是王世贞的亲笔；又说《鸣凤记》初成，命优人演之，邀县令同观，令变色起谢，欲亟去，王世贞徐出邸抄示之曰："嵩父子已败矣。"乃终宴。（按，此说似有夸张、附会之处。理由是：严嵩勒令致仕、世蕃充军，在嘉靖四十一年五月，此谓王世贞出示邸抄云云，则《鸣凤记》初演应在严氏父子失势之当年，但《鸣凤记》不但写了严嵩失势，还写了严世蕃终于伏法、严家籍没、夏言等被害者恢复名誉等等。查林润劾严世蕃、罗龙文，并奉旨逮捕二人，在嘉靖四十三年，至于夏言等被害者恢复名誉，更在其后，剧本如初演于严嵩失势之时，剧作者何能预写此后数年之事？故知请县令看戏、出示邸抄云云，不免附会。）可以猜想，《鸣凤记》写于严嵩未败之时，而初演于严嵩刚倒之时，在当时它实在不能算是历史剧而是现代生活剧。但是剧本的故事和人物既已载入史册，现在我们就把它当作历史剧看待罢。

《鸣凤记》的主要故事和人物，都是有来历的；虚构的穿插如《陆姑救易》一出中的严府家奴彭孔也见于史籍。但是《鸣凤记》对于史实也还是有所改动，并不严格遵守。例如：剧本说杨继盛被斩后，杨夫人将预先准备好的“代夫明志，尸谏感君”的奏章，请监斩官锦衣卫都指挥使陆炳“转达天听”，但陆炳认为无济于事（该奏章仍是请罢斥严氏父子的），不肯转达，杨夫人就自刎于法场；但据《明史·杨继盛传》，杨系狱三年未判决，嘉靖三十四年秋审，严嵩把杨继盛名字附在必杀的张经、李天宠二人姓名之后，经嘉靖帝批准处决，杨夫人张氏因此伏阙上书，请代夫死（王世贞代起草的，大概就是这一个奏章），可是这封奏章被严嵩捺下，杨继盛终于被斩。又剧本说杨继盛的绝命诗为“浩气还太虚，丹心照千古，平生未了事，留与后人补”，而《杨继盛传》则作“浩气还太虚，丹心照千古，生平未报恩，留作忠魂补”；这里，剧本故意改了后二句，这一改却把杨继盛的性格更丰富了，这和历史所记载杨受廷杖及在狱时的乐观主义精神完全吻合。（杨传：初，继盛之将杖也，或遗之蚺蛇胆。却之曰：“椒山自有胆，何蚺蛇为!”又说他入狱创甚，夜半而苏，碎瓷碗，手割腐肉，狱卒执灯，颤欲坠。）剧本说董传策等三人商量好，由董起草弹劾严嵩父子的奏章，但《明史》董传策等三人的传记只说三人同时劾嵩，未言联名，当然没有董传策主稿之事。剧本又说邹应龙和林润中进士后因不受严世蕃的拉拢为世蕃所恨，用了借刀杀人的阴谋，命邹应龙为巡边御史去抚慰二十万边防军，但是只给他五千两银子的慰劳费，以便激怒军心，借此加邹应龙一个重大的罪名；同时又命林润为行人，到云南宣慰那些久已反抗明朝的土司，期待林润将因此而被杀。但是《明史》的《邹应龙传》和《林润传》都无此说，从而剧本所说邹应龙在居庸关会见了被谪的张翀（据《明史》有两个张翀，因劾严嵩而被谪戍的张翀字子仪，柳州人，谪戍都匀），也只是作者的捏合，其目的在于加强戏剧性。《明史·邹应龙传》说：邹登第后授行人，擢御史。自杨继盛、张翀等因劾严嵩而得奇祸，廷臣相戒不敢再言；邹因知严嵩被方士蓝道行所暗算，已失宠，遂上疏劾嵩父子弄权贪赃、横行乡里等罪状。剧本完全不提蓝道行事（这可能是考虑到太多的暴露将招致奇祸故特意避而不提的，因为严嵩之失势其根本原因不在邹应龙的弹劾，而在世宗相信蓝道行的箕仙，先已对严不信任，邹的弹章适当其会耳），并且说邹劾严那天刚好孙丕扬也上疏劾严。但《明史·孙丕扬传》及《邹应龙传》都没有这样的记载。此外，剧本和历史不符的细节还有不少，这里不一一列举了。（例如剧本说夏言妻易氏无子，妾苏赛琼有遗腹子，但《明史·夏宣传》则谓夏言继室苏氏，无子，妾有身，苏氏妒而逐之，生一子。夏言被杀，苏氏流徙广西，隆庆初平反冤狱，苏氏迎妾所生子归，且得官，忽病死。又如郭希颜之死，实与严嵩无关，剧本所载郭与邹应龙、林润事，亦无根据。）可是，还有一个关系比较重大的不同，却不能不讲几句。

剧本写夏言与严嵩为收复河套事意见不同，严嵩因此蓄谋陷夏；剧本又说收复河套之议，创自夏言，而曾铣亦夏所保举。但据《明史》，则曾铣本为陕西总督，颇有政绩，上疏请收复河套，夏言思建不世功，得曾铣奏疏，竭力支持，但兵部部臣难之。世宗命诸镇文武将吏协议，并下诏表扬曾铣："贼据套为中国患久矣，朕宵旰念之，边臣无分主忧者；今铣倡恢复议，甚壮。其令铣与诸镇臣悉心上方略。"善于迎合的严嵩此时当然也不会持异议。不久，曾铣做好了计划上报，又交廷臣核议，廷臣当然都支持曾铣的计划。可是世宗忽然给辅臣们手诏道："今逐套贼，师果有名否？兵食果有余，成功可必否？一铣何足言，如生民荼毒何？"这一个变化，使得夏言惊惶失措，不敢再支持曾铣，而请世宗自己决定。世宗命刊手诏遍给与议诸臣，严嵩就乘势攻击夏言。兵部尚书王以旂会群臣复奏，尽反前说。先前表扬过曾铣恢复河套建议的世宗此时就派王以旂代曾铣，而置曾铣于狱，还责备科道官不言，悉杖于廷，停俸四月。后来，由于严嵩的阴谋构陷，曾铣和夏言都先后被斩。

从这一桩公案，可以分明地看到一个好像是英明而其实是凡事都不摸底、冲动性大、又迷信鬼神、喜怒无常、生性猜忌残忍、善于把责任推给臣下的专制皇帝的嘴脸，以及一群专门揣摩这位皇帝的喜怒好恶的大臣们的丑态；从这一桩公案，也可以看到当时满朝文武（曾铣是例外），都围绕着这个专制皇帝施展他们各人的倾轧争宠的手段，而比较正派一些的夏言也并不像剧本所写那样为国为民、不打私人算盘。夏言两度执政，都不是风平浪静的过程；他打败过好几个竞争者，当然，这几个对手不是什么正派人，然而夏言也不是一个能够（甚至常常不能）坚持原则的人。他也排斥过不少异己，——仅仅因为异己而已。他也毫无原则地同奸佞之辈妥协（一次是回护陆炳，见《炳传》，一次是放严嵩父子过关，见《嵩传》）。而且，他也老是看着皇帝的眼色顺风使篷；而他之所以终于败于严嵩之手，就因为他的揣摩工夫还不及严嵩到家。剧本显然是美化了夏言，把夏言对收复河套问题的投机心理提高到爱国主义的原则性，从而塑造出一个深谋远虑、謇谔自负的大臣形象。这，不能不说是曲笔。剧作者所以要美化夏言，大概为了同情夏言死得冤枉，也为了更有力地抨击严嵩父子的邪恶。就整个剧本看来，锋芒所指虽然是严嵩父子及其党羽，而字里行间却也描画了那个沉湎斋醮、信任邪佞、摧残忠良的皇帝的本相。在封建专制时代，特别是这个杀人如麻的皇帝还没有死的时候，剧作者敢于这样指桑骂槐，不能不说他的勇气是相当大的。

《桃花扇》是大家常常谈到的一个剧本，它在古典历史剧中的卓越的地位，差不多已有公论了。无论从运用史实方面看，或者从塑造人物方面看，《桃花扇》比《鸣凤记》更高出一筹。《桃花扇》也有不完全按照历史的地方，例如说侯方域后来出家，就不是事实；《桃花扇》也有虚构的地方，例如苏昆生赴左良玉军请救侯生及柳敬亭为左传檄金陵等等。但侯生与香君在道观相遇，已属虚构，何妨以双双出家，为传奇之团圆结局的公式别开生面（顾彩的《南桃花扇》就是使侯、李团圆的）；至于苏、柳，一则请救、一则传檄的故事也还符合于苏、柳的性格。从整个剧本看来，凡属历史重大事件基本上能保存其原来的真相，凡属历史上真有的人物，大都能在不改变其本来面目的条件下进行艺术的加工。如果说，《桃花扇》是我国古典历史剧中在历史真实与艺术真实的统一方面取得最大成功的作品，怕也不算过分罢。（对于《桃花扇》的分析，有过不少值得参考的文章，想来读者也都知道，所以我在这里就少说几句罢。带便想提一下本年九月八日《光明日报》发表的王毅同志的《由历史人物到戏剧人物》这篇文章，我觉得此文虽然只是“从《桃花扇》中的杨龙友说起”，可实在是对于历史人物如何塑造的细致精辟的分析，同时也对《桃花扇》的艺术性作了公正的评价。)

以上，流水账似的拉拉杂杂地谈到了十几部古典历史剧，意在解剖几只麻雀以便探求前人的经验。但是，惭愧得很，即使只是解剖麻雀也并没有做到全面和细致。而且，有时还纠缠于考证史实，以至文字冗长枯燥。自己特别觉得不满意的，是讨论了这些历史剧的作者们怎样，为什么改动历史，却完全没有谈到这些历史剧在艺术上的不同的成就。我的企图本来打算就“前人怎样、为什么改动历史”这个问题来探讨两个问题：一、历史剧古为今用的问题，二、历史真实与艺术真实如何统一的问题。但是，流水账式的漫谈，疏漏殊多，而文章结构亦颇不谨严，原来的企图，未能完成什一；为了补救这个老大的缺陷，打算在这里讲几句概括的话：

一、古为今用的问题。就一般而论，我们的先辈取材于历史都抱有“借古讽今”或“借古喻今”的目的；为古（历史）而古（历史）的作品是绝无仅有的。既然要古为今用，他们就觉得不能不对史实有所取舍、有所更改。特别是当他们从自己的立场和观点看古人的行为而觉得不可解时（例如本章所举的例三和例四），就要大改而特改。但例三和例四又有不同。例三简直是改写了历史，而改写又是为了达成作者自己特定的任务：在得不到任何后盾的情况下，程婴和杵臼以舍身取义的坚决行动和高度机智的安排，保全了赵孤并且终于为赵氏复仇。作者让韩厥自杀，一来是暗示当时晋国的大臣们都不敢为赵氏仗义执言，韩厥虽然同情赵氏但除了放走赵孤并自杀明志，别无办法；二来是衬托出程婴、杵臼的处境如何危险、困难，借以加深刻画二人的高贵品质。例四不像例三那样改写历史，而是给历史一种解释，——当然是按照作者的立场、观点做出来的解释。不论是在例三或例四，作者都从唯心主义的历史观和抽象的道德观念来解释历史事件、塑造历史人物，以期“古为今用”。我们自然不能赞同他们的观点和方法，可是我们也不能不承认在塑造历史人物并通过这些人物的侠义行为、坚毅性格进行思想教育，还是相当成功的。

上面所举的例五，同样地说明了唯心主义历史观的剧作家对于“古为今用”的理解并由此而产生的各种不同的表现方法。例五的四个剧本又各自不同，此在上文已经谈到，这里不再重复；但平心而论、《合璧记》的格调低于《易水寒》，除了顾全传奇体的团圆公式很难解释作者何以非使解缙复活不可。《如是观》和《小英雄》的作者其动机可敬，其方法实不足取，因为这是“古为今用”（照他们的定义）的最简单化的办法。

例六实在也是例五的同一类型，所不同者，例五各剧从积极方面赋真人以假想的事实，而例六则从消极方面把假想的事实加于真人；两者同样表示了作者的愿望，但表现在《易水寒》等等的作家的主观愿望还是同历史人物的意志并不违背，而《汉宫秋》等剧本所表现的剧作者的愿望和思想情绪却和历史上的真人王昭君大相径庭。不过，就像上文已经说过的那样，作者们这些主观愿望同时也是特定历史时期人民的情绪和愿望的反映。我们当然可以批评它们是反历史主义的，但也不能不承认它们在当时还是“古为今用”的。

至于例一、例二，作者们并不企图反映广阔复杂的历史背景，而只满足于表扬几个历史人物的亮节高风，达到劝善的目的。故事本来就简单，例一尤其缺乏戏剧性，因而宫天挺既硬拉上个第五伦，又捏造出一个王韬，秦简夫亦随手拈来邓禹和马武。这样一类题材的历史剧还有不少，表现手法亦大抵相同，它们基本上忠实于历史，也不妨说，它们好像基本上做到了历史真实与艺术真实的统一，但这是因为它们由于题材关系本来就没有碰着什么深刻复杂的历史矛盾。特别是《范张鸡黍》的人物并不是活动于特定的历史背景前的人物，而是可以放在任何历史背景前的抽去了时代意义的道德化身而已。

例七的两个剧本，比其他剧本（就此文所提到的而言，而不是同此文未曾提到的其他一切古典历史剧作比较），在忠实于历史又不损害艺术表现这方面，都有更大更多的成功，而《桃花扇》又胜过《鸣凤记》。明世宗时代正是一个内外矛盾极为尖锐而且复杂的时代。《鸣凤记》写了两个对外矛盾：收复河套问题和倭寇问题。这两个对外矛盾反映在明朝统治阶级的内部矛盾并且和内部矛盾纠缠在一起。在这里，《鸣凤记》的作者表现了他（他们）的视野的宽阔；它并不局限于杨继盛、张翀等等冒死弹劾严嵩父子的历史事件的狭隘范围内，而是把更大的历史事件（对外问题）作为背景。如果作者的眼光只射在杨继盛等人物的身上，也尽有够多的史实可供描写；然而作者宁舍此而就彼，这就说明了他（他们）取舍史实的眼光是照顾到全局的。但是《鸣凤记》还是有顾忌，不敢用艺术形象来表现世宗这个专制皇帝的典型，甚至不敢提蓝道行事；而《桃花扇》就全然没有这些顾忌。这倒不是孔尚任比王世贞的门人更勇敢，而是因为后者写的不是历史而是当代的大事；继任的皇帝大权在握就“鞭”前任皇帝之“尸”，可是他同时却又承袭了前皇的“衣钵”，此在明代的嘉、隆两朝已成例行公事，因此，生在嘉、隆之际的《鸣凤记》作者总不能不有重重的顾虑。

总上所述，我们的前辈为了历史剧的“古为今用”做过多种不同的修改历史的方法，但是，结果表明，如果能够反映历史矛盾的本质，那末，真实地还历史以本来面目，也就最好地达成了古为今用。像《桃花扇》这样的剧本可以视为这一类的最高峰。

二、历史真实与艺术真实如何统一的问题。我不揣冒昧，打算用比较具体的话，先把这个问题所要求的任务弄明白些。历史剧不等于历史书，因而历史剧中一切的人和事不一定都要有牢靠的历史根据，——也就是说，可以采用不见于正史（姑且采用向来大家对这术语的理解）的传说、异说，乃至凭想象来虚构一些人和事；在这里，可以有真人假（想象）事，假人真事（即真有此事，但张冠故意李戴，把此真事装在想象的人物的身上），乃至假人假事（两者都是想象出来的）。其所以需要这些虚构的人和事，目的在于增强作品的艺术性。但是，在运用如此这般的方法以增加作品的艺术性的时候，有一个条件，即不损害作品的历史真实性。换言之，假人假事固然应当是那个特定时代的历史条件下所可能产生的人和事，而真人假事也应当是符合于这个历史人物的性格发展的逻辑而不是强加于他的思想或行动。如果一部历史题材的作品能够做到这样的虚构，可以说它完成了历史真实与艺术真实的统一。

如果上面那些话可以成立，我们从上文提到的七个例子、十三个剧本中可以看到：当作家对某一历史事件发生思想矛盾的时候，他就很难做到历史真实与艺术真实的统一。纪君祥的《赵氏孤儿》是一个例子，张凤翼的《窃符记》是又一个例子。纪君祥抱有赞美程婴、杵臼的强烈感情，但是他又不理解为什么族灭赵氏的事件发生于景公时代，因而他的两难之处就在于如何而能赞美了程婴、杵臼又不拖出景公（纪君祥眼中的贤明之主）来示众。结果，他牺牲了历史的真实。张凤翼遇到的是差不多的思想矛盾：

既要赞美侯嬴、如姬，肯定信陵君的夺军救赵，又要保护他认为战国时代也应当有或者至少在他这时代是必不可缺的封建伦常。结果，他也牺牲了历史真实。

至于心存影射、张有冠而李戴，意图热闹、唐宋人欢聚一堂，诸如此类的不顾史实、错乱时代的毛病，在古典的历史剧中早已视为逢场作戏、理所当然。这是因为作者下笔之时，心目所注，虽在讥刺，而服务对象，实非广大群众而只是他那一个小圈子的人们，故而在作者想来，蔡中郎虽事董卓，却未曾入赘牛府，权且借他来指桑骂槐，观众自然心照不宣，既不发生传播错误的历史知识的问题，也不负无端破坏古人名誉的责任；因而我们可以说，前辈先生们对待历史剧的态度，实在是严肃而又不严肃的。严肃者何？即意在借古讽今，绝不为古而古。不严肃者何？即对于历史事实任意斩割装配，乃至改头换面。像《鸣凤记》、《桃花扇》那样的谨守史范，不妄添一角，不乱拉陪客，在古典历史剧中，是比较少见的。

如上所述，不论是古为今用问题或历史真实与艺术真实之统一问题，我国历史剧的传统都有精华与糟粕两方面。我国近年来的历史剧正是在发扬优秀传统的基础上，弃其糟粕，取其精华，以历史唯物主义与辩证唯物主义武装着我们的头脑，因而获得了超过前人的成就的。

六　对传统的继承和发展

十多年来，我们对于如何继承传统、如何发展传统、推陈出新，做了不少工作，也的确取得了不小的成就。在历史剧方面，我们能以历史唯物主义为指针，分析历史、评价人物，自然不是我们的先辈所可企及，但即如比较技术性的工作，如搜辑史料、甄别史料，我们也比我们的先辈们用力更勤而态度也更严肃。可以说，无论是改编前人的历史剧或新编历史剧，我们都体现了正确地继承传统和发展传统的精神，而且一年一年有进展。盛极一时的历史剧的讨论，由于贯彻了百家争鸣，因而对历史剧编写中存在的问题也认识得更清楚，更全面；这次讨论将有助于推动历史剧的进一步的发展。

越王勾践卧薪尝胆的剧本既有百来种之多，这一个新编历史剧本身就体现了百花齐放、百家争鸣的盛况。但是，在综合研究我们最近一年来新编的这一题材的许多剧本以前，让我们略费些时间看看前人在此方面留下些什么遗产，大概也不是没有意思的。

上文说过，吴越战争是春秋后期轰动一时的一件大事，从事件发生之时起，直到战国末年，两百多年间，一直是诸子百家最常提到的事件，而且也是议论最多的事件。先秦诸子中提到吴越事件的，最早是《墨子》，最迟是《吕氏春秋》。墨翟生当越国还是当时四强之一的时代，而荀卿等则在吴越战争二百年后，其时越国已经为楚国所吞并，然而荀卿等人的著作中对二百年前这件历史大事依然十分注意，此中原因，是值得玩味的。为什么时代愈远却愈受注意呢？因为在当时的历史条件下（七国争雄的时代），吴越战争的史迹既提供了正面教训，也提供了反面教训。这一个历史经验教训也指出了在列国纷争、弱肉强食的条件下，弱小的被压迫的国家如何可以反弱为强，而强大的国家如何最后走向灭亡的一些普遍的规律。

但是，在我国古典文学中，取材于这一个历史事件的作品，如以戏曲而言，数量并不太多。地方剧（京剧在内）的传统节目中，却就比较多了；但为篇幅所限，这里只好不谈。请以古典戏曲（杂剧、传奇）为范围，略述一二。臧晋叔引《涵虚子》，谓关汉卿著《进西施》、宫天挺著《越王尝胆》等杂剧（按《录鬼簿》也著录此二剧，但《越王尝胆》作《越王勾践》，当系同一剧本），又赵明远曾著《范蠡归湖》；这些作品是见于记载的最早的取材于吴越战争的剧本，可惜都已失传。从题目看来，《进西施》和《越王尝胆》也许是描写了吴越战争的整个过程的，或者前一种以美人计为重点而后者则以奋发图强为重点。至于《范蠡归湖》，大概是演述越既沼吴、范蠡急流勇退，携西施泛五湖乃至成为“地仙”等等传说。本来，在封建专制时代，范蠡的际遇和结局，大概是一些自命高超的文人们最所歆羡的。而也许是这种心理，使得百余年后的梁辰鱼写了一部《浣纱记》传奇，虽然以吴越战争整个过程为背景，但范蠡和西施却成了关键性的主要人物。《浣纱记》洋洋洒洒四十五出，以范蠡、西施开场，亦以范蠡、西施结束，好像是关汉卿等三人的三部作品的综合。《浣纱记》在当时颇负盛名，一半是由于作者梁辰鱼（伯龙）是一个落拓不羁的名士（据说梁美姿容，修髯，身长八尺，风流自赏，或谓他虬须，虎颧，使酒任侠，不屑就诸生试），当时文坛的主帅（后七子的领袖）王世贞曾经吹捧他（据焦循《剧说》引《静志居诗话》：王诗"吴阊白面冶游儿，争唱梁郎雪艳词"，即为《浣纱记》而作），而一半也由于《浣纱记》是当时"昆山腔"的第一个剧本。（据《剧说》引《芳畲诗话》：世所谓"昆山腔"，自良辅始，而伯龙独得其传；著《浣纱》传奇，梨园子弟多歌之。《剧说》又引《笔谈》：魏良辅能谐声律，张小泉等争师事之。梁伯龙起而效之，考订元剧，自翻新调，作《江东白纻》、《浣纱》诸曲，又与郑思笠精研音理，金石铿然，谱传藩邸，戚畹金紫熠爚之家，取声必宗伯龙氏，谓之"昆腔"。又《剧说》引《蜗亭杂订》：歌儿舞女，不见伯龙，自以为不祥。其教人度曲，设大案，西向坐，序列左右，递相叠和，所作《浣纱记》至传海外。）这部作品大量采用了《吴越春秋》和《越绝书》的记载，但把西施作为范蠡的未婚妻，后来范蠡进西施谋吴，西施奉有特殊使命，以酒色消磨吴夫差的志气。这一个线索，是梁辰鱼的“发明”，然而正面描写此一特殊任务者，只一二出；最后范蠡、西施“泛湖”，却又加上个定命论的解释，说范是灵霄殿金童，西施是天宫玉女，范随勾践入臣吴国三年，西施为夫差妾，都是注定孽缘，不得不了的。不客气地说，《浣纱记》的思想性是不高的，因为它并没着意描写勾践的卧薪尝胆、发愤图强，而用不少篇幅写了夫差听信奸邪，杀害忠良，沉湎酒色。当然，也可以说，剧本的此种写法，在当时也有影射作用，夫差影射明世宗，伯嚭影射严嵩父子，伍子胥影射杨继盛等谏臣；也可以说，梁辰鱼怕人说他的作品有所影射，故而在“泛湖”一出用这样四句来结束全书并自明心迹：“尽道梁郎识见无，反编勾践破姑苏；大明今日归一统，安问当年越与吴！”传奇结尾用这样的诗句，恐怕只有《浣纱记》罢？于此可见梁的用心。但不论怎样辩解，由于全书最后是“泛湖”的消极思想和定命论，那就把一桩激动人心的历史事件归结为“莫论兴和废，世事如儿戏”。（这是“泛湖”的［北清江引］的曲文。）人物形象的塑造，也未见特点，有时且流于庸俗。曲文追求工丽，宾白骈四俪六，非当行本色，前人已经批评过了；而且正因为琢句修词，于是用典用成语犯了时代错误的，到处可见。不能不说，《浣纱记》的艺术性也是不高的。

古典戏曲作家用典用成语常犯时代错误（大概因为不

把它当一回事)，例如马致远的《汉宫秋》，第一折汉元帝的道白有“封你做明妃”之语，又第二折驾唱〔梁州第七〕又有“一头地离明妃早宋玉悲秋”，这里的两个“明妃”犯了时代错误。晋人避司马昭讳，故改称昭君为明君，后人又称为明妃，怎么汉元帝口里会跑出个“明妃”来呢？第二折的驾唱〔贺新郎〕曲文“怎下的教他环珮影摇青冢月，琵琶声断黑江秋”，这里的“青冢”也是时代错误的；相传昭君死于漠北，葬地生青草，故后人名曰“青冢”，此时尚未出塞，何来“青冢”？但全剧的高度的艺术表现掩盖了这些技术性的小毛病。而《浣纱记》则正相反，那些“工丽”的但又充满了时代错误的曲文和宾白，使得它的整个格调不高而且有时使人肉麻。焦循《剧说》引《蜗亭杂订》：“《浣纱》初出，梁游青浦，时屠隆（也是一位词曲名手，还能演，著有《昙花记》、《修文记》、《彩毫记》等三种传奇）为令，以上客礼之，即命优人演其新剧为寿。每遇佳句，辄浮大白，梁亦豪饮自快。演至《出猎》，有所谓‘摆开、摆开’者，屠厉声曰：‘此恶语，当受罚。’盖已预储污水，以酒海灌三大盂，梁气索，强尽之，吐，委顿。次日，不别竟去。”屠隆固恶作剧，但《浣纱记》中的恶语岂仅“摆开摆开”而已。

在《浣纱记》之后，又有《倒浣纱》，此亦明人著作，不知作者谁何。看题目就知道是在做翻案文章了。故事梗概如下：范蠡奉命伐吴，因知勾践难以共安乐，预先把妻子安排好（使一妻二子赴齐，隐居乡村，又一子返楚，重理旧家业），破姑苏时得西施，恐为越患，乃沉西施于湖，范亦变服泛舟赴齐，同时遗书文种，劝他勇退。此剧仍袭《浣纱记》，范蠡与西施本有婚约，但因行使反间计，故将西施进入吴宫等等说法，而又发挥其“想象”；《沉施》一出，西施怒骂范蠡背信弃义，但范责西施三大罪：“既为吴国夫人，当谏吴王远佞亲贤，修治国政，每进谗谮之言，杀害大臣，其罪一也；引诱吴王，荒淫无度，劳民伤财，其罪二也；忘宠幸之恩情，为反间之柔奸，致令国破家亡，其罪三也。”西施说，这都是“越王之命，大夫之计，叫我去做反间，所以我这样干的。”但是范蠡蛮不讲理，说食其禄者忠其事，今西施不忠于吴，使夫差战死，吴国灭亡，西施该当其罪。遂将西施沉于湖中。勾践既已灭吴，听信定国将军皋鱼的话，既打碎了范蠡的金像（范蠡去后，勾践铸金为像以纪念之，见《史记》），又族诛了文种，于是泄庸、计倪挂冠而去，越国遂无能人。于是伍子胥寄养在齐国的儿子（已为齐国驸马）借了齐兵报仇，越国全无抵抗之法，勾践逃上禹陵，为雷殛死，——剧本说这是报应。勾践既死，齐兵亦退，齐国还请周天子重立吴、越之后。剧本最后仍以范蠡在齐再迁至陶，称陶朱公，终于弃家修道结束。《倒浣纱》在思想性和艺术性上，又比《浣纱记》低得多。而且和《如是观》等翻案戏也不能相比。《如是观》还有强烈的正义性，但《倒浣纱》简直是为翻案而翻案，虚构的事实，亦很不高明。如果要勉强给《倒浣纱》找解释，只有一条，即作者对勾践的“过河拆桥”，杀大夫种，十分不满，故安排了这样一个完全虚妄的故事，聊以快意。

同《浣纱记》等相比，我们的百来个卧薪尝胆的剧本，就高出了不知多少倍。

首先是主题思想十分明确：生于忧患、死于安乐，卧薪尝胆、发愤图强。《浣纱记》的主题是什么？《浣纱记》确是一方面写了吴国的内部矛盾以及夫差的骄傲自负，好大喜功，另一方面写了越国的上下一心，发愤图强，这是《浣纱记》的优点，我们不应抹煞，然而，作者把伯嚭谑画化了，写夫差也只是像一般的荒淫糊涂的国王，而写越国君臣呢，却又突出了强调了他们的阴谋，而几乎没有写到他们的克勤克俭、自力更生。正因为强调了阴谋，这就把当时的吴越兴亡的本质性的因素（越国的发愤图强，自力更生）摆在不受注意的地位，也可以说，摆在次要的地位，而把非本质的因素（阴谋——即所谓亡吴七策之三策）提到显著的地位，亦即主要的地位，而这是对于吴越关系的历史发展的歪曲，从而也就削弱了剧本的思想教育作用。

所以我们应当而且必须肯定：主题思想的明确，是我们的有关越王勾践的许多剧本的共同的优点。就我所读过的五十来个剧本而言，它们无例外地都是把越国的上下一心、克勤克俭、自力更生，作为越国的转弱为强、复仇雪耻的基本动力；而吴国的内部矛盾，只是作为越国君臣得以争取时间、储蓄力量以图最后一击的一个因素而已。自然，不采取什么美人计了（这在《浣纱记》是一根主线）：有些剧本干脆没有西施这个人物，有些剧本虽然有她，可是处理的方法完全不同：她是被吴兵掳去的，不是越国进贡的，当然和范蠡根本没有关系，而她在吴宫见机行事，暗中帮越国一下忙，也只是出于爱祖国的热忱，并非预先计划好的间谍工作。

我们的许多卧薪尝胆剧本的第二个优点是：为了加强主题思想，为了服务于主题，虚构了人物和故事作为勾践、文种、范蠡等等的对立面。当然，从历史记载上，是找不到当时越国曾有不同心同德的人物和故事的，——我在本文第三、四章已有论述；但是，历史剧不是历史书，历史剧容许而且需要虚构，只要这种虚构的人和事不会超越当时历史条件的可能，只要这些虚构不是以今变古、以今人思想强加于古人的反历史主义。自有历史剧以来，都是有虚构的；像本文第五章所论述，我们的先辈的作品中就有大量的虚构；所不同者，他们虚构的人和事，多数从主观出发，不管历史条件有无可能，而我们是要努力以历史唯物主义的观点分析史料并从中找出事件发展的规律，然后在这样的基础上虚构人和事。越国的统治集团有无内部矛盾？先秦典籍中没有记载，后来的采录了大量民间传说的专著中也没有。但是，并不因此而我们就不能想象其曾有内部矛盾。因此，可以虚构。问题在于必须谨守历史唯物主义的观点，不使这些虚构成为以今变古，或者以历史影射今天。这是历史剧的古为今用的问题的一个方面，我打算留在下面详细讨论。

我们的许多卧薪尝胆剧本的第三个优点是突出地描写了人民的力量。历史书籍没有这一类事实的正面的记载，但是，我们完全有理由可以说：在当时越国已经几乎完全被解除武装而且经济又比吴国落后的情况下，越国君臣如果没有人民的有力支持，即使卧薪尝胆，凭什么来发愤图强？凭什么能在二十年之内转弱为强复仇雪耻呢？在春秋时代，人民力量的表现不可能像今天那样的群众运动的形式，而只能是对于统治者的政策所表示的态度和行动：反对呢，冷淡呢，还是拥护？先秦典籍常常透露越国人民力量的伟大，不过它们用的语言和我们的不同；它们是用在上者的政令能够贯彻而得民心的方式来记录统治者的“功德”和“威信”，但实际上这依然是记录了人民的力量在历史发展中所起的作用。我们的剧作家们从《史记》的一些概括性的文句以及东鳞西爪式的记载中想象出越国如何发展生产的故事，这是完全正确而且必要的。问题只在这些虚构的故事是否符合当时的历史条件。在这一点上，我所读过的几十个剧本提供了丰富的研究资料，下面我们还要谈到。

第四个优点是这许多同一题材的剧本在艺术构思上的确呈现了百花齐放的盛况。试以剧本如何开场（第一幕的故事）为例，就有九种方式：一、勾践栖于会稽，使大夫种行成；二、勾践与范蠡入臣吴国，被囚于石室；三、勾践返国，群臣在江边迎接；四、勾践刚刚释放、尚未出吴境、伍子胥力争、于是夫差采取折中办法，要勾践履行三个条件：越国王子入质于吴，拆毁越国首都西北城垣，平时纳贡、战时出兵；五、夫差将伐齐，伍子胥主张先灭越；六、范蠡进西施，促成夫差下决心释放勾践；七、勾践返国后，范蠡到苎萝访贤，却不意遇见西施，因说服西施使入吴宫为反间；八、夫差与西施游湖，吴太子友报告勾践发愤图强，伍子胥与伯嚭展开了一场辩论，夫差最后采取伯嚭的主张；九、勾践入臣之第三年，范蠡以释放勾践俾能镇压越人之反抗为说词，使夫差同意释放勾践。此九种开场方式，只是九大类而已，事实上同一类中还是大同小异，各有重点。再以剧本如何结束为例，也有三种不同的结束方式：一、吴越鏖兵夫差自刎，伯嚭投降，为勾践所斩（这占最多数）；二、写勾践誓师伐吴，士气高扬，不写战争结束（也有写齐、楚、晋三国使臣至越共约攻吴，于是勾践誓师）；三、越国的叛徒（由投降主义者或恐吴病者发展而为叛徒的）与夫差密谋将覆越，但被范蠡识破，因将计就计，破吴兵，并使四国诸侯（齐、鲁、晋、宋四国诸侯各带兵五千，本来是夫差约来共攻越国的）弃吴与越，在夫差战败自刎后，四国奉越为盟主。此三种方式实际上也是三大类。例如第一类中有不指明何年何月只说越国进兵，吴夫差迎战不利，自刎云云，但也有把越兵袭吴，生擒吴太子友的战役与最后灭吴的战役联结为一个战役的。此外，写越国人民力量如何推动勾践的决心，越国统治集团内部矛盾如何发生又如何克服，等等方面，也是各运匠心，体现了百花齐放的精神。当然，我们还不能说，在这两个最不易掌握的问题上（越国人民的作用和越国统治集团内部矛盾），每个剧本都能够做到无可指摘的程度，但是，总的说来，都是努力要对春秋时代这件历史公案作出历史唯物主义的分析从而给予形象化的。

我在本文开头说过：以吴越战争为题材新编的剧本虽有那末多，可是问题却只有这么几个。现在我要进一步说，虽然问题只有这么几个，但是由于数以百计的剧本对这几个问题的处理有了百花齐放的局面，就提供了十分有利的条件，使得我们对于历史剧创作上这些基本问题，可以总结出比较成熟的经验。

所谓历史剧创作的基本问题，根据最近一年来的历史剧讨论，大致是：一、古为今用的问题，二、历史上人民作用的问题，三、历史真实和艺术虚构相结合的问题；最后，我打算加一个，四、历史剧的文学语言问题。

我们的剧作家既以百花齐放的精神就同一题材编写了

数以百计的剧本，给我们提供了那么丰富的研究资料；我不揣浅陋，亦愿窃附于百家争鸣之列，就上述的四个问题说一说我的浅见，仍以卧薪尝胆诸剧本为范围。

上面说过，我们的前辈先生写历史剧都有一个目的：古为今用。他们的古为今用就是以古讽今或以古喻今。但是这种讽喻方法，如果在他们那时代是可取的或者是不得不然的，那么，在我们今天，就是不可取的，就是不必要的了。这个论点，在历史剧的讨论中，已经有好多人提出来，并且作了说明，我想，现在大概没有人还有不同的意见。还有不同看法的，是我们今天写历史剧如何古为今用？这就有多种多样的“方案”，是一个百家争鸣的局面。大致说来，有这样一些“方案”：一、对人民进行爱国主义的教育；二、对人民进行阶级斗争和生产斗争的思想教育；三、强调历史题材之积极的、符合于今天需要的部分而删去或者修改其消极的不符合于今天需要的部分；四、可以为今天鼓舞人心、加强斗志的助力或借鉴；五、通过对历史的认识对人民进行马克思列宁主义思想教育；等等。应当说，这些“方案”都是可取的。但是，在理论上看来是简单明了的一个原则，在艺术实践中却不是那么容易掌握的。剧作家们首先在题材上就碰到了何去何从的问题，而评论家们也说在题材上应有所抉择。有些历史题材的教育意义是完全可以一言而定的，例如阶级斗争和生产斗争的历史题材；然而农民起义的失败经验如何处理好像还不能取得一致的看法。（严格说来，我国历史上的农民起义只有失败的经验，而教育意义亦即在此；不过，认为不能如实写出失败的结局的人们亦自有说，他们说今天人民的政治、思想水平还不太高，如实写出失败结局会起副作用。）另外一些历史题材被认为很少或者没有积极意义，例如愚忠、愚孝之类。（所谓愚忠、愚孝，即为一姓一家尽忠尽孝而与人民利益毫不相干的自我牺牲的行为；但是，对具体的历史事件也当分别加以判断，如果此一姓一家是代表当时的进步倾向的，那么，为此一姓一家而尽忠尽孝的古人虽然他主观上只是殉此一姓一家而今天我们未便以“愚”目之，例如《赵氏孤儿》中的程婴、杵臼。）第三类题材是既有积极意义，也有所谓历史局限性的；卧薪尝胆即属于此类。特别是因为数以百计的卧薪尝胆剧本中出现了若干硬套今天现实问题的“古为今用”的偏差，曾有一个时候在舆论中发生相当多的疑问：这一个题材是否值得这样大搞?

我在读此一类剧本以前，也曾有此疑问，但在读了五十多个剧本而最后又读了最后写出的《胆剑篇》以后，我却以为这是值得大搞的。当我对此历史题材做了一些研究工作以后，我又以为这个题材只有积极意义，不发生所谓历史局限性的问题。只要还它个本来面目，积极的教育意义就出来了。剧作家的任务是通过艺术形象对此一历史事件还它个本来面目。而在此本来面目中，既有正面教训，也有反面教训。如果剧作家的主观意图是要在这个二千四百年前的历史事件中找出我们今天现实问题的“古本”，那才会发生所谓历史局限性的问题；而且，为了要在剧本中企图弥补这些所谓历史局限性，剧作家就会不自觉地做了一些以今变古的笨事。

为了更好地说明在艺术实践中如何正确地有分寸地古为今用，我想，简略地说一说若干卧薪尝胆剧本中出现的偏差，不是没有意义的。

这些偏差之所以会产生，当然并不简单，但最主要的原因恐怕是对古为今用的理解既片面而又机械。片面而又机械的理解就产生了从主观出发的想象和艺术虚构。例如越勾践发愤图强的具体措施，《史记》等书并没有详细记载（我在前面已经说过），当然，史书所没有的，剧作家可以想象，可以虚构，但是必须从二千四百年前越国的现实基础上进行虚构，而不是从我们今天的现实基础上进行虚构。从我们今天的现实基础进行虚构，势必发生一些令人啼笑皆非的描写：越王勾践不但会像我们的下放干部那样从事农业劳动，与人民“四同”，而且还有今天我们所理解的“以农业为基础”的观念；越国不但大兴水利，大搞农业，而且还大炼钢铁，还请了外国专家帮助铸造武器，改良农具；越勾践不但自己卧薪尝胆，而且还搞三反（反贪污、反浪费、反偷工减料）运动；那时的越国不但有妥协（对吴国）分子，有恐吴病者，而且他们的言论还极像现代的修正主义者；越勾践的十年教训居然贯串着今天我们所说的“劳武结合”的政策。诸如此类的描写（或者说它们是艺术虚构），大多数的剧本都未能尽免，不过分量有轻有重而已。

也许有人要反问：你是否承认《史记·越世家》如下的记载：“越王勾践反国，乃苦身焦思，置胆于坐，坐卧即仰胆，饮食亦尝胆也，曰：‘女忘会稽之耻邪？’身自耕作，夫人自织，食不加肉，衣不重采，折节下贤人，厚遇宾客，振贫吊死，与百姓同其劳。”如果你承认这些记载不是司马迁捏造，多少有点事实根据，那么，我们的剧作家为什么就不能从这些记载的基础出发，进行艺术的虚构呢？

我承认《越世家》的记载多少有点事实根据，我也承认这些记载可以作为剧作家进行艺术虚构的基础，并且我还打算承认艺术虚构不能不有所夸张，但是虚构和夸张都不能超越当时人物的思想水平和意识形态。也就是说，古人的行事尽管和我们今天的行事表面上有相似之处，但是我们不能把这表面上的相似，虚构为本质上的一致，不能在表面的相似之下硬塞进一个我们今天的思想意识的基础。例如司马迁只说勾践身自耕作、夫人自织，并不曾写他们像我们今天的下放干部那样到农村去“与民四同”，或者像我们今天在职干部每年劳动一个月；但是，为了虚构和夸张，我们仍然可以写勾践夫妇自耕自织，不过至多只能写勾践为了激励民心，曾有一时身自耕作，夫人自织，不能夸张到好像这已经是制度化了的，尤其不能虚构勾践这样做的时候他的思想意识同我们这样做的时候是一样的。我们不能不看到：勾践之所以有这些作法，目的在于收买人心；无论如何，勾践总是越国的奴隶贵族的大头子啊！

有些剧本有声有色地描写了大兴水利与大炼钢铁同时并举。兴水利、炼钢铁，史无明文记载，我们能不能加以虚构呢？我认为可以。但是，如果心目中先有了我们大跃进的现实，然后来虚构二千四百年前越国的钢粮并举，恐怕只是没有历史基础的虚构。劳武结合更是“强加于人”的虚构。《左传》和《越世家》记槜李之战，都说勾践使敢死队一再冲锋而吴军阵容不乱，乃使死罪囚徒三行在吴军阵前自刎，吴军为之震惊，于是越军乘势掩袭，取得胜利。《越世家》记夫差会诸侯于黄池，勾践乘虚伐吴，动用的兵员计习流二千人，教士四万人，君子六千人，诸御千人。何谓“习流”，前人注解不一其说，《索隐》谓是流放之罪人使习战争为卒伍，《正义》则谓“先惯习流，利战阵，死者二千人”，顾炎武《日知录》谓此乃士卒之善泅者，别为一军。何谓“教士”？《索隐》谓常所教练之兵。何谓“君子”？《集解》与《索隐》都说是国王亲信的死士，春秋时各国都有，拔自贵族集团，与征之民间的“教士”不同。何谓“诸御”？《索隐》谓是诸理事之官，在军有职掌者。此一段记载，说明当时勾践所动员总数四万九千人，其中战斗兵（教士）四万，特种兵（习流）二千，各级军官（诸御）一千，亲军（君子）六千；四万九千人的总数以及各项分类数字，也许都有夸大，但此一段记载却说明了当时越国军队的编制。司马迁两次详细记载了越勾践军队的组合成分，但是《越世家》不言越国曾有所谓“寓兵于农”的政策，更何论我们今天的“劳武结合”？先秦典籍记勾践教士之法甚多，然而都不是“劳武结合”（参看本文第三章）。因此，我以为用我们现在的“劳武结合”的观点来虚构越勾践如何积蓄军事力量，是值得商讨的。

恕我直言，就我所读过的那些卧薪尝胆的剧本而言，有百分之五十是或多或少地把联系现实（今天我们国家的现实）来理解古为今用的；这就势所必然会变成影射现实，这对我们的现实是一种诬蔑。因为，二千四百年前一个奴隶社会的统治集团的所作所为（无论它怎么高明）竟可以影射我们的共产党领导下的建设社会主义的现实，这不是对我们的诬蔑么？同时，这又是以今变古，严重地离开了历史唯物主义的观点。越是想要多多地紧密地联系现实的剧本，出的岔子就越多越大。也有些剧本的作者对于这个诱人的然而害人的方法提高了警惕，可又失之于过分的拘谨，不敢多一些虚构，其结果，作品干巴巴，缺乏艺术感染力。能够尽量发挥想象、进行艺术虚构，而又能避免影射的毛病，据我的浅见，当推曹禺执笔，梅阡、于是之共同编写的《胆剑篇》；这个作品最后写成，它确实是吸取了它的先行者们的经验教训的，但是，仔细阅读并分析在它之前的那么多剧本（传统的和新编的），斟酌着舍短取长，作为自己创作的参考：这也是要有一点“卧薪尝胆”的毅力的。

如何做好古为今用，在艺术实践上往往涉及历史真实与艺术虚构相结合的问题，不过，这里不能再噜苏了，请留在专论历史真实与艺术虚构相结合那一段再谈罢。

现在谈谈历史上人民作用的问题。这是马克思主义提出来的新课题。我不打算抄书，在此处重复大家熟悉的马克思列宁主义经典著作有关这个问题的理论。不过，我想，在文字上背熟这些理论，远比在艺术实践上运用这些理论容易得多。因此一位评论家对一篇作品的描写人民作用的部分提出批评，倒也不一定是旁观者清，而是作家们从逻辑思维转到形象思维时有不自觉地偏高偏低的差距。何况作家在这里还有一个掌握史料的问题，还有一个分析历史事实能够全面和深刻到怎样程度的问题。而且，如何表现历史上人民的作用，我们的剧作家不能不赤手空拳、开辟新天地。前人的作品中尽管有很多歌颂劳动人民的篇章，但是从立场、观点说来，他们和我们是完全不同的。也就是说，在这个方面，可供我们继承的东西非常少，甚至可以说几乎没有。

在卧薪尝胆诸剧本中，都突出了人民作用。有写得好的，也有写得简单粗糙的；但是，都是努力想从历史唯物主义和辩证唯物主义的观点和方法来想象（因为史书上完全没有这方面的资料）其可能有的情况。这种努力值得赞扬。但是，春秋后期的人民不等于我们今天所说的劳动人民。在本文第三章，我曾经简略地说过当时儒家的用语“人”和“民”是有区别的。勾践时代的越国，如和当时的齐、晋、鲁等国比较，经济上是落后的。我们钩稽先秦典籍的有关越国的资料，还看不到当时的越国已经存在着像齐、晋等国的正在发展着的封建地主经济。因此，当时越国的统治阶级中也还没有强有力的封建地主阶层。因此，当时越国的社会结构，一方是世袭的奴隶贵族阶级（这是统治阶级），又一方是奴隶、农奴、手工业者的被统治阶级。从夫椒战败、勾践入臣于吴那时起的二十来年中，由于越国完全沦为吴国的附庸，越国的统治阶级也受到吴国的压迫，因而越国国内的阶级矛盾退居于次要的地位；勾践返国以后采取了一系列“爱民”的政策，以复仇雪耻为号召，这当然进一步缓和了阶级矛盾，而人民的力量也会更显著地发挥作用。勾践在二十年埋首苦干之后能够自力更生，能够变弱为强、以小胜大，就是依靠这些人民的力量。这些，就是剧作家们虚构人民力量的代表人物的历史根据。

卧薪尝胆诸剧本如何通过艺术虚构来表现人民力量，也有各种不同的方式；大致说来，有三大类。一、把越国十年生聚、十年教训的重要措施都归功于人民的主动创议，甚至像尝胆这样的细节也说是人民的创议；这样，勾践、文种、范蠡这些人物就变成无所作为，他们的唯一好处就是能够听从群众的意见。这恐怕是过高地估计了当时人民的政治觉悟、思想水平乃至文化水平，同时也过高地估计了勾践等人的品质和性格，把他们和今天共产党领导下方才会有的走群众路线、坚持民主作风的领导人物，等同起来了。反过来也可以说，这又是把历史上帝王将相的个人作用完全抹煞了。因此，这种写法不免是进退失据的。二、企图一方面突出人民力量，另方面又照顾到帝王将相的个人作用，于是把勾践等人的领导方法写成今天我们说的从群众中来，又回到群众中去。这一方式，写得不那么生硬拙笨的，还不至于显出影射的痕迹，否则，就叫人看不下去了。这种写法，和第一种同样是照现代人的形象来塑造历史人物的形象；而对于勾践的评价之高，则更甚于第一类。第三类是不取人民创议、提“合理化”建议等等方式来表现人民力量，而是将人民的要求复仇雪耻，推倒外国统治，自力更生，发展生产等等的坚强意志，作为人民力量的表现，推动了勾践的十年生聚、十年教训的事业。这是比较灵空的写法，比较能够不出偏差，而且亦于史有据；从《左传》到先秦诸子，都记载了这种“舆论”的力量，都曾说到人心向背的关系之重大。我以为《胆剑篇》在表现人民力量的部分，是兼取了上述第二、第三两个方式的，因此，它就显得更为可信而且也更多些艺术感染力，虽然这些代表人物的思想意识中也还掺杂一些现代人民才能够有的观念。

至于人民力量的代表人物或完全虚构或借用史书上曾有其人的姓名而加以新的内容（例如陈音、苦成、乃至西施），究竟何者更妥当，则是另一问题，是一个技术性的问题，这里就不去谈它了。

历史家不能要求历史剧处处都有历史根据，正如艺术家（剧作家）不能以艺术创作的特征为借口而完全不顾历史事实、任意捏造。历史剧无论怎样忠实于历史，都不能不有虚构的部分，如果没有虚构就不成其为历史剧。比方说，司马迁的《史记》是一部历史，同时又有很高的艺术价值。《项羽本纪》中的项羽写得栩栩如生，《项羽本纪》基本上就是一篇极富于形象性的传记文学。然而从《项羽本纪》到正式的以项羽为主角的文学作品，却不能不增添些虚构的东西。而文学作家赖以进行虚构的基础，就是《项羽本纪》以及其他有关项羽的历史资料，乃至楚汉战争时期（这是项羽活动的舞台）的重要史料。虚构的艺术形象（人物、环境、气氛）必须符合于作品所表现的历史时代的真实性。写春秋后期的吴、越就应当确实是春秋后期的吴、越，而不是钱镠时代的吴、越，当然更不应是现代的吴、越。而要使其确是春秋后期的吴、越，最重要的一点是不让你的作品中的人物有后代人的意识形态（更不用说现代人），不让他们口中说出只有今天方能有的词汇。大家热心地讨论过的所谓“历史真实与艺术真实之统一”，如果用通俗的话来说，就是如此。

“历史真实与艺术真实之统一”，是评论家的用语。这句话指出了历史剧的基本任务，也提出了对于历史剧作家的要求。可是这句话，有可能被理解为：历史真实与艺术真实是对立的，或者至少是一物的两面，而剧作家的工作在于使两者统一起来。我觉得历史剧的讨论中有些议论就透露了这样的理解是存在的。可不是么，历史剧的艺术真实这句话确实会把人吓糊涂了。光是“艺术真实”这个词，也使一般人会望文生义，发生各式各样的猜想。因此，不揣冒昧，给这句评论家的用语来一个比较醒目的注解：历史真实与艺术虚构的结合。字面不同，涵义则一，而“艺术虚构”一词也许比“艺术真实”较易理解，也突出了艺术虚构在历史剧（以及一切历史题材的文学作品）中的重要性。

任何艺术虚构都不应当是凭空捏造，主观杜撰，而必须是在现实的基础上生发出来的。换言之，人与事虽非真有，但在作品所反映的时代社会条件下，这些人与事的发生是合理的，是有最大的可能性的。历史题材作品中的艺术虚构亦复如此。

历史题材作品中的虚构有种种方式。大致说来，不外下列数类：一、真人假事（历史上真有其人，但作品中关于他的言行的一部分却是虚构的），二、假人真事（我国古典作家常用张冠李戴的方法把富有典型意义的别人的事迹装在作品中一个真人的身上，使其典型性鲜明而完整，而卧薪尝胆诸剧本也为了要形象地表现越国人民的埋头苦干，就虚构一些人物），三、人事两假（例如卧薪尝胆诸剧本所虚构的保守分子、投降主义者、恐吴病者以及他们的行动等等）。

现在让我们看看卧薪尝胆诸剧本的艺术虚构和历史真实的结合或者差距，究属如何。

先言艺术虚构不同于改写历史。大约有十来种剧本（即占我所读过的剧本总数的四分之一光景），或多或少地显然改写了历史；例如有的剧本说，齐、楚、晋三国使臣到越国请援，于是勾践发兵伐吴；有的剧本说吴夫差纠合齐、晋、鲁、宋四国之君（四国还各出兵五千），侵犯越国，还有越国的一个叛臣（太宰）作内应，但因范蠡事先破获了内奸，将计就计，因而大破吴兵，四国诸侯亦转而附越，奉勾践为盟主；有的剧本说勾践之弟（公孙仲）由保守分子（恐吴病者）发展为叛国的越奸，勾结夫差攻越，意在取勾践而代之，仍臣事吴，然而奸谋败露，勾践打败了来犯的吴兵，长驱入吴境。以上三个例子是改写历史最为严重的，其余年代颠倒（将时间的距离拉近，或将两三年内发生之事并为一年内发生），人事错乱等等，可姑置勿论。为什么剧作者显然不顾历史要将吴、越最后几次战役（差不多所有的剧本都写成一次战役）那样地改写呢？而且为什么都要改成不是勾践起兵复仇（实在是使越国摆脱附属国地位）而是三国乞援或被迫反击呢？据说是因为要避免“复仇”二字，同时也要避免“先开第一枪”。而所以要避免“复仇”，则因为写了“复仇”，战争的名义就不光明正大，而写了“先开第一枪”就有破坏和平和侵略的意义，将发生副作用。一句话，剧作者们是认为照他们那样改写了历史，然后符合于历史剧古为今用的方针的。可是在我看来，实在无此必要。避免“复仇”，避免“先开第一枪”，这是当时的越勾践脑子里没有的思想，这是我们强加于他的，是反历史主义的。当然，我也不主张死抠历史，一定要把勾践一次偷袭，两次大兴干戈而最后是围城三年方始拔之——这些过程，统统忠实地写在作品里，不，我倒是很赞成某一个京剧的写法，它简洁地只描写了越国人民要求出兵（为了从吴国的压迫下解放出来），勾践庄严地举行誓师典礼，大兵出发——即告结束。我觉得这样的写法，既避开了上述的“复仇”呀，“先开第一枪”呀，等等禁忌，而且也并没改写历史。我们应当认明白：改写历史和艺术虚构完全是两回事。艺术虚构是必要的，但改写历史却是要不得的，是反历史主义的。

如上所述，艺术虚构方式之一是真人假事。这是最常见的，也是不可避免的方式。试以各剧本所写勾践、范蠡、文种、夫差、伍子胥、伯嚭这六个主要人物为例，剧作者除了按照历史记载，把他们的行事加以形象化而外，又虚构了一些故事，而六人之中，关于勾践和夫差的虚构比较多。虚构的结果，勾践作为正面人物的形象更加鲜明，而夫差这个反面人物则成为一个十足的脓包：既荒淫而又糊涂，一两句话就可以把他哄得团团转。我并不反对把勾践稍稍美化一下（例如说他同人民共甘苦，生活朴素，亲自劳动等等，因为忍辱负重、埋头苦干的勾践能够这样做的），只是不赞成让勾践的脑子里有我们的例如“群众路线”、“劳动锻炼”等等观念，不赞成他的嘴巴居然说出我们今天通用的新词汇。但是，把夫差写成戏台上常见的昏君，我却期期以为不可。因为第一，这距离历史上的夫差太远了（请参看本文第三章）；第二，夫差（还有伯嚭）既然那么不中用，勾践之终于能复仇雪耻也没有什么了不起，何至从春秋到战国二百年之久为诸子百家所艳称，共认为典型的以小事大、以弱胜强的范例呢？而最后，第三，夫差之由胜利而失败，他所追求的是什么，他的悲剧的一生的根源何在，凡此等等，还它们个本来面目，就有很大的教育意义，何必用漫画的方法？用了漫画的方法，反而把原来应当有的教育意义庸俗化了。不客气地说，诸如此类的加在夫差身上的虚构和历史真实是不协调的。在我看来，稍稍美化勾践，还是基本上符合历史真实（即使不写他的所谓局限性），因为卧薪尝胆诸剧本并不是写“越勾践传”，必须对勾践作全面的评价，剧本只取他埋头苦干、自力更生、反弱为强这一段历史，而在此一时期中，作为春秋时代奴隶贵族阶级的代表人物之一的勾践的阶级局限性和时代局限性，确实被他的埋头苦干、自力更生的光彩所掩蔽了，我们不写他的局限性，也符合于历史的真实。有些剧本写勾践返国之后，曾经多次受安逸生活的诱惑而发生动摇，或者因环境艰苦而悲观失望，都亏人民中的英雄人物（虚构的人物）纠正了他；这样写，也未始不可，然而未免蛇足。从勾践一生行事看来，他的性格是有发展的，但关键在于他的三年入臣于吴，正如《荀子》所称："越王勾践霸心生于会稽"，故"居不隐者思不远，身不佚者志不广"。也正如《韩非子》所谓"越王勾践恃大朋之龟，与吴战而不胜，身入于吴宫；反国弃龟，明法亲民以报吴，则夫差为擒。"这都是说，入臣于吴的三年时间，对于勾践是一次很好的锻炼。有些剧本以勾践栖于会稽开场（在这一场戏中，写勾践自我检讨，这是于史有据的），然后写勾践入臣于吴，动心忍性，通过了那样严峻的考验，于是他的性格中出现了沉着，坚强，能苦干，对前途有信心的特点。（有一二个剧本写勾践在吴拘囚时得到了越国人民悄悄地送来的"万民血书"，于是感奋，消极悲观的心情为之一变。）我觉得这样安排，既写了勾践性格的发展，同时也符合于历史的记载。至于返国以后，漫长的埋头苦干的岁月中，勾践也可能有时动摇了信心，然而不宜写得太多；老写他动摇，就削弱了这个人物作为代表越国当时埋首苦干、自力更生的中心力量的形象了。也有些剧本写勾践"当众检讨”。我以为古代帝王“当众检讨”，倒是有悠久传统的；《汤祷》可以说是历史上第一篇帝王的“罪己诏”，勾践为什么不会“当众检讨”？不过，帝王的“罪己诏”自有它那一套调子，和它那一路用语，更重要的还有它那一种意识形态（受命于天，来牧斯民，德行未孚，使万民受苦，仰无以对皇天，俯无以慰万民，万方有罪，罪在朕躬云云），如果照我们今天的“自我检讨”的口气、用语、意识形态，来写勾践的自我检讨，那就要闹笑话了。

许多剧本对于伯嚭的描写（虚构部分）也失之于漫画化，而伯嚭与伍子胥的矛盾又被简单化为抽象的忠与奸不相容，没有深入到政策的分歧。对于伯嚭、伍子胥的评价，本文第四章已经说过我的看法，这里不再重复。

卧薪尝胆诸剧本还有不少其它的真人假事的虚构；例如派王孙骆一个差使是带了军队驻在越国监视勾践君臣并催索贡赋（有不少剧本是这样写的），派陈音、诸稽郢、计倪、苦成等等各种各样的差使。对于这些真人，历史记载颇嫌简略，有些人只见一次，只作过一件事，他们在当时起过什么作用，他们性格如何，都没有交代；因此，这些历史上曾有其名的人物实际上倒像一些空头度牒，我们爱填什么就可以填什么。唯一要注意的是：这些被填进去的东西必须是当时历史条件下可能产生的。当然，如果我们要求得严格些，我们可以对派给王孙骆的差使表示不同意；因为在春秋时代，大国或强国对小国或弱国的控制方式，通常是人质，而不是派军队驻防。(除非已经吞并那个小国或弱国，但吴国当时并未吞并越国，而只是进一步控制它使为自己的附属国。)不过，这样一点和历史事实不符合的细节，无损于全体，我们置之不论可也。

假人真事的虚构方法，在卧薪尝胆诸剧本中并不多见，特别多而且特别值得注意的，是人事两假的虚构方式。这又表现在两个方面：埋头苦干、自力更生的具体描写和越国统治集团中的保守分子、恐吴病者、投降主义者对于当权的勾践一派的政策所进行的反抗。这两个方面是互有联系的，而且是互相影响的。例如：对于自力更生（发展经济、充实国防）的描写越是“现代化”，对于那些保守分子的形象的塑造也越加“现代化”——以致于塑出了现代修正主义者的嘴脸。同时，也应当指出，对于发展经济、充实国防的描写越是“现代化”，则人民英雄（都是虚构的，偶尔借用真人，例如陈音、越女等等）的形象也越加“现代化”——以致于颇有共产党员的风貌。这是因为这两方面，都缺乏历史记载，后者是完全没有，前者仅有几句抽象的话如《史记·越世家》之所载，完全看剧作家如何创造，而既无“古本”可资核对，或以资参考，就常常会按照自己的所见所闻进行虚构了，或者按照自己从几条原则推想出来的情况进行虚构了。在这里，问题不是应该或不应该进行虚构，而是在什么基础上进行虚构。我们不能设想越国当时要转弱为强竟可以不在发展经济和充实国防这两件大事上自力更生。也不能设想越国当时的统治集团内部没有苟安图存的反动派。所以，完全有理由进行虚构。但是，这个工作是相当复杂而困难的。首先，必须弄清楚当时越国的经济处于什么历史阶段，其次，再来设想在当时历史条件下勾践他们所能努力做到的，是怎样的一些进展。看来我们的剧作家大都曾经考虑到这些问题，他们下笔之时颇费苦心，而即使有个别走得太远了一点，其动机还是好的。特别可以宝贵的，是百来种剧本在这两方面的艺术虚构上实行了百花齐放和百家争鸣，就积累了丰富的经验；而也是因为在这样丰富的经验中吸取教训，所以最后出世的《胆剑篇》能够有更上一层楼的成就。试举一二事为例。《胆剑篇》不写大炼钢铁，只写越国造了铁犁，而且也不是自然主义地安排了现场制造铁犁的一场戏，而只是通过对话，通过一把造成的铁犁点明有这回事，这就避免了把二千四百年前的越国装点得颇像我们一九五八年的耸立小高炉的农村。《胆剑篇》也写了个保守分子，他是勾践的师傅。其他各种剧本出现了各种身分的保守分子（或者你愿意，就叫他们为右派分子也可以，虽然我总觉得这个现代语有它特殊的涵义，把它安在古人头上，有点儿名实不符），有国丈、国舅、王弟、王母、元老重臣等等，而且有许多人后来发展为叛国之徒（有一个剧本把历史上的真人计倪给戴上一顶右派帽子，而后来也发展为叛徒，这却是太不顾历史事实了），我却以为《胆剑篇》描画的那个太傅比较能恰到好处。这样看来，去年下半年的“卧薪尝胆风”，确是一场有意义的考试（因其题材相同），不能说是浪费精力。

带便还想说几句，有些剧作者对于历史资料掌握不多，或者对于某一历史事实未加查考以意为之，这就往往不必要地违背了历史，或者造成似是而非的描写。例如有一个剧本说夫差释放勾践是在他“伐魏凯旋”、大摆宴席之时；殊不知夫差时代三家尚未分晋，何来魏国？当然更无法伐魏了。《胆剑篇》说夫差败越后三年要出兵伐陈，即在此时有放勾践回国之事，此亦与历史不符。查《左传》哀公元年三月越及吴平（即指勾践保于会稽请成，其后入臣于吴），八月，吴侵陈，修旧怨也；此后三年内，吴未加兵于陈，直到鲁哀公六年吴又侵陈，但此时勾践已回国了。此虽小节，但没有必要违背历史。如果一定要把释放勾践一举放在一个戏剧性的场面，可用虚构，何必修改历史？还有一个剧本的夫差唱词有“五战五捷破楚都”之语，道白中又有“前者兴兵伐楚，直捣郢都”；这是很大的疏忽，把父亲做的事算在儿子账上了。（按《史记·吴世家》：阖闾十一年，使太子夫差伐楚，取番。楚恐而去郢徙都。但是《左传》定公六年记此事则谓是吴太子终累，杜预注，终累，夫差兄。司马迁误为一人。但这次战争，也不是直捣郢都。又《史记》谓“楚恐而去郢徙都”，据《左传》定公六年则楚子西以为楚水陆两军都打了败仗，倒是好事，因为可以引起警惕，把楚国政治刷新一番，故喜曰："乃今可为矣！"于是乎迁都于鄀，而改纪其政，以定楚国。我以为应从《左传》的记载。）关于越国大兴水利一事，先秦典籍，未有记载，《史记·河渠书》有"于吴，则通渠三江五湖"这样一句话，从上下文看来，这个"吴"字包括很大的地区，连"越"在内。但是，"三江"是哪三条江？历来的史地学家解释不一。《国语·越语》，伍子胥谏吴王不可许越平，说"夫吴之与越也，仇雠敌战之国也，三江环之，民无所移。"韦昭注：三江，松江、钱塘、浦阳江也，言此二国之民，三江绕之，迁徙非吴则越也。此外，孔安国以为江从彭蠡分为三，入震泽，从震泽复分为三，入海；郑玄以为三江分于彭蠡，东入于海；《吴越春秋》以浙江、浦江、剡江为三江。总之，各家之说虽有分歧，然而没有一家把三江说是都在越国境内，他们大多数以为三江在吴、越接壤处。清·顾栋高谓春秋时代越国的版图为浙东之绍兴、宁波、金华、衢、温、台、处七府之地（指清朝的建置），其杭、嘉、湖三府，则与吴分界。此与韦昭所称三江在吴、越接壤处相合。可是有一个剧本既说"拦洪堰在三江岸上，炼剑炉火光点点"，又剧中诸稽郢道白："三江一带，地饶粮丰，吴兵侵越，堤堰被毁，终年洪水为灾，如今范大夫已去三年，重修堤堰，大王命某前去，五年为期，引水辟田，练兵铸剑。"这个剧本，强调了越兴水利，屡次提到三江，照上面所引数语，已可见它是把三江放在越国内地而非吴、越交界。这就造成了不合史实的混杂情况。其实，横竖是虚构，何必要从历史书上取用“三江”两字，既用“三江”，就不能以意为之，把它们随便搬场。总而言之，我以为我们一方面肯定艺术虚构之必要，另一方面也必须坚持不能随便修改历史；此两者并不矛盾，因为艺术虚构不是向壁虚造，而是在充分掌握史料，并用历史唯物主义和辩证唯物主义的观点和方法分析史料、对历史事实（包括人物）的本质有了明白认识以后，然后在这个基础上进行虚构的。这样的艺术虚构就能与历史真实相结合而达到艺术真实（即在艺术作品中反映的历史）与历史真实（即客观存在之历史）的统一了。

本来，文学作品都免不了虚构，以现代生活为题材的作品也要虚构（所谓真人真事的作品除外）。我们都知道，反映现代生活的作品的创作过程，首先是熟悉现实生活，分析生活，然后进行概括，——到此为止，作家的思维活动主要是逻辑思维，及至转入形象思维，那就是虚构。当作家进行概括时，逻辑思维与形象思维有时会交错，但主要是逻辑思维在起作用，否则就不能进行概括。历史题材作品的创作过程亦复如此。所不同者，它的赖以进行概括的资料不是作家自己经历的生活经验而是古人生活的记载或传说，因而作家必须在充分掌握史料（前人记载和民间传说的历史生活）、甄别史料、分析史料之后进行概括，——到此为止，作家是以历史家身分做科学的历史研究工作，他要严格地探索历史真实；此后，他又必须转变其历史家的身分为艺术家，在自己所探索得的历史真实的基础上进行艺术构思，并且要设身处地、跑进古人的生活中来进行艺术构思，否则，就不免会不自觉地把现代人的意识形态强加于古人身上了。昔人谓“画鬼易，画人难”，因为活人摆在面前可以核对是否画得像，是否画出他们的精神。而鬼则无可核对，可以由作家随意塑造。然而我们要说画鬼（古人）更难，如果我们要画的是历史上的真鬼而不是作家想象中的鬼；因为要画历史上的真鬼，就不得不认真地先做一番历史研究工作。

同历史真实与艺术真实之统一很有关系的一个问题就是历史剧（以及其它历史题材作品）的文学语言问题。

我国古典历史剧的文学语言从它的历史科学性来看，是不能令人满意的。像我们在第五章已经指出的那样，元杂剧以及明、清的杂剧和传奇，在用典故、成语上，都经常犯了时代错误。元、明人用唐、宋的历史题材写剧本，在用典或用成语上所犯的时代错误要比他们用春秋、战国时代的历史题材写剧本时所犯的，一般要少些。这是因为典故、成语之类所谓词藻者，年代愈久则积累愈多，有一些成为“滥调”，摇笔即来，作者自己根本没有想到这个典故或成语在他所表现的历史时期还没有产生。但除此而外，还有一种不知不觉就会犯的时代错误，就是让古人说今人的话——今人说惯而古人还不会说的一些俗语、流行语。元杂剧之优秀者以当行出色（并不堆砌词藻）为特点，然而，让春秋、两汉人满嘴元人俗语，而且还有蒙古话，实在也不是味儿。至于职官名号、地名、服装、陈设，犯时代错误的，那就更加多了。如果我们承认所谓历史真实者，也包括时代气氛在内，那么，也得承认上述的几种时代错误是应当避免而且必须避免的。

新编的卧薪尝胆诸剧本的文学语言是力求朴素的，这是个好处，而且，正因其力求朴素，用典极少，也就较少地犯了这方面的时代错误。像“东山再起”、“四面楚歌”、“谱新声将霓裳调翻”这样的时代错误仅偶一见之。也有些不通的句子例如“社稷蒙尘”。然而，不伦不类的杜撰的职官名号（例如“军机总督大司马、粮秣后军大司马”之类），称王孙骆为王将军，赞美酒为“葡萄佳酿”，一个铁匠上场道白居然是“三百六十行，行行出状元”，文种上场道白“俗语称，国破山河在，城春草木深”，诸如此类的不检点，也还不少，但是为数最多而又看上去最为别扭的，是我们这时代开始产生的新的词汇。剧本中出现了这些词汇，好像古代人穿现代服装，极大地减少了历史气氛。

戏曲的文学语言，本来应当是比小说或话剧的文学语言有所不同，而且当然也是更难处理的；历史剧（戏曲的和话剧的）的文学语言，当然比一般戏曲或话剧的文学语言又多一层限制，所以尤其难以见好。不过，这是我们不得不解决的一个问题。

最后，我打算谈谈我对于《胆剑篇》的意见。这个作品，在所有的以卧薪尝胆为题材的剧本中，不但最后出，而且也是唯一的话剧。作为最后的一部，它总结了它以前的一些剧本的编写经验而提高了一步。这就是我认为值得提出来专门谈一谈的原故。

许多剧本对于吴越战争的性质分析不深，而且避免提出“复仇”的号召，这是由于不熟悉历史，不知道槜李之战以前，越国一向为吴国所侵凌，成为吴国的附属国，槜李之战使越国暂时摆脱了臣属的屈辱地位，然而不旋踵，吴国（这回是夫差当国）又以重兵侵越，此时勾践沉不住气，不听范蠡之谏，仓卒应战，夫椒一仗，越兵大败，仅能以甲士五千人栖于会稽，此后，为了复仇，勾践忍辱入臣于吴，三年而归，发愤图强，埋首苦干，自力更生，二十年乃得报会稽之耻，复为独立自主的国家。这样的战争，在勾践是复仇，在越国人民就是解放战争。这样的复仇战争的旗号是可以堂堂正正挑出来的。有些剧本不明此中前因后果，从字面上忌讳“复仇”二字，可又要替勾践找个堂而皇之的题目，于是乎就把勾践装扮成现代的殖民地解放战争的民族英雄；而另外一些剧本走了对面，把勾践在当时的历史条件下一个小国的一个有为之主所能起的作用完全抹杀，把它写成了意志薄弱的无能之人，什么都是人民在推动他，在教导他，越国人民好像是在直接当家作主了，他们领导了（不仅在思想上，而且也在行动上）勾践。过犹不及，两者都进退失据。《胆剑篇》在这一点上，纠正了过与不及，越勾践的话就说得响亮，情绪就格外沉痛。这个人物性格的刻画，我以为是成功的；他确是春秋末期（越国当时还在奴隶经济阶段）的一个有为之主，分寸恰当。虽然写他自己没有提出什么惊人的计划，他只是善用他人之所长，从善如流，然而领导越国复兴的，确是他。这是符合于当时历史事实的。

夫差在一般剧本中都以昏君（而且是一般化了的昏君）面目出现。这个昏君像个傻瓜，完全听伯嚭摆布，而伯嚭也是个一般化了的奸臣，贪财、害人、好色，活像个小地主（还不是大地主），一点大臣的风度也没有。这样太丑化了夫差和伯嚭，大概想造成强烈的对照，衬出勾践君臣的英明能干，但效果适得其反。读者会觉得奇怪：对付这样腐化、无道、无能的对手，也要化二十年的时间么？更不用说，这是歪曲了历史人物的真面目的，而歪曲了历史人物的面目，也就歪曲了历史。《胆剑篇》在这一点上也能吸取众多的经验，而作出恰当的结论。夫差和伯嚭就不是舞台上常见的一般的花脸，而是有个性的人物；他们不是没有能耐的人，但是他们所走的路是一条死路，所以终于不能免于死亡。范蠡的个性也很鲜明，但相形之下，文种稍觉逊色。

有些剧本没有西施，原因是不愿写美人计，同时又觉得不写美人计，则西施没有戏了，不如干脆不要这个传说中的人物。有一个京剧有西施，但不是受命到吴宫做反间，而是她心向祖国，在吴宫时留心越事，当机会到来时她救了入质于吴的越国太子夷與。（查越国世子入质于吴，不见于先秦典籍，亦不见于《史记》，仅见于后出之《吴越春秋》与《越绝书》，一作“舆夷”，一作“與夷”，舆、與形近而讹。）《胆剑篇》也许从这里得到启发，它写西施当吴兵攻入会稽时被掳，后进吴宫，为夫差所宠幸，在勾践入臣之第三年，西施得知，由于伍子胥力争，夫差要斩勾践夫妇，于是西施冒险至勾践被囚之石室见勾践夫人，告以情况，并以偷来的出关金符授勾践夫人，唤壮士无霸（越国壮士，此时随文种聘吴，文种是来运动伯嚭使为释放勾践在夫差面前说好话的），保卫勾践等脱险，勾践心动不决，但范蠡以为不可，勾践从之；此时夫差听伯嚭之言已收回杀勾践的成命，但伍子胥情急走险，私命部将来杀勾践，要以既成事实强加于夫差，西施斥退伍子胥部将，保全了勾践，恰好那时伯嚭也亲自把夫差释放勾践回国的命令带来了。这一场，很富于戏剧性，但尤其值得注意的，是西施的性格是刻画得颇有分寸的；西施是爱国者，是有心人，并且还有胆量，然而究竟只是个西施，她以为窃符使勾践逃出吴国，就有了安全，她只看到一、二人之“生”或“死”，没有考虑到越国的复兴和安全。

伍子胥有一个传统的形象，——一条好汉，性情梗直、忠贞不二。我们很难说，这个形象是不是伍子胥的真面目；我们只能说，司马迁为伍子胥立专传（管仲未有专传，只与晏婴合传），着力描画了伍子胥的形象，此中虽有司马迁的主观成分，但亦应当认为不是完全出于臆撰。后来的许多文学作品中的伍子胥形象大抵不出司马迁《伍子胥列传》的范围。在我们的许多新编《卧薪尝胆》中，伍子胥的形象也还是传统的形象，但也有一二剧本不提伍子胥，或者把伍子胥作为反面人物（扩张主义者）。不提伍子胥，也就是不写吴国统治集团的内部矛盾，而将越国的埋头苦干、自力更生作为剧情发展的唯一主线；这是不符合于历史事实的。把伍子胥处理为反面人物、扩张主义者，这是很大胆的想法，从我们的观点看来，伍子胥也确是这样一个人物。可是，既然伍子胥是扩张主义者，而夫差当然也是个扩张主义者，两个扩张主义者为什么又发生矛盾呢？伯嚭又是什么“主义”的人呢？历史本来给了我们回答：夫差、伯嚭、子胥三个扩张主义者的对越政策之所以不同，由于前二人从更大的扩张计划（争霸中原）考虑有必要保留勾践一命以羁縻其它小国，而后者只是从眼前的利害着想（参看本文第三章）。许多剧本都没有指出伯嚭与子胥意见分歧的历史背景，把子胥处理为扩张主义者的剧本，也没有指出。这是大多数（或者几乎所有）剧本中的伍子胥形象不能比传统的伍子胥形象更丰富些的原因。《胆剑篇》中的伍子胥却有了新的眉眼。伍子胥的性格在剧本的第一幕和第二幕中写得相当鲜明；这些虚构的事实，可以说是《伍子胥列传》所描画的伍员形象的令人信服的发展。《伍子胥列传》中有两句伍子胥的自白：“吾日暮途远，吾故倒行而逆施之。”这是伍子胥的个性，《胆剑篇》关于伍子胥要杀勾践的两个虚构插曲（见于第一、二两幕），正是这种个性的写照。该剧第一幕伍子胥上场时剧作者有这样的说明：“他为人精诚廉明、但又专横残暴；倔强忠直，却又骄傲自负，不能忘怀他为吴国立下的丰功伟业。”可见剧作者明白地看到伍子胥性格的复杂性，而这是司马迁以后塑造伍子胥形象的人们未曾看得那样清楚的。但是可惜，《胆剑篇》不能为伍子胥安排更多的好戏，第五幕的伍子胥就不过尔尔。可以表现伍子胥性格的历史记载还有的是，但是《胆剑篇》的人物太多了，不能不把伍子胥的戏挤掉一些。

人物性格的描写，是《胆剑篇》的优点之一。但是可惜，夫差的性格还稍嫌片面些，虽然已经不把他写成一个糊涂蛋。虚构的人民英雄大都是在当时历史条件下可能产生的，虽然这些英雄人物还缺少个性；苦成的戏不少，也很动人，可是不知为什么，他给我的印象不深，没有特点。也就是说，他的个性不明显。保守分子（或者说是投降主义者、恐吴病者）泄皋也只平平。作者不想强调越国也有多么大的内部矛盾，因而泄皋这个人物，不过聊备一格而已。

剧本的文学语言是十分出色的。它是散文，然而声调铿锵。剧中人物的对白，没有夹杂着我们的新词汇，没有我们的“干部腔”；它很注意不让时代错误的典故、成语滑了出来。特别是写环境，写人物的派头，颇有历史的气氛。

总而言之，《胆剑篇》的真人假事、假人假事，——即凡虚构部分，不论是吴国的内部矛盾，越国的人民力量的代表人物，越国的保守分子，或是越国人民埋头苦干，勾践的与民共甘苦等等，都写得颇有分寸，尽力避免以今变古的毛病。

作者有些地方谨守历史事实的范围，有些地方则对历史事实作了改动。这些改动，大都是为了取得更大的戏剧效果。然而也有一二处的改动，我以为不必要，或者效果适得其反。请毕其说，以供参考。

一、勾践之终于得释，作者把栖于会稽而后来又突围南去的五千甲士的活动，作为一个关键。而五千甲士之行动又是范蠡事先策划好的。这是修改了历史。这个假想，同有些剧本把越国人民的不断地武装反抗作为勾践被释放的原因，是相似的。当然这比旧说尝粪，要高明得多。但是，我以为没有必要这样来虚构，这样来修改历史。历史记载，夫差欲争霸中原，不能不羁縻小国；释放勾践，所以示“信”，所以示“仁”，这正是伍子胥所不了解的，而也正是夫差之所以听信伯嚭。如果这样落笔，指出夫差释放勾践的动机和打算，则既不改动历史，也可以把夫差的性格深化些，同时，伍子胥与伯嚭的矛盾就更有内容，伯嚭的性格也不会一般化了。

二、第五幕改写历史最多：黄池会前，夫差未至会稽，此其一；艾陵战后，伍子胥即赐死（按《史记·伍子胥传》谓：夫差败齐于艾陵之后四年又将伐齐、伍子胥苦谏云云，年代事实都与《左传》、《国语》不合，史公有误，应从《左传》、《国语》），不应黄池会盟之前夕伍尚健在，此其二；黄池会前，越未与晋、齐有约，且黄池之会主要是玉帛之会，夫差带了兵去是以武力为后盾，争个盟主做做，齐、晋初无用兵之意，此其三；正当黄池盟会之时，越袭吴，俘太子友，而未占吴地，其后三年越兵入吴，战于笠泽，吴兵大败，然而围姑苏三年始拔之，乃俘夫差，剧本把七年之事写成了三年，此其四。自然，这些改动，在作者都有目的：加强戏剧性。可是我觉得效果并不太好。我觉得第五幕虽然险笔甚多，有步步急转之观，但是惊险场面多，反落得调子急促，格局狭小，不如前四幕气派恢宏、节奏沉着。同时，这样一改，有一个老大毛病，即虚构之事如齐、晋兴兵伐吴，在当时的历史条件下是不可能的。齐、晋与吴相距千里，当时齐、晋皆以车战，千里袭吴，何能仓卒举事，而剧本所写，好像是现代的行军，夫差在姑苏时还不知齐、晋动员，才到会稽就得急报，此虽富于戏剧性，但也损害了历史真实。

三、《胆剑篇》中的描写和叙述不符合历史的，还有不少。例如第一幕写勾践辞庙之时已然是俘虏身分，但据《左传》、《国语》和《史记》，则勾践以甲士五千栖于会稽，而命文种求和，提出两个方案让夫差自择其一；这两个方案一是签订和约，保存越国宗社，越国为附属国，年年进贡，而且，为了表示忠诚，勾践将入臣于吴，三年为期；二是夫差如不许和，勾践就将实行焦土抗战，五千甲兵虽不能挽回颓势然而仍可给吴军以重大的杀伤，那时候，夫差所得的将是元气大伤的吴军和一片焦土的越国。越虽残破，吴亦未为得也。于是，现实主义的吴夫差许和纳降。第一幕夫差上场时剧作者介绍夫差有这样的话："他狡而贪，如他祖父阖闾说的愚而不仁"云云（见《人民文学》一九六一年七——八号第一三三页），祖父阖闾是弄错了。夫差是阖闾的次子，他的哥哥名终累，见《左传》定公六年。同幕夫差台词，"寡人不德，前年用兵攻打鲁国，去年攻打陈国，今年打了楚国，又打越国。"此亦不合史实。夫差未即位时，史书没有记载他攻鲁、攻陈及攻楚；夫差即位后三年伐越，报檇李之仇，此为夫差第一次对外用兵。第二幕说夫差将伐陈，因拟释放勾践返国，使他安抚五千壮士不再抗吴，以解后顾之忧；查夫差第一次伐陈在打败越国那一年的八月，第二次伐陈在其后五年，而勾践入臣于吴三年期满即归，夫差二次伐陈时，勾践早已释放。第三幕中会稽是当时的地名，义乌却又用了后来的地名，不一致。第三幕被离的台词："前日，夫差大王兴师伐齐，大破齐兵于艾陵”云云，然则第三幕的时间当在周敬王三十六年（公元前四八四年），但第三幕开头说明时间为第二幕之后四年，第二幕的时间为勾践入臣于吴之第三年，即依剧本则勾践入臣至艾陵会战相距七年，但依历史记载，勾践入臣在周敬王二十六年（公元前四九四年），下距艾陵之战，整整十年。第四幕勾践台词：“人人执剑，人人扶犁；就在这方圆不满百里的疆土上，也要兴一片腾腾的王气。”（见《人民文学》一九六一年七——八号第一五五页）查第四幕时间，据注明为勾践返国后之七年，此时勾践所统治的，已非方圆百里之地。《国语·越语》上，在叙述勾践入臣于吴后，紧接着说：“勾践之地，南至于句无（韦昭注，今诸暨有句无亭是也），北至于御儿（韦昭注，今嘉兴语儿乡是也），东至于鄞（韦昭注，今鄞县是也），西至于姑篾（韦昭注，姑篾今太湖是也）。广运百里。”其实这块地方广运不止百里。又韦昭谓姑篾即太湖，非是，姑篾（即姑末）当今龙游县境，而且方位在西南，不在西，疑《国语》此处亦有误。《吴越春秋·勾践归国外传第八》记载“吴封地百里于越，东至炭渎（注谓炭渎在会稽县东六十里），西止周宗，南造于山，北薄于海”。地向含糊其词。但《吴越春秋》同篇又载：“吴王闻越王尽心自守……增之以封，东至于勾甬，西至于槜李，南至于姑末，北至于平原（今海盐县），纵横八百余里。”查《归国外传》所记载，起自勾践七年，迄于勾践九年，然则吴夫差增封越为八百里，当在此三年之内，而剧本则云归国七年尚只百里之地，与《吴越春秋》不合。《吴越春秋》的记载，未必完全可信，但《吴越春秋》所记越国此时的疆界与《国语》所载大体相当，可知勾践归国以后作为复兴根据地的国界实不止百里。

以上所举剧本与历史不合各点，皆无关宏旨。不过，我以为历史剧既应虚构，亦应遵守史实；虚构而外的事实，应尽量遵照历史，不宜随便改动。当然，为了某种目的而有意改动史实，自当别论。如果并无特定目的，对于史实（即使是小节）也还是应当查考核实。因为历史剧的附带目的是给观众以正确的历史知识。历史剧非为传布历史知识而作，但无论如何，历史剧不应当传布错误的历史知识。

这篇漫谈式的文章已经拉得太长了，读者一定早已不耐烦了。因此，虽然可讲的话也还有不少，我打算留待将来，这篇文章就此结束。这篇文章考证历史的部分比较多，然而我不是专门搞历史的，因此我不是以历史家的身分来谈历史剧；这篇文章研究的对象主要是历史题材的戏曲，然而我于戏曲艺术是个门外汉，且一向看戏不多（虽然看剧本倒不少），因此我不是以戏曲家或戏曲评论家的资格来谈历史戏曲。既然什么都不是，留下来的，就只有一个读者的身分了。我就是以读者的身分讲了那么一大堆上下古今的话。我这篇拉拉杂杂的东西占了《文学评论》很多篇幅，深以为憾，谨附此纸尾，略表下忱，并希高明的专家和有心的读者不吝赐教。

一九六一年十二月二日于北京。

《关于历史和历史剧》的后记*

出版社拟印《关于历史和历史剧》的单行本，问我对该文内容有无改动?

于是我把这篇文章通读了一遍，改正了若干“误植”，又随手在二、三处作了文字上的小小修改，至于内容，虽时逾一载，我的思想水平却并无突进，因而我还是保留一年前的这篇文章中的各项论点，不作修改。

但是，看了一年来围绕着历史剧创作问题的讨论，却又忍不住欲有所言。一年来有关历史剧创作问题的文章似亦不少，但是，最讨论得热闹而且也是最为重要的一个问题，就是历史剧是艺术呢抑是历史?

---

* 本篇最初印入作家出版社一九六二年十一月出版的《关于历史和历史剧——从〈卧薪尝胆〉的许多不同剧本说起》。曾收入《茅盾评论文集》和《茅盾文艺评论集》。

这个问题，实在也是拙作《关于历史和历史剧》所讨论的一个中心问题。不过，诸君子的文章，从理论上以概括的笔墨出之，而拙文则摆事实抄书太多，或者读者忽略其中心所在。今拙作即将印单行本，愿借后记，再申鄙见。

历史剧当然是艺术品而不是历史书。《关于历史和历史剧》曾屡次指出两者区别之处在于前者必须有艺术的虚构；但既称为历史剧那就不能改写历史、捏造历史（此与艺术虚构是两回事，艺术虚构者，历史人物虽未作此事，出此言，但按其人其时的条件有百分之百的可能作此事，出此言）、颠倒历史（把发生于不同时期的事并为一事等等），如果可以完全不顾历史，那又何必称为历史剧？

由于鄙见如此，故在拙文中开头便论如何甄别史料，次论古人（与作品的历史人物同时代或较后的古人）对那些事和人的看法；为了避免空洞发议论，我就以春秋后期吴越交争，勾践卧薪尝胆这一个题材为“麻雀”，从各方面进行解剖，同时也发表了我的见解。复次，又在传统戏剧（杂剧和传奇）作品中择十几种分若干类研究其忠实于历史的程度如何，并分析其何以明知故犯地改写历史的动机，同时，对于那些腾空编造历史以图快意的作品，略加批评。

总而言之，耐心的读者大概可以看出，这一篇九万字的长文，所讨论的问题只是一个：如何使历史剧既是艺术又不背于历史的真实。

但是，一年来诸君子的文章中却提出了这样一个问题：

历史剧是否也负有对人民进行历史教育的任务?

这是拙文所未曾明白畅言的，愿在此一申浅见。如果把历史剧（推而广之，也包括一切用历史题材的文艺作品，如叙事诗、小说、电影等等）当作文艺化（或者形象化）的历史教科书，当然不对；但如果走到又一极端，认为历史题材的文艺作品只是、仅仅是文艺，而丝毫不起对人民进行历史教育（或者广义些，就说是爱国主义教育）的作用，那也是不对的。作家们当其构思运笔之时，其目的是创造一件艺术品，然而这件艺术品既是取材于历史，那就正像他创造一件取材于现代生活的作品一样，他不能不忠实于历史，正像他写现代生活的作品必须忠实于生活。何谓忠实于历史?（当然，这不是说，因此就排斥了艺术虚构。）我在拙文第五、六两章中说过了，这里不再重复。然而，当作品问世以后，观众和读者在把它作为艺术品欣赏的同时，却不可避免地虽然不是有意识地接受了历史教育，——也就是说，作品在观众和读者头脑里形成了对于历史事件和人物的认识，对于一般文化较低的观众来说，它还给了他们以历史知识。事实也正如此。我国的千千万万目不识丁的劳动人民向来就是从戏曲和说唱取得了零零碎碎但却丰富多彩的历史知识。

情况既然如此，作家们在取用历史题材的时候，怎么能不抉择、分析史料?在进行艺术虚构的时候，怎么可以把艺术作为护符而悍然改写历史、捏造历史、颠倒历史呢?

于是有人会问道：《水浒》是不是历史小说？有关穆桂英的戏是不是历史剧？

我的回答是：它们都不是严格的或正宗的历史小说和历史剧，它们是取材于民间传说的小说和剧本，而这些民间传说之历史性只在于史有其人、史有其事，例如《水浒》，但穆桂英则连这个也谈不到，她只是祖孙二代真人中的一个民间创造出来的女英雄。我们不可死心眼地一口咬定：凡是民间传说都有历史根据。极大部分的民间传说只挨着历史一点边儿，民间传说的血肉都是人民创造出来的，而且是十口相传、经过群众的加工和时间（从发生到定型，有时长达百余年）的考验的。宋江，史有其人，他的农民军横扫数州，官军不敢撄其锋，亦载在正史，然而三十六人之姓名及一鳞一爪之史实仅见于野史（如果《宣和遗事》可称野史的话），而即此野史，恐亦取材于民间传说。可是从三十六人发展到一〇八将，乃至成为今日的《水浒》，其间增饰创造，作者（民间的无名作者）非一二人，时间亘二、三百年。由此观之，循名责实，《水浒》不当称为历史小说，而当称为取材于民间传说的小说；不称它为历史小说，并不降低了它的声价。正如有不少列国戏、三国戏，倒实在可称为历史剧，但并不因此就意味着它们的声价高于杨家将的戏；这都要就具体作品作实事求是的评价，不能单看它的题材是传说或历史而下论断。

关于历史剧是艺术呢还是历史呢这个问题，我想重言及申明的，只此而已。下面打算回答几位读者在读了拙文以后提出的几个问题。

有一位读者来信谈到“三江”的问题，他说，他手头有一套《古文评注》，其中所选《范蠡不许吴成》篇有“范蠡谏曰：孰使我蚤朝而晏罢者，非吴乎？与我争三江五湖之利者非吴耶?”一段，注解是“三江，谓松江、娄江、东江也；五湖，即太湖中有菱湖、游湖、莫湖、贡湖、胥湖，谓之五湖，在吴越交界之地”。评注者是清朝康熙时的无锡人过高侯。

这里所引的三江、五湖的名称，早在唐朝张守节的《史记正义》已经有之。《史记·夏本纪》引《禹贡》全文，张守节于“三江既入，震泽底定”句下注释原文如下：“三江者在苏州东南三十里，名三江口。一江，西南上七十里至太湖，名曰松江，古笠泽江。一江，东南上七十里，至白蚬湖，名曰上江，亦曰东江。一江，东北下三百余里入海，名曰下江，亦曰娄江。于其分处号曰三江口。顾夷《吴地记》云，‘松江东北行七十里，得三江口，东北入海为娄江，东南入海为东江，并松江为三江’是也。……五湖者菱湖、游湖、莫湖、贡湖、胥湖，皆太湖东岸五湾为五湖，盖古时应别，今并相连。（中略详记五湖地望面积等）……《河渠书》云，‘于吴则通渠三江五湖’，《货殖列传》云，‘夫吴有三江、五湖之利’，又《太史公自叙传》

云，‘登姑苏，望五湖’是也。”

按“三江既入”的“三江”究何所指，自来众说纷纭，直到明代尚无定论，清康熙时胡渭的《禹贡锥指》始论证《禹贡》之“三江既入”的“三江”当依郑（康成）、苏（子瞻）说，《禹贡锥指》卷六“三江既入、震泽底定”条下考证辩驳极为详允，兹不抄引。胡渭与阎百诗、顾景范（《读史方舆纪要》的作者）等皆曾佐理纂修《清一统志》，是当时有名的地理学家，《禹贡锥指》为胡之精心力作，凡二十年成书，康熙乙酉（一七〇五年），查升以此书进呈御览（此时已有刻本），大蒙赏识，于是此书大为流行；既然不是冷门书，我就贪懒，不再摘引它对班固以后释“三江”的各家说法的考证和辩驳，而仅概括其主要结论如下：一、胡渭认为“三江既入”之“三江”与《史记·河渠》的“于吴则通渠三江、五湖”，《货殖列传》的“夫吴有三江、五湖之利”的两个“三江”，不是一回事，《禹贡》的“三江”当依郑康成的解释（大江在会合汉水和赣水时各阶段的不同名称），而三江名称之混淆则自班固始。二、胡渭以为顾夷、韦昭等所称之“三江”但可以解《国语》，不可以释《禹贡》，更谓如以郭景纯所指之岷江、松江、浙江当《国语》之“三江”，更长于韦。

照这样说来，《古文评注》据张守节之说（它是注“三江既入”的“三江”的）以释《越语》之“三江”，虽然同样混淆了两个时代不同的“三江”，可又幸而误中。但是，《古文评注》又加上“在吴越交界之地”，却又造成新的混乱。因为，此句如果直承“三江”而言，则张守节所记“三江”位置实皆在吴地［按张说本根据顾夷（晋人）的《吴地记》（《隋书·经籍志》著录），而南齐人庾仲初（杲之）《扬都赋注》亦同顾说］，非在吴越交界。如果此句仅承“五湖”而言，则依张注，亦非并在吴越交界。

韦昭释“三江”为松江、浙江、浦阳江。按松江（郭璞、顾夷、庾仲初所谓松江，与此均为一水）今称吴淞江，浙江即钱塘江，浦阳江即曹娥江。从吴、越当时国境而言，松江在吴境，曹娥在越境，钱塘本在越境，后为交界。［按清朝钱泳（嘉庆、道光时人，与阮云台、翁覃溪、钱竹汀同时，颇与交往，又曾在毕秋帆幕府。工八法，尤精隶古，并长诗画。著作有《说文识小录》、《履园金石目》、《梅花溪诗钞》等）的《履园丛话》卷四《水学》谓今日之三江，当以吴淞、刘河、白茅当之。前人亦曾释娄江即今刘河，语亦见《禹贡锥指》卷六。］因此，不论从韦说，或从顾、庾、张之说，今天我们写卧薪尝胆剧本而谓越国在三江地区大兴水利，是说不通的。因为，如依韦说，越勾践当时实际能控制者仅三江中之一江，若依顾、庾、张说，则并一江而无之。

由于上述种种认识，所以我在《关于历史和历史剧》第六章论新编之卧薪尝胆京剧某脚本时，对于它描写越勾践大兴水利在三江一带之说，不以为然，但因“三江”旧说纷纭，如欲详为论证，不免离题太远，恐非一般读者所喜，故只概括言之；今既承读者见询，故补叙如上。

《关于历史和历史剧》第六章有这样的话：“有些剧作者对于历史资料掌握不多，或者对于某一历史事实未加查考以意为之，这就往往不必要地违背了历史，或者造成似是而非的描写。例如有一个剧本说夫差释放勾践是在他‘伐魏凯旋’、大摆宴席之时；殊不知夫差时代三家尚未分晋，何来魏国？当然更无法伐魏了。”

有一位读者写信给我，对此有异议。他的信里这样说：“韩、赵、魏之前，春秋时代确有一个魏国，很小，故城故地不差丝毫地在今何处，我非地理专家，不能指出。可以估计，这个小国当在韩、赵、魏之魏的领地内。《辞源》‘魏’字条没有说明这个问题。有的书上提到。查姚彦渠《春秋会要》诸小国章载：‘魏，姬姓，桓三年见传，闵元年灭于晋，以赐毕万为邑。’大作说，‘三家尚未分晋，何来魏国’这句话，似乎不能成立。”

我以为我那句话“可以成立”，因为上面还有“夫差时代”这样一个指明时代的词儿。查《春秋会要》是根据《左传》编的；《左传》桓三年载：“芮伯万之母芮姜恶芮伯之多宠人也，故逐之，出居于魏。”杜预注：“魏国，河东河北县。”桓四年传：“冬，王师、秦师围魏，执芮伯以归。”闵元年传：“晋侯作二军，公将上军，太子申生将下军，赵夙御戎，毕万为右，以灭耿、灭霍、灭魏。还，为太子城曲沃。赐赵夙耿。赐毕万魏，以为大夫。”查鲁桓公三年为公元前七〇九年，鲁闵公元年（即魏国被晋献公所灭之年）为公元前六六一年，而夫差释放勾践使返国，约在公元前四九一年或四九二年（这是从入臣于吴，三年而归，推算的；入臣于吴，当在公元前四九四年）。照这些事实看来，夫差时代，那个春秋小国魏已经灭亡了一百七十年了，而那个后来的大国魏，当时（夫差时代）确未出现。所以，夫差无魏可伐。

《史记·魏世家》记载得一清二楚：“魏之先，毕公高之后也。毕公高与周同姓。武王之伐纣，而高封于毕。于是为毕姓。其后绝封为庶人，或在中国，或在夷狄。其苗裔曰毕万。事晋献公。献公之十六年，赵夙为御，毕万为右，以伐霍、耿、魏灭之（这是根据《左传》的——笔者）。以耿封赵夙，以魏封毕万，为大夫。……毕万封十一年，晋献公卒，四子争更立，晋乱。而毕万之世弥大，从其国名为魏氏。”这就是说，毕万之后代改姓魏氏，因其食邑为魏，当时实无魏国，而魏氏只是晋的大夫而已。至于公元前六六一年以前那个小国魏在今何地？据《史记》正义：“魏城，在陕州芮城县北五里”，约当于今之山西省芮县境内，据清人地志则谓山西芮城县东北有河北故国，即魏城也。

关于历史剧的文学语言问题，有一位读者来信表示了不同的意见。他说："让古人说古人的话"，事实上是办不到的，因为，"由于时代的隔漠[①]，古人的语言是很不易见其原貌的"，而更重要者，我们创作历史剧是给今人看的，"如果百分之百的让古人说古人那时的话，满口'之乎者也'，看来，这非但不能完成'创造时代气氛'的效果，而且还很可能让观众面面相觑，不知所云呢，我想，大概是由于这一点，元杂剧家才让春秋、两汉人满嘴元人俗语，因为他们是写给当时的市民阶级看的。"他又说："很多古词古语已经消亡了，代之而起的是一批富有生命力的词语。对照一下屈原《离骚》和郭老的今译[②]就很清楚了。"

来信甚长，以上只摘录要点。对于这位读者所说"很多古词古语已经消亡"，而且举郭老之今译《离骚》以证明"代之而起的是一批富有生命力的词语"，——这个论点，我不能同意，因为他把问题太简单化了；但此非历史剧文学语言问题范围内事，兹姑置勿论。我在这里只想扼要地重申：我对于历史剧文学语言如何避免"古人穿今人衣服"的问题，在《关于历史和历史剧》的第六章中已经说清楚了，此处我只再说明两点：一、我并不主张让古人满口之乎者也（在拙文第六章论历史剧文学语言一段中引伸不出

---

① 按此"漠"字似误。——作者原注

② 郭老的今译　指一九五三年人民文学出版社出版的郭沫若《屈原赋今译》。

这样的结论来），二、我依然认为一些现代语（尽管它们富有生命力）不宜出于古人之口，因为这些现代语所包涵的思想意识非古代人所有。至于古汉语和现代汉语之包举同一内容者（例如“咨”、“质”之与“问”，“秉”、“赍”之与“执”、“奉”，“詈”之与“骂”，等等），我当然主张用现代汉语；此在拙文，也已说清楚，仅彼时未举例耳。

唐朝刘子玄论历史书的言语，曾经有这样的主张：“夫三传之说，既不习于尚书；两汉之词，又多违于战策：足以验甿俗之递改，知岁时之不同。而后来作者，通无远识，记其当世口语，罕能从实而书，方复追效昔人，示其稽古。是以好丘明者则偏摹左传，爱子长者则全学史公，用使周秦言辞，见于魏晋之代，楚汉应对，行乎宋齐之日，而伪修混沌，失彼天然，今古以之不纯，真伪由其相乱，故裴少期讥孙盛录曹公平素之语而全作夫差亡灭之词，虽言似春秋而事殊乖越者矣。”（见《史通》卷六《言语第二十》，此篇甚长，举例甚多，此处仅抄一小段，读者可找原书来看，《史通》也不是冷门书，有不少精辟议论，治历史剧者大可看一看。）刘子玄是反对历史家不用当代语言记言记行而偏偏要用古代语言，他这议论是对历史家说的；反过来，他这个主张也可适用于今人以古事作题材写古人而使曹公作今人之语。文学作品和历史书不同，文学作品应有生动鲜明的形象性，然亦正因其如此，故文学语言“今古不纯”、“真伪相乱”也是不足取的。

卧薪尝胆诸剧本，都虚构了越国如何发展生产，特别是“大炼钢铁”、铸剑、铸农具等等，对此，我曾表示了不以为然的意见。我认为越国当时无铁制农具之可能。顷读《新中国的考古收获》，在“封建社会”章第一目“战国”中见到如下的记载：“我们现在已经判明，我国最早的铁器可以上溯到春秋、战国之际；当然，实际使用铁器的时间可能较此稍早。这个时期以至战国早期的铁器出土的数量还很少，已经发表而能够确定属于这个时期的铁器有：长沙识字岭第十四号楚墓出土的小铁锄、长沙龙洞坡第五二·八二六号楚墓出土的铁削、三门峡后川第二〇四〇号韩墓出土的金饰铁短剑和邯郸齐村第二四号赵墓出土的小铁锄。这说明，春秋晚期到战国早期，铁器的使用还不普遍，而且只有小件铁器和小农具。……到战国中期，情况就大大不同了。十年来，在战国七雄的全部地区，都发现有战国中、晚期的铁农具或铁器，……一九五五年石家庄市庄村赵国遗址发现的铁农具，即占这个遗址出土的全部铁、石、骨、蚌质工具的百分之六十五。辉县的魏墓、长沙的楚墓和兴隆的燕国遗址发现的铁农具或铸造农具的铁范也都在几十件以上，其中辉县固围村的五座魏墓就出土了犁铧、镬、臿、锄、镰等铁农具五十八件。这清楚地说明，到战国中期以后，铁制生产工具在生产上已占主导地位，铁农具的使用已经相当普遍。”

值得注意的，是春秋吴、越地区尚未有铁农具出土。因此，我以为越勾践铸铁犁等等“艺术的虚构”，还是要谨慎些；因为，这样的虚构，牵涉到改写历史，所关非细。

最后，我愿意借此机会抄一点材料供读者参考；这是关于王昭君的三首诗：

一　王昭君词

［晋］石季伦

我本汉家子，将适单于庭。
辞诀未及终，前驱已抗旌。
仆御涕流离，辕马悲且鸣。
哀郁伤五内，泣泪沾珠缨。
行行日已远，遂造匈奴城。
延我于穹庐，加我阏氏名。
殊类非所安，虽贵非所荣。
父子见陵辱，对之惭且惊。
杀身良不易，默默以苟生。
苟生亦何聊？积思常愤盈。
愿假飞鸿翼，乘之以遐征。
飞鸿不我顾，伫立以屏营。
昔为匣中玉，今为粪上英。
朝华不足欢，甘与秋草并。

传语后世人，远嫁难为情。

上诗本有序，今略；此诗，《昭明文选》卷二十七载之。此诗大部分根据史实，但昭君的哀怨则是石季伦给强加的。

二　青　冢

［唐］白居易

上有饥雁号，下有枯蓬走；
茫茫边雪里，一掬沙培塿。
传是昭君墓，埋闭蛾眉久。
凝脂化为泥，铅黛复何有？
唯有阴怨气，时生坟左右。
郁郁如苦雾，不随骨销朽。
妇人无他才，荣枯系妍否。
何乃明妃命，独悬画工手。
丹青一诖误，白黑相纷纠。
遂使君眼中，西施作嫫母。
同侪倾宠幸，异类为配偶。
祸福安可知，美颜不如丑。
何言一时事，可戒千年后。
特报后来姝，不须倚眉首。
无辞插荆钗，嫁作贫家妇。

不见青冢上，行人为浇酒。

三　明妃曲

［宋］王安石

明妃初出汉宫时，泪湿春风鬓脚垂。
低徊顾影无颜色，尚得君王不自持。
归来却怪丹青手，入眼平生几曾有。
意态由来画不成，当时枉杀毛延寿。
一去心知更不归，可怜着尽汉宫衣。
寄声欲问塞南事，只有年年鸿雁飞。
家人万里传消息，好在毡城莫相忆。
君不见？咫尺长门闭阿娇，人生失意无南北。

按唐人咏明妃，尚有杜工部著名之《群山万壑赴荆门》七律①，这是大家都熟悉的，兹不抄录。

我抄三个时代的三个诗人咏昭君的三首诗，意在比较各时代人对于王昭君的看法。不能不说，王安石的诗在唐宋诗人咏昭君的作品中别有意义，颇少哀怨之气。但是他归结于“咫尺长门闭阿娇，人生失意无南北”，仍然没有写出昭君毅然远嫁的真心事。又，清·陆敬安（道光咸丰间，浙江桐乡人，名以湉）的《冷庐杂识》卷八《静宜女史诗》

① 《群山万壑赴荆门》七律　杜甫《咏怀古迹》五首之第三首，首句为“群山万壑赴荆门”。

条，载嘉善陈朴堂之女陈葆贞（静宜），著有《绮余书室诗稿》，其咏王昭君曰："紫塞长门一样悲，何心终老向宫帏？不如绝域和亲去，还得君王斩画师。"此诗立意出王安石，但比王安石的诗更进一解，然而陈义仍苦不高。因此，还王昭君一个本来面目，只有今天的作者方有可能。

茅盾记于北京，一九六二年七月一日。

关于历史剧的笔记*

大概说来，发现传统剧目原有的积极因素，在整理改编时，予以发扬光大，可为今人借鉴，此为“古为今用”。艺术服务于政治，不能简单地理解为直接服务（曲艺较能直接服务，戏曲勉强可以，但副作用也不少），故“立竿见影”之说，值得商榷。如果定欲“明确”一下，则应以间接服务为主，但间接服务非必“潜移默化，点点滴滴”。

写历史剧，须有历史唯物主义的观点，工人阶级的立场。历史唯物主义观点非能从书本上取得，虽然读马列主义经典著作是必要的。仅靠读书而无革命实践，书本上的

* 本篇写于1961年3月，刊于1995年《文艺理论与批评》第2期。标题为期刊编者所加。

理论会成为教条，在实际运用时就会出乱子。故以写历史剧为终身事业的人，也应当体验生活，但此乃是为了真正能掌握历史唯物主义，为了能真正运用历史唯物主义分析古代的人和事，而不是为了能使古人“现代化”——或把古人提高一步以至于变成反历史主义。

历史剧中的历史人物，是否完全没有现代人的思想感情？这要看具体问题而下论断。比如说，反对包办婚姻，这是封建时代的青年人也有的思想感情。同样，现代人的思想感情与封建时代的人虽有时代的区别，但仍有千丝万缕的联系；心灵深处有封建魔影，时时想卷土重来。

“时代精神”可以指剧本故事发生的时代之“生活主流”或“进步力量”，例如《鸣凤记》、水浒戏。但也可以解释为剧本故事的主导思想适合于我们今天（此时此地）的需要，例如卧薪尝胆。

一个体现“时代精神”的剧本，但语言和表演都有一般化的毛病，这是个艺术修养的问题，看法正确而艺术修养不高，也不会写出好作品。

创作方法指作家：（一）从主观出发，以虚幻的臆想为基础而从事塑造人物、杜撰故事呢？还是（二）以现实生活为基础，经过分析、概括，而后塑造人物、虚构故事？（故事虽虚构，但有现实基础，与仅凭主观杜撰者不同。）

在历史剧，现实基础指“历史的真实”——经过历史唯物主义的滤光镜分析史料后所得的结论。

《关汉卿》与《屈原》，在创作方法上没有不同；所不同者，用怎样的艺术手法，处理此两个历史人物。此亦因题材不同而手法亦异。关汉卿事迹极少，故田老不得不大量虚构（百分之九十几是虚构的），当然，还是努力从历史真实的基础上来虚构，关汉卿的性格、思想，是合乎历史真实的。这与郭老的《屈原》不同，屈原事迹多，故郭老可以根据历史事实多用史实——当然，这是他认为本来如此并应当如此的史实。因此，田老的《关汉卿》我看不是历史剧，而是塑造了关汉卿这样一个历史人物。

川剧传统剧目中，有《斩邈》一剧。从历史讲，马邈投降后是当了大官的，但《斩邈》把他处理成“问斩”。这对观众来说，是十分痛快的事，但从文学艺术这个角度来讲，算不算反历史呢？我以为古人如此做，有其不得不然的苦衷——借古喻今，修改历史，聊以快意。我们今天不必学他，但也不必把传统剧目中这些东西通通改正。

《窃符记》基本上根据历史，仅在下列各项与史实不同：一、如姬的出身，《窃符记》作王姓，其父虽未登仕路，却是大梁望族，清白传家。二、晋鄙麾下旂牌官仇仁为强娶王女作妾，打死王老，正待抢女。适逢信陵君路过，救了王女，并因代女报仇，携女奏明魏王，到晋鄙军中捉了。不料仇仁先已逃赵，投在赵括手下，并诈言因见王女国色，欲买来献与赵括，王的亲族买通信陵君出头，讹诈仇仁打死王老，故投奔赵括云云。赵括信之，任为中军官。此时赵括代廉颇为帅。仇仁又说：王女入魏宫，封为如姬，必将来索仇仁；教唆赵括以“若欲仇仁，以如姬来换”对付。因此，魏王也不能为如姬报仇。如姬的侍女如意君请如姬谋之信陵君，信陵君亦无计可施，侯嬴乃遣朱亥入赵取仇仁首级回来。这是凭《史记》一句话敷衍出来的。三、关于侯嬴，《窃符记》把他神秘化，说他凡事皆先知，并把他定计盗符，遣朱亥随信陵君，杀晋鄙以及他自己的自杀等，都是天数，而他的自杀是尸解成仙。朱亥后来也白日飞升。作者所以如此，想来因为觉得杀晋鄙太违背封建伦理（封建道德），故以“天数”为掩饰。窃符救赵是正义之举，作者欲歌颂它，而又碰到杀晋鄙的矛盾，为解决此矛盾，故请出神仙天数来了。（此反映了作者世界观的矛盾）。四、仇仁这条线是增加戏剧效果的。五、写赵括则丑化他。

历史剧要求历史真实与艺术真实的统一，艺术虚构首先不要主观主义，其次不要强加于古人，最后是真正掌握充分史料，真正进行科学的分析。处理细节真实；也是充分掌握史料的问题，不能从第二手材料（例如从《东周列国志》）去寻找“细节真实”。

创作历史剧，事实上，并无截然分开的两个阶段——

第一步，占有分析史料，第二步，进行艺术概括。在分析史料时，形象思维也在起作用，心目中会出现历史人物的形象。如果没有，那只能说他做历史学家比做艺术家更合适。

使用阶级分析这一武器，在处理古代题材和现代题材上没有区别，但慎勿以唯成分论看古人；因为古人之贤者也是封建地主阶级出身。

我看很难用“两结合”的方法写历史剧而不流于美化古人，或强以现代衣冠加于古人。

对历史人物的评价，要区分“评价过高”与“加强艺术形象而必须有所夸张”之不同，这是两回事。前者是唯物的历史主义呢抑反历史主义的问题，后者只是艺术处理巧拙的问题。《武则天》大体不太高，个别对话太高。

在历史上有一定贡献的帝王将相都有其局限性，这局限性是指其有益于人民的措施中也有消极因素，不能从动机出发，只能看客观效果。当然，对他们的局限性应该描写也容许批判，但应对具体事实做判断。例如对统治阶级共有的荒淫腐化，古代帝王都不能是禁欲主义者，故所谓荒淫者，就其主要一面而言，非必“守身如玉”，才算不荒淫。写基本上是好的古代帝王将相，可因时因地而突出其积极因素，但不能抬高到现代的标准。

秦始皇在中国历史发展上，积极因素多于消极因素。

明初朱元璋为了缓和社会矛盾，坚持减轻元末对人民的赋役负担等等，这是每个开国之主必然会做的事，不能以此抬高朱元璋，我对朱元璋评价不高。

不能把每一个“占山为王”者都说成如何侠义，为人民谋利益。

写局限性即是批判，正因其与今天的意识形态发生抵触，故欲批判之。

传统剧目中大量的六国反秦的戏，都是作者借古骂今，就如郭老之《虎符》亦有所为而作。这样的传统戏不必全改，但我以为我们今天不应再借古喻今。

农民暴动的领袖在取得一定胜利后，会脱离人民，自尊自荣起来，而一旦做了统一宇内的至尊时，他就成为拥护封建制度的头子。陈胜、吴广，隋末各路起义领袖，刘邦、朱元璋都是这样。历史上还没有农民起义而改变了社会制度，社会经济结构的。在工人阶级先锋队——共产党领导下的农民起义这才是另一回事。

写历史剧里的人物，是否要用历史上曾经用过的真实的历史语言？此在实践上甚难，虽然理论上我以为应当如此。但至少，今天的新名词不宜出于古人之口。

戏曲中反映民族矛盾的剧目很多，在民族地区有一定的副作用。这些戏只要没有侮辱少数民族的东西，矛盾何用顾忌。正因为从前的统治阶级有大汉族主义，才有这些矛盾，戏曲批评之，即进行教育，同时教育少数民族认清今昔之不同，能从阶级分析看问题。

目今除台湾外，祖国已完成统一大业，但在班超通西域的历史文献上，都称为三十六国。今天在历史剧中再把它们称为“国”是否妥当？我认为当时历史情况是三十六国，就称三十六国，如果有人引起错觉，那是因为他太没有历史常识，我们正欲借戏曲给他们一点历史常识。

事实上，汉族这个名称，也有它发展的过程。今日称为“汉族”者，在春秋、战国时代，被“诸夏”认为是蛮越夷，浙江、福建、广东，当时就被认为“百越”，与“诸夏”异。

从历史到历史剧*

——关于“卧薪尝胆”的杂记

“画鬼易，画人难”；是否画古人比画今人容易？一方面，可以说容易；因为“死无对证”，谁亦不能百分之百地斥画者之鬼非真正之鬼。但是另一方面，可以说困难，因为经常会犯的毛病是，按照自己的面目去画鬼。当然，这所谓自己，包括广义和狭义；狭义即作者自己，广义是通过作者思想意识反映出来的他所认为的鬼——亦即自己。

分析历史事实时，我们用历史唯物主义的观点，这时，我们是一个历史家。这时，我们是主体，而历史人物是客体，两者界限划然分清。但我们根据自己对于历史事实的

---

* 本篇写于1961年，刊于1999年《文艺理论与批评》第2期。标题为期刊编者所加。

分析，安排故事，乃至虚构人物情节时，却就不是历史家，而是一个历史唯物主义的艺术家。最后，当我们塑造历史人物的形象时，我们就要忘记自己，而深入到历史事件中间，就好像自己生活在当时，这样才可使作品的人物的思想是当时的那个历史人 物的思想，语言是当时那个历史人物的语言，——这时，应当竭力不使我的思想，我们这时代的语言混在那个历史人物的身上。

历史剧的虚构（或历史剧的虚虚实实）有真人（历史上有其人）假事，假人真事（隐其名而不改其事，此在旧社会作家因怕惹起是非，故常用之）和假人假事（人物故事都假）。

真人假事，假的部分应不违背：①真人的性格，②当时的历史条件。可以用浪漫主义手法，在真人的性格方面有所发展，然而应合于逻辑，切不可以今变古强加于人。

“古为今用”，不是以今变古，亦不是以古喻今（喻者讽喻也）。“古为今用”诸解：（一）借古人古事以鼓励、教育今人；（二）对人民进行历史唯物主义的教育，使人民对历史（历史人物和历史事件）有正确的认识；（三）为了达到特定的宣传目的，突出了历史上某人的某事，而且加以“发展”。第（一）项，过去的历史题材小说、戏曲等等，都曾为之；第（三）项，过去有人亦曾有意为之；第（二）

项任务则是过去所没有的，提不出来的。

某一古人，某一历史事件对我们有教育意义者，非是绝对的而是相对的；例如越勾践，取其失败后能接受教训，能忍辱负重，能发愤图强而已，而他的好行权谋，重赏在前、严刑在后的“教士”之法，则是不足取的。前者是勾践这个人物的优点，后者是他的时代局限性；我们不应以要求于今人者要求勾践，亦不应美化他。只还他个本来面目，教育意义即在其中矣。

古人离我们既已久远，古人的性格只有从前人的文字记载中考核得之。前人的文字记载，有直接材料，如当时人的纪录，有间接材料，如司马迁根据他所见的材料而写了《史记》，我们今天只存下《史记》，却不能尽见司马迁当时所见的一切文字记载，因此，《史记》成为间接资料。这些直接资料或间接资料，有些已经为前人所加工，把一个历史人物的性格写得非常鲜明生动，例如《史记》的《项羽本纪》。又例如《史记·赵世家》所写的后来作为《赵氏孤儿》依据的程婴、杵臼，《魏公子传》的侯嬴……但是，司马迁写楚汉人物，一般都有鲜明的性格，写春秋、战国就大为逊色。此因楚汉近，材料多（文字的和口头的），故太史公有把握根据这些材料进行创造（分析、综合、概括），写出了人物的个性。至于春秋战国人物，也不能一概而论，有的写性格好，有的差些，——差些的，大概因为原始材料不多。依此可见太史公的谨严。太史公笔下的勾践，远不如项羽，亦不如晋文（重耳）；范蠡、文种的人物形象亦不如伍子胥那样鲜明。《左传》描写人物性格，大多数都是好的（不论大小人物），然而《左传》写的勾践、夫差（其实写夫差还比勾践形象些），比其他人物为差。太史公限于材料，而又对于民间传说取谨慎甄别态度，故对于勾践、夫差等等，不敢多加工。太史公此种不以自己的“想象”强加于古人的态度，是值得我们取法的。

文学作品（历史题材的）和历史不同，当然允许作家更多地发挥他的想象。我们可从前人著作，看有什么规律。此与作者写作动机大有关系。作者写作动机——古为今用，如上所述，大约有三种，故对历史人物的形象塑造，亦有谨守史实与完全不顾史实的分别。……

卧薪尝胆一些剧本，病在不敢放手写。因为老惦念着历史真实与艺术真实之如何统一，惟恐虚构多了，有损于历史真实。不知虚构是从历史到历史剧的必要手段，而虚构也有各种各式的虚构：脱离了历史事实发展规律的虚构是反历史主义的，脱离了历史人物性格发展逻辑的虚构也是反历史主义的。如果不然，则越多的虚构正好更完满地实践了历史真实与艺术真实的统一。虚构大致有增加人物（假人）与增加细节（真人假事）两项。

增加人物问题（包括就历史人物加以“发展”或“提高”的问题）——有人认为增加人物也要用历史唯物主义的观点，例如晋剧《楚王宫》增加了一个代表汉族大地主的胡从善和一个代表蒙古下层群众的吉尔查姊弟。但是，问题还不是这样简单。当时元朝把统治之下的人民分为四等。蒙古族为第一等，有各种特权。蒙古人事实上是统治阶级，他们有内部矛盾，但不同于汉蒙之矛盾——民族矛盾又加阶级矛盾。因而，当时的蒙牧民与元帝室之矛盾不同于清朝末年或解放前蒙王爷与其治下之牧民的矛盾。

吴、越未出现晋、齐的“以下犯上”的权臣，是其国内只有单纯的奴隶经济（没有私田肥于公田的现象）。私田，大夫、家臣拥有的土地和奴隶；公田，奴隶贵族世袭土地所有制的经济；没有封建地主的农奴经济。

伍子胥、伯嚭，原先都是奴隶贵族。范蠡、文种原先都是“士”——自由农民之“学得文武艺，货与帝王家”者。他们四人都是楚人。但伍员、伯嚭不容于楚之奴隶贵族而奔吴；范、文则不见重于楚而干诸侯，因此到了越的。吴越本国的奴隶贵族，未见有才识过人者。

小生产者的发展，是在墨子时代，其时吴早被灭，越成为天下四强之一。

夫差是一个悲剧人物。以他的环境而论，偏安江左，勉强可以实现，然而楚是它的致命劲敌。楚的扩张主义使吴经常受到威胁。夫差的致命弱点在于手下没有一个谋国大才——如管子。吴用了不少其他国家的亡命客，但皆无大才。伍子胥亦不过尔尔。

对伍子胥的评价：

一、他帮助公子光夺得王位。

二、他这样做，为的是打算借吴国的力量为自己复仇。

三、他挑起了吴楚战争，这不义之战（从人民立场看，是不义之战）当然对吴、楚人民都不利。

四、他没有能使阖闾不在槜李吃败仗。

五、夫差报槜李之仇，史未记载伍子胥的作用。

六、由于上述种种，夫差不信任他，不是完全由于昏庸、愚笨。

七、他劝夫差先灭越后伐齐，是他一生惟一的对吴国（还不是对吴人民）的好计策，然而由于夫差本不信任他，所以落得赐死的下场。

八、后人以伍子胥为题材写的戏曲，对于伍子胥的评价偏高。作者有借他人酒杯浇自己块垒之意；这些作者或者是借此宣扬君臣大伦，一方面为那些克尽愚忠而反挨了屁股的臣子们发牢骚，一方面也在暗示皇帝，你冤屈了忠臣，自己会取灭亡。没有一点为人民的意思。

勾践与民共甘苦的问题：说他有群众观点，走群众路线，固然是把我们的思想强加于他，而反之，说他的生活完全与人民隔离像后世（封建专制皇朝）的皇帝那样，却又是把封建专制皇帝的生活强加于他了。就越国当时的经济发展阶段而言，作为一国之主的勾践其生活享受不会比越国人民高出多少倍，何况为了收揽人心和复仇，勾践可能刻苦些，这就使他的生活享受和一般人民的生活享受相差不至于太远。

当然，勾践欲报会稽之耻，奋发图强是事实，是勾践积极的一面；但是不能不看到他并没有为人民服务的思想。春秋诸子（包括孔子）都没有今日我们所说的为人民服务的思想，他们中间最高明的人亦不过看到“使民有节”（不能过份剥削人民），管子、韩非子、荀子都有一套这样的“理论”和方针政策，所以，把勾践的报会稽之耻，说成是完全为人民，实未合史实。吴对越人有过怎样的有系统的剥削，先秦诸子及司马迁都未有记载。他们把夫差的败亡原因主要归结于不用贤人，又争霸中原，使吴民疲财尽，故为越所乘。

春秋时（战国更甚），扶王霸之术以干诸侯，成为风气；孔子且栖栖皇皇周游列国，一心想找得一个国主的信任，把他的本事试一试。合则留，不合则去，是那时为臣者的信条（《晏子春秋》就有专篇论述此理），后世的忠臣，春秋战国时是不时行的；子胥可以去吴然而他不去，却宁愿自杀，这在那时是很少的。（文种是被逼死的。）后世的封建士大夫拼命赞美伍子胥，也有借他人酒杯浇自己块垒之意，太史公为他立传，也有此意。他们悲子胥的忠而不见信，悯子胥的有功而不得善终。这是后人的见解。后人（包括人民）以此主观看子胥，就不免为他粉饰，一些关于子胥的传说，由此而起，文人又从而附益之。文人常有想当然之作，例如“越王勾践破吴归，义士还家尽锦衣；宫女如花满春殿，只今惟有鹧鸪飞。”越第一次破吴时，越王还是克勤克俭的，但在数年之后，二次破吴，而且吞并了吴国之时，难免不是“宫女如花满春殿”也。勾践不是那样一个圣人，他是一个权术家，这是他比夫差厉害的地方。夫差不昏庸，只看他也曾发愤图强，报槜李之败。夫差在危疑之际也能镇静，只看他在黄池之会已得越侵入境、太子被俘的消息，还能从容布置（《国语》）；夫差也有点硬骨头，只看他最后自杀之辞可知，他说：“寡人老矣……”有意义。意即谓从前你忍辱，因为你还年青，有盼头，二十年你报了仇，可是我老了，再二十年早已死了，仇终不能报，何必此时受辱呢？

勾践灭吴之后，仍然要和夫差一样，争霸中原。他并不是爱惜人民的。书阙有间，我们不知道越国何以在勾践一度称霸，成为当时四强之一（墨子称当时四强为齐、晋、越、楚），不久即为楚所灭？但综合史书的记载，可知还是不善与民休息之故。越国的经济本不如吴，越之胜吴，本乘其虚；勾践当时十年生聚，做了些发展经济的工作，但胜吴而后，范蠡去，文种死，经济发展想来也就停滞了。而又连年用兵，自然蹈吴覆辙。

古人视死如归，不一定是革命乐观主义，而只是硬骨头的表现。因为我们说革命乐观主义是指对于革命理想的忠诚和革命必然最后成功的信心。如果没有革命理想而只是置生死于度外，那只是道家的达观而已。在古代，对立的人物果然有贤奸之别，清浊之分，然而贤者和清者不一定都有革命理想；相反，在世界观上，贤与不肖者倒是相同的。他们双方都是封建思想的拥护者，因此，写古人临危授命，视死如归，不能像写今天的共产党人的革命乐观主义那样来写它。

同样，写越国人民乃至勾践对复仇有信心，也不能像写今天的革命乐观主义那样来写。

李希凡以为《胆剑篇》把史实上的勾践的诈降改成了被俘。其实，史实上亦未言是“诈降”，而是按照当时通行的规章“请成”。春秋时代，甲国伐乙国，俘虏了乙国的国君，囚禁数年而释放，——这是常有的。这样的被俘，在乙国没有“请成”这一个手续。乙国“请成”而甲国不“许成”，就是不同乙国谈和平条件；如果“许成”，那就不把对方作为俘虏了。伍子胥力争不应许越成，就是要在处置勾践和越国的办法上掌握主动；一经“许成”，则勾践虽入吴为臣，而吴国不能杀他，也不能强制地永久不放他回国。同时，“许成”，越仅贡赋，为属国而已，国未灭亡。故勾践非诈降。后来吴夫差被围两年，“请成”不许，这才被俘。

春秋时代，战败国求和后往往以国君之子入质，国君自己“入质”则只有勾践；这种方式，介于一般的求和后降为附属国地位与亡国之间。据史载，勾践自请入臣（入质）于吴，但以不灭其宗社为条件（就是仍让勾践旧臣治理越国，越对吴贡赋，为附属国，吴有征伐，越应出人出物资，但内政自主）。为何勾践自请入臣，大概是用这一绝招来打击伍子胥（他要灭越），保存越国（尽管是附属国，但行政单位上还是一个国家，不是吴国的一部分）。

李希凡很欣赏《胆剑篇》的第一幕，以为既不背史实而又有戏剧性。“不背史实”，看是怎样看“史实”？如果只把勾践未被杀死（伍子胥当时要杀勾践）作为“史实”的大关目，则第一幕诚然可谓不背史实。但这样，矛盾便不深刻。如果把勾践之所以不被杀或囚禁的背景分析深些（夫差经过权衡，以为杀勾践是目光短浅的复仇行为，而留勾践一命从长远看来于吴更有利），那就会觉得第一幕还不能把历史事件的本质挖掘得更深，因而矛盾也不深，从而人物性格（夫差、子胥、伯嚭）也单纯。

读“卧薪尝胆”剧本的笔记

几种写法——①越国内部矛盾，吴国也有，对照着写；②写吴国内部矛盾戏多，而越国少些；③不正面写吴国内部矛盾而多写越国发展生产、练兵——同时和保守主义者展开斗争；④越国没有内部矛盾。

有些剧本很简单，其公式如下：a、勾践等三人在石室受罪（用二三场戏）；b、归国后勾践卧薪尝胆，与人民共劳动，发展生产，加紧练兵，同时有右派分子（投降主义者）反对（此亦四五场）；c、然后出兵攻吴得胜，夫差被擒，或自刎（一、二场）。

另一公式：会稽战败，伍员要杀勾践。入臣于吴，受辱，释放，归国听百姓的讥刺而勾践自奋，练兵（不言农业），伍员被杀，勾践兴兵。

政治方向的一致与艺术风格的多样性的统一——在四十多种卧薪尝胆中，看来只有政治方向的一致。

剧本的开场：有好几种形式。

㊀从葆于会稽开始，然后写了入臣于吴三年所受的侮辱痛苦，写勾践有时失望，而范蠡鼓励……，有时想拼命而范蠡劝他镇静，这样写勾践的备受锻炼。

㊁从石室受辱写起，与㊀相似，所不同者，无葆于会稽一段。

㊂从返国三日写起，将前事简略叙出。

㊃从吴夫差将伐齐时写起。因伐齐故要越勾践贡赋加倍。时勾践已返国。

㊄释勾践后，伍子胥从太湖练兵回朝谏阻，要把勾践追回，与伯嚭争论。后夫差折中：命越王子入质，拆越西北城垣（何城，未交代，想来是指会稽，但钱塘江为界，江防实重于城防也）。越世子为质，《吴越春秋》作王子“兴夷”，《越绝书》作“与夷”，“兴”“与”形近而讹。此剧则作“夷与”，不知何故。（马少波、范钧宏、吕瑞明合编《卧薪尝胆》。中国评剧院的剧本作“大子石与”。）

㊅从范蠡进西施开始，而此时勾践尚未得释（把西施入吴作为促成夫差释放勾践的因素）。

㊆苧萝访贤——实是访“艳”。言在勾践复国之后，范蠡访贤，却遇西施，觉其不但贤而且艳，于是说服西施，

使为反间。——全剧以美人计为线索。

㈧为了突出人民创造历史，勾践臣吴之第二年，越人有万民血书，勾践因此受了教育，在石室读兵书。

㈨夫差与西施游湖，伍员聘齐回来谏夫差，太子友报告越国有卷土重来之谋，伯嚭花言巧语，夫差信之。（第一场）此后便是越王躬耕。

㈩夫差胜越。三年后一日告庙，唤勾践夫妇来，认为无壮志。范蠡又乘机以越地不太平，劝夫差放勾践。伍员略争，夫差不听。

勾践的写法：

意志薄弱，软弱无能的人。（上海青山越剧团的“卧薪尝胆”剧）

懂得“劳武结合”（照我们今天的意义）的政策，群众路线，像今天的下放干部似的与农民实行三同或四同。（越国有多少自由农民？成问题。恐怕主要的还是农奴和奴隶，有些自由手工业者。）鉴于越国之决策人（范蠡、文种、计倪）都非越人，善射者陈音亦为楚人，苦成为晋人，等等，似乎越国还没有自己的知识分子，而当时的知识分子或出身于没落的贵族，而更多则来自新兴的手工业者，自由农民阶层。越无自己的知识分子，表示越国手工业者、自由农民阶层还正在形成。如把勾践的“十年教训”按我们搞运动、搞思想教育来写，那是以今变古了。

以上两种方法写勾践，过犹不及，尚有第三种方法：即勾践刚返国时有苟安心理（因为过去吃苦太多），但是受了王好雄（吴国监军）的侮辱压迫，文种、范蠡等的规谏（有的写人民的批判），于是振作起来。此虽貌似写勾践的发展，但与先秦诸子多数的说法不符。先秦诸子多数的说法是，勾践受锻炼，坚定其忍辱负重的意志，全赖臣吴三年。当然，我们也不妨虚构返国后他仍有动摇，但是既有史实可据，何必虚构？在这里，有些剧本以勾践囚于石室开场，不是没有意义的。勾践的优点是，有干劲，能专任文种、范蠡，能忍。缺点是，共患难时已经在防备将来如何尾大不掉。

右派保守分子、投降主义者。右派发展为叛徒，通敌，被斩，然后勾践出师伐吴——有好些本子用此一公式。

一、老臣身分——如江苏京剧院所编《吴越春秋》有孤弧看不起民兵，和陈音奉命操练之农民们发生冲突，后发展为叛国。有的剧本，右派人物不止一人，在二人以上者。

二、有一个剧本把计倪作为右派（而且是个丑角），而且发展叛徒（说计倪是越国的宗亲，亦误）。说勾践伐吴，命大夫们献粮，计倪有，但不肯献。范蠡以吴兵将搜粮吓之，计倪乃蒸谷以献（因蒸后八斗可抵一石）。不知勾践把谷交百姓作种子，以此害了越国百姓。出师时勾践斩了计倪。

三、太史、太卜是右派分子，反对发愤图强，认为不识时势。未杀二人，教训了事。（也有一个本子以计倪为太史。）

四、国丈、国舅为右派身分，还有勾践之弟，勾践之师傅等等。中国评剧院所编剧本谓勾践之弟公孙仲（二王）由右派变为叛徒，私通吴国，欲取勾践而代之。范蠡故意把假情报让公孙仲得去，引吴兵入埋伏，就此杀败吴兵。

五、勾践的母亲和一个太宰是保守分子（恐吴病者），发展到最后，太宰为保全身家，私通吴国，一面令人刺勾践，一面勾引夫差伐越。夫差合齐、晋、鲁、宋四国之君（各兵五千）来伐越。范蠡设计，在四国诸侯面前斩了太宰，揭穿夫差阴谋，扣住吴将，同时陈音之兵已破夫差。四诸侯奉越为盟主。

剧本的结束：

一、最多者为擒夫差，杀伯嚭。

二、同上（五），斩太宰，破吴兵，四诸侯奉越为霸主。

三、亦有只写到勾践出兵伐吴（如马少波本）。又如黄岩越剧团的剧本，说齐、楚、晋三国使臣来越请救，勾践出兵。（此未免夸张）

四、夫差尚在姑苏台上作乐，忽听越兵杀来，欲迎敌，美娘夺其剑刺之，不中，夫差命人推美娘出去斩之。然而陈义、美英（美娘之母与妹）领兵来，救了美娘，杀了夫差。

许多剧本（几乎全部）把越灭吴的几次战役写成一次，——即公元前四七三年（周元王四年）的一次。

为周信芳演剧生活六十年纪念的题词*

艺术流派之创始与形成，非一朝一夕之事。最初是某一艺术家创造了独特的风格，这个风格在艺术实践中逐渐臻于完善和成熟，于是在群众中建立了威望——这时，所谓某派某派者是经过群众批准的了。艺术家之独创的风格之所以能形成，是一个艺术锻炼的问题，然而不光是一个艺术锻炼的问题，这在很大程度上和艺术家的文化修养、艺术修养、乃至世界观都有关系。同时，个人风格也不是向壁虚造出来的，而是艺术家在广博地观摩、钻研许多前辈和同辈艺术家的卓越成就以后，再融会贯通而创造性地发展之结果。周信芳先生的麒派艺术就是依据上述的艺术

* 本篇最初发表于一九六一年十二月三十日《戏剧报》第二十三、二十四期合刊。

规律而创始、而形成、而确立的。信芳先生六十年的艺术生活都是这个规律的活生生的证验。薑桂老而弥辛，信芳先生的艺术越老越见得活力充沛，光彩眩眼。值此信芳先生演剧生活六十周年之际，谨思所感为寿，并以励来者。

一九六一. 十二. 七. 北京

祝　愿*

——在全国话剧、歌剧、儿童剧创作座谈会上的讲话

同志们：田汉同志要我发言，我就谈谈我的感想。

这样的会是历史上空前的会议，我们对会议寄以很大的希望。我相信通过这次会议：创作理论上的一些问题会得到较好的解决。在建国十五周年时会看到更多话剧、新歌剧、儿童剧的好作品。我代表全国作协、文化部、我个人向大会表示热烈的祝贺。

最近，我从开罗参加第二次亚非作家代表会议归来。这个会议有五十多个国家的代表参加，这些代表对毛主席领导下的新中国很感兴趣，都希望更多地了解我国社会主义建设的宝贵经验和伟大成就。

我们和世界各国的文化交流的形式是多种多样的。过

* 本篇最初发表于一九六二年《剧本》第二期。

去我们派了很多地方戏出国访问演出，外国朋友问：“你们有没有话剧?”我们的话剧、歌剧也在国外演出过，不过数量不多。各个民族之间的互相了解，戏剧所起的作用比音乐、舞蹈更直接一些。许多新独立的国家，很希望通过戏剧形式了解我们建设社会主义的过程，从中汲取我们的丰富经验。

第二次亚非作家代表会议有两项议程，一、作家在亚非人民反对帝国主义和殖民主义、争取民族独立和世界和平的斗争中的作用。二、重新估价亚非各民族悠久的历史和文化。这两个议题引起了代表们很大的注意，到会代表都很自豪的说，亚洲、非洲是人类文化的摇篮，但是这些光荣的历史，过去都被欧洲写文化史的人歪曲了，应对亚非国家的历史和文化作重新的估价。亚非作家代表很关心我们是如何评价过去的历史和文化的？我们怎样继承和发扬优秀的历史、文化传统的?

中国和亚洲、非洲、拉丁美洲许多国家在历史上的遭遇大同小异，我们和他们的方向一致，目标相同，因此中国的文学艺术、话剧、歌剧、地方戏曲在亚、非、拉丁美洲产生了很大的影响。如果我们这次会议能很好地总结出一套经验，能真正指导提高创作质量，这不但在国内有重大影响，在亚非国家也会发生重大的影响。

田汉同志要我谈谈历史剧，我不是研究历史的，对于戏剧我也是门外汉，没有创作的实践。最近我写了一篇很长的谈历史剧的文章[①]，虽长但不精采。引用了一些古籍，但也没有新发现的材料。文章的第二部分就历史剧讨论时同志们提出的问题谈谈我的意见。大致也和大家的意见无甚出入。我觉得写历史剧时有两个问题是值得注意的。

第一，关于浪漫主义与现实主义的问题。把历史人物提高一步不算是浪漫主义。现实主义也有想象，而且有理想。根据人物所处时代可能发生的事情，在人物性格上添加一些东西，这是必要的。历史剧的创作中，浪漫主义与现实主义结合的方法，不会违反历史主义。但是结合不好，将历史人物和历史事件过分理想化，这就有反历史主义的毛病。

第二，历史剧的语言问题。历史剧的语言更困难。历史上各个时代都有许多生活上、政治上、经济上、军事上的新辞汇。一个历史剧如果用了当时所没有的语汇，就犯了时代错误。例如“问题”这个语汇，在越王勾践时恐怕没有，所以要设法避免。在历史剧中用合式的语言创造历史气氛，我们有许多经验，但显然还要更进一步把它圆满解决。

我再次祝贺会议取得美满的成果，希望在建国十五周年时出现更多的香花。

---

① 即指《关于历史和历史剧》。

学然后知不足*

第一次读到《在延安文艺座谈会上的讲话》，记得是在重庆；那时，抗日战争刚刚胜利，国民党许多“劫收”大员正飞遍全国，而我（当然还有不少和我同样处境的文人），却被钉住在这个山城，无法离开，一因筹措不到路费，二因有了钱也买不到票（公路车票、船票）。既然不能走，那就安心多住一、二年弄点笔墨吧，在这样的时候，读到了“讲话”。大概那时印数不多，一本书传阅多人，传到我的手里，这本土纸印的小册子已经半烂，有些字句必须反复猜详，方能得其大意。但尽管有这样困难，我还是在一天内把它读完。

真像是在又疲倦又热又渴的时候喝了甘冽的泉水一样，

* 本篇最初发表于一九六二年《人民文学》第五期。

读完这本书后全身感到愉快，心情舒畅，精神陡然振发起来。

您试想想：从“五四”以后，文艺上多少问题，有过多少争论，然而得不到解决，困恼着人，而突然一旦之间，让您读到一本书，它并不从马、恩、列、斯的经典著作中抄引文句，可是运用马克思列宁主义的观点和方法，把我们从“五四”直到那时的文艺工作中的根本问题分析得那么全面、指点得那么亲切（我要说“亲切”，因为我在此前也常常觉得一些自命的马克思列宁主义文艺理论家或批评家面孔板得太过分了，毫无亲切之感），解决得那么透彻，批评得那么令人心服，——您试想想，您怎么会没有醍醐灌顶之感？

但是，当时在国民党统治区，文艺（或是只说文学）界中人，除了右派，凡读此书者，除有拨迷雾而见青天之感，对于如何使自己能有条件（或者说有资格）照这书的指示去工作，却是认识不足的。就一般作家而言，对于写工农兵，就有点口是心非，他们以为解放区与国民党统治区情况不同，条件不同。在国民党统治区写工农兵是“无的放矢”、“不合时宜”。至于一个作家如果当真愿为工农兵服务，首先得改造自己的思想，这在那时的一般作家也是认识不足，或者是全无认识的。至于理论家和批评家，对于此书一些根本问题的论断，真能透彻理解的，恐怕也不多，他们在实际工作中，还是照老一套的简便方法，摘取

"讲话"的词句以装饰自己的内容单薄的文章，或者把"讲话"的一些词句作为批评作品的法宝，而不大愿意动脑筋先把"讲话"消化，而在批评作品时也得付出劳力仔细研究分析，像"讲话"所指示的那样。

这也不算奇怪。读熟"讲话"容易，而要真能理解它，还能以之为准则，运用于工作（创作，理论批评，领导文艺运动），就不是一朝一夕所能达到。全国解放十二年来，写作、学习的条件比解放前不知好了多少倍，然而创作的繁荣和提高还不如大家所期望，理论批评工作也不能令人满意，文艺领导工作还有错误，这就说明了我们对"讲话"还不免于生吞活剥，还没有完全消化它。

记得（还是解放前）读到"讲话"以后约一年或二年，又读到了解放区在"讲话"以后的第一批文艺收获——文学作品，特别是小说和诗歌。这也给我极大的兴奋和愉快。当时还写了短文为这批新作品鼓吹，现在想来，这实在是冒昧；对于作品中所反映的生活你还是完全陌生的时候，如何就敢信口雌黄？虽然是鼓吹，但未有此项生活知识而却赞美反映此项生活的作品，这也不是老实为学的态度。

十二年来，文学作品在数量和质量上比过去大为提高。如果"讲话"的精神能在此期间不因文学工作者的主观、片面的工作方式而获得更深更广的理解，则十二年来的成就本来会更大些，更多些的。

文艺界最近在普遍讨论当前文学艺术工作中存在的问

题，总结十二年来的文艺工作的经验，而特别重要的，是为贯彻“讲话”的正确执行提供了具体措施。现在全国的文艺工作者都在刻苦努力，求提高，并且大家都认识到，提高的首要条件是学习马克思列宁主义及其文艺理论（“讲话”包括在内），深透和扩大生活知识，丰富文艺修养。际此“讲话”发表二十周年之时，我们回头看看过去的学习方法，检查一下过去的学习有没有形式主义的毛病，看来也是必要的。学习任何文件时，都强调联系实际，这是最重要的一条；但是，也不能讳言，有真正的联系实际，也有形式主义的联系实际。我们也吃过后者的亏。我想我们化在学习的时间也不算少，但收效未如所期。这里恐怕也有数量（学习的时间虽多）和质量（但收效未能相称）的问题。这是学习的方法的问题。文艺界最近讨论的主要是文艺工作中的若干问题，未涉及学习方法；我希望趁此机会大家也检查一下我们过去的学习方法，发扬其优点，改正其缺点。否则，即使熟读“讲话”，滚瓜烂熟，能够倒背，也未必真能得益的。

我预祝，并且深信，当我们纪念“讲话”发表三十周年的时候，我们的文艺工作将有比现在更大更多更高的成就。

四月二十五，北京

在大连创作座谈会上的讲话*

听到同志们和周扬同志内容丰富的发言，我感到有很多启发，才有胆量来讲几句。讲一讲关于题材问题，创造人物问题，也说点形式方面的问题。我看作品是走马看花，记性很坏，一个星期后就模糊了。在这个会上得到很多宝贵的知识，我陆陆续续地记下了。看了三篇小说；《老坚决外传》、《赖大嫂》、《四年不改》。

一　关于题材的问题

周扬同志讲得很好，我也没有新的意见。他说题材还

---

* 本篇原系作者一九六二年八月十二日在中国作家协会于大连召开的农村题材短篇小说创作座谈会上的讲话；当时中国作协曾整理了一份供上报和内部参考用的记录稿并铅印过，题目即为《在大连创作座谈会上的讲话》，注明“没经本人看过”；也未公开发表。现据铅印稿并参照原记录校勘后编入本卷。

不够广泛，农村技术人员写得还比较少，有的题材现在还不能写，我同意，过一个时候可以写。有的题材确实不好写，但可以用侧面的方法，使它不会产生副作用，即不是写了缺点，而是有人与之斗争，不是单纯地暴露，而是巩固社会制度，不是挖墙脚，在短篇中处理较难，至少需要中篇才能展得开。

二　人物创作的问题

典型人物与题材创造当然有些关系，我现在就讲一讲最近短篇小说中所创造的人物。最近几年，短篇小说不少，创造的人物比过去进步得多。首先这些人物不但有个性，而且从说话中也表现了个性，人物从开场到以后，说话调子是一样的，表现出了个性，这是几年来很显著的成绩。如我们古典小说《水浒》中的人物便是如此。鲁迅先生的小说写的是绍兴人，却要用兰青官话，所以写知识分子很好，农民就差些，有时也不免用几句绍兴话，如《离婚》。当然这是个方言问题。我们的作品干部写得不少，但大部分一律用干部腔，从动作到语言，都是这样。描写知识分子很少，写青年知识分子还有些，老年的就很少了。写年老的多半是戴眼镜，穿一件破旧的洋装，舞台上常常就是这样，其实也不一定，只是表面地写，通过内心深刻的表现就比较少。

工人、农民写得很多，是过去所没有的。工人农民也是写两头的多，但中间状态的少，写中间状态的也有，但不是作为典型。即不是作为学习榜样，又不能作为批判对象的就不写。其实还是可以作为典型的。比如马烽的《三年早知道》，是中间状态的人物，既幽默而不油滑，我们写两头的典型，写得非常生动鲜明，但还是太简单些。事实上精神状态还要复杂些，我这里想顺便讲讲，一个时代都有它的典型，如屠格涅夫的罗亭、巴扎洛夫；高尔基的《母亲》；鲁迅的阿Q；《红旗谱》里的朱老忠；赵树理的小说等等。鲁迅时代不会产生朱老忠，阿Q也要革命，但不会是朱老忠那样，阿Q之所以以悲剧结束，是合乎那个时代的。

在古典文学作品中、戏曲中，帝王写得很多，封建社会加以歌颂的帝王如李世民且不论，写亡国之君的多半概念化，过去属于统治阶级的文人，写皇帝都没有写得好的。司马迁的《本纪》没有《列传》写得好。至于民间创作写皇帝就比统治阶级的文人写得好。但写坏皇帝都差不多，其实历史上的亡国之君，面貌也是很不同的。如崇祯在大势已去时，骂臣子说：我不是亡国之君，你们是亡国之臣！崇祯当时倒是厉精图治、自奉甚俭的，但他认不清自己的缺点，做了十五年皇帝，用了五十个宰相，世界史上少有。他用人太稠，今天觉得此人好，封大官，没几天，又觉得不好，赶出去。所以他其实是刚愎自用。隋炀帝是亡国之君，与崇祯又不同。崇祯换了五十个宰相，用得最久的，却是一个最坏的；崇祯很容易听别人的话，不能识人，却自诩聪明，实则自己没有主见。要写人物的典型性格，他有他的复杂性。

又如林则徐。最近看了林则徐的日记，有许多手稿，是嘉庆到道光二十几年，最初的是一八一二年，最晚的是一八四五年，包括鸦片战争在内，距现在一二五年。我们看看那时林则徐是怎么想的。他是有爱国主义思想的，是进步的，这是没疑问的，他很注意欧洲的文明的，但同时有不少唯心主义的迷信思想。他是被专门派到广州的钦差大臣，当时巡抚是邓廷桢。这之前林则徐做过两湖总督，江苏抚台，浙江巡抚，两江总督。去做江苏巡抚时，搞了许多水利工程，应该说也很有科学观点；可是每逢天旱，总是清早非常虔诚地去求雨，到下多了，又去求晴，好几次在日记上记着，去的时候晴天，求了就下雨。可见是相信的。对每年主考官是谁，每场试题是什么，从江苏抚台一直到两广总督任上，每次考试多少人，都详加记载。一方面对于外国政治经济学很注意，一方面对封建文化制度还是那么认真，这方面他也有两面性。还有一点很妙，林则徐不像戊戌政变的那些人，他以钦差大臣身份去广州时，沿路大小官员迎送，到新疆流放时，也仍然大小官员迎送，可见是得人心的。到兰州时，陕甘总督立刻去拜会他，由此可见，大部分官僚也还是有爱国心的，他受人尊敬也是因为禁烟。他写了不少对联、册页。皇帝的上谕，认为他在广州办外务多有不妥处，也没有具体指明他的罪状。琦善到广州后，也还是经常拜会他，找他商量的。（周扬同志插话："电影写得简单。"）后来北京受了压力，琦善献策，道光就相信了琦善。当时命令是要林则徐交了两广总督，进京听候处分，不几天，又要他留在广州等琦善，琦善到了之后，也没听他的意见。琦善向英国投降，描写甚详。琦善结果是抄家、革职、押解北京。林则徐后来去新疆，不久又命他到南疆去搞水利，到黄河决口，又钦命他为钦差大臣，到南疆又搞水利，以后告老还家。最后，又命他为统率兵马的元帅，去打太平天国，走到广州死在中途。估计他不死还是会去打的，因为他有很大的正统思想。复杂性相当多，相当复杂，不能只看他一面，他还有落后的一面。那时候有一个名为钱江的人，是个举人，他召集许多义勇军打英国人，到新疆与林谈过几次，有个材料说他后来到了太平天国，另一材料说又投到了清朝，作饷官。

所以林则徐这个人也是复杂的。我们现在写农民，我们相信他觉悟确实是提高的，但究竟是小生产者，有些尾巴是不能硬割的。我们写农民有时是简单化些。农民思想是进步的，但由于文化水平，思想修养的关系，是不是对社会主义看得那么清楚？人是不同的，多样的，农民也是复杂的。我们的作品有了很大进步，但典型人物也还不够多样化，还有点简单。

三 谈谈形式方面

从短篇小说来说，有一个时期，对环境描写比较少，最近写得比较充分。近来看了近三年来的短篇小说，用第一人称的特别多。孙峻青的两个集子，几乎全部是第一人称，我看准备入选的，也大部分是第一人称的。赵树理、周立波、康濯第一人称的不多，马烽、茹志鹃第一人称多。你可以看出，这个“我”不是人物，没有性格，只是串连情节的线索而已。这不能不说是差一点的。《光辉的里程》（杜鹏程作）的“我”，是一个人物，其它的就少。

结构问题。是指情节安排，怎么开始故事、结束故事，如何展开矛盾，结束矛盾。从结构上讲，也是不够多样化，很少奇峰突起。技巧如弄得好，感动人的力量更加深，有的作品我们大致上可以猜到它怎样结束。这是技巧问题，表现得好，主题是可以更突出表现的。这与作家生活的广度、深度有密切关系。

作家生活的广度与深度，周扬同志说的所见、所感、所信，所信是与作家的广度深度有关，如果广度有，深度不够，看人不会很透彻。我一向相信，下去要有根据地，但老呆在一个地方，不到别的地方去，所见会狭隘。因此了解全面与深入一点，是有关系的。如农村，你只在大队，而不到别处跑跑，所见不广，对你的深入了解是有损害的。

专门写农村的，也应该对工业有所了解，住在南方的作家也应该看看北方的农村。深入生活，我觉得应该这样。

从生活出发，但不了解政策，是不行的。领导上出题目当然是不行的，但要请教领导，因为领导掌握得全面，如果领导的话与自己所见不同，也可以比较，省委第一书记以及各方面分工的书记，你们找他们，他们会欢迎的。当然题目还是要自己出的。

关于丰富我们的知识，我觉得历史知识很重要，中国历史很丰富，中国的历史书籍，《左传》、《战国策》，非常形象化，新编的通史不是用这个方法。

我们要看看那些写人物的历史。从前是写人的，现在完全是结论。

李希凡同志写过一篇讲人物的提高与拔高问题的。我没看过。我们所谓提高是指概括。即高尔基所说的小商人要综合概括许多小商人，这种概括是我们生活中出现的，不过把它概括在一起，使之典型化。拔高是把人物没有达到的，你把它搞在身上，就不是那么真实。林则徐、曹操、勾践还有下边的人都有些拔高，那个时代都没有。

四 讲几篇小说

关于《老坚决外传》，大家有些意见，我都同意的。

这篇小说是篇好的小说，但还不能过瘾，还没有挖到更深的地方，可能有些顾虑。他所讲的问题，也不是内部矛盾的主要问题。“老坚决”写得深一点，王大炮就差一些，更加简单化。在这个小说中，作者已指点出王大炮主观，我想王大炮他的缺点，还不仅仅是主观，主观这是思想根源，王大炮的性格应该还要复杂一些，没有挖得很深。所以我想生活中的老坚决与这篇的老坚决不一样。写了老坚决以后，我们还有其他老坚决。大家谈到顶风是各式各样，还有文章可做。写了有没有副作用，从理论上讲很简单，实际上就不一定了。要写这样的题材，不只是写那样一些事，不是给人消极的印象，不是挖墙脚，而是为了巩固基础。

可以讲一讲“投鼠忌器”的问题。有时是投了鼠伤了器，鼠如王大炮，器是指集体化。投鼠不中反而伤了器，那是不好的，所以投鼠不伤其器，而要使器巩固起来，优越性就更能看得清楚起来，这就是好作品。一方面是投鼠忌器，一方面有些事物也可以写，只在于怎样写，怎样有分寸，分寸不对，你不想伤器，那么也可能伤器。

作家看看、等等的问题，我赞成作家没有看清的时候，可以再看看。当然有宣传作用的东西，也可以宣传一下，但写作品，没看清，可以等等。刊物要不要等等，刊物如果要求每篇都有分量，也太高。有一、两篇有分量也就可以了。在目前人力下，有一两篇生命力长的也可以了。这几年实际也是如此。如果我们再把题材范围扩充一下，那么刊物还可以编的，如果非全部要登内部矛盾，那就困难了。写技术人员少，我想是因为很少接触内部矛盾。《耕耘记》是写到了的，如果这方面也注意一下，可写的也不少。还有，我们现在有中央级、大区级、省级三种刊物。如果这些刊物都要有一两篇有分量的，是力所不及的。前一阵，市、县、工厂都有刊物，现在已经精简了。人力、纸张既然这样困难，省级刊物是不是也可以精简一点。《东海》那样编，何不就放到《上海文学》呢。或者调剂一下，在报上搞个副刊，恢复大区刊物，省报文艺副刊加强。编辑能搞创作的，下去三年。

《赖大嫂》也是篇很好的小说，是侧面来反映的，是现在的新面貌，养猪是严重的问题，却写得很轻松，这篇小说很有意义。赖大嫂这个人物不必拔高，有的读者认为要拔高。这个人物是对养猪的好处有怀疑，这种人物事实上会得到教训，最初怀疑后来相信了，这也有教育意义。这类事农村会很多，但都写这些也没有意思。从这篇中可以得到一种启发，这类事对中间状态的农民是有积极意义的，也还是可以写。

《四年不改》是一九五六年的作品。批评的是官僚主义，记者客里空，结尾很有讽刺意味，又提倡植树。官僚主义、不那么实事求是、形式主义，要扫清这些也是相当长时期的。这篇小说现在看来仍有意义，仍有教育作用。作品是写得夸张一点，作为讽刺小说是允许的，写报导是不行的。我们有几年，是把小说看成实际生活中的人了，因此搞得很紧张，其实小说还是小说。讽刺可以夸张，态度还是要严肃的。形式上，这篇小说开始不是第一人称，后来变成第一人称，写得还活泼。斗争的复杂性、艰苦性，这篇小说写得不够深刻。《老坚决外传》也有这么一点不够，写顶风也还简单。斗争有思想方面的，内部矛盾和各方面的，写简单了就失真，感人力量就差了。

大跃进中有许多也是有好东西可以写的。我不知道农村中的工厂如何。（赵树理插话：服务于农业的还保留，多数停了。肥料厂造的大都不是肥料，小农具工厂也下放到队里了。）

一九六二年八月十二日

读《老坚决外传》等三篇作品的笔记*

一　从《老坚决外传》说起

A. “外传”是一篇好小说，但是看了以后不能过瘾。作者没有（也许是还不敢）挖掘到问题的深处，而且触及的问题也有不是主要的（例如“美化”小麦，篱笆化），因而，人物的性格描写（造成老坚决之所以为老坚决，王大炮之所以为王大炮之思想根源），也没有达到应有的深度，其结果缩小了作品的思想教育作用。

作者点出了王大炮是“主观”的，但是，王大炮的缺点还不在仅仅“主观”，或者可以说，这样一个大炮的缺点

* 本篇最初发表于一九八一年第二期《文艺研究》。曾收入《茅盾文艺评论集》。

在主观以外应当还有其它，也就是，王大炮的性格应当还要复杂些，然而作者没有这样写，此与他对问题之不敢深挖有关。

B. 由此看来，张庆田写了一个“老坚决”，决不意味着没有其它的“老坚决”可写了。可写的老坚决还多得很呢！

值不值得多写？多写了会有什么副作用没有？

这是要看具体材料、实际如何表现、写成后给人整个印象如何等等而定。甚至同样材料，甲用之而写成好作品，乙用之而成果相反。但从理论上说，这是值得写的，应当写的，理应只有正作用而没有副作用的。

C. 老坚决是有典型意义的，因为反五风是有典型性质的大事件。在中央明令纠正五风之前就有敢于反抗五风的，这还不能算是先进人物？虽然这些人物当时还不是能够从理论上认识五风之不是科学的马列主义的产物，但是既然感觉到不对头而且敢于冒大不韪（当时反五风就被带上各种帽子，甚至以不革命论罪）而反对，这不是难能可贵么？这不是我们时代最可宝贵的人材么？

有概括性极强的雕像性似的老坚决（张庆田笔下的老坚决还不是这样的），也可有其它类型的中坚决、小坚决，或坚决于此而不坚决于彼的，其精神世界复杂万端。这是大有可为的一个方面。

D. 投鼠忌器问题：鼠可以指人（王大炮这样的人），

也可以指事（五风）。而且鼠有大小，而小鼠之后有大鼠撑腰，故投鼠，亦非简单。器可以指社会主义制度，也可以指党。投鼠不中而伤器，这是极不应该的（意在投器的别有用心者，不与同例）；如何能击中老鼠而不伤器，且使器之光辉更加发扬，这就有赖于作者之思想水平、政策水平、分析综合能力、以至写作的技巧了。

“过三年再写”——记得陈总①说过此话；有些问题，我亦认为不必急于写；过三年再写，于作者有好处，因为事后回顾，认识得更清楚，于国家有好处，免为敌人利用作宣传。但是，像“老坚决”这样的人，现在可以写，只要强调正面，强调集体化的优越性，而不使被批判部分引起副作用就可以了。但写不写作家自己有权决定。至于，刊物缺稿，要求作家支援，对作家形成一种压力，而作家则认为写当前农村不能不涉及前一阶段，而写前一阶段又有各种顾虑，——这也是有道理的。

我个人以为不宜对作家造成压力（好像刊物出不来，作家要负责），写不写让作家自己决定。

另一方面，我仍然以为目前地方刊物数量之多和我们现有的创作力不相称；如果真要重质量，地方刊物还应当

---

① 陈总　指陈毅，他于一九六二年三月六日在全国话剧、歌剧、儿童剧创作座谈会上讲话里说：“等三年五年之后，整个情况好转了，在作品中间，写我们最困难的时候有那么一段产生了那样一些严重问题，使我们能正确地总结经验教训，也是需要的。”

合并一些，停办一些。

二　从《赖大嫂》说起

A.　《赖大嫂》从侧面反映了反五风后农村的新气象，——或者新干劲。如果光从鼓励私人喂猪、使农民增加收入——这一点来看此小说，那就会觉此篇意义不过尔尔。如果更认为从公养到私养（万猪场到户户喂猪）乃是倒退一步，就会觉得这篇作品有消极意义了；有些读者希望把赖大嫂提高一步到国家观念，大概是想抵消他们所认为的消极作用。

我不这样看。我以为《赖大嫂》有积极教育作用：它反映了自私颇深的农民在最近三年来对党的政策心存怀疑之后又从事实教训中渐渐稳定起来了。过去，广大农民在党的领导之下作战，其目标是翻身，而翻身就是国家利益和个人利益统一起来的；但在农民，最吸引他的是个人利益，分土地。大跃进时期农民的干劲是真实的出于自愿的（例如修水利、深耕密植等等），可是他们干劲之高也由于想改善生活，而那时我们的宣传又太浮夸，空头支票开多了，而且兑现期又开的太近，到期挤兑，银行的信用自然动摇。有些“风”，违反农民生活习惯，不近人情（例如男女集体分居），但大多数农民当时忍受一时，也因有“空头支票”在引诱。《赖大嫂》之积极的教育作用，即用事实教育广大农民，“挤兑”是一时现象，“老牌信用”是天长地久的。

B. 如果由于《赖大嫂》之出现，评论工作者对它的赞扬，而引起了模仿，东一个张大嫂，西一个李大嫂，那也不好。评论工作者要善于从《赖大嫂》引导作家（特别是青年作家）的眼光注射到向来不大注意的方面，——主题可以同是一个，题材应不雷同。

三 从《四年不改》说起

A. 这是一九五六年的作品。不管别人说它什么，我却觉得这是一篇有意义的作品，虽然它有点夸张。现实生活是否存在这样的瞎指挥、官僚主义、不民主、压制提意见、客里空、只追求数量、出风头思想、假模范？有的。而且不是个别现象。我在一九五二年就从我们的文教工作中看到不少。但我那时不主张家丑外扬，而且认为应当“为贤者讳”。

现在呢，我的看法改变了。因为这种官僚主义、不民主、压制提意见、客里空、追求数量……等等，害得国家够了，党的威信也大受损失，所以非“示众”不可。这一类题材与“五风”又有不同；这些消极因素早就存在，将来也会存在。

这里有一个问题：容许不容许夸张？夸张到什么程度？

要回答这个问题，便应当先回答另一个问题：你把《四年不改》当小说看，还是当报看？如果当报看，就不许有一丝一毫的夸张。如果当小说看，就只好让它夸张一下。至于夸张到什么程度，那又要看讽刺的对象是不是社会主义的害虫？如果是的，夸张不嫌其强，——即鞭笞不嫌其狠！

不过，讽刺小说虽许夸张，而写作态度却不能不力求严肃。我以为《四年不改》的态度是严肃的。

B. 当然，大家都知道，写这些消极面，目的在于教育干部、纠正缺点，是巩固社会主义而不是挖墙脚。因此，在作品中既出现了消极事物，同时也必然有与之斗争的积极事物——先进的人。在这里，写斗争的曲折、复杂和艰巨，愈深愈透，则思想性愈深刻，教育作用愈大。把斗争过程写得太简单，就损害了作品的深刻性；同时，把改正缺点（打通思想）写得太容易，就损害了作品的真实性。换言之，在这样的作品中，正面人物要着力描写，反面人物也要着力描写，而消极事物之得以纠正，更须写深写透，不能草草。《四年不改》在这些方面，还写得不够。

一九六二年

我阅读的中外文学作品*

青年时我的阅读范围相当广泛，经史子集无所不读。在古典文学方面，任何流派我都感兴趣；例如汉赋及其后的小赋，我在青年时代也很喜欢。因此，欲说我受何者之影响最大，自己也说不上来。不过，有一点可以告诉你：我在十五、六岁以前，作文用散体（即所谓古文，那时喜欢的是《左传》、《庄子》、《史记》、韩、柳、苏①等），二十左右作文用骈体，那时就更喜欢初汉至六朝的骈体。我

---

* 本篇原系作者一九六二年九月为答复研究者庄钟庆的提问而写，最初发表于一九八一年《福建文学》第八期，标题系庄钟庆所加。

① 韩、柳、苏　即指唐、宋著名散文家韩愈、柳宗元、苏轼。

那时很看不起明清人的散、骈，颇受明七子[①]书不读秦汉以下，诗宗盛唐等议论的影响。但我对晚唐诗（如李义山[②]）、对宋词也很喜欢。

当然，元、明戏曲，一般都喜欢，但不大喜欢《琵琶记》。

至于中国的旧小说，我几乎全都读过（包括一些弹词）。这是在十五、六岁以前读的（大部分），有些难得的书（如《金瓶梅》等）则在大学读书时读到的。我那时在北京大学尽看自己喜欢的书，不听讲，因为那时的教授实在也不高明。我家有一箱子的旧小说，祖父时传下，不许子弟们偷看，可是我都偷看了。这些旧小说中有关色情的部分大都已经抽去，——不知是谁做的，也许是我的祖父，也许是我的父亲。大概因为已经消毒过，他们不那么防守得严紧，因而我能偷看了。

我读过不少的契诃夫的作品，但我并不十分喜欢他。我更喜欢大仲马，甚于莫泊桑和迭更斯[③]，也喜欢斯各德[④]，我也读过不少的巴尔扎克的作品，可是我更喜欢托尔斯泰。

---

① 明七子　明代文学流派，又分前、后七子。前七子指明弘治、正德年间的李梦阳、何景明等七人；后七子指明嘉靖、隆庆年间的李攀龙、王世贞等七人，他们针对当时虚饰、萎弱的文风，倡导文学复古运动，主张文章学习秦汉，古诗推崇汉魏，近体宗法盛唐。

② 李义山　唐代诗人李商隐，字义山，号玉谿生。

③ 迭更斯　英国作家，通译狄更斯。

④ 斯各德　英国历史小说家、诗人，通译司各特。

我从前在《小说月报》(一九二四年前后罢)写过不少介绍外国作家作品的短讯,但这只是介绍而已,说不上我当真是喜欢他们。

我喜欢《神曲》,甚于莎士比亚。我以为《神曲》比《浮士德》高明得多。

对于外国文学,我也是涉猎的范围相当广,除英国文学外,其它各国文学我读的大半是英文译本。原因是那时候,卅年前,汉文译本少,而且译的不好。到现在,我还是宁愿读好的英译,而不愿读不好的汉译,例如L·托尔斯泰的作品。我更喜欢古典作品,希腊、罗马、文艺复兴时代各大师,十九世纪的批判现实主义文学。曾经对波兰、匈牙利等东欧民族的文学有兴趣,那是一方面也从政治上考虑。二十年代后的英、美、法、德文学,除少数大作家外,看得很少。对于斯坦培克,我的评价不高,我以为他不但远不及特莱赛①,还不及J. aldridge②(英国现代作家)。可以说,我喜欢规模宏大、文笔恣肆绚烂的作品。

---

① 特莱赛 美国小说家,通译德莱塞。

② J. aldridge 中译名詹姆斯·阿尔德里奇。英国作家,著有长篇小说《海鹰》、《外交家》等。

图书在版编目(CIP)数据

茅盾全集第二十六卷·中国文论九集 / 茅盾著. —合肥:黄山书社,2012.9

ISBN 978-7-5461-3114-6

Ⅰ.①茅… Ⅱ.①茅… Ⅲ.①茅盾(1896~1981)-全集 ②中国文学-文学研究 Ⅳ.①I217.2

中国版本图书馆 CIP 数据核字(2012)第 210079 号

茅盾全集第二十六卷·中国文论九集 茅盾 著 钟桂松 主编

出 版 人 任耕耘
策 划 任耕耘 赵国华
项目总监 汤吟菲
内容统筹 高 杨

责任编辑 刘 羊
责任校对 朱莉莉
装帧设计 未 氓
责任印制 戚 帅

出版发行 时代出版传媒股份有限公司(http://www.press-mart.com)
黄山书社(http://www.hsbook.cn)
官方直营书店(http://hsssbook.taobao.com)
营销部电话:0551-63533762 63533768
(合肥市政务文化新区翡翠路 1118 号出版传媒广场 7 层 邮编:230071)
经 销 新华书店
印 制 安徽新华印刷股份有限公司

开本 880×1230 1/32 印张 19.125 字数 351 千字
版次 2014 年 3 月第 1 版 印次 2014 年 3 月第 1 次印刷
书号 978-7-5461-3114-6 定价 165.00 元